Serena Mackesy

Das Haus der verlorenen Kinder

Deutsch von Theresia Übelhör

Weltbild

Originaltitel: *Hold my Hand*
Originalverlag: Constable & Robinson Ltd, London
Copyright © 2008 Serena Mackesy

Besuchen Sie uns im Internet:
www.weltbild.de

Die Autorin

Serena Mackesy stammt aus Schottland, wuchs aber in der englischen Universitätsstadt Oxford auf, wo ihr Vater Geschichtsprofessor war. Beide Großmütter haben Romane geschrieben. Sie hat als Sekretärin, Fernsehkritikerin, Kreuzworträtselautorin und Vertreterin gearbeitet, bevor sie sich ganz ihrer Tätigkeit als Schriftstellerin zuwandte. Ihre Bücher wurden inzwischen in zahlreiche Sprachen übersetzt, unter anderem ins Thailändische. Die Autorin liebt Schuhe, die Insel Malta und die Bücher ihrer Großmutter Margaret Kennedy. Ihr bevorzugter Arbeitsplatz ist das Bett.

det sie sich nicht nur ein. Ein Leben voller Konflikte, Ringen und Überlebenskampf lässt wenig Raum für Fantasie. Aber ihre Route führt sie im Zickzack den Weg entlang, da sie den Büschen immer wieder ausweicht.

Sie gehört nicht zu jenen Kindern, die weinen oder sich entschuldigen. Jetzt fragt sie sich zum ersten Mal, ob das richtig ist. Doch der Hass treibt sie voran.

In der dunklen Eingangsveranda lauscht sie nach Zeichen von Leben. Hört nichts außer dem Rauschen und Platschen, da ein mit Schnee überladener Ast der Eibe seine Last auf den Boden fallen lässt. *Sie könnte da drin sein. Gleich hinter der Tür stehen und warten.*

Ja, aber was kann ich tun? Es ist kalt. So kalt.

Meine Hände zittern.

Sie kann sie nicht ruhig halten, während sie sie ausstreckt, den dicken eisernen Türknauf umfasst, ihn dreht.

Die Tür rührt sich nicht. Sie ist von innen verriegelt.

Das hat sie fast erwartet. Mrs Blakemore bestraft gern. Sie schließt Sachen ein. In diesem Haus werden Kinder regelmäßig in Schlafzimmern, in dem Wandschrank im Zimmer mit dem Himmelbett oder an anderen dunklen Orten eingesperrt, wo Spinnen lauern. Die Blakemore brüstet sich sogar damit. »In meinem Haus wird kein Kind geschlagen«, erklärt sie den Dorfbewohnern, die sie voll Bewunderung ansehen. »Davon möchte ich nichts hören.« Aber es gibt für ein Kind, das in den Docks von Portsmouth groß geworden ist, Schlimmeres als eine Tracht Prügel auf den Hintern. Diese dunklen Ecken: Lily hat eine ganze Menge davon gesehen, seit sie hierher gekommen ist. Sie hat diese dunklen Ecken und nagenden Hunger kennengelernt.

Sie wird sicher nicht alle Türen verschlossen haben. Das hat sie nur gemacht, um mir eine Lektion zu erteilen.

Auf dem Land verschließt man die Türen nicht. Sie prahlen sogar damit. Ein paar Leute im Dorf sind dazu übergegangen, ihr Haus abzuschließen, seit die italienischen Kriegsgefangenen auf den Farmen angekommen sind, aber keiner schließt wirklich zu.

Während sie durch die Schneeverwehungen an der Seite des Westflügels entlangtrottet, reibt sie sich energisch die Oberarme und ist überrascht, dass sie damit eine Schneedusche auslöst. Wo kommt der ganze Schnee bloß her?

Es sind zwanzig Minuten vergangen, seit sie ins Freie gerannt ist. Aber das weiß sie nicht. Während ihre Körpertemperatur weiter sinkt – sie liegt jetzt bei 34,5 Grad –, beginnt sie, immer wieder in einen leichten Dämmerzustand zu fallen. Nachdem sie die geschützte Veranda verlassen und sich dem beißenden Wind ausgesetzt hat, bleibt sie eine volle Minute einfach neben der schneebedeckten Sonnenuhr stehen, reglos wie eine Statue, wie vom Blick der Medusa getroffen. Ihre Beine strahlen so wenig Wärme ab, dass die Falten des Kleids allmählich daran festzufrieren beginnen.

Lily weiß nicht, dass sie in so großer Gefahr schwebt. Denkt, die Kälte brächte nichts weiter mit sich als Schmerzen. Schließlich ist sie erst neun Jahre alt.

Sie gelangt zur Tür der Küche im Westflügel, hebt den Riegel an. Auch diese Tür gibt nicht nach. Wieder dringt kein Licht durch die Ritzen der Tür oder an den Seiten der Fenster heraus. Auch wenn die Lichter eingeschaltet wären, würde die Verdunkelung dafür sorgen, dass nichts von ihrer Wärme in die Nacht hinausgelangt. Die Fenster befinden sich hoch in der Mauer, ein ganzes Stück außerhalb ihrer Reichweite. Und abgesehen davon sind ihre Finger inzwischen so taub, so steif, dass sie sich unmöglich würde festhalten können, um hinaufzuklettern. Überall Stille: erstickt, gedämpft, aber auch eine bewusste Stille, die Stille des Gehorsams.

Zum Teufel mit ihr. Mit der Hexe Blakemore. Mit allen. Sie können mich hören, sie, die nicht draußen in der Kälte sind, und lauschen, was mit bösen kleinen Mädchen passiert, die nicht tun, was man ihnen sagt. Ja, Mrs Blakemore. Danke, Mrs Blakemore. Bitte bestrafen Sie mich nicht, Mrs

Blakemore. Für die war das in Ordnung. Für die anderen. Deren Mamis und Papis gekommen sind, um sie abzuholen. Bei mir ist nicht einmal bekannt, wer mein Papa ist ...

Sie macht sich auf in Richtung der Spülküche im Ostflügel. In dem von einer Mauer umgebenen und nach Norden gelegenen Garten ist der Wind so schneidend wie ein Krummschwert. Der Schnee hat sich an der Hauswand so hoch angehäuft, dass ihr gar nichts anderes übrig bleibt, als den Schutz der Mauer zu verlassen, sich in die Mitte des Rasens zu wagen, wo es ihr vorkommt, als zerre ein Tier mit seinen eisigen Krallen an ihrem Kleid. Weil ihre Füße inzwischen taub sind, stolpert sie, ein Mal, ein zweites Mal, dann fällt sie hin, liegt in dem weißen weichen Schnee und lässt zu, dass die Kristalle um sie herum das letzte bisschen Wärme aus ihrem Rücken saugen.

Sterne. Da sind Sterne.

Schnee wirbelt herab.

Lily wird allmählich schläfrig. Vergesslich. Sie kämpft darum, sich zu erinnern, was sie eigentlich vorhatte. Nach zwei Minuten, vielleicht drei, fällt es ihr wieder ein, sie dreht sich um, rappelt sich auf die Knie, stemmt sich hoch. Die Anstrengung löst bei ihr kurzzeitig Schwindelgefühle aus. Ihr Atem geht nur noch flach, da ihr Blut dicker geworden ist, und ihr Gehirn leidet bereits unter Sauerstoffmangel.

Ich muss unbedingt pinkeln, denkt sie. Vielleicht sollte ich es einfach machen, hier auf dem Rasen der Hexe Blakemore.

Hochnäsige Fenster blicken ungerührt auf ihre kämpfende Gestalt. Irgendwo da drin sitzt Mrs Blakemore geschützt durch die Verdunkelungsvorhänge mit hochgelegten Füßen vor dem Kamin. Während das Feuerholz im Rest des Hauses streng rationiert wird, brennt in Blakemores Arbeitszimmer immer ein Feuer. Lily hat es jetzt vor Augen, wie es warm durch die Fensterscheibe der Küchentür im Ostflügel leuchtet. Ich werde mich entschuldigen, denkt sie. Es ist mir egal. Ich werde mich entschuldigen, und sie wird mich am Feuer sitzen lassen. Es hat keinen Sinn, heute Abend abzuhauen. Ich gehe morgen.

Die Tür ist verschlossen.

Sie drückt sich dagegen, hält sich dadurch aufrecht, dass sie das Handgelenk zwischen Klinke und Tür steckt. Hebt die andere Hand, um zu klopfen. Das Klopfen ist in der Spülküche dahinter schwach zu hören, dringt aber nicht bis in den Hauptteil des Hauses vor.

»Lasst mich rein!«, ruft sie. Ihre Stimme klingt schwach, weit entfernt. »Es tut mir leid! Lasst mich rein!«

Rospetroc wendet sich ab, zeigt ihr die kalte Schulter.

»Es tut mir leid!«, ruft sie wieder und kratzt am verblassten türkisfarbenen Lack. »Ich bin jetzt brav! Lasst mich rein!«

Und schließlich dämmert es ihr: Sie wird nicht wieder hereingelassen. Sie ist für immer ausgeschlossen. Sie kann ihre Hände und Füße nicht mehr spüren, aber irgendjemand sticht unentwegt mit einem Spieß auf sie ein.

Ich muss irgendwo Schutz suchen.

Sie blickt sich um. Die Schuppen sind verschlossen. Die schließen sie nie auf, es sei denn, sie bestrafen irgendjemanden. Pearl ist einmal zwei Stunden ins alte Waschhaus gesperrt worden, kam schreiend wieder heraus.

Ich muss. Ich muss. Ich muss irgendwo Schutz finden.

Auf der anderen Seite des Rasens, am Rand des Teichs, steht das Bootshaus. Da war sie schon einmal. Es ist alt und baufällig und seit Jahrzehnten nicht mehr genutzt worden, aber es hat immerhin ein Dach und Wände.

Besser als gar nichts. Besser als hier draußen im Wind.

Das Überqueren des Rasens fällt ihr schwer, weil frischer Schnee über dem alten liegt. Ihre Füße brechen durch den Harsch unter der Neuschneedecke knietief ein. Jeder Schritt fällt ihr noch schwerer als der vorhergehende. Als sie beim Bootshaus ankommt, muss die Tür, die schwer ist und lose in den Angeln hängt, angehoben werden, und sie muss mit der Schulter fest dagegen drücken, bis sie endlich nachgibt.

10

Aber sie ist drin, und es ist stockdunkel. Um sie herum namenlose Schatten, massiv und geduckt; das sanfte Tropfen von Wasser in Wasser. Über ihr eine niedrige Decke. Ja, denkt sie, weil mit der Körpertemperatur auch das logische Denken schwindet, ein Heuboden. Dort oben ist bestimmt Heu. Ich kann mich in das Heu kuscheln und mich aufwärmen.

Zumindest zittere ich nicht mehr.

Sie fasst mit einer Hand an die Leiter, findet keinen Halt. Sie schlingt den Unterarm um die Leiterwange und stellt einen Fuß auf die Sprosse. Es fühlt sich an, als stünde sie auf glühend heißem Glas. Lily schreit beinahe auf, aber sie hat nicht die Energie dazu. *Hinauf. Ich muss da hinauf.* Sie kommt nur elend langsam voran. Nach jeder Sprosse muss sie anhalten, den Kopf gegen die Sprossen lehnen und durchatmen, fünf, zehn, fünfzehn Mal, während sie darauf wartet, dass ihr Herz sich beruhigt. *Komm, weiter, komm, weiter.*

Endlich oben. Ein Arm, dann der andere, liegt flach auf den Brettern, schließlich der Oberkörper, die Hüfte, die schmerzenden Füße. Eine Träne stiehlt sich aus ihrem Auge, tropft auf den Boden.

Der Speicher ist leer. Die Vorstellung von Unmengen von warmem Heu zerplatzt wie eine Seifenblase. Hier ist nichts: nur ein paar alte Jutesäcke und ein Stück Tau.

Jetzt würde sie gerne weinen: Selbst die lieblose Lily würde gerne weinen, aber es kommt keine Träne. Sie kriecht – schleift taube Gliedmaßen – über den Boden, kämpft, um zu den Säcken zu gelangen. Kann sich nicht einmal mehr richtig erinnern, wie sie hierher gekommen ist, nur dass sie müde ist, so unglaublich müde, dass sie schlafen möchte. Sie rollt sich unter den Säcken zusammen, ein Bündel Haut und Haare, bemerkt, dass der Boden unter ihrem Körper warm zu sein scheint.

Lügen.

Lügen.

Tatsächlich. Mir wird wärmer.

Der Boden unter ihr scheint beheizt zu sein. Was für ein Glück. Wärme steigt vom Boden auf. So sehr, dass es fast unangenehm ist.

Hoffentlich funktioniert es. Hoffentlich wird mir warm. Oh, mein Gott. Das brennt. Das glüht ja.

Neunundzwanzig Grad. Sie setzt sich plötzlich kerzengerade auf. *Ich brenne.* Sie hält die Hand vor sich und sieht sie klar und deutlich, als sei es hellichter Tag. Sie brennt. Glüht grünlich. Und da ist etwas – etwas – auf ihrem Kleid. *Während ich geschlafen habe, sind die gekommen und haben kochendes Wasser über mich geschüttet. Wo sind sie? Warum kann ich sie nicht sehen? Oh, mein Gott, tut das weh! Das tut so weh! Es verbrennt mir die Haut!*

Und sie krallt sich fest. An sich selbst, an ihrem feuchten Kleid. Krallt sich in die Haut, die sich so verändert hat. *Was ist das? Das soll von mir runter! Weg damit!*

Ein kleines Gossenkind auf einem verlassenen Dachboden im Bodmin Moor. Im Dunkeln. Sie reißt die dünnen Hüllen von sich, wirft sie durch den Raum, sodass sie in der Ecke landen, sie schreit und schreit, aber es kommt kein Ton heraus. *Weg damit! Weg damit!*

Und dann wird es ihr mit einem Schlag klar. Sie weiß ganz genau, ohne jeden Zweifel: Es gibt kein Entrinnen. Da ist keine Wärme. Da sind keine Leute. Da bin nur ich. Ich war immer schon allein. Und jetzt sterbe ich.

Mit letzter Kraft kriecht Lily in die Ecke und rollt sich auf der Seite zusammen wie ein ungeborenes Baby. Mit entspanntem Gesicht liegt sie da und starrt in die tiefe Dunkelheit.

Ich hasse sie. Ich hasse sie. Alle. Ich haue nicht ab. Nicht jetzt. Ich bleibe hier und werde ihr jeden Tag zur Hölle machen. Ich werde mich rächen. An jedem von ihnen. An allen … ich hasse sie … alle …

1

Unmittelbar bevor sie verschwand, hat sie Bohnen mit Toast gegessen. Der Zustand der Küche hätte den Eindruck vermitteln können, sie sei einfach vom Tisch aufgestanden und in ein anderes Zimmer gegangen, um das Telefon abzunehmen, bis auf die Tatsache, dass die Essensreste seit zwei Wochen auf dem Tisch standen, die Pfanne ungespült im Spülbecken lag und das Brot in seiner Plastiktüte auf der Arbeitsfläche vor sich hin schimmelte.

Der Raum riecht nach Moder und Zucker.

Zum Glück, denkt er, hat sie es nicht im Sommer gemacht; immerhin schwirren jetzt keine Fliegen herum. Doch für jemanden, der beim Schlachten von Vieh nicht mit der Wimper zuckt, ist er erstaunlich zart besaitet, und bei dem Gedanken, den Teller und die Pfanne zu spülen, wird ihm ganz flau im Magen.

Tom Gordhavo mag Rospetroc nicht. Obwohl er weiß, wie viel Arbeit es bedeutet, den Staub in Schach zu halten, macht es auf ihn stets einen staubigen Eindruck. Und er hat, wenn er hier ist, immer irgendwie den Eindruck, das Haus beobachte ihn, als stehe, in welchem Raum er sich auch aufhält, jemand direkt hinter der Tür und warte auf den geeigneten Augenblick.

Er zieht sich die Gummihandschuhe an und reißt eine frische schwarze Tüte von der Rolle, die er mitgebracht hat. Mit vor Ekel verzogenem Mund nimmt er den Teller, an dem Messer und Gabel wegen der dicken Schimmelschicht richtig festkleben, und wirft das Ganze in den Müllsack. Er braucht nicht lange und hat nicht die Absicht, sich hier länger aufzuhalten als unbedingt notwendig.

2

Sie kommt zwanzig Minuten zu früh, aber hier steht schon ein alter blauer Fiesta auf dem bemoosten Pflaster vor dem Gartentor. Bridget parkt daneben, stellt das Auto so ordentlich ab, als seien auf dem Pflaster Linien gezogen. Das in einen alten Steinbogen eingebaute schwere Tor aus lackiertem Metall ist nur angelehnt, und die Haustür dahinter steht trotz des starken Windes weit offen.

»Na, die machen sich offenbar um die Heizkosten keine Sorgen«, sagt sie laut. Bridget ist in letzter Zeit so viel allein, dass sie, wie viele einsame Menschen, dazu übergegangen ist, Selbstgespräche zu führen. Andernfalls würde ihr tagelang nichts als Kindersprache über die Lippen kommen. Yasmin ist wunderbar, aber sie ist in einem Alter, in dem sie Unterhaltungen über Angelegenheiten von Erwachsenen quittiert, indem sie die Augen verdreht und tiefe Seufzer ausstößt.

Jetzt, da sie genauer hinsieht, bemerkt sie, dass der Garten dringend winterfest gemacht werden muss, denn er ist zwischen den Armen der hufeisenförmigen Gebäudeflügel verwildert wie in einem viktorianischen Schauerroman. Struppige Lavendelbüsche hängen über die Steinplatten des Weges, der zur Haustür führt. Dunkle Lorbeerbüsche wuchern unter dicken steinernen Fenstersimsen. Hohe, mit winterkahlen Weinranken bewachsene Steinmauern bilden die Grenze zum Bodmin Moor. Eine alte Schaukel, von der ein Seil verrottet und gerissen ist, baumelt am Ast einer Eibe.

Bridget findet den Anblick schön.

Sie merkt plötzlich, wie nervös sie ist, seit sie nun endlich angekommen ist. Die lange Fahrt durch unbekannte Gegenden hatte sie abgelenkt, aber jetzt, da sie in wenigen Minuten ihr erstes Bewerbungsgespräch seit Jahren führen wird, fühlt sie sich zittrig, und ihr ist ein klein wenig flau. Heute Vormittag hatte sie sich noch keine großen Sorgen gemacht; schließlich war sie es gewohnt, den Mächtigen ihre Dienste anzubieten, ohne auch nur eine Sekunde zu zweifeln. Aber seit sie Kieran geheiratet hat, hat sie eine Menge ihrer früheren Zuversicht eingebüßt und kommt sich noch immer wie ein Schwimmer vor, der in eine Wasserströmung geraten ist, von den Umständen ohnmächtig hin und her getrieben wird, ohne Einfluss auf den Ausgang der Sache nehmen zu können. Deshalb hält sie an diesen Selbstgesprächen fest. Würde sie zugeben, dass niemand sie hören kann, wäre das ein Eingeständnis ihrer Einsamkeit.

»Komm schon«, sagt sie laut, weil sie gerade überlegt, ob sie den Rückwärtsgang einlegen und direkt nach London zurückfahren soll, ohne diesen Gordhavo zu treffen, wer immer das auch sein mag. Es ist zehn Jahre her, seit sie sich das letzte Mal offiziell für eine Stelle bewarb, und der Gedanke an das bevorstehende Vorstellungsgespräch bringt sie leicht ins Schwitzen. Wer wird schon ein Haus wie dieses einer erschöpften, niedergeschlagenen alleinerziehenden Mutter überlassen, die seit ihrer Schwangerschaft nicht mehr berufstätig war? Was hat das für einen Sinn? Das ist nur wieder ein verplemperter Tag, vergeudetes Benzin, verschwendeter Mut ...

»Komm schon, Bridget«, sagt sie wieder zu sich selbst, dieses Mal in schärferem Tonfall. Sie zwingt sich, die Hand an den Türöffner ihres Autos zu legen.

Der Weg ist schon ein wenig rutschig. Dagegen werde ich etwas unternehmen müssen, denkt sie. Darauf würde Yasmin gewiss ausrutschen, sich den Kopf aufschlagen. Und mit dieser Schaukel da. Und die Fenstersimse im oberen Stockwerk scheinen gefährlich niedrig zu sein. Und dieser Teich: Mein Gott, warum habe ich sie nicht den Schwimmkurs machen lassen, als ich die Gelegenheit dazu hatte? Ich bin eine dermaßen schlechte Mutter! Die allerschlechteste. Es ist unmöglich. Ich kann doch kein Kind hierher bringen. Das ist ja die reinste Todesfalle.

Sie tritt über die Türschwelle und steht in der Eingangshalle. Drinnen liegen die gleichen Steinplatten, nach Jahrhunderten von Schmutz und Schrubben mit grauer Patina überzogen. Buttermilchweiß getünchte Wände, deren Putz vom Alter so lose und abgeblättert ist, dass ein Teil davon nur von den darüber gemalten Farbschichten festgehalten wird, führen zu einer mit schwarzen Nieten beschlagenen Gartentür. Ein Schlüsselbund, der gut und gern als Angriffswaffe genutzt werden könnte, liegt auf einer Konsole. Reihen von robusten eisernen Garderobenhaken, die im Shaker-Stil auf Brettern befestigt sind, säumen die Wände. Sie sind allesamt leer.

Niedrige, breite Türen – Türen für kleine Menschen in ausladenden Kleidern – führen von der Eingangshalle rechts in ein Speisezimmer, wo ein unbehandelter, geschrubbter Eichentisch zwischen – sie zählt sie ab – achtzehn modernen Polsterstühlen steht, die sie aus dem Ikea-Katalog wiedererkennt. Der nächste Ikea ist in Bristol, überlegt sie: Ich vermute, die Fahrt lohnt sich, wenn man achtzehn Stühle auf einmal kauft.

Links ein Salon: weiße Wände, Brokatvorhänge und drei Sofas, jedes groß genug, um darauf eine Orgie zu feiern, stehen um einen Couchtisch, der so groß ist wie in Teilen anderer Länder ein ganzes Haus. Ein offener Kamin, in den ganze Baumstämme passen, klafft dunkel und kalt unter gewaltigen Balken. Große Bilder eines düster dreinblickenden Ahnenpaars hängen in den Nischen zu beiden Seiten des Kamins. Irgendwo in der Ferne ist das Ticken einer Uhr zu hören.

Bridget war noch nie in so großen Privaträumen, ohne sich zuvor eine Eintrittskarte gekauft zu haben. Jetzt begreift sie, warum wer auch immer die Tür offen gelassen hat: Wenn überhaupt, dann ging es darum, warme Luft von draußen ins Haus zu lassen, obwohl es November ist.

Sie wirft einen Blick auf ihre Uhr. Noch immer zehn Minuten zu früh.

»Hallo?«, ruft sie zögernd.

Pfoten tapsen über die schwarz verschmutzten Dielenbretter, und schon taucht ein freundlicher Cockerspaniel am anderen Ende des Speisezimmers auf und kommt auf sie zu. Erfreut – seltsamerweise erleichtert –, hier ein Lebewesen zu sehen, geht sie in die Hocke, krault ihn hinter den Ohren und wird mit einer eleganten Krümmung des Rückens und einem begeisterten Ansturm seiner pinkfarbenen Zunge belohnt.

»Hallo, alter Knabe!«, sagt sie lachend und hält seinen Kopf ein Stück von ihrem Mund entfernt. »Wo ist denn dein Herrchen? He? Wo sind die anderen?«

Der Hund blickt über ihre Schultern in den Salon, entzieht sich ihrem Griff und rennt plötzlich zielbewusst in die Richtung, aus der er gekommen ist. Bridget folgt ihm. Hier sind die Vorhänge aus dickem blauem Samt, hängen von der hohen Decke bis über die Fenstersitze, die in die fast einen Meter dicken Mauern eingelassen sind. Die Fenster selbst beginnen etwa auf der Höhe von einem Meter achtzig: zu hoch, als dass ein Mensch im Stehen, geschweige denn im Sitzen, hinausschauen könnte. Das muss einmal eine Art Geschäftsraum gewesen sein, vermutet sie: ein Ort, an dem die in Kittel gekleideten Pächter darauf warteten, in das kleinere Empfangszimmer gerufen zu werden – holzgetäfelt, mit Teppichen ausgelegt, gemütlich, weniger bombastisch als die Räume, die sie bis jetzt gesehen hat –, in das sie durch die Tür zu ihrer Rechten in einem Seitenflügel des u-förmigen Gebäudes blickt. Der Hund trottet durch die Tür weiter voraus, und sie folgt ihm. Eine Küche, fast wie eine Betriebsküche. Ein Edelstahlherd mit acht Gasflammen ist in den ehemaligen Kamin eingebaut, ein Warmhalteschrank, eine Doppelspüle, amerikanischer Kühl- und Gefrierschrank. Das alles passt überhaupt nicht zu den alten Schränken und Abtropfbrettern aus Kiefernholz und dem winzigen, von Stein umrahmten Fenster, das auf einen nassen Rasen blickt. Wieder Steinplatten auf dem Boden. Sie kann spüren, wie die winterliche Kälte durch ihre Schuhsohlen aufsteigt.

Am anderen Ende der Küche befindet sich eine weitere Tür; sie ist geschlossen.

»Hallo?«, ruft sie noch einmal.

Wieder keine Antwort. Der Hund macht neben der Tür Sitz – kauert sich nieder, um seinen Rumpf nicht auf die Steinplatten zu legen – und mustert sie mit großen, traurigen Augen. Hebt eine Vorderpfote und streicht damit über die Holztür. Als sie den Riegel anhebt, bemerkt sie, dass sie mit einem Schloss versehen ist. Sie streckt den Kopf in einen gefliesten Raum, in dem weitere moderne Geräte stehen: eine Waschmaschine und ein Trockner, ein Staubsauger und eine Bügelmaschine; einziehbare Wäscheleinen sind über ihrem Kopf gespannt. Zu ihrer Rechten ein weiterer Raum – einst ein Vorraum zu dem Empfangszimmer, wie sie aufgrund der Holztäfelung vermutet. Ein Gerümpel aus kaputten Möbeln, aufeinandergestapelten Lampenschirmen, Kartons und Papier. Ein toter Raum; eines jener Zimmer, wie man sie nur in den ärmlichen Gegenden einer städtischen Wohnsiedlung findet, wenn die Bewohner auf Anweisung des Sozialamts abtransportiert wurden. Alte Zeitschriften. Fotoalben. Stühle ohne Beine. Beine ohne Sitzflächen. Sachen, die scharfkantig sind, Sachen, die schwer und Sachen, die mit dem Staub von Jahrzehnten bedeckt sind.

Das Bild von Yasmin taucht vor ihrem inneren Auge auf. Das hier muss ich verschlossen halten, denkt sie. Und wenn es kein Schloss gibt, muss ich einen Riegel oberhalb ihrer Reichweite anbringen. Hier gibt es Sachen, die für sie lebensgefährlich sein könnten.

Überall gibt es Dinge, die sie umbringen könnten. Für Sechsjährige ist die Welt voller tödlicher Gefahren. Himmelherrgott, sie könnte an Brixton Hill unter einen Geländewagen geraten. In ihrer Schule könnte Feuer ausbrechen. Sie könnte alle möglichen Chemikalien in die Finger kriegen, die sie in ihrer beengten kleinen Küche unter der Spüle aufbewahrt, sie könnte kopfüber von einem Klettergerüst stürzen, auf offener Straße entführt werden. Sie ist so kostbar und verletzlich. War ich schon vor Kieran so? Habe ich mir den ganzen Tag ständig Sorgen gemacht, so wie jetzt? Habe ich deshalb diesen schlimmen Fehler begangen? Weil ich dachte, er sei stark, weil ich dachte, er würde mich beschützen?

Der Hund drückt sich an ihr vorbei, zeigt ihr einen Weg an den Tischen, Schränken und leeren Steinsockeln für Statuen oder Säulen vorbei auf eine schmale Tür zu, die einen Spalt offen steht. Sie kann dahinter eine ebenso schmale Treppe sehen; steile Stufen führen zwischen den von der Feuchtigkeit fleckigen Wänden eines Anbaus hinauf. Und endlich hört sie, dass sich oben etwas bewegt: ein Rumsen, als würde etwas Schweres über den Boden geschleift. Eine Leiche?, fragt sie sich. Es wäre doch möglich … das könnte alles nur ein Vorwand sein, um Frauen allein in eine …

Sie gibt sich einen Ruck. »Hallo?«, ruft sie wieder.

Das Geräusch verstummt, als würde jemand lauschen. Wieder hört sie die Uhr in der Ferne. Aber es ist keine Uhr: Der Rhythmus ist nicht ganz richtig, nicht gleichmäßig genug. Es ist mehr, als würde irgendwo etwas immer wieder auf den Boden schlagen.

»Hallo?«

Schritte. Die Stimme eines Mannes: durchdringend, mit klarer Aussprache, eindeutig vornehm.

»Hallo?«

»Hallo?«, ruft sie wieder.

Jetzt ist er auf der Treppe und kommt herunter. Sie sieht den Hammer in seiner Hand, bevor sie sein Gesicht sieht.

»Wer sind Sie?«

»Bridget Sweeny.« Erst kürzlich hat sie den Mädchennamen ihrer Mutter angenommen, jenen Namen, der auf ihrer Geburtsurkunde steht, obwohl das nur wenige Leute wissen. Ihre Gefühle gegenüber ihrem Ehenamen haben sich mit den Erfahrungen verändert, aber was noch wichtiger ist, sie muss sich von den Dingen, an die Kieran sich erinnern wird, distanzieren, wenn sie das hier durchziehen will.

»Ach.«

Er steht in der Tür. Schlicht wie die Stimme; ein hervorstehender Adamsapfel und dunkle Haare mit ausgeprägten Geheimratsecken. Er ist Ende dreißig, schätzt sie – etwa fünf Jahre älter als sie –, und sieht eher ein bisschen älter aus, vor allem, weil seine Haut von Kupferfinnen durchzogen ist, die auf seinen Wangen Knötchen und Pusteln bilden.

»Sie sind früh dran«, stellt er mit einem leisen Vorwurf in der Stimme fest.

»Tut mir leid«, antwortet sie. »Es ist schwierig, genau pünktlich zu sein, wenn man von London bis hierher fährt.«

Er ignoriert den Hinweis. »Wie auch immer. Jedenfalls besser als zu spät, denke ich. Ich hatte gehofft, die Wohnung noch ein wenig aufräumen zu können, bevor Sie hier ankommen. Die letzte Bewohnerin hat sie ein bisschen … Tom Gordhavo.«

Einen Augenblick denkt sie, dass das irgendein hiesiger Ausdruck sein muss, bevor ihr einfällt, dass das sein Name ist. »Sehr erfreut, Sie kennenzulernen«, sagt sie und schüttelt ihm die Hand.

»Ganz meinerseits«, antwortet er.

3

Nun, sie sieht anständig aus, denkt er. Allerdings kann man das natürlich nicht auf den ersten Blick sagen. Aber nach Tom Gordhavos Erfahrung ist Unehrlichkeit gewöhnlich mit übertriebener Freundlichkeit gepaart, und diese Frau ist eher ein wenig reserviert. Das gefällt ihm sogar. Er hat keine Zeit für Angestellte, die ihm jedes Detail ihrer Lebensgeschichte und ihres Gesundheitszustands erzählen wollen. Sie fragt lediglich, ob es möglich wäre, ein Tor in die Hecke, die den Garten vom Teich trennt, einzubauen, um zu verhindern, dass ihre sechs Jahre alte Tochter dort allein hinspaziert, was ihm ein vernünftiges Anliegen zu sein scheint. Er hatte es ohnehin vorgehabt, weil sich ein paar der Feriengäste im letzten Jahr über diese Gefahrenquelle beschwert haben. Ein Unfall würde die Chance, in die Broschüren aufgenommen zu werden, höchstwahrscheinlich ein wenig mindern. Also stimmt er bereitwillig zu. Er umgibt sich bewusst mit einer Aura wie Frances Hodgson Burnett bezüglich des Grundstücks als einzigartig wertsteigerndes Merkmal des Hauses, aber es gibt Dinge, die Feriengäste als malerisch ansehen, und andere, die schlichtweg gefährlich sind. Er speichert den Vorschlag als Beweis, dass sie allem Anschein nach recht vernünftig ist. Initiativ würde sie es wahrscheinlich nennen, da sie zweifellos von dem Modevokabular der Londoner Geschäftswelt infiziert ist. Er beschließt, das Wort einzusetzen und abzuwarten.

»Ich brauche jemanden«, sagt er, während er sie durch das Speisezimmer führt, »der ein wenig initiativ werden kann.«

Hinter seinem Rücken hält sie ganz kurz inne, während sie das Wort verarbeitet, und er unterdrückt ein Grinsen.

»Nun«, antwortet sie gelassen, »ich habe mehrere Jahre mein eigenes Geschäft geführt, bevor ich meine Tochter bekommen habe. Deshalb denke ich, dass ich daran gewöhnt bin, Entscheidungen zu treffen.«

»Ach, tatsächlich?« Ihr eigenes Geschäft, denkt er. Könnte alles Mögliche gewesen sein. Public Relations. Einkuvertieren. Wer weiß, vielleicht ist sie pleite gegangen. Warum würde sie sich sonst für den Job einer Haushälterin bewerben, wenn sie andere Möglichkeiten hätte?

»Welche Art von Geschäft?«, fragt er und bemüht sich, seine Stimme nicht argwöhnisch klingen zu lassen.

»Ich war Floristin.«

Sie bleiben am Ende des Zimmers vor der Eingangstür stehen, vor einem Tisch, auf dem in einem alten gelblich braunen Topf ein riesiges Gesteck aus Strohblumen und Distelblüten prangt. Die haben schon bessere Tage gesehen, denkt er. Die stehen schon mindestens seit zehn Jahren da.

»Ach, ja?«

»Ja. Ich hatte einen Laden an Lavender Hill. In London«, fügt sie hinzu, als mache sie sich Sorgen, er könnte überhört haben, dass sie ihr Geschäft in der Hauptstadt geführt hat. »Allerdings hatte ich meist im Südwesten der City zu tun. Blumen für Sitzungssäle und Empfangsbereiche, solche Sachen. Partys. Hochzeiten. Wöchentliche Lieferungen, um …« Sie hält inne und überlegt, ob das die richtige Ausdrucksweise gegenüber einem reichen Mann ist, der er ja offensichtlich sein muss, beschließt aber, dass er nicht der Typ ist, der Prinzessinnengehabe gutheißt. »… um die Damen, die ein Essen geben, davor zu bewahren, dass sie tatsächlich etwas tun müssen … Sie wissen schon. Eine Zeit lang hatte ich drei Angestellte und einen Fahrer. Es lief ziemlich erfolgreich, denke ich. Für ein kleines Geschäft.«

»Verstehe. Und warum führen Sie es nicht weiter, wenn ich fragen darf?«

»Ich habe jede Menge Gründe.«

Sie fährt mit dem Finger über den Tisch und hinterlässt einen langen Streifen im Staub.

»Die letzte Haushälterin ist vor einem Monat gegangen«, erklärt er hastig, »ein bisschen überstürzt. Und ich glaube, dass sie ihren Job schon eine Weile davor nicht sonderlich gut gemacht hat.«

Sie reibt Zeigefinger und Daumen aneinander, und begutachtet ungerührt den grauen Schmutz auf ihren Fingerkuppen.

»Mein Mann ist vor achtzehn Monaten gestorben«, erzählt sie ihm. Schaut in seine Richtung, um zu sehen, ob er ihr diese Lüge abkauft. Sie muss überzeugend sein, wenn das hier funktionieren soll. »Deshalb sind nur ich und Yasmin übrig. Und ein Geschäft zu führen, lässt sich mit dem Dasein einer alleinerziehenden Mutter einfach nicht vereinbaren. Vor allem kein solches Geschäft. Die Fahrt um fünf Uhr morgens zum New Covent Garden passt wirklich nicht mit den normalen Öffnungszeiten von Kindergärten zusammen.«

Es verblüfft Tom immer wieder, wie Menschen allem Anschein nach so gelassen über einen Trauerfall reden können. Sie kann kaum älter als fünfunddreißig sein, schätzt er, trotzdem redet sie über ihr Witwendasein ohne ein Anzeichen jener Wut, die ihn, wie er weiß, erfassen würde, wenn er in der gleichen Lage wäre. Er hat es auch bei seiner Mutter festgestellt: Sie schien den Tod seines Vaters mit einer Gelassenheit hinzunehmen, die er selbst nach drei Jahren nicht aufbringen konnte. Und dennoch, glaubt er, gibt es wahrscheinlich keinen Menschen auf der Welt, der vermuten würde, was er empfindet, wenn er einen Ausblick genießt, der auch seinem Vater gefallen hätte. Oder wenn er sich nach dem Rat seines Vaters sehnt, wenn er am Sonntag die Straße nach Penwithiel hinauffährt, um dort zu essen, wie es sein Vater sein ganzes Erwachsenenleben hindurch getan hat, und sich wieder einmal daran erinnert, dass er keine Geschwister hat. Manchmal wird er dann von einer so starken Woge der Traurigkeit erfasst, dass er fürchtet, sie könnte ihn in die Tiefe reißen. Liegt sie nachts wach, fragt er sich, und weint um ihren verstorbenen Mann? Oder ist ihr Leben jetzt so schwer, so sehr damit ausgefüllt, über die Runden zu kommen, dass sie gar keine Zeit für Emotionen hat? Sie sieht jedenfalls so aus, als habe das Leben sie abgehärtet. Man kann leicht erkennen, dass sie einmal hübsch war mit dieser langweiligen Wuschelfrisur Marke Eigenbau, und dass sie es wahrscheinlich wieder sein könnte; es ist nur schwierig, sich auszumalen, wie dies zu erreichen wäre.

»Tut mir leid«, sagt er wenig überzeugend. »Es muss schwer für Sie sein.«

Bridget zuckt mit den Achseln. »So etwas passiert«, antwortet sie. »Ich glaube nicht, dass viele von uns das Leben führen, das wir mit fünfzehn für uns erträumt haben.«

»Wohl kaum. Mit fünfzehn wollte ich unbedingt Popstar werden.«

Sie lacht. »Und ich war überzeugt, Model zu werden.«

Unausgesprochen hängt zwischen ihnen: *Aber nur einer von uns hat am Ende so viel Geld.*

Was für eine Ironie, denkt sie. Geld zu haben, gehörte für Kieran und mich eindeutig zum Plan. Wir haben den Yuppie-Traum verfolgt. Er wollte es in der City zu etwas bringen, es aufs Börsenparkett schaffen, nicht für immer im Hintergrund arbeiten, und ich wollte Filialen eröffnen. Der Oliver Bonas der Blumenarrangements sein. Das war ein Teil des Reizes, Teil des Grunds, warum ich mir von allen Verehrern, die ich hatte, ausgerechnet ihn ausgesucht habe: Weil er es zu etwas bringen würde. Weil wir es gemeinsam zu etwas bringen würden. Und was passiert? Ich heirate einen Mann, der mir helfen soll, reich zu werden, ich lege meinen Ehrgeiz in die Hände eines anderen, und jetzt hat er Geld, und ich verarme, verschulde mich und werde am Ende von Sozialhilfe abhängig sein.

Sie schiebt den Gedanken beiseite. *Ich kann mir kein*

Selbstmitleid leisten. Muss optimistisch sein. Das ist das Einzige, was mir bleibt.

»Und …«, sie macht eine ausladende Handbewegung und deutet auf den Raum, »machen Sie sich keine Sorgen, das alles hier Feriengästen zu überlassen? Die sind nie sonderlich vorsichtig, und man weiß ja nie, um wen es sich handelt … die könnten ja mit einem Umzugslaster vorfahren.«

»Na ja, das ist einer der Gründe, warum wir eine Haushälterin brauchen«, antwortet er. »Um ein Auge darauf zu haben. Aber keine Sorge. Sie sind nicht wirklich für ein Haus voller kostbarer Antiquitäten verantwortlich. Das sind alles Kopien. Wir haben das meiste als Restposten in Indonesien gekauft und in einem Container hierher bringen lassen.«

»Aber die Gemälde?«

»Die sind gut, nicht wahr? Natürlich alles Familienerbstücke. Allerdings auch keine Originale. Sie wären überrascht, wie überzeugend man heutzutage mit dem Computer Bilder auf alt trimmen kann. Nur wenn man genau hinschaut, sieht man, dass die Pinselstriche nicht wirklich auf die Leinwand aufgetragen sind.«

Sie tritt nahe an ein riesiges Porträt eines Gutsherrn aus dem achtzehnten Jahrhundert heran, der ein Jagdgewehr über der Schulter und einen eckigen Filzhut auf dem Kopf trägt und zu dessen Füßen ein übergewichtiger Hund sitzt. Der Gutsherr steht, wie sie bemerkt, in den Feldern, über die sie gerade gefahren ist; Rospetroc, winzig im Hintergrund, ist von einer ganzen Ansammlung von Eiben umgeben, wo heute nur noch eine einzige steht. »Donnerwetter«, sagt sie.

»Wir haben festgestellt, dass den Leuten Porträts gefallen. Die haben sie lieber als Landschaften und solche Sachen. Vermittelt ihnen ein stärkeres Gefühl von Authentizität.«

»Ja, aber mir leuchtet ein, warum Sie ihnen die Originale nicht anvertrauen wollen.«

»Genau. Wenn mit denen etwas passieren würde, wäre es, als würde jemand die Grabsteine der Familie zerstören. Dieser Kerl hängt im Original im Haus meiner Eltern ...« Er korrigiert sich, wie er es nach drei Jahren noch immer tun muss. »... im Haus meiner Mutter.«

»Wer ist das?«

»Ein anderer Tom Gordhavo. Mein ... ich muss überlegen, wie viele Ur-, Ur- ich bei ihm voransetzen muss.«

»Dann hat er also hier gelebt?«

»Nein. Dieses Haus hat der Familie meiner Mutter gehört. Die Gordhavos haben das große Haus besessen.«

Bridget fragt sich, wie groß das große Haus sein muss, wenn dieses hier nicht als groß gilt.

»Und warum wohnt kein Mitglied der Familie hier, wenn ich fragen darf? Wie können Sie den Gedanken bloß ertragen, ein Haus wie dieses an Fremde zu vermieten?«

Er hat nicht die Absicht, ihr die ganze Geschichte zu verraten. Schließlich ist seit Generationen bekannt, dass das Dienstpersonal zu Aberglauben neigt und sofort anfangen wird, irgendwelche Dinge zu sehen, wenn man ihnen davon erzählt. Seit dem Krieg ist es ihnen nicht mehr gelungen, eine Haushälterin aus der unmittelbaren Umgebung zu rekrutieren, und das trotz der ständigen Klagen, dass es hier zu wenig Arbeitsplätze gibt und die Zuziehenden die Leute vom Land vertreiben.

»Die Familie ist nicht mehr so groß wie früher«, erklärt er. »Und das hier ist das abgelegenste unserer Häuser. Es war sinnvoll, keinen von uns meilenweit von all den anderen fortzuschicken.«

Sie akzeptiert das ohne Murren.

»Ihnen macht die Abgeschiedenheit doch nichts aus, oder?«, fragt er. »Sie können zu allen Nachbarn gehen, und das Dorf ist nur ein paar Meilen entfernt.«

»Um ehrlich zu sein, das klingt himmlisch, wenn man eine Zeit lang in London gelebt hat«, erzählt sie ihm aufrichtig und denkt an die übertrieben geschminkten Huren, die in ihrem Abschnitt der Streatham Street auf den Strich gehen.

»Weil wir nämlich ein paar Katastrophen mit Haushälterinnen erlebt haben, die aus London gekommen sind«, sagt er. »Die denken alle, sie würden mit der Einsamkeit zurechtkommen, aber ich glaube nicht, dass viele Leute begreifen, was das wirklich bedeutet. Der Winter ist lang und dunkel, selbst hier im Süden. Niemand ist unterwegs, dem man zufällig auf der Straße über den Weg laufen könnte, selbst wenn Sie ins Dorf hinuntergehen; im Winter erledigt man hier alles mit dem Auto. Und wir haben in der Nebensaison nur wenige Gäste …«

»Ich verstehe, was Sie damit sagen wollen«, fällt sie ihm ins Wort. »Aber im Dorf gibt es doch eine Schule, oder? Wie ist sie?«

»Soweit ich weiß, nicht schlecht.« Er sitzt natürlich im Beirat der Schule, aber er weiß, dass eins seiner eigenen Kinder diese Schule wohl kaum jemals zu einem anderen Zweck als dem Besuch des Weihnachtsbasars betreten würde.

»Sie kann wohl kaum schlechter sein als die, in die meine Tochter zurzeit geht.«

»Bestimmt. Jetzt lassen Sie mich Ihnen den Rest zeigen.«

Sie folgt ihm durch den Salon mit seinem Kamin in der Größe eines Bungalows. »Hier drin befinden sich Fernseher, Video und DVD. Sie werden erstaunt sein. Alle Gäste gehen davon aus, dass sie für eine gemeinsame Urlaubswoche aufs Land kommen, aber ohne *EastEnders* halten sie es nicht aus. Und wahrscheinlich auch nicht ohne Pornos, so viel ich weiß. Die Kamine sind natürlich alle in Ordnung. Sie müssen sie nur jeden Tag sauber machen, wenn Besucher da sind. Jedes Zimmer muss einmal in der Woche gesaugt, abgestaubt und geputzt werden. Die Bäder werden ganz gründlich gereinigt beim Gästewechsel, wenn sie da sind, genügt täglich ein kurzes Durchwischen. Die Küche scheint jedes Mal, wenn sie benutzt wird, eine Totalüberholung zu brauchen. Sie werden sich wundern, wie viel Zeit das in Anspruch nimmt.«

Nein, werde ich nicht, denkt sie. Sie ist *riesig*. Ihre und Yasmins Wohnung würde zwei Mal unter die geschwärzten Balken des Salons passen.

»Sie müssen natürlich sämtliche Betten machen und abziehen und sich um die Wäsche kümmern. Beim Gästewechsel und jede Woche, wenn sie länger bleiben. Wir haben zwei komplette Sets für jedes Bett, dazu ein paar Ersatzbezüge, falls etwas kaputtgeht. Im Sommer kann der Gästewechsel wirklich höllisch sein. Das Auschecken um zehn Uhr, und die Neuen kommen bereits ab drei an. Im Dorf stehen ein paar Frauen auf Abruf bereit, die bei den schnellen Wechseln kommen und helfen, aber meistens müssen Sie das alles allein erledigen. Sie sollten mich natürlich auf dem Laufenden halten, was ersetzt werden muss, und Sie bekommen eine kleine Handkasse für Putzmittel ...«

»Wie viele Schlafzimmer sind es?«

»Zwölf. Sechs Doppel-, vier Einzelzimmer und ein paar Mansardenräume, die so etwas wie Schlafsäle sind. Jeweils mit drei Betten und ein paar Liegen. Normalerweise werden die größeren Kinder dort oben einquartiert. Im Schuppen sind auch ein paar Kinderbetten. Die Matratzen dafür befinden sich in dem scheußlichen Durcheinander, in dem Sie mich gerade angetroffen haben.«

Sie nickt, aber da er ihr in diesem Moment den Rücken zudreht, sieht er es nicht. »Gut«, sagt sie.

»Eigentlich habe ich natürlich gehofft«, fährt er fort, »ein Paar zu finden.«

»Ach. Na ja. Tut mir leid. Ich bin allein.«

»Die bleiben länger. Leisten einander Gesellschaft. Und natürlich die tagtägliche Belastung ... den Garten lassen wir absichtlich ein bisschen verwildert aussehen, aber selbstverständlich nur bis zu einer bestimmten Grenze. Er wird vor dem Frühling gründlich hergerichtet werden müssen.«

»Ach.«

Er hat keine Ahnung, wie dringend sie diesen Job haben möchte. Wie bereitwillig sie sich auf alles einlassen wird, nur um von dort, wo sie jetzt wohnt, wegzukommen, von der ganzen Situation, von Kieran und der Angst und der Armut in der Stadt, die viel, viel schlimmer ist als auf dem Land. Ich könnte Gemüse anpflanzen, überlegt sie, und vielleicht kann ich irgendeine Heimarbeit annehmen, um die Abende auszufüllen. Das wäre ein Neustart, eine neue Chance. Man stelle sich vor, dass mein kleines Mädchen an einem Ort wie diesem hier aufwächst, mit so viel Platz, um herumzurennen, mit einer Schule, in der sie nicht lernen würde, auf alles mit »Verpiss dich« zu antworten. Die Nacht durchzuschlafen, ohne Angst, wer gleich durch die Tür kommen könnte. Bitte, lass mich das hier nicht vermasseln, bitte.

»Ich bin handwerklich recht geschickt«, versichert sie ihm und folgt ihm durch ein weiteres holzgetäfeltes Zimmer – von Bücherregalen gesäumt, wahrscheinlich vollgestellt mit jenen Büchern, die die Familie nicht ein zweites Mal lesen wollte – und dann eine dunkle Eichentreppe ins Obergeschoss hinauf. »Die meisten der grundlegenden Sachen kann ich selbst reparieren. Dichtungen und Steckdosen und Sicherungen und so weiter. Einfache Tischlerarbeiten: Sie wissen schon, Regale bauen und Sachen reparieren, Scharniere ...«

Und das entspricht immerhin der Wahrheit. Das muss ich. Es ist ja keiner da, der es für mich macht, nicht einmal, als ich einen Mann im Haus hatte. Ich habe recht schnell gelernt, dass es Nörgelei war, um diese Art von Hilfe zu bitten. Und die Sachen liegen zu lassen, das war Vernachlässigung. Und beides waren Todsünden.

»Gibt es viele andere Bewerber?«, fragt sie und ist nicht überrascht, als er mit der Antwort zögert.

»Na ja, ich denke«, sagt er, »es gibt schon Leute ... Klempner und dergleichen ...«

»Ich bin sehr gut am Telefon.« Sie versucht, die Atmosphäre aufzuheitern.

Sie stehen in einem schmalen Flur mit Stuck an den Decken, mit Türen zu beiden Seiten und einem Perserläufer, dem längsten, den sie je gesehen hat und der in der Ferne verschwindet. »Vielleicht könnten Sie Ihr Einkommen ein bisschen aufbessern, indem Sie die Blumen für die Hochzeiten und dergleichen übernehmen«, sagt er unvermittelt. »Für die Tanzveranstaltungen.«

»Hochzeiten?« Es gelingt ihr nicht, zu verbergen, wie überrascht sie ist.

Tom Gordhavo lacht. »Machen Sie sich keine Sorgen. Es sind nur ein paar im Jahr und auch nur ein paar Tanzveranstaltungen. Wir haben Verträge mit Gärtnern, und es wird von Ihnen nicht erwartet, dass sie hinter denen herputzen. Na ja, jedenfalls nicht viel. Selbstverständlich werden Sie den letzten Durchgang machen, da Sie ja die Einzige sein werden, die sich hier richtig auskennt. Von Auftragnehmern kann man nie erwarten, dass sie den Job so erledigen, wie man es selbst machen würde.«

»Okay«, sagt sie. Sie gehen den Korridor entlang und halten an, um einen Blick in die leeren Schlafzimmer zu werfen. Eisenbettgestelle, bemalte Schränke und schwere Kommoden mit Waschschüssel und Wasserkrug obendrauf. »Ganz wie in *Homes and Gardens*«, stellt sie fest. »Ich hatte eher mit Himmelbetten gerechnet.«

»Na ja, im größten Schlafzimmer steht eines«, sagt er, »aber das sind schreckliche Staubfänger. Die hier sind viel praktischer.«

»Wie viele Bäder gibt es?«

»Sechs. Keine mit direktem Zugang zu den Schlafzimmern. Darüber beschweren sich nicht viele, nur die Amis. Ich denke, die meisten Leute verstehen, dass in der Tudorzeit keine Badezimmer eingebaut wurden. Stellen Sie sich darauf ein, dass die Amis sich auch beschweren, dass die Bodenbretter nicht plan sind. Die haben irgendwie keine Vorstellung von einem Haus, das mehr als fünfzig Jahre alt ist. Und, was meinen Sie?«

»Es ist …« Sie kämpft, um ihre Stimme nicht allzu begeis-

30

tert klingen zu lassen. »Nun, es ist in jedem Fall ein Fulltime-Job.«

»Selbstverständlich«, sagt er fröhlich. »Glauben Sie, dass Sie das schaffen?«

Er steht mit verschränkten Armen in der Tür zum größten Schlafzimmer, das über dem Speisezimmer liegt, und mustert sie von oben bis unten. Nicht gerade kräftig, denkt er, aber sie sieht aus, als würde sie mit allem fertig werden. Und außerdem kann eine alleinerziehende Mutter nur geeignet sein. Ich brauche jemanden, der Bindungen hat, jemand, der nicht einfach wieder davonrennt.

»Wann könnten Sie anfangen?«, fragt er.

4

Wieder war der Gerichtsvollzieher da gewesen. Zumindest hat sie sich durch die Fahrt und ihren frühen Aufbruch erspart, den ganzen Tag bei geschlossenen Vorhängen in der Wohnung hocken zu müssen. Zudem hat sie sich erspart, aus dem Haus zu treten und festzustellen, dass das Auto, das einzig Wertvolle, was sie noch besitzt, abgeschleppt wurde. Seit einer ganzen Weile parkt sie es schon ein Stück abseits der Brixton Water Lane in der Hoffnung, dass es nicht entdeckt und zur Begleichung der Wasserrechnung gepfändet wird.

Wir werden es brauchen, denkt sie, um darin zu leben, sobald die Wohnung zwangsversteigert ist. Das Schlimmste, was ich je getan habe, war, mich von der Liste für eine Sozialwohnung streichen zu lassen und den Kauf einer Eigentumswohnung zu wagen. Aber woher hätte ich auch wissen sollen, dass das Sozialamt ungeachtet der Umstände keine Hypothekenzahlungen übernimmt? Dass das Sozialamt dich eher in einer Pension einquartiert, als deinem Kind die Aussicht auf ein dauerhaftes Zuhause zu geben?

Als Leserin der *Mail* versteht sie das Argument mit der Hypothek, nämlich, dass es nicht Sache des Steuerzahlers ist, Schnorrern wie ihr ein komfortables Dach über dem Kopf zu finanzieren, aber es kommt ihr auch nicht fair vor, dass das System abwartet, bis Familien auf der Straße stehen, um ihnen endlich zu helfen. Ich bin nur eine Nummer in der Statistik, denkt sie, genau das bin ich. Etwas, was man bei Parteitagen anführt, um die Schuld am Zustand der Jugend in diesem Lande anderen in die Schuhe zu schieben.

Heute ist sie insgesamt zwölf Stunden auf der Straße unterwegs, und ihre Finger und Knie sind schon ganz verkrampft, weil sie schon so lange die gleiche Haltung einnehmen. Sie weiß, sie sollte dankbar sein, in ihren Verhältnissen überhaupt noch ein Auto zu haben, auch wenn es schon zehn Jahre alt ist und die Türdichtungen kaputt sind, aber sie vermisst ihren kleinen Mercedes mit seinem Geschwindigkeitsregler und dem leichtgängigen Getriebe, den sie schon längst verkauft hat, um die Hypothek ein paar Monate weiter bezahlen zu können. Sie spürt, wie sich die ersten Anzeichen von Kopfschmerzen in ihrem Nacken ankündigen. Sie ist lange Fahrten über die Autobahn nicht gewöhnt, und die Kombination aus ihrer Angst vor starken Geländewagen und ihrer Sorge, das Auto könnte die Strecke nicht durchhalten, hat die Muskeln zwischen ihren Schulterblättern steinhart werden lassen. Sie zieht sich am Geländer die Treppe hinauf, als wäre sie achtzig. Sie hasst diese Treppen, die sie jahrelang treppauf, treppab gelaufen ist, Kind und Buggy, Tüten, Handtaschen und Windelpackungen jonglierend.

Dumpfe Bässe dringen durch die geschlossene Tür der Wohnung im Erdgeschoss. Das wird bis in die frühen Morgenstunden so weitergehen, es sei denn, die Bewohner gehen aus in einen Club und gönnen ihren Nachbarn bis vier oder fünf Uhr am Morgen ein paar Stunden Ruhe. Das Schlimmste am Jungle, denkt sie, ist die Tatsache, dass er ohne Unterbrechung dröhnt. Das und die Tatsache, dass er diejenigen, die sich das anhören, offenkundig taub macht. Oder egoistisch. Kann Musik die Persönlichkeit verändern? Sie hält das durchaus für möglich. Die Bewohner reagieren weder auf das Klopfen gegen die Tür noch aufs Klingeln. Und sie hat sie in dem einen Jahr, das die inzwischen hier wohnen, noch nie zu Gesicht bekommen. An Verkehrslärm, selbst an einen plärrenden Fernseher, kann man sich gewöhnen, aber an Jungle ... die wenigen Sekunden, die er aussetzt, wenn man den Eindruck hat, das ganze Haus halte den Atem an in der Erwartung, dass er dauerhaft aufhört, und die hörbaren Seufzer der Verzweiflung, wenn der Beat wieder einsetzt.

Manchmal fragt sie sich, ob die Musik nicht über eine Zeitschaltuhr läuft, die ein ausgebuffter Bauträger in der Absicht installiert hat, langjährige Bewohner wie Carol zu vertreiben. Nur die große Zahl an schwarzen Müllsäcken, die am Tag, wenn der Müll abgeholt wird, draußen liegen, überzeugt sie davon, dass überhaupt jemand in dieser Wohnung lebt.

Sie hat die Heizung den ganzen Tag ausgestellt – jeder Penny zählt schließlich –, und die Wohnung ist kalt und feucht, als sei sie verwahrlost. Man fühlt sich hier mehr wie im Keller als in der zweiten Etage. Bridget lässt ihre Schlüssel auf den mit Stoff überzogenen Karton fallen, der als Dielenkonsole dient, seit sie die richtige letztes Jahr verkauft hat, um die Gasrechnung zu bezahlen, sie blättert die Handvoll Briefe durch, die sie zusammen mit der Karte des Gerichtsvollziehers von der Fußmatte aufgehoben hat. Das übliche Sorgenbündel. Die Raten fürs Wasser: überfällig. Gemeindesteuer – sie ist besonders sauer, dass sie Geld, das sie gar nicht hat, berappen muss, um sich die Moralpredigten und verdammten Hilfsangebote der Sozialarbeiter anzuhören. Fernsehgebühren. Sie verzieht das Gesicht. Zumindest, denkt sie, brauche ich die nicht mehr bezahlen, sobald der Gerichtsvollzieher den Fernseher mitgenommen hat. Da ist noch ein Brief, von unbekannter Art. Schwerer cremefarbener Umschlag mit Wasserzeichen, länger und schmaler als gewöhnlich, und die Adresse ist auf das Papier gedruckt anstatt, wie es sonst meist der Fall ist, durch ein Plastikfenster hindurchzuscheinen.

Sieht aus wie ein Anwaltsschreiben, denkt sie.

Ihr Herz macht einen Sprung.

Jemand ist gestorben.

Sie dreht den Umschlag und betrachtet die Rückseite, als würde ihr diese einen Hinweis auf den Inhalt liefern.

Vielleicht, denkt sie, ist es jemand, den ich nicht kenne; einer der entfernten Verwandten in Kanada, von denen man hin und wieder liest, diejenigen, die nie geheiratet haben, aber das Geld, das für Kinder gedacht war, erfolgreich an der Börse anlegten und jetzt niemanden haben, dem sie es vererben können.

O Gott, denkt sie. Ist es schon so weit gekommen, dass ich hoffe, irgendwer möge irgendwo gestorben sein, nur weil mir das aus diesem Schlamassel heraushelfen könnte?

Vielleicht hat jemand im Lotto gewonnen und eine anonyme Spende gemacht. Einer meiner Freunde. Einer jener Menschen, die ich früher gekannt habe, und der gehört hat, was uns zugestoßen ist, und helfen möchte …

Sie bringt es jetzt nicht über sich, den Brief zu öffnen, weil sie tief in ihrem Innersten weiß, dass er weitere schlechte Nachrichten enthält, dass die Rettung nicht aus heiterem Himmel kommt. Sie hat das Gefühl, als renne sie ihr ganzes Leben, ohne jemals voranzukommen. Es scheint alles so zufällig zu sein. Immer wieder berichten die Zeitungen über Abfindungen von mehreren Millionen Pfund für Vorzeigefrauen, und sie steht da, kuvertiert die ganze Nacht und verteilt Reklamezettel, um den Unterhalt für das Kind aufzubringen, den ihr Mann nicht bezahlen will aus Protest, dass ihm das Recht verweigert wird, seine Tochter zu Tode zu ängstigen.

Wir leben in einem Zweiklassensystem, denkt sie. Die Reichen und wir, der Rest.

Klack. Plötzlich herrscht rings um sie Dunkelheit, weil ihre Stromkarte abgelaufen ist.

»Scheiße«, sagt Bridget. »Scheiße, Scheiße, Scheiße.«

Warum passiert das ausgerechnet immer am Abend, wenn der einzige Laden, in dem man die Karte wieder aufladen kann, die Tankstelle an Streatham Hill ist, wo die Wahrscheinlichkeit, überfallen zu werden, genauso groß ist, wie dass du dir einen Riegel Mars kaufst?

Weil du, sagt sie zu sich selbst, natürlich abends Strom brauchst. Und es passiert so häufig, weil du nie mehr als einen Fünfer übrig hast, den du dafür aufbringen kannst. Es liegt nicht etwa daran, dass die Welt sich gegen dich verschworen hat, so sehr du auch den Eindruck haben magst.

Sie hält in jedem Zimmer Kerzen und Streichhölzer bereit, auf hohen Regalen, um sie von kleinen Händen fernzuhalten. Die nächste ist in der Küche, oben auf dem Schrank. Bridget tastet sich durch den Flur, stößt sich den Zeh an etwas an – wahrscheinlich an einem Spielzeug, das Yasmin liegen gelassen hat –, schmeißt etwas mit lautem Krach auf den dummerweise mit Schiefer gefliesten Küchenfußboden, den sie und Kieran damals vor ihrer Schwangerschaft hier verlegten, damals, als er ihr noch wie ein Traumprinz vorkam, als sie dachte, er würde hier einziehen und seine Wohnung als ersten Schritt die Eigentumsleiter hinauf vermieten. Wir wollten hier in zwei Jahren ausgezogen sein und ein Haus in Clapham bezogen haben, denkt sie. Nicht einmal in meinen wildesten Träumen hätte ich mir ausgemalt, dass die erste Wohnung, die ich mir vor zehn Jahren gekauft habe, jetzt mein Gefängnis sein würde. Ich bin schlechter dran als damals, als ich Anfang zwanzig war. Mit Anfang zwanzig hat der Weg zumindest ausschließlich nach oben geführt.

Sie tastet an der Kante der Schranktür entlang und findet die Untertasse aus dem Trödelladen, die als Kerzenhalter dient.

Beim Aufleuchten des Streichholzes erhascht sie einen flüchtigen Blick auf eine Gestalt in der Ecke. Zuckt mit klopfendem Herzen zusammen, lässt das Streichholz beinahe fallen. Es ist Kieran, natürlich. Immer Kieran. Immer da und beobachtet sie, lässt sich aus dem Augenwinkel sehen und wartet darauf, loszuspringen.

Und wieder unterdrückt sie die Tränen, zum achten Mal heute, zum zwölftausendsten Mal, seit dem Tag, an dem sie ihn kennenlernte. Und dann bläst sie das Streichholz aus, lässt den Brief auf die Arbeitsfläche fallen, ignoriert die Schürze, die an ihrem Haken hängt, wo sie schon immer hing, und geht, um ihre Tochter abzuholen.

5

Yasmin hat ihren Vater nicht vergessen. Manchmal kommt er zur Schlafenszeit, wenn sie spürt, dass der Schlaf sie gleich übermannt. Dann hört sie ihn auch sprechen, so, wie er früher gesprochen hat, so, wie er gewesen ist. Sie spürt seine Nähe, spürt, dass er die Decke um sie feststopft, um die Zugluft, die durch das Fenster über ihrem Bett eindringt, abzuhalten, spürt, dass seine Lippen flüchtig ihre Stirn, ihre Schläfe, den Haaransatz berühren, und hört ihn flüstern: »Gute Nacht, mein süßer Engel.« Und dann dreht sie sich halb im Schlaf auf die Seite und murmelt: »Gute Nacht, Daddy.« Und wenn sie noch wacher ist, dann zuckt sie zusammen und kreischt und schreit nach ihrer Mutter, weil er nicht da sein sollte; er sollte überhaupt nicht in ihrer Nähe sein. Wenn sie wach ist, dann erinnert sie sich nicht an den lieben Dad, den, der mit ihr gekuschelt, sie gebadet und sie mit zu den Schaukeln im Brockwell Park genommen hat. Das alles ist durch zusammengebissene Lippen und betonharte Fäuste ausgelöscht. Nur in ihren Träumen kommt er zurück: wärmt sie, beschützt sie und löst in ihr eine beunruhigende Verwirrung aus.

Jetzt, da sie in Carols großem weichem Bett schläft, hört sie die Stimme ihrer Mutter, nimmt sie aber mehr wie einen Traum als eine wirkliche Störung wahr. Erst kürzlich hat sie das mit den Träumen begriffen, obwohl sie häufig träumt. Und sie nimmt vage wahr, dass ihre Mutter hinter der Schlafzimmertür weint, aber sie weint in letzter Zeit so häufig, dass das Geräusch für Yasmin schon fast zum Alltag gehört. Sie dreht sich unter Carols Bettzeug von Brixton Market um und driftet wieder in den Schlaf.

In Carols Wohnküche – sie wohnt im ausgebauten Dachboden des Hauses, in den ehemaligen Unterkünften der Dienstboten, überall Dachschrägen und Einbauschränke – kauert Bridget auf dem Sofa und umklammert ein zusammengeknülltes Stück Küchenpapier. »So sollte es nicht laufen«, schluchzt sie. »So sollte es wirklich nicht laufen.«

»Natürlich nicht«, sagt Carol, die gerade den Kopf in den Kühlschrank steckt. »Ich glaube nicht, dass es einen einzigen Menschen in dieser Straße gibt, der sich als Kind sein künftiges Leben so vorgestellt hat. Ich jedenfalls nicht. Ich wollte reich sein, wie es im Fernsehen alle sind. Und verheiratet. Ein großes Haus in Esher haben. Mehrere Kinder. Mitglied im Fitnessclub sein …«

»Das kann ich mir bei dir gut vorstellen«, sagt Bridget.

»Können wir das nicht alle? Soll das nicht eigentlich bei allen Stewardessen der Fall sein, bevor sie in den Ruhestand gehen? Davon war ich immer überzeugt. Und meine Mum ebenfalls. Eindeutig. Das war, als ich angefangen habe, ein Beruf mit hervorragenden Aussichten. Bestem Zugang zur Welt der Vielflieger. Damals hat kein Mensch etwas von Renten und Hypotheken gesagt. Meine Rente sollte mir automatisch mit der Heiratsurkunde gesichert sein.«

»Aber du bist doch noch gar nicht im Rentenalter«, stellt Bridget fest.

»Meine Liebe«, entgegnet Carol, »wenn du vierzig bist und einen Trolley schiebst, könntest du genauso gut fünfundsechzig sein. Der Anblick von Krampfadern und einem Kakao am Abend passt nicht zum Image der meisten Fluglinien.«

Sie findet, wonach sie sucht, taucht auf und hält es hoch. »Da ist er ja!«, stellt sie fest. »Kakao für Erwachsene. Ich weiß nicht, warum ich überhaupt Spinat kaufe. Der braucht immer so viel Platz, dass ich den Wein nicht finde, und ich esse ihn ja nie, bevor er schlecht wird.«

»Was soll ich bloß machen?«

»Mit Brokkoli ist es das Gleiche«, sagt Carol und macht sich mit dem Korkenzieher zu schaffen. »Ich kaufe ihn nur, damit mein Kühlschrank nach gebrauchten Handtüchern riecht.«

Sie bringt die Flasche und zwei Saftgläser – ihre Spüle mit der ausladenden Mischarmatur ist so klein, dass sie es schon lange aufgegeben hat, Weingläser mit zerbrechlichen Stielen zu kaufen – zum Sofa hinüber, schenkt ein und wartet, bis Bridget sich geschnäuzt und die Mascara-Spuren von den Wangen gewischt hat. »Hier, für dich.« Sie reicht ihr ein Glas. »Jacob's Creek. Mutters kleiner Tröster.«

Bridget nimmt das Glas, trinkt einen großen Schluck und sagt: »Danke. Eigentlich sollte ja ich dir als Dankeschön Wein spendieren.«

»Ist schon gut, Darling«, entgegnet Carol. »Es ist ein Vergnügen, auf sie aufzupassen, das weißt du.«

»Ja, aber …« Wieder steigen Bridget Tränen in die Augen.

»Hör auf, Bridget«, sagt Carol streng. »Es hat doch keinen Sinn. Das Heulen ist reine Energieverschwendung. Es ändert kein Jota am Ausgang der Dinge.«

Bridget schnieft. »Tut mir leid. Ich bin müde.«

»Stimmt«, sagt Carol. Zwischen ihnen besteht eine stillschweigende Übereinkunft, dass sämtliche emotionalen Zusammenbrüche von Bridget – und Carol – als Müdigkeit abgetan und mit Weißwein geheilt werden.

»Was ist bloß mit mir passiert?«, fragt sie zum tausendsten Mal.

»Kieran ist passiert«, antwortet Carol. »Du weißt das, und ich weiß das. Der einzige Mensch, der das nicht zu wissen scheint, ist Kieran. Du warst so durchgestylt, als du hierher gekommen bist. Ich erinnere mich daran. Ich erinnere mich, dass ich gedacht habe, ich würde mich nie mit dir anfreunden, weil du so … na ja, weil ganz offensichtlich war, dass du auf dem Weg nach ganz oben warst. Ich hätte nie gedacht, dass du hierbleiben würdest. Man hat dir angesehen, dass du

39

eine jener jungen Frauen warst, die Karriere machen wollten. Er hat das Leben aus dir rausgesaugt.«

»Das ist Jahre her, Carol.«

»Hm«, sagt sie. »Aber du hast jahrelang Angst gehabt. Männer wie Kieran verwirren einen unglaublich. All die Blumen und Entschuldigungen und Vorhaltungen: Du hast eine Ewigkeit nicht gewusst, was du davon zu halten hast, er hatte dich völlig umgekrempelt. Du kannst nicht erwarten, dass du mit so etwas über Nacht fertig wirst. Vor allem, wenn er noch in der Gegend ist und dir Ärger macht.«

»Aber ich sollte inzwischen drüber weg sein. Ich bin so dumm. *Dermaßen dumm.*«

»Ja«, sagt sie, »das stimmt. Du bist so dumm wie jede Frau, die sich auf einen solchen Typen einlässt. Du hättest es durchschauen müssen, auch wenn das sonst keiner tat. Ich habe selbst eine Ewigkeit gebraucht, bis mir klar wurde, dass er falsch ist, und ich war nicht diejenige, der er wie Dr. Jekyll und Mr Hyde mit zwei Gesichtern begegnet ist.«

»Ich hätte … ich begreife nicht, wie ich so dumm sein konnte. Habe ich mit Leuchtstift ›Opfer‹ auf meiner Stirn geschrieben stehen oder was?«

Sie trinken und denken nach.

»Weißt du«, sagt Carol, »viele Menschen in den Konzentrationslagern hatten den gleichen Eindruck. Als ob es irgendwie ihre Schuld wäre. Als hätten sie selbst etwas getan, was dazu geführt hat. Aber dadurch wird es nicht wahrer. Es bedeutet bloß, dass man, wenn einem immer wieder etwas über einen gesagt wird, das am Ende selbst glaubt. Es gibt böse Menschen, Bridget, so einfach ist das. Manche Menschen sind schlicht und einfach böse, und sie verbringen ihr Leben damit, böse Dinge zu tun. Du hast es mit einem von denen zu tun gehabt. Das ist alles.«

»Aber warum habe ich es nicht gemerkt?«

Carol schnaubt verächtlich. Zündet sich eine Zigarette an und inhaliert tief. »Na ja, sie würden nicht lange damit

durchkommen, wenn sie durch eine Tätowierung gekenn-
zeichnet wären, oder?«

Bridget seufzt. Carol wechselt das Thema.

»Also, erzähl mir davon«, sagt sie. »Mal abgesehen von
der erstaunlichen Tatsache, dass Cornwall Tausende Kilome-
ter entfernt ist. Was meinst du?«

Bridget seufzt, streckt sich. »Es war – ach, was soll's? Ich
kriege den Job ohnehin nicht ...«

»Hm«, pflichtet Carol ihr bei. »Deshalb hat er dich wohl
gefragt, wann du anfangen kannst. Erzähl mir davon. Wie ist
das Haus?«

»Mensch, Carol, es war unglaublich. Unfassbar. Eines jener Anwesen, in die man gewöhnlich nur dann kommt, wenn
man Eintritt bezahlt.«

»Groß?«

»Und wie! Riesig. Zwölf Schlafzimmer, und die Lounges
sind so groß, dass deine und meine Wohnung locker hinein-
passen würden. Mensch, die würden in eine der Sitzgruppen
passen!«

»Da schau her«, sagt Carol. »Und dieses Haus haben sie
übrig?«

Bridget nippt an ihrem Wein. Nimmt dieses Mal einen
kontrollierteren Schluck, da ihr Anflug von Hysterie vorüber
ist. »So viel ich weiß.«

»Wie groß müssen dann erst die anderen Häuser sein,
wenn das übrig ist?«

»Ich bin mir nicht sicher. Ich habe das Gefühl, dass dieses
eigentlich das größte ist. Der Chef wohnt etwa zehn Meilen
entfernt, und die meisten Familienangehörigen leben in der
Gegend. Alle in Laufnähe.«

»Das klingt ja geradezu nach Inzest.«

»Ein wenig schon, oder?«, fragt Bridget.

»Vor allem, wenn man ein Haus mit zwölf Schlafzimmern
nur zehn Meilen entfernt hat.«

»Ich weiß nicht. Vielleicht gefällt ihnen die Aussicht dort,

41

wo sie wohnen, besser. Oder vielleicht können sie es sich einfach nicht leisten, darin zu wohnen, wenn sie das Geld von Feriengästen brauchen. Selbst für kleine Cottages werden dort in der Hochsaison vierhundert Pfund die Woche bezahlt.«

»Ich wette, da spukt es oder so etwas«, stellt Carol fest.

»Sei nicht albern«, antwortet Bridget.

»Wäre doch möglich.« Carol reißt die Augen auf und tut so, als spiele sie auf einer Harfe. »Uuuuh!«, macht sie. »*Uuuuuh!*«

»Hör auf, Carol!« Bridget stellt erstaunt fest, dass sie es ernst meint. »Ich kann es jetzt gar nicht gebrauchen, entmutigt zu werden.«

»Geister und schaurige Gestalten und langbeinige Ungeheuer«, sagt Carol.

»Rede bloß nicht in Anwesenheit von Yasmin davon. Bitte.« Wie viele Eltern schiebt Bridget ihr Kind als Vorwand für ihre eigenen Gefühle vor. »Es wird sowieso schon schwierig genug werden, auch ohne dass du ihr Flausen in den Kopf setzt.«

Carol hält inne, aber jetzt lächelt sie. »Stimmt. Und du hast allen Ernstes vor, da hinzuziehen?«

»Ich weiß nicht. Wirklich nicht. Es wäre – Mensch, ich kann mir nicht einmal ausmalen, was es bedeuten würde, wenn ich den Job bekäme.«

Carol schenkt Wein nach. »So, wie ich es sehe, wäre es die Lösung für all deine Probleme«, sagt sie. »Kieran, deine Schulden. Dass Yasmin zu einer dieser kleinen Schlampen heranwächst, die draußen vor dem Schnapsladen herumhängen. Ein Neustart. Wie sieht deine Wohnung denn aus?«

»Fantastisch. Na ja, in jedem Fall wesentlich besser als die hier. Das oberste Geschoss eines Flügels.«

»Eines Flügels?«

»Ja. Das Haus hat Flügel. Die Wohnung hat zwei Schlafzimmer. Richtige, große. Und in Yasmins stehen zwei Betten.«

Sie bemerkt gar nicht, dass sie von den Zimmern spricht, als gehörten sie bereits ihr. Carol dagegen fällt es auf. »Und sie hat ein Wohnzimmer, das zwei Mal so groß ist wie meines. Es ist rundum getäfelt – Nut und Feder, unbehandeltes Holz wie in einem Blockhaus. Riecht nach Kiefer und Sauberkeit. Und die Küche erst! Mensch, Carol, in der Küche kann man *essen!*«

»Ich wüsste nicht, was daran so besonders sein soll.« Carol reckt den Kopf nach hinten in Richtung ihrer Küchenzeile, in der das Geschirrtuch an dem Tassenhaken über der Spüle hängt. »Das mache ich jeden Tag. Also, erzähl weiter: Was ist der Haken an der Sache?«

»Na ja … es liegt völlig abgeschieden.«

»Herrlich.«

»Es sind zwei Meilen bis ins Dorf.«

Die Alarmanlage eines Autos fängt draußen auf der Straße zu heulen an.

»Ich sehe schon«, stellt Carol trocken fest, »wie sehr du Streatham vermissen wirst.«

»Und das Dorf ist winzig.«

»Und welches ist die nächstgelegene Stadt?«

»Das ist Wadebridge.«

»Wadebridge ist hübsch. Da war ich oft mit meinen Großeltern. Nicht gerade berühmt für sein Nachtleben, aber es ist hübsch.«

Bridget stößt einen übertriebenen Seufzer aus und klopft sich auf den Hintern. »Ich habe meine Discojahre längst hinter mir.«

»Ach, ich bin mir sicher, dass du ein entzückendes *Nähkränzchen* finden wirst.«

»Klar«, antwortet Bridget. »Hältst du das etwa für spaßig?«

»Ich bin mir sicher, dass im Gemeindehaus Discoabende stattfinden. Vielleicht lernst du dort ja einen netten Bauern kennen.« Bridget lacht.

Unten wird ein Fenster hochgeschoben. »Schaltet endlich dieses verdammte Ding aus!«, brüllt eine Stimme über die menschenleere Straße. »Schaltet es ab, verdammt!«

Die Blicke der beiden Frauen treffen sich.

»Ich weiß gar nicht, wie du einen Wegzug überhaupt in Erwägung ziehen kannst.«

»Ich weiß.« Sie lacht wieder, obwohl ihr Tränen in die Augen steigen. »Der Glamour. Der Spaß. Das wilde Gesellschaftsleben. Übrigens. Kannst du mir bis Freitag einen Zehner vorschießen? Meine Stromkarte ist abgelaufen, und ich habe mein ganzes Bargeld für Benzin ausgegeben.«

Carol äfft Margaret Thatcher gekonnt nach. »Das Problem mit diesen Leuten«, sagt sie, »ist, dass sie keine Ahnung vom Umgang mit Geld haben. Baked Beans kosten beim Discounter nur 13 Pence. Du hättest dir einen Vorrat für den Winter anlegen sollen wie die Eichhörnchen.«

»Himmelherrgott«, entgegnet Bridget. »Als ob sich meine Probleme dadurch lösen ließen, dass ich mich von Bohnen ernähre.« Sie trinken wieder einen Schluck. »Ich weiß nicht, was ich machen soll, wenn ich den Job nicht kriege«, sagt sie.

»Ich weiß«, antwortet Carol. »Ich weiß.«

6

Die Statuetten wollen einfach nicht an ihrem Platz stehen bleiben.

Seit das Haus an Feriengäste vermietet wird, gibt es hier nur noch drei dieser Figürchen. Die Familie wollte eigentlich gar nichts aufstellen, was so leicht in eine Tasche passt, aber die Agentur hat ihnen klargemacht, dass die Art von Mietern, die sich lieber für Herrenhäuser in Cornwall als für Ferienwohnungen oder Villen in Spanien entscheiden, meist enttäuscht sind, wenn diesen Häusern die Nippsachen fehlen, so wie sie immer ein altes Metallbettgestell einer modernen, keimfreien Bettcouch vorziehen. Selbst Amerikaner geben sich mit antiquierten Nasszellen zufrieden, wenn sie im ganzen Haus genügend angeschlagene Meißener Figurinen und Ölgemälde der umliegenden Landschaft vorfinden.

»Jetzt aber«, murmelt er, während er durch das Speisezimmer geht und feststellt, dass sie schon wieder umgedreht wurden: Mit heruntergezogenen Mundwinkeln starren Charles II., Prinz Albert und Disraeli mit Blick auf den Spiegel über der Anrichte stur geradeaus.

Daran ist er inzwischen gewöhnt. Seit seiner Kindheit passiert das immer wieder – er erinnert sich, wie seine Großmutter vor sich hin gemurmelt hat, so, wie er es jetzt tut, wenn er die Figuren wieder umdreht –, und dass die starren und missbilligenden Gesichter im Spiegel nun nicht mehr wie damals, als er noch ein fantasievoller Teenager war, die Macht besitzen, bei ihm ein Kribbeln im Nacken auszulösen. Im Laufe der Jahre hat die Familie alles ausprobiert – Posterstrips, sogar Sekundenkleber –, aber nichts scheint sie an Ort und Stelle zu halten. Es ist eben eine der Besonderheiten dieses Hauses. Ein weiterer Grund, warum kein Familienmitglied es haben wollte, als Großmama 1975 am Fuß der hinteren Treppe ihren einsamen Alkoholikertod starb.

Er hat den Rest von Frances Tylers Habseligkeiten in eine Mülltüte verstaut und trägt sie zum Schuppen hinaus. In der Tüte befinden sich Kleidungsstücke, Schuhe und andere Sachen, die eigentlich nicht in die Feuchtigkeit hier draußen gehören, aber er ist der Meinung, dass sie genau das verdient hat, nachdem sie ihn so Knall auf Fall im Stich gelassen hat. Sie ist schuld daran, dass das heute für ihn ein verdammt langer Tag war, an dem er vergeblich auf zwei Bewerber und die einzige Interessentin hatte warten müssen, die schließlich aufgekreuzt ist, und er wird froh sein, wenn er von hier wegkommt. Nach Einbruch der Dunkelheit wird es in diesem Haus nicht gerade besser. Als er und seine Schwester noch Kinder waren, hatten sie sich immer geweigert, nach Sonnenuntergang hierher zu kommen; sie waren richtig hysterisch geworden, obwohl ihnen gestattet wurde, zusammen in einem Zimmer zu schlafen, wenn ihre Eltern sie für eine Nacht hierlassen wollten. Nicht etwa, dass das häufig der Fall gewesen wäre: Selbst im Alter von fünf Jahren wusste er bereits, dass mit Granny irgendetwas nicht ganz in Ordnung war. Jetzt erinnert er sich, warum: Es liegt nicht nur daran, dass es auf Rospetroc viele dunkle Ecken gibt und Schatten, die sich rätselhafterweise bewegen; es sind auch die Geräusche. Getrippel und Gemurmel; seltsames Klappern in anderen Zimmern und Geraschel, als streiche Seide über Seide.

In alten Gemäuern gibt es immer Geräusche. Das weiß er nur zu gut, nachdem er sein ganzes Leben in solchen gewohnt hat. Aber sein eigenes Haus gibt Geräusche der Anpassung von sich: Ein Ächzen und ein dumpfes Klopfen, wenn es sich mit der Wärme oder Kälte ausdehnt oder zusammenzieht; das Knarren eines losen Dielenbretts, das Ruckeln von Fensterrahmen im Wind. Nicht diese erwartungsvolle Stille, die den Schluss nahelegt, dass sich jemand hinter der nächsten

Ecke versteckt, den Atem anhält und nur darauf wartet, hervorzustürzen. Nicht das Gefühl, jemand spähe hinter den Vorhängen hervor und unterdrücke sein Lachen.

Wird sie durchhalten?, fragt er sich. Ich kann das nicht alle paar Monate durchmachen. Sie scheint … es scheint etwas zu geben, womit sie hinter dem Berg hält, das ist mal sicher. Wird sie das Haus ausräumen und verduften? Oder gehört sie nur einfach zu jenen Menschen, die vor irgendetwas davonlaufen? Dieser Job lockt seltsame Vögel an. Normale Leute würden das nicht auf sich nehmen: die Abgeschiedenheit, die unablässige Schufterei, für Sauberkeit zu sorgen und jener Sorte von Menschen gegenüber diskret und tolerant zu sein, die wir hier manchmal als Gäste haben. Und für ehrgeizige Leute ist der Lohn nicht hoch genug.

Sie hatten schon eine Menge Angestellte, und keiner ist geblieben, nicht mal die Ehepaare. Schriftsteller, Künstler, enteignete Farmer aus Zimbabwe, Hippies, Leute mit Ambitionen im Touristikbereich, Aussteiger, Geschichtsfreaks, Schulhausmeister im Ruhestand, Osteuropäer, für die fünfhundert im Monat plus Unterkunft samt Nebenkosten wie ein Vermögen geklungen haben muss. Doch einer nach dem anderen hat gekündigt (oder wie im Fall von Frances Tyler auch nicht), seine Siebensachen gepackt und sich in Richtung Zivilisation aufgemacht. Sie haben in den meisten Fällen Chaos hinterlassen – kaputte Sachen und Schmutz, zerwühlte Betten und unverschlossene Türen – und verbreiteten dann im Dorf Gerüchte, die es praktisch unmöglich machten, selbst für Großereignisse wie Hochzeiten Hilfskräfte zu finden.

Warum muss die Arbeiterschicht nur so verdammt abergläubisch sein?, denkt er. Es ist ja schön und gut, die Daphne-du-Maurier-Geschichte den Touristen auf die Nase zu binden, aber wenn die Einheimischen anfangen, daran zu glauben, dann führt das nur zu Chaos. Er dreht die Figurinen um, sodass sie wieder in den Raum blicken, hebt den Müllsack auf und steuert auf die Hintertür zu.

Im Innenhof, wo er nun nicht mehr von über anderthalb Meter dicken Mauern umgeben ist, hat sein Handy wieder Empfang und piepst zwei Mal. Es ist ärgerlich, dass der Handyempfang hier so unzuverlässig ist, aber so ist es schließlich fast überall auf dem Land. Als seien die Telefongesellschaften in eine große Verschwörung gegen die keltischen Randgebiete verwickelt. Er wirft einen Blick auf sein Handy, bemerkt den Hinweis auf seine Mailbox und wählt eine Nummer, um die Nachrichten abzuhören. Es fällt der für Cornwall typische leichte Nieselregen, aber er bleibt im Freien, weil er sofort keinen Empfang mehr hätte, wenn er sich irgendwo unterstellen würde.

Drei Nachrichten. Eine von fünfzehn Uhr: Seine Frau möchte die Fahrt von Sheffield nicht auf sich nehmen, es tut ihr leid und sie hofft, dass er es versteht, dass es keinen Zweck hat, die ganze Strecke zurückzulegen und ihrer beider Zeit zu verplempern. Tom drückt auf die 3-Taste und löscht die Nachricht. Mach du dir nur keine Sorgen darum, *deine* Zeit zu verplempern, denkt er. Ich hänge hier den ganzen Tag herum und warte auf dich.

Die zweite Nachricht ist um 15 Uhr 15 eingegangen. Ein Bewerber, der zum Vorstellungsgespräch kommen wollte, muss leider kurzfristig absagen.

»Ja, gut«, sagt er laut. »Zumindest hat er so viel Anstand und ruft an. Was immerhin mehr ist als bei dem anderen.«

Die dritte Nachricht stammt von Bridget Sweeny, um vier Uhr. Ihm fällt die Uhrzeit auf, weil sie da unmöglich schon in London gewesen sein kann. Die ist scharf auf den Job, denkt er. Stellt sie sich auf dem Parkplatz bei der Raststätte in Exeter vor, wie sie, während sie telefoniert, neben ihrer kleinen Rostlaube hin und her läuft. Sie sieht selbst mitgenommen aus, denkt er. Müde, aber vielleicht ist das nicht so ungewöhnlich mit einem sechs Jahre alten Kind und ohne Mann. Vielleicht bin ich zu argwöhnisch. Sie sieht aus wie jemand, der eine Pause braucht.

Und möglicherweise wie jemand, flüstert ihm eine leise Stimme zu, *der nicht allzu viele Möglichkeiten hat, fortzugehen, sobald sie erst einmal hier ist.*

»Hallo, Mr Gordhavo«, sagt sie. »Hier ist Bridget Sweeny, die Bewerberin von dreizehn Uhr. Ich möchte nur sagen, dass es mir gefallen hat, das Haus zu besichtigen und Sie kennenzulernen und ...« Er hört, wie sie innehält, um zu überlegen, hört, dass sie ihre Worte sorgfältig wählt, damit sie nicht zu eifrig klingt, nicht zu verzweifelt. Er registriert es mit einem Hoffnungsschimmer. Sie würde eine Sechsjährige schließlich nicht unmittelbar vor Weihnachten aus ihrer gewohnten Umgebung reißen, wenn sie dafür nicht triftige Gründe hätte. »... und ich möchte Ihnen nur sagen, dass ich gerne kommen und für Sie arbeiten würde, wenn Sie mich für geeignet halten. Ich habe mir das Dorf und die Schule angeschaut, und ich finde, dass ... na ja, das tut nichts zur Sache ... Jedenfalls möchte ich Ihnen meine Telefonnummer geben, nur für den Fall ... Sie wissen schon ...« Sie leiert eine Reihe von Zahlen herunter: eine Handynummer, kein Festnetzanschluss. Das ist eines der Zeichen für finanzielle Veränderungen, die Welt der nur bei Bedarf abgerufenen und bezahlten vertragsungebundenen Dienstleistungen ist ebenso ein Zeichen für mangelnde Kreditwürdigkeit wie für alles andere. »... und ich würde mich freuen, von Ihnen zu hören. Danke. Auf Wie... Ach, da fällt mir noch etwas ein: Ich kann eigentlich sofort anfangen. Wann es Ihnen passt. Okay. Also dann, Tschüs.«

Tom hat die Strecke durch den Hof zurückgelegt, schließt den Schuppen auf. Die kahle Glühbirne surrt leise, während sie zum Leben erweckt wird und den Raum beleuchtet, in dem seit hundert Jahren die Spinnen ungehindert ihre Netze spinnen. Das ist die ehemalige Schmiede, Ketten hängen von den Balken, ein Futtertrog für die Tiere kaum dreißig Zentimeter über ihm, aus dem der Staub der Holzwürmer auf seinen Kopf rieselt, als mit seinem Eintreten der Wind hereinweht. Der Schuppen wird nur als Stauraum für Sachen genutzt, die zu

49

kaputt, zu hässlich und selbst für den Dachboden zu nutzlos sind. Dinge, von denen die Leute dachten, sie könnten irgendwann einmal zumindest als Anzündholz dienen, die aber im Laufe der Zeit in Vergessenheit gerieten, als neue Ladungen schöner Holzstämme, die eher der Vorstellung der Touristen von Brennholz für die großen Kamine von Rospetroc entsprachen, neben der Eingangsveranda aufgestapelt wurden. Hier riecht es nach Fäulnis und Käfern.

Das Problem bei Familien wie der unseren ist, dass wir einfach nichts wegwerfen können, denkt er. Sobald irgendwas einem aus der Familie mal etwas bedeutet hat – und sei es nur, dass er es gekauft hat –, sind wir von Natur aus nicht mehr in der Lage, es loszulassen, wie unpraktisch das auch sein mag. Es geht um Geschichte (zumindest um jenen Teil, der uns in positivem Licht darstellt) und Besitz – selbst Kleidungsstücke bleiben in den Truhen und Schränken, bis die Motten sie so zerfressen haben, dass nur noch ein Haufen brauner Fusseln übrig ist. Dieses Haus zum Beispiel: Es gab keinen einzigen Gordhavo – oder genauer gesagt Blakemore –, der nach Großmutters Tod hier leben wollte, aber es kam natürlich überhaupt nicht in Frage, es zu verkaufen. Für das, was dieses Haus abgeworfen hätte, hätten wir den halben Felsen kaufen können, bevor er bei der Schickeria von Fulham so beliebt wurde, und jedes der Ferienzimmer in den Fischerdörfern Cornwalls hätte doppelt so viel Mieteinnahmen abgeworfen wie die Räume hier, und außerdem wäre die Wahrscheinlichkeit weit größer, dass sie ausgebucht wären.

Ja, aber wenn wir es verkauft hätten, hätten wir es ausräumen müssen. Es ist weit besser, das der nächsten Generation zu überlassen, denkt er. Und erschaudert. Weiß der Himmel, was da oben auf dieser Plattform liegt oder in einem der anderen Nebengebäude. Die Leiter muss schon vor Jahrzehnten verschwunden sein, und keiner hatte je irgendeinen Grund, da hinaufzusteigen und nachzuschauen. Auf diesem Anwesen gibt es so viele Stellen wie diese. Keiner war beispielsweise im Kohleschuppen, seit die Heizung auf Öl umgestellt wurde – er weiß nicht einmal mehr, wo sich der Schlüssel befindet –, und so viel er weiß, könnte der Zwischenboden des Bootshauses inzwischen heruntergebrochen sein. Jedenfalls war zu seinen Lebzeiten niemand mehr dort, abgesehen davon, dass das Vorhängeschloss ausgewechselt und ein Schild angebracht wurde: BETRETEN AUF EIGENE GEFAHR. Der Teich ist voller Algen und zugewuchert, weil die Quelle, von der er gespeist wird, zu schwach ist, um ihn klarzuhalten, und er kann sich nicht vorstellen, dass das Bootshaus je sonderlich reizvoll gewesen sein kann, nicht einmal zu den Glanzzeiten des Hauses.

Mensch, wir leben heute ganz anders, denkt er. Andere Leute würden uns für verwöhnt halten, weil wir ganze Gebäude verfallen lassen, aber wir besitzen einfach zu viele. Die Wahrheit ist schlicht und ergreifend, dass wir zu viele haben.

Halb wirft er die Tüte auf den freien Flecken zu seiner Rechten, halb lässt er sie fallen. Hört, dass etwas zerbricht, und verspürt bei diesem Geräusch einen Anflug von Genugtuung. Das wird ihr eine Lehre sein, dass man sich nicht einfach ohne ein Wort aus dem Staub macht.

Bridget Sweeny. Die sieht nicht aus, als würde sie mit dem erstbesten Surfer durchbrennen, der ihr im Sommer über den Weg läuft. Sie schien sich von der Arbeitsbelastung nicht abschrecken zu lassen. Hat keine einzige dumme Frage über die Geschichte des Hauses gestellt oder eine von diesen albernen Bemerkungen über die Atmosphäre gemacht. Sie war ihm nicht wie eine jener Frauen vorgekommen, die beim ersten Problem gleich hysterisch werden. Hat einen recht vernünftigen Eindruck gemacht.

Er knipst im Schuppen den Lichtschalter aus, während er sich zum Gehen umdreht, und im Haupthaus springt die Sicherung heraus. Sie wird wahrlich vernünftig sein müssen, denkt er, während er sich unter dem sternenlosen Himmel über den Hof vorwärtstastet.

51

7

Rums.

O mein Gott. Hab ich die Tür abgeschlossen? Hab ich sie zugeschlossen? Hab ich an alle Schlösser gedacht?

Die Panik lässt sie im Bett erstarren, sie liegt gerade wie ein Brett da, Schweißperlen stehen ihr auf der Stirn, als hätte sie eben ein türkisches Bad betreten. Und dennoch friert sie, fröstelt unter der dicken Decke, weil sie weiß, dass Kieran draußen steht. Weil sie weiß, was er tun wird, wenn er hereinkommt.

Rums.

Jetzt ist auch Yasmin wach: Mit Augen, die in dem Licht, das zwischen den Vorhängen hereinfällt, groß wie Untertassen erscheinen, liegt sie flach auf der Matratze, als würde sie von einer unsichtbaren Macht niedergedrückt.

Rums. Er tritt mit dem Fuß gegen die Tür. Wenn ich vergessen habe, die Riegel vorzuschieben, das Einsteckschloss vergessen habe, dann wird das Sicherheitsschloss nur ein paar dieser Tritte aushalten.

Der Instinkt rät ihr, sich zu verstecken, sich so weit wie möglich von diesem Lärm zu entfernen, sich irgendwo in der Dunkelheit zusammenzukauern, die Hände vor dem Gesicht, und zu hoffen, dass er wieder geht. Aber er wird nicht gehen. Nicht, wenn er hereinkommt, und in dieser kleinen Wohnung kann man nirgends entkommen.

Ich muss aufstehen und nachsehen.

Nein, nein, nein, er wird dich umbringen.

Rums.

O Gott, hilf mir!

Sie setzt sich auf. Fühlt sich nackt, verletzlich, sobald die

Decke weg ist und zwischen ihm und ihrer Haut nichts mehr ist als eine dünne Schlafanzughose, ein Baumwollhemdchen und vielleicht ein schwaches Schloss. Sie schwingt die Füße auf den Teppich.

Yasmin wird klar, was sie vorhat: Dass sie sie verlassen wird, dass sie allein sein wird, und sie fängt zu weinen an. »Mummy, Mummeeee!«

»Pst, Darling.« Bridget versucht, ihre Stimme nicht zittern zu lassen. Sie muss ruhig bleiben. Muss Yasmin zuliebe tapfer sein. Mein Baby. *Gib, dass er mein Baby nicht kriegt.* »Pst. Du musst jetzt leise sein, Baby.«

Ihre Stimme klingt wie die einer Fremden, als hörte man sie unter Wasser. Sie spürt das Rauschen des Bluts in ihren Ohren, spürt, wie ihre Zunge sich müht, sich vom Gaumen zu lösen. »Ich komme gleich wieder«, versichert sie. »Ich verspreche es.«

»Lass mich nicht allein, lass mich nicht allein!«

Ich habe keine Zeit. Ich habe keine Zeit dafür. Ich muss gehen, verstehst du das nicht? Ich muss gehen. Das ist unerträglich. Nur um dich zu schützen, muss ich dich verlassen, ach Baby, verstehst du das denn nicht?

Rums.

Sie tastet nach der Nachttischlampe, da fällt ihr ein, dass sie noch immer keinen Strom hat. Na ja, das wird jetzt ein Vorteil für uns sein. Er kennt sich hier nicht so gut aus wie wir, im Dunkeln. Es ist zwei Jahre her, dass er das letzte Mal hier war, und seitdem ist alles umgestellt worden. Er wird uns nicht sehen, jedenfalls nicht gleich. Vielleicht können wir ihm entkommen.

Wohin entkommen? Diese verdammte Stadt. Wenn jemand auf der Straße schreit, rührt sich keiner. Die Yuppies im ersten Stock, diejenigen, die heute Abend, als sie nach Hause kamen, die Haustür sicher wieder nicht zweimal abgeschlossen haben, die haben, als er noch hier gewohnt hat, nie bemerkt, was hier oben vor sich ging: Haben nie Hilfe geholt, nie nachgeschaut, was los ist. Sind auf der Treppe an ihr vorbeigegangen und haben verlegen den Blick von ihren blauen Flecken abgewandt. Die brüllen wegen der Alarmanlage eines Autos aus dem Fenster, würden aber zulassen, dass im Stockwerk über ihnen ein Mann seine Familie halb tot prügelt, und keinen Finger rühren ...

Mach schon. Mach schon, Bridget. Du musst aufstehen. Du musst aufstehen und nachschauen.

»Versteck dich unter dem Bett«, sagt sie zu ihrer Tochter. »Komm schon, schnell. Versteck dich einfach unter dem Bett und komm erst wieder heraus, wenn ich es dir sage. Komm auf keinen Fall eher heraus. Los, schnell.«

Jetzt setzt sich Yasmin hastig in Bewegung, begreift, dass Schnelligkeit die einzige Verteidigung, Verstecken die einzige Möglichkeit ist. Rollt sich aus dem Bett und kriecht darunter, schiebt sich zwischen Koffer und Schachteln und macht sich so klein, wie sie nur kann.

Der Flur: pechschwarz, weil alle Türen geschlossen sind. Hier, in diesem kleinen Raum, ist der Krach viel lauter. Sie kann hören, wie er auf der anderen Seite der Tür flucht und vor sich hin murmelt. Sieht ihn im Geiste vor sich, die Sehnen an seinem Hals dick wie Stahlseile, sein Hemd halb offen, wie es bei den schicken Jungs in der City Mode ist, den Mund vor Bosheit und Wut verzerrt. Warum können sie es nicht erkennen? Warum können sie nicht erkennen, wie er wirklich ist, diese Leute, mit denen er zusammenarbeitet, jene, die sich für ihn eingesetzt haben, damit er nicht vor Gericht musste?

Denen ist es natürlich egal. Er bringt schließlich Ergebnisse, verhandelt im Börsensaal geschickt und knallhart, was spielt es also für eine Rolle, wenn der Kerl ein bisschen aggressiv ist, wenn das die Voraussetzung ist, um einen Bonus einzuheimsen?

Sie stößt sich den Zeh an ihrer Reisetasche an, bemerkt den Schmerz kaum, während sie auf die Tür, den Rachen des Löwen, zukriecht, sich Zentimeter für Zentimeter an der Wand entlangtastet. Habe ich sie abgeschlossen? Habe ich es wirklich nicht vergessen? Hält er sich im Moment mit seinen Fußtritten zurück, weil er weiß, dass ich da bin, und dass die Tür, wenn er schließlich seine ganze Kraft einsetzt und sie eintritt, direkt auf mich fällt?

Sie ist da. Kann ihn jetzt spüren, das Gesicht alkoholselig verzerrt, wie er sich gegen das Holz lehnt und lauscht, und wie ihm nach der Anstrengung der Schweiß unter seiner Dealer-Tolle herunterrinnt. »Verdammt, verdammt, verdammt«, murmelt er. »Ich weiß, dass du da bist, verdammt noch mal.«

Sie bringt es nicht über sich, durch den Spion zu spähen, in sein Gesicht zu sehen. Nach hinten an die Wand gedrückt, tastet sie nach dem Schlüssel des Sicherheitsschlosses, der immer im Schloss steckt, damit er auch ja nicht abhanden kommt. Dreht ihn nach rechts. Er lässt das Schloss mit einem leisen Klicken einrasten. Doch es ist nicht so leise, dass er es nicht hören würde.

»Ich höre dich, verflucht, du verdammte Schlampe!«, brüllt er. »Lass mich rein! Los! Lass mich in meine Wohnung, verdammt!«

Das ist nicht deine Wohnung. War es noch nie. Sie gehört mir, deinetwegen aber nicht mehr lange.

Und jetzt tritt er mit aller Kraft zu, wirft sich mit dem ganzen Körper gegen das Holz, hämmert mit den Fäusten und Stiefeln dagegen. Bridget weicht instinktiv zurück, muss sich zwingen, wieder näher heranzugehen, um die Riegel zu fassen und vorzuschieben. Sie hat mit dem untersten zu kämpfen, weil die Tür in ihrem Rahmen bebt, da der getrennt lebende Ehemann mit seinem Gewicht von neunundachtzig Kilo sich dagegen wirft, um zu ihnen hereinzukommen. Ach, Yasmin, ach, mein Baby, er kriegt dich nicht, ich verspreche es. Ich werde alles tun. Alles.

Der Riegel schnappt ein, und das Geräusch löst ein erneu-

55

tes Gehämmere auf der anderen Seite aus. »Ich kriege dich, Bridget! Du kannst mich nicht ausschließen! Verdammt, du kannst mich nicht aus meiner eigenen Wohnung ausschließen!«

Kommt, so kommt doch endlich! Wo seid ihr bloß? Irgendjemand! Carol! Irgendjemand!

Sie kann sich nicht erinnern, wo sie ihre Tasche hingestellt hat. Jetzt, da die Tür gesichert ist, hat sie sich etwas Zeit verschafft, bis die Polizei eintrifft, aber sie muss sie zuerst einmal rufen. Sie kriecht auf dem Boden entlang, tastet mit ausgestreckten Händen blind nach der Ledertasche, die sie sich in besseren Zeiten gekauft hat. Findet nur herumliegendes Spielzeug, Kartons, die als Kommoden dienen, Schuhe, Bücher, hört seine Wut durch das Haus dröhnen.

Und dann hört sie Carol, oben an der Treppe. Keine Spur von Angst, die sie doch eigentlich haben müsste, in der Stimme, nur ihr lauter Befehl. »Kieran! Ich habe die Polizei gerufen! Sie kommt jeden Augenblick. Du solltest lieber verschwinden.«

8

Carols Hände zittern. Das wird ihr klar, als sie nach dem Geländer greift, weil ihre Knie so wackelig sind. Der Zeitschalter, der so kurz eingestellt ist, dass es nur durchtrainierte Leute schaffen, von einer Etage zur nächsten zu kommen, solange es hell ist, schaltet das Licht aus und taucht sie beide in Dunkelheit. Sie schlägt mit der Faust gegen die Wand, an die Stelle, wo sie weiß, dass sich der Lichtschalter befindet. Und jetzt blickt sie in seine Augen hinab, seine Pupillen sind geweitet und dunkel wegen der Veränderung der Helligkeit und der Tatsache, dass er offensichtlich getrunken hat. Natürlich ist er betrunken. So etwas tut er nie, wenn er nüchtern ist. Dafür ist er zu schlau. Er weiß, was »Abstandszone« bedeutet. Weiß, wie weit er gehen kann. Zumindest, solange er nicht zu viel Bier intus hat.

Dennoch ist sie, wie alle anderen auch, verblüfft, wie gut er aussieht. Man würde es nie für möglich halten, denkt sie, dass hinter einem so schönen Gesicht ein solch brutaler Kerl steckt. Das hält keiner für möglich. Das ist ja das Problem. Wer weiß, ob ich an Stelle von Bridget mich nicht ebenfalls in ihn verknallt hätte. Der da wäre imstande, Hindus Burger aufzuschwatzen. Dieser Knochenbau, diese unschuldigen blauen Augen, der markante, aber freundliche Mund: Jeder geht nach dem Äußeren, was immer auch behauptet wird. Gut aussehende Menschen haben es im Leben immer leichter als wir, egal, wie verdorben sie auch sind, weil die Leute einfach erwarten, dass sie gut sind.

Er ist wie ein weihnachtlich verpackter Scheißhaufen, denkt sie. Diese arme Frau, unter ihren Kleidern grün und blau geschlagen, und alle erzählen ihr, wie glücklich sie sich doch schätzen kann. Sie hält den Handballen sicherheitshalber auf dem Lichtschalter.

Kierans Pupillen ziehen sich zusammen. Durch die Anstrengung glänzt seine Stirn ein wenig; Türen einzutreten ist schwieriger, als es im Fernsehen immer aussieht. »Verpiss dich, Carol«, sagt er.

»Du weißt, dass du das nicht machen kannst, Kieran«, antwortet sie. »Aber du solltest, wenn du vernünftig bist, lieber verduften. Du weißt, dass du eigentlich gar nicht hier sein darfst.«

»Ich will nur mein Kind sehen«, sagt er.

Nein, willst du nicht, denkt sie. Du willst die Mutter deines Kindes grün und blau schlagen.

»Nicht jetzt«, sagt sie, »und nicht ohne die Sozialarbeiterin. Du kennst die Regeln. Es ist mitten in der Nacht.«

Kieran wirft ihr einen Blick zu. Ihr läuft es eiskalt den Rücken hinunter. Mein Gott, was ist der böse, denkt sie. Das hätte ich beinahe vergessen.

»Du solltest jetzt lieber gehen«, wiederholt sie. »Die sind jede Minute da.«

Bitte, betet sie, gib, dass er mir glaubt. Er weiß nicht, dass ich kein Guthaben mehr auf dem Handy habe. Dass ich nicht anrufen kann, selbst wenn ich es wollte. Wenn ich selbstsicher genug klinge, dann glaubt er mir.

Und das tut er. Tritt den Rückzug an. Verschwindet aus ihrem Blickfeld, als er die Treppen hinuntersteigt.

Sie überlegt, fasst einen Entschluss. Sie schaut lieber nach, ob er auch wirklich geht, als dass sie die Hand auf dem Schalter lässt. Im Schein der Straßenlaterne erkenne ich ihn eher als unten an der Treppe, denkt sie: Dann weiß ich, dass er wirklich verschwunden ist und sich nicht irgendwo im Haus versteckt, bis ich bei Bridgets Tür bin und sie mir aufmacht. Sie überquert den Treppenabsatz und beugt sich über das Geländer.

Er geht langsam hinunter, schaut nach oben. Wieder treffen sich ihre Blicke. Carol zwingt sich bewusst, einen neutralen Gesichtsausdruck aufzusetzen. Lass ihn bloß nicht erkennen, was du von ihm hältst, denkt sie. Damit er keinen Vorwand hat.

Er senkt den Kopf, setzt seinen Weg fort.

Das Licht erlischt. Sie hört, dass er stehenbleibt. Was soll ich tun? Soll ich zurückgehen und das Licht einschalten und damit seine Geräusche mit meinen überdecken, sodass ich nicht weiß, wo er ist? Oder bleibe ich hier stehen, vertraue meinem Gehör und glaube, dass er weiter hinuntergeht, wenn er nicht plötzlich losrennt?

Unter der Wohnungstür einen Stock tiefer dringt Licht hervor. Sie kann die Schatten zweier Füße erkennen, die gegen die Tür gepresst sind. Gott, wie ich die hasse, denkt sie. Ich wette, dass sie die Polizei nicht gerufen haben, obwohl sie es gekonnt hätten. Die warten einfach ab und vergewissern sich, dass kein Schaden an ihrem Eigentum angerichtet wurde, dann gehen sie ins Bett und beschweren sich morgen bei der Arbeit den ganzen Tag über ihre lauten Nachbarn. Eine von uns könnte hier oben umgebracht werden, und die würden nichts anderes tun, als großmäulig von dem Blut zu reden, das die Farbe ihrer Zimmerdecke verfleckt hat.

Sie hört seine Schritte: bedächtig, vorsichtig. Er wäre nicht so vorsichtig, wenn er auf dem Weg nach oben wäre. Da bin ich mir sicher. Er tastet sich hinunter.

Ein Gefühl der Erleichterung durchströmt sie, als sich das Geräusch seiner Schritte ändert. Jetzt ist er auf hartem Bodenbelag: auf den alten viktorianischen Fliesen im Erdgeschoss. Die hat sie noch nie sonderlich gemocht, sie sind kalt, zu kunstvoll verziert für die heutige Nutzung des Hauses. Aber jetzt ist sie froh, dass sie da sind.

Vor der Haustür bleibt Kieran stehen. Sie kann geradezu hören, wie er überlegt.

»Geh schon!«, ruft sie. »Ich bin noch da.«

Sie ist erstaunt, wie sicher ihre Stimme klingt. Sein Gesichtsausdruck noch vor einer Minute – betrunken, ja, aber mit dieser Wut eines Neandertalers, die sie im Laufe der Monate, seit sie ihn das letzte Mal gesehen hat, glatt hatte vergessen können – hat ihr größere Angst eingejagt als zuvor der Krach, als er mit dem Fuß gegen die Tür trat.

»Hundert Meter!«, ruft sie und zwingt sich, zuversichtlich und selbstsicher zu klingen. Mit beiden Händen umklammert sie das Geländer, um das Gleichgewicht zu halten und dafür zu sorgen, dass ihre Stimme nicht zittert. »Du musst unbedingt hundert Meter entfernt sein, wenn sie kommen. Das weißt du.«

Unten klickt der Riegel, und sein großer Schatten fällt auf die alten Bodenfliesen. »Ist egal«, sagt er, und seine Stimme hallt durchs Treppenhaus, obwohl er leise spricht. »Ich kann wiederkommen. Du kannst schließlich nicht immer da sein.«

Die Tür fällt ins Schloss. Carol wartet, hält den Atem an, tritt auf die oberste Stufe, lauscht nach Anzeichen, ob er noch immer im Haus sein könnte.

Nichts. Kein Knistern, kein Rascheln.

Er könnte wie eine Katze sein, denkt sie. Er könnte in der Lage sein, sich so still zu verhalten, dass sich selbst winzige Beutetiere in trügerischer Sicherheit wiegen und herauskommen könnten, weil sie glauben, die Luft sei rein.

Wieder überquert sie den Treppenabsatz und knipst das Licht an. Beugt sich über das Geländer, um auch in die dunklen Stellen unter der Treppe zu sehen.

Die Eingangshalle ist leer.

Sie überlegt.

Carol schaltet wieder das Licht an, rennt hinunter, Schalter um Schalter, an Bridgets Wohnungstür vorbei, an den Yuppies vorbei. Holt tief Luft und rennt in die Eingangshalle. Rutscht mit ihren bloßen Füßen über die Fliesen, stürzt auf die Haustür zu. Schiebt den Riegel mit Schwung in den Haken und kippt, weil die Kraft sie verlässt, gegen die dick lackierte Holztür und atmet wieder durch.

9

Sie ist immer nervös, wenn sie nach Hause kommt, selbst wenn sie nur ein paar Minuten fort war. Schließlich würde es ja nur ein paar Minuten in Anspruch nehmen: Er könnte hereinkommen und wieder verschwinden, und keiner würde es merken, wenn sie nicht da ist. So kann man sein Leben unmöglich verbringen, sein einziges Leben, denkt sie. Ich werde eine dieser alten Damen sein, deren Leiche längst mumifiziert ist, bis einer überhaupt bemerkt, dass ich nicht mehr da bin.

Dafür werde ich allmählich zu alt, denkt Carol, während sie die Eingangsstufen hinaufsteigt. Ist ja alles schön und gut, aber ich bin beinahe fünfundvierzig, eine Frau mittleren Alters, und Damen mittleren Alters sollten nicht einmal in Krisenzeiten die ganze Nacht auf den Beinen sein. Sie fühlt sich ausgelaugt, mitgenommen. Yasmin hängte sich am Schultor wie eine Klette an sie, wie sie es immer tut, wenn Kieran ihnen einen Besuch abgestattet hat. Ich brauche ein Nickerchen. Ein Nickerchen, ein Bad und mehrere Tassen Kaffee.

Im Haus ist es still, die Haustür zweifach abgeschlossen. Sie bleibt in der Eingangshalle stehen und lauscht. Nichts. Nur das Brummen des Verkehrs auf der High Road. Sie steigt die Treppe hinauf. Klopft an Bridgets Wohnungstür und stellt fest, dass der Riegel einfach nachgibt.

»Hallo?«, ruft sie. Späht beklommen hinein. Alles sieht normal aus. Keine Kampfspuren, keine Blutflecken.

»Bridget? Hallo?«

»Hier bin ich.«

Sie folgt der Stimme in die Küche. Bridget sitzt auf dem Boden, hat neben sich einen Becher Kaffee stehen, und ein Brief liegt auf ihrem Schoß. Tränen laufen ihr übers Gesicht.

»Ach, Darling«, sagt Carol. Sie kniet sich nieder und schlingt die Arme um ihren Kopf.

»Keine gute Nachricht, wirklich«, antwortet Bridget.

»Worum geht es denn?«

»Darum.«

Sie gibt ihr den Brief. Er trägt den Briefkopf einer großen Kanzlei im Zentrum Londons, aber er stammt von der Wohnungsgesellschaft, wie Bridget bereits gestern Abend vermutet hat. Carol liest ihn, langsam, verarbeitet die steife und formelle Ausdrucksweise und legt ihn zur Seite.

»Einen Monat? Mehr Zeit lassen sie dir nicht?«

Bridget seufzt. Zuckt mit den Schultern. »Sie haben mir mehr als ein Jahr Zeit gelassen. Man kann von ihnen nicht erwarten, dass sie es ewig so weiterlaufen lassen. Sie sind schließlich keine Wohltätigkeitseinrichtung.«

»Ja, aber du hast ein Kind.«

Bridget lässt ihren Tränen freien Lauf.

»Es ist sowieso Zeit, dass wir ausziehen«, sagt sie schließlich. »So kann ich jedenfalls nicht weitermachen. Er wird bald wiederkommen. Das weißt du.«

»Du bist ja fix und fertig«, stellt Carol fest.

»Und das aus gutem Grund«, antwortet Bridget. »O Gott, was bin ich müde.«

Carol setzt sich hin, lehnt sich gegen den Küchenschrank. Ergreift Bridgets Hand und drückt sie.

»Ist sie gut zur Schule gekommen?«

Carol nickt. »Klar. Ich hole sie auch wieder ab.«

»Tut mir leid«, sagt Bridget. »Tut mir wirklich leid, Carol. Das ist dir gegenüber so unfair.«

»Ach, Darling«, antwortet Carol. »Schau. Wir werden schon eine Lösung finden. Bestimmt. Es wird alles gut, du wirst schon sehen.«

»Wie soll denn alles gut werden? *Wie* nur?«

»Ich weiß nicht«, sagt Carol. »Wir werden …«

Sie hält inne, weil ihr nichts einfällt. Weil sie, um ehrlich zu sein, nicht über diesen Vormittag hinaussehen kann. Vor der Dämmerung ist es immer am dunkelsten, ruft sie sich ins Gedächtnis. Immer, wenn man im Begriff ist, die Hoffnung aufzugeben, dann tut sich etwas Neues auf.

»Ich habe es satt«, sagt Bridget. »Habe das alles satt. Satt zu kämpfen, satt, so zu tun, als sei ich tapfer, satt, Yasmin zu sagen, dass alles gut wird. Satt, die Straße entlangzugehen und mich ständig umzuschauen, ob er vielleicht aus dem Nichts auftaucht. Satt, mich zwischen Schuhen für meine Tochter und Lebensmitteln für mich entscheiden zu müssen. Satt, darauf zu warten, dass man mir meine Wohnung wegnimmt. Carol, ich schaffe das einfach nicht mehr.«

»Ach, sag das nicht. Sag das nicht, Liebes.«

»Vielleicht sollte ich einfach …«

Carol wartet. Bridget spricht nicht weiter.

»Liebes«, sagt sie schließlich. »Du weißt, dass du weitermachen musst. Das müssen wir doch alle, oder? Welche Alternative bleibt uns denn?«

Wieder läuft Bridget eine Träne über die Wange. Sie hat den Eindruck, sich völlig ausgeweint zu haben, innerlich so salzig zu sein wie ein Räucherhering. Kann kaum glauben, dass sie noch Tränen übrig hat.

»Man weiß nie«, stellt Carol fest. »Vielleicht ruft dieser Kerl ja an.«

»O ja, bitte.«

Sie zerknüllt den Brief, schleudert ihn gegen die Wand.

»Als ob das je passieren würde«, sagt sie. »Mensch, was war das für eine Zeitverschwendung. Und Vergeudung von Benzin. Er wird nicht anrufen. Warum sollte er? Mein Pech hat nie ein Ende. Niemals. Das war immer so. Und wird ewig so weitergehen, mich auf der Spirale immer weiter abwärts führen. Du weißt das, Carol, und ich weiß es, und es hat keinen Zweck, so zu tun, als wäre es anders. Ich könnte genauso gut …«

Im Schlafzimmer läutet das Handy in ihrer Tasche.

10

Achthundert Pfund. Ich habe achthundert Pfund in der Tasche. Das ist mehr, als ich seit ... seit wie lange nicht mehr hatte? Kommt mir wie eine Ewigkeit vor. Mensch, ich habe so viel Geld früher bar in den New Covent Garden Market mitgenommen, damals in den alten Tagen. Vor Yasmins Geburt dachten wir, an einem gewöhnlichen Abend etwa einen Hunderter auszugeben, sei ganz normal, und jetzt kommt mir das wie ein Vermögen vor.

Ja, denkt sie, aber es ist insgesamt betrachtet nicht viel, oder? Zweihundert stammen von Carol und zweihundertfünfzig sind die Fluchtreserve, für Notfälle vom Kindergeldzuschlag zusammengekratzt. Und fünfzig von meinem Verlobungsring.

Sie blickt auf ihren jetzt nackten Ringfinger hinab. Der Verkauf des Rings war gleichermaßen ein Symbol für das Ende ihrer Beziehung wie eine finanzielle Notwendigkeit gewesen, und die Tatsache, dass sich die Diamanten als Zirkonia entpuppten, in ihrer Ironie fast unübertrefflich. Eigentlich hätte sie überrascht sein müssen, dass zumindest das Gold echt war. Nach all diesen Jahren hat sie endlich die letzten Spuren von Kieran getilgt und den endgültigen Beweis für sein falsches Spiel erhalten, für den Wert, den er ihr beimaß. Damals, als er ihr den Ring schenkte, oben auf dem Eiffelturm, an jenem Champagnerwochenende, Suite mit Whirlpool und all dem Luxus, da hat sie sich wie eine Prinzessin gefühlt. Jetzt schämt sie sich dafür, was dieses Hotelzimmer gekostet hat. Von der Summe, die sie für dieses Wochenende damals hinblätterten, könnte sie zwei Monate ihre Hypotheken bezahlen.

Dreihundert Pfund: Alles, was sich nicht in dieser Schrottkiste befindet – Möbel, Küchengeräte, all der dekorative Schnickschnack, der im Laufe der Jahre Tausende verschlungen hat, als wir nichts sparten, als ich dachte, dass die Einkommen immer nur steigen könnten, wenn man in den Zwanzigern ist –, ist dreihundert Pfund wert, und das auch nur, weil der Mann von der Haushaltsauflösungsfirma wegen meines niedergeschlagenen Gesichtsausdrucks Mitleid bekommen hat, als er mir zweihundertfünfzig anbot. Mensch, der wollte den Fernseher nicht einmal nehmen. Behauptete, der sei so alt, dass ihn selbst ein Bettler stehen lassen würde.

Yasmin bewegt sich auf der Rückbank. Ruhiggestellt mit Chips und heißer Schokolade, hat sie seit dem Rastplatz zwei Stunden geschlafen, unter der Bettwäsche und den Kissen fast vergraben. Wenn wir einen Unfall hätten, denkt Bridget, und blickt in den Seitenspiegel, weil der Rückspiegel von den Kartons mit den Töpfen und Büchern, Schuhen und Spielsachen, Geschirr und Putzmitteln verstellt ist, die alle eiligst zusammengepackt wurden, dann würde sie ihn zweifellos überleben. Ob sie allerdings in dem Fahrzeugwrack gefunden würde, bevor sie erstickt ist, steht auf einem ganz anderen Blatt.

Eines hat Bridget bereits herausgefunden: Westlich von Reading gibt es keinen guten Radiosender. Nach Bristol ist die Welt, bis auf ein paar raubkopierte Drum-and-Bass-Stücke, ganz gemütlich geworden, mit Berichten über zwei Meilen lange Staus auf Umgehungsstraßen und über Weihnachtsmärkte. Es ist, als würde London gar nicht existieren, denkt sie, abgesehen von einem seltsam argwöhnischen Bericht über irgendwelche Verordnungen aus Westminster. Es hätte sich genauso gut um einen anderen Planeten handeln können, oder zumindest um ein anderes Land, für diese Leute so wichtig wie Rom oder New York. Ab Exeter, bei der dritten Sendung über die Zubereitung eines dekorativen Chutney, gibt sie sich geschlagen, fingert an den Knöpfen herum, bis sie Radio 2 findet. Da läuft Duran Duran »Girls on Film«. Die letzte Melodie, die bei ihrem ersten Abend in der Schuldisco gespielt wurde, als sie die Lichter nach den Schmusetänzen wieder anschalteten. Damals. In einem anderen Leben. Als sie dachte, die Zukunft halte nichts als Abenteuer bereit.

Bridget lächelt heute zum ersten Mal, abgesehen von dem falschen, aufgesetzten Lächeln, mit dem sie ihre Tochter immer wieder beruhigen will. Singt mit – immerhin mit dem Chor –, während sie die Scheinwerfer einschaltet. Wie es bei Umzügen immer der Fall ist, sind sie später losgekommen, als sie vorhatten, weil die Kartons und Taschen so viel schwerer und schwieriger zu verstauen waren, selbst mit Carols Hilfe, als sie gedacht hatten, und es ist bereits kurz vor sechzehn Uhr. Es wird stockdunkel sein, bis wir dort ankommen, denkt sie. Ich werde die meisten Sachen bis morgen im Auto lassen müssen und nur die Bettdecken und die Kochsachen hinaufbringen. Wir sind dort schließlich auf dem Land. Dort können wir ein Auto voller Wertsachen, so sie welche sind, getrost über Nacht stehen lassen, und ich kann trotzdem davon ausgehen, dass sie morgen noch da sind.

Mein Gott, was bin ich müde, denkt sie. Ich werde wohl alt. Und dann lacht sie laut auf, weil ihr klar wird, dass sie zum ersten Mal in ihrem Leben im Auto Radio 2 eingestellt hat. Vielleicht bist du noch nicht wirklich alt, sagt sie sich, aber du hast ganz eindeutig einen der Meilensteine des mittleren Alters hinter dich gebracht.

»Was ist denn so lustig?«

Sie wirft einen Blick in den Rückspiegel. Yasmin sitzt aufrecht da und reckt den Hals wie eine Meerkatze. Sie ist auf ihrer Sitzerhöhung festgegurtet und streckt die Beine von sich, weil sie zu kurz sind, um sie an den Knien zu beugen, und ihre dunklen Haare sind auf einer Seite vom Schlafen zusammengedrückt. Bridget wird von einer dieser Wogen der Liebe überrollt, die sie stündlich überkommen. Mein Baby.

Kein Baby mehr, aber noch nicht groß genug, um gegen die Lehne des Fahrersitzes zu treten.

»Nichts, Baby«, sagt sie. »Ich habe nur gerade etwas im Radio gehört. Hast du Durst?«

Yasmin überlegt und streckt sich, um auf die trostlose Straße hinauszusehen. »Ja«, sagt sie geistesabwesend, herrisch. »Wann ist es denn dunkel geworden? Es muss schon schrecklich spät sein.«

»Es ist Winter, Darling. Im Winter wird es früh dunkel.«

Kinder sind dermaßen komisch. Was ihnen auffällt und was nicht. Sechs Winter hat Yasmin inzwischen erlebt, und erst jetzt fällt ihr das mit der Dunkelheit auf. »Warum?«

Du meine Güte, denkt Bridget, darauf weiß ich beim besten Willen keine Antwort. Liegt es daran, dass der Verlauf unserer Umlaufbahn zu verschiedenen Zeiten im Jahr unterschiedlich ist? Oder eiert die Erde um ihre Achse? Oder hat es etwas mit den Schwankungen zu tun, über die in den Wissenschaftsprogrammen ständig die Rede ist?

»So ist es nun einmal.« Sie entscheidet sich für die So-ist-es-nun-einmal-Version. »Deshalb wird es im Winter kälter, verstehst du. Die Sonne scheint kürzer.«

»Warum?«

»Warum was?«

»Warum scheint die Sonne kürzer?«

»Weil Winter ist«, hebt sie an. Dann wird ihr klar, dass sie sich in eine Ecke manövriert, und sie schlägt eine andere Richtung ein. »Wir brauchen den Winter, damit die Pflanzen eine Ruhepause haben. Es ist wie bei dir, wenn du schlafen musst.«

»Aber Pflanzen müssen nicht schlafen«, stellt Yasmin fest. »Es sind die Menschen, die schlafen müssen.«

»Hmm«, antwortet Bridget unverbindlich.

»Und Katzen. Katzen schlafen. Ganz viel. Manchmal kriegt man sie gar nicht wach.«

»Stimmt.«

»Können wir ein Kätzchen haben?«

67

»Mal sehen«, antwortet sie. Ein Satz, den sie sich dreißig, vierzig Mal am Tag aussprechen hört.

»Ich werde es Fluffy nennen«, stellt Yasmin entschieden fest.

Bitte nicht, denkt Bridget. Es ist schon hart genug, das Kätzchen eines Kindes zu sein, ohne Fluffy zu heißen.

»Sind wir bald da?«

»Es dauert leider noch ein paar Stunden.« Bridget fischt einen Minikarton Five Alive aus dem Türfach, reißt die Packung mit den Zähnen auf und reicht sie nach hinten.

»Noch ein paar Stunden?«

»Ja. Ich hab dir doch gesagt, dass es eine lange Fahrt ist.«

»Praktisch nach Amerika«, stellt Yasmin in dieser seltsamen, plötzlich ganz erwachsen klingenden Art fest.

Gar nicht so daneben, denkt Bridget. Schließlich braucht man nur sieben Stunden, um nach Florida zu fliegen.

»Mummy, mir ist langweilig.«

O Gott. Lass sie bloß nicht damit anfangen. Wir haben noch eine so lange Strecke vor uns. »Möchtest du ein Spiel machen? Wie wäre es mit ›Ich sehe was, was du nicht siehst?‹«

»Ja. Ich sehe was, was du nicht siehst, und das fängt mit S an.«

»Hmm …« Bridget schaut sich um. »Schiebedach?«

»Nein.«

»Seitenfenster?«

»Nein.«

»Hmm …«

Ein Auto kommt ihnen auf der anderen Straßenseite entgegen. »Scheinwerfer?«

»Genau«, sagt Yasmin. »Ich sehe was, was du nicht siehst, und das fängt mit S an.«

»Scheinwerfer«, antwortet Bridget.

»Genau. Ich sehe was, was du nicht siehst, und das fängt mit S an.«

»Ist schon gut, ich hab's kapiert. Trink doch was.« Ein lautes Schlürfen auf der Rückbank.

»Wie lange dauert's noch?«

»Eine Stunde und neunundfünfzig Minuten.«

»Mir ist soooooo langweilig!«

»Da, schau!«, ruft Bridget. »Ein Kamel!«

»Wo?« Sie richtet sich wieder auf, die Langeweile ist vergessen.

»Ups, verpasst.«

»Was hat denn ein Kamel hier zu suchen?«

»Kamele gibt es überall.« Vor allem, wenn kleine Kinder abgelenkt werden müssen. Dafür sind sie sehr nützlich. Elefanten ebenfalls.

»He, wie kommt es, dass *ich* nie eins sehe?«

»Du bist einfach nicht schnell genug, das ist alles. Ich bin mir sicher, wir sehen noch eines. Ich denke, hier an dieser Straße könnte es einige geben. Schließlich kommen wir bald durch einen Ort, der Camelford heißt.«

»Tsss«, sagt Yasmin. »Manchmal glaube ich, du denkst sie dir nur aus, Mum.«

Ach, verdammt. Ich wusste, dass es zu gut ist, um lange anzudauern.

»Wir müssen uns überlegen«, sagt sie, »in welcher Farbe wir dein Zimmer streichen wollen. Es ist cool, nicht wahr, dass du endlich ein eigenes Zimmer hast, oder?«

»Glaub schon«, antwortet Yasmin. Bridget ist ein wenig enttäuscht. Sie hatte mit mehr Begeisterung gerechnet, aber sie vermutet, dass es für ein Kind in Yasmins Alter schwierig ist, sich für etwas zu begeistern, was es noch nie hatte. Mit Ausnahme eines Kätzchens.

Vielleicht sollte sie die Sache mit dem Kätzchen doch in Erwägung ziehen. Aber das ist eine knifflige Entscheidung. Es wird noch schwerer sein, wieder wegzuziehen, falls die Sache nicht funktionieren sollte, wenn man ein Haustier zurücklassen muss.

»Du hast sogar ein zusätzliches Bett«, erzählt sie fröhlich.
»Dann können deine Freundinnen bei dir übernachten.«

Yasmin nimmt ihren Affen von dem Sitz neben ihr und beginnt, an seinen Ohren herumzureißen. »Alle meine Freundinnen sind in London.«

»Du wirst neue Freundinnen finden«, verspricht sie ihr.

»Wie?«

»Na ja, du wirst in eine neue Schule gehen …«

»Ich *will* in keine neue Schule gehen …«

Sie hört, wie die Stimme ihrer Tochter immer lauter wird. O nein, bitte nicht, denkt sie. Ich kann heute keine weiteren Tränen verkraften. Ich habe gerade meine Wohnungsschlüssel der Wohnungsgesellschaft übergeben. Ich bin gerade obdachlos geworden. Ich habe alles, was mir vertraut ist, hinter mir gelassen und flüchte an einen Ort, wo mir alle fremd sind …

Und dann redet sie weiter, wie es Mütter immer tun: Zwingt ihre Stimme, unbeschwert zu klingen, und ihr fällt wie immer etwas Positives ein. Meine Tochter wird nicht unglücklich aufwachsen. Sie wird nicht mit dem Gedanken aufwachsen, dass die Welt bedrohlich und gefährlich ist. Das lasse ich nicht zu. Ich lasse nicht zu, dass Kieran ihre Zukunft vergiftet.

»Wie wäre es mit Lindgrün mit roten Punkten?«, fragt sie.

»Puhhhh!« Yasmin lässt sich leicht ablenken. In ihrer Welt wird aus Regen schnell Sonnenschein. Sie kichert. »Nein!«

»Na ja, wie wäre es mit Orange mit leuchtend blauen Streifen?«

»Nein!«

»Hmm …«

»Pink«, erklärt Yasmin. »Ich mag Pink.«

Selbstverständlich. Du bist sechs Jahre alt.

»Mit Sternen an der Decke. Solche Sterne, die im Dunkeln leuchten.«

»Okay. Ich bin mir sicher, dass wir solche finden.«

»Und ein extra Kissen für Fluffy. Weil es sein eigenes Bett braucht, nicht wahr?«

»Hmmm …« Sie versucht, auf kreative Art unverbindlich zu sein, schafft es nicht, lässt es bleiben.

»Und ich möchte solche Lichter haben.«

»Welche Lichter, die ganz kleinen?«

»Solche, die sich immer drehen. Mit den Bildern. Damit ich Sterne und Feen an meinen Wänden habe.«

O Gott. Sterne und Feen? Was haben die ihr in dieser Schule bloß beigebracht? Na ja, ich denke, das ist immer noch besser als Schießereien aus vorbeifahrenden Autos und Crackpfeifen.

»Fluffy muss schwarzweiß sein«, sagt Yasmin. »Mit einer rosa Nase. Ich hab ihn *soooo* lieb.«

Sie schweigen eine Weile. Hängen ihren Gedanken nach, während sie an der Ausfahrt Okehampton vorbeikommen. Vielleicht vergisst sie das mit der Katze bald. Sobald sie erst einmal in die Schule geht und Freundinnen gefunden hat, sobald sie die Lämmchen auf den Weiden herumspringen sieht und … Ich weiß nicht … vielleicht kann sie eine Regenwurmzucht anlegen oder so etwas … oder vielleicht … Hauptsache, sie fängt nicht an, sich ein Pony zu wünschen …

Yasmin rutscht hinten wieder hin und her, zerrt an ihrem Gurt. »Sind wir bald da?«

11

»Hallo?«

»Hallo, ich bin's.«

»Da bist du ja endlich! Ich hab mir schon Sorgen gemacht.«

»Tut mir leid. Tut mir leid.« Sie wirft einen Blick auf ihre Uhr. Es ist schon nach zehn. »Tut mir leid«, wiederholt sie. »Es ist nur ... uns ist die Zeit davongelaufen.«

»Kein Problem«, sagt Carol, und Bridget hört, dass sie sich eine Zigarette ansteckt. »Ich hab mir nur Sorgen gemacht. Du kennst mich ja.«

»Ja. Ich weiß. Und ich bin dir dafür ja auch dankbar.«

»Und, wie ist es? Hast du es dir schon bequem gemacht? Und schläft die Kleine?«

»Na ja, fast. Und ich denke, sie ist eher vor Erschöpfung umgekippt als wirklich eingeschlafen. Es hat ewig gedauert.«

»Na ja ... neues Zuhause und so weiter ...«

»Ja. Das und ...« Bridget kichert, zum Teil aus Erheiterung, zum Teil aus reiner Müdigkeit. »Ach Gott, Carol: Mir ist es bis jetzt gar nicht in den Sinn gekommen.«

»Was?«

»Na ja ... dass sie bis heute noch nie allein geschlafen hat. Nicht in einem Zimmer, das sie nicht kennt.«

Carol trinkt irgendetwas mit Eiswürfeln. »Ach, mein Gott. Und, was hast du gemacht? Sie ist es doch gewöhnt, allein einzuschlafen?«

»Na ja, schon ... aber nicht in einem fremden Bett in einem fremden Haus. Sie hat sich, seit Kieran fort ist, einfach immer in unserem Schlafzimmer in mein Bett gelegt. Du hast ein solches Gekreische noch nie gehört.«

72

»Ich wohne noch immer in Streatham, erinnerst du dich?«, sagt Carol. »Ich höre es jeden Abend.«

»Und die Tatsache, dass es hier eiskalt ist, macht die Sache auch nicht gerade besser. Er hat die Heizung offensichtlich seit dem Tag, als ich zum Vorstellungsgespräch hierher gekommen bin, ausgeschaltet gelassen. Wir werden gleich morgen früh losziehen und neue Bettdecken kaufen müssen. Jetzt schläft sie unter mehreren Mänteln, und ich habe die Wohnzimmervorhänge abgenommen und auf mein Bett gelegt. Ehrlich, wir können von Glück reden, dass die Leitungen nicht eingefroren sind.«

»Aber jetzt wird es doch langsam wärmer, oder?«

»Das würde es bestimmt, wenn ich den Boiler nur finden könnte. Offensichtlich haben wir hier ein vom Haupthaus getrenntes Heizungssystem, aber ich finde den Boiler einfach nicht. Um ehrlich zu sein, ich bin zu müde. Die Lichter waren aus, als wir hier angekommen sind, und ich habe eine halbe Stunde gebraucht und in der Dunkelheit mit einem Feuerzeug herumgesucht, bis ich den Sicherungskasten gefunden habe.«

»Ach, Darling, wie schrecklich. Hattest du Angst?«

Bridget lacht. »Nein. Wovor sollte ich denn Angst haben, wenn ich im Dunkeln durch ein riesiges, fremdes Haus wandere? Und Yasmin hing mir die ganze Zeit schreiend am Hosenbein. Genau genommen hatte ich zu viel anderes zu tun, als dass ich mir hätte Gedanken machen können, ob ich Angst habe. Hier regnet es in Strömen. Es hat in Dartmoor zu schütten angefangen und nicht mehr aufgehört, und es würde mich nicht wundern, wenn der Wind beinahe Sturmstärke erreicht hätte. Er hat mich ein paar Mal praktisch von der Straße gedrückt, als wir durch Bodmin gefahren sind. Ich hatte vor allem Angst, dass wir von einem herunterfallenden Dachziegel getroffen werden.«

»Habt ihr was gegessen?«

»Heinz Tomatensuppe und Käsetoast. Keine von uns beiden hatte großen Hunger. Und sie hat ja fast die ganze Fahrt über Chips gefuttert.«

»Aber jetzt schläft sie?«

Bridget seufzt. »Ja. Allerdings musste ich ihre Zimmertür offen und die Lichter angeschaltet lassen. Ich glaube kaum, dass ich lange für mich sein werde.«

»Hol dir einen Drink und steig in die Badewanne«, rät Carol.

Eine tolle Idee, denkt Bridget. Ein ausgedehntes Bad ist genau das, was ich jetzt brauche. Und ich würde eines nehmen, wenn wir heißes Wasser hätten. Und wenn die Badewanne nicht von Spinnweben überzogen wäre. »Ja, du hast recht. Das ist genau das, was ich jetzt brauche.«

»Übrigens, ich habe ein Geschenk für dich in den linken Gummistiefel der jungen Dame gesteckt. Eine halbe Flasche Wodka. Dachte mir, du könntest ihn gebrauchen.«

»Ach, Carol. Das war doch nicht nötig.«

»Es ist nur Asda«, antwortet Carol. »Nichts Besonderes. Ich dachte nur … na ja, ich wusste ja, dass du selbst an so etwas nicht denkst, und ich weiß, wie es ist, wenn man versucht, in einem fremden Bett einzuschlafen. Selbst wenn man nicht mehr sechs Jahre alt ist.«

»Du bist eine tolle Freundin, weißt du das?«

»Klar. Und jetzt bekomme ich als Belohnung für den Rest meines Lebens eine kostenlose Unterkunft für die Sommerferien.«

»Du weißt, dass du jederzeit kommen kannst.«

Plötzlich fühlt sich Bridget einsam. Die Sommerferien beginnen erst in sechs Monaten. »Du weißt, dass du willkommen bist«, fährt sie mit leiser Stimme fort. »Kannst du nicht früher kommen?«

»Nein«, antwortet Carol, und Bridget spürt einen Stich in der Magengrube. »Du wirst jetzt doch nicht rührselig werden«, fährt sie fort. »Ich komme, sobald wir das beide hinkriegen. Das weißt du doch.«

»Ja.« Bridget unterdrückt ein Schniefen und wischt sich mit dem Handrücken über die Augen.

»Es wird schon gut sein. Morgen früh. Sobald du alles ausgepackt hast und dich allmählich zurechtfindest. Du machst das Richtige, das weißt du.«

»War er da?«, fragt sie, weil sie es sich einfach nicht verkneifen kann, an Kieran zu denken.

»Du bist erst einen halben Tag fort. Er hatte wohl kaum Zeit. Und im Pub ist noch nicht Sperrstunde, oder?«

»Er wird dermaßen …«

»Na, schön«, fällt ihr Carol ins Wort. »Er hat es mehr als verdient. Und außerdem kann ich daran nichts ändern. Also hör auf damit. Es ist müßig, daran zu denken. Geh und lass dir das Bad einlaufen.«

»Ja, natürlich.« Es hat keinen Zweck, ihr zu erzählen, wie düster die Lage im Augenblick aussieht. In ein paar Tagen wird es bestimmt besser sein.

»Schenk dir einen ordentlichen Schluck ein und nimm ihn mit ins Schlafzimmer. Ich garantiere dir, dass du im Nu einschläfst, egal, wie kalt es ist.«

»Okay«, antwortet sie.

»Ich ruf dich morgen an. Zumindest wissen wir, dass dein Telefon dort unten funktioniert, was?«

»Wir sind hier nicht in Sibirien«, sagt Bridget. »Nur in Cornwall.«

Ein Windstoß trifft die Seite des Gebäudes, rüttelt an den Fensterflügeln. Es kommt gar nicht in Frage, dass sie noch einmal über den Hof läuft, um Yasmins Gummistiefel zu holen, die irgendwo im Kofferraum vergraben sind.

»Schlaf gut«, sagt Carol.

»Danke, du ebenfalls.«

»Diese verdammte Alarmanlage vom Auto ist schon wieder losgegangen«, stellt sie fest. »Ich kann's nicht fassen. Sei bloß froh, dass du bist, wo du bist. Ehrlich, Bridge. Es dauert bestimmt nicht lange, dann beneide ich dich.«

75

In der Pampa. Bei einem Wind, der sich anhört, als versuche jemand verzweifelt, durchs Dach hereinzukommen. Ach Gott, habe ich einen schrecklichen Fehler gemacht?

»Gute Nacht«, sagt Carol.

»Gute Nacht«, antwortet sie. Legt auf und sitzt da, die Ellenbogen auf dem winzigen Küchentisch, das Gesicht in die Hände gestützt, und gestattet sich, ein paar dicke Tränen des Selbstmitleids über ihre Finger laufen zu lassen. Vor Yasmin darf sie nicht weinen: Hat einen Pakt mit sich geschlossen, wenigstens zu versuchen, es nicht zu tun. Aber das heißt nicht, dass ihr nicht fast den ganzen Tag zum Heulen zumute ist. Wie ist es nur gekommen, dass ich so einsam ende? Ich war mal hübsch und beliebt, und jetzt zähle ich zu jenen Menschen, die keiner bemerkt, wenn man ihnen auf der Straße über den Weg läuft. Nicht einmal Bauarbeiter bemerken mich mehr: Sie verstummen, wenn ich vorbeigehe.

Kein Wunder, denkt sie. Das Selbstmitleid, das du ausstrahlst, reicht aus, um jeden vernünftigen Menschen abzuschrecken. Aber es ist erstaunlich, wie schnell das geht. Vor zehn Jahren bin ich wegen des Aufsehens, das ich erregt habe, ungern an Baustellen vorbeigegangen. Jetzt tue ich das Gleiche aus genau dem entgegengesetzten Grund. Das Leben mit Kieran war wie das Tropfen von Wasser auf Stein: Man bemerkt die Wirkung nicht beim Zusehen, aber ein Jahrzehnt hat ausgereicht, die Schicht meiner Zuversicht bis auf den langweiligen grauen Lehm darunter auszuwaschen. Er war wie ein Vampir: hat mein Selbstwertgefühl aufgesogen, um sein eigenes aufzuplustern.

In der kombüsenartigen Küche kommt sie sich wie ein Seemann vor, der sich auf dem Meer verirrt hat. Hier drin ist es recht warm, weil sie den Backofen voll aufgedreht und die Tür aufgemacht hat, aber sie weiß, dass es ganz anders sein wird, sobald sie in den Flur tritt. Der Wind, der noch einen Gang zulegt, heult wie ein wildes Tier um das Gemäuer. Sie ist immer ein Stadtmensch gewesen: Hat mit ihrer Mum und ihrem Dad in Peckham gewohnt, bis sie erwachsen war, und wäre wahrscheinlich mit Yasmin dorthin zurückgekehrt, wenn sie die Möglichkeit hätte. Sie ist nie irgendwo allein gewesen, wo nicht zumindest der orangefarbene Schein der Straßenlaternen und hin und wieder das Geräusch von Schritten die Illusion heraufbeschworen hätten, dass jemand in der Nähe war. Hier draußen, meilenweit vom nächsten Ort entfernt … könnte alles Mögliche passieren, und keiner würde es mitbekommen.

Sie schiebt den Stuhl abrupt zurück. Das ist die Müdigkeit, wie Carol gesagt hat. Hier muss es besser sein als in Streatham. Es gibt nichts Schlimmeres, als von Menschen umgeben zu sein und zu wissen, dass keiner dir hilft. Diesen Weg wirst du jedenfalls nicht gehen. Du bist noch immer gesund, deine Tochter ist schön und fröhlich und liebevoll, und das Leben wird hier bestimmt besser. Muss besser werden. Morgen werden wir richtig dicke Daunendecken und ein paar Heizlüfter und Wärmflaschen kaufen, und ich werde den Wasserkocher, die Kleider und den Fernseher aus dem Auto holen, dann können wir es uns hier endlich gemütlich einrichten. Aber jetzt muss ich erst einmal schlafen.

Irgendetwas klappert draußen im Hof, lässt sie zusammenzucken. Sei nicht albern, denkt sie. Der Wind weht. Wahrscheinlich ist es ein Ast oder dergleichen, der sich gelöst hat und jetzt den Hügel hinunterrollt. Und inzwischen trommelt der Regen gegen das Fenster, als würde ein jugendlicher Verehrer Steinchen dagegenwerfen. Das hat nichts zu bedeuten. Er ist dir nicht gefolgt. Er wird im Büro gewesen sein, als du losgefahren bist. Das ist einfach die Natur, und du bist mittendrin.

Sie überlegt einen Augenblick, ob sie den Backofen nicht über Nacht anlassen soll, schaltet ihn dann aber widerwillig aus. Es hat keinen Zweck, zu testen, wie viel die Sicherungen aushalten; offensichtlich braucht es nicht viel, bis sie herausspringen.

Ins Schlafzimmer zu kommen ist, als betrete man eine Kühl-kammer: Nachdem das Haus Anfang des Winters einen Mo-nat leer stand, zittert es, weil es so vernachlässigt wurde. Beim Zuziehen der Vorhänge spürt sie, wie kalte Luft durch das Fenster hereinzieht, durch den uralten Fensterrahmen eindringt. Sie erinnert sich an ihren Vater, der im Winter, als sie noch ein Kind war und sie sich noch keine Kunststofffens-ter leisten konnten, mit einer Rolle Tesamoll durch das Haus gegangen ist und überall die Fenster abgedichtet hat. Ich werde morgen eine Rolle kaufen, denkt sie, wenn wir im Su-permarkt sind. Die Liste wird ja immer länger.

Sie kickt sich die Schuhe von den Füßen und schlüpft voll bekleidet unter die Bettdecke, dicke Brokatvorhänge wie eine altmodische Tagesdecke obendrauf ausgebreitet. Wartet, dass das Bettzeug warm wird, dann kämpft sie sich unter den Decken aus ihren Jeans.

Normalerweise kann sie nicht schlafen, ohne sich zumin-dest die Zähne geputzt zu haben, aber der Gedanke an das eisige Wasser aus diesen Wasserhähnen ist schlimmer als die Aussicht, mit einem pelzigen Gefühl im Mund aufzuwachen. Sie streckt sich auf der Matratze aus – sie ist, wie sie feststellt, so gut wie neu und bequem. Ihre Matratze in Streatham war dermaßen hinüber – vom jahrelangen Gebrauch durchgele-gen und verfleckt –, dass sie nicht einmal mehr versucht hatte, sie dem Trödler anzubieten. Hat sie einfach zurückge-lassen, sodass sie jetzt das Problem der Wohnungsgesell-schaft ist.

Es wird alles gut werden, redet sie sich immer wieder ein. Wenn du erst einmal gut geschlafen hast, sieht bestimmt al-les besser aus. Sie knipst das Licht aus.

Dunkelheit. Echte, tiefe, samtige Dunkelheit von einer Art, wie sie sie noch nie erlebt hat. Die Schlafzimmervorhänge sind dünn, aber nichts – nicht einmal das geringste Zeichen, dass jenseits des Hügels ein Dorf liegt – dringt in den Raum. Da ist jemand, denkt sie. Im Haus, da ist jemand, ich spüre es. Da versteckt sich jemand, ich kann es nur hören, wenn die Lichter aus sind.

Kieran hat das immer gemacht: sich im Dunkeln versteckt. Das hat er immer getan, als sie zusammen wohnten, er hat ihr unter der Treppe im Flur aufgelauert, ist in der Nacht aufgestanden und ihr leise gefolgt, wenn sie auf die Toilette musste oder sich ein Glas Wasser holte, sprang hervor und packte sie von hinten, die Hand über ihren Mund gelegt, um den Aufschrei zu dämpfen. Er fand das lustig, jedenfalls am Anfang. Im Nachhinein betrachtet ist es eine eindrucksvolle Vorgehensweise, oder etwa nicht? Ihr die Möglichkeit zu geben, sich in den Hintern zu beißen, weil sie nicht bemerkt hat, dass seine »Späße« frühe Anzeichen dafür waren, was für ein brutaler Kerl er in Wirklichkeit war. Er war schon immer der Meinung gewesen, vieles von dem, was er tat, sei lustig. Das war seine Entschuldigung: Du hast einfach keinen Humor. Ich kann schließlich nichts dafür, wenn du keinen Spaß verstehst. Himmelherrgott, du bringst mich auf die Palme. Wie kann ich mit jemandem zusammenleben, der keinen Humor hat? Das ist das Problem mit solchen Schlägertypen. Würden sie es von Anfang an tun, dann würde wohl kaum eine Frau zulassen, dass sie bleiben. Aber es ist der schleichende Beginn, es sind die Steigerungen, die so heimtückisch sind, dass du sie nicht bemerkst, die dir zusetzen und dich in die Falle gehen lassen. Weil er mich danach, wenn ich vor Schreck zitterte, in die Arme nahm: Er hat mich getröstet und beruhigt und zugleich ausgelacht, was ich doch für ein Baby bin.

Und er hat sich nie entschuldigt.

Was ist, wenn er es ist? Was ist, wenn er hier ist?

Ein Windstoß, ein Klappern, und sie sitzt aufrecht im Bett, Licht an, Herzklopfen.

Sei nicht albern. Sei nicht *albern*. Er kann nicht hier sein. Er weiß nicht, wo du bist.

Was war das?

Der Wind. Es ist der Wind. Hör auf damit.

Ein so großes Haus. Dieser lange, lange Korridor, der sich von Zimmer zu Zimmer schlängelt. Der finstere Dachboden. Hier könnte alles Mögliche passieren, ohne dass ich es bemerke. Hier könnten längst alle möglichen Leute eingedrungen sein, ohne dass ich es mitbekomme.

Du hast die Türen abgeschlossen, Bridget. Die Türen nach draußen, die Türen zwischen Haupthaus und deiner Wohnung. Das sind starke, stabile Türen, und du hättest es gehört, wenn jemand versucht hätte hereinzukommen. Also, hör auf. *Hör auf.*

Ob ich mich wohl je daran gewöhne?

Wieder klappert es, draußen im Hof. Sie zuckt zusammen, der Schreck fährt ihr in die Glieder. Lauscht angestrengt. Wenn ich das Licht ausmache, sehe ich vielleicht, was da draußen ist.

Und wenn ich das Licht ausmache, dann bin ich im Dunkeln.

Bleib einfach im Bett. Bleib hier, wo es warm ist, morgen wird es bestimmt ganz anders sein. Du wirst schon sehen. Bei Tageslicht. Alles wird gut.

12

»Sie sind da.«

Tessa lässt ihre Ausgabe von *We Met Our Cousins* fallen und trottet zum Fenster hinüber. Steigt auf den Fenstersitz und stützt die Ellenbogen neben denen ihres Bruders auf die Fensterbank.

Hugh riecht heute wieder nach Roastbeef, denkt sie. Seltsam, wie Jungs immer riechen – *nach Fleisch*. Als hätten sie in Bratenfett gebadet.

»Ach, grauenvoll«, sagt sie. »Evakuierte.«

»Puuh«, pflichtet er ihr bei. »Wenn die glauben, dass sie hier hereinkommen, dann haben sie sich aber geschnitten.«

»Vielleicht«, sagt Tessa, »sind sie ja gar nicht so schlimm.«

»Nicht so schlimm? Die kommen aus *London!*«

»Ach ja«, antwortet Tessa.

Im Sommer wimmelt es in Cornwall nur so von Londonern – na ja, so war es zumindest vor dem Krieg. Die sind herumgetrampelt und haben Fisch und Chips gegessen und überall die Tore offen gelassen. Und beide Kinder haben in der Schule bereits Erfahrungen mit ihnen gemacht: Entsetzliche Angeber, die sich übermäßig Sorgen um Schmutz und Mode machen, zumindest, bis man sie mit ein paar ordentlichen Prügeleien zurechtgestutzt hat.

»Meinst du, wir sollten hinuntergehen?«

»Auf keinen Fall«, erklärt Hugh. Als der Ältere und als Junge hat seine Meinung im Haushalt der Blakemores Gewicht. Umso mehr, seit Patrick Blakemore sich freiwillig zur Armee gemeldet hat und in den Krieg gezogen ist. »Wir wollen doch keinen Präzedenzfall schaffen. Das sind keine Gäste. Das sind Evakuierte.«

»Ach«, sagt Tessa. Sie ist ein wenig enttäuscht. Selbst in guten Zeiten ist Rospetroc abgeschieden – und jetzt, da das Benzin rationiert ist, umso mehr – zumal ihre Mutter ganz klare Vorstellungen hat (zumeist basierend auf der Größe des Hauses und wie lange es schon im Besitz der Familie ist), mit welchen der Einheimischen man verkehrt, und die Sommerferien kommen ihr so schrecklich lang vor. Irgendwie hatte sie sich darauf gefreut, dass sich das Haus mit Kindern füllen würde, selbst mit fremden aus London.

»Kuckuckskinder im Nest«, stellt Hugh voller böser Ahnungen fest.

»Schau«, sagt sie. »Die Hälfte von ihnen hat ihre Sachen in braunen Kartons verpackt. Haben die noch nie etwas von Koffern gehört?«

»Vielleicht sind ihre Koffer in die Luft geflogen. Wir haben schließlich Krieg, wie du weißt.«

Sie beobachten, wie ihre Mutter aus der Haustür tritt und den Weg hinaufgeht. Sie hat ihren besten Tweedrock und ein Alpaka-Twinset angezogen, das früher einmal gelb war, inzwischen aber zu einer Art gedämpftem Café au lait ausgebleicht ist.

»Schau dir die alte Peachment an«, sagt Hugh. »Glaubst du, dass das ihr bester Hut ist?«

»Unmöglich, oder?«

»Ich weiß nicht. Immerhin kommt es nicht häufig vor, dass sie nach Rospetroc eingeladen wird.«

Tessa blickt zu ihrem Bruder hinüber. Sie hat ein Alter erreicht, in dem ihr allmählich dämmert, dass die Überzeugung ihrer Familie, sie sei von Gott auserkoren und deshalb ermächtigt, einfach Urteile über die Nachbarn zu fällen, möglicherweise nicht die ganze Geschichte erzählt.

Trotzdem hält sie Mrs Peachment für eine schreckliche Wichtigtuerin. Sie sagt »Toilette« und »Pardon«. Und es ist wirklich ein grässlicher Hut.

Schweigend mustert sie ihre neuen Hausgenossen. Fragt

sich, ob unter ihnen nicht irgendjemand ist, mit dem sie sich, trotz der Befürchtungen der Familie, anfreunden könnte. Jemand, mit dem man das Boot herausholen, einen Damm bauen und in den Hecken, die die Grenze zwischen der Farm und dem Moor bilden, auf die Jagd nach Vogeleiern gehen könnte. Vielleicht werden wir am Ende Freunde fürs Leben, selbst wenn sie aus London kommen. Man kann mit Menschen Dinge gemein haben, auch wenn es oberflächlich nicht danach aussieht. Und im Internat, da gehe ich schließlich manchmal zu Susannah Bain und übernachte bei ihr, wenn ihre Mutter kommt und uns abholt, dabei hat ihr Vater in Manchester eine Ziegelei …

Sie sehen mit ihren roten Gesichtern nicht gerade vielversprechend aus, in ihren Wintermänteln, obwohl Sommer ist, und ihre Gesichter sind verschmiert von den Tränen und dem Schmutz in den engen Zugwaggons. Eine heult jetzt immer noch. Ein stämmiges kleines Mädchen mit zwei dünnen Zöpfen und Kniestrümpfen, die heruntergerutscht sind, reibt sich mit dem Ärmel über die Augen.

»Wie erbärmlich«, stellt sie fest. Sie hat nicht geweint, als sie ins Internat gekommen ist, nicht ein einziges Mal. Na ja, jedenfalls nicht, solange alle sie sehen konnten.

Dann fügt sie hinzu: »Moment mal, sollten das nicht eigentlich vier sein?«

»Menschenskind«, antwortet Hugh, »du hast recht. Und schau dir Mutter an! Mach das Fenster auf! Schnell!«

»Nein!«, sagt Felicity Blakemore. »Kommt gar nicht infrage. Nein!«

Margaret Peachment hat mit dieser Antwort gerechnet. Auch sie ist mit ihrem Latein am Ende.

»Tut mir leid, Mrs Blakemore«, sagt sie, »aber ich weiß wirklich nicht, wo ich sie sonst unterbringen könnte.«

»Bestimmt hat jemand im Dorf …«

Mrs Peachment schüttelt den Kopf. »Glauben Sie mir, ich

habe es schon überall versucht. Im ganzen Dorf wimmelt es von Evakuierten. Wenn es irgendwo noch einen Platz geben täte, dann hätte ich sie dort untergebracht.«

Gäbe, denkt Felicity Blakemore. Gäbe. Wenn Sie mich schon auf diese Weise unter Druck setzen, dann sollten Sie sich zumindest grammatikalisch korrekt ausdrücken. Dieser Krieg ist grässlich: Plötzlich nimmt sich die Bourgeoisie von Women's Institute und Mother's Union uns gegenüber Frechheiten heraus, die laufen mit ihren gut gebügelten Blusenschleifen und ihren Robin-Hood-Hüten fröhlich durchs Haus und kommandieren die Leute im Namen des Patriotismus herum.

»Ich werde mein Bestes tun«, sagt Mrs Peachment, »um so schnell wie möglich eine andere Unterkunft für sie zu finden.«

Was natürlich nie der Fall sein wird. Sobald ich sie aufnehme, wird es dabei bleiben. Dann sind vollendete Tatsachen geschaffen.

»Leider ist es aber so, Felicity, dass Sie die Einzige sind, die noch Kapazitäten freihat. Tregarden ist in ein Offizierskasino umgewandelt worden und Croan in ein Lazarett. Sie müssen mir in diesem Fall einfach aus der Patsche helfen.«

Freie Kapazitäten? Wovon redet die? Das ist mein *Haus,* keine Reifenfabrik. Und außerdem kann ich mich nicht erinnern, dass wir uns mit Vornamen ansprechen.

»Na ja, da wir wohl alle unseren Beitrag leisten müssen«, sagt sie spitz, »verstehe ich nicht, warum Sie sie nicht selbst aufnehmen.«

Margaret Peachment seufzt. Sie hat ja gleich gewusst, dass Felicity Blakemore Schwierigkeiten machen würde. Immerhin haben wir es geschafft, vor dem Mittagessen hier anzukommen, denkt sie. Es ist ja allgemein bekannt, dass man sie zu *gar nichts* mehr überreden kann, sobald sie erst einmal an der Vorspeise sitzt. »Ich denke, Sie wissen sehr wohl, dass ich bereits eine jüdische Familie aus Stuttgart aufgenommen habe. Wo genau soll ich sie denn in einem Cottage mit drei Schlafzimmern unterbringen?«

»Ich weiß nicht ... Sie haben doch sicher einen Dachboden ...?«

Felicity Blakemore wirft einen verstohlenen Blick auf das Kind. Strähnige, farblose Haare, die zu fettigen Zöpfen geflochten sind und ein scharfes, gerissenes Gesicht umrahmen. Ihr Teint ist aschfahl, ein Zeichen für Unterernährung, und sie braucht dringend ein Bad, und ihre Kleider ... das Einzige, was ihr einfällt, wenn sie dieses Mädchen anschaut, ist der Ofen der Küche im Westflügel.

Und da ist etwas an ihrer Unterlippe, was wie ein Bläschenausschlag aussieht: von der Größe eines Viertelpennys, aufgeplatzt und eiternd. Der Gesichtsausdruck des Kindes ist eine Mischung aus Argwohn, Gleichgültigkeit und – etwas Bösartigem. Etwas, was Mrs Blakemore sagt, dass es sein bisheriges Leben damit verbracht hat, mit der Unerbittlichkeit der brutal Vernachlässigten um Essensreste zu kämpfen. Im Gegensatz dazu wirken die anderen Ankömmlinge trotz ihrer weit längeren Anreise wohlgenährt und gepflegt. Eines der Mädchen weint, und alle vier umklammern Spielsachen und Teddybären, als hinge ihr Überleben von ihnen ab, aber zumindest scheinen sie mit Schuhen und Kleidern zum Wechseln ausgestattet zu sein. Dieses Kind jedoch hat allem Anschein nach gar nichts bei sich, bis auf das, was es am Leib trägt. Wie in aller Welt soll sie jemanden wie die da in einen anständigen Haushalt integrieren?

»Das ist unerträglich«, sagt sie. »Einfach unerträglich.«

Als das Kind merkt, dass es gemustert wird, erwacht es plötzlich zum Leben. Richtet die eiskalten Augen auf seine mutmaßliche Gastgeberin und hält ihrem Blick stand. Und dann lächelt es mit einem Mund voller kurzer grauer Zahnstümpfe. *Unerträglich,* denkt Felicity Blakemore und gestattet sich, still und damenhaft zu erschaudern.

»Tja, das tut mir wirklich leid«, sagt Mrs Peachment,

»aber wir müssen zurzeit alle Opfer bringen. Es herrscht Krieg, wie Sie wissen.«

Mrs Blakemore tritt von der Gruppe zwei Schritte zur Seite, als würde damit eine Decke des Schweigens um sie gehüllt. Oh, oh, denkt Mrs Peachment. Ich bin mir nicht sicher, ob sie heute nicht schon zur Karaffe mit dem Sherry gegriffen hat. Sie steht nicht hundert Prozent sicher auf den Beinen, und dabei ist es gerade erst kurz nach Mittag.

»Erzählen Sie mir nicht, dass Krieg ist! Glauben Sie etwa, das wüsste ich nicht, wo auch mein Mann in den Kampf gezogen ist? Und da seit Wochen kein Stück Schinken oder Butter oder auch nur ein Kanister Benzin zu bekommen ist?«

»Wie ich schon sagte, Felicity …« Margaret bemüht sich, ihren strengsten Tonfall anzuschlagen. Schließlich funktioniert das im Dorf. Im Dorf, da ist sie jemand. »Wir müssen alle Opfer bringen. Und mein Mann ist in Biggin Hill, wenn ich Sie daran erinnern darf.«

Insgeheim ist sie der Meinung, dass Felicity Blakemore zur schlimmsten Kategorie von Snobs zählt, zu jener Kategorie, die ausgelöscht wird, sobald der Krieg erst einmal vorüber ist und die neue Weltordnung den hart arbeitenden, rechtschaffenen Leuten wie ihr Platz macht. Aber bis dahin muss sie diese Qualitäten nutzen, sonst bleibt das Problem an ihr hängen. Mit der Aussicht konfrontiert, dieses Mädchen, das von den Docks in Portsmouth kommt, aufnehmen zu müssen, war das ganze Dorf plötzlich überbelegt. Selbst der Pfarrer ließ es nach einem kurzen Blick auf das Kind auf einmal an frommer Denkungsart mangeln.

Außerdem möchte ein hässlicher Teil von ihr unbedingt, dass das Mädchen hier bleibt. Es würde Felicity Blakemore mit ihren begrenzten Gästelisten nur recht geschehen.

Sie wählt ihren Tonfall entsprechend, bereitet sich auf eine neue Angriffstaktik vor. »Ich habe immer gedacht«, sagt sie, »es sei entscheidend, dass die Leute, die … dass der bessere Teil der Gesellschaft … ein Beispiel geben wollte. Wie soll ich die anderen Nachbarn überreden, ihren Teil beizusteuern, wenn die Angehörigen der Elite ...?«

Die Frage bleibt unausgesprochen in der Luft hängen.

Das schmutzige Mädchen kratzt sich am Kopf und starrt die beiden an.

»Ich steuere ja meinen Teil bei.« Felicity, die weiß, dass sie auf verlorenem Posten kämpft, bringt das letzte bisschen ihrer aristokratischen Würde auf. »Ich nehme bereits vier von ihnen auf. Vier Kinder, und keinen einzigen Erwachsenen, der mir zur Hand gehen würde. Und die Glovers haben gerade gekündigt.«

»Na ja«, sagt Mrs Peachment, »die Kinder können ja mit anpacken. Sie können ihnen im Nu beibringen, Aufgaben im Haushalt zu erledigen.«

»Ja, klar«, antwortet Felicity. »Das werden die ganz bestimmt tun.«

Der Junge, der neben dem weinenden Mädchen steht, bricht plötzlich ebenfalls in Tränen aus. »Ich will zu meiner Mummy«, heult er. »Ich will *nach Hause!*«

»Das ist jetzt dein Zuhause, Ted«, sagt Mrs Peachment entschieden. »Und das ist Mrs Blakemore. Sie wird sich um dich kümmern, bis deine Mummy kommen und dich holen kann.«

Felicity war noch nie eine Mutter, die ihre Gefühle den Kindern gegenüber zeigt. Dafür waren schließlich die Kindermädchen da.

»Hör auf zu weinen«, sagt sie.

Er heult nur noch lauter. Ted reibt sich mit den Fäusten die Augen und zieht Streifen vom Schmutz der Zugfahrt über seine geröteten Wangen.

Felicity Blakemore, die allmählich resigniert, streckt die Hand aus. »Kommt schon«, sagt sie. »Lasst uns in die Küche gehen. Da haben wir einen Schmalzkuchen.«

»Gut, na denn, vielen Dank«, sagt Mrs Peachment. »Hier sind die Rationenhefte.«

87

Mrs Blakemore nimmt die Dokumente entgegen und blättert sie durch. Edward Betts. Pearl O'Leary. Geoffrey Clark. Lily Rickett. Vera Muntz. »Wie heißt die da?« Sie deutet auf den unwillkommenen Neuzugang.

»Lily«, antwortet das Mädchen. »Ich bin Lily Rické.«

Ihr Dialekt ist ein seltsames Gemisch aus West Country und Cockney.

»Gut«, sagt Mrs Blakemore. Dreht den Kindern den Rücken zu und macht sich daran, sie auf das Haus zuzuführen.

»Ich möchte nicht, dass ihr den Haupteingang benutzt«, stellt sie über die Schulter hinweg zu der hinter ihr hertrottenden Schlange fest. »Ihr könnt durch die Spülküche hereinkommen.«

»Puh«, sagt Hugh. »Noch schlimmer als befürchtet.«

»Mitleid erregend«, pflichtet ihm Tessa bei. »Heulsusen.«

»An deiner Stelle würde ich mich von der Letzten da fernhalten«, stellt Hugh fest. »Ich wette fünf Pence, dass die Läuse hat.«

13

Ach, wieder wie ein Kind zu schlafen, so tief und fest, dass die Welt nicht eindringen kann.

Ich vermute, dass ich tiefer geschlafen habe als erwartet, denkt Bridget. Ich habe gar nicht bemerkt, wie sie in der Nacht hereingekommen ist, aber sie muss schon eine ganze Weile hier sein und sich neben mir zusammengerollt haben.

Yasmin rührt sich kaum, als sie ihr einen Kuss auf die Stirn drückt, ihr eine feuchte Locke aus dem Gesicht streicht und schließlich aus den Federn steigt. Es scheint heute nicht ganz so kalt zu sein. Natürlich nicht. Ein wässriger Sonnenschein dringt am Rand der Vorhänge ein. Der Sturm muss sich letzte Nacht wohl ausgetobt haben.

Bridget fischt ihre Sportschuhe unter dem Bett hervor, greift nach ihrer Übernachtungstasche, die sie vernünftigerweise mit ein paar Kleidungsstücken und dem Waschzeug gepackt hat, und geht damit ins Badezimmer. Laut ihrer Uhr ist es halb acht, und der Himmel wird, wie sie bei einem Blick aus dem Fenster sieht, erst allmählich hell. Es ist zu früh, um Tom Gordhavo anzurufen und sich nach dem Boiler zu erkundigen.

Ihr tun die Zähne weh, als sie sie putzt. Viel mehr macht sie nicht: kurz Deodorant unter die Arme gesprüht, anstatt Seife zu benutzen, und ein Gummiband in die Haare, anstatt sie richtig durchzubürsten. Sie fühlt sich schmutzig und fettig, nach wenig erholsamem Schlaf mitgenommen, aber heute ist ihre Stimmung besser, hoffnungsvoller. Es ist ein neues Leben. Noch kein zufriedenstellendes, aber eine Veränderung eröffnet schließlich Möglichkeiten, und Möglichkeiten sind schon mal ein Anfang.

Ich werde noch einmal nach dem Boiler schauen, denkt sie, bevor Yasmin aufwacht. Bei Tageslicht muss er doch leichter zu finden sein.

Bei Tageslicht ist alles leichter zu entdecken. Es stellt sich heraus, dass sich der Boiler in dem Abstellraum hinter der Tür zur Wohnung befindet. Sie hätte ihn sofort entdeckt, wenn die Tür geschlossen gewesen wäre und sie die Lichter eingeschaltet hätte, und wäre sie nicht davon ausgegangen, dass sich ein Boiler an einer Außenwand befinden müsse.

Mit Tesafilm ist vorn – nicht gerade die sichtbarste Stelle – ein Umschlag festgeklebt, auf den ihr Name gekritzelt ist. Ihr neuer alter Name »Ms Sweeny«. Einen Augenblick erkennt sie ihn nicht einmal, fragt sich, für wen der Umschlag bestimmt ist, dann schmunzelt sie wehmütig, als sie ihn abreißt und öffnet. Ich werde erst dann wirklich frei sein, denkt sie, wenn ich aufhöre, mich für eine Fletcher zu halten. Hoffentlich ist das schon bald der Fall.

Die Handschrift ist krakelig, aber lesbar: Jene Handschrift, die man sich in teuren Schulen aneignet. Natürlich stammt das Schreiben von Tom Gordhavo: Ein Brief und etwas, was wie ein Vertrag aussieht.

Sehr geehrte Ms Sweeny, steht da geschrieben, *willkommen in Rospetroc. Ich wäre hier gewesen, um Sie persönlich zu begrüßen, aber ich musste für ein paar Tage nach Penzance fahren. Ich lege Ihren Arbeitsvertrag bei. Genau genommen hätten wir ihn vor Ihrer Ankunft unterschreiben müssen, aber angesichts der Geschwindigkeit, mit der alles abgelaufen ist, war das nicht wirklich umsetzbar. Jedenfalls werde ich am Mittwochnachmittag vorbeikommen. Ich wäre Ihnen sehr dankbar, wenn Sie ihn bis dahin fertig haben könnten.*

Das Haus ist noch immer in schlechtem Zustand, fürchte ich. Frances Tyler scheint gegangen zu sein, nachdem sie nach den letzten Gästen nur zur Hälfte sauber gemacht hat. Es tut mir leid, dass das nun an Ihnen hängenbleibt, aber ich war selbst mit dem Anwesen beschäftigt und habe mich – neben der vorrangigen Einstellung einer neuen Haushälterin – darum bemüht, im Dorf zuverlässige Hilfen zu finden, was selbst nur für gelegentliche Einsätze nicht einfach ist. Die ersten Gäste werden jedenfalls erst in der Weihnachtswoche erwartet, deshalb bin ich mir sicher, dass Sie im Haus rechtzeitig wieder klar Schiff machen können. Manche Betten sind abgezogen, aber alles muss gewaschen, gelüftet und kurz vor der Ankunft der Gäste frisch bezogen werden. Ansonsten geht es um die Pflichten, über die wir bei unserer Begegnung bereits gesprochen haben: Putzen, Staubsaugen, Staubwischen, Feuerholz in den Kaminen aufschichten, und in den Küchen gründlich sauber machen. Im Grunde geht es darum, alles in einen Zustand zu versetzen, mit dem Urlauber zufrieden sind. Falls es irgendwelche offensichtlichen Probleme gibt, die Ihnen unklar sind, werden wir sie am Mittwoch besprechen.

Hochachtungsvoll, Tom Gordhavo.

Hochachtungsvoll, denkt sie. Wie vornehm. In der modernen Welt liest man normalerweise nur dann »Hochachtungsvoll«, wenn man in irgendwelchen Schwierigkeiten steckt. Sie legt den Brief auf einen Kartentisch aus Mahagoni, dessen Scharniere lose sind, sodass der Bogen ein wenig schief liegt, und wendet ihre Aufmerksamkeit dem Boiler zu. Er ist alt, aber nicht so alt wie das Monstrum, das das Haupthaus wärmt. Er hat immerhin einen Thermostat und einen Hahn an der Seite für die Ölzufuhr anstatt des Zweiwegeventils, mit dem sie sich gestern Abend abgemüht hat. Sie dreht den Hahn auf und drückt stirnrunzelnd auf den Knopf, um die Betriebsflamme zu zünden.

Auf einen fernen Knall, wie der eines Starenschrecks im benachbarten Tal, folgt ein knurrendes Dröhnen.

»Ja!«, sagt Bridget laut und boxt in die Luft. Kleine Triumphe. Die Wohnung wird bald warm werden: Sie hat gestern Abend in ihrer Verzweiflung auf eine dieser allerletzten aussichtslosen Taten gesetzt und war in der ganzen Wohnung herumgelaufen, um die Heizkörper in der Hoffnung aufzudrehen, dass sie allein durch ihre Willenskraft warm werden mögen. Hoffentlich schläft Yasmin in ihrem Kokon aus Vorhängen noch eine Weile und lässt ihr Zeit, ihr neues Reich zu erkunden.

Das Haus scheint seit ihrem Besuch vor zwei Wochen unverändert. Ihr fällt im Speisezimmer auf, dass eine Reihe von Porzellanfiguren auf der Anrichte nach hinten gedreht wurde, sodass sie sie jetzt durch den Spiegel dahinter anstarren. Der Anblick dieser gefrorenen Gesichter und der harten und nachtragenden winzigen Schultern weckt ungute Gefühle. Ihre Blicke scheinen ihr wie jene in einem guten Porträt zu folgen, während sie den Raum durchquert.

Ein Haufen Bettlaken liegt am Fuß der Treppe im Speisezimmer, von ihrer Vorgängerin in Vorbereitung zum Waschen dort hingeworfen. Reine Baumwolle, jetzt mit einer Staubschicht bedeckt, wie sie überall auf den Oberflächen liegt, stellt sie fest – und bei dem Gedanken an all die Bügelarbeit wird ihr das Herz ganz schwer. Es sieht aus, als sei es bereits eine Ewigkeit her, seit Frances Tyler gegangen ist. Sie dreht den Haufen mit dem Fuß um, kickt ihn weiter in die Ecke und setzt ihren Rundgang durch das Haus fort.

Im Salon stehen ein Dutzend Becher und Weingläser auf dem riesigen Couchtisch aus Teakholz, und ihr Inhalt ist nach der langen Zeit fleckig eingetrocknet. Zwei überquellende Aschenbecher befinden sich daneben auf dem Holztisch. Ein halb verbranntes Holzscheit ruht in einem Bett aus Asche. Polster liegen verstreut und zusammengedrückt herum, als wären die Bewohner des Hauses nach einer wilden Nacht lediglich zu Bett gegangen, statt ihre Koffer zu packen und nach London zurückzufahren. In den Bechern ist wohl Milch gewesen. Selbst in einem Raum von der Größe ihrer bisherigen Wohnung kann sie den säuerlichen Geruch wahrnehmen. Auf dem Beistelltisch entdeckt sie ein Tablett – klebrig und mit ringförmigen Flecken auf dem Holz von den Unterseiten der Flaschen – und räumt alles darauf. Es hat keinen Zweck, etwas so Ekliges herumstehen zu lassen, wo es doch gleich um die Ecke eine Spülmaschine gibt. Sie kann die Sachen wenigstens wegstellen, damit sie sie nicht mehr sehen muss.

In der Spülküche kramt sie in dem Schrank unter der Spüle herum und findet eine Rolle schwarzer Mülltüten, eine Viertel Packung Persil und eine Flasche Sprühstärke. Immerhin etwas, um sich bis Mittwoch zu beschäftigen. Wahrscheinlich gibt es hier irgendwo einen großen Vorrat an Putzmitteln, aber den hat sie noch nicht entdeckt. Jedenfalls kann sie die Spülmaschine schon mal laufen lassen und den Mülleimer herrichten. Sie reißt eine Tüte ab und nimmt sie mit in die Küche.

Der Mülleimer macht sich bald selbstständig. Noch ein paar Tage, dann wäre das durchaus wörtlich zu nehmen. Als sie den Deckel des verchromten Eimers anhebt, schlägt ihr ein solcher Gestank entgegen, dass sie ein paar Schritte zurückweicht und Gott vergeblich um Hilfe anfleht.

»Jesus!«, ruft sie aus. Schnappt nach Luft, würgt.

Der Gestank ist trotz der Kälte widerlich. Der Mülleimer ist nur halb voll. Bevor sie den Deckel wieder zuknallt, erspäht sie Hühnchenreste, grün, in einem pelzigen bläulich-orange-gestreiften Bett.

Bridget hastet durch den Raum, dreht die Wasserhähne voll auf, klammert sich an das kalte Porzellan der Butler-Spüle, während sich ihr der Magen umdreht. Sie würgt, ein Mal, zwei Mal, spürt, dass es ihr kalt über die Oberarme läuft. Ihre Zunge scheint auf einmal das Doppelte der normalen Größe zu haben und ihre Atemwege zu blockieren. Sie hustet, aus dem Zwerchfell heraus. Inzwischen hat das Frösteln einem dünnen Schweißfilm Platz gemacht.

Sie beugt sich vor, trinkt einen kräftigen Schluck kaltes

Wasser aus dem Hahn. Köstliches Quellwasser, weich und torfig.

»Mensch, das war knapp«, sagt sie laut. Dreht sich um und betrachtet den Mülleimer in der Ecke, als wäre er ein Troll. Irgendwann wird sie es tun müssen. Aber erst, wenn sie wirklich darauf vorbereitet ist. Wie kann jemand ein Haus bloß in diesem Zustand verlassen? Diese Frances muss ja eine richtige Schlampe gewesen sein. Niemals würde ich ein Haus jemandem in diesem Zustand hinterlassen. Ich habe beim Auszug in Streatham sogar die Fußleisten geschrubbt, und das für die Wohnungsgesellschaft. Die Frau muss wirklich eine Schlampe gewesen sein.

Oder sie hat es wirklich eilig gehabt.

Ihr Blick fällt auf den Kühlschrank. Er brummt freundlich neben dem Mülleimer, kühlt nach dem Stromausfall wieder herunter.

Gib, dass da keine Lebensmittel drin sind.

Natürlich sind Lebensmittel darin. Die Leute lassen nach kurzen Aufenthalten immer etwas zurück. Das ist eine Art Trinkgeld. Häufig sogar das einzige. Und in dem Gemüsekorb unter der Spüle befinden sich Kartoffeln, Karotten und eine Zwiebel, alle keimend, alle schon fast schwarz.

Worauf habe ich mich da bloß eingelassen?

Beim Gang durch den Raum könnte man glatt meinen, man müsste in den Kampf ziehen.

Bridget stülpt einen Ärmel herunter und hält ihn sich vors Gesicht. Sie hat genügend Nächte ohne Strom erlebt, um zu wissen, wie schnell sich ein Kühlschrank erwärmt. Vor allem, wenn darin …

Milch. Die Überreste irgendeines Salats, wenig mehr als brauner Matsch in dem Gemüsefach. Phosphoreszierender Schinken. Was wahrscheinlich einmal eine Pastete war, ist jetzt nur noch etwas Undefinierbares.

Ich denke, das könnte einmal ein Trifle Dessert gewesen sein.

O mein Gott, nein. Es ist Fischpie. O mein Gott. Was immer sich im Gefrierschrank befand, ist geschmolzen, zusammengefallen, ineinandergelaufen und wieder gefroren. Was es auch immer war, es ist schwarz und leicht zähflüssig. Sie knallt die Tür zu, lehnt sich dagegen. Atmet durch.

Sie weiß schon, was die Spülmaschine enthalten wird. Bringt es nicht fertig, nachzusehen. Überprüft einfach, ob die Tür auch fest geschlossen ist, und schaltet die Maschine auf das heiße Topfprogramm ein. Selbst wenn sie leer sein sollte, wird die Maschine einen Waschgang brauchen, nachdem sie so lange unbenutzt war. Aber Bridget ist sich ziemlich sicher, dass dies nicht der Fall ist, dass, was auch immer darin zurückgelassen wurde, mehr als einen Waschgang benötigen wird, um wieder sauber zu werden.

Ich kaufe mir in Wadebridge eine Gesichtsmaske. Lebensmittel, Bettdecken, Heizlüfter, Gesichtsmaske, Waschpulver. Gummistiefel. Desinfektionsmittel.

Sie nimmt noch einen Schluck vom Wasserhahn, wartet, bis sich ihr Magen wieder beruhigt hat. Geht los, um nachzusehen, welchen Horror das Haus sonst noch bereithält.

Seifenringe in den Badezimmern. Schimmel an nicht gelüfteten Duschvorhängen. Der Teppich ein wenig verkrümelt. Eine Fensterbank voller toter Fliegen im pinkfarbenen Schlafzimmer. Frances muss die Dinge schon lange, bevor sie gegangen ist, schleifen gelassen haben. Überall gibt es dafür Anzeichen: Trockenblumen auf dem Treppenabsatz, deren vorherrschende Farbgebung staubgrau ist; Fingerspuren an den Lichtschaltern. Die Tür zum Dachboden steht ein wenig offen. Sie schiebt sie auf und bahnt sich den Weg durch den Korridor. Wirft im Vorbeigehen einen Blick in die Mansardenzimmer. Gar nicht so schlecht. Quilts sind zurückgeschlagen, hängen über die Bettenden; auf Stühlen aufgestapelte Kopfkissen. Einige der Matratzenschoner sehen aus, als hätten sie schon einige Jahre der Benutzung hinter sich, aber hier gibt es nichts, was nicht mit ein bisschen Oxi Action in Ordnung zu bringen wäre. Das kriege ich schon wieder hin. Sobald ich erst einmal den ersten anstrengenden Durchgang geschafft habe, werde ich …

Sie bleibt wie angewurzelt in der Tür des letzten Zimmers stehen, desjenigen, das am Ende des Korridors liegt, unmittelbar vor der Tür zu ihrer eigenen Wohnung. Es ist das Zimmer mit dem Himmelbett. Dasjenige, in dem immer das wichtigste Paar untergebracht werden muss, weil es ganz offensichtlich wie das Schlafzimmer des Hausherrn wirkt.

»Du lieber Gott!«, ruft sie aus.

Irgendjemand hat hier drin wie wild gewütet. Es sieht aus, als wäre jemand ins Dorf hinuntergegangen und hätte eine Gang gelangweilter Teenager und ein paar Liter starken Cidre mitgebracht. Der Baldachin ist von seinen Haken gerissen und über einen umgedrehten Stuhl geworfen worden. Die Vorhänge hängen schief von einem schräg stehenden Bettpfosten. Jemand hat eine Vase genommen und sie einfach mitten auf das Bett geschleudert. Die Matratze ist allem Anschein nach unwiderruflich verfleckt, dort, wo der Inhalt – verwelkte schwarze Aronstäbe und ein paar Liter brackiges Wasser – gelandet ist und einfach zum Verrotten liegen gelassen wurde. Das Bettzeug türmt sich zusammengeknüllt auf einem hochkant gestellten Sessel. Ein Porträt ist von seinem Haken gestoßen worden. Es hängt schief, und der erstaunte Dargestellte taumelt über einer Kommode, der Gipsrahmen ist angeschlagen und verkratzt.

In der Ecke gegenüber steht eine Tür offen. Die hat sie neulich bei ihrem Rundgang mit Tom Gordhavo gar nicht bemerkt. Sie ist nicht aus Holz, sondern mit der gleichen Tapete bezogen, die die Wände ziert, und hat eine Klinke aus Glas. Der Raum dahinter gähnt pechschwarz. Das ist irgendeine Art von Schrank, der in die dicke Außenmauer des Hauses eingebaut ist. Sie geht hinüber und späht hinein.

Schwarz. Muffig. Darin möchte man nichts aufbewahren, weil es vermodern könnte. Das ist jene Art von Schrank, in

96

welchen sie in frühen viktorianischen Romanen Kinder eingesperrt haben. Ich wette, darin wimmelt es von Spinnen.

Sie schließt die Tür. Jetzt, da sie genauer hinsieht, bemerkt
sie, dass sich daran oben und unten Riegel befinden. Sie zuckt
mit den Schultern, schiebt sie zu und dreht sich um, um das
Chaos zu betrachten.

Was mache ich hier bloß? Eigentlich kann ich gar nichts
tun, außer vielleicht diese Vase wegräumen. Ich werde das
Zimmer Mr Gordhavo zeigen müssen, bevor ich irgendetwas
anrühre, sonst macht er am Ende mich für den Schaden verantwortlich.

Sie hört vor der Tür das Getrippel huschender Füße. Irgendjemand – jemand, der klein und leicht ist – rennt den
Korridor entlang. Bridget wirft einen Blick auf ihre Uhr und
ist überrascht, dass schon fast eine Stunde vergangen ist, seit
sie aufgestanden ist. Yasmin muss aufgewacht sein und die
Wohnung auf der Suche nach ihr verlassen haben.

»Bist du das, Darling?«, ruft sie.

Das Trippeln stoppt. Stille.

»Yasmin? Ich bin hier. In dem großen Zimmer.«

Stille. Yasmin lauscht bestimmt. Bridget spürt, dass sie
lauscht. Es passt so gar nicht zu ihr, dass sie nichts sagt. Yasmin ist eine Quasselstrippe.

»Yasmin?«

Sie geht auf die Tür zu und bleibt unmittelbar davor stehen. Irgendetwas hält sie davon ab, hindurchzugehen. Sie
lauscht. Da draußen ist es still. Keine Bewegung, kein Rascheln. Vielleicht bilde ich mir das ja nur ein. »Yasmin?«

Jemand kichert.

Bridget springt mit gespreizten Fingern wie ein angreifen-
der Löwe durch die Tür, tritt auf den Teppich.

»Buh!«, macht sie.

Der Korridor ist leer.

14

Ich kann es nicht fassen. Ich kann es einfach nicht fassen.
Ich – ich fühle mich *überrannt*. Dafür gibt es kein anderes
Wort. *Überrannt*. Mein Haus wird nie mehr einen sauberen
Eindruck machen. Es ist, als hätte sie den Krieg mitgebracht.
Das Haus könnte genauso gut voller Nazis sein. Schlimmer
noch. Ein Nazi hätte zumindest so viel Selbstrespekt, dass er
sich schämen würde. Die da – mein Gott, ich öffne mein
Haus, und mir wird es in gar keiner Weise gedankt. Nicht
den geringsten Anflug von Verlegenheit.

Weiß Gott, was sie noch alles mit hierher gebracht hat. Die
Syphilis, wahrscheinlich, und die Schwindsucht. Ich kann es
nicht fassen, dass ich tatsächlich das Kind einer *Prostituier-
ten* unter meinem Dach beherberge. Wir werden alle an namenlosen Krankheiten zugrunde gehen, die von den Docks
von Portsmouth hier eingeschleppt wurden. In der Schule
von Meneglos hat es noch *nie* Läuse gegeben. Nie. Wir werden zur Zielscheibe des Gespötts werden.

»Widerlich«, sagt sie laut. »Du bist widerlich.«

Lily Rickett, die Haare zerzaust und von ihrem Kopf ab-
stehend wie ein Vogelnest, funkelt sie von der anderen Seite
der Spülküche wütend an. Ihre Wangen sind gerötet, doch
trotz der seit zehn Minuten andauernden Quälerei ist nicht
die kleinste Träne zu entdecken. Lily weint nicht. Hat nicht
mehr geweint, seit sie fünf Jahre alt war. Die Heulerei bringt
einem gar nichts ein, hat sie herausgefunden, außer zumeist
eine Ohrfeige. »Hör auf damit«, sagt sie.

»Komm her.«

»Nein.«

»Komm *hierher*, Lily.«

»Nein. Du kommst mit diesem Ding nicht in meine Nähe.«
Felicity Blakemore starrt auf den Nissenkamm hinab, um
dessen Metallzinken ein Knäuel ausgerissener Haare gewickelt ist. Sie sehen aus wie der Pelz eines wilden Tieres. In
Wahrheit sehen sie genau so aus wie etwas, was vom Kopf
dieses verwahrlosten Kindes stammen könnte. Wie schaffen
es Leute heutzutage bloß, ihre Kinder so verwildert aufwachsen zu lassen? Sie hat gar nicht bemerkt, dass sie den Kamm
so fest umklammert, dass ihre Handfläche von den Abdrü-
cken zweier Dutzend scharfer kleiner Nadelstiche gezeichnet
ist.

»Komm schon«, sagt sie. »Das ist ja alles deine Schuld.
Hättest du keine Läuse in dieses Haus eingeschleppt ...«

»Wenn du noch einen Schritt näher kommst, beiße ich
dich«, sagt Lily.

»Sei nicht albern.«

»Ich meine es ernst.«

»Das muss getan werden. Du kannst nicht den Rest deines
Lebens so herumlaufen. Deinetwegen habe ich das schon bei
den anderen machen müssen.«

»Na ja«, antwortet Lily, »ich wette, bei denen hast du
nicht versucht, ihnen die Haare auszureißen.«

Sie spürt, dass sie immer wütender wird. »Na ja, *die* haben ja auch nicht ihre – ihre *Parasiten* – an alle anderen wei-
tergegeben.«

»Woher weißt du das? Warum gibst du mir die Schuld?
Könnte ja auch einer von denen gewesen sein. Ich bin nicht
das einzige Kind im Haus, das weißt du. Könnte ja eines von
deinen tollen Kindern gewesen sein.«

»Sei nicht albern.«

»Was?«

Es entsteht eine Pause, in der sie sich wütend anfunkeln.
Mit solch unverhohlener Frechheit konfrontiert, muss Felicity Blakemore an sich halten, um ihre gute Kinderstube
nicht zu vergessen. Sie muss warten und die Zähne zusam-

menbeißen, bis sie ihre Stimme wieder so weit unter Kontrolle hat, dass sie weitersprechen kann.

»Die anderen kommen vielleicht nicht aus der allerbesten Gesellschaftsschicht«, sagt sie, »aber es ist ganz offensichtlich, dass es hier nur eine gibt, die weder Seife noch Waschlappen kennt. Jetzt komm her. Je schneller du kommst, desto schneller hast du es hinter dir.«

Lily verschränkt die Arme und schaut sie herausfordernd an. »Nein.«

»Wenn du nicht freiwillig kommst, muss ich dich zwingen.«

»Das möchte ich sehen.«

»Na, schön«, schnauzt sie. Schiebt den oberen Riegel der Tür zum Garten zu, der außerhalb der Reichweite des Kindes ist. Lily macht einen Satz in Richtung Küchentür, aber zu spät. Felicity Blakemore hält ihren dürren Arm mit stählernem Griff fest, dreht sie herum und ruft: »Hugh! Hughie, komm doch mal!«

Lily fuchtelt und tritt vergeblich nach ihrer Gefängniswärterin. »Lass los! Lass los, lass los!«

Die Tür wird aufgestoßen, und Hugh erscheint. »Hallo!«, sagt er. Er ist fünf Jahre älter als Lily und beinahe doppelt so groß. Die Ernährung mit Pommes frites und Essensresten ist dafür verantwortlich, dass Lily im Vergleich zu ihren Altersgenossen klein und blass ist.

»Halt dieses Kind fest«, befiehlt ihm seine Mutter.

»Aber gern«, antwortet der Sohn. Er ist jederzeit für eine kleine Rauferei zu haben. Das war schon immer so. Schon in der Grundschule stand er in dem Ruf, ein Rowdy zu sein, was ihm letztes Jahr sehr zugute kam, als er nach Eton wechselte. Er steht da, die fleischigen Hände in die untersetzten Hüften gestemmt, und mustert den Hausgast. »Macht sie Schwierigkeiten?«

»Offenkundig wähnt sie sich über den Nissenkamm erhaben.«

»Klar«, sagt Hugh. »Das kriegen wir schon hin.«

100

»Bitte«, fleht Lily, ein bisschen zu spät. »Das tut weh.« – »Na ja«, antwortet Mrs Blakemore, »vielleicht hättest du daran denken sollen, bevor du Läuse in dieses Haus eingeschleppt hast.«

Selbst Hugh kann erkennen, wie unlogisch diese Feststellung ist. Aber er ist in einem Alter, in dem die Dummheit von Erwachsenen für ihn eher nützlich als verachtenswert ist, und so verzichtet er darauf, sie zu kommentieren. »Es gibt ja eine Alternative, wenn sie sich die Haare nicht kämmen lassen will«, sagt er zu seiner Mutter.

Es dauert einen Augenblick, bis Lily die Feststellung verarbeitet hat, dann stürzt sie in Richtung der Tür, die ins Freie führt. Sie springt, um an den Riegel zu kommen, es misslingt ihr, sie springt wieder, dann dreht sie sich mit gebleckten Zähnen um und presst sich mit dem Rücken gegen die Wand. Wie eine in die Ecke gedrängte Ratte, denkt Mrs Blakemore. In den Stallungen, wenn wir die Terrier auf sie hetzen.

Hugh durchquert mit zwei Schritten den Raum und stürzt sich auf das Mädchen wie ein Frettchen auf ein Kaninchen. Lily fällt zur Seite gegen die Spüle, kickt mit den nackten Füßen um sich, brüllt wie ein wütender Affe. Sie verteidigt sich so wild, dass sie seinem Griff – beinahe – entkommt. Aber dann, er ist inzwischen auf Hundertachtzig, packt er fester zu. Er hat jede Menge Übung – mit seiner Schwester, den Jungen aus dem Dorf, den jüngeren Schülern im Internat –, und er genießt den Kampf. Genießt die körperliche Konfrontation mehr als alles andere auf der Welt, aber das würde er nie im Leben zugeben. Sie vermittelt ihm das Gefühl, stark, vital und lebendig zu sein. Und im Laufe des letzten Jahres hat sich diesem Vergnügen noch ein anderes Element hinzugesellt.

»Komm her«, sagt er.

Sie kratzt ihm über das Gesicht und wird sofort durch seinen Handrücken bestraft. »Hör auf!«, zischt er. Er kriegt mit jeder Hand eines ihrer Handgelenke zu fassen und dreht sie zu einem Doppelnelson nach hinten. Und jetzt japst sie und windet sich, nach vorn gebeugt, und er wirft seiner Mutter einen triumphierenden Blick zu. Nur er und Lily wissen, dass das Gerangel und ihr Tiergeruch bei ihm zu einer sofortigen und vollen Erektion geführt haben.

»Braver Junge«, sagt Felicity. »Gut. Und jetzt hältst du sie einfach fest, während ich die Schere hole.«

Sie ist knochig zwischen seinen Händen. Ihr Körper bebt, während sie keucht, und reibt versehentlich gegen ihn. »Scheißkerl«, zischt sie. Mit einer Mutter wie der ihren weiß sie nur zu gut, was da gegen ihren Hintern drückt. »Verdammtes Dreckschwein.«

Hughie lächelt. »Du kennst dich ja mit Dreckschweinen aus«, sagt er. »Aber eigentlich bist *du* eines. Hättest du dir in deinem Leben jemals die Mühe gemacht, dich zu waschen, wärst du jetzt nicht in dieser Lage.«

»Doch, wäre ich«, antwortet sie. »Dafür würdest du schon sorgen, oder?«

Er wird wütend. Schiebt ihre Arme hoch, bis sie vor Schmerzen schreit, dann zieht er sie enger an sich, um ihr zu zeigen, wer hier der Boss ist.

Hughie gefällt es, wenn Evakuierte im Haus sind. Sobald man sich erst einmal an der Spitze der Hackordnung befindet, muss der Ehrgeiz darin bestehen, die Zahl der Menschen, die einem untergeordnet sind, zu vergrößern.

Seine Mutter kommt mit dem Kamm in der einen Hand und der Küchenschere in der anderen zurück, die stark genug ist, um die Knochen toter Vögel durchzuschneiden. Als Lily sie sieht, widersetzt sie sich wieder ihrem Gefängniswärter und tritt vergeblich um sich.

»Jetzt wehr dich nicht«, sagt Felicity Blakemore. »Wenn du dich wehrst, machst du es nur schlimmer.«

15

Es ist nicht etwa, dass sie wirklich unfreundlich sind. Eher – still. Wären sie in Streatham, dann wüsste sie, was das Schweigen zu bedeuten hat, nämlich, dass man sie als mögliche Ladendiebin im Auge behält, aber hier … Bridget denkt, dass die Frau mittleren Alters hinter der Kasse wahrscheinlich eher daran interessiert ist, ob sie ein Feriengast ist oder dauerhaft hier wohnt. Es lohnt sich schließlich nicht, für jemanden, der nie wiederkommen wird, viele Worte zu machen.

Als sie bemerkt, dass sie das Objekt solcher Neugier ist, muss sie unweigerlich an *The League of Gentlemen* denken. *Das ist ein einheimischer Laden für Einheimische* … dieser Satz geht ihr ständig durch den Kopf, während sie an den Regalen vorbeischlendert. Meneglos ist kein kulinarisches Zentrum, so viel steht fest. Falls das Dorf tatsächlich von Besitzern von Ferienwohnungen überlaufen ist, dann müssen die wohl nach Padstow oder Port Isaac fahren, um ihre Polenta und sonnengetrockneten Tomaten zu besorgen, denn hier gibt es nichts, was nicht auch in einer durchschnittlichen Schulküche zu finden wäre. Andererseits gibt es hier auch nichts, was Yasmin sich zu essen weigern würde, und das ist ja schon so etwas wie ein Pluspunkt. Und nichts mit einem Verfallsdatum, auf das man wirklich achten müsste. Selbst Fisch wird, fünf Meilen vom Meer entfernt, in Dosen verkauft: Thunfisch in Salzlake und zwei Arten von Sardinen.

Sie wandert den Gang entlang – es gibt nur einen mit einer Kühltheke zur Rechten und einem schwankenden Postkartenständer in der Mitte – und begutachtet das Angebot. Yasmin, deren Blick sofort auf die Auslage – na ja, auf einen

Berg – dicker Eiskrem fällt, bleibt mit weit aufgerissenen Augen bei der Tür stehen und bestaunt die für Kinder ansprechenden Welpen und Kätzchen, die auf die Packungen aufgedruckt sind. Wahrscheinlich, denkt Bridget, glaubt sie tatsächlich, dass darin zwischen der süßen Leckerei Kätzchen liegen.

Lebensmittel in Dosen und in Verpackungen. Jede Menge. Es ist ein Laden, wie man ihn sich in den Siebzigern erträumt hätte. Steak-und-Nieren-Pie von Fray Bentos. Baked Beans: einfach, mit Curry, Barbecue, mit Fleischsoße, fürs Frühstück. Gemüsepackungen von Green Giant. Supernudeln. Sandwichcreme. Shippam's Paste. Karotten in Dosen. Markerbsen. Paradiescreme. Sie erwartet fast, eine Auswahl an mit Staub bedeckten Packungen mit Frühstücksgeschirr von Rise'n'Shine und Stahltöpfe von Vesta zu sehen – nur Wasser zum gefriergetrockneten Hühnchencurry hinzufügen –, aber stattdessen bietet das Kühlregal das ungesunde Essen des einundzwanzigsten Jahrhunderts: stapelweise mit künstlichen Aromen versetzter Orangensaft und fertige Lasagne. Hüttenkäse mit Ananas. Fettarmer Joghurt. Räucherwürste von Mattesons. Wie lecker ... da läuft einem doch gleich das Wasser im Mund zusammen.

Eine Dame sitzt auf einem Barhocker hinter der verstärkten Glasscheibe des Postschalters. Diese Scheibe dient eher dazu, anzuzeigen, wo sich der Schalter befindet, als dass sie eine echte Sicherheitsmaßnahme darstellen würde. Wollte jemand den Schalter ausrauben, brauchte er nur durch die offene Tür in ihren Käfig einzutreten. Bridget schaut von der jämmerlichen Auswahl an Gemüse und Zwiebeln auf, und ihre Blicke treffen sich. Sie lächelt.

»Wenn Sie etwas nicht finden«, sagt die Dame, »fragen Sie nur.«

»Danke«, antwortet sie. »Ich denke, ich finde mich zurecht.«

»Gut«, sagt die Dame, »Sie wissen ja, dass wir da sind.«

Sie macht sich wieder daran, ihr großes Buch mit bunten Briefmarken durchzublättern.

Bridget legt unten in ihren Drahteinkaufskorb eine Ausgabe des *Mirror,* und macht sich daran, den Korb vollzuladen. Sie wird erst am Montag zum Supermarkt nach Wadebridge fahren, weil sie davon ausgeht, dass montags dort weniger los ist. Bohnen. Schinken. Eier. Spaghetti. Beinahe hätte sie nur die langen Spaghetti genommen, aber da bemerkt sie, dass auf dem obersten Regalbrett zwischen den Fertigsaucen drei Gläser Pesto stehen: die Lieblingssauce der Neunziger. Selbst in Meneglos hat man das mitbekommen.

Sie muss sich beeilen. Yasmin steht bereits vor der Kasse bei dem Ständer mit den Süßigkeiten. Im Kühlregal finden sich drei Pastetensorten. Mensch, denkt sie, ich bin wirklich in Cornwall. Ich kann mich gar nicht mehr daran erinnern, wann ich zum letzten Mal eine Pastete gesehen habe, die nicht von Ginsters stammte. Sie beschließt, alle drei heute beim Abendessen zu den Bohnen auszuprobieren, und tut sie in ihren Korb. Und dann denkt sie: Was soll's? Wir nehmen auch noch Crème fraîche dazu. Das Leben kann schließlich nicht nur aus Minirationen bestehen. Sie läuft zurück, um Mehl und Marmelade und Remouladensauce zu holen. Heute Nachmittag wird sie Yasmin in das Vergnügen von Scones einweihen. Jetzt, da sie nicht mehr befürchten muss, dass der Backofen ihr Stromkontingent schneller aufbrauchen wird. Tiefgefrorene Erbsen. Fischstäbchen. Backofen-Pommes-frites. Ein großer Laib Vollkorntoastbrot. Jetzt hat sie mehr als genug für das Wochenende.

Die Dame an der Kasse nimmt ihr den Korb ab und macht sich ganz langsam daran, die Artikel einzutippen und einen nach dem anderen in eine blauweiß gestreifte Plastiktüte zu stecken. »Sie machen hier im Ort Urlaub, nicht wahr?«

Das ist ein einheimischer Laden für die Einheimischen ...

»Ja«, antwortet Yasmin.

»Ja – na ja, nein«, sagt Bridget. Sieht, dass man ihren Londoner Akzent bemerkt hat, und erkennt, dass die Information mit Enttäuschung aufgenommen wird. »Genau genommen sind wir gerade hierhergezogen. Ein Stück die Straße hinauf.«

Die Frau blickt interessiert auf. »Tatsächlich? Ich habe gar nicht gehört, dass etwas zum Verkauf stand ...«

»Nein, ich bin Haushälterin. Droben in Rospetroc. In Rospetroc House.«

Sie rutscht auf ihrem Hocker hin und her. »Ach, klar.«

Sie tippt das Toastbrot, die Erbsen ein. Verschafft sich so Zeit zum Nachdenken, wie Bridget bemerkt.

»Und, wie gefällt es Ihnen?«

»Gut«, antwortet sie. »Na ja – wir sind gestern Abend gerade mal angekommen. Ich habe den Boiler erst heute Morgen gefunden.«

»Ich wette, Sie sind halb erfroren, in einem so großen alten Haus wie diesem.«

Bridget lacht.

Die Frau dreht sich um. »Ivy! Komm doch mal raus, wir haben hier die neue Haushälterin von Rospetroc!«

Ivy klappt ihr Buch zu und kommt heraus, um sie zu begrüßen.

»Hallo!«, sagt sie. Es ist ein fragendes Hallo, so, als wäre Bridget eine alte Freundin, die urplötzlich an einem Ort aufgetaucht ist, an dem man sie nie vermutet hätte. »Und, wie kommen Sie zurecht? Ivy Walker.«

»Hallo.« Sie schüttelt ihr die Hand, überrascht über die Freundlichkeit. Sie hat in Streatham seit sieben Jahren immer im gleichen Laden eingekauft, und die Besitzer hatten sich bis zum Zeitpunkt ihres Wegzugs gerade einmal aufgerafft, ihr, wenn sie in den Laden kam, ein schwaches Nicken zuzuwerfen, als Zeichen, dass sie sie kannten. »Bridget. Bridget Fl... – Sweeny.«

Sie könnte sich ohrfeigen. Ich werde es ein ganzes Stück besser machen müssen, wenn das funktionieren soll.

106

Die Frau hinter der Kasse streckt die Hand aus und schüttelt die ihre. »Chris Kirkland. Willkommen in Meneglos.«

»Danke.«

Ivy beugt sich hinab, bis ihr Gesicht auf der gleichen Höhe mit Yasmins ist. »Und wer ist das?«

»Yasmin«, antwortet Yasmin und tritt rasch einen Schritt zurück. Sie ist es nicht gewohnt, dass fremde Erwachsene ihr so nahe kommen. Bridget hat noch nie darüber nachgedacht, aber die Leute in London achten sehr darauf, Distanz zu Kindern zu wahren, aus Angst, bestraft zu werden.

»Hallo, Yasmin«, sagt sie. Greift zur Theke hinauf und holt ein riesiges Gefäß mit Lutschern herunter. Schraubt es auf und hält es ihr hin. »Möchtest du einen?«

Yasmin bekommt Stielaugen. Dann sagt sie: »Nein danke.«

Ivy wirkt verdutzt.

»Mummy sagt, dass ich von Fremden keine Süßigkeiten annehmen darf«, erklärt Yasmin.

Chris lacht. »Recht hat sie«, sagt sie. »Und du hast gute Manieren, wie ich sehe.«

»Ist schon in Ordnung«, versichert ihr Bridget. »Das sind jetzt keine Fremden mehr. Du kannst dir also getrost einen nehmen.«

Das Gefäß wird wieder gesenkt, damit sie hineingreifen kann. Yasmin lässt sich mit ihrer Wahl Zeit. Betrachtet nacheinander jeden Lutscher und nimmt sich schließlich einen blauen heraus.

»Danke«, sagt sie unaufgefordert.

Ach, das ist lieb von dir, mein kleiner Schatz. Du weißt gar nicht, wie dankbar ich dir für diesen guten ersten Eindruck bin. Das wird sich im Nu im Dorf herumsprechen; ich bin dir so dankbar, dass du dir nicht gerade diesen Augenblick für einen deiner Wutanfälle und dein Geschrei herausgesucht hast.

»Und, gehst du schon zur Schule, meine Liebe?«, fragt

Chris. Yasmin, die sich den Lutscher in den Mund gesteckt hat, nickt heftig und anhaltend.

»Sie ist in der zweiten Klasse.«

»Sie schicken sie doch sicher in die Dorfschule, oder etwa nicht?«

»Na ja, ich habe gehofft ... was meinen Sie, wie stehen die Chancen?«

»Na, es ist ja nicht gerade Eton. *Hier* muss man sie wenigstens nicht schon vor ihrer Geburt eingeben.«

»Sie eingeben«, sagt Ivy. »Dieser Ausdruck hat mir schon immer gefallen. Erinnert mich immer an die oberen Schichten, die ihre Kleinen wie Kätzchen in einem Eimer ertränken.«

Bitte gib, dass Yasmin das jetzt nicht gehört hat. Wir haben ohnehin schon genug Probleme mit Kätzchen.

Zu ihrer Erleichterung hat Yasmin einen Stapel Barbie-Zeitschriften entdeckt und das Interesse an den Erwachsenen verloren.

»Kommen Sie einfach am Montag vorbei«, sagt Chris. »Die Ferien fangen am Mittwoch an, Sie haben also Glück. Wenn niemand im Sekretariat ist, gehen Sie einfach rüber und klopfen bei der Direktorin; das ist das Haus neben der Schule. Blaue Tür. Sie können es gar nicht verfehlen. Mrs Varco heißt sie.«

»Wird Yasmin so spät im Schuljahr denn noch aufgenommen?«

»Das sind gesetzliche Bestimmungen«, antwortet Ivy. »Sie wohnen im Einzugsbereich. Die quetschen einfach noch einen Stuhl an einen Tisch, und los geht's.«

»Die Sache ist die, dass es hier keine Alternative gibt«, stellt Chris fest. »Das ist nicht wie in London. Hier braucht man sich keine Sorgen zu machen, wie man die schlechten Schulen meidet. Hier muss man nehmen, was es gibt, oder auf eine Privatschule gehen. Glück für Sie, dass Meneglos eine gute Schule hat.«

108

»Na ja, jedenfalls kommen sie nicht heraus und fluchen wie die Fuhrknechte. Nicht wie drüben in Wadebridge.«

Beide schweigen einträchtig beim Gedanken an die negativen Auswüchse der Verstädterung in ihrem Marktflecken. Sie spitzen den Mund und verdrehen die Augen.

»Und, in welchem Zustand ist der alte Kasten?«, fragt Ivy Walker. »Ich habe gehört, dass Frances Tyler ein wenig überstürzt gegangen ist.«

Die beiden tauschen einen Blick mit kaum wahrnehmbarem Flackern in ihren Augen aus. Bridget registriert ihn erst im letzten Moment.

»Nicht gerade toll«, antwortet sie. »Offensichtlich ist sie abgereist und hat alles stehen und liegen lassen.«

»Dann werden Sie wohl sehr viel zu tun haben.«

»Hmmm. Na ja, dafür werde ich schließlich bezahlt.«

»Wie wahr«, sagt Ivy. »Er war hier und hat versucht, jemanden zu finden, der vor Ihrer Ankunft Ordnung schafft. Hat vermutlich kein Glück gehabt.«

»Ich wundere mich«, sagt sie aufs Geratewohl, »dass niemand hier den Job machen wollte.«

Wieder dieses Flackern.

»Ach, mich überrascht das nicht, meine Liebe«, sagt Chris, ein wenig hastig. »Es ist, wenn man es genau bedenkt, keine besonders gute Bezahlung. Als Haushälterin, wenn man dort wohnt und alle Rechnungen beglichen werden, dann ist es okay, aber hier haben ja alle ihre Wohnung, sonst wären sie ja nicht hier, oder?«

»Ja«, pflichtet ihr Ivy bei. »Und außerdem ist die Sache mit der Abgeschiedenheit eher etwas für die Fantasie von Stadtmenschen als für Leute wie uns. Die meisten Menschen auf dem flachen Land würden lieber in einem Dorf wohnen. Wo ein bisschen Leben herrscht. Jemand in der Nähe ist. Sie wissen schon.«

»Da oben sind Sie halt sehr isoliert«, sagt Chris, »das müssen Sie bedenken. Wenn es schneit, können Sie völlig abgeschnitten sein, wo es doch so steil den Hügel hinaufgeht. Und der Stromanschluss ist da oben nicht wirklich zuverlässig. Sie müssen sicherstellen, dass Sie immer genügend Kerzen und Vorräte im Haus haben, weil es manchmal zu tagelangen Stromausfällen kommen kann. «

»Ach, das macht mir nichts aus«, sagt sie. »Nach dem Leben in London kommt mir das hier geradezu luxuriös vor.«

»Das wird es wohl«, antwortet Ivy. »Ich persönlich würde nicht einmal für Geld da oben wohnen wollen.«

Chris lacht. »Na ja, sie *bekommt* Geld dafür, Ivy. Ich denke, sonst wäre sie wohl nicht hier.«

16

Die Alarmanlage des Autos geht los, und Carol weiß, dass er wieder da ist. Sie hat Monate gebraucht, bis ihr klar wurde, dass es einen Zusammenhang zwischen der losheulenden Autoalarmanlage und dem Auftauchen von Kieran gibt, aber selbstverständlich besteht eine solche Verbindung. Dieser verdammte Idiot in der Erdgeschosswohnung lässt die Haustür wohl immer offen, wenn er hinausläuft, um sie auszuschalten, und dann muss Kieran die Gelegenheit nutzen, um sich hereinzuschleichen und sich in dem Schrank unter der Treppe zu verstecken.

Scheiße, denkt sie. Ich wusste ja, dass es mich am Ende erwischt. Ich habe Bridget gesagt, dass es mir nichts ausmacht, aber das stimmt nicht. Er wird sehr, sehr wütend sein, und ich werde irgendwie damit fertig werden müssen.

Der Typ unten braucht immer fünf Minuten, bis er hinausgeht und sich um seine Alarmanlage kümmert. Carol hegt den Verdacht, dass das Absicht sein könnte, dass er seine Nachbarn genau wissen lassen möchte, wem der Audi gehört, der am Straßenrand geparkt ist, aber es ist wahrscheinlicher, vermutet sie, dass er nackt schläft und langsam ist. Sie hat ihn ein paar Mal gesehen, wie er mit der Fernbedienung an seinem Schlüsselbund versuchte, die Alarmanlage auszuschalten, aber dabei nichts anderes tat, als die Türen an die hundert Mal zu öffnen und zu verschließen, bis er die ganze Straße mit seiner protzigen Anlage geweckt hatte. Sie muss Kieran vertreiben, bevor er in seinen Calvin-Klein-Unterhosen und dem schwarzen Satinmantel über seiner künstlich gebräunten Haut die Stufen hinunterjoggt und die Tür offen stehen lässt, während er die Anlage abschaltet. Es fällt ihr schwer, zu glauben, dass er beim Zurückkommen nicht bemerkt haben will, dass sein ehemaliger Mitbewohner auf der Lauer liegt, aber das hat er nicht. Der sieht doch nur sich selbst.

Sie geht ans Fenster, schiebt die Vorhänge zurück.

Jemand duckt sich an der dunklen Stelle zwischen den großen Mülltonnen und der Hecke. So macht er das also. Natürlich.

Sie schiebt das Fenster hoch. Beugt sich hinaus.

»Kieran?«, schreit sie.

Niemand antwortet, aber sie spürt, dass jemand an der dunklen Stelle hinter der Mülltonne erstarrt. Da ist er: Ich weiß, dass er da ist. Und er hat mich gehört, aber irgendwie glaubt er, wenn er sich ruhig genug verhält, würde ich nicht merken, dass er da ist.

»Kieran?«, schreit sie noch einmal. »Ich weiß, dass du da unten bist.«

Noch immer keine Antwort.

»Schau zu, dass du von hier verschwindest, Kieran«, schreit Carol. »Sie ist nicht da.«

Jetzt regt sich hinter den Mülltonnen eindeutig etwas. Er hat sie also gehört.

Die Haustür geht auf, und der Mitbewohner von unten erscheint auf der Stufe. Er schaut beim Klang ihrer Stimme hinauf und sieht, dass sie sich aus dem Fenster beugt. Verschränkt die Arme und starrt nach oben. Carol strengt sich an, sich an seinen Namen zu erinnern. Er hat sich weder ihr noch irgendeinem der Nachbarn je vorgestellt. Sie kann sich nur an die Unmenge von Werbepost halten – Angebote für Kreditkarten, Kreditangebote, teure Reisebroschüren –, die sich immer auf seiner Fußmatte türmt.

»Nick«, ruft sie, »machen Sie die Tür hinter sich zu.«

Er schaut ein bisschen verblüfft drein, dass sie ihn mit seinem Namen anspricht. Stiert sie wie ein Kugelfisch an und geht die Stufen hinunter.

112

»Im Ernst«, ruft Carol, »machen Sie die Tür zu. Vielleicht ist es Ihnen nicht klar, aber da ist jemand hinter den Mülltonnen.«

Er fährt zusammen. Er ist tatsächlich für eine Sekunde erschrocken, denkt sie. Wenn es etwas gibt, wovor ein Yuppie mehr Angst hat als vor einem Autodieb, dann ist das ein Straßenräuber.

»Scheiße«, ruft Carol. »Komm da raus, ja?«

Kieran richtet sich auf, tritt hervor.

Nick stellt sich ihm auf der Treppe in den Weg. Steht halb in, halb vor der Tür wie ein kleines Kind, das ganz dringend auf die Toilette muss. Beide blicken Kieran an. Carol unterdrückt den Drang, loszulachen. Er sieht heute Abend richtig absurd aus. Hat schon immer unter der Wahnvorstellung gelitten, ein Actionheld zu sein – Action, die nie zu mehr gereicht hat, als zur Nennung im Telefonbuch –, und heute Abend hat er sich genau dementsprechend angezogen. Er trägt Schwarz. Schwarzer Pullover, schwarze Jeans, schwarze Schuhe und – sie brüllt vor Lachen beinahe los, als sie das sieht – einen kleinen schwarzen Hut, der seine schwarzen Haare bedeckt. Mein Gott, denkt sie: Er braucht nichts weiter als ein paar Schmutzstreifen auf den Wangen, dann könnte er glatt für Ross Kemp einspringen.

»Verpiss dich, Kieran!«, ruft sie.

Kieran tritt ein Stück vor, steht auf dem Weg, die Arme defensiv vor dem Körper verschränkt. »Du hast mir nicht zu sagen, dass ich mich verpissen soll«, schimpft er.

»Verpiss dich«, wiederholt sie.

»Ich möchte nur mein kleines Mädchen sehen«, sagt Kieran.

»Nicht um ein Uhr in der Nacht«, erklärt Carol.

Die Alarmanlage heult immer noch. Nick scheint unschlüssig zu sein, was er tun soll. Er schaut zum Auto, schaut zu Carol hinauf, schaut Kieran an, der zwischen ihm und der Straße steht, bleibt aber wie angewurzelt an Ort und Stelle.

»Du kennst dich damit überhaupt nicht aus«, sagt Kieran.
»Und ob«, antwortet Carol, »glaub mir. Gegen dich ist eine
einstweilige Verfügung erlassen worden, Kieran, und du
hältst dich einfach nicht daran, was? Du kannst nur dich
selbst dafür verantwortlich machen.«

»Ich möchte einfach nur mein Kind sehen, verdammt«,
wiederholt Kieran.

»Na ja, das geht nicht«, antwortet sie. »Sie möchte dich
nicht sehen. Und außerdem ist sie gar nicht da. Keine von
beiden.«

Sie weiß, dass sie schroff ist, aber sie ist so wütend – auf
ihn, auf die ganze Situation, auf seine sture Rüpelei, auf die
Art und Weise, wie er seine Frau und sein Kind als seinen Besitz betrachtet, mit dem er machen kann, was er will, und auf
die Tatsache, dass es an ihr hängenbleibt, es ihm zu verkli-
ckern, weil Bridget zu große Angst vor seiner Reaktion hat,
um es selbst zu tun – und sie kann es sich nicht verkneifen:
Sie findet, dass er das kriegt, was er verdient. Genau. Nein,
eigentlich hätte er eine härtere Strafe verdient.

»Sie sind fort«, fügt sie verächtlich hinzu. »Fort, um von
dir wegzukommen.«

Für einen Augenblick ist das einzige Geräusch das Heulen
der Alarmanlage. Dann fragt er: »Was meinst du damit?«
Und seine Stimme klingt plötzlich anders. Nicht länger nach
Schmeichelei, nicht länger nach dem Daddy, der schlecht behandelt wird. Sowohl sie als auch Nick hören die angedeu-
tete Drohung in seiner Stimme.

»Sie sind fort«, wiederholt sie. »Fortgezogen. Ausgezogen.
Haben die Schlüssel abgegeben und sich aus dem Staub gemacht.«

»Was meinst du damit?«

»Du hast es gehört«, ruft sie. »Jetzt verpiss dich und lass
uns alle in Ruhe.«

Das ist nicht gut so, denkt sie. Es ist ein Uhr in der Nacht,
und ich bin fix und fertig, und wahrscheinlich mache ich al-

les nur noch schlimmer. Aber pfeif drauf. Seit wann hat Kieran eine sanfte Behandlung verdient?

Nebenan geht ein Fenster auf. Eine Stimme, schlaftrunken, brüllt: »Haltet das Maul da draußen! Wisst ihr, wie viel Uhr es ist? Hier gibt es Leute, die schlafen wollen!«

»Tut mir leid«, schreit Carol zurück, »es wird nicht mehr lange dauern.«

»Was heißt das, wird nicht mehr lange dauern?« Eine andere Stimme, die einer Frau, ermutigt durch das Eingreifen des Nachbarn, ist von dem Mansardenfenster zwei Stockwerke weiter oben zu vernehmen.

»Was meinst du damit, es wird nicht mehr lange dauern?«, fragt Kieran.

»Seid leise! Ihr alle! Geht schlafen!«, bellt die erste Stimme.

»Und schaltet endlich diese beschissene Alarmanlage aus!«

»Verpisst euch doch alle!«, schreit Kieran. Steuert auf die Haustür zu.

Nick, der ihn näher kommen sieht, saust in den Eingang zurück und knallt ihm die Tür vor der Nase zu. Carol geht jetzt, da eine Barriere zwischen ihr und der Straße ist, zu ihrer eigenen Wohnungstür, kommt heraus und läuft zur Treppe. Nicks Anwesenheit ermutigt sie. Er mag ja ein Taugenichts sein, aber jetzt, da er schon einmal hier ist, hat er keine Möglichkeit, sich da einfach herauszuhalten.

Das Hämmern fängt an. Kieran schlägt gegen die Haustür. Nick lehnt sich dagegen, die Augen weit aufgerissen, Schweiß steht ihm auf der dick eingecremten Stirn. Er sieht verängstigter aus, als ich mich fühle, denkt Carol.

»Rufen Sie die Polizei«, stottert er. »Um Himmels willen, rufen Sie die Polizei. Er versucht, hereinzukommen!«

Klasse, denkt sie. Ein paar Mal wären wir sehr dankbar gewesen, wenn Sie das getan hätten. Trotzdem macht sie sich daran, die Treppe hinunterzugehen, während das Hämmern noch etwas lauter und das Geräusch durch Kierans Tritte gegen die Tür verstärkt wird. Kieran wird immer wütender. Sie geht an Nick vorbei und legt den Finger auf die Taste der Gegensprechanlage. Ich hätte mir diese Sicherheitsschlösser besorgen sollen, denkt sie. Hätte mir eine Sicherheitskette anschaffen sollen.

»Geh, Kieran«, sagt sie wieder. »Sie sind nicht mehr da. Sie sind ausgezogen. Hier hast du nichts mehr zu suchen.«

Ein erneutes Bombardement erschüttert die Tür. Kierans Stimme heult jetzt, da er jede Kontrolle verloren hat, wie die eines Wolfs durch die Tür. »Lass mich rein! Lass mich rein! Ich will mein Kind sehen! Lass mich rein, du Schlampe!«

Die Zeitschaltuhr lässt das Treppenhauslicht ausgehen. Selbst in der Dunkelheit sieht sie das Weiß in Nicks Augen. Morgen früh wird er die ganze Sache völlig anders darstellen, denkt sie. Bis er im Büro ankommt, wird er ganz allein mit Kieran fertig geworden sein.

»Lass mich rein!«, brüllt Kieran. »Verdammt, lass mich rein!«

Und ein wenig weiter, um die Ecke der Streatham High Road ertönt eine näher kommende Sirene.

17

Sie steckt wieder in dem alten Traum fest. Dem Albtraum. Nacht für Nacht, immer wieder, wie eine Videosequenz, die immer wieder abläuft: seine Zähne gebleckt, die Faust erhoben, das Knirschen, wenn er zuschlägt, das Rot. Immer wieder. Sein verschlagenes Gesicht, das sich in der Dunkelheit drohend abzeichnet, wie er auf sie zustürzt, einen Satz macht ...

Sie denkt, dass sie vielleicht geschrien hat. Irgendetwas hat sie aufgeweckt. Und dann fällt es ihr ein.

Er war hier, denkt sie. Er war hier. Ich habe ihn gegen die Tür trommeln hören, brüllen hören, dass er hereingelassen werden will. Aber jetzt ist da nichts außer dem Wind. Und dem Schweiß auf den Laken. Und der Dunkelheit. Samtige, alles einhüllende Dunkelheit. Jene Art von Dunkelheit, wie sie ihrer Vorstellung nach die Blinden sehen. Sie kann in ihrem Schlafzimmer nichts erkennen: Kein Schein einer Straßenlaterne schimmert durch die Vorhänge, keine roten LED-Ziffern eines Weckers schaffen ihre eigene winzige Oase von Normalität. Kein einziger Laut: nur das Heulen des Sturms und das Geräusch ihres eigenen Atems.

Er ist hier. Er ist hier.

Sie tastet in die Dunkelheit, um das Licht anzuknipsen, greift ins Leere. Spürt, wie die Panik ihr wieder die Kehle zuschnürt. Sie ist weg. Sie ist weg. *Die Welt ist verschwunden, während ich geschlafen habe ...*

Und dann erinnert sie sich. Du bist nicht mehr in Streatham. Du bist in Cornwall. Die Lampe steht auf der anderen Seite des Betts.

Wieder streckt sie die Hand aus, dieses Mal die linke, findet die vertraute Form ihrer Nachttischlampe und drückt auf den Knopf. Atmet durch. Lässt sich auf das Kissen zurückfallen.

Plötzlich wird das Zimmer, das riesig wie der Hades gewirkt hat, als sie dessen Begrenzung nicht sehen konnte, wieder kleiner, wird gemütlich. Sie mag dieses Zimmer bereits. Die Holztäfelung und das Geräusch des Windes, der draußen durch die Blätter raschelt, vermitteln ihr das Gefühl, in einem Boot zu sein, weit draußen auf dem Meer, in sicherer Distanz von London, von Kieran, von ihrer Angst. Das hier wird unser sicherer Hafen sein. Ich weiß es. Das wird unser Zufluchtsort sein.

Bridget entspannt sich allmählich. Er kann uns nicht finden. Wir sind in Sicherheit, und er kann mich nur in meinen Träumen verfolgen, und jetzt bin ich wach, und wir sind wieder sicher.

Sie greift nach ihrer Armbanduhr, die auf dem Nachttischchen liegt – der Wecker ist noch immer irgendwo vergraben, wohl ganz unten in einem der Müllsäcke im Wohnzimmer –, und schaut, wie spät es ist. 1 Uhr 30. Schon wieder bin ich mitten in der Nacht wach. Wie lange wird es dauern, bis ich wieder lerne, richtig zu schlafen? Wann werde ich ins Bett gehen, meine Augen zumachen, liegen bleiben und schlafen, ohne mit einem Ohr nach einem Eindringling zu lauschen? Ich bin es gar nicht mehr gewöhnt. Habe so viele Nächte damit verbracht, auf den Schlag gegen die Tür zu warten, das Trommeln mit den Fäusten, seine bellende Stimme.

Das braucht Zeit, Bridget. Es wird lange, lange dauern, bis du wieder die ganze Nacht durchschläfst.

Neben dem Wasserkocher liegt eine Packung Baldriantee, den sie in dem Öko-Laden in Wadebridge auf Anraten eines Mädchens gekauft hat, das aussah, als sei es kaum alt genug, um lesen zu können, geschweige denn Fremde zu beraten. Sie wirft die Decke zurück, steigt aus dem Bett und tapst in die Küche hinüber.

Heute Nacht bläst der Wind aber richtig stark. Es war ihr gar nicht in den Sinn gekommen, dass das warme, schöne Cornwall, das Ziel Hunderttausender Urlauber, die den britischen Traum von einer eigenen, sonnigen Riviera träumen, im Winter so unwirtlich sein kann. Aber das ist es natürlich: Schließlich liegt es eingeklemmt zwischen dem Bristolkanal und dem stürmischen westlichen Ärmelkanal. Am Rande eines für seine Tücken und Todesgefahren berüchtigten Ödlands. Diese felsigen Küsten haben schon immer für reichlich Strandgut von Schiffswracks gesorgt. Nur in einem ungezähmten Teil des Landes konnten die Bewohner dies so lange treiben, nämlich in Seenot geratenen Seeleuten einfach die Kehle zu durchschneiden und ihre angespülte Ladung zu plündern, um die jämmerlichen Erträge ihrer Farmen aufzustocken. Als sie noch ein Kind war – bevor es uncool wurde, zu lesen, bevor der Tod ihrer Eltern sie frühzeitig in eine Welt der Sorgen Erwachsener warf, vor Kieran –, pflegte sie die Bücher von Daphne du Maurier zu verschlingen, sich mit Vergnügen die Geschichten über ferne Länder und wagemutige Abenteuer reinzuziehen. Es ist wirklich komisch, dass sie erst jetzt bemerkt hat, dass sie nun genau an dem Ort wohnt, an dem viele dieser Geschichten spielten. Sie waren auf dem Weg hierher sogar an Hinweisschildern auf ein Jamaica Inn vorbeigekommen.

Sie füllt den Wasserkocher, schaltet ihn ein und setzt sich an den Küchentisch, um zu warten, bis das Wasser kocht. Während sie so dasitzt, wird ihr klar, dass sie tatsächlich zum ersten Mal, seit sie den Plan, hierher zu kommen, in die Tat umgesetzt hat, Hunger verspürt. Richtigen Hunger. Sie ist nicht einfach nur aus dem Wissen heraus hungrig, dass sie etwas essen muss, um fit zu bleiben, sondern sie empfindet einen so genüsslichen und vorfreudigen Hunger, dass sie sich kaum erinnern kann, wann sie das letzte Mal ein so starkes Gefühl verspürt hat.

Ein pochiertes Ei auf Toast, genau das möchte sie jetzt essen. Ihr läuft das Wasser im Mund zusammen bei dem Gedanken an zähflüssiges Eigelb, das sich auf einer warmen Schicht Butter und Marmite ausbreitet, auf schwerem Vollkornbrot frisch aus dem Toaster. Unglaublich, wie die einfachsten Genüsse im Kern eine solche Sinnlichkeit haben können. Sie geht zum Kühlschrank, holt ein paar Scheiben Brot aus der Tüte und steckt sie in den Toaster.

Das Heulen des Windes nimmt zu, er donnert gegen die Fensterscheiben wie ein vorbeisausender Schnellzug. Sie erschaudert unweigerlich, obwohl der Raum warm und sie gut eingemummelt ist. Dann schmunzelt sie. Mensch, das ist nett. Ich kann mich erinnern … ach, Yasmin, das wird schön. Wir werden hier eine glückliche Zeit verbringen. Unser erster richtiger Winter. Wir können all die typisch britischen winterlichen Traditionen pflegen: Brötchen an einem offenen Feuer rösten; eine Schneeballschlacht machen; geschützt von Mützen mit Ohrenklappen durch den Regen rennen, mit vom Wind geröteten Wangen und von der Kälte leuchtenden Augen. Das ist gut. Das ist richtig gut …

Der Wasserkocher schaltet sich ab. Sie steht wieder auf, bereitet ihren Tee zu und füllt für die Eier einen Topf mit Wasser.

Es kann alles so einfach sein, denkt sie. Hier, an unserem Zufluchtsort: Wir müssen nur ehrliche Arbeit für ehrlichen Lohn leisten und die Freuden des einfachen Lebens genießen. Es ist wunderbar. Fast himmlisch. Wie konnte ich nur so lange leben, ohne mir darüber klar zu werden, dass ein pochiertes Ei der Beweis ist, dass es tatsächlich einen Gott gibt? Die Eier, von freilaufenden Hühnern, haben Dotter, die größer und gelber sind als alles, was sie, so weit sie sich erinnert, je in London gesehen hat. Sie zerbrechen unter ihrem Messer, tropfen in goldenen Punkten perfekt auf den Toast, sickern ein. Bridget nimmt einen Schluck von ihrem Tee, schneidet sich eine Ecke vom Toast ab, verstreicht das Eigelb und steckt sich das Ganze in den Mund. Schließt die Augen

120

und unterdrückt ein erstauntes, freudiges Stöhnen. Ihr kommt es vor, als erwache sie langsam aus einem langen tiefen Schlaf. Plötzlich nimmt sie Dinge um sich wahr – Essen, Farben, Wärme und Kälte –, gegen die sie glaubte, möglicherweise für immer unempfänglich geworden zu sein.

Es gibt ein Sprichwort – aus Spanien, glaubt sie –, das besagt: »Ein in Angst verbrachtes Leben ist nur ein halbes Leben«, und sie meint, allmählich die ganze Wahrheit dahinter zu begreifen. Das Leben mit Kieran – die Angst, der ständige Eiertanz, der vorsichtige Umgang mit Wörtern, Blicken und Taten, um zu verhindern, dass eine neue Runde der Bestrafungen beginnt – war ein Leben in Schwarz und Weiß und Grauschattierungen. Sie hat nie gewagt, die Farben zu kosten, die Wärme zu sehen und Musik zu fühlen.

Ich hatte nie auch nur eine Sekunde für mich, selbst wenn er nicht da war, überlegt sie. Es wäre undenkbar gewesen, einfach so dazusitzen und diesen Moment zu genießen, wenn ich wüsste, dass er jeden Augenblick durch die Tür kommen könnte, mich untätig antrifft, wütend wird. Es ging ums nackte Überleben, denkt sie: Das war kein Leben. Sie schneidet sich noch ein Stück Brot ab, macht die Augen zu und genießt den salzigen, fettigen Geschmack.

»Ich kann nicht schlafen.«

Bridget schlägt die Augen auf. Yasmin – im pinkfarbenen dicken Schlafanzug, den abgewetzten alten Plüschaffen gegen die Brust gepresst – steht barfuß in der Tür, die Haare zerzaust, die Augen groß und braun.

»Tut mir leid, Baby. Hab ich dich geweckt?«

Yasmin reibt sich müde mit der Faust über die Nasenwurzel.

»Ich weiß nicht«, stellt sie fest. »Ich glaub, ich bin schon die ganze Zeit wach. Was isst du da?«

»Eier. Willst du was?«

»*Igitt*«, antwortet Yasmin, »Eier.« Sie verzieht das Gesicht und streckt die Zunge heraus. »Nein, danke.«

121

»Gar nicht igitt«, sagt sie. »Eier sind wunderbar. Vor allem auf Toast.«

»Eklig«, entgegnet Yasmin unmissverständlich. Gestern hat sie ohne einen Mucks drei Schalen selbst gemachten Vanillepudding ausgelöffelt. Das Rätsel der ständig wechselnden Vorlieben von Kindern wird wohl nie gelöst werden.

»Ich bin beinahe fertig«, sagt Bridget, »dann bringe ich dich wieder ins Bett.«

»Ich will nicht«, antwortet Yasmin.

»Doch«, beharrt Bridget, »es ist Schlafenszeit. Schon längst.«

»Kann ich nicht zu dir kommen?«

»Nein, Schatz. Du hast jetzt dein eigenes Zimmer. Und da schläfst du auch.«

»Ja, aber«, sagt Yasmin.

»Nichts aber«, entgegnet Bridget. »Du bist jetzt ein großes Mädchen. Du willst doch sicher in deinem eigenen Zimmer schlafen, oder etwa nicht? Nur Babys wollen bei den Erwachsenen schlafen.«

Yasmin sieht aus, als sei sie hin und her gerissen. Die Anspielung, wie groß sie doch ist, funktioniert immer. Bis zu einem gewissen Punkt. Ihre Freude darüber, jetzt ein Zimmer für sich allein zu haben, hat offensichtlich einen harten Kampf mit der Erinnerung an all die kuscheligen Nächte bei ihrer Mutter auszufechten. Bridget wusste ja im Voraus, dass diese Trennung schwierig werden würde. Sie ist sogar erstaunt, dass Yasmin schon sechs Nächte mitgespielt hat.

Yasmin runzelt die Stirn. »Ja, aber wenn ich nicht schlafen kann, dann bin ich morgen müde, und das gefällt dir dann auch nicht«, droht sie.

Bridget schiebt sich den letzten Bissen ihres Mitternachtsmahls in den Mund, kaut ein paar Mal und spült ihn dann mit dem Rest des Tees hinunter. Es ist Zeit, konsequent zu sein. Wenn ich weiter mit ihr herumdiskutiere, dann glaubt sie noch, es bestehe Spielraum für Verhandlungen. »Ja«, sagt

122

sie und streckt die Hand aus, »und du weißt, dass morgen die ersten Gäste kommen. Und das bedeutet, dass wir beide fit sein müssen. Komm schon. Ich bring dich zurück.«

Und plötzlich hat ihre Tochter Tränen in den Augen. »Mummy, bitte! Bitte? Kann ich kommen und bei dir schlafen? Nur heute Nacht?«

»Schatz«, antwortet Bridget, »wenn wir es heute Nacht machen, dann geht es morgen Abend und übermorgen so weiter. Komm schon. Du bist doch ein großes Mädchen. Weißt du, wie viele Leute sich inständig wünschen, ein Zimmer ganz für sich allein zu haben?«

»Aber das ist es nicht! Das ist es nicht!«

»Nicht was?«

»Nicht nur für ...« Sie hält inne und sieht ein bisschen verwirrt aus, was sie da gerade sagen wollte, schlägt eine andere Richtung ein. »Ich kann heute Nacht einfach nicht schlafen! Bitte, Mummy! Ich war nicht mehr – ich war nicht mehr bei dir, seit wir hierher gekommen sind, oder?«

Bridget muss einräumen, dass das stimmt. Gewissermaßen. Yasmin hat zumindest immer gewartet, bis sie selbst fest eingeschlafen war, bevor sie zu ihr unter die Decke geschlüpft ist. »Und was ist heute Nacht so anders?«

»Ich weiß nicht«, antwortet Yasmin zögerlich. »Ich kann einfach nicht ... Ich habe das Gefühl, da ist ...«

»Es ist nur der Wind. Nichts weiter. Heute Nacht ist es da draußen nur ein bisschen stürmisch.«

Sie kommen an der Zimmertür an. Yasmin, die Bridgets Hand noch immer umklammert, weicht energisch zurück, versucht, ihre Mutter wieder in den Korridor zu ziehen. »Bitte, Mummy!«

Ich muss hart bleiben. Wir können nicht so weitermachen und in einem Bett schlafen, bis sie ein Teenager ist. Sie beugt sich hinab, nimmt ihre Tochter hoch und drückt sie sich an die Seite. Yasmin schlingt automatisch die Beine um ihre Hüfte, sitzt auf der Rundung, die mit den Jahren und durch die falsche Ernährung noch üppiger geworden ist. »Bitte«, fleht sie wieder.

»Ich stecke dich ins Bett«, sagt Bridget.

Sie knipst das Licht an und stellt fest, dass beide Betten im Zimmer zerwühlt sind. Das Gästebett, dasjenige auf der rechten Seite, sieht aus, als sei es von einem Oberfeldwebel, der im Kadettenschlafsaal eine Kontrolle durchgeführt hat, komplett auseinandergenommen worden. Kissen, Quilt und Leintuch liegen zusammengeknüllt an der Wand. Bridget seufzt.

»Du musst mit dem Einschlafen ja echte Schwierigkeiten gehabt haben. Und, hast du dich jetzt entschieden, welches dein Bett sein soll?«

Yasmin schaut verdutzt drein. »Na ja – *das* da.«

Sie deutet auf jenes, für das sie sich ursprünglich entschieden hat, dasjenige unter der Dachschräge. Es ist, so, wie sie es gemeinsam hergerichtet hatten, mit ihren Kuscheltieren, Puppen und Büchern vollgeladen. Nur ein kleiner Platz in der Mitte ist frei. Es sieht jedenfalls nach einem Bett aus, in dem eine Sechsjährige gerne schläft. »Selbstverständlich«, fügt sie hinzu.

»Dann hast du das andere nur ausprobiert, ob es groß genug ist, Schatz?«

Bridget reibt die Nase an der Wange ihrer Tochter, atmet den Duft von Seife und Kindershampoo ein. Wie ich dich liebe, denkt sie. Wie sehr ich dich liebe. Wie viel Arbeit du auch machst.

»Ich hab nicht …«, sagt Yasmin.

»Na ja, irgendjemand muss es ja gemacht haben«, stellt Bridget lachend fest. »Wer war das? Der unsichtbare Mann?«

Ihre Tochter erstarrt. »Welcher unsichtbare Mann?«

Sie ist gut darin, Dinge wörtlich zu nehmen, wenn sie meint, sich damit einen Vorteil verschaffen zu können.

»Ein Spaß«, sagt Bridget. »Nur ein Spaß, Yasmin. Es gibt keinen unsichtbaren Mann. Keinen einzigen. Das war nur Spaß.«

124

»Na ja, ich war es nicht!«, beharrt sie. »*Irgendjemand* muss es gewesen sein, weil ich es nicht war!«

Klar, klar, klar. Und dieser Spiegel ist heute Vormittag ganz von allein von der Wand gefallen.

»*Hör auf*, Yasmin! Sofort!«, fährt sie sie an. »Du zögerst das mit deinen Spielchen jetzt nicht weiter hinaus. Ins Bett mit dir, sonst ...«, sie sucht nach einer Strafe, »... sonst machst du morgen dieses Bett da ganz allein!«

»Nein, Mummy!« Yasmin klammert sich fester an ihren Hals, gräbt die Knie in ihren Bauch und ihren Rücken wie ein Cowboy, der sich auf einem bockenden Pferd halten will. »Neinneinnein, bitte, Mummy! Ich verspreche dir auch, dass ich gleich einschlafe.«

»Das kann ich mir denken«, antwortet Bridget und löst die sie umklammernden Arme. Der Baldriantee wirkt allmählich, und sie fühlt sich zu müde, um weiter herumzudiskutieren, zu müde, etwas anderes zu tun, als in ihr Zimmer zurückzustolpern und unter die Decke zu schlüpfen. Sie hat heute achtzehn Betten bezogen und von oben bis unten sämtliche Gästezimmer gesaugt. Morgen muss sie freundlich und herzlich sein und achtzehn Handtuchgarnituren austeilen, einem halben Dutzend Erwachsenen die Holzvorräte, Waschküchen und Garagen zeigen. »Dafür habe ich keine Zeit, Yasmin. Geh ins Bett.«

Sie ist erstaunt, wie streng und entschlossen sie klingt. »Keinen Quatsch mehr«, fordert sie. »Mach schon. Steig rein.«

Yasmin lässt los, fällt auf die Matratze. In ihren Augen stehen noch immer Tränen. »Bitte, lass mich nicht allein«, sagt sie. »Bitte, Mummy.«

»Komm schon«, antwortet Bridget. »Mach die Augen zu, und wenn du wieder aufwachst, ist es Morgen. Ich lasse das Licht im Flur an.«

Ein einzelner Schluchzer. Reine Erpressung, denkt Bridget. Sie weiß, dass sie mich immer rumkriegt, wenn sie auf tragisch macht. Meine ganzen Schuldgefühle, mein großes, weiches Herz. Ich finde es so schwierig, ihr etwas abzuschlagen, weil ich ihr einen so schlechten Start geboten habe. Das ist nicht fair. Ich muss konsequent bleiben. Sie zieht die Daunendecke hoch, sodass sie den Körper ihrer Tochter bedeckt, steckt sie an Hals und Schultern fest, während Yasmin weiterschluchzt. »Das funktioniert nicht«, sagt sie. »Jeder muss schlafen gehen.«

Sie streicht eine Strähne aus Yasmins Gesicht. »Na also«, sagt sie und zwingt ihre Stimme, beruhigend zu klingen. »Kuschelig und warm. Ist das nicht gleich besser?«

»Nein«, antwortet Yasmin. »Ich möchte bei dir schlafen.«

»Na ja, Sinn und Zweck eines eigenen Zimmers ist doch, dass man darin auch schläft. Komm schon, Schatz. Versuch's noch mal. Du gewöhnst dich bestimmt daran, das verspreche ich dir.«

Yasmin straft sie mit ihrem Schweigen.

»Jetzt dreh dich einfach um und schlaf«, befiehlt Bridget.

Brav dreht Yasmin dem Raum den Rücken zu, nimmt ein Mittelding zwischen Embryo- und Gebetshaltung ein. Bridget beugt sich vor und drückt ihr einen Kuss auf den Haaransatz, unmittelbar vor ihrem Ohr. »Gute Nacht«, murmelt sie. »Schlaf gut, mein Schatz, und träum schön.«

Yasmin sagt nichts. Schnieft nur.

»Jetzt sei nicht beleidigt«, sagt Bridget. »Ich sehe dich morgen früh. Denk dran, dass ich dich lieb habe.«

Keine Antwort. Es ist erstaunlich, wie früh Kinder kapieren, dass eine der effektivsten Strafen überhaupt darin besteht, auf liebevolle Worte nicht zu reagieren.

Bridget geht durchs Zimmer, bleibt in der Tür stehen und knipst das Licht aus. »Gute Nacht, mein Schatz«, wiederholt sie. Noch immer keine Antwort.

Ihre Füße fühlen sich an, als seien sie auf dem Sisalteppich im Flur festgeklebt. Was immer sie von dem Teenager gehalten hat, der ihr den Tee verkaufte, es ist klar, dass das Mädchen wusste, wovon es redete. Sie trottet in ihr Zimmer zurück, lässt ihren Morgenmantel auf den Boden fallen und sinkt erschöpft ins Bett. Die Laken haben sich abgekühlt, während sie in der Küche war. Sie haben noch immer die Falten von der Verpackung – sie konnte einfach nicht widerstehen, sich in der Stadt, als Zeichen für den Neubeginn, neue Bettwäsche zu kaufen – und fühlen sich frisch und luxuriös an. Sie kuschelt sich hinein und horcht auf den Wind. Genießt das Gefühl, es in dieser kalten Nacht warm zu haben und im Trockenen zu sein. Es wird gut, denkt sie. Es wird alles gut …

Die Tür geht auf. Sie braucht nicht in Richtung des Lichts zu schauen, um zu wissen, dass Yasmin dort steht. Stures kleines Ding, denkt sie. Nimmt einfach kein Nein hin. Das muss sie von ihrem Vater haben.

Ich befasse mich morgen damit. Jetzt bin ich zu müde. Morgen …

Kleine Füße tapsen über den Teppich. Die Bettdecke wird angehoben, sodass die kalte Nachtluft hereinströmt. Bridget rückt ein Stück, um Platz zu machen. Ich kann jetzt in der Nacht keinen Wutanfall gebrauchen. Bloß nicht heute Nacht …

Yasmin schlüpft neben sie. Kuschelt sich an sie und zieht Bridgets Arm über sich. »Ich hab dir doch gesagt, dass ich nicht schlafen kann«, sagt sie und drückt ihre Nase unter Bridgets Achsel.

Und Lily schaut zu und wartet, bis der Atem der beiden langsamer und tiefer wird und ein leises Schnarchen zu vernehmen ist.

18

»Sie haben den Geist also schon gesehen?«

Bridget lacht und ist dankbar, dass ihr Gesicht von der Tür des Küchenschranks verdeckt ist. Sie stößt ein unsicheres Lachen aus. Ein lautes, nervöses Kichern. Weil das nicht gerade eine Frage ist, mit der man gleich nach dem Einzug rechnet.

»Nein. Ist da einer?«

»Natürlich gibt es hier Geister. Dutzende. Man kann wohl kaum erwarten, dass es in einem Haus, das vierhundert Jahre alt ist, nicht ein paar Gespenster gibt, oder?«

»Vermutlich nicht.«

Ich werde mit Dutzenden fertig. Das ist wie mit den Spinnen.

»Ich dachte, Sie sagten ›Geist‹, nicht ›Geister‹.«

Jetzt ist Ms Aykroyd an der Reihe zu kichern. »Ach, hören Sie nicht auf mich, meine Liebe«, sagt sie. »Ich hab's nicht so mit Zahlen. Es erstaunt mich, dass ich nicht gleich Millionen gesagt habe.«

»Nein«, antwortet Bridget. »Das Einzige, was in der Nacht bisher gepoltert hat, seit wir hier sind, war Yasmin, als sie aus dem Bett gefallen ist.«

Ms Aykroyd – nennen Sie mich Stella, wie sie gleich sagte – lacht wieder auf. »Na ja, das ist gut. Es bringt nichts, wenn man hier in der Gegend allzu empfindlich ist, würde ich meinen.«

Bridget hört das Klimpern von goldenen Armreifen, als Stella die Hand gegen den Türrahmen stützt.

»Ich kenne mich mit Geistern überhaupt nicht aus«, erklärt sie und merkt, dass sich ihre Stimme wie die eines alten Faktotums anhört.

»Liebes«, sagt Ms Aykroyd – sie gehört zu jenen Menschen, die zu allen »Liebes« sagen, weil sie sich damit die Mühe ersparen, sich die Namen merken zu müssen –, »das ist die richtige Einstellung. Hat er Ihnen nichts von ihnen erzählt? Tom Gordhavo?«

Bridget schüttelt den Kopf. »Das kann ich nicht behaupten.«

»Nein, ich denke, das macht er lieber nicht. Ich denke, es war für ihn schwer genug, jemanden zu finden, der herkommt und hier arbeitet, auch ohne den Leuten Flausen in den Kopf zu setzen.«

»Ich denke, das war es«, antwortet Bridget. »Und deshalb hat er mich genommen. Trotzdem: Es braucht mehr als ein paar Geister, um mich zu verscheuchen.«

Wieder lacht Ms Aykroyd. »Ach, ich weiß«, sagt sie. »Ich war in den letzten fünfzehn Jahren jedes Jahr hier. Ich hoffe jedenfalls, dass Sie bleiben. Es wäre nett, wenn nicht jedes Mal, wenn wir herunterkommen, eine Neue da wäre. Dann hat man eher das Gefühl, nach Hause zu kommen. Was mich anbelangt, so tragen Geister sowieso nur zur Atmosphäre bei.«

Bridget schaut auf. Sie ist sich nicht sicher, ob diese letzte Feststellung ernst gemeint oder ein Scherz war. Diese Künstlertypen berichten sogar vom Tod ihrer Großmutter, als handele es sich um eine Theateranekdote. Es ist schwer zu sagen, in welche Richtung die Gruppe der Aykroyds tendiert. Sie gehören jedenfalls zu den Kreativen – das ist leicht zu erkennen an den Kaftans und den Tüchern, die sie sich um den Kopf gewickelt haben, sowie an dem Klunkerzeug, das ihnen um die Gliedmaßen baumelt, und an der kompliziert in Form geschnittenen Gesichtsbehaarung, die am Kinn der Männer (und an dem der einen oder anderen Frau) sprießt. Und an der Tatsache, dass schwierig auszumachen ist, welche der zwölf Kinder zu welchen der sechs Erwachsenen gehören. Mindestens zwei von ihnen, das hat Bridget herausbekommen, scheinen auf die eine oder andere Weise mit mindestens drei der Erwachsenen verwandt zu sein, und ein Paar nur mit einem. Aber ob sie zu jener Sorte von Künstlern gehören, die wirklich an Horoskope und Geister und spiritistische Sitzungen glauben oder das alles nur als Unterhaltung betrachten, der man sich Cocktails schlürfend hingibt, kann sie nicht mit Sicherheit sagen.

»Die Kinder sind jedoch ein bisschen anstrengend. Es ist in mancher Hinsicht gut, dass es viele sind, sonst würden wir sie in dieser Mansarde nie zum Schlafen kriegen.«

»Der Mansarde?«

»Albernes Zeug. Es ist natürlich nichts, aber sie sind davon überzeugt, dass es da oben spukt. Camilla und Rain haben damit angefangen, fürchte ich. Ich könnte Camilla an die Gurgel gehen, weil sie ihnen mit ihren Spukgeschichten diese Flausen in den Kopf gesetzt hat und dann zur Universität abgereist ist. Jetzt geht Rain kaum mehr allein da hinauf.«

»Ach du meine Güte«, sagt Bridget.

»Ist schon in Ordnung. In gewisser Weise gefällt es ihnen ja, denke ich. Bietet ihnen einen Vorwand, sich da hineinzusteigern.«

»Und was sagen sie, was sie sehen?«

»Ach, niemand hat tatsächlich etwas gesehen. Na ja, mit Ausnahme von Camilla, und die hat schon immer zu viel Fantasie gehabt. Sie hat behauptet, dass sie da oben mal ein Mädchen gesehen hat. Kam kreischend die Treppe herunter. Natürlich mitten in einer Dinnerparty. Ist ja immer so. Sie wissen ja, wie Kinder sind. Nutzen jeden Vorwand aus.«

Dinnerparty. Als ob ich das kennen würde. Man stelle sich vor, wir hätten Dinnerpartys gegeben. Wen hätten wir eingeladen? Seine Freunde vom Börsenparkett? Um den für vier Personen gedachten Tisch in unserem Wohnzimmer gequetscht? Eine Dose Cola und eine Fahrt zu Spearmint Rhino war eher ihr Ding, dieser Big Swinging Dicks des Kapitalismus.

»Wie auch immer. Das trägt bloß zur Atmosphäre bei«, stellt Stella fest. »Es gibt kein Haus, das so alt ist, in dem nicht ein paar Geister hausen.«

Ich glaube nicht, dass ich noch mehr von diesem Zeug hören will. Ich muss hier schließlich allein wohnen, erinnerst du dich? Bridget kramt tiefer im Schrank, konzentriert sich darauf, den Glasreiniger zu finden, damit sie das Thema wechseln kann. Er steht natürlich hier, unmittelbar vor ihrer Nase. Lustig, wie man Sachen sehen und doch nicht sehen kann. Passiert einem ständig.

»Da ist er ja«, sagt sie. Sie wusste doch, dass sie ihn irgendwo gesehen hatte. Sie taucht aus dem Schrank auf und reicht ihn Stella.

»Ach, Liebes, vielen Dank«, sagt sie. »Sie sind ein Schatz.« Und sie steht da und hält die Flasche irgendwie unschlüssig in der Hand, als handele es sich um ein altes Artefakt, dessen Zweck ihr nicht recht begreiflich ist.

»Ich helfe Ihnen«, erklärt Bridget resigniert.

»Ach, Liebes«, wiederholt Ms Aykroyd, »vielen Dank.«

Bridget folgt ihr ins Speisezimmer.

Sie hat, um ehrlich zu sein, nicht viel herausbekommen über diese Party. Ganze vierundzwanzig Stunden hat sie gebraucht, bis sie herausfand, wer die Aykroyds auf dem Reservierungsformular tatsächlich waren. Es ist auch nicht gerade hilfreich, dass es unter den Erwachsenen kein verheiratetes Paar zu geben scheint, obwohl sie zwölf Kinder haben – sie denkt, dass es zwölf sind, ist sich jedoch nicht ganz sicher, da es in Haus und Garten die meiste Zeit vor Besuchern aus dem Dorf und dem Bezirk nur so wimmelt. Und keinem scheint es etwas auszumachen. Obwohl sie glaubt, dass ein Paar – die richtigen Eltern dieser Kinder mit den vielen Eltern – möglicherweise irgendwann in der Vergangenheit doch in einer anderen Kombination miteinander verheiratet war, ist das allem Anschein nach für keinen von ihnen von besonderer Bedeutung.

Genau das hätte ich auch tun sollen, denkt sie. Es scheint ja nichts auszumachen, wenn man unverheiratet zusammenlebt, solange man vornehm genug daherredet. Oder ordinär genug. Es sind nur wir aus der unteren Mittelschicht mit unserer Angst, in die Unterschicht abzurutschen, die darauf heutzutage noch Wert legen. Und ich – ich habe Kieran hauptsächlich deshalb geheiratet, weil ich nicht wollte, dass meine Yasmin unehelich aufwächst. Dabei hätte ich offenkundig lieber anfangen sollen, affektiert daherzureden, Samt zu tragen, zu rauchen und dabei eine Zigarettenspitze zu benutzen. Wenn kein Vater auf der Geburtsurkunde vermerkt worden wäre, hätte er nicht halb so viele Waffen in der Hand gehabt, um uns zu traktieren. Keinem hätte es etwas ausgemacht, dass meine Tochter unehelich aufwächst, hätte ich so vornehm dahergeredet wie diese Typen da, und das Sozialamt hätte nie gewagt, sich einzumischen. Bohemiens der Oberschicht scheinen mit einem Verhalten durchzukommen, das man uns Normalsterblichen niemals durchgehen lassen würde: überall Asche abzuschnipsen, einfach die Schlafzimmer zu tauschen, im Dorf einzufallen und mit einem ganzen Haufen von Leuten für eine Party zurückzukehren. Nennmich-Stella scheint hier in der Gegend jeden zu kennen. Sie wurde, wie sie sagt, im benachbarten Tal geboren und kommt jedes Jahr an Weihnachten hierher, »um die Orte meiner fürchterlichen Kindheit zu besuchen, ohne mich dem Leben dort wirklich stellen zu müssen«.

Bridget nimmt es ihnen jedoch nicht krumm. Das sind recht lustige Leute, recht freundlich und anspruchslos, solange einem die Tatsache nichts ausmacht, dass man in den kommenden Wochen an den seltsamsten Stellen Zigarettenkippen finden wird. Genau genommen ist es nett, nach einer Woche, in der die Stille im Haus zwar nicht unbedingt bedrückend war, in der ihr jedoch klar wurde, wie groß dieses Haus tatsächlich ist, nun das Gequassel und Kinderstreitereien und am Abend das Singen zu hören. Ein Paar unter die-

132

sen Gästen tritt scheinbar auf der Bühne auf – Bridget glaubt sogar, einen von ihnen aus einer jener Serien von BBC2 wiederzuerkennen, in denen die Leute endlos über sturmgepeitschte Landschaften reden und ansonsten eigentlich gar nichts passiert. Das Klavier im Wohnzimmer ist aufgeklappt und getestet worden, ob es auch gestimmt ist, und jeden Abend wird darauf gespielt. Das gefällt ihr, wenn mitten in der Nacht der Klang von Jazz aus den Fünfzigerjahren, von Unterhaltungsmelodien und – wenn die Leidenschaft für die Heimat oder der einheimische Cidre die Oberhand gewinnt – vom laut gegrölten Gesang von »Trelawny« durchs Haus driftet.

Ein Teil von ihr fühlt sich aufgeheitert. Ein anderer dagegen fühlt sich einsamer als zuvor. Bridget hat nie genügend Freunde gehabt, um eine riesige Hausparty zu feiern wie diese hier: zwölf oder zwanzig Leute, die alle um einen Tisch sitzen, Gemüselasagne futtern und sich heiser reden. Das ist nicht die Art und Weise, wie ihre Eltern gelebt haben und irgendjemand sonst, den sie kennt. Partys, Vor-Kieran-Partys, waren gewöhnlich solche, bei denen man sein eigenes Wort nicht mehr verstand, von Gesang ganz zu schweigen, und zwar in Lokalen, die in dem betreffenden Jahr eben gerade »in« waren. Sie ist ein Kind des Club-Booms. Beweis dafür ist ihr Tinnitus. Selbst wenn sie nicht in riesigen Flugzeughangars stattfanden, wo die Lautsprecher eine Million Watt hatten und die Feuchtigkeit bei über hundert Prozent lag, war es selbstverständlich, dass man, wenn Leute zu Besuch kamen, als allererstes die Stereoanlage auf volle Lautstärke aufdrehte.

Sie ist sich nicht sicher, ob sie sich jemals mit mehr als einem Menschen auf einmal unterhalten hat. Alles, was sie damals in Sachen geselliger Unterhaltung kennenlernte, hatte mit dem Austausch von Mitteilungen zu tun: Wenn man die Lippen ans Ohr eines anderen drückt und den Kopf vorbeugt, wenn sie das Gleiche bei dir tun; und man sieht nie den Ausdruck auf ihrem Gesicht, wenn sie hören, was du ihnen gerade ins Ohr brüllst.

Welche Ironie. Da haben wir uns also amüsiert, aber es nie geschafft, Freunde zu gewinnen. Der einzige Mensch, außer Kieran, mit dem ich als Erwachsene je wirklich lange Unterhaltungen geführt habe, war Carol, und das kam auch nur daher, weil sie über mir gewohnt hat, nicht etwa dank meines gesellschaftlichen Lebens. Eigentlich habe ich nicht einmal mit Kieran viel geredet, nicht einmal zu Beginn. Wir waren immer erschöpft vom Sex oder hatten einen Kater, und später habe ich es vermieden, mit ihm zu reden, weil ich nie wusste, wohin das führen würde. Dumm, nicht wahr? Wie die Menschen ihr ganzes zukünftiges Glück auf Dinge gründen, wie zum Beispiel, ob sie in die gleiche Art von Lokalen gehen oder ob die Freunde beeindruckt sind, wenn ein Typ in einem Audi aufkreuzt. Dass sie nie überlegen, was passiert, wenn sich die Mode ändert und man kein Ecstasy mehr einwerfen kann, weil das dem Baby schaden würde.

Aber sie waren nett zu Yasmin. Sie schlossen sie in alles mit ein. Jeden Morgen nach dem Aufwachen scheint sie mit dem einen oder anderen Kind durch den Korridor zu rennen, manchmal mit einem ganzen Dutzend. Sie hat auch ein paar Kinder aus dem Dorf kennengelernt, und die Aussicht, hier in die Schule zu gehen, kommt ihr inzwischen nicht mehr so schlimm vor. Vielleicht freundet sie sich ja im Laufe der Zeit mit einigen richtig an.

»Ich sage Ihnen was«, erklärt sie Ms Aykroyds Rücken. »Ich wäre Ihnen dankbar, wenn Sie Yasmin nicht so viel von Geistern erzählen würden. Sie ist erst sechs, und ich kann gern darauf verzichten, dass ihr Flausen in den Kopf gesetzt werden, die ihr Angst machen, wenn das Haus leer ist.«

»Ach, Liebes«, antwortet Ms Aykroyd. »Das ist doch nur ein Spiel.«

»Und sie ist erst sechs«, wiederholt sie und versucht

freundlich, aber entschieden zu klingen. »Sechsjährige wissen da nicht immer zu unterscheiden.«

»Na ja, man kann nie früh genug damit anfangen, ihre Fantasie anzuregen. Das gehört dazu, wenn man will, dass sie einen freien Geist entwickeln.«

Sie bleiben vor der Anrichte stehen. Eine Kinderhand hat mit leuchtend rotem Lippenstift VERPISST EUCH auf den Spiegel geschrieben.

Wenn das ein Beispiel für Freigeistigkeit ist, denkt Bridget, dann bin ich sofort für Beschränkungen. Aber selbstverständlich sagt sie nichts. Das steht ihr nicht zu. Sie ist Haushälterin, das darf sie nicht vergessen. Schließlich wird sie für ihre Diskretion bezahlt. Diskretion und jene Art von gleichgültiger Effizienz, die dazu führt, dass sich die zahlenden Gäste hier wohlfühlen. Sie hat jetzt, da sie sich eingerichtet haben, schließlich nur dann mit diesen Leuten zu tun, wenn jemand zu ihr kommt, nach ihr sucht und sie um Hilfe bittet.

Sie fängt an, die Figurinen umzustellen. Sie sind, wie Bridget bemerkt, wieder umgedreht worden, sodass sie nach hinten blicken. Eine seltsame Obsession, und eine, die scheinbar jeden erfasst, der hier vorbeigeht. Vielleicht wollen die Gordhavos ja, dass sie so stehen – aus irgendeiner Familientradition heraus –, und sie ist diejenige, die sie immer falsch hinstellt.

Ms Aykroyd steht neben ihr. »Es tut mir schrecklich leid«, sagt sie.

»Ist schon in Ordnung.«

Offensichtlich hofft sie, sich verziehen zu können. Bridget hat nichts dagegen. Sie möchte sowieso nicht in eine lange Unterhaltung verwickelt werden. »Sie können gehen«, sagt sie. »Ich mache das schon.«

»Sind Sie sicher?« Sie klingt erleichtert. Allerdings wäre sie bestimmt sauer, wenn ich verneinen würde. »Selbstverständlich«, versichert ihr Bridget. »Dafür bin ich ja da.«

135

»Na ja ...« Ms Aykroyd wirft ostentativ einen Blick auf ihre Uhr. »Ich denke, ich *sollte* ... bald ist Zeit fürs Mittagessen. Wenn Sie sicher sind, dass ...?«

Ach, geh schon, denkt Bridget verärgert. »Allein werde ich viel schneller damit fertig«, sagt sie.

Ein Krach oben, gefolgt von Geheule. Zu schwer, denkt Bridget. Zu groß, als dass es mein Kind sein könnte. »Ach, meine Liebe«, seufzt Ms Aykroyd. Alle anderen Erwachsenen unternehmen einen Tagesausflug nach Tintagel. »Ich sollte lieber gehen und ...«

»Ja«, antwortet Bridget. »Ich denke, das ist eine gute Idee.«

Nenn-mich-Stella geht davon und verschwindet im Salon. Bridget schlägt einen Lappen auf und streckt sich mit dem stoffumwickelten Finger zum Spiegel vor. Die Lippenstiftschicht ist dick, als wäre er erwärmt und mit einem Pinsel aufgetragen worden. Erstaunlich. Würde mein Kind so etwas tun, dann würde ich ...

Plötzlich sind von oben Stimmen zu hören. Im Gleichklang: laut und organisiert. Sie zählen, langsam und deutlich.

Eins ... zwei ... drei ...

Sie hört, dass eine Tür aufgeht, und das Geräusch rennender Füße. Da ist irgendein Spiel im Gange.

Die Schritte hasten einen Augenblick hin und her, als wäre derjenige unentschlossen, welche Richtung er einschlagen soll, dann gehen sie durch den Korridor auf die Treppe zum Speisezimmer zu. Als sie herunterkommen, hält Bridget in ihrer Putzarbeit inne und dreht sich um, um zu sehen, wer da kommt.

Es ist Yasmin. Sie sieht fast so ungepflegt aus wie die Aykroyds. Jemand hat ihre langen dunklen Haare zu einem halben Dutzend Zöpfe geflochten und sie mit Stoffstreifen hochgebunden, sodass sie wie eine kleine und ziemlich alberne Medusa aussieht. Sie ist barfuß und scheint so etwas wie ein Partykleid zu tragen: aus pastellblauem Satin, mit vielen Löchern, mehrere Größen zu groß und mehrere Jahrzehnte zu alt für sie. Sie kommt am Fuß der Treppe an und bemerkt auf diese typisch kindliche Weise erst als sie dort anlangt, dass ihre Mutter hier steht. Sie erschrickt, lacht über ihre eigene Dummheit, dann grinst sie.

Zwölf ... dreizehn ... vierzehn ...

»Was in aller Welt hast du da denn an?«

»Ach«, sagt sie kühl, schaut an sich hinab und reibt den Stoff zwischen Daumen und Zeigefinger, »Sachen zum Verkleiden. Ich hab sie auf dem Dachboden gefunden. Da steht eine große Truhe. Lily hat sie mir gezeigt.«

Bridget hat nicht die geringste Ahnung, wer Lily ist. Weiß nicht einmal, ob eine Lily zu den Aykroyds gehört, die allem Anschein nach allesamt Namen wie Sommer oder Mondschein haben – sie fragt sich, ob irgendwo in einem anderen Universum eine Art von Anti-Hippie-Kultur existiert, die Spaß daran hat, Steuererklärungen auszufüllen und ihren Kindern Namen nach Naturbegriffen wie Winter und Schlammlawine gibt, welche die Blumenkinder meiden –, oder ob es sich bei dieser Lily um eines der Kinder aus dem Dorf handelt.

»Ich bin mir nicht sicher, ob ihr diese Sachen anziehen dürft«, sagt sie. »Ich weiß nicht, ob Mr Gordhavo ...«

»Lily hat gesagt, dass es in Ordnung ist«, versichert ihr Yasmin. »Sie sagt, dass sie sie immer anzieht.«

Dreiundzwanzig ... vierundzwanzig ...

Yasmin wirft einen entsetzten Blick über die Schulter. Bridget hat ganz vergessen, welch intensive Gefühle ein Kinderspiel auslösen kann.

»Ist egal«, sagt sie. »Wir können später darüber reden. Was spielt ihr denn? Verstecken?«

»Nein«, antwortet Yasmin. »Sardinen. Ich muss mich verstecken, und alle anderen müssen mich finden und sich zu mir in mein Versteck quetschen.«

137

»Ach, ja«, sagt Bridget. »Das habe ich auch immer gern gespielt. Wo willst du dich denn verstecken?«

»Ich weiß nicht.«

»Na ja, wie wäre es hier drunter?« Sie deutet mit ihrem
Lappen in Richtung des riesigen, mit einem Tischtuch bedeckten Tischs.

»Pah!«, ächzt Yasmin. »Mum, hast du sie noch alle? Da
schauen sie doch *zuallererst* nach!«

Wie lustig, denkt Bridget, sie verliert bereits ihren Londoner Akzent, und dabei ist sie erst seit ein paar Tagen mit diesen Kindern zusammen. An Neujahr wird sie schon wie ein
echtes Cornwall-Gewächs klingen.

»Na ja, ich weiß nicht.«

Einunddreißig ... zweiunddreißig ...

Yasmin tritt von einem Fuß auf den anderen, als merke sie
plötzlich, dass sie auf heißen Kohlen steht. »Beeil dich! Die
zählen nur bis fünfzig!«

Bridget schaut sich um. Hinter den Vorhängen? Hinter
dem Sofa im zweiten Salon? Zu einfach. Und nicht genügend
Platz.

Ihr fällt etwas ein. »Komm mit! Schnell!«

Sie hat bemerkt, dass der Fenstersitz im Wohnzimmer, der
die ganze Länge der Südmauer einnimmt, aufklappbar ist
und Stauraum bietet. Nicht etwa, dass sich darin, abgesehen
von Staubsaugerzubehör, ein paar halb abgebrannten Kerzen
und einer Schachtel en gros gekaufter Porzellanteller und jeder Menge Staub, noch etwas anderes befinden würde. Es
handelt sich um eine jener Besonderheiten, die ein Haus zu
einem Feriendomizil machen. Alles, was wirklich von Wert
ist – sentimental oder finanziell –, ist schon vor Jahren abtransportiert worden.

Sie streckt die Hand nach ihrer Tochter aus, und sie laufen leise ins Wohnzimmer. Bridget hebt die Klappe des mittleren Sitzteils hoch.

»Komm schon!«, sagt sie. »Da ist jede Menge Platz.«

138

Yasmin schaut sie verdutzt an, als sei sie erst jetzt darauf gekommen, dass sie unabhängig denken kann. »Klasse!«, sagt sie. »Wie hast du das herausgefunden?«

»Ich weiß alles, Darling«, antwortet Bridget. »Das weißt du doch. Jetzt beeil dich und steig hinein.«

Dreiundvierzig ... vierundvierzig ...

Es ist genügend Platz darin, um eine ganze Armee zu beherbergen. Das Einzige, was Yasmin verraten könnte, ist, dass sie so leicht kichert. Sie steigt hinein, legt sich hinein wie eine Prinzessin in einen gläsernen Sarg und kreuzt die Arme über der Brust. »Okay«, sagt sie.

Bridget schließt die Klappe und schlendert lässig zu ihrer Putzarbeit zurück. Sie muss jetzt nur noch das H von EUCH entfernen. Sie greift nach dem Palettenmesser und kratzt die oberen Schichten ab, sprüht Glasreiniger über den Fleck.

Wir kommen ...

Eine Herde Wasserbüffel kommt aus dem großen Schlafzimmer heruntergetrampelt.

Bridget reibt über den Spiegel. Das muss ein sehr fetthaltiger Lippenstift gewesen sein: Theaterlippenstift, von der Art von Fettschminke, die man in Stummfilmen aus den Dreißigern und Vierzigern sieht. Es dauert eine Ewigkeit, bis man die Flecken davon wegbekommt.

Das Geräusch der Schritte und der Stimmen zerstreut sich, verebbt. Sie stellt sich vor, wie Yasmin in ihrem hölzernen Sarg liegt und sich windet, weil sie sich so anstrengt, den Drang, herauszuspringen und allen zu zeigen, wie schlau sie war, zu unterdrücken.

Ein paar Kinder kommen die Treppe heruntergedonnert, kreischen und bleiben stehen, als sie sie sehen.

»Hallo, Leo«, sagt sie. »Hallo, Rain.«

Sie mag Leo nicht sonderlich. Er ist einer jener stämmigen Jungen, die dazu neigen, den anderen die Dinge streng und ohne Lächeln zu erklären. Sie vermutet, dass er möglicherweise ein kleiner Quälgeist ist: Jedenfalls scheinen die meis-

139

ten anderen Kinder ihm aufs Wort zu gehorchen, wenn er einen Befehl ausgibt.

»Hallo«, sagt der Junge. Er stemmt die Hände in die Hüften und blickt sich gründlich um, schaut ihr jedoch nicht ein einziges Mal in die Augen. Manche Kinder sind eben so. Das ist keine soziale Feststellung, sie halten Erwachsene ihrer Aufmerksamkeit eben nicht für würdig, es sei denn, sie wollen etwas von ihnen.

»Spielt ihr irgendwas?«

»Ja.«

»Verstecken?«

Sein Blick huscht zu ihr hinüber. Nein, sie sieht, dass er denkt, sie ist eine Erwachsene und außerdem werden wir sie nach dieser Woche nie wiedersehen. Sie ist die Mühe also nicht wert, es ihr zu erklären.

»So etwas Ähnliches«, sagt er. »Haben Sie Yasmin gesehen?«

Na ja, zumindest ist meine Tochter nicht unter seiner Würde. »Ich bin mir nicht sicher, ob ich dir das sagen darf«, neckt sie ihn.

Er hält mich für völlig verrückt. Es ist lustig, wie Menschen, die keinen Humor haben, selbst wenn sie erst neun Jahre alt sind, stets davon ausgehen, dass die Versuche anderer Leute, witzig zu sein, ein Zeichen von Dummheit sind.

»Das würde das Spiel verderben, nicht wahr?«, fügt sie hinzu.

Er wirft ihr einen Blick zu, ignoriert aber, was sie gesagt hat. »In welche Richtung ist sie gegangen?«

»Ich wäre ja eine Petze, wenn ich dir das verraten würde.«

Rain – mit herabhängenden Haaren, die, passend zu ihrem Namen, ständig feucht aussehen – streckt den Kopf unter das Tischtuch. Kommt wieder hervor und kämmt sich mit fettigen Fingern durch den Pony. »Nicht da«, verkündet sie und trottet in Richtung Küche davon.

Leo überlegt kurz. Du lieber Gott, ich hoffe nicht, dass

140

Yasmin am Ende allzu lange mit *ihm* allein eingesperrt ist.

»Also«, sagt er. Und marschiert in die entgegengesetzte Richtung wie seine Schwester.

Von oben ist plötzliches Gekreische zu hören. Offenbar hat irgendjemand jemanden gefunden. Ein halbes Dutzend Fußpaare trampelt durch den Korridor zum anderen Ende des Hauses. Sie müssen sich inzwischen gut verteilt haben: Das ist das perfekte Haus zum Versteckspielen. Hier könnte man sich überall verstecken. All diese dunklen Ecken und verborgenen Türen. Ich bin froh, dass wir an unserer Wohnungstür gute Schlösser haben und nachts abschließen können.

Sie wendet sich wieder dem Spiegel zu und putzt weiter. Sobald das erledigt ist, denkt sie, sollte ich das Feuerholz im Wohnzimmerkamin aufschichten. Nicht so sehr aus dem Wunsch heraus, den Gästen heute Abend ein gemütliches Feuer zu bieten, als vielmehr, weil ich weiß, dass keiner den Rost sauber machen wird, bevor sie neu aufschichten, und dieser Rost kann wirklich nicht mehr als ein Feuer durchhalten, bevor er voll ist. Es ist erstaunlich, wie viel Asche man auf einem Perserteppich verteilen kann, wenn man nicht weiß, wie man mit Schaufel und Handbesen umzugehen hat. An diesem Morgen hat sie Humphrey beobachtet – das ist derjenige, von dem sie glaubt, dass er wahrscheinlich der Partner von Nenn-mich-Stella ist –, wie er zusammen mit derjenigen, die ihrer Vermutung nach möglicherweise seine Ex-Frau ist, einen Holzstamm von der Größe eines Krokodils aus dem Wald hinter dem Teich durch den Garten geschleppt hat. Wenn sie versuchen, diesen heute Abend zu verbrennen, feucht und grün, wie er ist, dann werden die Funken nur so fliegen. Am besten ist es also, alles herzurichten, um weiterem Schaden vorzubeugen.

Wieder trampelt eine Kinderschar vom Salon herein, schlittert über den Boden, stürzt sich unter den Tisch und taucht enttäuscht wieder auf. Sie bemerken sie nicht einmal.

Aus der Sicht eines Kindes existieren Erwachsene eigentlich nur, wenn sie für Unterhaltung sorgen oder ihr ein Ende bereiten. Sie stellt fest, dass sie alle irgendeine Art von Kostümierung tragen, aber wie viel davon aus der Truhe auf dem Dachboden stammt, oder ob es sich um ihre normale Alltagskleidung handelt, vermag sie nicht zu sagen. Sie ist den Anblick von Siebenjährigen mit Bauchnabelpiercings und Plateauschuhen so gewöhnt, dass ihr inzwischen gar nichts mehr seltsam vorkommt. Kieran wollte schon in der Woche, als sie mit ihrem Neugeborenen aus dem Krankenhaus nach Hause kam, Yasmin die Ohrläppchen stechen lassen, und wochenlang war ihre Schulter grün und blau gewesen, was beweist, dass sie als Mutter dies strikt abgelehnt hatte. Ohrlöcher: das proletarische Gegenstück zur Beschneidung. Ich wollte für sie immer etwas Besseres.

Sie ziehen die Vorhänge zurück, schauen dahinter und trotten dann mit einem beiläufigen Hallo auf die Treppe zu und verschwinden. Da habe ich ihr aber ein gutes Versteck gefunden, denkt sie. Ich hoffe, dass es nicht zu gut ist: Dass es ihnen nicht langweilig wird und sie davonlaufen und Yasmin den ganzen Nachmittag da drin lassen.

Sie kann nicht fassen, wie hartnäckig dieser Lippenstift am Spiegel klebt. Bridget sprüht noch einmal Glasreiniger auf, betrachtet ihr verschwommenes Spiegelbild und macht sich ans Polieren.

Etwas, was sich hinter ihr bewegt, lässt sie zusammenzucken. Eine kleine Gestalt, die leise aus dem Vorraum auftaucht. Sie hat niemand da hineingehen hören. Sie dreht sich um und schaut hin.

Ein kleines Mädchen, das sie nicht erkennt. Das muss eines der Kinder aus dem Dorf sein. Wahrscheinlich eines, das sie beim Spielplatz aufgegabelt haben, weil es eindeutig nicht aussieht wie der Nachwuchs der Freunde der Aykroyds, die alle rote Wangen haben, offenbar reichlich Vitamine bekommen und jeden Abend gebadet werden. Die da hat eher eine gräulich-gelbe Gesichtsfarbe. Hohle Wangen und große dunkle Ringe unter den Augen, und Arme bleich wie Treibgut. So, wie ihre Haare aussehen, hat jemand ihr mit der Küchenschere einen schlechten Haarschnitt verpasst. Und sie mit Sachen aus der Kleiderkammer einer Wohltätigkeitsorganisation gekleidet.

»Wo in aller Welt kommst du denn her?«, fragt sie.

Das Mädchen bleibt wie angewurzelt in der Tür stehen und starrt Bridget an, als würde es sie hassen. Ihr läuft ein leichter Schauer über den Rücken. Es hat einen gemeinen Zug um seinen kleinen Mund. Übellaunig, abschätzig.

»Bist du auf der Suche nach Yasmin?«

Das Kind verschränkt die Arme und kneift die Augen zusammen. Reckt das Kinn und wirft Bridget einen richtig giftigen Blick zu.

»Ich war es nicht«, sagt sie. »Ich bin es nicht gewesen, verflucht noch mal.«

19

Sie wartet nicht auf die anderen. Die würden ja auch nicht auf sie warten, und sie ist einfach zu glücklich. Sie will nicht, dass die anderen ihr Glücksgefühl zerstören. Das ist mein Tag, denkt sie. Mein Tag. Heute habe ich eine Auszeichnung erhalten, und dabei habe ich noch nie zuvor einen Preis bekommen.

Sie kämpft sich durch das Schultor, wird von anderen Schülern angerempelt, die jetzt, am Schuljahresende, alle hinausrennen, um in die langen Sommerferien zu starten, und sie wird vorübergehend vom grellen Licht geblendet. Während sie alle im Schneidersitz die stundenlange Versammlung über sich ergehen ließen – selbst eine Schule mit nur sechzig Schülern kann die Preisverleihung bis Mittag ausdehnen –, ist die Sonne zwischen den Wolken hervorgebrochen und taucht die Felder rund um Meneglos in Gold.

Ich habe gewonnen, denkt sie. Ich habe einen Preis gewonnen. Sie drückt sich die erste – und letzte – handgeschriebene Urkunde, auf der ihr Name steht, mit Ausnahme ihrer Geburtsurkunde, an die Brust, während sie von der Gruppe davonschlendert. Niemand bemerkt, dass sie geht. Niemand möchte, dass sie bleibt. Auf dem Schulhof wird gerade mit einem Baseballspiel begonnen, und niemand wird sie in seinem Team haben wollen. Das weiß sie, ohne sich der Demütigung der Teamzusammenstellung auszusetzen. Aber Lily ist es egal. Es ist ihr völlig schnuppe. Sie war ihr ganzes Leben lang eine Außenseiterin. Das fällt ihr kaum mehr auf.

Das hier können sie mir nicht wegnehmen. Das ist etwas, was sie mir nicht mehr nehmen können. Ich kann von allen

Schülern dieser Schule am besten zeichnen, und das kann mir keiner nehmen.

Plötzlich hat sie eine Welt voller Möglichkeiten vor Augen. Ich kann Künstlerin werden. Wenn ich groß bin. Dafür zahlen die Leute Geld. Viel Geld. Die alte Blakemore redet ständig davon, wie viel ihre blöden Bilder wert sind, und dabei sind meine viel besser. Meine Kinder sehen wenigstens wie Kinder aus. Ihre wirken wie kleine Erwachsene mit riesengroßen Kürbisköpfen obendrauf. Wie Zwerge. Meine sehen wenigstens so aus, als könnten sie sich bewegen. Das hat Mrs Carlyon gesagt. Vor der ganzen versammelten Schule. Sie hat gesagt, ich sei die beste Zeichnerin, die sie je unterrichtet hat, und das können sie mir nie mehr nehmen.

Weil sie nicht gewohnt ist zu lächeln, zuckt ihre Wange, schmerzt ein wenig, während sie die Straße entlanggeht. Da sind Blüten an den Hecken – in Portsmouth hat Lily nie eine Hecke gesehen, weil sie es nie bis in die Vororte geschafft hat, wo die Hecken ordentlich gestutzt und geschnitten sind, deshalb weiß sie nicht, dass die Hecken in Cornwall, von weichem Moos bedeckte stahlgraue Schiefermauern, eigentlich keine Hecken sind, wie sie der Rest des Landes kennt –, und plötzlich bemerkt sie zum ersten Mal in ihrem Leben, wie schön sie sind.

Ich werde den ganzen Sommer üben, denkt sie. Irgendjemand wird mir einen Job geben, dann verdiene ich genug Geld, um mir ein paar Pinsel und Papier zu kaufen, und dann werde ich den ganzen Sommer damit verbringen … vielleicht lässt mich Tessa sogar ihre benutzen, wenn ich sie darum bitte. Wenn ich nett bin. Sie hat mehr, als sie braucht. Sie hat zwei Sets. Das kann sie doch nicht alles nur für sich haben wollen.

Ich werde überall hingehen. Ich werde alles malen, die Straßen und die Hecken, das Moor und unten den Fluss. All diese Farben. Dieser große Baum im Garten, der, an dem die Schaukel hängt. Auf den ersten Blick wirkt er schwarz, aber wenn man genauer hinsieht, ist er bunt: schwarz und blau und grün, und der Stamm ist nicht braun, wie kleine Kinder ihn immer malen: Er ist grau und silbern, und auch Gelb ist dabei: lange Streifen an einer Seite. Und die anderen Leute bemerken diese Sachen nicht, aber ich, und deshalb bin ich besser als sie.

Sie bleibt an der Kreuzung stehen, wo die Straße von Meneglos auf die nach St. Mabyn trifft, biegt auf der anderen Seite auf den unbefestigten Weg ein, der zwischen Ackerland hindurch nach Rospetroc hinunterführt. Der Weizen steht kniehoch. Er wiegt sich im Wind, während sie zu ihrem Ziel hinabblickt. Lily nimmt sich Zeit, um das Band, das ihre Urkunde zusammenhält, zu lösen, sie aufzurollen und noch einmal einen Blick auf den Beweis ihres Triumphs zu werfen. Sie kann das Geschriebene kaum lesen – Mrs Carlyon sagt, dass sie unheimlich schlecht im Lesen ist –, aber sie kann die Wörter »Erster Preis« entziffern, die oben in gestochener Handschrift in dem rundum laufenden Rand stehen, und ihr Name ist sorgfältig in Tusche geschrieben. Lily Rickett. Das bin ich. Die Preisträgerin Lily Rickett.

Und ich werde richtig gut werden, und der Krieg wird nächstes Jahr zu Ende gehen, und dann kann ich mich davonschleichen, wenn gerade keiner hinschaut. Ich werde weit, weit weggehen, wo mich niemand kennt, und ich werde irgendwo ein kleines Cottage finden, mitten auf dem Land, wo sonst niemand wohnen will, und ich werde zeichnen und zeichnen, malen und malen, und die Leute werden kommen. Sie werden kommen. Sie werden von mir hören, und sie werden kommen und sich meine Bilder anschauen, und sie werden mir Geld geben, und alles wird anders sein als früher. Und ich werde berühmt sein, und dann werden mich alle kennenlernen wollen. Und wenn ich reich bin, dann gehe ich zurück. Ich gehe nach Portsmouth zurück und suche meine Mum, und ich werde es ihr zeigen. Ich werde ihr meine guten Kleider und mein Auto und meine Schuhe vorführen, und

146

sie wird mich wahrscheinlich nicht einmal erkennen, bis ich ihr sage, wer ich bin. Und sie wird dort im Pub sitzen, und ich werde einfach hereinspazieren und …

Sie rollt die Urkunde mit größerer Sorgfalt zusammen, als sie je auf ein anderes ihrer Besitztümer verwendet hat, verknotet das Band und setzt ihren Weg fort. Nach ein paar Schritten kickt sie sich die Schuhe von den Füßen – durch die Löcher in den Sohlen sind sie seltsamerweise unbequemer, als wenn sie barfuß läuft – und geht am Wegrand weiter.

Stell dir bloß vor. Es wird ihnen allen leid tun, dass sie nicht meine Freunde geworden sind. Sie werden sagen, dass sie einmal mit mir zusammengelebt haben. Mit Lily Rickett. Wir waren während der Bombardierungen evakuiert. Jetzt wünsche ich, ich wäre damals netter zu ihr gewesen. Ich habe sie neulich auf der Straße gesehen, und sie hat mich nicht einmal erkannt. Ted und Pearl und Vera und Geoffrey: Die halten sich für etwas Besseres und reden nicht mit mir, Pearl, die die ganze Zeit heult, und Geoffrey, der allen erzählt, ich würde die anderen mit irgendwas anstecken. Und eines Tages werde ich ihm auf der Straße über den Weg laufen, und dann wird er mich sehr wohl kennen wollen. Und ich werde ihn einfach anschauen, das Kinn recken und sagen: Nein. Ich kann mich nicht an dich erinnern. Wer, sagst du, bist du noch einmal?

Das Gras ist weich, kitzelt, und die Erde darunter ist vom Regen der letzten Nacht noch ganz feucht. Ich mag den Geruch hier, denkt sie. Er ist ganz anders als der in Portsmouth. Keine Kohlenöfen und Klebstofffabriken oder Öllachen. Kein Pilzgeruch im Schlafzimmer oder der Gestank von Scheiße im Hof. Kein Geruch von Zigaretten oder von Portwein mit Zitrone, wenn sie mit irgendeinem Typen hereinkommt, mich aus meinem schönen warmen Bett wirft, damit sie Geräusche wie ein Tier von sich geben kann, und dann dieser Geruch, wenn sie mich wieder hereinlässt: nach Salz und saurer Milch und Schweiß …

147

Lily bleibt stehen und atmet tief ein. Für sie riecht es nach Farben: Die Luft auf dieser Seite des Hügels riecht nach Grün und Braun und Gold, mit etwas Weichem und Dunklem, das die Brise vom Moor heranweht. Sie gräbt mit dem Zeh in die weiche, lockere Oberfläche eines Maulwurfshügels, spürt einen vergnüglichen Schauer angesichts der kühlen, schleimigen und doch bröseligen Konsistenz. Und plötzlich schießt ihr ein Gedanke durch den Kopf, auf den sie, so weit sie weiß, noch gar nie gekommen ist. Er trifft sie völlig unvorbereitet, schockiert sie.

Ich könnte glücklich sein.

Der Gedanke beunruhigt und betört sie zugleich, so wie die erste Erfahrung sexueller Anziehung junge Leute fasziniert. Sie bleibt wie angewurzelt stehen, starr vor Angst und überschwänglicher Freude. Blickt verwirrt um sich, als habe sie Angst, jemand könnte den Gedanken mitbekommen haben.

Mein Gott, ich könnte glücklich sein.

Das ist zu viel. Zu viel für ihr untrainiertes Gehirn.

Lily setzt sich in Bewegung, rennt den Hügel hinunter. Aber während sie rennt, spürt sie den Wind, spürt sie die Erde unter ihren Füßen, spürt, wie sich die Erde um ihre Achse dreht, und der Gedanke kehrt zurück.

Ich könnte glücklich sein: Es könnte alles gut werden. Ich könnte ...

Hugh ist zu Hause. Darauf ist sie nicht vorbereitet, hat ihn hier nicht erwartet. Natürlich ist er zu Hause. In Eton beginnen die Ferien genau wie in allen anderen Schulen, und für die langen Sommerferien lohnt sich schließlich die Suche nach einem Platz in einem Zug.

Er steht im Speisezimmer neben der Anrichte und hält einen Kricketschläger in der Hand. Er hat ihr den Rücken zugekehrt, aber bis sie, da sie aus der Helligkeit hereinkommt, bemerkt, dass er da ist, mit einem kurzen Schrei stehenbleibt

148

und sich hastig zu verdrücken versucht, ist es schon zu spät. Er hat sie gehört. Er erschrickt und fährt mit einem Gesichtsausdruck herum, der eine Mischung aus Angst, Schuldgefühlen und Verachtung verrät. Und als er sieht, wer ihn da ertappt hat, verändert sich seine Miene.

O Gott, denkt sie. Er ist immer noch der Gleiche.

Sie weicht zurück, versucht, zur Tür zu gelangen und wenn möglich zu entkommen.

»Ach«, sagt er. »Du bist also immer noch da.«

Lily antwortet nicht. Blickt ihm nur ins Gesicht, bemerkt die Schadenfreude, die inzwischen davon abzulesen ist.

»Wenn du es verpetzt«, sagt er, »wirst du es bereuen.«

»Ich petze nicht«, antwortet sie reflexartig. Und dann sieht sie, was sie nicht verraten darf. Neben seinen Füßen liegt ein Kricketball auf dem Boden – hartes, abgewetztes Rindsleder, der Faden, mit dem er zusammengenäht ist, ausgefranst –, und die Scherben von einem halben Dutzend Figurinen. Das strenge Gesicht des Herzogs von Wellington starrt zu ihr hinauf, das böse halbe Gesicht von Königin Victoria, das tragische Gehabe von Nell Gwyn, die noch immer graziös eine Orange in ihrer Hand hält, der Korb liegt jedoch einen Meter entfernt.

Und dann sieht sie etwas anderes über sein Gesicht huschen. Einen Gedankenblitz. Schleißlich fällt er freudig eine Entscheidung.

O mein Gott. Jetzt bin ich geliefert.

»Mummy wird sehr, sehr wütend sein«, sagt er.

Wieder antwortet sie nicht.

Er kommt auf sie zu. »Es wäre besser für dich«, sagt er, »wenn du es gleich zugeben würdest. Ich weiß, wie sie denkt. Sie wird natürlich wütend sein, aber was sie gar nicht ausstehen kann, ist, wenn man lügt.«

Er kommt auf sie zu, und sie schließt die Augen.

20

Sie sind spät dran. Die Gemeinde hat schon angefangen, »Die Hirten auf dem Felde« zu singen. So viel zum entspannten Leben auf dem Lande. In London fängt jede Veranstaltung aus Rücksicht auf die U-Bahn-Verbindungen mit mindestens zehn Minuten Verspätung an.

Alle werden uns angaffen.

Sie bleibt unter dem überdachten Friedhofstor stehen, macht beinahe wieder kehrt. Dann denkt sie: Nein, das ist richtig. Ich werde Teil dieser Gemeinde werden, koste es, was es wolle. Yasmin an der Hand haltend, hastet sie weiter den Friedhofsweg entlang.

Yasmin schaut mit offenem Mund zu dem dunklen, gedrungenen, typisch angelsächsischen Turm hinauf. »Warum sind wir hier? Sag's mir noch mal.«

»Wir gehen in die Messe«, erklärt Bridget. »Das machen die Leute auf dem Land an Weihnachten. Sie gehen in die Kirche.«

Verdammtes Minderheitengesetz. Kein kleines Jesuskind in einer Krippe, aus Angst, man könnte die Minderheiten beleidigen. Daran hätte ich früher denken sollen, anstatt mir Gedanken zu machen, wie ich die Geschenke bezahle. Sie wird nicht ein einziges dieser Lieder kennen. Ich erinnere mich ja selbst kaum an die Texte.

»Und, was macht man in der Kirche?«

»Man betet. Spricht mit Gott. Und singt. Und dann hören alle dem Mann in dem Gewand zu, wenn er seine Predigt hält, wie man sich die Bedeutung des Weihnachtsfests in Erinnerung ruft.«

»Und was ist, wenn ich die Wörter nicht kenne?«

»Das macht nichts«, antwortet Bridget. »Beweg einfach den Mund. Und hör zu ...«

Sie geht vor dem Portal in die Hocke und blickt ihrer Tochter in die Augen. »Du brauchst nichts anderes zu tun, als möglichst ruhig zu sein, und aufstehen und dich hinsetzen, wenn die anderen es machen. Und wenn du nicht weißt, was du als Nächstes tun sollst, dann mach einfach die Augen zu und falte die Hände, so.«

»Ach, klar!«, sagt Yasmin. »Da unten ist die Kirche, da oben die Turmspitze ... ich hab's kapiert!«

»Genau. Aber mach einfach nur die ›Kirche‹, bis ich dich stupse.«

»Okay«, antwortet Yasmin. Sie hält still, während Bridget ihr die Haare glatt streicht und nachsieht, ob bei ihr der Kleidersaum nicht unter dem Mantel hervorlugt.

»Ruhm Gott in der Höhe, und Frieden den Menschen auf Erden«, singt die Gemeinde. Laute Orgelmusik. Ich bin mir sicher, dass das die letzte Strophe war.

»Weihnachten ist komisch auf dem Land«, stellt Yasmin fest.

»Ich weiß«, antwortet Bridget. »Die Leute feiern manche Feste ganz unterschiedlich. Deshalb nennt man das multikulturell.«

»Hmmm«, macht Yasmin.

Sie stößt das Portal auf. Der Geruch von Kiefernholz, Kerzenwachs und feuchtem Stein dringt ihr in die Nase, halb vergessen, aber aus ihrer Kindheit doch irgendwie vertraut. Das ist wie mit dem Fahrradfahren, denkt sie. Wie das geht, werde ich auch nie vergessen.

»... von Anfang bis in alle Ewigkeit ...«

»Machen die auf dem Land«, sagt Yasmin laut in die Gesangspause hinein, »keine Geschenke wie beim richtigen Weihnachtsfest?«

Hundert Augenpaare sind auf sie gerichtet. Die Sonntagskleidung unter Anoraks versteckt. Alte Damen mit Hüten ganz vorn in der ersten Reihe. Verdrießliche Teenager. Respektabilität, die aus jeder Pore dringt. Yasmin schaut fragend zu ihrer Mutter auf. »Glauben die denn nicht an den Weihnachtsmann?«, fragt sie.

»Das ist mal eine, Ihre Kleine.«

»Bitte nicht«, sagt Bridget. Spürt, dass sie beim Gedanken daran wieder rot wird.

»Macht doch nichts«, erklärt Chris Kirkland. »Deshalb haben wir doch Kinder, nicht wahr? Um uns daran zu erinnern, wie heikel es ist, Würde zu bewahren.«

»O mein Gott«, sagt Bridget, »was für eine Art und Weise, mich hier vorzustellen.«

»Machen Sie sich darum keine Sorgen. Besser, man fällt auf, als dass keiner einen kennt.«

»Was werden sie bloß denken? Dass ich meinem Kind nicht einmal die Grundlagen des Christentums beibringen kann.«

Chris lacht. Schnappt sich zwei Gläser Sherry von dem mit einem Tischtuch bedeckten Tapeziertisch, der an der Wand steht. Reicht ihr eines. »Ich weiß nicht, was Sie glauben, an welchem Ort Sie hier gelandet sind, aber ich vermute, dass es hier genau wie im Rest des Landes zugeht. Die meisten dieser Leute sehen die Kirche ein ganzes Jahr nicht von innen. Ich denke, an einem gewöhnlichen Sonntag finden sich kaum mehr als zwanzig Gottesdienstbesucher in der Kirche ein. Der Rest ist entweder im Pub oder hockt vor dem Fernseher. Wie auch immer. Auf ex!«

»Zum Wohl«, sagt Bridget. »Frohe Weihnachten.«

»Ja. Frohe Weihnachten. Wie begehen Sie das Fest?«

»Ach, nur wir zwei. Wir werden ganz ruhig in unserer Küche feiern. Das Haus ist voller Gäste.«

»Ach ja. Stella Aykroyd mit ihrer Sippe. Ich glaube kaum, dass wir die hier so schnell in der Kirche zu Gesicht bekommen.«

Bridget lacht.

»Sie bekommen also keinen Besuch von der Familie oder so?«, fragt Chris.

Bridget schaut zu ihrer Tochter hinüber, die ein paar Spielkameraden gefunden hat und damit beschäftigt ist, in der Ecke des Raums eine Krippe umzustellen. Diese besitzt, wie Bridget bemerkt, ein keltisches Kreuz, und eine kleine Flotte Fischerboote gehört ebenfalls dazu, und die Landschaft rund um den Stall ist erstaunlich grün. Kamele im Bodmin Moor. Eigentlich auch nicht seltsamer als Schnee in Bethlehem.

»Nein«, antwortet sie vage. »Keine Familie.«

Dann wird ihr klar, dass sie vielleicht mehr Neugier erweckt, wenn sie sich vage äußert, als wenn sie sich gesprächig gibt. »Nein«, fügt sie hastig hinzu. »Meine Eltern sind bei einem Autounfall ums Leben gekommen, als ich siebzehn war, und ich habe keine Geschwister.«

Chris zeigt den üblichen neutralen Gesichtsausdruck des Mitgefühls. »Tut mir leid, das zu hören.«

Bridget schüttelt den Kopf. »Ist schon lange her. Eine halbe Ewigkeit.«

»Trotzdem.«

Sie merkt, dass diese Erklärung nicht ausreicht. »Und ich habe mich von ihrem Vater kurz nach ihrer Geburt getrennt«, erklärt sie. »Wir haben kaum noch Kontakt.«

»Ach«, sagt Chris. »In diesem Dorf gibt es ein paar Frauen, bei denen es ähnlich ist. Sie werden in guter Gesellschaft sein. Etwas Mincepie?«

»Ja, bitte«, antwortet Bridget.

»Ich mag ihn eigentlich nicht ohne Weinbrandbutter. Jedenfalls nicht mit Mürbeteig.«

»Ich weiß, was Sie meinen.«

»Die Pfarrersfrau hat ihn gebacken, deshalb muss man wenigstens so tun, als würde er schmecken.«

»Unbedingt.«

Sie beißen hinein und kauen. Der Kuchen ist schwer, wie aus Silikon, und er enthält kaum mehr als einen halben Teelöffel Füllung. Chris spuckt ein paar Krümel aus, als sie weiterspricht: »Und, haben Sie schon jemanden kennengelernt?«

»Eigentlich nicht. Ich hatte noch keine Gelegenheit. Mrs Varco. Sie. Mrs Walker ...«

»Geht mit der Schule alles glatt?«

»Ja. Sie fängt im neuen Jahr an.«

»Gut. Es wird ihr bestimmt gefallen.«

»Das hoffe ich. Ich mache mir Sorgen, dass sie im Stoff hinterherhinken könnte. Sie wissen ja. Die Schulen in London sind doch alle ...«

»Na ja, mal angenommen, sie kommt in eine Klasse mit drei mir bekannten Kindern zusammen, die alle miteinander verwandt sind«, sagt Chris, »die aber angeblich aus verschiedenen Familien stammen, dann würde ich mir keine allzu großen Sorgen machen. Sie ist blitzgescheit, Ihre Kleine.«

»Danke.«

»Keine Ursache.«

Eine Frau in einem marineblauen Sackkleid gesellt sich zu ihnen. Sie balanciert eine Tasse Tee auf der Untertasse. »Frohe Weihnachten«, sagt sie.

»Frohe Weihnachten, Geraldine.«

»Schmeckt es?«

»Bestens. Danke. Sie müssen ja eine Ewigkeit in der Küche gestanden haben.«

»Es ist nichts zu viel«, sagt sie mit einem bescheidenen Lächeln, »wenn es dem Herrn dient.«

Das muss die Pfarrersfrau sein. Sie wendet sich an Bridget. »Ich glaube, wir haben uns noch nicht kennengelernt«, stellt sie fest. »Wohnen Sie bei den Kirklands?«

»Nein ...«, hebt Bridget an, aber Chris fällt ihr sogleich ins Wort.

»Das ist Bridget Sweeny«, sagt sie. »Sie hat gerade als Haushälterin in Rospetroc angefangen.«

154

Die Frau zieht die Augenbrauen hoch. »Ach! Ich habe schon gehört, dass sie jemanden gefunden haben.«

»Das bin ich.«

»Und, wie kommen Sie zurecht?«

»Gut. Danke.«

»Nicht zu einsam?«

»Nicht im Geringsten. Im Moment ist das Haus ohnehin voll.«

»Ja, das kann ich mir vorstellen. Um die Weihnachtszeit ist es immer viel besser. Ansonsten ist es ein schrecklich großer, leerer Kasten.«

»Ach, so schlimm ist es nicht«, sagt Bridget. »Und ich habe gute Schlösser an der Wohnungstür.«

»Gut, gut«, wiederholt die Pfarrersfrau. »Haben Sie meinen Mann schon kennengelernt?«

»Noch nicht. Hallo.«

»Wie geht es Ihnen?« Der Pfarrer ist ein hagerer Mann mit Brille und einem Kranz weißer Haare im Nacken, ein Mann, der aussieht, als nähme er das Armutsgelübde sehr ernst. »Und frohe Weihnachten für Sie«, fügt er mit der reflexartigen Güte einer königlichen Hoheit beim Bad in der Menge hinzu und schüttelt ihr mit beiden Händen nach Schauspielermanier heftig die Hand.

»Ihnen auch«, antwortet sie automatisch. »Ein schöner Gottesdienst. Vielen Dank.«

»Nein«, sagt er, »ich danke Ihnen, dass Sie gekommen sind.«

»Ms Sweeny hat gerade in Rospetroc angefangen«, erzählt ihm seine Frau.

Wieder werden die Augenbrauen hochgezogen. »Tatsächlich?«

»Ja«, antwortet Bridget.

»Na ja. Ich hoffe, dass Sie dort glücklich sind. Ihre Vorgängerin haben wir leider nicht häufig zu Gesicht bekommen.«

»Frances Tyler.«

Er blickt ein wenig unsicher drein. »Sie war allerdings auch nicht lange hier.«

»Nein, das habe ich gehört.«

»Sie hat es leider nicht geschafft, sich hier richtig einzuleben.«

»Nein.«

»Eine nette Frau«, stellt Chris fest. »Hat jede Menge Toffee gegessen.«

»Frohe Weihnachten«, sagt der Pfarrer. Und schüttelt ihr nach Meneglos-Art fest die Hand.

»Ihnen ebenfalls.«

»Und wie geht es den Kleinen?«

»So klein sind sie nun auch wieder nicht«, antwortet Chris. »Deshalb sind sie so verkatert.«

»Ah, verstehe«, sagt er. »Haben Sie Ms …«

»Sweeny«, springt Bridget ein. »Ja, wir haben uns schon miteinander bekannt gemacht.«

»Gut«, sagt er. »Gut.«

Wieder schaut sie nach Yasmin. Sie unterhält sich gerade mit einem etwa gleichaltrigen Mädchen in pinkfarbener Latzhose und orangefarbenem Pullover. Inzwischen leert sich der Saal. Jeder, der Familie hat, geht nach Hause, um den Truthahn zu begießen. Nur Leute, die allem Anschein nach über sechzig sind, allein leben oder einen Makel beziehungsweise irgendeine Behinderung haben, sind noch da, oder sie haben ihre Hosenbeine in grüne Gummistiefel gesteckt, was ein sicheres Zeichen dafür ist, dass mit ihnen etwas nicht stimmt. Da ist noch ein normal aussehender Mann Mitte dreißig, aber er liegt auf dem Boden und kämpft mit einem etwa sechs Jahre alten Jungen um ein Plastikpony. Offensichtlich ein brutaler Kerl, in jedem Fall ein komischer Kauz. Schade eigentlich, denn ansonsten sieht er wirklich gut aus. Gut gebaut, breite Schultern, schmale Hüften, ein wohlgeformter Schädel unter einem sehr schlechten Haarschnitt, Lachfältchen um die Augen. Ich wette, drunten im Pub ist er

156

der absolute Hit, denkt sie verbittert. Ein ländlicher Schürzenjäger, wie er im Buche steht.

»Erlauben Sie, dass Ihre Tochter mit meiner spielt?«

Sie reißt sich aus ihren Gedanken. Eine Frau Ende zwanzig hat sie angesprochen. Hellbraune Haare mit ungeschickt selbst gemachten Strähnchen, eine bunte Patchworkjacke, Jeans und ein freundliches Lächeln.

»Ich weiß nicht. Ist die mit der Latzhose Ihre?«

»Genau. Chloe.«

»So. Ja, also meine heißt Yasmin.«

»Na, das sind ja mal hochtrabende Namen«, stellt die Frau fest. Streckt die Hand aus. »Tina.«

»Bridget.«

»Aber noch nicht so schlimm wie bei meinem Neffen Jago«, sagt Tina.

»Na, das ist mal ein Name.«

»Natürlich kornisch für Iago. Wie im Othello. Ein Überbleibsel der Spanier, die unsere Felsen nach der Niederlage der Armada besiedelt haben. Nicht etwa, dass sie das in den Lasterhöhlen, in denen er wohl am Ende verkehrt, wissen werden. Jago Carlyon. Klingt wie eine Figur in einem albernen Heftchenroman. Ich höre, Sie haben Rospetroc übernommen?«

»Ja, das habe ich.«

»Großartig«, sagt sie. »Da oben ist es großartig. Was für ein wunderbarer Ort zum Aufwachsen.«

»Sie sind der erste Mensch, der etwas Positives darüber sagt.« Bridget lächelt sie an, von ihrer Begeisterung angenehm überrascht.

»Ach, Sie dürfen einfach nicht auf diese alten Schachteln hören«, sagt Tina. »Die denken, wenn sie sich auf den alten Aberglauben einlassen, gehören sie sozusagen mehr zu den Einheimischen. Bei denen geht es doch nur um Zeichen und Omen.«

»Sieht ganz danach aus.«

»Und, wie haben Sie sich eingelebt? Yasmin wird doch hier zur Schule gehen, oder?«

»Hmmm.«

»Gut. Es sieht so aus, als kämen sie und Chloe bestens miteinander zurecht.«

»Ja«, pflichtet ihr Bridget bei. »Das freut mich. Ich hatte mir ein wenig Sorgen gemacht, dass sie als eines dieser merkwürdigen Kinder enden könnte, die nie Freunde finden.«

»Machen Sie sich darüber keine Sorgen«, antwortet Tina. »Es ist viel schwieriger zu erreichen, dass sich die Leute aus Ihren Angelegenheiten heraushalten als umgekehrt. So ist es jedenfalls auf dem Land. Jago!«

Das letzte Wort wird gebrüllt. Der kleine Junge blickt auf.

»Gib das jetzt augenblicklich deiner Cousine zurück!«, schreit sie.

Der Mann, der ebenfalls aufblickt, lässt das Plastikpony los, und der Junge trottet damit brav zu Chloe hinüber und drückt es ihr in die Hand. »Er hat ihn einfach nicht unter Kontrolle«, stellt Tina fest. »Er sieht ihn nicht häufig genug, das ist das Problem.«

Er kommt auf sie zu. Grinst verlegen. »Seit fünf Minuten versuche ich, ihm das abzunehmen«, erklärt er.

»Ich hab es dir schon oft gesagt. Es hat keinen Zweck, mit ihnen herumzustreiten. Das sind Kinder, keine Erwachsenen. Man muss sie wie Welpen behandeln. Gib ihnen klare Befehle, dann machen sie gewöhnlich, was du sagst.«

»Wie auch immer«, antwortet er. Er schaut Bridget schüchtern, aber doch irgendwie neugierig an. Er hat ein nettes Gesicht, denkt sie. Eines dieser klaren Gesichter, wie man sie auf dem Land sieht. Überhaupt kein Schürzenjäger. Ich bin auf dem besten Wege, zynisch zu werden.

»Hallo«, sagt er. »Ich bin Mark.«

»Carlyon. Mein Bruder. Bridget«, sagt Tina. »Sie hat gerade Rospetroc übernommen.«

»Ach, richtig. Hallo. Wie funktioniert der Strom?«

158

»Mehr schlecht als recht«, antwortet Bridget ziemlich verblüfft.

»Er wird es am Ende einsehen und das Geld hinblättern müssen«, sagt Mark. »Tom Gordhavo. Unheimlich knickerig, wenn es um dieses Haus geht. Entschuldigen Sie meine Ausdrucksweise. Lassen Sie sich nicht abwimmeln. Ich bin mir sicher, dass Frances sich letzten Endes deshalb aus dem Staub gemacht hat. Konnte es nicht ertragen, dass die Lichter einfach ohne jede Vorwarnung ausgehen.«

»Ich werde es mir merken«, antwortet Bridget.

»Mein Bruder ist Elektriker«, erklärt Tina.

»Ach.«

»Ich bin unten im Dorf«, sagt er. »Rufen Sie mich einfach an, wenn Sie ein Problem haben.«

»Okay«, antwortet sie und fragt sich, wie sie das tun soll, ohne die Telefonnummer zu haben. »Das mache ich.«

»Komm schon«, sagt Tina. »Wir sollten lieber nach Hause gehen, sonst ist vom Weihnachtsessen nichts mehr übrig.«

»Okay«, antwortet Mark. »Ich hole die Kinder.«

»Schön, Sie kennengelernt zu haben, Bridget«, sagt Tina. Und schüttelt ihr wieder die Hand. Macht sich daran, davonzuziehen, dreht wieder um. »Vielleicht sollten wir unsere beiden Mädchen mal zusammenbringen, bevor die Schule anfängt. Damit Yasmin schon jemanden kennt, wenn sie in die Schule kommt.«

Bridget freut sich. »Ja«, antwortet sie. »Ja, das wäre nett.«

»Bringen Sie sie doch mal rüber. Im neuen Jahr.«

»Das wäre klasse.«

»Gut«, sagt Tina. »Wir wohnen unten am anderen Ende des Dorfs. In dem Neubaugebiet. Na ja, relativ neu. Betjeman Grove Nummer vier. Kommen Sie einfach vorbei. Ich habe ja nicht wirklich was zu tun. Als arbeitslose alleinerziehende Sozialhilfeschnorrerin ...«

»Cool«, sagt Bridget. »Da haben wir schon eine ganze Menge gemein. Wie finde ich hin?«

159

»Fragen Sie einfach, wenn Sie's nicht gleich finden«, antwortet Tina. »Mich kennt jeder.«

»Okay. Und Ihr Familienname?«

»Teagle.«

»Teagle.«

»Erschrecken Sie nicht. Meine Eltern wussten nicht, dass ich einen Teagle heiraten wollte. Na ja. Es hätte schlimmer kommen können. Der Mädchenname meiner Mutter war Bastard, falls Sie das wissen wollen. Sie war froh, den loszuwerden. Wahrscheinlich hat sie Dad deshalb geheiratet, als sie gerade volljährig wurde.«

»Bastard?«

»Bastard. Eigentlich bedeutet das ›hohes Haus‹. Übrigens, wie heißen Sie?«

»Sweeny«, antwortet Bridget.

21

»Hallo?«

Am Ende der Leitung ist es still, dann hört man jemanden atmen.

Sie klemmt sich das Telefon zwischen Ohr und Schulter und rührt die Brotsauce um.

»Hallo?«

Yasmin sitzt am Küchentisch, trommelt mit ihren Absätzen gegen die Stuhlbeine, hält Messer und Gabel mit den Fäusten umklammert wie ein hungriges Kind in einem Comic. Sie kaut auf einer Haarsträhne herum, die sich unter ihrer Tiara gelöst hat. Gleich als sie aus der Kirche zurückgekommen sind, hat sie sich als Prinzessin verkleidet – pinkfarbenes Tutu, pinkfarbener Modeschmuck, pinkfarbene Schuhe, das alles hat sie heute Morgen beim Aufwachen am Fuß des Bettes vorgefunden. Bridget ist noch immer überrascht, dass sie es geschafft hat, sie zu überreden, nicht in dieser Aufmachung in die Kirche zu gehen.

»Hallo?«

»Verdammte Schlampe.«

Er ist betrunken. Die zwei simplen Schimpfwörter werden gelallt, aber seine Gehässigkeit ist trotzdem spürbar.

Sie sagt nichts. Überlegt: Ich sollte jetzt auflegen, die Verbindung unterbrechen. Aber sie ist wie erstarrt, machtlos, als stünde er tatsächlich hier im Raum. Sogar die Lichter scheinen schwächer zu werden, während sie nach Atem ringt.

»Frohe Weihnachten, verdammt«, sagt er.

Lautes Gelächter dringt durch den Fußboden herauf. Unten sitzen achtzehn Personen beim Essen.

Er kann dir nichts tun. Es sind Leute da.

Er weiß nicht, wo du bist. – Ich darf nicht zulassen, dass Yasmin sieht, wie viel Angst ich habe.

Sie dreht ihrer Tochter den Rücken zu, schiebt sich die Haare vors Gesicht.

»Wie geht's meiner Tochter?«

»G-gut.«

Lass dich nicht auf ihn ein. Was machst du denn da? Rede nicht mit ihm.

Leg einfach auf.

»Ich möchte mit ihr reden.«

»Tut mir leid, aber das ist nicht möglich.«

»Lass mich mit ihr reden. Ich möchte mit meiner Tochter sprechen.«

»Nein«, sagt sie.

Mein Gott, ich habe gerade nein zu ihm gesagt.

Er brüllt: »Lass mich mit meiner Tochter reden, VER-DAMMT! Das kannst du nicht machen! Du kannst nicht einfach davonrennen, verdammt, und erwarten, dass ich – das werde ich dir noch BEIBRINGEN, Bridget! Verflucht, du wirst …«

Sie legt auf. Unterbricht die Verbindung und knallt das Telefon hin.

Er kriegt dich nicht, Bridget. Er ist meilenweit weg. Er weiß nicht, wo du bist.

Ihre Hände zittern, und sie fühlt, dass sie schwitzt.

Es ist gut. Es ist gut. Atme weiter.

Es riecht verbrannt. Die Brotsauce, die immer noch auf dem Herd steht, ist angebrannt. Sie nimmt sie von der Platte und rührt wie wild. Atmet durch.

»Wer war das?«, fragt Yasmin.

Zwei weitere Atemzüge. Sie setzt ein Lächeln auf und wendet sich wieder dem Raum zu.

»Niemand«, antwortet sie. »Verwählt. Ist das zu fassen? Selbst an Weihnachten versuchen die noch, einem Sachen anzudrehen!«

22

Wie kann etwas so Gutes ein so schlechtes Ende nehmen?

Diese Frage hat sie sich millionenfach gestellt. Sie ist ihre Geschichte wieder und wieder durchgegangen. Hat Phasen, Ereignisse, Aussagen und Blicke wieder und wieder durchlebt und nach der Lösung, der Wahrheit gesucht.

Lag es an mir? Hatte es etwas mit mir zu tun? Habe ich ihn dazu getrieben, habe ich aus einem Alphamännchen einen Tobsüchtigen gemacht?

Oder war es etwas, was ich nicht sehen konnte? War ich von meinem Wunsch, von meiner Sehnsucht nach Liebe, von meinem arroganten Glauben in meine Urteilsfähigkeit so geblendet, dass ich die Anzeichen, die schon immer da waren, nicht sehen konnte?

Liegt es an mir? Bin ich einfach dumm? Gehöre ich zu jenen dummen Frauen, die sich so etwas selbst aussuchen? Kann ich mir je selbst vertrauen? Kann man mir wirklich vertrauen? Wie kann man mir zutrauen, mich gut um meine Tochter zu kümmern, sie zu beschützen, ihr zu zeigen, wie man überlebt, wie man stark wird, wenn ich nicht einmal den Güterzug sehen konnte, als er direkt auf mich zugedonnert kam?

Yasmin ist hinuntergegangen, um mit den Aykroyds Scharaden zu spielen, und Bridget hat sich den Luxus gegönnt, ein Glas Gin zu trinken und ein paar Tränen zu vergießen.

Er war so schön. Daran kann sie sich noch gut erinnern. Sie war, als sie ihn zum ersten Mal sah, von seiner Schönheit geblendet. Er hatte sensible Augen. Sie erinnert sich, das damals gedacht zu haben. Blau, waren sie, und von langen schwarzen Wimpern umrahmt.

Augen sind nicht sensibel. Sie sind lediglich das Produkt deines Erbguts. Ich hätte auf seinen Mund schauen sollen. Mich nicht von der Lust überwältigen lassen dürfen, in ihn Qualitäten hineinzuprojizieren, die er gar nie hatte. Es ist der Mund, nicht die Augen, der das Fenster zur Seele darstellt. Aber auch Lippen können natürlich täuschen. Heruntergezogene Mundwinkel können ein Zeichen großer Traurigkeit, aber auch ständigen Missmuts sein. Sind sie nach oben gezogen und bildet sich darunter ein Grübchen, dann sagt einem dies wahrscheinlich, dass man es ebenso mit Selbstzufriedenheit wie mit Humor zu tun hat. Aber letzten Endes verrät dein Mund weit mehr über deinen normalen Gesichtsausdruck als deine Augen.

Kierans Oberlippe war schmal, aber sie war geschwungen. Hätte sie ihren Verstand beisammengehabt, dann hätte sie gesehen, dass dieser Bogen jene Form hatte, die man bekommt, wenn man viel Zeit damit verbringt, spöttisch zu grinsen. Aber das tat sie nicht. Sie sah:

– den muskulösen Oberkörper

– den Armani-Anzug

– das Audi-Kabriolet, das achtlos am Straßenrand geparkt war

– das Zwinkern, als er sie zu sich an den Tisch zog

– die dichten und glänzenden irisch-schwarzen Haare, in die man einfach hineingreifen musste.

Und sie dachte:

– das will ich

– ich möchte diese Arme berühren

– ich möchte auf diesem Beifahrersitz sitzen.

Das ist die Strafe dafür, denkt sie. Die Belohnung des Karmas für meine hohlen Ziele. Dass ich mir den Vater meines Kindes anhand eines schicken Autos und eines gut geschnittenen Kieferknochens ausgesucht habe.

Aber er war schön, und ihr stockte der Atem, als er auf die Theke zukam. Lass das, dachte sie. Er wird für seine Freun-

164

din Blumen kaufen wollen. Das sind die einzigen Männer, die wir mit Ausnahme von Muttertag und Valentinstag hier zu Gesicht bekommen: Männer, die etwas wiedergutzumachen haben. Männer, die hoffen, eine wütende Frau irgendwie zu besänftigen und ihre Gunst zurückzugewinnen. Bridget setzte ihre professionellste Miene auf und konzentrierte sich darauf, einen großen Stoß rosafarbener Rosen durchzusehen, die in Schachteln von New Covent Garden angeliefert worden waren.

Er blieb vor der Theke stehen. Stützte eine Hand auf den Stapel Seidenpapier, bereitgelegt, um darin Sträuße einzuwickeln. Er trug eine Rolex Oyster, wie sie bemerkte. Eine Uhr, die sechs Riesen wert war, und das in einem kleinen Geschäft an Lavender Hill. Die Nägel waren frisch maniküt. Hier hatte sie noch nie einen Mann mit manikürten Fingernägeln gesehen, wohl aber viele der Banker in Chelsea, deren Wohnungen, in die sie ständig Blumen lieferte, immer blitzblank aussahen.

Sie atmete tief durch. Richtig tief. Sie schaute auf, und ihre Blicke trafen sich. Offen, klar, voll schlichter Bewunderung. Er hielt ihrem Blick gerade diesen Bruchteil einer Sekunde zu lange stand. Ihr Herz machte einen Sprung – sie spürte es. Er ist schön. Der schönste Mann, den ich je gesehen habe. Diese glatte Haut, die Art und Weise, wie sich seine Nasenflügel leicht aufblähen. Es ist, als wäre er aus Marmor gehauen …

»Kann ich Ihnen helfen?«

Es war, als wäre die Welt um sie verschwunden. Die Geräusche im Laden – ihre Assistentin Gemma, die im hinteren Raum gerade Oasis aufgelegt hatte, das Rauschen des Verkehrs hinunter zur Ampel an der Latchmere Road – wichen in den Hintergrund, und sie konnte nichts anderes mehr hören als das Pochen ihres Bluts in den Ohren.

Er lächelte.

»Ich bin gerade vorbeigefahren«, sagte er, »und habe Sie gesehen.«

165

Nicht mich, dachte sie. Mein Geschäft. Das ist nur eine Redensart.

»Hmmm«, machte sie.

»Ich hätte gern«, sagte er, »ein Dutzend rote Rosen, wenn Sie welche haben.«

»Selbstverständlich«, antwortete sie, und ihr Herz raste. Keiner kauft für sich selbst rote Rosen. Das gibt es nicht. Sie kaufen Gerberas und Pfingstrosen und Lilien und Inkalilien. Keine Rosen. Jeder weiß ja, dass Rosen für die Liebe stehen.

So etwas passiert keinem Menschen wie mir. Wer bin ich denn? Mach dir nichts vor, Mädchen. Du gehörst nicht zu denen, die die Schönen abkriegen. Die Rosen kauft er für irgendeine gepflegte Blondine oben am Prince of Wales Drive. Kauft sie für eine, die zu ihm passt und neben ihm gut aussieht, wenn er mit offenem Verdeck herumkutschiert.

Ach, könnte nur ich diejenige sein. Nur ein Mal möchte ich diejenige sein. Mit einem solchen Mann. Wenn ein solcher Mann mich haben wollte, wäre ich für immer glücklich …

Sie ging in den hinteren Raum, um den Eimer mit den Rosen zu holen. Schwarze Baccara, heute Morgen von Jersey geliefert: so dunkelrot, dass sie fast schwarz gefärbt wirkten, üppige, samtige Blüten wie ein königliches Abendkleid. Gemma stand direkt an der Tür, die Augen vor Aufregung weit aufgerissen, und konnte sich ein Kichern kaum verkneifen. »Oh, mein Gott, oh, mein Gott!«, flüsterte sie. Bridget schaute sie mit einem Stirnrunzeln an. »Das ist, als käme Brad Pitt einfach von draußen hereinspaziert!«, fuhr Gemma fort. »Kann ich gehen und ihn bedienen?«

»Nein, kannst du *nicht*«, zischte Bridget. »Du kannst hier hinten bleiben, bis du dich wieder beruhigt hast.«

Und mit zittrigen Händen griff sie nach dem Eimer und kehrte zu dem Adonis zurück.

»Wie wäre es mit diesen?«, fragte sie und versuchte, ihre Stimme unter Kontrolle zu halten, damit sie heiter und professionell klang. »Die dunkelste Rose der Welt«, fügte sie hinzu. »Erstklassig.«

Er streckte die Hand aus und streichelte eine Blüte. Der Anblick seiner Finger jagte ihr unweigerlich einen Schauer über den Rücken. Kieran schaute auf, hielt ihrem Blick stand, und dann lächelte er wieder. Sah kurz triumphierend aus – hätte sie das damals nur bemerkt – und verbarg das dann hinter Komplizenschaft und Freundlichkeit.

»Schön«, sagte er. Und sie wusste nicht, ob er die Blumen meinte oder sie.

»Wie soll ich sie einpacken?«, fragte sie.

Eine Pause. Wieder ein Blick. Er flirtet mit mir.

Nein, das tut er nicht. Manche Männer flirten immer, die können gar nicht anders. Für sie ist das so natürlich wie das Atmen.

»Wie würden *Sie* sie denn verpacken?«

»Ach, ganz schlicht«, antwortete sie. »Einfach locker zusammengebunden, damit sie nicht auseinanderfallen, und dann würde ich sie in dieses schwarze Papier einschlagen.«

»Wie es Ihnen am besten gefällt«, sagte Kieran. Schaute sich im Geschäft um, während sie sich daranmachte, aus den Rosen – lange, glatte Stängel mit gemeinen Dornen – einen atemberaubenden Strauß zu binden. Sie gestattete sich den Luxus, kurz einem Tagtraum nachzuhängen. Schob ihn rasch wieder beiseite.

»Wie kommt es, dass Sie mir nie zuvor aufgefallen sind?«, fragte er. »Sind Sie schon lange hier?«

Bridget zuckte mit den Achseln. »Etwa drei Jahre.«

»Läuft das Geschäft?«

»Bestens«, antwortete sie; so, wie sie diese Frage immer beantwortete. Sie hatte ein ganz komisches Gefühl: Dass die Zeit plötzlich langsamer verstrich, dass alles in einem Drittel der normalen Geschwindigkeit ablief. »Möchten Sie eine Karte mitschicken?«, fragte sie.

Er schüttelte die schöne Mähne. »Nur eine von Ihnen«,

sagte er. »Mit Ihrer Telefonnummer darauf. Ich vermute, ich werde sie brauchen.«

Sie reichte ihm eine Visitenkarte, und er gab ihr im Gegenzug eine andere Karte: Amex Platin. Sehr glänzend. Kieran Fletcher. Ein guter Name. Nichts allzu Verwegenes. Bridget zog die Karte durch und wartete auf die Antwort der Clearingzentrale.

»Bridget Barton«, las er laut vor. »Hübsch.«

Sie spürte, dass sie errötete. »Danke«, sagte sie.

»Um wie viel Uhr machen Sie heute Abend zu?«

Der Kreditkartenapparat piepste und druckte die Quittung zum Unterschreiben aus. Sechsunddreißig Pfund. Schon damals kosteten so besondere Rosen wie diese drei Pfund das Stück.

Sie reichte ihm den Papierstreifen. Wartete, bis er unterschrieben hatte. Eine schwungvolle, schräge Handschrift mit einem Schnörkel beim F. »Um sechs Uhr«, antwortete sie.

»Großartig«, sagte er. Nahm die Rosen. Er hielt sie einen Augenblick und schaute ihr in die Augen. Dann schob er ihr den Strauß lächelnd in die Arme.

»Gut, dann hole ich Sie also um sechs Uhr ab«, sagte er.

23

Achtzehn Betten. Plötzlich scheint die Industriewaschmaschine nicht mehr groß genug zu sein. Es dauert anderthalb Stunden, die Betten abzuziehen und die Wäsche in die Waschküche zu schaffen, und weitere drei, sie wieder zu beziehen. Vielleicht werde ich ja besser beziehungsweise gewöhne mich einfach daran. Aber ich kann nicht schneller machen. Diese Sachen – die Treppen hinauf- und hinunterzusteigen, ohne über Berge von herunterhängendem Stoff zu stolpern, Bettbezug um Bettbezug von innen nach außen zu stülpen, die Leintücher einzuschlagen, weil er nicht vernünftig war und keine Spannbetttücher gekauft hat – nehmen einfach eine gewisse Zeit in Anspruch, und ich wüsste nicht, wie ich die verringern könnte.

Ich werde einen ganzen Tag mit dem Bügeln beschäftigt sein. Leute, die Häuser wie diese mieten, erwarten ägyptische Baumwolle. Ich werde es oben in der Wohnung machen, wo es wenigstens warm ist. Ich schalte das Radio ein und setze Yasmin vor den Fernseher. Mist noch mal. Ich habe sie nicht hier aufs Land gebracht, damit sie ihre Tage vor dem elektronischen Babysitter verbringt.

Sie ist schweißgebadet. Die letzten Aykroyds haben erst nach Mittag ausgecheckt, und sie hatte Hemmungen gehabt, sich an die Arbeit zu machen, bevor sie fort waren. Aber sie haben sich als nette Leute entpuppt. Auf den Nachttischchen der Erwachsenen lagen insgesamt fast zweihundert Pfund Trinkgeld. Sie hatte gar nicht an die Möglichkeit gedacht, Trinkgeld zu bekommen. Jetzt kann sie Yasmin ein Paar ordentliche Gummistiefel und für sich einen richtigen Mantel für den Winter kaufen.

Sie wirft einen Blick auf ihre Uhr, während sie den Staubsauger wegräumt. Siebzehn Uhr dreißig. Draußen ist es schon so lange dunkel, dass sie jegliches Zeitgefühl verloren hat. In der Küche muss sie noch klar Schiff machen. Allein die Kochplatten werden Äonen in Anspruch nehmen. Hinterlassen diese Leute auch ihre Küche zu Hause in einem solchen Zustand? Wahrscheinlich nicht. Zu Hause haben sie keine zweitausend Pfund plus Trinkgeld bezahlt, damit das alles für sie erledigt wird.

Sie lädt einen Schwung Leintücher aus der Waschmaschine, steckt ihn in den Trockner, schaltet einen neuen Waschgang ein und hastet in die Küche hinüber, um die Kochplatten mit Powerspray einzusprühen. Schaltet am Backofen das Selbstreinigungsprogramm ein. Geht wieder zurück und schaut an der Treppe zur Wohnung hinauf.

»Ist bei dir da oben alles in Ordnung, Yasmin?«

Ihre Tochter scheint sich mit jemandem zu unterhalten. Sie hat inzwischen einen ganzen Stall mit »Kleinen Ponys«, und verbringt viel Zeit damit, ihnen die Mähnen zu bürsten und ihnen zu sagen, dass sie sich in die Ecke zu stellen haben. Es folgt eine Pause, dann ruft sie zurück: »Ja. Wann gibt's Tee?«

»Bald. Hol dir einen Keks, wenn du Hunger hast.«

»Okay«, ruft Yasmin. »Wir machen eine Teeparty.«

»In Ordnung«, ruft sie. »Nimm die Plastikbecher, nicht die aus Porzellan, ja?«

»Phphph.« Yasmin macht das universelle Zeichen für Dummheit. Heutzutage beginnt die Pubertät immer früher. »Natürlich.«

Der Geschirrspüler gibt eine Explosion fettigen Dampfs von sich, als sie ihn aufklappt. Ich muss mir eine Liste zusammenstellen, denkt sie, von den Sachen, die ich in Wadebridge kaufen muss. Spülmaschinenreiniger. Cillit Bang. Eine Riesenpackung Küchenpapier. Eine dieser Fünf-Kilo-Tonnen Waschpulver. Möbelpolitur. Fensterabzieher. Es ist erstaunlich, wie viel Glas verschmiert wird, wenn das Haus voller

170

Kinder ist. Ach, Mist, ich hab vergessen, frische Rollen Klopapier in die Bäder zu bringen. Das mache ich, sobald ich hier fertig bin. Ich hoffe nur, dass er alles bezahlt, was ich besorge. Um ehrlich zu sein, bei manchen Dingen ist es mir egal. Wenn sie mir nur fünf Minuten sparen, sind sie das eingesetzte Trinkgeld wert.

Sie lässt die Spülmaschine abkühlen, geht hinüber, um die Kochplatten zu schrubben. Da ist geschmolzener Käse drauf und eine Unmenge schwarz gewordener Krümel. Und etwas Zähflüssiges, an dem jemand mit einem Messer herumgekratzt hat. Unter der Spüle findet sie einen Topfkratzer und macht sich ans Werk. Sie hat keine Zeit für die sanfte Methode. Egal, der Herd ist aus Edelstahl. Das muss er aushalten.

Feuer. Ich muss im Wohnzimmer ein Feuer aufschichten und anzünden. Darauf ist er ganz versessen. Behauptet, dass es das Haus freundlich macht. Und da steht eine Blumenvase auf dem Tisch im Speisezimmer, in der das Wasser brackig geworden ist. O mein Gott.

Sie nimmt einen Lappen, feuchtet ihn unter dem Wasserhahn an und wischt über die Kochplatten. Das muss fürs Erste reichen, ich werde mich noch einmal daranmachen, sobald sie da sind. Hoffentlich sind sie zu sehr damit beschäftigt, die Schlafzimmer zu begutachten, um das hier zu bemerken. Gleichzeitig kann ich den Geschirrspüler ausräumen.

Sie stellt die Blumen in der Spülküche auf die Arbeitsfläche. Der Raum füllt sich mit dem warmen Dampf des Wäschetrockners; es riecht angenehm nach Waschpulver und Sauberkeit, und die Fenster sind wegen der abendlichen Kälte draußen beschlagen.

Mülleimer. Ich muss den Mülleimer leeren. Und den Kühlschrank überprüfen. Man weiß ja nie, vielleicht ist etwas drin, was wir zum Tee essen könnten, denn sonst gibt es wieder nur Bohnen auf Toast, und sie wird allmählich anfangen zu murren. Fischstäbchen? Vielleicht Sandwiches mit Fischstäbchen. Und dazu Mais. Ich bin mir sicher, dass ich noch eine Dose habe ...

Der Mülleimer ist beinahe voll. Sie muss, den Mülleimer zwischen die Knie geklemmt, ein paar Mal an der Tüte ziehen, bis das Vakuum die Tüte freigibt. Die Tüte leckt. Irgendetwas Braunes ist ausgelaufen. Ich habe keine Zeit. Kurz Küchenreiniger hineingesprüht und mit einem Papiertuch ausgewischt, dann bringe ich ihn in die Spülküche hinaus und kümmere mich später darum.

Sie kniet nieder und putzt den Rest der braunen Flüssigkeit vom Boden – Gott sei Dank, dass es Küchenpapier gibt –, als das Licht von Autoscheinwerfern über die Decke huscht. Mein Gott, es kann doch nicht schon sechs Uhr sein. Wo ist der Tag nur hin?

Sie springt auf, wäscht sich die Hände, zieht das Gummiband aus den Haaren, mit dem sie sie zu einem Pferdeschwanz zusammengebunden hatte, und geht zur Haustür.

Er ist groß. Hat sehr ausgeprägte Geheimratsecken, die er dadurch zu kaschieren versucht, dass er seine Haare ganz kurz geschnitten hat. Er trägt einen schwarzen Pullover mit Rollkragen und extrem enge Jeans. Ein Mann mittleren Alters, der sich modisch anzieht, um zu seiner Vorzeigefrau zu passen, die im Pelzmantel hinter ihm den Weg heraufgetrippelt kommt, weil sie mit den Stilettos auf den Steinplatten nicht gut laufen kann.

»Guten Abend«, sagt sie. »Mr Terry?«

»Ja«, antwortet er.

»Bridget Sweeny. Ich bin die Haushälterin.«

»Ach so«, sagt er.

»Haben Sie gut hierher gefunden?«

»Natürlich, mit dem Navigationsgerät«, stellt er fest. Geht an ihr vorbei in die Eingangshalle, ohne sich die Mühe zu machen, ihr wirklich ins Gesicht zu sehen. Steht an der Tür zum Salon und schaut sich um. »Gut, das ist okay«, sagt er.

»Ich bin noch nicht ganz fertig«, erklärt sie. »Es tut mir leid, die vorherigen Gäste sind ein bisschen spät weggekommen.«

Sie sieht, dass sein Kiefer leicht zuckt. »Das ist nicht mein Problem«, antwortet er. »Es hieß, dass alles fertig ist.«

Es steht mir nicht zu, mit ihm herumzustreiten, denkt sie. »Nein, tut mir leid. Ich muss nur noch das Feuer aufschichten und die Handtücher auslegen …«

»Nun, ich möchte sofort ein Bad nehmen«, stellt die Vorzeigefrau fest. Jetzt, da sie im Licht steht, sieht Bridget, dass sie gar nicht so jung ist, wie sie ausgesehen hat, als sie den Weg heraufgestöckelt kam. Sie hat die Gesichtsfalten, die Frauen bekommen, wenn sie ihr ganzes Leben lang darauf achten, unnatürlich dünn zu bleiben.

»Es gibt reichlich heißes Wasser«, sagt Bridget. »Ich gehe nur schnell und …«

»Nein«, unterbricht er sie. Hält ihr von der Seite einen Schlüsselbund hin. »Wir brauchen zuerst unser Gepäck. Es ist eine ganze Menge, fürchte ich. Silvester und so weiter.«

Bridget blickt auf die Schlüssel.

Er möchte, dass ich hingehe und sie ihm abnehme, denkt sie. Spürt, dass ihr Gesicht ein wenig errötet.

»Hm …«

Wie soll ich das jetzt machen? Ich möchte nicht unwillig wirken, aber …

»Vielleicht möchten Sie, dass ich Ihnen zuerst alles zeige?«

»Nein, Sie können zuerst das Gepäck holen, und das danach tun.«

Was sage ich bloß?

»Ja, aber wir haben … wir haben … keinen Portier …«

Mr Terry seufzt und dreht sich schließlich zu ihr um.

»Machen Sie einfach Ihren Job, ja?«

Bridget unterdrückt den Drang, ihm eine Ohrfeige zu verpassen. Unverschämtes Arschloch. Eingebildeter Fatzke. Wer glaubst du denn, wer du bist?

»Ja«, antwortet sie. »Das mache ich.«

173

Es folgt eine kurze Pause. »Wir waren jetzt sechs Stunden unterwegs«, sagt er.

Und ich rackere mich seit acht Stunden ab.

Sie schaut ihn an. Die Frau trippelt davon, lässt sich auf ein Sofa fallen und zieht die Reißverschlüsse ihrer Stiefeletten auf.

»Es sind nur ein paar Koffer.«

»Tut mir leid, aber ich muss das Haus noch fertig machen. Ich beeile mich, damit ich Ihnen so schnell wie möglich nicht mehr im Weg bin.«

Er wirft die Schlüssel auf den Tisch in der Eingangshalle. Verärgert.

»Großartig«, sagt er. Wendet sich von ihr ab. »Ein großartiger Urlaubsbeginn.«

»Besteht zumindest die Möglichkeit, eine Tasse Tee zu bekommen?«, ruft die Frau. »Oder ist Ihnen das auch zu viel?«

24

»Hallo?«, ruft sie.

»Ein gutes neues Jahr! Himmel, was ist das bei dir für ein Krach?«

»Die feiern eine Party. Die Feriengäste.«

»Dürfen die das denn?«

»Weiß der Himmel. Bis ich gemerkt habe, was sie vorhaben, war es ein wenig zu spät, um etwas dagegen zu unternehmen.«

Ungeheuer. Das sind Ungeheuer. Die könnten nicht ungeheuerlicher sein, wenn aus ihren Köpfen Hörner sprössen.

»Wo ist Yasmin?«

»In meinem Bett«, brüllt Bridget. »Aber sie schläft komischerweise noch nicht.«

Und die Musik! Die meisten dieser Leute – zum größten Teil Männer – sind in den Vierzigern. Was machen die bloß bei diesen ohrenbetäubenden Doom-bada-doom-bada-doom-bada-doom-Klubrhythmen, wo sie doch inzwischen das Alter erreicht haben, in dem man normalerweise eine Melodie hören möchte?

»Himmel«, sagt Carol, »das ist ja schlimmer als bei diesen Mistkerlen unten.«

»So weit ich weiß, sind das da unten diese Mistkerle. Es ist ja nicht so, als hätten wir sie je zu Gesicht bekommen, oder?«

»Na ja«, antwortet Carol, »sie sind heute Abend jedenfalls nicht zu Hause ...«

Draußen unter dem Wohnzimmerfenster übergibt sich jemand, hemmungslos und ausgiebig. Fantastisch! Ich weiß ja, dass *ich* diejenige sein werde, die das morgen früh mit dem

Gartenschlauch von der Mauer wird abspritzen müssen. Ach, ihr Schweine! Ihr ekelhaften Schweine! Es war schon schwierig genug, Yasmins Aufmerksamkeit von euren Swingerpartys abzulenken und von der Tatsache, dass die Hälfte eurer blonden Tussis keinen Slip unter ihrem Minirock trägt. Jetzt muss ich ihr auch noch erklären, warum ihr nicht ins Klo kotzen könnt wie normale Leute.

»Na ja … wenn sie noch wach ist, kann ich ihr ja auch ein gutes neues Jahr wünschen, oder?«

»Natürlich«, sagt Bridget, »bleib dran.«

Sie geht durch den Korridor und schiebt die Schlafzimmertür auf. Yasmin kniet auf dem Bett und schaut aus dem Fenster. Ihre Augen sind trotz ihrer Müdigkeit fasziniert aufgerissen. Ich werde morgen mit ihr einen fantastischen Tag erleben. Einfach fantastisch. Wutanfälle und eimerweise Putzmittel. Gutes neues Jahr, Michael Terry, du pompöser, aufgeblasener Wichser.

Sie streckt ihr das Telefon hin. »Tante Carol.«

Yasmin springt über das Bett und hält sich das Telefon ans Ohr. »Tante Carol!«, sagt sie. »Da draußen auf dem Weg machen zwei das Tier mit den zwei Rücken.«

Das Tier mit den zwei Rücken? Wo hat sie das nur her? Und woher weiß sie, worum es geht? Du meine Güte! Ich bin zum Glück gerade noch rechtzeitig mit ihr aus London weggezogen.

Yasmin setzt sich aufs Bett und zieht die Decke um sich. »Ja«, sagt sie. »Danke.«

Bridget überlegt, ob sie sich eine Tasse Tee machen soll. Es spricht ja nichts dagegen. Es ist ja nicht so, als ob das Koffein sie heute Nacht irgendwie vom Schlafen abhalten würde. Die Küche bebt buchstäblich. Sie haben die Bässe an diesen verdammten Lautsprechern so aufgedreht, dass die Deckenlampe über ihrem Kopf hin und her schwingt. Alte Schlager. Lieder, die sie seit Jahren nicht mehr gehört hat. Lieder, von denen sie gehofft hatte, sie nie wieder zu hören. Eine Frauenstimme kreischt reichlich falsch: RAYd on tahm, ruh-ruh-ruh RAYd on tahm ...

Sie wirft einen Blick auf die Uhr am Herd. Fast Mitternacht. Machen die wenigstens beim Jahreswechsel Pause, um sich das Glockengeläut anzuhören?

Gott, lieber nicht. Bei diesen Leuten führen die Neujahrsküsse wahrscheinlich zu einer widerlichen Orgie. Gestern musste ich ein Kondom aus dem Papierkorb in der Bibliothek entsorgen. Ekelhaft. Bestien. Kaum haben sie ein bisschen Geld, entwickeln sie sie zu Monstern.

Vielleicht könnte ich es doch mal mit diesem Baldriantee versuchen. Der wird vielleicht stark genug sein. Nein. Das wird er nicht. Ich schmore in der Hölle. Die werden die ganze Nacht so durchmachen. Du lieber Himmel. Sie hätten mich wenigstens vorwarnen können. Damit ich meine Tochter irgendwo anders hätte unterbringen können. Aber das machen die natürlich nicht, ist ja klar. Hätten sie mich vorgewarnt, dann hätte ich Tom Gordhavo veranlassen können, das zu unterbinden. Ist ja logisch.

Irgendwo zersplittert Glas.

Tja, ihre Kaution werden die in jedem Fall nicht zurückbekommen.

Sie kehrt ins Schlafzimmer zurück.

»Okay«, sagt Yasmin. »Das mache ich. Gute Nacht, Tante Carol. Schlaf gut. Und ein gutes neues Jahr.«

Bridget nimmt das Telefon.

»Na ja, sie klingt jedenfalls, als würde sie sich amüsieren«, stellt Carol fest.

»Ich wünschte, das Gleiche könnte man auch von ihrer Mutter sagen. Kannst du dir vorstellen, was für ein Tag mich morgen erwartet?«

Carol lacht. »Gutes neues Jahr«, sagt sie.

»Und, was machst du so?«

»Ach, nichts Besonderes«, antwortet Carol. »Ich sitze hier mit einer Flasche Muskateller, schmelze Kerzen und mache Wachsgießen. Versuche, mir ein bisschen Glück zu sichern.«

»Das könnten wir auch gebrauchen.«

»Das kann ich mir denken.«

»Und, was wünschst du dir?«

»Einen Job«, antwortet sie entschieden. »In diesem Jahr werde ich auf Teufel komm raus einen Job finden. Und ein neues Leben anfangen. Jetzt, wo ihr weg seid, unterhalte ich mich tagelang mit keiner Menschenseele. Ich schwöre, ich könnte verschwinden, und keiner würde es bemerken.«

»Ich würde es bemerken, Carol«, sagt Bridget.

»Erst nach einer Weile, wenn wir ehrlich sind.«

Es entsteht eine kurze, verlegene Pause. Bridget ist jetzt, in ihrem neuen Leben, beschäftigt und nicht mehr so abhängig von Carol. Es würde tatsächlich eine Weile dauern, das stimmt. Sie hat sie genau genommen seit Weihnachten nicht mehr angerufen.

»Jedenfalls«, fährt Carol fort, »brennen hier die Kerzen noch. Gibt es etwas, was ich für dich wünschen soll?«

»Ja.«

Sie duckt sich instinktiv, als draußen etwas auf den Gartenweg knallt.

»Ja«, antwortet sie. »Belege diese verdammten Leute mit einem Fluch.«

»Gesagt, getan«, erklärt Carol. »Ein gutes neues Jahr, Honey. Ich wünsche dir ein richtig gutes Jahr.«

»Ich dir auch. Danke für deinen Anruf.«

Carol legt auf. Bridget nimmt ihren Tee mit ans Bett. Kuschelt mit ihrer Tochter und streicht ihr über die lockigen Haare.

»Die Leute sind komisch«, stellt Yasmin fest.

»Das sind sie eindeutig, Baby«, sagt sie.

»Warum macht man überhaupt solchen Krach?«

»Weißt du, was ich glaube? Es geht wohl darum, das, was sie sagen, zu übertönen. Denn wenn jemand hören könnte,

178

was sie sagen, würden die merken, dass sie absolut *dumm* sind.«

Yasmin kichert. Du wirst bald nicht mehr kichern, denkt Bridget. Das erkenne ich an deinen Augen. In einer Stunde – weniger – wirst du die Wände hochgehen. Du wirst dir deine armen kleinen Augen ausweinen, weil sie dich einfach nicht schlafen lassen.

Eine kurze Pause, dann setzt die Musik wieder ein. Verdammter Keith Flint. Wie gern würde ich ihm einen Firestarter geben, verdammt.

Jemand dreht die Lautstärke noch weiter auf.

Die Lichter gehen aus.

25

»Es war urkomisch. Hätte keinen netteren Leuten passieren können.«

»Und, was haben Sie gemacht?« Tina Teagle stellt ihren Becher auf den Küchentisch, lehnt sich zurück und schaut sie an.

»Tja«, antwortet Bridget, »wir waren schon im Bett. Und unsere Lampen waren aus, weil wir eben schon im Bett waren. Deshalb sind wir einfach liegen geblieben.«

»Und?«

»Sie sind gekommen und haben gegen die Tür getrommelt. Zuerst an die unten, und dann ist er hochgekommen und hat an der Tür oben im Korridor gerüttelt.«

»Wie gut, dass Sie abgeschlossen hatten.«

»Allerdings. Man stelle sich vor, eine Horde von …«, sie senkt die Stimme, damit Yasmin und Chloe sie nicht hören können, »… mit Koks zugedröhnten ehemaligen Models kommen hereinspaziert und bumsen mit jedem, der sich ihnen bietet, herum. Es war schon schwierig genug, die Kleine abzulenken, als sie noch draußen waren, ohne dass sie hereinkommen und es in ihrem Zimmer treiben. So, wie es aussieht, werde ich die ganze Woche mit der Wäsche beschäftigt sein.«

Tina verzieht das Gesicht. »Igitt.«

»Ich schwöre«, sagt Bridget, »dass die da unten Schlüssel-Swingerpartys gefeiert haben.«

»Igitt«, sagt Tina wieder. »Macht man das noch?«

»Offenbar schon. In den teuren Gegenden im Norden Londons.«

»Was glauben Sie, welcher Autoschlüssel geht als erster weg?«

»Nicht der vom Ferrari, das ist mal sicher«, stellt Bridget

fest. »Oder vielleicht bin ich die Einzige, die bemerkt hat, dass Ferrarifahrer immer Pferdeschwanz tragen, um zu kaschieren, dass oben was fehlt.«

»Baseballkappen«, sagt Tina.

»Bomberjacken mit Schriftzug.«

»Igitt. Wann, haben Sie gesagt, reisen die ab?«

»Übermorgen. Die Hälfte von denen ist schon abgereist. Daher weiß ich das mit der Wäsche. Ich werde eine Woche brauchen, um alles wieder richtig in Ordnung zu bringen, wenn sie erst einmal weg sind.«

Tina atmet zischend durch die Zähne ein. »Ein frohes neues Jahr«, sagt sie.

»Prost«, sagt Bridget und hebt ihren Becher. »Zum Glück liegen für eine Weile keine Buchungen vor, sodass ich zumindest Zeit dafür habe.«

Sie trinken Cidre, mitten am Nachmittag. Bridget fühlt sich frivol und frei, auch wenn sie ihrem Führerschein zuliebe darauf achtet, wie viel sie trinkt. Wenn sie in London etwas getrunken hatte, bevor Yasmin im Bett war – nicht etwa, dass sie sich das oft hätte leisten können –, hatte sie sich immer so viel Sorgen um das Jugendamt gemacht, dass sie es gar nicht genießen konnte. Hier, während draußen der Regen aus der Dachrinne schießt und ihre Tochter in ein Spiel mit Schlangen und Leitern vertieft ist (Schlangen und Leitern! Wann hat ein Londoner Kind zum letzten Mal etwas gespielt, was nicht automatisch zu Explosionen führte?), fühlt sie sich einfach – wohlig. »Ein guter Cidre«, stellt sie fest.

»Eigentlich ein Scrumpy.«

»Scrumpy.«

»Mark hat ihn gemacht.«

»Das ist eine sinnvolle Beschäftigung.«

»Er hat die Äpfel aus Ihrem Garten geklaut, das ist Tatsache. Aus dem alten Obstgarten hinter dem Teich.«

Bridget lacht. »Ich wette, Tom Gordhavo freut sich darüber.«

181

»Und ich wette, er hat es nicht einmal bemerkt. So weit ich weiß, geht keiner da hin, und er meidet den Ort wie die Pest, wenn er irgend kann.«

»Na ja, Mark kann das nächstes Jahr gern wieder machen«, sagt Bridget. »Solange ich einen Anteil bekomme.«

»Ich sage es ihm«, erklärt Tina. »Sie haben also vor, auch nächstes Jahr noch hier zu sein?«

»Ich wüsste nicht, warum nicht.«

»Das freut mich für Sie.«

»Warum denken Sie, dass ich nächstes Jahr nicht mehr da sein könnte?«

»Ich weiß nicht«, antwortet Tina. »Er hat offenbar kein Glück, die Angestellten dort oben zu halten.«

»Das habe ich schon gehört.«

»Was hat Sie überhaupt hierher geführt?«, fragt Tina.

Bridget schaut sie an, überlegt. Bin ich bereit, allen von meinen Angelegenheiten zu erzählen? Ist das klug? Was ich bisher von diesem Dorf gesehen habe, legt den Schluss nahe, dass niemand ein Geheimnis lange für sich behalten kann.

»Ach, wissen Sie«, sagt sie. »Ich habe mich von meinem Mann getrennt. Das Geld war knapp. Und ich habe mir überlegt, warum in aller Welt soll ich ein Kind in der Großstadt aufziehen. Es war sinnvoll, hierher zu kommen.«

»Und wie«, sagt Tina mit der ganzen Selbstzufriedenheit derjenigen, die schon immer auf dem Land gelebt haben. »Und, was hat Ihr Ex dazu gesagt? Dass Sie so weit wegziehen?«

»Er …« Er hat mich angerufen und bedroht. »Ich habe nicht die geringste Ahnung«, fährt sie fort. »Er war nicht gerade besonders zuverlässig, wenn Sie wissen, was ich meine.«

»Zahlungssäumige Väter«, sagt Tina. Scheint sich mit der Antwort zufriedenzugeben, denkt, sie würde die ganze Geschichte kennen. »Sie sollten ihm das Sozialamt auf den Hals hetzen.«

Ja. Das wäre eine großartige Idee. Damit sie ihm ganz beiläufig auch meine Adresse geben. Nach meinen Erfahrungen mit dieser Behörde, als ich verzweifelt Hilfe gesucht habe, als ich Unterstützung für mein Kind brauchte, damit wir nicht aus der Wohnung geschmissen werden, zu der mein Mann meinte, immer noch das Zutrittsrecht zu haben, ja, nach meinen Erfahrungen besteht der beste Weg, um sicherzustellen, dass niemand je herausfindet, wo du dich aufhältst, darin, Kontakt zum Sozialamt aufzunehmen und denen alle deine Daten zu geben, in dreifacher Ausführung, schriftlich. Das würde absolut sicherstellen, dass niemand je wieder mit dir in Berührung kommt. Kieran hat von dem Tag an, als er gegangen ist, bis zu dem Tag, an dem sie und Yasmin fortgezogen sind, keinen Penny mehr bezahlt, und alles, was das Sozialamt ihr sagen konnte, war, dass sie ihre Akte verloren hätten und sich bei ihr melden würden.

»Bei ihrem Dad war es das Gleiche.« Tina deutet auf Chloe. »Ist vor drei Jahren nach St. Austell gegangen, um sich dort einen Job zu suchen, und seitdem haben wir ihn nicht wiedergesehen.«

»Du meine Güte.« Bridget ist schockiert. »Haben Sie ihn als vermisst gemeldet?«

»Natürlich nicht«, antwortet Tina. »Nur, weil wir ihn nicht gesehen haben, heißt es ja nicht, dass wir nicht wissen, wo er sich aufhält. Justine Strang hat ihn jedenfalls ein paar Monate später in Padstow gesehen, die Hände tief in der Bluse irgendeiner fetten Alten vergraben. Ein Gesicht wie eine gekochte Kartoffel und ein Arsch wie eine Autofähre, hat sie gesagt. Ich wünsche ihr viel Glück, kann ich da nur sagen. Er war sowieso nie zu irgendetwas zu gebrauchen. Wahrscheinlich hat er inzwischen eine andere geschwängert und ist nach Newquay weitergezogen.«

Bridget wirft ihr einen fragenden Blick zu. Tina hat diesen aufmüpfigen Ausdruck im Gesicht: Diese Mir-geht-es-gut-Miene, obwohl es wahrscheinlich gar nicht stimmt, aber es muss nun einmal das Beste aus der Situation gemacht werden. Ein bisschen wie bei mir, denkt sie. Ein bisschen wie bei den meisten, denke ich mir manchmal.

»Tut mir leid«, sagt sie zu ihr.

»Ist doch nicht Ihre Schuld. Zum Glück lief wenigstens der Mietvertrag auf meinen Namen, sodass wir nicht auch noch obdachlos geworden sind. Und als sich Marks Freundin ebenfalls aus dem Staub gemacht hat, ist er hier eingezogen, und so konnten wir zumindest unsere Finanzen zusammenlegen. Es ist nicht ideal, aber besser als nichts, oder?«

Sie trinken. Hängen ihren Gedanken nach.

»Ich glaube nicht, dass das genau das ist, was wir beide uns vorgestellt haben«, fährt Tina fort. »Dass ich mit siebenundzwanzig noch immer mit meinem Bruder zusammenlebe. Zumindest konnte ich ihn davor bewahren, wieder bei Mum und Dad einzuziehen.«

»Wo sind sie heute?«

»Im Kino. In Bodmin. Haben gesagt, sie räumen das Feld, damit wir uns einen richtigen Frauennachmittag machen können.«

Sie spürt einen leichten Anflug von Enttäuschung. Ihr wird klar, dass ein winziger Teil von ihr gehofft hatte, er würde auftauchen. So winzig, dass sie es kaum registriert hatte. Das Letzte, was sie jetzt gebrauchen könnte, wäre ein Mann. Nicht nach den Erfahrungen mit Kieran. Was sie zu allererst braucht, ist ein neues Leben. Und sie muss irgendwie begreifen, wie sie das letzte Mal nur eine so schlechte Wahl hat treffen können.

»Was schauen sie sich an?«

»*James and the Giant Peach.*«

»Da geht es um einen Jungen«, ruft Yasmin, »und einen Riesenpfirsich.«

»Mmm«, macht Bridget. Was du nicht sagst.

»Können wir uns den Film auch anschauen?«

»Mal sehen«, antwortet sie. Gott, was habe ich es satt, immer »mal sehen« zu sagen. Wenn sich herausstellen sollte,

184

dass diese Gäste ein gutes Trinkgeld geben, dann gehe ich mit ihr ins Kino. Mit allen hier. Wir gönnen uns eine Belohnung. Und wenn jemand ein gutes Trinkgeld verdient hat, dann bin ich das nach dieser Woche.

»Und, wie ist es so da oben in Rospetroc?«, wechselt Tina das Thema. »Wenn Sie sich nicht gerade mit einer Horde von Yuppie-Swingern herumschlagen müssen?«

»Ja. Ja, es geht so.«

»Dann ist es für Sie nicht zu abgelegen? Ich würde nicht gern so weit vom Dorf weg wohnen.«

»Gott, so weit ist es nun auch wieder nicht. Alle tun so, als läge es am Nordpol oder so.«

»Ja«, sagt Tina. »Irgendwie denken alle, es sei weiter weg, als es tatsächlich ist, vermute ich. Wahrscheinlich hält keiner es mehr für wirklich zur Gemeinde gehörend, weil so lange niemand dort dauerhaft gewohnt hat.«

»Ach, richtig. Wann sind die Gordhavos ausgezogen?«

»Die Gordhavos?«

»Ja.«

»Die Gordhavos haben nie da gewohnt, meine Liebe. Das Haus hat den Blakemores gehört.«

»Tut mir leid«, sagt Bridget. »Sie müssen bedenken, dass ich gerade erst hierher gezogen bin.«

»Tut mir leid«, sagt auch Tina. »Ich vergesse immer, dass nicht jeder alles über Cornwall weiß. Blakemore. Das war hier in der Gegend einmal eine berühmte Familie. Der Name bedeutet trostloses Moor. Ganz wie bei Emily Brontë.«

»Und, wer sind sie?«

»Die Leute, die früher …« Sie lacht über sich, fährt fort: »Mrs Gordhavo war eine geborene Blakemore. Theresa Blakemore. Toms Mutter. Er hat das Anwesen von ihr geerbt. Na ja, im Prinzip gehört es noch immer ihr, da sie ja noch am Leben ist, aber sie hat seit Jahrzehnten keinen Fuß in dieses Haus gesetzt.«

»Ach, richtig. Ich dachte, die Gordhavos seien …«

185

»Ja, das sind sie«, sagt Tina. »Hier in der Gegend heiratet Land noch immer Land, glauben Sie mir.«

»Und deshalb wohnen sie also nicht in dem Haus? Sie haben andere Häuser?«

»Gewissermaßen. Ja, meine ich. Aber zudem glaube ich, dass sie das Haus nicht besonders mögen. Es hat ihnen in der einen oder anderen Hinsicht nicht viel Glück gebracht. Sie hat es bloß geerbt, weil ihr Bruder sich umgebracht hat. Sonst würde er jetzt darin wohnen.«

»Er hat sich umgebracht?«

Beide schauen zu ihrer Tochter hinüber. Wieder senken sie ihre Stimme. Keine möchte diejenige sein, die die beiden auf irgendwelche Gedanken bringt. Doch genauso wenig möchte sich Tina die Gelegenheit entgehen lassen, ein wenig Dorfklatsch zu verbreiten.

»Ja«, erzählt sie verschwörerisch. »Schon vor einer Ewigkeit. Die alte Mrs B. muss vor beinahe zwanzig Jahren gestorben sein, und er hat es vor ihrem Tod getan. Es gab hier die üblichen Spekulationen, dass die Mutter an gebrochenem Herzen gestorben sei, aber das glaube ich nicht. Nach allem, was man so hört, hatten eher eine lose Treppenstange, ein abgetretener Teppich und eine ordentliche Menge Whisky damit zu tun. Er hat sich erhängt. Unten in diesem alten Bootshaus. Mit seiner eigenen Krawatte, die er an einem Haken befestigt hat. Offenbar ein schrecklicher Anblick. Sie haben ein paar Tage gebraucht, bis sie ihn gefunden haben. Ich glaube, seit der Zeit vor dem Krieg war keiner mehr in diesem Bootshaus gewesen, deshalb haben sie da natürlich nicht als Erstes gesucht. So viel ich weiß, war er schon ganz schwarz, als sie ihn gefunden haben. Kein schöner Anblick, vermute ich mal.«

»Wie schön«, sagt Bridget. Schaut wieder zu den Mädchen hinüber. Sie kehren ihnen den Rücken zu und kramen gerade einen Becher mit alten Perlen und Pailletten durch. Yasmin scheint endlich eine Seelenverwandte an der Prinzessinnenfront gefunden zu haben. Glitzernde Dinge werden sie noch stundenlang ablenken.

»Was war der Grund?«

»Keine Ahnung. Ich glaube, das hat kaum jemanden gekümmert. Er war nicht gerade beliebt, daran erinnere ich mich. Ein ziemlicher Rüpel. Meine Mum hat uns immer vor ihm gewarnt. Ich dachte mir, das läge daran, dass er recht leicht reizbar war. Aber Sie wissen ja, wie Erwachsene so sind. Wollen einen nicht mit Schauergeschichten erschrecken. Jetzt, wo ich selbst ein Kind habe, frage ich mich manchmal, ob es ihr damals in Wirklichkeit darum ging, Sie wissen schon.«

»Wie meinen Sie …?«

»Tja, man soll über Tote ja nicht schlecht reden, aber Sie wissen schon. Man stellt sich halt unweigerlich Fragen.«

»Na ja«, sagt Bridget.

»Ich glaube nicht, dass sie, als sie dort gelebt haben, eine wirklich glückliche Familie waren. Selbst bevor er sich umgebracht hat. Mrs Gordhavos Vater ist in Tobruk verschollen, und sie haben sich immer vom Dorf abgekapselt, allerdings haben sie Leute dafür bezahlt, dass sie zu ihnen kommen und bei ihnen arbeiten, falls es ihnen gelungen ist, welche anzustellen. Die alte Lady war einer dieser altmodischen Snobs.«

»Aber Snobs können durchaus glücklich sein.«

»Das schon, ja«, sagt Tina. »Bis man alt wird und niemand kommt, der sich um einen kümmert, es sei denn, man bezahlt ihn dafür.«

Sie lächelt, während sie das sagt, mit dieser Schadenfreude, die Leute häufig angesichts des Unglücks der Reichen an den Tag legen.

Die Hintertür geht auf, und Jago kommt hereingestürmt, bleibt wie angewurzelt stehen und starrt die Besucherin an. »Hallo«, sagt er.

»Hallo«, sagt Bridget.

»Du bist Yasmins Mum, nicht?« – »Genau.« – »Dann ist Yasmin auch hier?« – »Ja.« – »Cool!«, sagt er.

»Jago!«, ermahnt ihn Mark, der hinter ihm hereinkommt, »zieh dir die Stiefel aus, bevor du ins andere Zimmer gehst. Ach, hallo, Bridget. Wie geht es Ihnen?«

»Gut. Danke«, antwortet Bridget.

Er wirft ihr ein freundliches, verschmitztes Grinsen zu und bückt sich, um seinem Sohn die Schuhe auszuziehen.

»Ich habe gehört, dass bei Ihnen an Silvester ganz schön was los war«, stellt er schmunzelnd fest.

»Oh, bitte nicht dieses Thema«, erwidert Bridget.

»Sie hat mir gerade davon erzählt«, wirft Tina ein. »Eine richtig heiße Party.«

»Ich wette, Sie werden großen Spaß mit dem Saubermachen haben.«

»Na ja«, antwortet Bridget, »genau genommen habe ich mich ein wenig gerächt. Am nächsten Morgen. Konnte nach acht Uhr nicht mehr schlafen, deshalb bin ich hinuntergegangen, um mir anzuschauen, wie viel Schaden sie angerichtet haben.«

»Und?«

Eine lockige Haarsträhne hat sich gelöst und fällt ihm jetzt über das Auge. Plötzlich verspürt sie den Drang, die Hand auszustrecken und sie zurückzustreichen. Sie blinzelt, reißt sich am Riemen.

»Na ja, Sie können es sich vorstellen. Zerbrochene Gläser, Luftschlangen, große Lachen verschütteter Getränke und überall auf den Teppichen Asche verstreut.«

»Toll.«

»Und ein halbes Dutzend Leichen.«

»Nein!«

»Doch«, sagt Tina, »du darfst nicht alles so wörtlich nehmen. Sie waren nur umgekippt, Dummkopf. Völlig betrunken.«

Er grinst.

»Und wissen Sie, was ich gemacht habe?« – »Nein.« – »Ich habe den Staubsauger geholt. Den Strom wieder angeschaltet und um sie herum mit dem Saugen angefangen. Und ich habe sichergestellt, dass ich überall dagegengestoßen bin.«

»Brillant«, sagt er.

»So schnell werden die nicht wiederkommen«, stellt Bridget fest.

»Wohl kaum.«

»Komische Leute waren das. Nein, ich meine, abgesehen davon. Wissen Sie, was ich gefunden habe?«

»Was?«

Jago, der endlich freigelassen wird, rennt ins andere Zimmer, um nach den Mädchen zu schauen. Mark kommt zu ihnen und setzt sich an den Tisch.

»Na ja, ich wollte den Kamin sauber machen, und jemand hatte die ganze Asche herausgeholt und auf der Platte vor dem Kamin verteilt, und dann haben sie jede Menge Schimpfwörter in die Asche geschrieben. Wie ›Verpisst euch‹ und ›Arschloch‹ und ...« Sie senkt die Stimme.– »... das F-Wort.«

»Das F-Wort?« Er zieht die Augenbraue hoch, und plötzlich wird ihr klar, wie amüsiert er darüber ist, dass sie sich bei diesem Wort auf einmal Selbstzensur auferlegt, während sie doch die ersten beiden gedankenlos ausgesprochen hat.

»Ja, aber«, sagt sie, »finden Sie das nicht auch komisch? Ich meine, wie langweilig muss einem sein, dass man so etwas zum Zeitvertreib macht?«

»Londoner«, sagt Mark, als sei das Wort an sich schon eine Erklärung. »Ah! Ist das mein Scrumpy, den ihr da trinkt?«

26

»Das war ich nicht«, sagt Lily. »Das habe ich nicht gemacht, verflucht noch mal!«

»Sehen Sie?«, sagt Felicity Blakemore. »Aufsässig. Aufsässig *und* eine Lügnerin.«

Margaret Peachment behält ihre Meinung für sich. Die Tickets nach Kanada brennen praktisch ein Loch in ihre Manteltasche. In ein paar Wochen wird das der Job eines anderen sein, denkt sie. Ich gäbe alles für ein ruhiges Leben.

Hinter ihr steht Hugh Blakemore, die Hände in den Taschen seiner grauen Tweedshorts vergraben. Er grinst Lily an wie ein Affe.

»Wer soll es denn sonst getan haben?«, fragt Mrs Blakemore. »Sag mir das.«

Lily zuckt mit den Schultern.

»Und was soll das heißen?«

Hughs Blick trifft sich mit ihrem. Er zieht triumphierend die Augenbraue hoch, grinst wieder. Da ist mehr zu holen, besagt dieses Grinsen. Du wirst mir niemals entkommen.

Lily fasst sich an den großen blauen Fleck unter ihrem Ärmel. »Ich weiß nicht«, schnauzt sie. »Aber *ich* war es nicht, verdammt.«

Die Frauen betrachten die Scherben auf dem Boden, und Mrs Blakemore hält den Schürhaken wie eine Lanze in der rechten Hand. Hugh hat ihn dorthin gelegt, nachdem er seinen Kricketball in dem Fenstersitz hat verschwinden lassen. Unmittelbar bevor er Lily am Genick gepackt und mit lauter Stimme nach seiner Mutter gerufen hat.

»Das ist zu viel«, wiederholt sie. »Man kann von mir nicht erwarten … Schauen Sie sich das nur an!«

Sie bückt sich, nimmt den Kopf des Spaniels von König Charles zwischen Daumen und Zeigefinger und hält ihn Mrs Peachment vors Gesicht. »Staffordshire. Über hundert Jahre alt. Nicht etwa, dass man erwarten könnte, vermute ich, dass ein Straßenkind aus den Slums in der Lage wäre, so etwas zu erkennen.«

»Ach, meine Liebe«, sagt Mrs Peachment. »Und sind Sie sicher, dass es nicht …«

»Fünfhundert Pfund wert, jede, einige davon«, stellt Felicity fest und lässt den Kopf wieder auf die zerbrochenen Überreste von W.G. Grace fallen, von Gladstone und Wellington, von Königin Victoria als junger Braut und von einem namenlosen Blumenverkäufer mit rosa Wangen und Grübchen und einer Schürze voller Sträußchen. »Aber das ist nicht der Punkt. Das sind Familienerbstücke. *Familienerbstücke.*«

»Ich weiß das zu würdigen«, sagt Mrs Peachment. »Mir geht es genauso bei …«

»Na ja«, fällt ihr die Herrin des großen Anwesens ins Wort, »ich bin mir sicher, Ihre Erbstücke reichen ein paar Generationen zurück.«

Kleine rosa Flecken erscheinen auf Mrs Peachments Wangen. Mrs Blakemore bemerkt sie nicht. Das stimmt tatsächlich, denkt sie. Einige meiner Sachen stammen noch von meiner Ururgroßmutter, aber das bedeutet jemandem wie *Ihnen* ja nichts. Das ist das Problem in diesem Land. Alte Familien … Sobald dieser Krieg vorüber ist, wird es besser werden. Dann werden sich die Dinge ändern.

»Sie haben mein ganzes Mitgefühl«, sagt sie teilnahmsvoll. Sie muss in diesem Moment so viel Mitgefühl ausstrahlen, wie sie nur kann, ohne klein beizugeben, denn wenn dieses Arrangement aufgekündigt wird, wird sie diejenige sein, an der alles hängen bleibt. Zumindest vorübergehend.

»Man hätte annehmen können«, erklärt Mrs Blakemore, »dass sie dankbar sein würde, aber nein. Ich habe das Gefühl«, fährt sie fort, »als habe sie den ganzen verdammten Krieg mit in mein Haus gebracht.«

Vor Mrs Peachments innerem Auge tauchen kurz die Ereignisse von vor sechs Monaten auf, als der Kanal vom Blut junger Männer rot gefärbt war und die wackeren kleinen Fischerboote nicht mehr zurückkehrten, und sie hält den Mund.

»Ich bin mir sicher, dass sie das nicht absichtlich gemacht hat. Sie wissen doch, wie Kinder sind. Unbekümmert ...«

»Ja, aber ich hab es nicht getan, verdammt«, sagt Lily.

Felicity fährt herum und funkelt sie wütend an. Dieser verkniffene, aufmüpfige Blick, die Haut, die schmutzig aussieht, egal, wie viel Karbolseife man für sie verschwendet. Ich hasse sie, denkt sie plötzlich. Hasse sie wirklich. Ich kann nicht anders. Ein Kuckuck in meinem Nest, der sich breitmacht und mit seinem dreckigen Mund den anderen seine unflätige Sprache beibringt, ohne jede Selbstbeherrschung, ohne jegliche Disziplin. Wäre Patrick nur hier, er wüsste, was zu tun ist. Dieser verdammte Krieg. Diese vermaledeiten Hitler und Chamberlain, die Slumbewohner auf unser Land verteilen und mir meinen Mann wegnehmen.

»Halt den Mund!«, befiehlt sie. »Du steckst sowieso schon in Schwierigkeiten.«

»Ja, aber ich *war* es nicht, verdammt!«

Felicity Blakemore reißt der Geduldsfaden. Sie geht mit geballter Faust und gebleckten Zähnen auf das Kind zu. »Raus hier! Raus hier. Sonst – sonst ...«

»Felicity!«, schreit Mrs Peachment.

Sie reißt sich am Riemen. Es gebührt sich nicht, vor dem ganzen Dorf die Fassung zu verlieren.

»Ja, gut«, sagt sie, nachdem sie stoßweise fünf Atemzüge genommen hat. »Aber Sie können nicht erwarten, dass so etwas keine Strafe nach sich zieht.«

»Natürlich nicht!«, pflichtet ihr Mrs Peachment bei. »Natürlich nicht!«

192

»Sie ist aufsässig, Margaret, und das kann man ihr nicht durchgehen lassen.«

Lily steigen Tränen in die Augen, aber keiner bemerkt es. Mit Ausnahme von Hugh. Und als er es sieht, grinst er wieder. Reibt sich mit geballten Fäusten die Augen, als würde er heulen. Ich war so glücklich, denkt Lily. Ich war so dumm. Wie blöd von mir zu glauben, dass irgendetwas so Gutes von Dauer sein könnte.

»Ich war es nicht«, sagt sie noch einmal, ohne Hoffnung.

»Ich bin im Augenblick zu wütend«, antwortet Felicity Blakemore. »Ich kann mich im Moment nicht weiter damit befassen.«

»Ja«, pflichtet ihr Mrs Peachment bei. »Lassen Sie sie ein bisschen darüber nachdenken, was sie angestellt hat.«

»Genau«, stimmt ihr Mrs Blakemore zu. »Wir sperren sie ein und lassen sie darüber nachdenken, was sie angerichtet hat.«

»Gut«, sagt Mrs Peachment. »Gründliches Nachdenken ist immer gut.«

Natürlich denkt sie an ein Schlafzimmer. Denkt, wie sie Julia und Terence in ihre Zimmer schicken und dort auf ihre Strafe warten lassen würde. Sie weiß ja nichts von dem Schrank im Zimmer mit dem Himmelbett, von der Dunkelheit, dem bröckelnden Putz, den Spinnen und der verriegelten Tür.

»Sie können sich mit ihr befassen, wenn Sie sich wieder beruhigt haben«, sagt sie aufmunternd und fügt dann hastig hinzu, um sich zu verziehen, bevor sie da weiter verwickelt wird: »Na ja, ich muss los, Felicity. Ich muss hinunter zur Home Farm. Irgendein Problem mit den Landarbeiterinnen, tut mir leid.«

»O ja«, antwortet Mrs Blakemore, und Mrs Peachment registriert den bissigen Tonfall. »Die Landarbeiterinnen dürfen Sie natürlich nicht warten lassen.«

»Nein«, sagt sie. »Also dann, Wiedersehen.«

»Auf Wiedersehen, Mrs Peachment«, erwidert Mrs Blakemore spitz. »Sie finden sicher selbst hinaus.«

Das ist eine Beleidigung, und sie weiß es nur zu gut. Sie geht nervös aus dem Zimmer. Findet ihren Hut und ihre Handschuhe auf dem Tisch in der Halle und hastet aus dem Haus, ohne den Hut aufzusetzen und in die Handschuhe zu schlüpfen.

Sie treibt es wirklich auf die Spitze, diese Frau, denkt sie, während sie zu ihrem Fahrrad geht. Ein *solcher* Snob. Was bin ich froh, dass ich von hier wegkomme.

Sie muss das Fahrrad den Weg hinauf schieben. Er ist zu ausgefahren, als dass man genügend Tempo aufnehmen könnte, um über den Hügel zu kommen. Die Hitze des Tages in Verbindung mit ihrer Verlegenheit führen dazu, dass sie beim Laufen ein ganz rotes Gesicht bekommt.

Ich bin fast versucht, denkt sie, etwas zu unternehmen, um sicherzustellen, dass sie dieses Mädchen nicht loswird. Die glaubt wohl, sie könnte jeden herumkommandieren, bloß weil sie eine so feine Dame ist. Und wonach sie schon um diese Tageszeit riecht! Bald wird ihr das Parfüm ausgehen, und dann ist sie nicht mehr in der Lage, ihre Gewohnheiten zu kaschieren, indem sie sich von oben bis unten damit einsprüht.

Das würde ihr gerade recht geschehen, ehrlich.

Und dann lächelt sie.

Warum nicht? Es ist ja nicht so, als ob irgendjemand nach mir suchen würde. Die sind viel zu beschäftigt, als dass sie auf der Suche nach Verwaltungsfehlern bis nach British Columbia reisen würden.

Und mit einem Mal kommt ihr der Hügel weit weniger steil vor.

Nachdem sie gegangen ist, spricht eine Minute keiner ein Wort. Lily, die versucht ist, in Richtung Tür zu stürzen, sieht, dass Hugh schon hinübergegangen ist und ihr den Weg blockiert.

Mrs Blakemore blickt zu Boden, schiebt die zerbrochenen Figurinen mit ihrem eleganten Schuh hin und her. Holt tief Luft und blickt auf.

»Nun«, sagt sie.

Lily ist sprungbereit. Fühlt sich wie ein Tier in der Falle. Möchte schreien.

»Hugh, macht es dir etwas aus?«, fragt Mrs Blakemore. »Ich denke, es ist Zeit für den Schrank, meinst du nicht auch?«

»Ja, Mummy«, antwortet Hugh. Geht hinüber und packt Lily am Arm.

Der Schrank. Nein, nein, nein! Ich habe Angst! Wenn ich eingesperrt bin! Nicht! Nicht! Meine Mum schließt mich ein, unter der Treppe … Nein!

Lily setzt sich zur Wehr. Aber Hugh ist gewachsen, seit er das letzte Mal hier war. Er kommt ihr noch größer vor als vor einem halben Jahr. Jetzt hält er sie an ihren beiden Armen, hebt sie einfach ein Stück vom Boden hoch und trägt sie in Richtung Treppe.

»Bitte!«, kreischt Lily. »Bitte … nicht! Es tut mir leid! Es tut mir leid!«

»Was tut dir leid?«

»Ich war es nicht! Ich hab es nicht getan!«

»Na ja, was tut dir dann leid?«

»Ich war es nicht … *bitte!*«

»Entscheide dich«, sagt er. »Warst du es nicht, oder tut es dir leid?«

Lily sackt zwischen seinen Händen zusammen. Sie hofft, dass ihr lebloses Gewicht zu schwer für ihn wird. Hugh, dem das gefällt und der durch das Adrenalin zusätzlich an Kraft gewinnt, kommt an der Treppe an und stößt Lily auf die erste Stufe. Er genießt es, jemanden für sein eigenes Vergehen zu bestrafen.

Felicity Blakemore dreht sich um und geht durch den Salon auf ihr Arbeitszimmer zu. Dort steht eine Karaffe mit

195

Whisky. Sie findet, dass sie sich nach diesem grässlichen Start in den Nachmittag einen Schluck verdient hat.

Die beiden warten, bis sie verschwunden ist. Sie wissen, dass der Einsatz erhöht wird, sobald sie allein sind.

Lily fängt zu fluchen an. »Du Scheißkerl«, sagt sie. »Du verdammter Scheißkerl. Dich kriege ich. Dich kriege ich, du Scheißkerl.«

Hugh lacht. Macht ihr klar, um wie viel er größer ist als sie. Schiebt die Hand unter ihre Achsel und bohrt die Finger fest in das zarte Fleisch. Zerrt sie die Treppe hinauf, und sobald sie im Korridor sind, krallt er seine Finger in ihre kurzen Haare und macht sich daran, sie, die sich wie ein Fisch am Haken windet, über den Teppich zu schleifen. Jetzt schreit sie. Vor Schmerz und Angst. »Du Scheißscheißscheißscheiß ...«

Sie schafft es, den Kopf zur Seite zu drehen und ihm ins Handgelenk zu beißen.

»Herrgott!«

Und jetzt tritt er sie. Schlägt sie am Kopf. Es ist keiner da, der es sieht. Keiner da, der etwas hört. Und er bekommt sie wieder an den Haaren zu fassen und zerrt sie in das Zimmer mit dem Himmelbett. In Daddys Zimmer. Das muss dasjenige sein, denkt er, in dem er gezeugt wurde, obwohl seine Mutter schon vor so langer Zeit in das gegenüberliegende Zimmer im anderen Flügel gezogen ist, dass er sich kaum mehr daran erinnert, wann dies hier das eheliche Schlafzimmer war. Keiner hat hier geschlafen, seit sein Vater fortgegangen ist, um König und Land zu dienen. Obwohl es das schönste Zimmer mit dem besten Bett im ganzen Haus ist.

Hugh packt Lily an der Taille, wirft sie auf das stabile, große Bett, stürzt sich auf sie und nagelt sie so fest. Genießt das Gefühl, wie sich ihr Körper unter ihm aufbäumt. Bekommt sie an den Handgelenken zu fassen und wartet ab.

»Bitte«, fleht sie wieder.

»Bitte was?«

196

Er lächelt. Spürt ihren Atem. Sein Lächeln wird noch breiter. Er presst seinen Körper auf ihren. Das hat sich im Laufe der Jahrhunderte in diesem Zimmer, in diesem Bett häufig abgespielt. Es ist ein stabiles Bett, ein großes Bett: ein Bett wie gemacht für Unterwerfung. Vorfahren, die die Bauern mit allen ihnen zur Verfügung stehenden Mitteln unterwarfen. Lily sieht entsetzt aus. Sieht angeekelt aus. Versucht, um sich zu treten.

»O du … du verdammter …«

Jetzt, da er sie an den Handgelenken gepackt hat, setzt er ein Siegergrinsen auf. Sie gibt sich geschlagen. Wenn du kämpfst, machst du es nur schlimmer. Hat sie das nicht ihr ganzes Leben lang gelernt? Wenn man kämpft, werden sie nur noch aggressiver.

Er beugt sich vor, flüstert ihr ins Ohr.

»Ich kann jederzeit wiederkommen, das weißt du«, sagt er.

Sie dreht den Kopf zur Seite, merkt, dass sie zum Schrank schaut. Er ist in eine tiefe Nische in die Wand eingebaut, fensterlos und schalldicht. Sie weiß nicht, was schlimmer ist: mit Hugh hier draußen zu bleiben oder die Aussicht auf diese kratzende, knirschende Dunkelheit.

»Bitte«, sagt sie. »Steck mich da nicht hinein.«

»Dafür ist es jetzt zu spät«, antwortet er. »Ich muss machen, was Mummy sagt.«

»Bitte …«, wiederholt sie. »Ich kann nicht …«

Und er bewegt sich auf ihr. Er ist schwer für sein Alter, trotz der Lebensmittelrationierung. Schwer und stark. Sie nimmt seinen Geruch wahr. Er ist inzwischen purpurrot im Gesicht.

Plötzlich hören sie, dass die anderen, die aus dem Dorf zurückkommen, unten im Hof sind. Sie lachen unbekümmert. Lily spürt, wie ihr die Verzweiflung in die Glieder fährt. Sie werden nicht nach mir suchen. Werden nicht einmal fragen, wo ich bin. Ich werde da eingesperrt sein, und keinen von denen wird das im Geringsten interessieren. Warum bin ich nur

197

geboren? Warum musste ich auf die Welt kommen, wenn das Leben immer so ist?

Hugh senkt den Kopf, schnüffelt an ihrem Haaransatz am Ohr.

Gewinnen ist gut, denkt er. Vor allem hier. In Daddys Schlafzimmer.

Jetzt bin ich der Mann im Haus, ich bin derjenige, der die Verantwortung trägt.

»Mach dir nichts draus«, sagt er. »Es wird nicht für lange sein. Nur ein Weilchen. Und sobald du deine Lektion gelernt hast, komme ich und hole dich.«

27

Michael Terry, ich hasse dich. Dich und deine dürre Schnalle.
Es sind nicht nur die fleckigen Leintücher, die auf die Perser-
teppiche ausgeleerten Aschenbecher oder die Streifen ölhal-
tiger Schminke auf den Sofakissen – wo vermutlich jemand
mit dem Gesicht nach unten geschwitzt hat – oder die zerbrochenen Gläser – mindestens drei, wenn man die Stiele
zählt – auf dem Weg im Vorgarten, wo meine Tochter sich ja
zum Spielen hätte aufhalten können, oder die große Kerbe
im Lack des Türrahmens vom Salon, in dem du und deine
Freunde Tausendwattlautsprecher aufgestellt habt, um mich
und meine Tochter die ganze Nacht wach zu halten, oder der
helle Fleck auf dem Esszimmertisch, wo einer deiner Freunde
ein Glas umgestoßen und keiner sich die Mühe gemacht hat,
die Flüssigkeit aufzuwischen, oder die Tatsache, dass du jedes einzelne Utensil beider Küchen benutzt hast – Töpfe,
Pfannen, Teller, Schüsseln, Gläser, Becher, Tassen, Platten,
Besteck, Sandwichmaker, Dampfkochtöpfe und Tupperdo-
sen –, um dir selbst die schreckliche Mühe zu ersparen, die
Spülmaschine zu beladen, und mich das alles machen lässt,
sobald ihr abgereist seid. Oder das weiße Pulver – ach, was
seid ihr doch für vornehme Leute! –, für das ich jetzt eine
Stunde aufgewendet habe, um es aus den Ritzen des Couch-
tischs zu kratzen, oder die benutzten Kondome, die ich mit
Gummihandschuhen aus dem Siphon der Sickergrube fi-
schen musste, oder der tolle große Brandfleck auf der Arbeitsfläche der hinteren Küche, wo du eine Kasserolle abgestellt hast, ohne dir die Mühe zu machen, einen Untersetzer
zu benutzen, oder die Spuren in deinem Klo, obwohl *direkt
daneben* ein Bürstenset steht, oder die Art und Weise, wie ihr

eure Handtücher, anstatt sie aufzuhängen, zusammengeknüllt und feucht liegen gelassen habt, sodass sich die Keime
schön vermehrten, ja nicht einmal die Tatsache, dass du es
nicht für nötig gehalten hast, auch nur eine einzige Münze
als Trinkgeld dazulassen – keiner von euch –, und das nach
dem, wie ihr uns die ganze Woche behandelt habt, mit dieser Arroganz und dem Befehlston und ohne je Bitte oder
Danke zu sagen. Du gehörst wahrscheinlich zu jenen Leuten,
die den Mindestlohn als Rechtfertigung dafür anführen, dass
sie in Restaurants kein Trinkgeld geben.

Nein, es ist nichts davon, so widerwärtig das alles auch
sein mag. Es ist die Art und Weise, wie du in deinem Zimmer
gewütet hast.

So benimmt man sich nicht. Nicht einmal die Brüder Gal-
lagher verhalten sich so. Was ist an diesem Zimmer, dass es
seine Bewohner offenbar durchdrehen lässt? Und sie in eine
seltsame Mischung aus Mensch und Schwein verwandelt?

Sie haben es wieder buchstäblich auseinandergenommen.
Es sieht wieder so aus wie an dem Tag, als ich ankam, der
Baldachin des Himmelbetts wieder heruntergezogen, die Gemälde schief, die Bettdecken herausgerissen und in den
Wandschrank gestopft, dessen Tür offen steht. Aber es ist
noch schlimmer. Ich weiß nicht, was sie sich dabei gedacht
haben. Da ist ein Rotweinfleck auf der Matratze. Und was
der Sache die Krone aufsetzt, daneben etwas, was wie eine
Lache getrockneten Bluts aussieht. Mehr noch. Es sieht so
aus, als hätten sie den Inhalt des Beautycases in Jumbogröße
ausprobiert, den die schrille Frau Terry bei ihrer Ankunft mit
sich trug. Gesichtscreme. Körpermilch. Shampoo. Poison
von Calvin Klein. Kakaobutter von Palmer's. Puder, in einem
Tiegel mit einer flauschigen, pinkfarbenen Quaste. Grundie-
rung. Selbstbräuner. Das alles ausgedrückt, ausgeleert, aufgerissen und im Zimmer herumgeschmissen. Da ist Lidschat-
ten in den Teppich getreten. Conditioner – o mein Gott, bitte,
lass es Conditioner sein – über die Vorhänge verteilt.

Die Kaution könnt ihr euch wirklich abschminken. Was bringt Leute bloß dazu, so etwas zu machen? Tun sie das auch bei sich zu Hause? Tun sie das wirklich?

Es ist zehn Uhr. Am Abend. Und sie hat es gerade einmal geschafft, all die Teller und Gläser – abgestellt und mit den Speiseresten stehen gelassen, wo immer den Gästen gerade die Lust darauf verging – aus den Zimmern zu räumen und in die Küche zu bringen. Yasmin geht ab morgen in die Schule, und dann wird sie den ganzen Tag allein sein in diesem großen, leeren Haus, und alle Zeit der Welt haben, systematisch vorzugehen, Zimmer für Zimmer blitzsauber zu machen, die Oberflächen zu desinfizieren und das Holz zu ölen. Aber jetzt, wo sie das hier gesehen hat, lässt es ihr keine Ruhe mehr. Eigentlich wollte sie nur die Betten abziehen, aber jetzt, da Yasmin eingeschlafen ist, kniet sie auf der Matratze und betupft die Widerwärtigkeiten der Gäste mit Fleckenmittel, weil viele dieser Flecken behandelt werden müssen, bevor sie sich festsetzen.

Was für ein Mensch muss man sein?

Und das Komische ist, sie kommt sich vor, als würde sie beobachtet. Ertappt sich immer wieder dabei, dass sie nach Luft schnappt und herumfährt, um einen Blick in den offenen Schrank zu werfen. *Er wird kommen.* Das ist es, was ihr immer wieder durch den Kopf geht. *Er wird kommen.* Und wenn sie genauer hinsieht, macht sie im Halbdunkel etwas Dunkles aus, aber natürlich ist niemand da.

Habe ich die Tür abgeschlossen?

Selbstverständlich hast du das.

Wirklich?

Ich kann mich nicht erinnern.

Er wird zurückkommen.

Er kann nicht zurückkommen. Er war ja noch nie hier.

Er wird zurückkommen, und ich kann nirgends hin.

Sie wirft einen Blick auf ihre Uhr. Viertel nach. Ob wohl irgendwann die Zeit kommen wird, wenn ich nicht mehr automatisch noch einmal nachsehe? Wenn ich einfach ins Bett gehe und liegen bleibe? Es hat ja nicht nur mit Kieran zu tun: Es hat mit dem Leben auf dem Lande zu tun. Die Leute hier liegen nachts nicht wach und horchen, ob irgendwo einer eine Glasscheibe einschlägt.

Besser, ich gehe hinunter und schaue nach. Ich kann mich nicht erinnern. Kann mich nicht erinnern, die Riegel vorgeschoben zu haben. Kann mich nicht erinnern, der Reihe nach an jedem der Fenster im Erdgeschoss gerüttelt zu haben. Kann mich nicht erinnern, den großen, schweren Schlüssel umgedreht zu haben, der immer in der Tür der Spülküche steckt.

Sie geht hinüber, schaut kurz in der Wohnung vorbei. Steckt den Kopf in Yasmins Zimmer. Sie schläft tief und fest: völlig entspannt, die Glieder so genüsslich ausgestreckt, dass sie wie eine Stoffpuppe aussieht. Wieder hat sie das Gästebett ausprobiert. Das Laken ist zerwühlt, die Decke zurückgeschlagen, als wäre sie hastig aus dem Bett gestiegen, das Kissen ist zwischen Bett und Nachttischchen gerutscht. Macht nichts. Irgendwann wird sie sich entscheiden. Wird heimisch werden. Vielleicht lasse ich es einfach so, verzichte darauf, das Bett wieder zu machen. Sie wird es sowieso wieder zerwühlen.

Noch immer hängt im Speisezimmer ein Geruch in der Luft: nach Zigarettenrauch und abgestandenem Wein. Sie geht langsam und methodisch durch das Erdgeschoss. Fenster im Vorraum. Salonfenster. Hintere Küche. Die hat nur ein Sicherheitsschloss. Sie wird Tom Gordhavo bitten müssen, in Sachen Schlösser aufzurüsten. Das ist eigentlich nur fair. Tür des Ostflügels. Eingangstür. Der obere Riegel ist nicht vorgeschoben, aber der Schlüssel ist natürlich umgedreht worden. Jetzt erinnere ich mich. Ich erinnere mich, weil mir dabei dieser dumme Gedanke durch den Kopf gegangen ist: *Wenn man abschließt, schließt man sich zugleich ein.*

Sie wirft einen Blick über die Schulter. Das Problem ist,

202

dass ein Haus wie dieses eigentlich voller Menschen sein müsste. Vielleicht nicht gerade Leute wie die Terrys, aber ohne sie, jetzt, da sie, nachdem sie wie ein Starenschwarm eingefallen waren, wieder davongeflogen sind, ist der Kontrast umso stärker. Ohne sie ist die Dunkelheit dunkler, die düsteren Stellen düsterer. Ohne die Rastlosigkeit anderer Menschen hallt jedes Geräusch, jedes Knirschen im vierhundert Jahre alten Gebälk des Gebäudes wie Kanonenfeuer wider. Wenn sie abreisen, bin ich mir, weil sie da waren, stärker bewusst, dass ich allein bin.

Während sie an den Speisezimmerfenstern rüttelt, späht sie in den Garten und den Hof dahinter hinaus. Noch nie hat sie eine solche Dunkelheit gesehen. Die Hügel zu allen Seiten verdecken die Lichter des Dorfes, und Wolken haben sich vor den Mond geschoben. Das einzige Licht kommt aus ihren eigenen Fenstern: die Lichter hier und im Zimmer mit dem Himmelbett lassen den Winterliguster wie kauernde Trolle und die alte Ulme wie eine bucklige Riesin erscheinen, und der Knoten, wo vor Jahren wohl ein Ast entfernt wurde, wirkt wie ein einzelnes, starres Auge.

Es ist schön. Komm schon, es ist schön. Viele Leute würden alles geben, um so wohnen zu dürfen.

Die Fenster sind alle geschlossen. Sie zieht die Vorhänge zu, um die Nacht auszusperren.

Halb elf. Ich muss um sieben aufstehen, damit Yasmin rechtzeitig für die Schule gewaschen ist und gefrühstückt hat. Sie braucht ein ordentliches Frühstück, denn sie muss einen guten Eindruck machen. Das Letzte, was Yasmin gebrauchen kann, ist, als vernachlässigtes Stadtkind abgestempelt zu werden, bevor sie überhaupt die Chance haben, sie kennenzulernen. Wahrscheinlich hinkt sie den anderen beim Lesen etwas hinterher. In der letzten Schule scheinen sie nicht viel gemacht zu haben, außer dass sie sich weigerten, Schüler von der Schule auszuschließen und Kinder, die mit Messern zum Unterricht kamen, zur Beratung zu schicken.

Sie knipst das Licht im Speisezimmer aus und macht schnell die Tür zu. Küchenfenster. Spülküche. Alles in Ordnung. Der Wasserhahn tropft, und sie dreht ihn zu. Vielleicht sollte sie diese Vorhänge in die Waschmaschine stecken. Einen davon zumindest. Noch bevor ich ins Bett gehe. Die sind so schwer, die werden eine Woche brauchen, bis sie wieder trocken sind. Diese verdammten Terrys. Morgen werde ich Tom Gordhavo anrufen und ihm Bericht erstatten. Er muss es wissen, sonst werde ich für die Schäden selbst aufkommen müssen. Man stelle sich das nur vor. Was kann ihnen nur durch den Kopf gegangen sein, dass sie dachten, es sei irgendwie lustig, ihr Zimmer derart zu verwüsten? Wie lange haben sie sich noch darin aufgehalten, nachdem sie so gewütet hatten?

Ihr fallen die weggeworfenen, zu Origami-Figuren gefalteten Papierstreifen ein, die sie vom Teppich aufgehoben hat; Seiten aus Porno-Magazinen, so zurechtgeschnitten, dass lauter Lippen und Brüste und Penisse zu sehen waren, wieder und wieder zusammengefaltet; der widerliche kleine Spaß eines Drogendealers. Natürlich weiß ich, was denen zu Kopf gestiegen ist. Dazu braucht man keine wissenschaftliche Koryphäe zu sein.

Sie fühlt sich richtig erschöpft, als sie die Treppe zur Wohnung hinaufgeht. So, wie sie sich immer in London gefühlt hat, wenn sie den Schlafmangel spürte. Leute wie die Terrys, denkt sie, sind Widerlinge. Ihre dominierende Stellung, die es ihnen ermöglicht, anderen Leuten Schwierigkeiten zu bereiten, macht ihnen genauso viel Freude wie ihr Verhalten selbst. Das habe ich schon zu lange miterlebt. Das macht einen fertig. Ich bin froh, wenn ich heute in mein Bett komme.

Das Zimmer mit dem Himmelbett stinkt nach verschüttetem Parfum. Hier wird ein Dampfreiniger und ein Liter Febrèze nötig sein, um den Geruch rauszubekommen. Übel. Üble Leute. Gott sei Dank, dass sie fort sind. Gott sei Dank, dass wir endlich wieder allein sind.

Sie trägt den Frisierhocker zum Fenster hinüber und steigt

darauf. Der Bettpfosten ist viel höher als gedacht, sie muss sich richtig strecken, um hinaufzureichen. Sie weiß, dass sie abwarten und morgen die Trittleiter holen sollte, aber vor lauter Müdigkeit wird sie hartnäckig. Sie will, dass die Anwesenheit der Terrys in diesem Haus getilgt wird, und sie möchte es so schnell wie möglich tun. Sie streckt sich, kommt mit dem Zeigefinger unten an den ersten Haken und drückt dagegen. Er springt heraus. Da, denkt sie. Senkt die Hand und schüttelt den Arm aus. Er tut von der Arbeit über Kopf bereits weh. Zum Teufel mit dir, Michael Terry.

Es dauert fünf Minuten, bis der Vorhang, Haken um Haken, abgehängt ist. Inzwischen schwitzt sie. Die Oberschenkelmuskeln schmerzen und auch ihre Schultern, und in ihren Fußsohlen hat sie vom langen Stehen auf den Zehenspitzen einen Krampf. Von draußen muss es aussehen, als sei ich verrückt, denkt sie; dass ich um elf Uhr abends auf einem Hocker herumbalanciere. Der Gedanke veranlasst sie, einen Blick in den leeren Garten hinunterzuwerfen. Das silberne Mondlicht beginnt zwischen den Wolken hindurch zu brechen, und beleuchtet den taufeuchten Rasen.

Bridget legt sich den Vorhang über den Unterarm. Da. Es lohnt sich doch. Das Licht ist inzwischen so stark, dass sie die Umrisse der einfarbigen Landschaft unter sich sieht. Licht fällt auf Silberspuren in den Granitmauern des Hauses und lässt sie glitzern. Alles glänzt und wirkt sauber, als wäre es von Regen rein gewaschen.

Im Ostflügel geht ein Licht an.

28

Bridget hat das Gefühl, als habe sie ihren Körper verlassen. Sie sieht sich selbst auf dem Hocker schwanken und den Vorhang, wie er ihr vom Arm zu rutschen beginnt. Wie lustig, denkt sie ganz gelassen und beobachtet sich selbst. Meine Ohren sind kalt. Als habe jemand sie mit Eis abgerieben.

Und dann ein Brausen, und sie ist wieder zurück in ihrem Körper. Und aus der Kälte ist Hitze und dann wieder Kälte geworden, und schließlich ist ihr plötzlich siedend heiß. Sie kann durch das Fenster spüren, wie kalt die Winternacht ist. Schluckt. Blinzelt, um klar zu sehen, hofft, dass das, was sie da sieht, ein Trugbild ist.

Das Licht ist noch immer an, im Fenster im ersten Obergeschoss, genau in dem Zimmer gegenüber demjenigen, in dem sie steht, im blauen Zimmer. Es schimmert warm und golden – Tom Gordhavo besteht darauf, der Atmosphäre wegen gelb gefärbte Glühbirnen zu nehmen – zwischen den zugezogenen Vorhängen hindurch.

Ich habe die Türen zugeschlossen. Ich habe abgeschlossen, und trotzdem ist jemand im Haus.

Die Kraft weicht aus ihren Oberschenkeln, und ihre Knie geben nach. Sie muss sich am Fensterriegel festhalten, um nicht auf den Boden zu fallen. Schwankt wie ein Seemann auf stürmischer See, lehnt sich mit der Schulter gegen die Fensterscheibe.

Das Licht ist noch immer an.

Was mache ich nur?

Sie starrt hinaus und spürt das Kribbeln ihrer Haare auf den Schultern. Jetzt ist ihr wieder kalt.

Bewegt sich da etwas? Oder bin ich das? Es sieht so aus,

als schwinge das Licht von einer Seite zur anderen, als gehe jemand damit auf und ab. Oder vielleicht bin ich das. Vielleicht ist es das Pochen meines Pulses, das meinen Blick verzerrt.

Das könnte alles Mögliche sein, Bridget. Das könnte eine Zeitschaltuhr sein. Du hast noch nie um diese Uhrzeit aus diesem Fenster geschaut. Vielleicht geht es jeden Abend an, und du hast es nur noch nie bemerkt.

Nein, aber … ich habe heute in diesem Zimmer gründlich sauber gemacht. Ich hätte es gesehen. Hätte ich es wirklich bemerkt?

Da ist einer im Haus. Jemand ist mit uns im Haus.

Was mache ich nur?

Die Polizei rufen.

Komm schon. Was ist, wenn es sich lediglich um eine Zeitschaltuhr handelt? Du wirst dir den Ruf zulegen, blinden Alarm zu schlagen, und wenn du sie dann brauchst … wirklich dringend brauchst … geh und schau selber nach. Geh ganz leise und horche, und wenn du irgendetwas hörst, komm zurück, verbarrikadiere die Tür und ruf Hilfe.

Aber, was ist, wenn er genau das beabsichtigt? Was ist, wenn er auf mich wartet, wenn er das Licht angeschaltet hat, damit es mich da hinüberlockt, von Yasmin weg, wenn er wartet, und wenn ich dann komme …

Jetzt kann er dich wahrscheinlich sehen. In dem hell erleuchteten Fenster.

Sie steigt vom Hocker. Kauert sich unter die Fensterbank. Bemüht sich, den Atem anzuhalten.

Okay. Okay. Überlege.

Vielleicht sollte ich es einfach ignorieren. Davon ausgehen, dass es nichts ist. Mich in der Wohnung einschließen, ins Bett gehen, und morgen …

Voll bekleidet.

Als ob ich schlafen könnte!

Ich muss rübergehen und nachsehen.

Wie ein dummes Mädchen im Film. Das allein durch ein dunkles Haus auf das Geräusch im Keller zugeht.

Was sonst? Soll ich etwa warten, bis er kommt?

Als sie aus dem hellen Schlafzimmer in den Korridor tritt, ist es, als würde sie in Pech getaucht. Der Drang ist stark, kehrtzumachen und loszurennen. Sie würde gern die Hand ausstrecken und den Schalter anknipsen, neben dem sie, wie sie merkt, steht.

Ja. Lass ihn wissen, dass du kommst.

Ich sollte etwas mitnehmen. Eine Waffe. Selbst die dummen Gänse im Film bewaffnen sich, bevor sie in die Dunkelheit gehen. Ein Schürhaken oder so etwas. Das Bügeleisen. Eine Statue oder eine Vase. Etwas Schweres. Alles, was mir einfällt, ist unten. Nichts hier oben.

Yasmin ist hier. Ganz allein in ihrem Zimmer. Ich sollte sie einschließen. Damit sie sicher ist, falls mir etwas zustoßen sollte.

Wenn ich sie einschließe, schließe ich mich aus, und dann habe ich keine Chance. Ich muss mich irgendwo in Sicherheit bringen können.

Wieder blickt sie nach vorn. In die Dunkelheit. Hat Mühe zu schlucken. Ihr Mund ist ganz trocken. Sie kann kein Licht am Ende des Korridors sehen; das Zwischenzimmer mit den zwei Türen in der Mitte des Hauses unterbricht ihn.

Sechs Zimmer. Sechs leere Räume zwischen mir und dem Licht.

In Gedanken geht sie durch jedes dieser Zimmer, sieht sich selbst, wie sie sich in der Dunkelheit vorantastet, versucht sich zu erinnern, was sich in jedem befindet, was sie beim Saubermachen verstellt, abgestaubt und nachgeprüft hat. Auf den Nachttischchen. Den Frisiertischen. Den Fensterbänken. In einem Haus wie diesem müsste es doch Tischlampen aus Alabaster, Kerzenhalter aus Messing und Schürhaken geben. Nur, dass Tom Gordhavo alles, was entwendet werden könnte, mitgenommen und den Rest festgenagelt hat. Rospetroc wirkt vornehm, aber das ist ebenso eine Illusion wie bei einem Landhaushotel. Bei der Dekoration wurde an die langfingrige Kundschaft und eine Gesellschaft gedacht, die gerne überall herumkritzelt. Da ist nichts. In diesen großen leeren Räumen.

Mit Ausnahme …

Er könnte da sein.

Dass er die Lampe im blauen Zimmer angeschaltet hat, bedeutet ja noch lange nicht, dass er dort bleiben wollte. Er könnte überall sein. In der Dunkelheit lauern. Mich von hinten überfallen.

Sie erstarrt. Spürt, dass sich Schweiß auf ihrem Schädel bildet.

Geh zurück. Geh zurück und schließ dich ein. Ruf um Hilfe. Sie werden es verstehen. Du bist jetzt ganz allein. Lieber einmal zu früh als zu spät, werden sie sagen.

Ihr fallen die gleichgültigen Blicke der Polizisten von Streatham ein. Als sie Nacht für Nacht zu einem Haus gerufen wurden, in dem die Bedrohung längst nicht mehr bestand. Das allmähliche Abrutschen auf der Prioritätenliste von fünf Minuten, auf zehn, dann auf zwanzig. Und der Blick. Aufmerksamkeitssüchtige. Zeitverschwenderin.

Ich kann es mir nicht leisten, die Polizei zu rufen. Nur wenn ich weiß, dass da wirklich jemand ist. Ich darf nicht als die Hysterische von Meneglos gelten, die aus der Großstadt hierher gezogen ist und wegen ein bisschen Stille und Landruhe gleich in Panik gerät. Wenn ich Aufmerksamkeit errege, dann muss ich erklären …

Sie geht weiter. Schiebt sich mit dem Rücken an der Wand entlang und arbeitet sich vor. Lauscht. Fühlt, dass das Haus nach ihr lauscht.

Ach, Yasmin, ich habe Angst. Es tut mir so leid, mein Baby. So leid.

Leichte Gewebeverletzung. Ein so harmloser Ausdruck für so große Schmerzen. Schlaflose Nächte, weil die Schwellung so stark war, dass ich keine Position finden konnte, bei der es nicht wehtat. Wie ich da neben ihm liege, ihn atmen höre und mir wünsche, er wäre tot. Ich fahre mir mit der Zunge im Mund herum und untersuche das Loch, die frische Zahnlücke. Nicht weinen, auf keinen Fall weinen, weil Salz auf den Wunden nur noch mehr wehtut. Und weil er Tränen als Vorwurf betrachtet und Vorwürfe ihn wütend machen.

Schau mich nicht so an. Verdammt, schau mich nicht so an. Ich hab gesagt, dass es mir leid tut, oder etwa nicht? Was verlangst du denn von mir? Was erwartest du?

Sie kommt an der offen stehenden Tür zum grünen Zimmer an. Im Raum dahinter ist nichts zu sehen. Sie bemerkt, dass sie zittert.

Warum? Warum bin ich so ängstlich? Ich habe überlebt. Ich habe Kieran überlebt. Und ich werde weiter überleben. Er kriegt mich nicht. Es ist nur irgendeine Besonderheit mit der Elektrik, eine Zeitschaltuhr, oder es hat etwas mit den dummen Leitungen zu tun.

Bridget nimmt ihren ganzen Mut zusammen, springt auf die dunkle Höhle zu. Packt den Türgriff und zieht die Tür ins Schloss. So. Wenn er jetzt hinter mir herkommt, dann höre ich ihn.

Die Tür zum rosa Zimmer ist geschlossen. Sie tastet nach der Klinke, vergewissert sich, dass der Riegel eingehakt ist, geht weiter.

Das mittlere Zimmer. Ich muss es durchqueren. Hier gibt es mögliche Verstecke, Stellen, hinter die ich nicht sehen kann.

Wie sie im Schlafzimmer auf dem Boden liegt und ihn anfleht, endlich aufzuhören. Die Art und Weise, wie die Zeit sich verlangsamte und nur noch dahinkroch, während ich sah, wie er mit dem Fuß ausholte, und ich mich zusammenrollte, um mein Gesicht zu schützen.

Sie ist noch so klein. Sie hat schon genug erlebt. Sie braucht mich.

Plötzlich fällt es ihr ein: In der Ecke, da hat sie ihn gesehen. Einen Griff, versteckt zwischen dem Schrank und der Wand. Der sah wie der Griff einer Axt aus. Keine Ahnung, warum sie da ist. Wahrscheinlich steckt sie da schon seit Jahrzehnten.

Jedenfalls besser als nichts.

Sie geht so schnell wie möglich, ohne Geräusche zu machen, durchs Zimmer, schiebt die Hand in die Spalte. Tastet zwischen den Staubknäueln, bis ihre Hand das beruhigend warme Holz umfasst.

Es klappert, als sie es herauszieht, sie fährt herum und blickt in den Raum.

Keiner da.

Ihre Bewaffnung kann sie nicht beruhigen. Wenn man sich bewaffnet, wird die Gefahr konkreter. Die Anspannung löst bei ihr Übelkeit aus. Sie muss mehrere Male schlucken, als sie in den Korridor hinaustritt, die Tür zu ihrer Linken schließt, dann die zu ihrer Rechten und weiter auf das Licht zusteuert.

Kann ich ihn hören? Ist er da?

Sie bleibt vor dem Türsturz stehen. Spitzt die Ohren, ob irgendetwas sich bewegt, hört nichts, bis auf das Pochen ihres eigenen Pulses.

Ich muss gehen. Ich muss da hinein.

Bridget tritt einen Schritt vor.

Das Zimmer ist leer. Die Lampe liegt umgekippt vor dem Nachttischchen auf dem Boden. Sie schaukelt hin und her, als habe eine Brise sie erfasst.

29

Neues Jahr, neue Klienten.

Für Steve Holden ist das eine ertragreiche Woche. Der Januar bringt immer viel Arbeit mit sich; die Kombination aus Weihnachtsstreitigkeiten und Neujahrsvorsätzen. Frauen, die ihren Alten in Verdacht haben, fremdzugehen. Männer, deren Geschäftspartner die Firmenkonten geplündert und sich mit dem Geld aus dem Staub gemacht haben. Adoptierte, die das Interesse an ihren Adoptivfamilien verloren haben und jetzt der Meinung sind, der Kontakt zu ihrer leiblichen Mutter, die sich nicht um sie kümmern wollte, als sie ein Baby waren, könnte sich als erfreulich erweisen. Sie alle verlangen zu dieser Jahreszeit nach seinen Diensten, und alle tun zumindest seinem Kontostand gut, auch wenn die Hälfte es sich doch anders überlegen wird, bevor er mehr als ein paar Telefonate geführt hat.

Dieser Mann hier allerdings nicht. Normalerweise erkennt er die Hartnäckigen, und dieser ist einer davon. Er sieht aus wie ein Terrier, und jeder weiß, dass es bei einem Terrier, sobald er sich einmal verbissen hat, schwierig wird, ihn zum Loslassen zu bewegen.

Steve räuspert sich. »Und, was kann ich für Sie tun?«, fragt er.

Kieran Fletcher rutscht auf seinem Stuhl hin und her. Es fällt ihm, wie Steve bemerkt, schwer, still zu sitzen. Er hat, seit er hier hereingekommen ist, nicht mehr als dreißig Sekunden die gleiche Haltung eingenommen. Schlägt die Beine übereinander und nimmt sie wieder auseinander, hält sich an der Stuhllehne fest und benützt sie, um sich vom Sitz zu erheben, als täte ihm der Rücken weh, rutscht von einer Seite

212

zur anderen, während er seinen Blick umherschweifen lässt und seine Umgebung wahrnimmt.

Unstet, denkt Steve. Schiebt den Gedanken beiseite. Er ist gut gekleidet: Hat offenbar das nötige Kleingeld. Einer dieser Händler in der City, wenn ich mich nicht täusche. Und schließlich stinkt Geld nicht, außerdem wirken viele Leute unruhig, wenn sie zum ersten Mal einen Privatdetektiv konsultieren.

»Ich habe ein Problem«, antwortet Kieran Fletcher.

Was Sie nicht sagen.

»So geht es den meisten Leuten, die zu mir kommen«, stellt Steve gelassen fest. »Ich bin es gewöhnt, Leute mit Problemen vor mir zu haben.«

Kieran Fletcher zieht ein Feuerzeug aus seiner Tasche, fängt an, daran herumzuspielen, dreht es immer wieder zwischen Daumen und Zeigefinger. Steve holt den Aschenbecher aus der obersten Schreibtischschublade, wo er ihn aufbewahrt – er lässt ihn nicht gern sichtbar stehen, das macht keinen guten Eindruck –, und schiebt ihn über den Tisch. »Rauchen Sie nur, wenn Sie möchten«, sagt er.

»Danke«, antwortet Fletcher. Fischt eine Packung Dunhill aus seiner anderen Tasche, zieht eine Zigarette heraus, sitzt da und klopft mit dem Ende auf das Zellophan der Schachtel.

»Möchten Sie mir vielleicht von Ihrem Problem erzählen?«, fragt Steve.

Einen Augenblick sieht Fletcher irritiert aus. Arrogant, denkt Steve. Hat es nicht gern, wenn man ihm sagt, was er tun soll. Dann setzt er sich auf seinem Stuhl zurück, atmet tief durch die Nase aus und sagt: »Es geht um meine Frau.«

Mensch, was für eine Überraschung, denkt Steve. Er nickt aufmunternd. »Und?«

»Sie ist verschwunden.«

»Und?«, wiederholt Steve. Er möchte nicht falsch reagieren.

213

Kieran sagt nichts weiter, deshalb fragt er schließlich: »Seit wann?«

»Seit etwa einem Monat«, antwortet Kieran.

»Verstehe. Und haben Sie das der Polizei gemeldet?«

Wieder dieser unwirsche Blick. Er schüttelt heftig den Kopf. »Sie ist nicht so verschwunden.«

»Verstehe«, wiederholt Steve.

»Ich bin bei ihr aufgekreuzt, um meine Tochter zu besuchen«, sagt er, »und sie war weg. Das habe ich von ihrer neugierigen Nachbarin erfahren müssen. Hat ihr ein diebisches Vergnügen bereitet, mir das zu erzählen.«

»Aha«, sagt Steve.

»Sie wäre mir ja egal, die dumme Kuh«, sagt Kieran. »Die bin ich schon vor Jahren losgeworden.«

»Ach. Ex-Frau, also?« Das würde erklären, warum er eher verärgert als traurig ist. Männer, die es nicht haben kommen sehen, sind, wenn sie ihre Geschichte erzählen, an diesem Punkt normalerweise ziemlich fertig.

»Ja. Hat nicht funktioniert – sagen wir einfach, wir haben nicht zusammengepasst, was?«

»Okay.«

»Es geht nicht um sie. Wäre mir egal, wenn ich sie nie mehr wiedersehen würde. Es geht um meine Tochter.«

»Ach«, sagt Steve. Jetzt begreift er.

Schließlich schiebt sich Fletcher die Zigarette zwischen die Lippen und steckt sie an. Inhaliert und bläst einen langen Rauchstreifen in Richtung Zimmerdecke. »Sie hat meine Tochter mitgenommen.«

Steve kann nicht anders, als Mitleid mit ihm zu haben. Er findet ihn zwar nicht sympathisch, aber er erinnert sich, wie wenig sympathisch er selbst damals war, als Jo sich aus dem Staub machte. Frauen. Sie mögen ja als Friedensstifterinnen gelten und als diejenigen, die das Zuhause gemütlich machen, aber es gibt unter ihnen jede Menge rachsüchtiger Keifzangen. Es vergeht keine Woche, ohne dass er vom Vater ir-

214

gendeines Kindes aufgesucht wird. Von verlassenen Vätern, wütenden Vätern, trauernden Vätern und Vätern, die schon beinahe jede Hoffnung aufgegeben haben. Ein bestimmter Typ von Frau tut alles, um einen Ehemann, der fremdgegangen ist, zu bestrafen. Dafür hat er jede Menge Beweise.

»Das muss schwer für Sie sein«, sagt er.

Kieran Fletchers Kieferpartie zuckt. »Sie haben keine Ahnung, wie schwer.«

»Also«, er zückt seinen Kugelschreiber und beugt sich vor, bereit, sich Notizen zu machen, »vielleicht sollten Sie lieber von Anfang an erzählen. Name?«

»Bridget.«

»Bridget Fletcher?«

»Ja.«

Er schreibt ihn auf. »Alter?«

»Dreiunddreißig.« Er hält inne, überlegt. »Vielleicht auch vierunddreißig. Ich bin mir nicht sicher.«

Steve wundert sich nicht, dass ein Mann das Alter seiner Frau nicht nennen kann. In diesen Dingen geben sich Frauen manchmal ja ziemlich vage.

»Okay«, sagt er. »Dreiunddreißig. Und wo hat sie gewohnt …?«

Kieran nennt ihm die Streatham-Adresse. Macht eine saure Miene. »Meine Wohnung«, fügt er hinzu. »In der ich gewohnt habe, bis sie es sich anders überlegt hat.«

Hmm, denkt Steve. Nicht gerade eine wasserdichte Geschichte. Noch vor einer Minute hat angeblich er mit ihr Schluss gemacht. Na ja. Man kann keinem Kerl Vorwürfe machen, wenn er seine Würde zu retten versucht, indem er so tut, als sei er derjenige gewesen, der sie rausgeschmissen hat, anstatt zuzugeben, dass er vor die Tür gesetzt wurde.

»Und wo wohnen Sie jetzt?«

»In einem Studio. In Clapham.«

Steve spürt einen Anflug von Mitleid. Ist es nicht immer das Gleiche? Er erinnert sich an das Jahr nach der Trennung, das er damit zubrachte, die Wirbel auf dem Teppich seiner Mietwohnung, das abgeschlagene Laminat und die Küchenschublade anzustarren, deren Frontteil jedes Mal, wenn man sie aufzog, abfiel. Er erinnert sich daran, wie er sich fühlte, wenn er die Kinder bei seinem eigenen Haus abholte, dem Haus, in dem er nicht mehr willkommen war; daran, wie er, während er im Auto wartete, durch die Fenster die Topfpflanzen, die Spiegel und die bequeme Sitzgruppe sah.

Was er vor seinem inneren Auge jedoch nicht sieht, ist Kierans Wirklichkeit mit Stahlrohrstühlen in schwarzem Leder. Es gibt solche und solche Studios, und das von Kieran wurde für eine der eher erfolgreichen präraffelitischen Bruderschaften erbaut. Der Wohnkomplex galt in den letzten paar Jahren als beste Wohnlage in der City. Und ohne den Mühlstein namens Bridget um den Hals hat er sich inzwischen wieder berappelt.

»Schuldet sie Ihnen Geld?«

»Klar«, antwortet er verbittert, »ich habe jedenfalls nie etwas von den Hypothekenzahlungen zurückerhalten.«

»Und die Wohnung?«

»Sie hat den Schlüssel der Wohnungsgesellschaft zurückgegeben. Ohne es mit mir zu besprechen. Hat es einfach gemacht.«

»Verstehe.«

»Wirklich?«, fragt Kieran.

»Ja«, antwortet Steve. »Vielleicht können Sie das gerichtlich einklagen.«

»Das bezweifle ich. Die Sachen sind auf ihren Namen gelaufen.«

»Ach.«

»Ich weiß nicht, wie es dazu gekommen ist«, sagt er. »Ich meine, ich war nicht perfekt, aber wer ist das schon? All die Lügen, die sie über mich verbreitet hat. Es ist … als würde sie mich bestrafen wollen. Sie ist … wissen Sie, da glaubt man, man würde jemanden kennen, und dann …«

216

»Ja«, pflichtet ihm Steve bei. »Viele Leute stehen geradezu unter Schock, wenn ihre Ehe zerbricht.«

»Aber wissen Sie«, er drückt die Zigarette aus und fängt wieder an, mit dem Feuerzeug herumzuspielen, »das wäre mir egal, aber wir haben ein Kind, verstehen Sie? Es geht schließlich nicht nur um sie und um mich.«

»Nein. Das verstehe ich. Wir werden tun, was wir können. Vielleicht ...« Die Uhr an der Wand tickt unaufhörlich weiter. Er muss das hier beschleunigen; mit kostenlosen ersten Beratungen lässt sich die Miete nicht finanzieren. »Es wäre gut, wenn Sie mir sämtliche Details geben könnten, die Ihnen einfallen. Also, der Name lautet Bridget Fletcher.«

»Ja. Vielleicht auch Barton. Möglicherweise hat sie ihren Mädchennamen wieder angenommen, vermute ich.«

»Das machen viele Frauen. Und Ihre Tochter?«

»Yasmin. Sie ist sechs. In ein paar Monaten sieben. Und ich werde – so, wie es jetzt steht, werde ich ihr nicht einmal eine Geburtstagskarte schicken können ...«

Seine Stimme versagt, und er starrt auf seine Schuhe hinab. Ballt die Hände zu Fäusten. Schluckt.

Steve schießt der Gedanke durch den Kopf: *Er ist nicht so bestürzt, wie er mich gern glauben machen will. Der tut nur so.*

Das ist nicht mein Problem. Es steht mir nicht an, zu beurteilen, wie tief die Gefühle meiner Klienten gehen sollten. Mensch, wenn wir die Eignung der Leute, Eltern zu werden, nach Oberflächlichkeiten beurteilen würden, müssten die Kinder der meisten Medienstars im Heim untergebracht werden. Da geht es wahrscheinlich mehr um den Stolz als um alles andere. Er möchte nicht, dass diese Frau das Sagen hat. Na schön. Der Kerl möchte seine Tochter sehen. Und das ist ja kein Verbrechen, oder?

»Okay, Mr Fletcher«, sagt er. »Ich schlage Ihnen vor, dass Sie noch einen Versuch starten, ob Sie jemanden finden können, der vielleicht eine Ahnung hat, wo sie hin ist.«

217

»Diese verdammte Carol weiß es«, sagt Kieran. »Ich weiß, dass sie es weiß.«

»Carol?«

»Die Nachbarin. Einen Stock höher. Eine dieser Verbitterten. Kann Männer nicht ausstehen. Sie hat sich immer eingemischt, selbst als wir noch zusammen waren. Sie muss es wissen. Aber sie will es mir nicht sagen.«

Hm, denkt Steve. Du hast selbst ein paar Probleme mit dem anderen Geschlecht, vermute ich. Was ja eigentlich nicht überraschend ist. Sobald es um Scheidung geht, hat jeder einiges dazuzulernen.

»Hat sie Eltern? Verwandte? Bei denen sie sein könnte?«

Fletcher schüttelt den Kopf. »Tot. Einzelkind. Da ist niemand, zu dem sie Kontakt hat.«

»Und diese Nachbarin?«

»Die hasst mich. Ich glaube, die meinte mal, bei mir landen zu können. Zurückgewiesene Frau und das alles.«

Mag ich diesen Mann? Nein. Aber es ist nicht mein Job, meine Klienten zu mögen. Mein Job ist, das zu tun, wofür sie mich bezahlen.

»Na ja, denken Sie, dass Sie es noch einmal versuchen könnten?«

»Glauben Sie nicht, dass ich es schon versucht habe?« Seine Augen blitzen verärgert auf, wie bei einem Teenager, den man aufgefordert hat, sein Zimmer aufzuräumen. »Ich hab es Ihnen bereits gesagt! Es besteht keine Chance, dass die mir einen Gefallen tut.«

»Okay. Okay. Na ja, dann sage ich Ihnen, was wir tun werden. Sie kommen in ein paar Tagen wieder und bringen so viele Informationen mit wie nur möglich. Die Nummer ihres Personalausweises. Krankenversicherungsnummer. Details über ihren Führerschein, falls Sie die haben. Irgendwelche anderen Namen. Informationen über ihre Bankverbindungen. Die müssten Sie doch zumindest über die Datenbanken erhalten. Und ein Foto wäre natürlich nützlich.«

218

Kieran Fletcher blickt erstaunt drein. Das ist keiner, der lange auf sentimental macht. Dann sagt er: »Ja. Ja, ich habe eins. Weil Yasmin auch drauf ist. Aber es ist schon ein paar Jahre alt.«

»Besser als nichts«, antwortet Steve. »Na ja, ich muss Sie bitten, jedes Detail aufzuschreiben, das Ihnen einfällt. Wie sie aussehen. Was sie machen. Welche Ausbildung sie hat. Wie sie möglicherweise ihren Lebensunterhalt verdient. Ihre Hobbys. Lauter solche Sachen. Alles, was Ihnen in den Sinn kommt. Sie wird irgendwie Geld verdienen müssen, und falls nicht, dann wird sie sich beim Arbeitsamt melden.«

»Sie war Floristin«, sagt Kieran skeptisch.

»Das ist ja schon einmal etwas.« Er macht sich wieder eine Notiz. Floristen arbeiten mit Großhändlern zusammen, mit Lieferanten, werden in den Gelben Seiten geführt. »Nun, es ist nicht hoffnungslos, auf keinen Fall. Ständig versuchen Leute unterzutauchen, aber am Ende gibt es gewöhnlich belastende Unterlagen, die zu ihnen führen. Hat sie ein Handy?«

»Ja, ein Handy kann sie sich natürlich leisten.«

»Gut. Und haben Sie versucht, sie anzurufen?«

Wieder dieses Aufblitzen. »Natürlich. Sie hat aufgelegt. War ja klar.«

»Und die Rechnungen gehen an …?«

»Prepaid.«

»Ach.«

Eine Weile sagt keiner ein Wort. Fletcher zieht wieder eine Zigarette heraus, zündet sie an und mustert sein Gegenüber. »Ich möchte wissen, wo sie sind«, sagt er. »Das darf man ihr doch nicht durchgehen lassen. Finden Sie sie einfach für mich, okay?«

30

»Igitt.«

Bridget unterdrückt den Drang, die Augen zu verdrehen. Die Igitt-Phase wird vorübergehen. Sie wird vorübergehen wie *Thomas, die kleine Eisenbahn* und *Pingu* sowie die Phase, als sie ihre Windel immer herunterzog, um nachzuschauen, was drin war. Das geht vorbei.

»Kaninchenscheiße«, sagt Yasmin.

»Kaninchen-Aa«, erwidert Bridget. »Das ist Kaninchen-Aa.« Zu spät bemerkt sie, dass sie sich in eine Sackgasse manövriert hat.

»Dann eben Kaninchen-Aa.«

»Früher hast du Erbsen gemocht.«

»Lily sagt, dass das Kaninchenscheiße ist. Sie sagt, die Kaninchen warten, bis es Nacht ist und keiner hinschaut, dann scheißen sie, und du isst das auf.«

»Tja, da täuscht sich Lily«, antwortet Bridget, »und sie sollte auf ihre Wortwahl achten. Macht es ihrer Mutter denn nichts aus, wenn sie so daherredet?«

»Sie hat keine Mutter«, stellt Yasmin fest, als sei das das Selbstverständlichste auf der Welt.

»Ach, tut mir leid.«

Yasmin fängt an, die Erbsen einzeln aus dem Reis herauszupicken. Zumindest benutzt sie Messer und Gabel dafür, denkt Bridget.

»Iss aber noch ein bisschen Hühnchen«, befiehlt sie.

Yasmin wackelt mit ihren Zöpfen, spießt ein Hühnchennugget auf und kaut es.

»Mund zu«, sagt Bridget.

Yasmin spült das Essen mit einem Schluck Saft hinunter

und macht sich wieder daran, die Erbsen aus dem Reis zu picken. »Blumenkohl ist Kuhhirn«, verkündet sie.

»Auch das behauptet Lily, oder?«

Heftiges Nicken.

»Komm schon, du musst ein *paar* Erbsen essen.«

Sie verzieht das Gesicht zu einer hässlichen Grimasse. »Puuuh.«

Bridget beschließt, ein wenig abzuwarten, bevor sie sie weiter bedrängt. »Also, welche war Lily noch mal? Ich dachte, das wäre eines der Aykroyd Kinder.«

»Nein. Du kennst sie doch. *Lily.*«

Sie atmet ein paar Mal tief durch. Alle Kinder sind der Meinung, ihre Sorgen seien die allerwichtigsten, und halten jeden, der nicht sofort weiß, wovon sie reden, für dumm. Kein Grund, verärgert zu reagieren.

Ich brauche die Gesellschaft von Erwachsenen. Ich liebe sie, aber ich muss dringend ein paar Freunde finden.

»Nein«, sagt sie, »das kann ich nicht behaupten.«

»Na ja, sie weiß jedenfalls, wer du bist.«

»Sind wir uns schon begegnet?«

»Ja.«

»Wann?«

»An dem Tag, als wir Sardinen gespielt haben.«

Bridget schaut sie mit verständnislosem Blick an.

»Verstecken«, erklärt Yasmin.

»Iss wenigstens ein bisschen was vom Reis.«

Sie nimmt eine Gabel voll und verschüttet die Hälfte, während sie sie zum Mund führt.

»Wie sieht sie aus?«

»Größer als ich. Braune Haare. Ein bisschen zerzaust. Dürr.«

»Ist sie ein bisschen älter?«

Yasmin nickt. »Lily ist neun«, sagt sie. Dann korrigiert sie sich: »Mehr oder weniger.«

Mehr oder weniger? Was soll das denn heißen?

Sie kann sich vage an das Mädchen erinnern. Dünn und bleich, mit Haaren, die aussahen, als hätte man sie ihr in der Küche mit einem stumpfen Messer geschnitten. *Ich war es nicht. Ich war es nicht, verflucht. Was hat sie nicht getan? Ich war es nicht, verflucht ...*

»Und sie flucht immer so?«

»Ach, Mum.«

»Ich möchte nicht, dass du so fluchst.«

»Huuu-huu«, sagt Yasmin.

»Was möchtest du zum Nachtisch? Joghurt oder eine Banane?«

»Banane.«

»Vielleicht möchte sie mal kommen und mit dir spielen?«, fragt Bridget.

Yasmin fährt herum und starrt sie an. *Wie erbärmlich von mir, mein Kind als Mittel einzusetzen, um selbst Freunde zu finden. Das Kind muss ja irgendwie mit einem Erwachsenen in Verbindung stehen.*

»Vielleicht, wenn Chloe morgen kommt?«

Plötzlich klingt Yasmin herablassend: »Ich glaube nicht, dass das nötig ist, Mum«, sagt sie.

Sie ist ein bisschen beleidigt. »Ach. Na schön. Sorry.«

»Ist schon okay«, sagt Yasmin. »Wir sehen uns ja häufig. Es ist nur – sie mag keine Erwachsenen.«

»Das kann vorkommen.« Es gibt schließlich auch viele Erwachsene, die keine Kinder mögen. »Was mag sie an uns denn nicht?«

»Alles.«

»Alles?«

»Lily sagt, dass man Erwachsenen nicht über den Weg trauen kann.«

»Das tut mir leid«, antwortet Bridget. »Aber das glaubst du doch nicht auch, oder?«

Yasmin schweigt.

Bridget verspürt einen Anflug von Schuldgefühlen. Was

immer man auch tut, man wird nicht in der Lage sein, zu verhindern, dass es Auswirkungen haben wird. Ich habe es nicht selbst getan, aber ich habe ihn nicht davon abgehalten, als er ihr den Arm brach.

»Tut mir leid, Baby«, sagt sie. »Wirklich. Aber du weißt doch, dass es auch Erwachsene gibt, denen du vertrauen kannst, oder?«

»Lily sagt, dass man das nicht kann. Lily sagt, dass sie am Ende alle gegen dich sind.«

»Ach, Schätzchen. Sie muss ja ein sehr schlimmes Leben haben, wenn sie so denkt. Unternimmt die Schule denn nichts dagegen?«

»Nein«, antwortet Yasmin. »Sie sagt, die sind die Schlimmsten von allen.«

»Ach, mein Schatz«, erwidert Bridget. »Na ja, du kannst ihr jedenfalls ausrichten, dass sie hier jederzeit willkommen ist. Machst du das?«

Yasmin verzieht das Gesicht. Schüttelt den Kopf. »Ich glaube nicht, dass das funktioniert. Ich habe es ihr nämlich schon gesagt. Dass du okay bist. Aber sie – sie möchte sich nicht anfreunden. Mit dir.«

»Na schön«, antwortet Bridget. »Wie auch immer.«

»Tut mir leid«, sagt Yasmin.

»Glaub mir«, stellt Bridget fest, »es macht mir nichts aus, wenn ein neunjähriges Mädchen nicht meine Freundin sein will.«

Allerdings bin ich darüber so erschüttert, dass ich selbst wie eine Neunjährige klinge.

In einem anderen Zimmer läutet das Handy.

»Das Handy klingelt«, stellt Yasmin fest.

»Danke, du Schlaubergerin. Wo ist es?«

»Das ist dein Telefon«, antwortet Yasmin. »Wie du ja immer hervorhebst.«

»Du darfst erst nach draußen gehen, wenn du aufgegessen hast.«

Yasmin zuckt mit den Achseln und verdreht die Augen. So, wie es amerikanische Jugendliche machen. »Klaro.«

Bridget kann sich ein Schmunzeln nicht verkneifen, während sie aus dem Zimmer geht. Das ist das Schwierigste an der Kindererziehung: der Drang loszulachen, wenn Frechheit stil- und fantasievoll daherkommt. Das Telefon steckt in ihrer Handtasche, wie ihr jetzt einfällt. Im Wohnzimmer. Die Klingelmelodie »Chocolate Salty Balls« läuft gerade zum dritten Mal, als sie es, ganz unten, unter dem leeren Kalender und der Ersatzstrumpfhose vergraben, ertastet. Beim Herausziehen drückt sie auf die Annahmetaste und hält sich das Handy ans Ohr.

»Hallo?«

»Du bist jetzt so was von dran«, sagt er.

»Kieran«, antwortet sie. Überlegt, ob sie die Verbindung gleich unterbrechen soll, hält sie aber. Ich muss mir ein neues Handy besorgen, denkt sie. Ob er mich wohl mit Hilfe der Anruflisten ausfindig machen kann?

»Wenn ich dich finde«, sagt er, »dann bist du so was von dran!«

»Lass mich in Ruhe, Kieran«, zischt sie.

»*Denk* nicht einmal dran«, antwortet er, »mir zu sagen, dass ich mich verpissen soll.«

»Das hab ich nicht. Ich hab gesagt, dass du mich in Ruhe lassen sollst.«

»Halt die Klappe, verdammt! Halt die Klappe!«

»Was willst du, Kieran?«

»Ich möchte dir eine letzte Chance geben. Sag mir, wo meine Tochter ist, sonst finde ich es selbst heraus, und dann ...«

»Genau deshalb sage ich es dir nicht«, fällt sie ihm ins Wort. »Hör auf, mich anzurufen.«

»Ach, ja? Und wie willst du das ändern?«

»Ich werde ab jetzt nicht mehr drangehen, wenn ich sehe, dass du das bist. Ich werde nicht mehr abnehmen.

224

Wenn du nur anrufst, um uns zu bedrohen, nehme ich nicht mehr ab.«

Er geht nicht darauf ein.

»Ich möchte mit meiner Tochter reden.«

»Aber sie möchte nicht mit dir reden«, entgegnet sie barsch.

»Es ist nicht deine Sache, das zu bestimmen.«

»Und ob«, antwortet sie.

»Verdammt, ich werde … wart's nur ab, Bridget. Wart's nur ab. Du kannst dich nicht ewig verstecken.«

Sie kann der Versuchung nicht widerstehen, ihn zu ärgern. Die Entfernung vermittelt ihr ein Gefühl von Macht, das sie vor einem Monat noch nicht gehabt hätte.

»Du klingst verdammt jämmerlich, kleiner Mann. Kleiner Hitler. Weißt du denn nicht, dass deine Drohungen der Grund waren, warum wir überhaupt weggezogen sind? Du bist ein solcher Jammerlappen. Deshalb hast du alles an mir ausgelassen, nicht wahr? Hast deine Familie verprügelt, weil du dich gegenüber Leuten, die so groß sind wie du, nicht durchsetzen konntest.«

»Leck mich doch, Bridget«, sagt er.

»Ja«, spottet sie. »Das ist gut. Du hast es ja schon immer mit Worten gehabt, nicht wahr, Kieran?«

»Ach, leck mich doch!«, wiederholt er. »Das kannst du nicht machen! Du kannst mir meine Tochter nicht vorenthalten!«

»Sonst machst du was?«, fragt sie triumphierend. »Rufst du dann die Polizei?«

Schweigen.

»Für den Fall, dass du es vergessen hast, Kieran Fletcher«, knurrt sie, »eigentlich sollte die Polizei dich von ihr fernhalten. Eine kleine Sache namens Einstweilige Verfügung, ja? Erinnerst du dich?«

»Du bist eine verlogene Hexe«, stellt er beleidigt fest.

»Ja, aber das bin ich nicht, oder? Leck mich, Kieran. Nur

weil du dich nicht unter Kontrolle hattest, mussten wir wegziehen, und du wirst nicht mehr in unser Leben treten. Nie mehr, hörst du mich? Du kannst dich verpissen, und du kannst mich bedrohen, so viel du willst, aber du wirst sie nie mehr wiedersehen. Kannst mit deinen Fäusten tun und lassen, was du willst, du *Scheißkerl!*«

Ihre Stimme ist zu einem Kreischen angeschwollen. Sie hasst ihn, hasst ihn aus tiefstem Herzen. Hasst ihn wegen der jahrelangen Angst, wegen der Platzwunden und gebrochenen Knochen, wegen des Ausdrucks im Blick ihrer Tochter, den sie jetzt schon seit Wochen nicht mehr gesehen hat.

»Du wirst uns nie finden. Hörst du mich? Es ist vorbei! Geh und such dir eine andere, mit der du so umspringen kannst!«

Bridget drückt den Daumen auf die Taste, um das Gespräch zu beenden, und wirft das Handy aufs Sofa. Es prallt von einem Kissen ab, fällt auf den Boden und rutscht unter den Sessel. Bridget schlingt die Arme um sich, schiebt sich eine Haarsträhne aus der Stirn. Sie fühlt sich zittrig, stark, schwach, den Tränen nahe, mutig. Sie fühlt sich frei und gefangen, wütend und zufrieden. Sie hat ihm Bescheid gestoßen. Hat ihm endlich die Meinung gegeigt. Ihm alles ohne Angst vor Vergeltung oder Konsequenzen ins Gesicht gesagt. Richtig, denkt sie. Und jetzt führen wir unser Leben weiter. Ich werde mir ein neues Handy kaufen. Dieses da auf dem Boden liegen lassen. Soll es doch klingeln, bis die Batterien leer sind.

Sie dreht sich um und will in die Küche gehen.

Yasmin steht in der Tür. Sie ist leichenblass. Als hätte sie ein Gespenst gesehen.

31

»Mummy?«

Sie taucht aus dem Schlaf auf, fühlt sich schwer, als seien Bleigewichte an ihren Gliedern befestigt. Die Uhr zeigt 3:17 an. Ihr Mund ist trocken und pelzig.

Da steht eine kleine Gestalt in der Tür.

Sie presst die Lippen zusammen, löst die Zunge von ihrem Gaumen. »Was ist, Baby? Was ist los?«

»Kann ich zu dir kommen?«

»Was ist passiert?«

»Ich habe Daddy in meinem Zimmer gesehen.«

»Ach, Schätzchen.«

Sie hebt die Bettdecke an, rutscht ein Stück zur Seite. Yasmin kommt durchs Zimmer und schlüpft neben sie. Das ist falsch. Aber es ist nach drei, und mein Baby ist ganz aufgelöst.

Yasmin riecht nach Puder und Kindershampoo. Bridget schließt den zerbrechlichen kleinen Körper in die Arme.

»Er hat unten an meinen Bett gestanden«, erzählt Yasmin. Sie klingt – niedergeschlagen, erschöpft.

»Ach, Darling«, sagt sie wieder. Damit hatte sie halb gerechnet. Wann immer es in London einen Zwischenfall mit Kieran gab, war Yasmin tagelang anhänglich und nervös, folgte ihr von einem Zimmer ins nächste und veranstaltete ein Riesentheater, wenn sie aus dem Haus gingen. Ich kann nicht erwarten, dass sich das schon nach ein paar Wochen legt. Sie hat ihr ganzes Leben in der düsteren Aussicht gelebt, dass er eines Abends hereinkommen würde; eine solche Geschichte schüttelt man nicht einfach ab, indem man umzieht.

»Du weißt, dass das nur ein Traum war, nicht wahr?«

Sie spürt, wie Yasmins Haare über ihre Wange streichen, als sie nickt. »Aber ich träume von ihm.«

»Ich weiß. Das mache ich auch, manchmal. Aber Schätzchen, das sind nur Träume. Nichts, was in einem Traum vorkommt, kann dir wehtun. Das ist nur – das spielt sich nur im Kopf ab. Träume sind gut. Das sind Erinnerungen, die gelöscht werden.«

»Aber warum müssen sie dann so unheimlich sein?«

»Weil ... Ich weiß nicht, Schätzchen. Das ist nur einer dieser kleinen Tricks der Natur.«

»Chloe sagt, dass man wirklich bald sterben muss, wenn man in einem Traum stirbt.«

»Ja, ich weiß. Das sagen alle. Natürlich kann man unmöglich herausfinden, ob das tatsächlich stimmt.«

Aber ich habe mich in meinen Albträumen immer gerettet, nicht wahr?

Bin immer gerade rechtzeitig aufgewacht, bevor ich auf dem Boden aufschlug, oder habe, als ich nur noch ein paar Zentimeter vom Pflaster entfernt war, dank meiner Willenskraft wieder an Höhe gewonnen.

»Ich möchte nicht, dass er uns findet«, sagt Yasmin.

»Ich weiß, Baby, ich weiß.«

»Er wird uns doch nicht finden, oder?«

»Nein«, antwortet sie entschieden, herausfordernd. »Und er wird auch nicht mehr anrufen. Ich kaufe mir ein neues Telefon, und dann kann er uns gar nicht mehr anrufen.«

»Versprichst du es?«

Wie kann ich das versprechen? Wie kann ich etwas versprechen, dessen ich mir selbst nicht sicher bin? Wie können Eltern ihre Kinder nur der Bequemlichkeit halber so unbekümmert anlügen?

Sie rutscht ein Stück, zieht ihre Tochter näher an ihre Brust und drückt ihr einen Kuss oben auf den feuchtwarmen Kopf. »Ich verspreche es dir, Baby«, sagt sie. »Du bist hier sicher. Hier kann uns nichts und niemand wehtun.«

32

Zumindest rationieren sie das Wasser nicht, denkt er. Auch wenn ich, um Brennstoff zu sparen, die Wanne nur knapp zehn Zentimeter hoch einlaufen lassen kann, wenn ich ein Bad nehme, und ich habe drei Söhne, von denen ich seit Wochen nichts gehört habe, aber immerhin müssen meine Stiefmütterchen nicht leiden.

Er hat es sogar geschafft, einen Sack guten Pferdedung aus den Stallungen der Milchfarm zu schnorren, ein unerhörter Triumph und wahrscheinlich gesetzeswidrig, weil ja alles der landwirtschaftlichen Produktion dienen soll, aber die Blumen der Bodmin Road waren schon sein ganzer Stolz gewesen, bevor Hitler und seine Horden kamen, und er würde sie auf gar keinen Fall eingehen lassen, bloß weil Krieg ist.

Arthur Boden füllt zum fünften Mal seine Gießkanne mit dem grünlichen Wasser der Pferdetränke auf und schlurft bis zum anderen Ende des Bahnsteigs. Es ist ein schöner Tag – ein herrlicher Tag, perfekt, um die Luftkämpfe entlang der Kanalküste zu beobachten –, und er hat sich für die Arbeit seine Jacke ausgezogen. Es ist in diesen Zeiten des Mangels leichter, die Schweißflecken aus einem Hemd zu waschen, als eine Uniform gereinigt zu bekommen. Er summt vor sich hin, während er die Gießkanne schleppt, und kneift die Augen zusammen, weil die Sonne ihn so blendet.

Da sitzt ein kleines Mädchen auf der Bank hinter dem Blumentrog. Die Blumen blühen so großartig, und das Kind ist so dürr und farblos, dass er es bis jetzt gar nicht bemerkt hat. Er kann sich nicht erinnern, dass sie durch den Fahrkartenschalter gekommen ist, aber er ist ja erst seit Mittag im Dienst. Sie trägt ein Kleid, das vielleicht einmal aus rotem

Gingham genäht wurde, aber inzwischen ist es so ausgewaschen, dass man das nicht mehr mit Sicherheit sagen kann. Es passt ihr nicht, ist ihr viel zu groß und wurde an den Achseln sehr notdürftig geflickt. Es sind jedoch ihre Haare, die seine Aufmerksamkeit erregen. Sie stehen ihr vom Kopf ab, als wären sie erst kürzlich grob gestutzt worden. Nissen, denkt er. Die hat bestimmt Läuse gehabt.

Er bleibt vor ihr stehen und spürt, wie ihm die Gießkanne gegen die Schienbeine schlägt.

»Was?«, fragt sie. Herausfordernd.

»Der nächste Zug kommt erst in vier Stunden«, sagt er. »Bist du sicher, dass du hier richtig bist?«

»Was geht dich das an?«

Arthur Boden plustert sich auf, verärgert, dass seine Autorität in Frage gestellt wird. »Ich bin der Bahnhofsvorsteher, junge Dame«, informiert er sie, »und ich habe hier sehr wohl das Recht zu erfahren, was die Leute vorhaben. Wir haben Krieg, weißt du.«

»Ja, ja, ja«, antwortet das Kind. »Leg eine andere Platte auf. Die hat einen Kratzer.«

»Na, das ist noch lange kein Grund, unhöflich zu sein«, sagt er. Geht davon, um die Stiefmütterchen zu gießen, und schimpft leise auf die jungen Leute und die modernen Zeiten vor sich hin.

Sie rührt sich auf der Bank nicht von der Stelle, während er die mit Kompost gefüllten Kübel gießt und spürt, wie dankbar die Pflanzen sind, als das Wasser ihre Wurzeln erreicht. Es ist komisch, denkt er, wie ein Garten, sobald man sich richtig um ihn kümmert, auf einmal zum Leben erwacht. Man kann praktisch sehen, wie die Pflanzen sich recken und vor Freude lachen, wenn man ihnen etwas zu trinken gibt. Fast wie bei den Menschen, ehrlich. Wie am Samstagabend beim Veteranentreffen. Ich muss daran denken, es Ena zu erzählen, wenn ich nach Hause komme.

Das Kind fängt an, mit den Beinen zu schaukeln, sie unter der Bank hin und her baumeln zu lassen, mit den Fingern die Latten umklammernd, um besseren Halt zu haben. Was für eine Art und Weise, einen Sommernachmittag zu verbringen. Einfach nur an einem leeren Bahnsteig zu sitzen und nach Erwachsenen Ausschau zu halten, zu denen man unhöflich sein kann. So etwas ist auf dem Land nicht üblich. Ich hätte eins hinter die Ohren bekommen, wenn ich mehr als zehn Minuten auf der Dorfbank verbracht hätte. Um die Wahrheit zu sagen, dieses Land geht noch vor die Hunde. Die deutschen Luftangriffe auf London treiben all die verwahrlosten Slumbewohner aufs Land, wie Ratten von einem sinkenden Schiff, und die bringen ihre städtischen Gewohnheiten an Orte mit, an denen diese gar nicht erwünscht sind. Der Hälfte dieser Leute kann man nicht den Rücken zukehren, ohne dass sie mit allem, was nicht niet- und nagelfest ist, verduften.

Er schaut sie wieder an. Gemeines Gesicht, denkt er. Armes kleines Ding. Wahrscheinlich hat sie nie eine Chance gehabt, woher sie auch stammen mag. Hat nie Gemüse gesehen, bevor sie hierher gekommen ist, und nie frische Luft geatmet. Er wird nachsichtiger, nähert sich ihr wieder.

»Möchtest du irgendwohin fahren?«

Das Kind verdreht frech die Augen und stöhnt auf. »Ich hab es dir schon gesagt«, antwortet sie, »das geht dich gar nichts an.«

»Nun, kein Grund unhöflich zu sein«, sagt er wieder. »Ich hätte sehr wohl das Recht, dich von diesem Bahnhof zu verweisen, wenn mir danach wäre.«

»Wie schön für dich. Dann bist du ja der Allmächtige.«

Arthur setzt sich neben sie auf die Bank. Hinter der Fassade seines pompösen offiziellen Auftretens ist er eigentlich ein freundlicher Mann. Er mag es nicht, wenn er sieht, dass Kinder allein unterwegs sind. Das kommt ihm nicht richtig vor. Er kramt in seiner Tasche und findet das letzte der acht Tütchen mit Pfefferminzbonbons, die er Anfang der Woche

231

als Ration erhalten hat. Er steckt sich ein Bonbon in den Mund und hält ihr die verknitterte Tüte hin.

Sie blickt ihn argwöhnisch an.

»Mach schon, nimm dir eins«, sagt er. »Die sind nicht vergiftet.«

Sie starrt die Bonbons an, schaut zu ihm hinauf, dann wieder auf die Tüte.

»Ich biete sie dir nicht ewig an«, sagt er.

Sie schnappt sich ein Bonbon, stopft es sich in den Mund, als habe sie Angst, er könnte es sich anders überlegen. Sitzt da, und das Bonbon beult ihre Wange aus, als wäre es ein großer Dauerlutscher, und sie lutscht und lutscht.

»Was sagt man?«, fragt er.

»Eigentlich dürftest du Kindern keine Süßigkeiten schenken«, antwortet sie.

»Und du dürftest sie eigentlich nicht annehmen«, erinnert er sie.

Sie zuckt mit den Achseln. »Na ja«, sagt sie. »Danke.«

»Gern geschehen«, antwortet er. »Bist wohl evakuiert worden, oder?«

Wieder zuckt sie mit den Achseln. »Werde aber nicht evakuiert bleiben.«

»Dann fährst du nach London zurück?«

»Sei nicht albern«, empört sie sich. »Portsmouth.«

»Ach, richtig«, sagt er.

»Meine Mum ist dort.«

»Ach, richtig«, wiederholt er.

Sie sitzen da und lutschen, und sie lässt die Beine im Sonnenschein baumeln.

»Du vermisst sie, nicht wahr?«, fragt er.

Wieder zuckt sie mit den Achseln. Schiebt das Bonbon im Mund auf die andere Seite. »Kenn mich damit nicht aus, aber das hier hasse ich, verdammt.«

»Oh«, sagt er und ignoriert ihr Fluchen, obwohl seine eigenen Kinder dafür zehn Minuten in der Ecke stehen müss-

232

ten. »Tut mir leid, das zu hören. Du hast denen aber gesagt, dass du heimfährst, oder?«

»Natürlich nicht. Seit Dienstag hat ohnehin keiner mehr mit mir geredet. Für die bin ich Luft.«

Fünf Tage, überlegt er. Das ist eine ziemlich lange Zeit für ein Kind.

»Was, keiner hat mit dir geredet?«

»Keiner. Die Schweine. Das sind alles Snobs.«

»Vermutlich«, sagt er. Er stellt sich eine altmodische kornische Familie vor, die plötzlich dieses unverschämte Gör aufnehmen muss. Wahrscheinlich sind sie darüber nicht allzu begeistert. Aber fünf Tage … »Wo warst du denn?«

»In Meneglos.«

»Das ist ein ganzes Stück weg. Was hast du gemacht? Bist du bis hierher gelaufen?«

»Sei nicht albern«, sagt sie. Grinst spöttisch. »Die sind nach Bodmin ins Kino gefahren. Erst als wir dort angekommen sind, hat es plötzlich geheißen, Lily, du kommst nicht mit uns, weil man mir offenbar nicht trauen kann, deshalb sagt sie, ich muss im Auto sitzen bleiben und darf die zwei Stunden nichts anrühren, während sie da drin sind und sich *Pimpernel Smith* anschauen, und da dachte ich mir, da mache ich mich doch lieber gleich vom Acker.«

»Das kann man dir wohl kaum verübeln. Aber meinst du nicht, dass sie sich inzwischen Sorgen machen?«

Sie ist bis zu dem weichen, pulvrigen Inneren des Bonbons vorgedrungen und konzentriert sich eine oder zwei Sekunden darauf, bevor sie antwortet: »Natürlich nicht. Die sind eher froh, dass sie mich los sind.«

»Na ja«, sagt er. »Du weißt es wohl am besten, würde ich meinen.«

»Das hat sie mir oft genug gesagt«, erzählt Lily.

»Hat sie das? Und wer ist ›sie‹? Wen meinst du damit?«

»Diese verdammte Mrs Blakemore«, antwortet sie. »Die beschissene Hexe Blakemore, so nenne ich sie.«

233

»Wirklich?«, fragt er. Der Name kommt ihm bekannt vor. Eines der großen Anwesen unweit von Wadebridge.

»Sie ist ein echter Snob«, stellt Lily fest.

Da liegt sie wahrscheinlich gar nicht falsch, denkt er. Trotzdem, was soll ich machen? Diese Leute tragen die volle Verantwortung für die Kinder. Wahrscheinlich ist sie schon ganz krank vor Sorge.

»Es gefällt dir dort also nicht?«

»Ich möchte zu meiner Mum«, antwortet sie entschieden. »Meine Mum hat mich wenigstens nicht in so beschissene Schränke eingesperrt.«

Hmmm, denkt er. Die hat wohl eine lebhafte Fantasie.

»Und sie hat mich geschlagen und so«, erzählt sie.

»Dich geschlagen? Weshalb?«

»Wofür ist doch ganz egal! Ich hab gar nichts Schlimmes getan, aber sie macht mich für alles verantwortlich.«

»Ach, meine Liebe«, sagt er. »Das klingt ja, als hättest du eine schwere Zeit hinter dir.«

»Kann ich noch so eines haben?« Sie nickt in Richtung der Bonbontüte.

Das ist meine Monatsration. Wie dreist die ist. Sagt nicht einmal bitte.

»Okay«, antwortet er widerwillig, zögernd. Er hält ihr wieder die Tüte hin, sieht, dass seine kostbare Zuckerration in diesem gierigen Maul verschwindet.

»Ich sag dir was. Ich war gerade im Begriff, mir eine schöne Tasse Tee zu machen. Hättest du nicht auch gern eine, was?«

»Ist egal«, antwortet Lily.

»Das verstehe ich jetzt mal als ja«, erklärt er. »Ich sag dir was. Warte hier, dann bringe ich ihn heraus. Es ist ein so schöner Tag. Wir können ja genauso gut die Sonne genießen.«

»Blabla«, sagt sie.

Arthur Boden geht den Bahnsteig entlang auf den Bahn-

234

hof zu. Er mag es nicht, wenn er sich einmischen muss. Aber was soll er anderes tun? Die hassen das, ausnahmslos, diese armen Dinger, wenn sie von ihren Familien getrennt und an einen fremden Ort mit fremden Leuten und ihren fremden Gewohnheiten verfrachtet werden. Er hatte selbst so ein Mädchen aufgenommen, das geschrien hat, als es zum ersten Mal eine Kuh sah. Sicher hat die nie von Kühen gehört und bestimmt nicht gewusst, dass die Milch von ihnen kommt. Aber man kann doch nicht zulassen, dass sie aufs Geratewohl auf den Geleisen herumspazieren. Die könnten ja an jeden geraten. Heutzutage scheinen sich viele zweifelhafte Typen in der Gegend herumzutreiben. Und selbst wenn sie es bis nach Hause schaffen sollten, ist längst nicht garantiert, dass ihr Zuhause überhaupt noch da ist.

Der Raum hinter dem Fahrkartenschalter ist von der Nachmittagshitze muffig und stickig. Er nimmt seine spitze Kappe ab und legt sie auf den Schreibtisch neben die Fahrpläne. Füllt den Wasserkessel und stellt ihn auf die Einzelplatte, die die Eisenbahngesellschaft als einzige Kochstelle für ihre Angestellten, die rund um die Uhr Schichtdienst haben, bereitgestellt hat. Er lässt sich schwerfällig auf den Stuhl plumpsen und greift zum Telefon. Dreht die Wahlscheibe und wartet, dass sich die Vermittlung meldet.

»Ach, Bella, meine Liebe«, sagt er. »Arthur Boden vom Bahnhof Bodmin Road. Könntest du herausfinden, wer für die auf Meneglos verteilten Evakuierten zuständig ist? Ich hab hier wieder eine. Versucht, nach Portsmouth zu kommen.«

Er hört zu, kichert.

»Ich weiß«, sagt er. »Ich glaube, daran ist das Wetter schuld. Das ist schon das dritte Mal diese Woche.«

33

Der Fernseher ist seit fast einem Jahr kaputt. Die einzige Möglichkeit, ihn ein- und auszuschalten, besteht darin, dahinterzukriechen und den Stecker aus der Wand zu ziehen. Aber heute Abend, als sie nach dem Einstecken auf allen vieren wieder dahinter hervorkam, passierte gar nichts. Sie versuchte es mit dem Stecker des Wasserkochers, aber das brachte auch nichts: kein Bild, kein Ton, und das rote Licht vorne, das anzeigt, dass das Gerät eingeschaltet ist, bleibt hartnäckig dunkel. Sie hat es mit allen Tricks probiert, die normalerweise bei empfindlichen technischen Geräten Wirkung zeigen: fest obendrauf schlagen; das Gerät nach vorn kippen und vor und zurück schaukeln; es anbrüllen. Aber nichts ist passiert. Der Apparat ist kaputt.

Er steht auf dem Stuhl in der Ecke, lacht sie aus und erinnert sie daran, dass alles, was sie besitzt, auf die eine oder andere Weise aus dem letzten Loch pfeift. In einer Welt, in der die beabsichtigte schnelle Alterung den Schlüssel des Wirtschaftswachstums darstellt, kann man solche Geräte nur vorübergehend und notdürftig reparieren. Alle ihre Sachen, die Ausrüstung eines modernen Erwachsenenlebens, müssen nach und nach ersetzt werden, sobald sich ihre finanzielle Lage stabilisiert hat. Das ist eine der traurigen, niederschmetternden Begleiterscheinungen der Armut: Sobald man eine Weile arm ist, wird die Distanz zwischen dir und dem, was andere Menschen als zivilisiertes Leben bezeichnen würden, immer größer.

Egal, denkt sie. Ich habe in Bodmin einen Laden gesehen, der gebrauchte Fernseher anbietet, und zwar in einer dieser Discounter-Straßen, wo es drei Stück zum Preis von zweien, alles für ein Pfund gibt, und in die sich die Touristen nie verirren. Ich werde einen kaufen – nur einen kleinen, das braucht nichts Großartiges zu sein –, sobald der Lohn für den nächsten Monat eingeht, und der wird uns über die Runden bringen, bis sich die Lage bessert. Und in der Zwischenzeit werde ich diese fantastische Anlage unten im Salon benutzen. Wäre ja dumm, es nicht zu tun. Die anderen nutzen sie doch auch alle, oder etwa nicht? Ich kann nicht jeden Abend hier allein herumsitzen, ohne etwas, was mir Gesellschaft leistet. Ich gehöre nicht zu den Frauen, die sich fürs Sticken begeistern.

Als sie hinuntergeht, das Babyfon und die Ausgabe des *Mirror* unter den Arm geklemmt, einen Becher Tee in der Hand, eine Decke über der Schulter, wirft sie einen Blick aus dem Fenster und sieht, dass es angefangen hat zu schneien. Weiße Wirbel kreiseln vor der Fensterscheibe, angestrahlt vom Sicherheitslicht, das seit dem Stromausfall jetzt immer die ganze Nacht angeschaltet bleibt. Sie hält im Speisezimmer an und steigt auf den Fenstersitz, stützt sich mit den Ellenbogen auf die Fensterbank und drückt Nase und Stirn gegen das kalte Glas. Ich hoffe, er bleibt liegen, denkt sie. Yasmin hat noch nie richtig Schnee auf der Erde liegen sehen, nur in Bildern. Es heißt, dass hier in der Gegend nur selten Schnee liegen bleibt, aber schließlich sind wir auf einer Insel am Rande des nördlichen Polarkreises. Irgendwann muss es ja passieren.

Sie kommt sich wie eine Diebin vor. Fühlt sich eigenartig schuldig, obwohl ihr nie gesagt wurde, dass sie das Haus nicht nutzen darf. Die Geräte sind schließlich da, stehen ungenutzt herum, und es ist ja nicht so, als würde sie hier eine wilde Party feiern oder so. Keiner kann es ihr verübeln, wenn sie einen Abend vor dem Fernseher sitzt, wo ihrer doch kaputt ist. Und dennoch – sie kommt sich wie ein Eindringling vor. Befürchtet, dass Tom Gordhavo es irgendwie erfahren wird. Und achtet darauf, einen Untersetzer unter den Becher

237

zu legen, als würde er zwischen Flecken einer Angestellten und jenen, die die Gäste hinterlassen haben, unterscheiden können.

Das große Sofa ist bequemer, als sie erwartet hatte. Mit seinem Lederbezug und den Kelimkissen sieht es hart und nüchtern aus, aber es fühlt sich, als sie sich darauf ausstreckt, wie ein äußerst stabiles und angenehmes Bett an. Es ist kalt hier drin – sie fühlt sich nicht berechtigt, die Heizung über der Frostwächter-Stufe einzustellen, wenn keine Mieter da sind, weil ein Haus dieser Größe ja ordentlich Heizöl verschlingt –, und sie ist froh über ihre Decke. Sie faltet sie einmal zusammen, zieht sie über sich, legt den Kopf auf ein Kissen, und nur der Kopf und die Hand, die die Fernbedienung hält, schauen noch heraus. Sie schaltet das Gerät ein und zappt die Kanäle durch.

Er hat tatsächlich einen unglaublich tollen Satellitenempfang. Sie verspürt einen Anflug von Groll. Er bezahlt dafür und wirbt damit sicherlich als eine der Attraktionen des Hauses, aber natürlich gibt es in ihrer Wohnung keinen Anschluss. Leute wie ich, denkt sie, kriegen nur fünf Programme. Nicht einmal die kostenfreien Sender funktionieren hier ohne richtige Antenne. Und dabei gibt es hier unten Unmengen von Kanälen für die Unterhaltung von Leuten, die hier Urlaub machen und sie wahrscheinlich am allerwenigsten brauchen.

Auf QVC wird Diamantschmuck angepriesen. Auf BBC4 läuft eine Dokumentation über Sam Johnson. Bei BBC3 kommt *Four Pints of Lager and a Packet of Crisps*. UKTV bringt *Are You Being Served*. Im History Channel läuft etwas über die Nazis. Auf ITV3 zeigen sie wieder einmal *Police Academy 4: Citizens on Patrol*. Sky One bringt eine Theaterserie, bei der sämtliche Schauspieler unbekleidet sind. E4 zeigt ein *Friends*-Special. Auf FilmFour läuft etwas in Tschechisch.

Okay, denkt sie. Vierzig Kanäle und trotzdem alles Mist.

238

Sie versucht es mit den Kino-Kanälen. *Herr der Ringe*. Toll. Wenn ich in Realzeit sehen wollte, wie es ist, einen Berg zu erklimmen, dann würde ich hingehen und ihn selbst besteigen. Kirsten Dunst, süffisant grinsend. Sie wartet nicht einmal ab, um zu sehen, um welchen Film es sich handelt. *28 Days Later*. Zombies, deren Gesichter in Auflösung begriffen sind, rennen herum und brüllen in die Kamera. Früher hat sie Zombie-Filme gemocht. Hat immer den heimlichen Wunsch gehegt, einmal als Gaststar in einem Film von Romero mitzuwirken. Herumzusitzen und Schinkensandwiches zu essen, während ihr der halbe Kopf abfällt.

Ja, allerdings. Zurzeit bin ich so leicht aus der Fassung zu bringen, dass ich sicher nicht schlafen kann, wenn ich mir das anschaue. Ich sehe ja ohnehin schon Gespenster.

Yasmin bewegt sich im Schlaf, murmelt etwas, verstummt wieder. Die Stille draußen vor dem Fenster sagt ihr, dass es weiter schneit. Sie kuschelt sich noch mehr zusammen, schaut sich fasziniert die Versteigerung einer wasserdichten Uhr und eines Satzes Star Wars Aufnäher an. Findet etwas, in dem Shirley MacLaine mitspielt. Bleibt bei diesem Sender.

Ihr wird klar, dass sie erstaunlich müde ist. Ich bräuchte jetzt nur eine schöne warme Katze auf meinem Schoß, dann würde ich innerhalb von Sekunden einschlafen. Shirley trägt farblich nicht zusammenpassende Kleider und sagt schockierende Dinge, während eine jüngere Frau die Augen verdreht. Das ist gut. Schöner Hintergrund. Sie zieht die Arme unter der Decke hervor und schlägt die Zeitung auf. Irgendjemand von der Big Brother Staffel des letzten Jahres hat sich in einem Nachtclub volllaufen lassen. Eine Gruppe Fußballspieler hat sich in einem Nachtclub betrunken. Zwei junge Männer sind zwei Straßen von ihrer Wohnung in Streatham entfernt in ihrem Auto erschossen worden. Tom Cruise ist allmählich völlig durchgeknallt. Madonna lässt ihr Haus schon wieder umbauen. Nikola, 23, aus Purley, findet, dass die Regierung sich mehr für Recht und Ordnung einsetzen müsste, und hat ihr

Oberteil ausgezogen, um das zu untermauern. Ein paar Schauspieler von *EastEnders* haben sich in einem Nachtclub betrunken. Am ersten Tag des Schlussverkaufs ist es bei Harrods zu einer Schlägerei zwischen drei Männern gekommen, die alle den gleichen Plasma-Fernseher haben wollten. Der Fernseher ist dabei zu Bruch gegangen, und die Drei sind verhaftet worden. Ken Livingstone möchte den Admirality Arch abreißen lassen, um mehr Platz für Gelenkbusse zu schaffen.

Ich vermisse London überhaupt nicht, denkt sie. Diese Ellenbogengesellschaft und die vorherrschende Meinung, man sei nur jemand, wenn man viel besitzt. Sie gähnt, nippt an ihrem Tee. Die junge Frau ist aus dem Haus gestürmt, Shirley macht ein ungerührtes Gesicht und poliert eine Vase.

Mystic Meg behauptet, dass jemand aus der Vergangenheit an sie denkt. Und dass man die Liebe findet, wenn Freunde zusammen scharf gewürzte Gerichte essen.

Die Zeilen verschwimmen ihr vor den Augen. Ich bin müder, als ich dachte. Vielleicht hätte ich lieber ins Bett gehen sollen, anstatt herunterzukommen. Ich würde jetzt ja nach oben gehen, aber ich kann mich nicht aufraffen. Ich warte noch ein bisschen, ruhe mich aus, bis ich die Energie aufbringe.

Sie lässt die Zeitung auf den Boden fallen. Starrt zur Decke hinauf. Die Zimmer sind im Vergleich zu ihrer Größe recht niedrig. Sie kann jedes Detail der Maserung in den Balken erkennen, die von der Lampe auf dem Beistelltisch angestrahlt werden und reliefartig wirken. Da sind Gesichter im Holz; lange, verzweifelte Gesichter: Die Geister der Bäume, die ihrem früheren Leben nachtrauern. Bridget blinzelt ein paar Schlaftränen weg. Versucht, sich auf den Film zu konzentrieren. Stellt fest, dass die Schauspieler ebenso gut vom Mars kommen könnten, so wenig versteht sie. Sie drückt auf die Fernbedienung und schaltet den Apparat auf Stumm. Schließt die Augen, nur für eine Sekunde.

»Mir ist kalt … mir ist so kalt …«

240

Bridget hat den Eindruck, sie schwimme unter Wasser, sie sei in einen tiefen, dunklen See gefallen, dessen Strömung sie in die Tiefe zu ziehen versucht. Wer war das? Wer hat das gerade gesagt?

»Wo sie ist? Sie ist unten ... mach dir keine Sorgen ... wir haben jede Menge Zeit ...«

Flüstern. Kein Sprechen. Ich schlafe. Ich bin eingeschlafen.

Sie schwimmt nach oben, kämpft, taucht auf. Irgendetwas hat mich festgehalten. Ich muss ...

Sie fährt hoch, und ihre Glieder zittern. Hört ein Krächzen, das aus ihrem Hals kommt, und schaut sich um. Sie gerät in Panik, weil sie nicht weiß, wo sie ist. In irgendeinem großen und dunklen Haus ... Rospetroc. Ich bin im Salon in Rospetroc. Ich habe geträumt. Ich muss für einen Moment eingeschlafen sein.

Ihre Glieder unter der Decke sind furchtbar schwer, ihre Körpertemperatur ist gesunken, weil sie unter so einer dünnen Decke dagelegen hat. Sie hebt den Kopf und blickt zum Bildschirm. Er ist schwarz: In der Mitte laufen weiße Buchstaben durch. Mensch, ich muss ja eine ganze Weile geschlafen haben. Der Film ist zu Ende. Wie viel Uhr ist es?

Fast elf. Verdammt. Ich habe mehr als eine Stunde geschlafen. Jetzt werde ich wohl die ganze Nacht wach liegen.

Das Babyfon knackt, erwacht zum Leben.

»Ist schon in Ordnung ... mach weiter ... fass es an ...«

Bridget runzelt die Stirn.

»Sie wird es nie erfahren. Sie ist unten, das hab ich dir doch schon gesagt.«

Yasmin klingt – anders. Aber das ist so, wenn man flüstert. Was hat sie nur vor?

Der nächste Satz wird mit großer Dringlichkeit ausgesprochen: *»Beeil dich! Beeil dich! Ich kann sie hören! Sie kommt!«*

Elf Uhr abends. Wie lange ist sie schon wach? Bridget richtet sich auf, schaltet den Fernseher aus.

241

»*Mir ist kalt. Mir ist so kalt. Ach, lass das ... ich möchte zu meiner Mum.*«

Um Himmels willen. Sucht sie nach mir? Ich sollte lieber ...

Ein schrilles Kichern. Verächtlich. Was geht da vor? Was macht sie bloß?

Die Stimme spricht laut. Das klingt überhaupt nicht nach Yasmin. »*Hör auf! Hör auf! Lass das! Hör auf!*«

Im Nu ist Bridget auf den Beinen. Ist okay, Baby, ich bin auf dem Weg zu dir. Sie lässt den Becher, die Decke zurück, nimmt nur das Babyfon mit. Rennt durch das Haus, hat es plötzlich sehr eilig. Ich komme, Darling. Ich komme ...

Wieder ein Lachen. »*Sie wird es nicht erfahren ... kapierst du das nicht? Sie wird es nicht erfahren. Sie wird sagen, dass es deine Schuld ist. Es ist immer deine Schuld ...*«

Sie kommt an der Treppe an, die zur Wohnung hinaufführt. Ruft hinauf: »Yasmin?«

Sie rennt die schmale Treppe hinauf, stößt gegen die Wände. Hier ist es dermaßen kalt. Wie konnte ich sie nur allein lassen, wo es doch so kalt ist? Es fühlt sich an, als herrschten hier Minusgrade.

Im Korridor ist es still, er ist leer. Bridget späht im Vorbeigehen in die Zimmer, die leere Küche, das dunkle Wohnzimmer. Mein Baby. Ich komme. Sie rennt über den Sisalteppich, legt die Hand auf die Klinke von Yasmins Zimmertür. Sie ist fast gefroren, wie ein Stück Eis. »Ist schon gut«, sagt sie beim Eintreten. »Ich bin da.«

Nichts regt sich. Nichts rührt sich. Das Nachtlicht brennt in der Ecke und wirft sich drehende Monde, Sterne und Kometen an die Wände und die Dachschrägen. Sie steht in der Tür, ihr Atem ist als Dampf in der Luft sichtbar. Hier drin ist es kalt wie in einem Grab.

»Yasmin?«, fragt sie unsicher.

Das Kind schläft. Yasmin hat sich unter die Bettdecke gekuschelt, deshalb ist nur ihre Stirn zu sehen, eine Strähne dunkler Haare, die lockig auf dem Kissen liegt. Wieder ist das Gästebett zerwühlt, und das Bettzeug hängt wie eine Schlammlawine auf den Boden.

Bridget blickt auf das Babyfon in ihrer Hand hinab. Das Kontrolllicht ist aus, stellt sie fest. Sie drückt mit dem Daumen den Ein- und Ausschaltknopf, hört es klicken und sieht, dass das Licht angeht. Ich muss es beim Rennen versehentlich ausgeschaltet haben.

Sie kniet sich neben das Bett. Zieht die Decke vom Gesicht ihrer Tochter, um nachzusehen. Sie schläft. Eindeutig. Tut nicht nur so. Ihr Mund ist entspannt und ihre Haut ein wenig feucht.

»Es ist alles in Ordnung, Darling.«

Yasmin kneift die Augen zusammen, weil sie nicht gestört werden will, dann schlägt sie sie auf. Starrt ihre Mutter an, als würde sie sie nicht erkennen. »Wa…«, sagt sie.

»Es ist alles in Ordnung. Schlaf weiter. Du hast nur geträumt.«

Yasmin starrt sie an, verständnislos, schlaftrunken. Ich hole ihr noch eine Decke. Die Heizung hier muss kaputt sein. Ich werde den Mut aufbringen und Tom Gordhavo sagen müssen, was hier alles nicht funktioniert. Es ist ja nicht gut, hier alles verlottern zu lassen, bloß weil ich Angst habe, als schwierig dazustehen. »Schlaf weiter«, sagt sie.

Yasmin dreht sich wieder auf die Seite, vergräbt das Gesicht in ihrem Kissen. Bridget steht auf, nimmt eine Decke von dem Haufen auf dem Gästebett und legt sie über sie. Klemmt sie fest. »Gute Nacht«, flüstert sie.

Im Korridor, als sie gerade erschöpft auf dem Weg in ihr eigenes Bett ist, erwacht das Babyfon erneut zum Leben. »Gute Nacht«, antwortet es. »Nacht, Nacht.«

34

Carol – in einem schwarzen knöchellangen Ledermantel und mit zehn Zentimeter hohen Absätzen – wirft einen Blick auf den Weg und die Stufen dahinter und bleibt wie angewurzelt stehen.

»Tut mir leid«, sagt sie, »aber es kommt gar nicht in Frage, dass ich da hinaufgehe. Selbst wenn ich es bis da oben schaffen würde, ohne mir das Genick zu brechen, würde ich nie mehr heil herunterkommen.«

»Stadtmensch«, sagt Yasmin. »Tante Carol ist ein Stadtmensch.«

»Wo hat sie denn solche Sachen her?«, fragt Carol.

»Aus der Schule. Ich musste ihr am zweiten Tag blaue Kordhosen und einen Pullover kaufen, weil die anderen sie so bezeichnet haben. Und einen Anorak. Ein Stadtmensch zu sein, ist hier in etwa das Schlimmste, was man sich vorstellen kann. Schlimmer ist nur, wenn man einer der Conran Yuppies drunten in Rock ist.«

»Wie komisch«, stellt Carol fest. »Das ist wie bei Trainer Wars, nur umgekehrt.«

»Ich weiß«, sagt Bridget. »Daran ist das Fernsehen schuld, davon bin ich überzeugt. Hier schauen Kinder nicht halb so viel, weil die Leute keine Angst haben, sie draußen spielen zu lassen, und sie sind in der Folge auch lange nicht so materialistisch eingestellt. Hast du gewusst, dass hier kein einziges Kind einen iPod hat?«

»Was ist ein iPod?«, will Yasmin wissen.

»Hässliche weiße Plastikdinger, Darling«, antwortet Carol, »die deine Schallplatten fressen und dazu führen, dass dich die Leute berauben möchten.«

»Warum soll ich dann einen davon haben wollen?« – »Ich will keinen.« – »Ich enthalte mich«, sagt Bridget.

»Mummy, ich gehe da übrigens auch nicht rauf«, stellt Yasmin fest.

»Ach, ehrlich«, entrüstet sich Bridget. »Was seid ihr beide bloß für Waschlappen.« Sie wird es nicht zugeben, aber sie ist beinahe erleichtert, dass die anderen sich an ihrer Stelle als Feiglinge geoutet haben. Aus diesem Blickwinkel wirkt Tintagel, jetzt, da der Regen über die Landenge peitscht, weit entfernt und ziemlich hoch gelegen. Dramatisch, aufregend und romantisch, wie die Wellen gegen den Fuß des schwarzen und zerklüfteten Cliffs schlagen, aber bei diesem ungemütlichen Wetter noch ein ganzes Stück entfernt.

»Ich dachte, Cornwall gelte als sonnig«, stellt Carol fest.

»Hier unten ist noch immer Winter«, antwortet Bridget. »Das ist hier nicht die Toskana.«

Carol klopft sich mit ihren in Lederhandschuhen steckenden Händen gegen die Oberarme und stampft auf dem regennassen Granit herum.

»Wir sind die ganze Strecke hierher gefahren ...«, sagt Bridget skeptisch, obwohl sie weiß, dass sie ein wenig mehr Begeisterung an den Tag legen muss, wenn sie eine unwillige Sechsjährige bewegen will, im strömenden Regen mehrere hundert Meter den Berg hinaufzuwandern. Sie kann zwei in Regencapes gehüllte Gestalten ausmachen, die sich in dem verfallenen Tor am Rande des Cliffs aneinanderdrängen und nach unten blicken. Eine Böe erfasst sie, und Bridget beobachtet, wie sie sich an den Fels klammern und ihre Capes wie Wimpel zur Seite geblasen werden.

»Das reicht mir«, sagt Carol resolut. »Wie wäre es mit einer schönen Tasse Tee, während wir auf den Shuttle Land Rover warten?«

»Ja«, antwortet Yasmin entschieden und macht sich daran, in Richtung des Cafés davonzuhüpfen. »Pommes frites!«, ruft sie.

Die Erwachsenen folgen ihr in gemächlicherem Tempo, Carol hakt sich bei Bridget unter und humpelt den unebenen Weg entlang.

»Du bist wirklich ein Stadtmensch.«

»Tja«, antwortet Carol, »hätte Gott gewollt, dass wir in Mokkassins herumlaufen, dann hätte er uns nicht das Pflaster erfinden lassen. Wie auch immer. Man weiß ja nie, ob einem nicht ein netter Bauernbursche über den Weg läuft.«

»Nun, er wird sicher nicht wollen, dass du so aussiehst«, sagt Bridget. »Die Bauernburschen hier wollen eine Frau, die gut mit einem Schraubenschlüssel umgehen kann, keine Vorzeigefrau.«

»Wer redet hier von Ehefrauen?«, fragt Carol. »Ich bin nur auf Urlaub hier.«

»Am ersten Samstag jeden Monats gibt es eine Dorfdisko, aber ich denke, die könnten für dich ein bisschen jung sein.«

»Na, besten Dank.«

»Falls du nach einem Ehemann Ausschau hältst.«

»Richtig.«

Beide brechen in Gelächter aus.

»Unten in Newquay gibt es ein paar nette Surfer, falls du das Erbrochene auf den Straßen erträgst«, fährt Bridget fort, »aber im Moment ist es für sie noch ein bisschen kalt. Die sind wahrscheinlich dem Sommer nachgereist und tummeln sich jetzt irgendwo in Australien.«

»Ach, ein Surfer. Wenn du schon davon redest. Einer dieser schönen Körper von Langstreckenschwimmern täte es auch.«

Bridget schmunzelt.

»Und, wie machst du dich eigentlich an dieser Front?«, erkundigt sich Carol.

Sie fühlt sich ein bisschen verärgert. »Lass mir eine Chance. Ich bin erst gut einen Monat hier. Und außerdem glaube ich kaum, dass ich mich so bald auf diesem Markt tummeln werde.«

»Ach, Bridget«, entgegnet Carol, »du kannst sie nicht alle über einen Kamm scheren.«

Ich wünschte mir, ich hätte deine Zuversicht, denkt Bridget. Dein Selbstbewusstsein, sich abzubürsten und wieder von vorn anzufangen. Das haben Flugbegleiter so an sich, oder? Die sind es gewöhnt, an fremden Orten zu sein, mit anderen Langstreckencrews auf Anhieb ein Verhältnis aufzubauen, und das überträgt sich auf ihre Persönlichkeit.

»Das ist, wie wenn man vom Pferd fällt«, stellt Carol fest.

»Schöner Vergleich.«

»Nein, aber … je länger du es sein lässt, desto mehr Angst hast du.«

»Na ja, es ist jetzt über drei Jahre her«, sagt Bridget. »Seit … du weißt schon …«

»Tatsächlich? So lange? Das hatte ich ganz vergessen. Mir kommt es so vor, als sei er ständig da.«

»Na ja, das war er ja auch, gewissermaßen.«

Yasmin ist beim Café angekommen und balanciert davor auf der Mauer der Ablaufbahn. Wie immer bekommt Bridget einen gewaltigen Schrecken, versucht aber, sich am Riemen zu reißen. Die Mauer ist wahrscheinlich ein paar Meter breit, und wenn du deine Tochter jedes Mal bremst, wenn sie etwas Gefährliches macht, dann wird sie am Ende zu einem dieser ängstlichen kleinen Mädchen werden. Eines dieser ängstlichen kleinen Mädchen, wie du eines warst, die nach einem großen Mann Ausschau halten, damit er sie rettet. Ihr wird schon nichts passieren, da sitzen drei Leute auf der Bank an einem der Tische. Wenn es wirklich gefährlich wird, werden die gewiss eingreifen.

»Ja«, sagt Carol, »das stimmt wohl.«

Ich muss sie einfach fragen: »Ist er … du weißt schon, noch mal gekommen?«

Carol kichert. Es klingt ein wenig draufgängerisch. »Ach, mach dir keine Sorgen. Das regle ich schon.«

Dann war er also da.

»Ich habe ihm nicht gesagt, wo du bist, also sei unbesorgt.«
– »Das habe ich keine einzige Sekunde vermutet.«

»Genau genommen habe ich etwas von Derbyshire durch-
blicken lassen. Und dann so getan, als hätte ich es nicht gesagt. Wahrscheinlich ist er jetzt gerade dabei, den Norden zu
durchkämmen.«

Das hoffe ich. Nein, das hoffe ich nicht. »Mir wäre es lieber«, sagt sie, »er würde die Suche ganz aufgeben.«

»Ja, nun, da können wir nur hoffen. Hat er angerufen?«

Bridget nickt. »Mehrmals. Ich denke, ich werde mir ein
neues Handy kaufen. Und das hier wegwerfen.«

»Kauf dir doch einfach eine neue SIM-Karte. Mehr
brauchst du gar nicht.«

»Ja, vermutlich. Das Handy scheint unten in diesem Tal
ohnehin nur sporadisch zu funktionieren. Die Hälfte der Zeit
hat es gar keinen Empfang. Deshalb habe ich nicht abgenommen, als du neulich abends angerufen hast.«

»Ach, richtig. Hast du denn noch kein Festnetz?«

»Nein. Im Erdgeschoss ist einer, aber auf diesem Apparat
kann man nur angerufen werden. Und ob du es glaubst oder
nicht, man steht immer noch ein paar Monate auf der War-
teliste, bis eine neue Leitung zur Wohnung gelegt wird.«

»Das überrascht mich nicht«, antwortet Carol. »Ach, hab
ich's dir schon erzählt? Ich glaube, ich könnte einen Job kriegen.«

Bridget bleibt wie angewurzelt stehen. »Carol! Nein! Fantastisch! Was denn?«

»Virgin Airlines«, antwortet Carol. »Transatlantik. Sieht
so aus, als sei ihnen klar geworden, dass die alten, die über
Vierzigjährigen, eigentlich ganz gut darin sein könnten, die
Besoffenen unter Kontrolle zu halten.«

»Ach, das ist ja wunderbar!«

»Klar«, sagt Carol. »In dem alten Hund steckt noch Leben.
Nicht etwa, dass ich mich als Hund bezeichnen möchte …«

Bridget grinst. »Und, wann fängst du an?«

»Je früher, desto lieber. Ich muss nur die ärztlichen Untersuchungen machen lassen und einen Auffrischungskurs absolvieren, und dann bin ich hoffentlich in einem Monat oder so schon in der Luft. Ich kann es kaum erwarten, das kann ich dir sagen. Ich dachte allmählich schon, dass es ganz vorbei ist.«

»Ich weiß.«

Beide denken an das letzte Jahr zurück: Wie sie es gemeinsam durchstanden, die schwindenden Ersparnisse, wie Carol immer wieder irgendwelche öden Büroaushilfsjobs annahm, weil Servierwagenschieberinnen nicht wirklich tippen lernen können. Selbst Carols unerschütterliche Fröhlichkeit war allmählich ein wenig geschwunden. Es gab viele Tage, an denen sie sich morgens auf der Treppe über den Weg liefen, und die Ringe unter Carols Augen dadurch betont wurden, dass ihr noch immer Tränen in den Augen standen.

»Es sieht also danach aus, als ginge es bei uns beiden wieder bergauf«, stellt Carol fest. »Ich sag dir was, ich ziehe so schnell wie möglich von Streatham fort, sobald ich wieder so etwas wie ein geregeltes Einkommen habe. Ich weiß nicht, warum ich nicht früher darauf gekommen bin, aber ich muss ja nicht in London wohnen, um zum Flughafen zu gelangen. Genau genommen ist es absolut hirnrissig. Ich habe mit Maklern aus der Gegend von Crawley gesprochen, dort sind die Wohnungen nur halb so teuer wie in London, selbst da, wo wir wohnen. Und ohne Drogendealer an der Ecke und Nachbarn, die einen einfach ignorieren. Diese Typen da in unserem Haus, die rühren doch keinen Finger und würden wahrscheinlich nicht einmal beim Knall von Schüssen reagieren, wenn das nicht den Wert ihres Eigentums mindern würde.«

»Ist inzwischen jemand in meine alte Wohnung eingezogen?«

Carol schüttelt den Kopf. »Draußen hängt jetzt eine Auktionsankündigung. Die wird im April stattfinden.«

Als sie das hört, fühlt Bridget sich eigenartig berührt, ist sich aber nicht sicher, wieso eigentlich. Sie möchte die Wohnung nie wiedersehen, aber sie war Schauplatz so großer Hoffnungen und von so viel Angst, dass sie weiß, sie wird sie niemals vergessen.

»Ich sag dir was«, fährt Carol fort, »du hast mich irgendwie inspiriert. Es hat sich herausgestellt, dass London für mich nicht alles ist.«

»Nein, das ist es nicht«, pflichtet ihr Bridget bei. »Ich glaube nicht, dass ich je zurückmöchte.«

»Sachte, sachte!«

»Nein, will ich nicht. Ich brauche mir sie bloß …«

Yasmin schwankt auf der Mauer, und Bridget ist schon im Begriff loszurennen. Entspannt sich jedoch wieder, als sie sie auf die gepflasterte Seite herunterspringen und auf ein Klettergerüst zulaufen sieht. Sie nickt in ihre Richtung, »… anzuschauen. Ich meine. Brockwell Park oder Felsenbuchten? Schießereien auf offener Straße oder surfen lernen? Die Grundschule Winnie Mandela oder die Schule von Meneglos? Da braucht man doch gar nicht lange zu überlegen.«

»Und kein Kieran«, fügt Carol hinzu.

»Und kein Kieran. Carol, er hat dich doch nicht belästigt, oder?«

»Ich hab's dir schon gesagt. Mach dir darum keine Sorgen. Das wird er nicht wagen.«

Ich weiß nicht, denkt Bridget. Ich weiß nicht. Nicht, solange er sich ganz auf mich konzentrieren konnte, aber jetzt haben wir uns seiner Meinung nach in einen Hexenzirkel verwandelt, der sich gegen ihn verschworen hat, und sie ist die Einzige, an die er rankommt.

»Du bist aber vorsichtig, nicht wahr? Er ist nicht – er ist kein ausgeglichener Mensch.«

»Hör auf«, sagt Carol. »Ich kenne ihn.«

»Ich meine ja bloß – du bist da hineingezogen worden, und ich will nicht …«

»Also«, fragt Carol in ihrem typischen Lass-uns-das-

Thema-wechseln-Tonfall, »hast du hier schon richtig Spaß gehabt? Freunde gefunden?«

»Mmm. Ja, ich denke schon. In etwa. Da ist eine junge Frau im Dorf mit einem Mädchen in Yasmins Alter. Tina. Ich mag sie. Die ist immer gut drauf. Und auch ihr Bruder ist nett.« Sie schaut zu ihr hinüber und hofft, dass sie auf den Hinweis auf einen Mann nicht gleich anspringt. Ich suche nicht nach einem Mann. Ich will jetzt nichts weiter als ein neues Leben. Sie beeilt sich hinzuzufügen: »Und die Leute hier – ja, die sind wirklich nett. Freundlich. Zurückhaltend, aber freundlich. Ich denke, sie wollen sicher sein, dass ich auch bleibe, bevor sie sich zu sehr einbringen. Aber sie sind überhaupt nicht distanziert.«

»Und, was machst du? Gehst du ins Pub?«

»Es gibt hier eins. Aber es ist nicht kinderfreundlicher als das Bricklayers in Streatham. Und außerdem bräuchte ich einen Babysitter.«

»Du gehst also nicht aus?«

»Ich bin nicht du, Carol. Du bist gut in solchen Sachen. Du schließt im Handumdrehen neue Freundschaften. Bei mir, dauert das etwas länger. Es geht mir gut. Im Dorf findet immer mal wieder eine Veranstaltung statt, und da gehen wir hin, und wir werden die Leute nach und nach kennenlernen. Die Pfadfinder nehmen inzwischen auch Mädchen auf, und ich werde sie da demnächst anmelden. Das ist gut.«

»Klingt in meinen Ohren ein bisschen einsam«, stellt Carol fest. Und lacht. »Sagt die traurige alte Jungfer.«

»Na ja, das ist es nicht«, lügt Bridget. »Es ist gut. Ich brauche nicht ständig andere Leute um mich herum. Und du wirst nie eine traurige alte Jungfer sein.«

35

»Tee? Kaffee?«

»Hmm … Ich nehme Kaffee. Danke.«

Sie steht verlegen mit den Händen in den Taschen da, während eine grauhaarige Fremde Instantkaffeepulver in einen Plastikbecher löffelt und ihn mit kochendem Wasser füllt.

»Schwarz oder mit Milch?«

»Mit Milch, bitte.«

Sie löffelt Coffee Mate darüber, rührt kräftig um, bis sich die Klümpchen aufgelöst haben.

»Zucker?«

Bridget schüttelt den Kopf. »Nein, danke.«

»Und«, fragt sie. »Wessen Mutter sind Sie?«

»Ach«, antwortet Bridget, »Von Yasmin. Yasmin Sweeny.«

»Ach, richtig. Die nette Yasmin.«

Bridget strahlt. Yasmin besucht die Schule erst seit ein paar Wochen, und sie ist sehr froh, dass sie einen guten Eindruck gemacht hat.

»Und wo ist Yasmin heute Abend? Doch wohl nicht allein zu Hause, oder?«

Bridget errötet. Sie macht wohl nur Spaß. Sie kann dich doch nicht ernsthaft für eine so pflichtvergessene Mutter halten. Schau, sie lächelt. Sie ist den etwas vorwurfsvollen Tonfall der Sozialarbeiter derart gewöhnt – der Sozialarbeiter, die ihr eigentlich hätten helfen sollen –, dass sie in letzter Zeit automatisch meint, diesen Tonfall aus dem Munde jeder Autoritätsperson herauszuhören. »Sie ist daheim in Rospetroc. Eine Freundin von mir ist zu Besuch. So etwas wie ihre Patentante. Wenn ich mich nicht irre, ist sie inzwischen in einem wahren Zuckerrausch.«

Die Frau lacht. »Dafür sind Patentanten ja da. Sie aufzudrehen und dann wieder zurückzugeben, sobald die Sache außer Kontrolle gerät. Wie lebt es sich so auf Rospetroc? Schön, dass da endlich eine Familie eingezogen ist.«

Das ist ja alles schön und gut, aber ich weiß beim besten Willen nicht, wer Sie sind. »Entschuldigung«, sagt sie, »Sie sind …?«

»Ach – du meine Güte.« Sie streckt ihr die Hand entgegen. »Tut mir so leid. Man gewöhnt sich in kleinen Gemeinden wie dieser daran, davon auszugehen, dass jeder weiß, wer man ist. Sally Parsons. Ich unterrichte Mathe und Naturwissenschaften. Na ja, man kann es wohl kaum Naturwissenschaften nennen. Rechnen und wie alles wächst. Yasmin ist sehr gescheit. Sie müssen stolz auf sie sein. Wir haben erwartet, dass sie hintendran ist, da sie ja von einer öffentlichen Londoner Schule kommt, aber ganz ehrlich, ich glaube nicht, dass sie irgendwelche Probleme haben wird.«

»Oh, Gott sei Dank!«

»Haben Sie sich Sorgen gemacht?«

»Ich weiß nicht«, antwortet Bridget. »Das ist so eine Sache mit den Elternabenden. Die machen einen einfach nervös, selbst wenn man der Meinung ist, dass alles zum Besten steht.«

»Ich erinnere mich«, sagt Sally. »Ich habe immer etwa drei Stunden gebraucht, bis ich fertig war, habe mich immer wieder umgezogen, um nicht zu – flott – auszusehen. Es war, als stünde man vor der Tür der Direktorin und wartete auf die Tracht Prügel. An Ihrer Stelle würde ich mir aber keine Sorgen machen. Wir sind hier sowieso sehr nachsichtig, aber ich denke, niemand wird irgendwelche Klagen in Bezug auf Yasmin haben.«

»Puuh«, macht Bridget. Nippt an ihrem Kaffee. Verbrennt sich die Lippen. Ich sollte mich eigentlich erinnern, dass Instantkaffee meist zu heiß ist. Es ist fast so, als würde man das Wasser direkt aus dem Kocher trinken.

253

»Und, wie geht es Tom Gordhavo? Ich habe ihn seit einer Ewigkeit nicht mehr gesehen. Mensch, was war das früher für ein Flegel.«

»Tom Gordhavo ist hier zur Schule gegangen?«

»Das war so üblich. Nur in die Grundschule. Um sich unter die nächste Generation von Pächtern zu mischen, bis er auf die weiterführende Privatschule gegangen ist.«

»Ach, ja klar. Nun, es geht ihm gut, soweit ich weiß. Allerdings habe ich ihn nur ein Mal gesehen, seit ich hierher gekommen bin. Er hält sich – ziemlich heraus, wie das bei Chefs eben so ist.«

»Hmmm«, sagt Sally. »Ich kann nicht behaupten, dass mich das überrascht. Er hat das Haus nie gemocht.«

»Das höre ich ständig.«

»Ja, das glaube ich Ihnen gern. Um ehrlich zu sein, ich bin erstaunt, dass sie es damals nicht verkauft haben, als die alte Mrs Blakemore gestorben ist. Ehrlich, ich denke, das arme alte Haus hätte wahrscheinlich einen Neustart verdient gehabt.«

»Was meinen Sie damit?«

»Na ja. Keine glückliche Familie. Ein Haus wie dieses hat ein glücklicheres Leben verdient. Nicht etwa, dass ich Ihnen den Job wegnehmen wollte, keineswegs.«

»Na klar.«

»Es ist einfach eine Schande, das ist alles. Manche Familien scheinen vom Pech verfolgt zu sein, nicht wahr? Selbst die Reichen. Und außerdem kann ein Haus nicht mehrere Jahrhunderte dastehen, ohne ein bisschen Geschichte abzubekommen, oder?«

Seltsam, dass alle davon auszugehen scheinen, ich wüsste über meine Arbeitgeber bestens Bescheid. Es ist, als handele es sich um den Klatsch über Prominente, der heute Morgen im Mirror veröffentlicht wurde. »Nein«, antwortet sie. »Ich weiß gar nicht so viel darüber. Ich habe von Mrs Gordhavos Bruder gehört, aber um ehrlich zu sein, alles andere ist mir ein Rätsel. Ich musste für die Feriengäste irgendwelche Geschichten erfinden. Von Rittern, von Anhängern König Karls I. und Rundköpfen, von Zinnminen und der Werkzeugfabrik Trelawny und so weiter.«

Mrs Parsons lacht. »Gut gemacht! Gar nicht schlecht! Und weit weniger abschreckend, als ein Erhängter auf einem Heuboden, muss ich sagen.«

»Ja, das dachte ich mir.«

»Steht das Bootshaus denn noch?«

»Ja«, antwortet Bridget. »Allerdings war ich nur ein Mal dort unten, als ich nachgeschaut habe, ob die Zäune auch stabil genug sind, um Yasmin fernzuhalten. Es sieht ziemlich verfallen aus.«

»Ja, muss wohl so sein. Es ist nicht mehr genutzt worden, seit – weiß der Himmel, seit wann. Wahrscheinlich schon eine ganze Weile vor dem Krieg nicht mehr. Ich glaube nicht, dass sie viel Verwendung dafür hatten, als das Haus als Schule diente. Ihnen saßen schon damals das Gesundheits- und das Ordnungsamt im Nacken, oder wie die Behörden in den 1930ern hießen.«

»Es war einmal eine Schule?«

»Haben Sie das nicht gewusst? Ja. Mrs Blakemores Mutter hat versucht, das Anwesen zu halten, nachdem ihr Mann im Krieg gefallen war. Paddy Blakemore – Toms Großvater – war der Grundstücksverwalter, er hat die Farmen verpachtet und das Land, das sie nicht für die Schule nutzten. So hat sie ihn kennengelernt.«

»Woher wissen Sie das alles?«

»Von meinen Eltern. Wir hier, wir ziehen ja meist nicht weit von dem Ort weg, an dem wir aufgewachsen sind. Das Problem ist, dass man, wenn man ein bestimmtes Alter erreicht, am meisten bedauert, dass man ihnen nicht richtig zugehört hat, als sie noch am Leben waren. Jedenfalls bestand die Schule nach dem Tod der Schwiegermutter nicht mehr lange. Ich glaube, beide Blakemores waren der Meinung,

255

dass die Führung einer Schule ein wenig unter ihrer Würde sei, obwohl sich das Anwesen nur aus diesem Grund noch in Familienbesitz befand. Sie war sehr auf die Klassenzugehörigkeit bedacht, daran erinnere ich mich. Hat fast Anfälle bekommen, als ihr im Krieg ein paar Flüchtlinge aufgehalst wurden. Sie war halb krank vor Sorge, dass die ihre Kinder auf ihr Niveau herunterziehen könnten. Das ganze Dorf hat sich darüber lustig gemacht. Der hiesigen Verantwortlichen hat es ein diebisches Vergnügen bereitet, gerade diejenigen herauszupicken, die sie am meisten in Rage bringen würden, und dann sicherzustellen, dass sie diese Kinder nicht mehr loswurde. Kinder, die Läuse in die Schule eingeschleppt und geflucht haben. Ich bin mir sicher, da gab es etwas mit einer von ihnen ... ach, ich wünschte mir, ich hätte richtig zugehört. Ich kann mich einfach nicht mehr erinnern. Irgendetwas Geheimnisvolles muss es gewesen sein. Irgendwas Hässliches mit einem Holzschuppen oder so. Aber bedenken Sie, das waren damals alles nur Andeutungen und Gerüchte. Wie es in einem typisch kornischen Dorf eben so ist. Die Leute waren, als ich ein Kind war, noch weit weniger mitteilsam. Sie haben nur ›Pst‹ gemacht und alle möglichen Sachen lediglich mit einem wissenden Blick stillschweigend durchgehen lassen. Es würde mich nicht wundern, wenn das eine Folge der Schmugglerzeit gewesen ist.«

»Das spielt keine Rolle«, sagt Bridget. Aber es ist gutes Material. Gut einzusetzen. Sie ist sich sicher, dass eine solche Geschichte die Aykroyds zumindest amüsiert hätte.

»Nein, tut es nicht. Sie haben recht. Es ist nur lustig, und es ist eine Schande, dass all diese Vorkommnisse der Lokalgeschichte dem Vergessen anheimfallen, bloß weil man früher nicht richtig aufgepasst hat. Eine von denen ist jedenfalls wegen irgendetwas von der Schule geflogen, aber ich erinnere mich nicht mehr, worum es ging. An Mrs Blakemore erinnere ich mich noch sehr gut. Die ist zu der Zeit, als das Mädchen der Schule verwiesen wurde, völlig durchgedreht.

256

Ist mit einem Hut auf dem Kopf, an dem Kirschen befestigt waren, aber barfuß durchs Dorf gewandert und hat sich ständig umgeblickt, als glaube sie, irgendjemand sei hinter ihr her.«

»Wie seltsam!«

»Ich weiß. Ich glaube, es hatte zumindest etwas zu tun mit …« Sie führt die Hand vors Gesicht und macht die universelle Trinkgeste. »Natürlich waren wir als Kinder grässlich, so wie Kinder eben sind, und haben scheußliche Sachen gemacht, wie die, dass wir auf sie zugesprungen sind, sodass sie vor Schreck aufgeschrien hat. Kein Wunder, dass die sich am Ende dort eingeschlossen haben und nicht mehr herausgekommen sind, es sei denn, um die Lebensmittellieferung an der Eingangstür abzuholen. Allerdings hatte ich den Eindruck, dass sie schon eine ganze Weile nicht mehr alle Tassen im Schrank hatte, bevor es wirklich offensichtlich wurde. Auf jeden Fall hat sich Paddy Blakemore irgendwann im Krieg verpisst – entschuldigen Sie meine Ausdrucksweise. Sie haben natürlich so getan, als sei er im Kampf gefallen, aber selbst hier an einem so abgelegenen Ort, bekommt man gelegentlich Gerüchte mit, was sich in London so abspielt. Aber im Allgemeinen haben Männer so etwas nicht gemacht, vor allem nicht mit dieser Art von Herkunft, es sei denn, sie hatten einen wirklich triftigen Grund.«

»Nein«, wirft Bridget ein.

»Ich glaube nicht, dass die Familie danach noch wirklich glücklich war. Ich glaube, es ging um die Schande. Damals wurde den Frauen, deren Männer sich aus dem Staub gemacht hatten, die Schuld zugeschoben. Jedenfalls hat sie im Winter 1943 das Haus praktisch zugesperrt, und das war's dann. Sie hat sich ganz auf Hugh verlassen: Hat ihn quasi zum Mann im Haus erklärt, als er noch in Eton war. Dann hat sie ihn aus der Schule genommen und um nichts in der Welt jemanden in seine Nähe kommen lassen. Der arme Kerl hatte nicht die geringste Chance, eine Frau zu finden. Sie hat ihn nicht aus dem Haus gelassen. Allerdings hätte er sich ohnehin etwas weiter entfernt nach einer Frau umschauen müssen. Mum sagte immer, er sei widerlich, und alle Mädchen im Dorf hätten schon lange, bevor er sich umgebracht hat, einen großen Bogen um ihn gemacht. Ich denke, Toms Mutter hatte wahrlich Glück, dem Ganzen zu entkommen. Sie hat Jack Gordhavo geheiratet, kaum dass sie einundzwanzig geworden war. Eindeutig eine jener Hochzeiten, die eine Flucht aus dem Elternhaus darstellten, aber ich glaube, sie waren trotzdem recht glücklich miteinander. Sie kam jedoch nie zurück, solange ihre Familie noch am Leben war, und man kann verstehen, dass dieses Anwesen hier sie nach dem Tod ihrer Verwandten nicht sonderlich gereizt hat, zumal sie ein sehr schönes Haus hatten.«

»Ja, unbedingt.«

»Man hatte immer den Eindruck, es gibt da irgendeine Art von – von Geheimnis. Etwas, was sie zu kaschieren versuchten. Ich kann mir den Gedanken nicht verkneifen, dass es mit Hugh zu tun hatte. Aber Tom Gordhavo hat immer irgendwie – schuldig? – gewirkt, wenn das Thema Rospetroc zur Sprache kam. Als gäbe es da etwas, was sie niemandem erzählen wollten.«

»Sie wissen ja, wie die Adligen sind«, scherzt Bridget. »Haben panische Angst, jemand könnte herausfinden, woher ihr Vermögen tatsächlich stammt.«

»Allerdings. Aber es erstaunt mich trotzdem, dass er es nicht verkauft hat. Es ist ja nicht so, als ob damit sentimentale Erinnerungen verbunden wären.«

»Nein«, antwortet Bridget. »Ich vermute … ein Haus mit so viel Geschichte loszuwerden … könnte ganz schön schwierig sein, nicht wahr?«

»Da haben Sie ganz recht. Wie auch immer. Vielleicht sollte es einfach so sein. Vielleicht nur, damit Sie und Ihre nette kleine Tochter kommen und das Schicksal des Hauses positiv verändern.«

Bridget ertappt sich dabei, dass sie lächelt, und sie zuckt mit den Achseln. »Na ja, vielleicht verändert es auch unser Schicksal«, sagt sie. »Ich habe jedenfalls den Eindruck.«

Sally schaut sie mit neugierigen, strahlenden Knopfaugen an. »Tatsächlich? Ich bin froh, das zu hören. Es kann für Sie nicht leicht gewesen sein, ein Kind ganz allein aufzuziehen.«

Darauf gehst du nicht ein, denkt sie. Ich werde nicht anfangen, denen irgendetwas von meinen Notlagen zu beichten, die weit über ihre wildesten Träume hinausreichen, damit sie dann etwas im Dorf zu erzählen haben. »Na ja«, sagt sie verächtlich. »Ich bin ja nicht die erste Frau, der so was passiert ist.«

»Da haben Sie recht. Und ich glaube, Sie werden auch nicht die Letzte sein. Sagen Sie, hat er die Stromleitungen schon reparieren lassen?«

»Ach, haben Sie davon gehört?«

»Frances hat die ganze Zeit davon geredet.«

»Ach, tatsächlich? Ich dachte, das wäre bloß ich. Ich denke, dann sollte ich lieber mal mit ihm darüber reden.«

»Ja«, antwortet Sally. »Lassen Sie nicht zu, dass sein Geiz Sie am Ende noch vertreibt. Er kann ja zumindest Mark Carlyon kommen lassen, damit er es sich anschaut und das Nötigste repariert.«

»Mark ist derjenige, an den man sich wenden muss?«

»Selbstverständlich. Er ist sehr gut. War früher auch so ein vorlauter Bengel. Nicht so schlimm wie Tina, aber ich war ernsthaft versucht, ihm damals, als das noch nicht untersagt war, eine hinter die Ohren zu geben. Hat sich aber gemacht. Er ist ehrlich – na ja, soweit man heutzutage ehrlich ist. Ich glaube nicht, dass er eine Brieftasche, die er auf der Straße findet, eher abgeben würde als der nächste Passant. Aber er zockt Sie nicht ab und macht selbst sauber. Sie sollten ihn kommen lassen.«

»Okay«, antwortet Bridget. »Ich werde Tina fragen, sobald ich mit dem großen Boss gesprochen habe.«

»Machen Sie das. Sagen Sie ihm, dass ich es Ihnen geraten habe.«

»Tja«, sagt Bridget. »Ich vergeude Ihre Zeit. Eigentlich sollten wir uns doch über Yasmin unterhalten, nicht wahr? Und Sie sollten mich wegen irgendetwas ausschimpfen und mich auf die Wichtigkeit der Hausaufgaben hinweisen?«

»Genau. Und wie viel Zeit braucht Yasmin nun tatsächlich für ihre Hausaufgaben?«

Bridget wird rot. »Ach, mein Gott. Ich habe gar nicht gewusst, dass sie … das kleine Biest. In den Londoner Schulen gibt es keine, wissen Sie, deshalb ist es mir gar nicht in den Sinn gekommen …«

»Ein Spaß, Bridget. Sie ist erst sechs.«

Sie spürt, dass sie wieder errötet. Ich muss lernen, herauszufinden, wenn jemand mich auf den Arm nimmt. Ich scheine im Laufe der Jahre meinen Humor verloren zu haben. »Ach, tut mir leid.«

»Wie hat sie sich zu Hause eingewöhnt?«

»Gut, denke ich. Sie macht einen glücklichen Eindruck.«

»Jedenfalls ist es eine Freude, sie in der Schule zu haben. Wir alle hatten mit einem bewaffneten, Kaugummi kauenden Großstadtkind gerechnet, aber sie hat sich gut eingefügt, Freunde gefunden und arbeitet mit. Erzählt sie zu Hause viel davon?«

»Ach, es gefällt ihr sehr. Sie redet unentwegt davon.«

»Prima. Prima. Und mit wem hat sie sich angefreundet? Ich kann das auf dem Pausenhof nie so richtig ausmachen. Meistens denkt man, die streiten sich, dabei üben sie in Wahrheit irgendeinen Tanz ein.«

»Mit einigen.« Sie zermartert sich das Gehirn, um sich an die Namen zu erinnern. »Chloe Teagle natürlich und Jago Carlyon.«

»Nette Kinder.«

»Und da sind noch ein paar, die ich noch nicht kennengelernt habe. Carla Tremayne?«

»O ja. Blonde Löckchen und stolz darauf. Die Eltern führen in Helstone einen Töpferladen.«

»Okay. Ich glaube, ich habe sie schon mal gesehen. »Honor Jefferson?«

Sie nickt. »Völlig durchgeknallt. Gibt während des Unterrichts sehr seltsame Geräusche von sich. Hat einen Hund namens Charlie, der furzt und Steine frisst, und sie kennt sich mit dem Peloponnesischen Krieg besser aus als Achilles selbst. Verkleidet sich gern als Prinzessin und trägt als Accessoire dazu Waffen.«

»Klingt ja ganz nach Mädchen. Und da ist noch eines namens Lily. Yasmin erzählt viel von ihr.«

»Lily?«

»Hmmm.«

»Nein. Dazu fällt mir nichts ein. Sind Sie sicher, dass sie nicht Lulu meint? Louise Strang?«

»Nein. Ja. Ich bin mir jedenfalls ziemlich sicher. Sie gehört nicht zu den Kindern, die Namen durcheinanderbringen.«

»Wie seltsam. Da fällt mir wirklich niemand ein. Das muss ein Kind sein, das nicht auf unsere Schule geht. Aber mir fällt hier in der Gegend überhaupt keines ein, das so heißt.«

»Komisch. Sie hat gesagt, dass sie hier wohnt!«

»Mein Gedächtnis lässt mich wohl im Stich«, sagt Mrs Parsons. »Ich dachte, ich würde jeden in Ostcornwall kennen. Na ja, so ist es eben. Es sieht so aus, als sei Mrs Varco jetzt frei. Soll ich Sie hinüberbringen?«

36

Das Tal ist pechschwarz. Sie kann das Haus nur dank der Scheinwerfer ausmachen.

Langsam fährt sie hinunter, parkt, holt die Taschenlampe aus dem Kofferraum und leuchtet sich damit den Weg zur Eingangstür, froh, dass sie daran gedacht hat, Ausrüstung für den Notfall ins Auto zu tun.

Menschenskind, was ist es hier unten dunkel. Ich wünschte, ich hätte nicht so viel Fantasie. Ich wünschte, ich würde mir nicht einbilden, dass hinter den Büschen in der Dunkelheit irgendjemand auf der Lauer liegt.

Sie hastet den Weg entlang, schließt die Tür auf, so schnell sie kann – Carol wollte, dass sie abschließt, wenn sie allein im Haus ist –, und tastet nach dem Lichtschalter neben der Tür. Nichts tut sich. Scheiße. Diese verdammten Leitungen. Gleich morgen werde ich Gordhavo anrufen und darauf bestehen, dass das repariert wird. Ich kann die meiste Zeit nicht einmal Staubsaugen, weil dadurch die Sicherung herausspringt. Wie gut, dass es hier keine Alarmanlage gibt, sonst hätte ich die Polizei zwei Mal pro Woche da, die mir mit dem Finger drohen würde, weil sie wieder zu einem Fehlalarm ausrücken musste.

Inzwischen ist sie fast immun gegen die Schrecken eines stockdunklen Hauses. Lässt – nur für alle Fälle – den Schein der Taschenlampe durch den Raum schweifen, während sie das Speisezimmer durchquert, und stellt fest, dass die Figurinen auf der Anrichte wieder umgedreht wurden und sie jetzt aus dem Spiegel anstarren. Ich muss mit Yasmin reden und ihr das unbedingt verbieten. Sie muss sich einen Stuhl herangezogen haben, um da hinaufreichen zu können, denn sonst ist es ihr zu hoch. Eines Tages werde ich noch herunterkommen und alle diese Figuren in Scherben auf den Steinplatten und dazwischen meine Tochter mit aufgeschlagenem Kopf vorfinden.

Sie geht zur Treppe. »Hallo?«

»Oh, mein Gott«, brüllt Carol herunter. »Da bist du ja endlich! Ich sitze seit zwei Stunden ganz allein hier fest und stehe Todesängste aus!«

Im Schein der Taschenlampe sieht sie älter aus, als sie ist. Ihre Gesichtsfalten, die bei Tageslicht nicht vorhanden zu sein scheinen, bilden ein Relief wie die Risse in einem Lavafeld. Ihre Augen sind die eines gejagten Kaninchens. Sie hat sich in die Sofadecke gewickelt.

»Tut mir leid! Tut mir leid! Warum hast du mich nicht angerufen? Ich wäre umgehend gekommen.«

»Mein verdammtes Handy hat hier keinen Empfang. Dieser beschissene Anbieter. Ich hätte genauso gut in einem Verlies sitzen können. Ich habe eine solche Angst ausgestanden! Was ist passiert? Was ist mit dem Licht passiert?«

»Es ist in Ordnung. Beruhige dich, Carol.«

Sie hört sie oben an der Treppe, während sie die Reihe von Sicherungen in dem Kasten überprüft. Acht der dreiundzwanzig sind herausgesprungen, darunter auch die Hauptsicherung. So viele hat sie noch nie zuvor auf einmal herausspringen sehen: Normalerweise sind es eine oder zwei. »Was hast du gerade gemacht, als der Strom ausfiel?«, ruft sie hinauf.

»Ich habe mir die Haare geföhnt. Ich habe den Föhn eingeschaltet und peng! Alles ist ausgegangen.«

»Ja, klar.«

Es wird also schlimmer. Normalerweise muss man den Föhn und den Elektroofen gleichzeitig eingeschaltet haben, um die Leitungen zu überlasten.

Sie drückt die Sicherungen hoch. Das Haus ist wunderbar lichtdurchflutet. »Wo ist Yasmin?«

»Ach, die hat das Ganze verschlafen. Die schläft ja wie ein Murmeltier. So was habe ich noch nie gesehen.«

»Na ja, wenn sie schon eingeschlafen war …«

Sie macht sich daran, die Treppe hinaufzugehen. Carols Haare sehen schlimm aus: glatt auf der einen Seite, wilde, krause Locken auf der anderen.

»Ich brauche einen Drink«, erklärt Carol.

»Ich auch.«

In der inzwischen wieder hell erleuchteten Küche, in der es stark nach Zigarettenrauch riecht, brennt überflüssigerweise eine Kerze auf dem Tisch neben der Flasche Wodka und einem Glas voller Eiswürfel. Sie ärgert sich ein wenig, dass Carol trotz der Tatsache, dass kein Strom da war, der die Kälte aufrechterhielt, den Gefrierschrank aufgemacht hat. Die Flüssigkeit in der Flasche ist in der Zeit, in der sie weg war, um gute fünf Zentimeter geschrumpft. Sie holt sich ein Glas und schenkt für beide ein. Dreht sich zu Carol um und sieht, dass sie unter ihrer Schminke so fahl ist, dass ihre Haut fast grün erscheint.

»Du meine Güte. Ich habe gar nicht gewusst, dass du so schwache Nerven hast.«

»Himmelherrgott!«, antwortet Carol. »Was für Nerven soll ich denn deiner Meinung nach haben? Das waren die schlimmsten zwei Stunden meines Lebens.«

»Das war doch nur ein Stromausfall, Carol.«

»Nein«, Carol schüttelt eine Zigarette aus der Packung und zündet sie an, »das war in Wahrheit mehr als das. Da war etwas …« Sie setzt sich abrupt hin, lässt sich auf den Stuhl plumpsen.

Bridget nimmt ihr gegenüber Platz. »Was?«

»Es war – mein Gott, es war unheimlich.«

»Was?«

»Na ja, ich war also gerade dabei, mir die Haare zu föhnen, als patsch, die Lichter ausgingen. Ich stehe da im Bad, mit nichts an außer einem Handtuch, und kann nichts sehen.

Deshalb taste ich mich zur Küche durch und finde mein Feuerzeug – zumindest wusste ich, wo das war –, und habe die Kerze im Wohnzimmer geholt. Schon ziemlich abgebrannt, wie ich bemerkt habe.«

»Hmmm. Ich habe dir ja erzählt, dass es ein Problem mit der Elektrizität gibt.«

»Ja, nun, wie auch immer, ich ziehe mir etwas an, und plötzlich ist es, als sei auf einmal der Teufel los.«

»Was meinst du damit?«

»Da hat jemand an die Haustür gehämmert, Bridget. Ich bin fast aus der Haut gefahren. Ich wusste ja nicht, ob du sie abgeschlossen hast oder nicht, aber es hat geklungen, als wollten sie unbedingt hereinkommen.«

Bridget spürt ein Prickeln hinter den Ohren. »Wer war das?«

»Ich weiß es nicht. Du weißt, an wen ich als Erstes gedacht habe. Natürlich weißt du das.«

Ja, selbstverständlich. Sie dachte, es sei Kieran. Wieder einmal. Dass er uns irgendwie ausfindig gemacht hat, obwohl wir uns so angestrengt haben. Und dass er das tun wollte, was er in den letzten fünf Jahren immer wieder gemacht hat. Sie sagt nichts. Ihr ist übel.

»Ehrlich, ich wusste nicht, was ich tun soll.«

»Nein … nein, das kann ich mir denken.«

»Deshalb dachte ich: Okay. Ich kann ja hingehen und nachsehen. Deshalb bin ich rübergegangen. Ins Haus. Und da ist dieses Hämmern, als ob zwei Fäuste ständig gegen etwas donnern, und es dröhnt durchs ganze Haus, und ich fühle mich wie – Gott, was soll ich bloß tun? Dieses Haus steht derart in der Pampa. Wo soll man da hin? Ich meine …«

Lass es. Lass es einfach. Ich möchte nicht daran denken.

»Ich bin in dieses Schlafzimmer mit dem Himmelbett gegangen. Ich habe mich zu Tode erschreckt, als ich sah, dass alle Vorhänge nach innen gezogen waren, und ich hatte die Kerze nicht mitgenommen, weil ich nicht wollte, dass derjenige weiß, dass jemand im Haus ist. Und ich habe mich hineingeschlichen und eine Ecke des Vorhangs zurückgezogen, und ... da gibt es keine andere Tür, oder? Eine, die ich übersehen habe?«

Bridget schüttelt den Kopf. »Nein, nicht auf dieser Seite des Hauses, nein. Das ist die Einzige.«

»Tja, Bridget, irgendwas an diesem Haus ist sehr merkwürdig. Denn ich schwöre dir, ich habe sie klopfen und klopfen, mit den Fäusten auf irgendetwas einschlagen hören, aber als ich hinausgeschaut habe, war niemand da.«

Aber was ist mit uns? Was ist mit uns?

Ihre Hand zittert, als sie den Brief auf den Schreibtisch zurücklegt und aus dem Fenster in den Garten blickt, über den sich die Dämmerung senkt. Die Rabatten am Weg sind aus der Form, vertrocknet, struppig. Ich bin dreiundvierzig, und ich habe nie versucht, etwas anderes zu sein als eine gute Ehefrau, und jetzt ... und jetzt ...

... werde nicht nach Cornwall zurückkehren, wenn ich aus dem Dienst entlassen werde ... Felicity, in Wahrheit war ich schon lange nicht mehr glücklich, und dieser Krieg, dieser Tod und die Zerstörung rings um mich herum haben mir die Augen geöffnet und mich erkennen lassen, dass das Leben zu verletzlich, zu kostbar ist ...

Was ist mit uns? Was ist mit unseren Kindern? Was erwartest du von mir? Du brichst mir das Herz, zerstörst unsere Familie, und du willst, dass ich diejenige bin, die es ihnen beibringt? Bist du nicht Manns genug, für deine Taten geradezustehen?

Ich werde nicht weinen. Nein, das werde ich nicht. Er wird mich nicht kleinkriegen. Es ist noch nicht vorbei.

Ein Anflug von Traurigkeit durchflutet sie. Mein Mann. So sollte mein Leben eigentlich nicht verlaufen.

Sie kneift die Augen zusammen, und ihr Gesicht versteinert. Als sie die Augen wieder aufschlägt, liegt der Brief noch

266

immer da. Zieht ihren Blick, ihre Aufmerksamkeit auf sich. Sie nimmt ihn wieder zur Hand, überfliegt ihn noch einmal, um zu sehen, ob ein Hoffnungsschimmer bleibt. Sie überfliegt ihn, wie Krebspatienten ihre Krankenakten überfliegen, um ein Zeichen dafür zu finden, dass eine Verwechslung vorliegt.

Wir lieben einander nicht. Ich frage mich, ob wir uns je geliebt haben. Unser gemeinsames Leben war reine Schau, es ging doch immer nur darum, den Schein zu wahren ... Die Zeit fern von Rospetroc hat mir die Möglichkeit geboten, nachzudenken und mein Leben so zu sehen, wie es wirklich ist, nicht durch die Linse des ehelichen Anstands betrachtet ...

Was meint er damit? Was meint er bloß?

Du bist eine gute Ehefrau, Felicity, und du hast etwas Besseres verdient, aber ...

Sie hat einen schlechten Geschmack im Mund. Blut, vermischt mit Zitronensaft. Sie schluckt. Ich bin eine gute Ehefrau. Eine gute Ehefrau. Aber ist es nicht genug, gut zu sein? Gut zu sein, ist scheinbar eine Qualität, die in dieser verkehrten Welt nach Bestrafung verlangt.

Nur durch sie habe ich zum ersten Mal in meinem Leben festgestellt, was es heißt, wirklich glücklich zu sein ...

Glücklich? Glücklich? Was weißt du schon von Glück? Du glaubst, dass diese verkommene kleine ... Hure ... Glück bedeutet?

Natürlich werde ich meinen Verpflichtungen dir gegenüber und gegenüber Hughie und Tessa nachkommen, aber ...

Hughie und Tessa? Wie kann er es wagen? Wie kann er es nur wagen, meine Kinder mit ihren Kosenamen anzusprechen, mit den Namen, die wir ihnen in der Zeit gaben, als er behauptete, mich zu lieben, als er mit Lilien und Perlen ins Krankenhaus kam, als er mir mit Tränen in den Augen dankte, ihn zum glücklichsten Mann auf Erden gemacht zu haben?

Du kannst sagen, was du willst, um ihnen meine Abwesenheit zu erklären, was auch immer dir deine Würde am besten bewahrt, aber ich werde nicht nach Rospetroc zurückkehren.

Mir meine Würde bewahrt? Wie denn? Ich bin dreiundvierzig und habe zwei Kinder, aber keinen Mann. Wenn du mir meine Würde bewahren willst, dann stirbst du in diesem Krieg, wie so viele Tausende anständiger junger Männer gefallen sind, anständige Männer, die nie jemandem etwas zuleide getan haben. Wenn du mir meine Würde bewahren wolltest, dann hättest du mich als Witwe zurückgelassen. Mich nicht auf diese Weise verlassen: keine Ehefrau, keine Witwe, nicht ehrbar unverheiratet mit irgendeinem dieser jungen Männer, die an der Somme gefallen sind, wie so viele Frauen meiner Generation. Du hast mir mein Leben gestohlen. Mir mein Leben gestohlen. Welche Alternativen bleiben mir denn noch? Die Frau in dem großen Haus, deren Mann davongelaufen ist mit einer …

Es tut mir leid, Felicity. Es war nie meine Absicht, dich unglücklich zu machen. Vielleicht haben wir beide deshalb im Laufe der Jahre so viel getrunken. Erst als ich in die weite Welt aufgebrochen bin und sie mit eigenen Augen gesehen habe, ist mir klar geworden, wie viel mehr das war, als normale Leute trinken. Wäre dieser verdammte Krieg nicht ausgebrochen, hätte er mich nicht in die Welt hinausgeführt, dann hätte ich vielleicht, ohne es zu wissen, dieses deprimierende Elend fortgeführt, in dem wir beide lebten …

Ach, aber du tust es trotzdem, oder? Es war nie deine Absicht, nie deine Absicht. Beruhige nur dein Gewissen, Patrick. Stell dich als Held deiner guten Absichten dar. Das Resultat ist das Gleiche.

Eines Tages wirst du erkennen, dass meine Entscheidung das Beste für uns ist, dass wir getrennt alle glücklicher werden und besser dran sind …

Sie zerknüllt den Brief, wirft ihn gegen das Fenster. Bemerkt, dass ein Auto die Einfahrt heruntergeholpert kommt. Ein kleiner Austin, vage vertraut.

Hughie. Hughie kommt nach Hause. Hughie wird wissen, was zu tun ist. Hughie wird mir helfen.

Sie läuft die Treppe hinunter, durch das Speisezimmer und auf den Weg hinaus. Kehrt wieder ins Haus zurück, um kurz einen prüfenden Blick in den Spiegel der Eingangshalle zu werfen. Er wird einen Gordhavo mitbringen; diesen grässlichen Jungen, von dem Tessa ständig so schwärmt, und dessen Mutter. Ist es besser oder schlechter, dass das Leute unseres Schlages sind? Wie auch immer: Es wird überall geklatscht und verurteilt. Ich darf sie an meinem Äußeren nicht erkennen lassen, dass etwas nicht in Ordnung ist. Ich werde sie begrüßen und sie baldmöglichst wieder loswerden, und ich werde es ihm erzählen, und er wird wissen, was zu tun ist. Er ist erst vierzehn, aber er ist der klügste, der mutigste, der beste ... er ist alles das, was sein Vater nicht ist. Seit über einem Jahr ist er jetzt der Mann im Haus, und er wird wissen, was zu tun ist. Er wird wütend sein. Aber er wird es verstehen. Ich werde ihn davon abhalten müssen, dass er nach London fährt und Daddy eine Tracht Prügel verpasst.

Sie betrachtet sich im Spiegel und ist über die Tatsache erstaunt, dass kaum zu sehen ist, welches Gefühlschaos in ihr herrscht. Ihre Augen sind aufgerissen, und ihre Haut ist blasser als sonst, aber ihre Frisur – sie hat das Gefühl, als habe sie sich die Haare büschelweise ausgerissen – sitzt ordentlich, ihr Make-up, das bisschen, das sie immer aufträgt, ist tadellos. Keiner wird es bemerken, denkt sie. Ich werde durch die Straßen von Wadebridge gehen, und keiner wird mich anschauen und eine Frau sehen, deren Leben durch einen einzigen, sorglosen Brief völlig aus den Fugen geraten ist.

Sie sehnt sich nach einem Drink.

Sie tritt auf den Weg hinaus. Es ist nicht Hughie. Es ist Dougie Saul, der Gemeindevorsteher. Und Lily Rickett, die sie noch mal ins Grab bringen wird und die jetzt um sich tritt und spuckt, während er sie am Schlafittchen mit sich zerrt. Felicity Blakemore spürt, wie Groll in ihr aufsteigt. Wann wird sie die je loswerden? Wie kommt es, dass dieses Mädchen ausgerechnet immer dann, wenn sie am wenigsten in der Lage ist, mit ihm fertig zu werden, irgendetwas anstellt? Dougie ist ganz rot im Gesicht vor Anstrengung, sie unter Kontrolle zu halten und ihren hässlichen Kartonkoffer in der anderen Hand zu tragen. Pearl O'Leary und Geoffrey Clark sind bereits von ihren Eltern abgeholt worden. Vera Muntz wird in einer Woche nach Kanada abreisen, und Ted Betts – der nette, gutwillige Ted Betts – ist ins Dorf gezogen und wird beim Lebensmittelhändler und seiner Frau wohnen und sich seinen Unterhalt selbst verdienen, indem er den Lieferburschen ersetzt, der in den Krieg gezogen ist, kaum dass er achtzehn wurde. Die Einzige, die noch übrig ist, ist Lily Rickett. Die grässliche, schmutzige Lily Rickett. Die möchte ihr natürlich keiner abnehmen.

Mrs Blakemore platziert ihre Füße in der dritten Position und legt die Handflächen zusammen, wobei die Zeigefinger zu den Steinplatten hinab gerichtet sind.

Ich werde ein Musterbeispiel der Selbstbeherrschung sein, denkt sie. Ich werde mir nichts anmerken lassen. Schließlich möchte ich nicht, dass das ganze Dorf über meine Lage Bescheid weiß.

Ich möchte am liebsten sterben. Ich wünschte, ich wäre tot. Wo bleibt Hughie bloß?

»Hab sie wieder auf der Launceston Road aufgegabelt«, japst Dougie.

»Lass mich los!«, zischt Lily. Ihre Haare sind inzwischen gewachsen, doch obwohl man sie in den Monaten, seit sie ihr wegen der Nissen abgeschnitten wurden, nicht mehr angerührt hat, sehen sie schlimmer aus als damals – sie stehen ihr wirr und wild in Büscheln vom Kopf ab. Sie hätte sich nicht zur Wehr setzen sollen, denkt sie. Immer setzt sie sich

zur Wehr. Das ist das teuflischste Kind auf Erden. Wenn sie doch bloß stillgehalten hätte und uns die Sache hätte machen lassen. Es ist ja nicht so, als hätte sie diese Situation nicht selbst heraufbeschworen. Ihr Gesicht ist schon wieder schmutzig, Streifen von Tränen der Wut ziehen sich über ihre Wangen. Ich habe sie jetzt beinahe ein halbes Jahr hier und kann sie immer noch nicht dazu bringen, dass sie sich wäscht.
»Lass los!«, brüllt sie.

Dougie Saul tut, was sie sagt, lässt sie so plötzlich los, dass sie überrascht auf den Boden fällt und sich die Knie aufschürft. Blut und Tränen und Schmutz – das ist schon an einem gewöhnlichen Tag genug, aber ausgerechnet heute ... Heute kann ich es nicht ertragen. Heute möchte ich mich in mein Zimmer zurückziehen, mich unter der Decke verkriechen und schreien. Manchmal sieht man Fotos von Trauergesellschaften in anderen Teilen der Welt, von Eingeborenenfrauen, die keine Würde kennen und sich mit Steinen den Schädel malträtieren, sodass sich Staub und Blut mit ihren Tränen mischen. Und heute begreife ich, was sie dazu veranlasst. Heute möchte ich mir mit den Fingernägeln das Gesicht zerkratzen und Gott und das Leben und Patrick anschreien. Ich möchte, dass er sieht, was er angerichtet hat. Er kann nicht einfach fortgehen und sich nicht der Wahrheit stellen, was er angerichtet hat.

»Vielen Dank, Dougie«, sagt sie. »Ich bin Ihnen sehr dankbar.«

»Scheint, sie will wirklich dahin, wo sie hinzukommen versucht«, stellt Dougie fest.

Geh. Geh einfach. Ich bin heute nicht in der Lage, Smalltalk zu machen.

»Portsmouth«, sagt Lily. »Ich möchte nach Hause, nach Portsmouth, verdammt.«

»Deine Ausdrucksweise, junge Dame«, sagt Dougie.

»Ach, verpiss dich doch«, schnauzt sie.

Dougie verzieht sein derbes Gesicht.

»Vielen Dank, Dougie«, wiederholt Felicity Blakemore. Sollte ich ihm ein Trinkgeld geben? Wartet er auf ein Trinkgeld? Nein. Gemeindevorstehern gibt man bestimmt kein Trinkgeld. Wäre er der Postbote oder irgendein Handwerker, dann vielleicht, aber … außerdem fällt es mir nicht im Traum ein, Trinkgelder dafür zu geben, dass man diese … diese Kreatur … in mein Haus zurückbringt. »Ich bin Ihnen sehr dankbar.«

Sie wendet sich dem Kind zu. Nimmt all ihre Selbstbeherrschung zusammen. Wirft ihr das mütterliche, gutmütige Lächeln zu, das das Dorf von ihr erwartet. »Komm mit rein, Lily. Ich denke, du wirst etwas zu essen vertragen können.«

Lily hockt auf dem Weg und funkelt sie wütend an wie eine Göre, die aus dem Nichts durch eine Böe versehentlich herangeweht wurde.

Dougie stellt den Koffer ab. »Gern geschehen«, sagt er. »Man kann sie ja nicht aufs Geratewohl durch die Gegend wandern lassen. Man weiß ja nie, wem sie über den Weg laufen könnten.«

»Verpiss dich!«, zischt Lily. »Ich kann selbst auf mich aufpassen.«

»Lily, du bist erst neun Jahre alt«, stellt Felicity fest. Sie zwingt sich, ein helles, nachsichtiges Lachen irgendwo aus ihrem Inneren auszustoßen.

»Ach, verpiss dich!«, wiederholt das Kind.

Sie tritt einen Schritt vor. »Gib mir die Hand«, befiehlt sie ihr. Schnippt mit den Fingern, wie man es bei einem Hund macht.

Sie tauschen einen Blick. Wehe dir, wenn du jetzt ein Theater veranstaltest, droht sie ihr im Stillen. Wehe dir, wenn du mir heute noch irgendwie auf die Nerven gehst …

Lily rührt sich nicht.

Felicity Blakemore verliert die Geduld. Packt das Kind am Handgelenk und macht sich daran, es hochzuziehen. Lily hält kräftig dagegen. Stemmt die Absätze in den Boden.

Leistet Widerstand. Ihr schießt ein Gedanke durch den Kopf, eine Erinnerung an ihre eigene Kindheit: Ein Kälbchen, das im alten Schlachthaus hinter der Scheune das Blut roch, geriet in Panik und versuchte sich loszureißen. Die drei Knechte, die sich gemeinsam daraufwarfen, es überwältigten und dann, während es unentwegt schrie, durch die Tür zogen.

»Lass mich los! Lass mich los!«, kreischt Lily.

»Vielen Dank, Dougie«, ruft sie wieder. »Ich sehe Sie am Sonntag.«

Und dann sind nur noch sie zwei da, die miteinander kämpfen, während sie Lily den Weg entlangzerrt. Lily kickt um sich, verpasst ihr einen schmerzhaften Tritt gegen den Fußknöchel, als sie durch den Hauseingang kommen. »Au! Au!«

Sie knallt die Tür zu. Schleudert das Kind zu Boden und holt zu einem Tritt aus, der Lily am Oberschenkel trifft. Sie bückt sich, um sich den Knöchel zu reiben und schnauzt: »Das reicht jetzt! Endgültig!«

Ihr Knöchel tut weh, als sei er von einer Eisenstange getroffen worden. Tränen steigen ihr in die Augen. Ich werde es nicht tun. Ich werde nicht weinen. Er hat mich nicht zum Weinen bringen können, und dieses Kind wird es schon gar nicht ... dieses widerliche Kind ...

Lily hat sich auf den kalten Steinfliesen zusammengerollt und japst nach Luft.

»Geh auf dein Zimmer! Mach schon. Steh auf!«

Sie hebt den Kopf und bleckt die Zähne. »Nein! Das mache ich nicht! Ich bleibe nicht hier, verdammt!«

»Geh in dein Zimmer!«

»Verpiss dich!«

»Na, schön«, sagt sie. »Wenn du nicht auf dein Zimmer gehen willst – es gibt auch andere Orte.«

»Das wirst du nicht wagen«, entgegnet Lily.

»Glaub mir, junge Dame, es gibt nichts, was ich im Hinblick auf dich nicht wagen würde. Gehst du jetzt in dein Zimmer, oder muss ich dich wieder in den Schrank sperren?«

Lily richtet sich auf. Faucht sie wie eine Katze an: »Verpiss dich!«

Sie kann sich nicht zurückhalten. Geht zum Angriff über. Packt das Kind am Schlafittchen und schlägt ihm fest gegen den Kopf. Ich kann es nicht ertragen. Ich kann es einfach nicht ertragen. Du verdammte kleine ... ich kann nicht ...

»Du ... machst ... jetzt, ... was ... man ... dir ... sagt ...«

»Au! Au! Hör auf!«

Sie bemerkt, dass sie nach Luft ringt. Lässt sie los und beobachtet, wie Lily die Arme um ihren Kopf schlingt.

»Ich ... habe ... dich ... gewarnt ...«

»Du Hexe! Du Hexe!«

»Geh jetzt die Treppe hinauf. Geh schon! Ich habe die Nase voll! Gestrichen voll! Du hattest deine Chance! Jetzt kannst du ein paar Stunden im Dunkeln haben. Das wird dir Manieren beibringen!«

Lily rappelt sich auf die Füße, stürzt in Richtung Tür. Felicity ist schnell. Sie knallt sie zu, als Lily sie aufreißen will. Lily lehnt – kauert sich dagegen. Ihr Gesichtsausdruck ist rebellisch, wütend, verächtlich. »Ich bleibe nicht hier«, sagt sie. »Ich bleibe nicht hier, verdammt.«

»Tja, wo in aller Welt willst du denn hin?«

»Irgendwohin«, antwortet Lily. »Ist mir egal. Irgendwohin.«

»Na ja«, sagt sie und verspürt unerklärlicherweise ein Gefühl des Triumphs, »du kannst aber nirgendwohin. Wir haben einander am Hals, ob es dir gefällt oder nicht.«

Lily bricht in Tränen aus.

»Ich will zu meiner Mum! Ich will zu meiner Mum!«

»Ach, sei doch still«, sagt Felicity Blakemore spöttisch. Zieht sie hoch und schüttelt sie. »Hör auf damit!«

»Ich sag es ihr! Ich werd's ihr sagen, was du gemacht hast, und sie wird es dir schon heimzahlen!«

»Ach, sei vernünftig, Lily«, sagt Felicity. »Begreifst du denn nicht? Hast du es nicht bemerkt? Nicht ein einziges Mal. Sie hat dich nicht ein einziges Mal hier besucht. Alle anderen Kinder – oh, ja. Bei der ersten Gelegenheit sind ihre Eltern gekommen. Aber bei dir? Kapierst du es immer noch nicht?«

Da rutschen mir Wörter heraus, und ich kann sie nicht aufhalten, denkt sie. Die sind nicht für ihre Ohren bestimmt. Die sind für Patrick gedacht. Ich sollte aufhören, aber ich kann nicht. Ich kann nicht. Meine Gefühle … ich sollte sie nicht herauslassen … aber ich hasse dieses Kind. Ich hasse es. Der Kuckuck im Nest, der mir aufgezwungen wurde. Sie hat nichts als Unglück gebracht, seit sie hierher gekommen ist. Sie ist ein Fluch auf meinem Haus.

Wieder schüttelt sie das Mädchen, sieht, dass Lilys Kopf wie der einer Stoffpuppe nach vorn und hinten kippt, verspürt dabei eine krankhafte Genugtuung.

»Deine Mutter will dich nicht«, sagt sie und genießt es, diese Wörter auszusprechen. »Wenn sie dich haben wollte, dann wäre sie längst gekommen und hätte dich abgeholt.«

37

Steve hat einen ruhigen Tag. Für diesen Abend hat er im Pitcher and Piano in Holborn eine Falle ausgelegt für einen Sachbearbeiter der British Telecom, dessen Frau ihn verdächtigt, im Büro an mehr als nur an seinem Schreibtisch zu hängen. Aber diesen Nachmittag hat er mit Telefonaten zugebracht, um seine Klienten jeweils auf den neuesten Stand zu bringen.

Es wird schon dunkel, stellt er fest, als er auf der Liste einen Haken hinter Darren Keating setzt (Baumaterialien; verdächtigt seinen Partner – zu Recht – der Veruntreuung von Firmengeldern). Heutzutage scheint sich der Winter ewig hinzuziehen. Anfang Januar haben wir ja noch nicht einmal das Schlimmste hinter uns, aber ich bin mir sicher, dass es früher, als ich ein Kind war, ein paar Anzeichen gab, dass er bis März vorüber sein wird. Heutzutage scheinen wir von September bis Mai unter einem bleiernen, düsteren Himmel zu leben – so viel zum Thema globale Erwärmung.

Er wählt die nächste Nummer auf seiner Liste. Wartet, fingert an seinem Kugelschreiber herum, während es klingelt.

»Kieran Fletcher.« Steve hört, dass im Hintergrund Telefone läuten und Anweisungen gebrüllt werden.

»Hallo, Mr Fletcher.«

»Ja.«

»Steve Holden. Trident Investigations.«

»Ach, richtig. Bleiben Sie dran.«

Der Lärm im Hintergrund wird leiser, verschwindet ganz. »Hallo«, sagt Kieran Fletcher. »Gibt es Neuigkeiten?«

»Nichts besonders Erfreuliches, tut mir leid. Ihre Frau scheint ihre Spuren ziemlich gut verwischt zu haben. Es wäre natürlich hilfreich, wenn sie eine Kreditkarte oder Treuekarte oder dergleichen hätte, aber …«

Offenkundig hat sie nicht viel zum Leben gehabt, aber das fügt er nicht hinzu. Und wie viele Leute, die knapp bei Kasse sind, gehört sie zu jenen, die lieber alles bar bezahlen. Es müsste mehr Menschen klar sein, wie leicht sie anhand ihres Einkaufsverhaltens aufzuspüren sind. Mit wie vielen Ehebrechern hatte er es nicht schon zu tun gehabt, die ihre Rechnungen zwar bar bezahlten, aber nicht widerstehen konnten, die Payback-Punkte zu kassieren …

»Wenn Sie sie als vermisst melden könnten«, sagt er.

»Ich hab es versucht«, antwortet Kieran. »Konnte es nicht. Die Polizei hat sie auf ihrem Handy angerufen, und sie ist drangegangen, deshalb gilt sie nicht als vermisst.«

Da ist etwas, womit du hinter dem Berg hältst, denkt Steve Holden. »Tja, ich kann Ihnen nur den Vorschlag machen, dass Sie einen Antrag auf Besuchsrecht stellen.«

Ein verärgertes Schnauben am anderen Ende der Leitung. »Das nutzt mir ja viel, wenn ich keine Adresse habe.«

Wo er recht hat, hat er recht.

»Können Sie sie nicht durch ihr Handy ausfindig machen? Ich dachte, es gibt da so eine Satellitenortung …«

»Tja. Das wäre vielleicht möglich, wenn ich Kontakt zu ihrem Provider hätte, aber ich fürchte, die halten sich an so etwas wie Datenschutz.«

»Sie können nicht einmal herausfinden, wohin ihr die Rechnungen zugeschickt werden?«

»Nicht bei prepaid, Mr Fletcher.«

»Scheiße«, sagt Kieran.

»Tut mir leid.«

Schweigen.

»Wenn sie eine neue Nummer hätte, könnten wir herausfinden, wo die SIM-Karte gekauft wurde, aber ansonsten …«

»Sie können also im Grunde gar nichts tun?«

»Ich kann es weiter versuchen. Wenn Sie wollen.«

»Natürlich will ich das«, sagt Kieran. »Und machen Sie sich keine Sorgen. Geld ist kein Problem.«

Hmm, denkt Steve. Okay. Dann hängt ihre Geldknappheit also nicht mit einer allgemeinen Knappheit auf dieser Seite zusammen. »Gibt es ein Bankkonto«, hebt er an, »auf das Ihre Unterhaltszahlungen für Ihre Tochter fließen? Denen wird sie ja wohl ihre neue Adresse gegeben haben müssen.«

Schweigen. Mit einem hörbaren dumpfen Geräusch wechselt Kieran Fletcher das Thema. »Und, was ist mit Yasmin? Sie muss doch zur Schule gehen. Sie ist sechs Jahre alt. Alles andere wäre doch gesetzeswidrig.«

»Absolut.«

»Und, wie sieht es damit aus?«

»Auch die Schulunterlagen unterliegen dem Datenschutz, tut mir leid. Nicht etwa, dass das im Grunde genommen ein Problem wäre. Die Schulämter sind ziemlich lax, was die Sicherheit anbelangt. Aber Tatsache ist, dass ich kein einziges Kind mit diesem Namen irgendwo anders registriert ausfindig machen konnte als in ihrer alten Schule, die ihr Fehlen offenbar noch nicht einmal bemerkt hat, bis ich mich nach ihr erkundigt habe. Wie gesagt, sie hat es gut gemacht. Ich weiß nicht, wie viel davon im Voraus geplant war, aber es war effektiv. Sie ist nirgends bei einer Versicherung gemeldet, sie hat keinen Büchereiausweis beantragt oder einen Arzt aufgesucht. Sie hat sich bei keinem Internetprovider angemeldet. Sie hat kein Auto umgemeldet. Sie hat, soweit ich weiß, nirgends etwas bestellt. Sie kassiert kein Kindergeld und hat ihren Wohnsitz nicht umgemeldet. Könnte es sein, dass sie irgendeinen anderen Namen angenommen hat als Fletcher oder Barton, der Ihnen einfällt?«

»Nein. Ich glaube nicht, dass sie so viel Fantasie hat, sich einen auszudenken.«

Sie würden staunen. Dazu braucht man keine Fantasie. Nur ein Telefonbuch und eine Pin-Nummer. Es ist natürlich schwieriger, offiziell etwas zu unternehmen, aber Sie können

278

sich Hurdy-Gurdy bin Laden nennen, wenn Sie wollen, und keiner kann Sie davon abhalten.

»Tja«, sagt er, »es gibt eine Grenze, wie viel mehr ich mit den Informationen, die ich habe, tun kann. Ich möchte Sie ja nicht abzocken.«

»Versuchen Sie es weiter«, fordert Kieran. »Es ist mir egal, was es kostet.«

»Wenn Sie sich sicher sind ...«

»Absolut. Die beiden können nicht einfach verschwinden.«

Genau genommen verschwinden jedes Jahr Tausende, auch wenn die Regierung unsinnig viel Geld für die Überwachung ausgibt. Aber was für einen Sinn hat es, Ihnen das zu sagen? Honorar ist schließlich Honorar.

»Tja«, sagt er, »wenn Ihnen irgendetwas einfällt, was mir einen Hinweis geben könnte, lassen Sie es mich wissen.«

»Selbstverständlich«, antwortet Fletcher.

Er legt auf. Macht sich ein paar Notizen und bereitet sich einen Becher Nescafé zu. Tut drei Stück Zucker hinein.

Das Telefon klingelt. Er nimmt ab und hört zu.

»Ich habe nachgedacht«, erklärt Kieran Fletcher. »Und mir ist da etwas eingefallen. Ihre Eltern haben sie bekommen, bevor sie verheiratet waren. Ich hatte das ganz vergessen, weil das etwas war, worüber nicht viel gesprochen wurde. Aber ich vermute, sie könnte sich jetzt vielleicht Sweeny nennen.«

38

Inzwischen wünscht sie sich, Carol wäre erst gar nicht gekommen. Die Gefühle, die sie in Bezug auf das Haus hatte – der Eindruck, es würde sie beobachten, die Bedrohung aufgrund seiner isolierten Lage, die seltsamen Dinge, die nicht in die Zeit und den Rahmen passten –, sind jetzt noch konkreter, da auch jemand anderes sie erlebt hat. Ich fühle mich hier nicht sicher, und ich kann jetzt nicht mehr so tun, als sei das eine Nachwirkung der Unsicherheit in London. Es ist komisch. Dieses Haus ist seltsam. Jetzt verstehe ich, warum Frances Tyler so in Panik geraten ist. Allerdings hatte sie die Möglichkeit, einfach abzuhauen. Der Job hier ist die meiste Zeit ein Kinderspiel; und zwar so sehr, dass ich mich wahrscheinlich für irgendeine Ausbildung anmelden und ihn trotzdem beibehalten könnte. Wir haben jede Menge Platz, können meilenweit laufen und frische Luft atmen. Mir gefällt das Dorf, dieser neue Ort, an dem mich keiner kennt, wo sie die Geschichte, die ich ihnen auftische, für bare Münze nehmen, wo ich sein kann, wer ich sein will, nicht das verängstigte Arbeitstier, zu dem er mich gemacht hat.

Aber ... sie hat mich veranlasst, mich jetzt ständig umzuschauen. Sie hat mich veranlasst, doppelt nachzuprüfen, ob die Türen auch wirklich verschlossen sind. Sie hat mich dazu gebracht, dass ich Gespenster sehe. Ich weiß, dass er uns nicht hat ausfindig machen können, es sei denn, er ist ihr im Zug gefolgt, aber ich spüre es die ganze Zeit. Dass hier jemand ist ... dass uns jemand beobachtet ...

Bridget hat sämtliche Metallgegenstände im Haus zusammengesammelt, die sie jetzt auf dem mit Zeitungen ausgelegten Küchentisch poliert und nebenbei Radio hört. Aber sie musste sich schon vom einen Ende des Tischs ans andere umsetzen, weil sie an der Stelle, an der sie anfangs saß, die Tür nicht im Auge hatte. Ich habe meine Jugend definitiv hinter mir, denkt sie. Heute habe ich das Radio gleich auf Radio 2 eingestellt, habe nicht einmal schnell den Frequenzbereich nach etwas Interessanterem durchsucht. Niemals werden sie mich dazu bringen, dass ich Radio 4 höre, aber diesen Sender mag ich. Sie haben gerade sechs Soul Tracks in voller Länge gebracht – echten Soul aus den 1960er Jahren –, und ich habe einen Großteil der Texte mitsingen können. Welcher hat mir am besten gefallen? Marvin Gaye oder Snoop Dogg? Muss ich das wirklich fragen?

Das Telefon klingelt, und sie ist überrascht, obwohl sie es mit heruntergebracht hat. Meistens hat man hier unten im Erdgeschoss keinen Empfang, aber ein Balken auf dem Display neben der 0207er Nummer zeigt an, dass die Verbindung hergestellt wird. Ich vermisse meine Mutter, geht ihr plötzlich aus heiterem Himmel durch den Kopf. Sie nimmt ab.

»Hallo?«

»Du hast noch eine letzte Chance«, sagt er.

Sie schließt die Augen. Wann hört er endlich damit auf?

»Du kannst mir sagen, wo du bist, oder ich werde dich finden.«

Atme weiter.

»Du hältst dich wohl für verdammt gescheit, nicht wahr, Bridget?«

Reagiere gar nicht. Sprich nicht mit ihm. Wenn du mit ihm sprichst, ermuntert ihn das nur. Lass es sein.

»Bitte«, sagt sie, »lass mich in Ruhe.« Sie hatte beabsichtigt, dass es stark und entschieden klingen sollte. Hört stattdessen den flehenden Tonfall, den sie meinte, mit ihrem alten Leben hinter sich gelassen zu haben.

Seine Stimme wird lauter, nachdem er sie gehört hat, schwillt zum Brüllen an. Sie kann ihn geradezu vor sich sehen, an seinem Schreibtisch, wie er in sein Handy schreit und die Blicke seiner Kollegen gar nicht mitbekommt, das Gesicht vor Wut rot angelaufen, die Sehnen an seinem Hals hervorstehend wie Drahtseile.

»Damit kommst du nicht durch, Bridget! Ich kriege dich! Ich kriege dich, verdammt!«

Sie fröstelt. Schiebt den Daumen auf die Taste und unterbricht die Verbindung. Drückt oben auf den Knopf und schaltet das Handy aus. Sitzt da und starrt das Telefon an, als wäre es ein geliebtes Haustier, das plötzlich herumgefahren ist und sie gebissen hat.

Sie überlegt, ob sie es nicht einfach in den Müll schmeißen soll. Ich werde mir ein neues kaufen, ich werde die Nummer wechseln, dann soll er schauen, wo er bleibt. Kann sich für immer verpissen. Er kann ...

Aber andererseits möchte ich ja erreichbar sein. Ich muss vernünftig bleiben.

Okay. Dann also die SIM-Karte. Ich werde die SIM-Karte wegwerfen. Das mache ich. Mehr ist ja gar nicht nötig.

Sie steht auf, geht durch die Küche und zieht eine Schublade auf. Findet das Nudelholz. Klappt das Handy hinten auf und holt die alte Karte heraus. Ich mache es jetzt gleich, denkt sie. So zwinge ich mich dazu. So bleibt mir gar nichts anderes übrig, als morgen nach Wadebridge zu fahren und mir eine neue zu kaufen, weil das Telefon ohne ja gar nicht funktioniert. Ich mache es gleich.

Sie legt den Chip auf das Backbrett: weiß durchzogener Marmor, hart und kalt. Hebt den Arm und schlägt mit aller Kraft mit dem Nudelholz zu. Sie macht es wieder und wieder, stellt sich vor, dass es Kierans Kopf ist. Ich hasse dich. Ich hasse dich. Ich hassehassehasse dich. Die Karte springt hoch, bekommt Dellen, wird verbogen, bekommt Risse. Sie macht weiter, bis sie in Stücke zerbricht, vernichtet und tot ist. Da. Du wirst mich nie finden. Wirst mich niemals finden. Niemals.

Ein Lachen. Draußen in der Eingangshalle. Bridget erstarrt. Dieses verdammte Haus.

Sie lauscht. Nichts. Wieder ein Lachen. Okay. Okay, ich habe die Nase voll. Ich habe die Nase voll von diesem verdammten Haus, das mich ständig zum Narren hält. Ich gehe und schaue nach, aber ich werde keine Angst haben. Siehst du? Ich habe ein Nudelholz in der Hand. Wenn du mich ärgern willst, dann versuch es nur, aber du wirst mir keine Angst einjagen.

Sie geht zur Tür, reißt sie auf und betritt mit erhobenem Nudelholz das Speisezimmer.

Yasmin schreit auf und bleibt stehen, sieht bestürzt aus. Jago Carlyon prallt gegen sie, wirft sie um, sodass sie gegen die Knie ihrer Mutter fällt.

»Da schau her!«, sagt sein Vater. »Jago! Schnell weg von dieser verrückten Frau, bevor sie dir noch den Kopf einschlägt.«

Bridget lässt das Nudelholz sinken, läuft vor Verlegenheit rot an. »Uups.«

»Begrüßen Sie alle Ihre Besucher so?«

»Ich bin kein Besucher«, stellt Yasmin fest.

»Richtig. Dann schlägt sie dich also jeden Tag, wenn du von der Schule nach Hause kommst, mit dem Nudelholz?«

Bridget kommt sich dumm vor, ist peinlich berührt.

»Nein«, antwortet sie. »Manchmal peitsche ich sie aus. Nur, um für Abwechslung zu sorgen. Du bist früh dran. Ich habe dich frühestens in einer Stunde zurückerwartet.«

»Ach so«, sagt Mark. Er sieht ein wenig amüsiert aus. »Tom Gordhavo hat angerufen und gesagt, dass ich hier nach der Elektrik schauen soll, deshalb habe ich die beiden mitgebracht, solange es noch ein wenig hell ist.«

»Chloe hat die Grippe«, erklärt Yasmin.

»Eine schlimme Erkältung«, korrigiert Mark sie.

»Deshalb ist sie heute nicht in die Schule gekommen.«

»Ja. Ich hoffe, es macht Ihnen nichts aus, dass ich Jago mitgebracht habe. Ich dachte, ich halte ihn Tina lieber eine Weile vom Hals.«

»Er ist mehr als willkommen«, antwortet Bridget. Jago, braune Augen und ein Pony, der ständig darüber fällt, sodass er ihn zur Seite schütteln muss, sieht Yasmin an, als bestünde sie aus Schokolade und Cocktailwürstchen. Er ist ein Jahr jünger als sie, und in seinem Alter verleihen diese zwölf Monate Unterschied einer Frau eine Aura der Kultiviertheit, die sie erst wieder erreichen wird, wenn sie an die Vierzig ist.

»Komm schon«, sagt Yasmin. »Ich zeige dir meine Barbies.«

Bridget unterdrückt ein Schmunzeln, als er brav hinter ihr hertrottet. Sie schaut zu Mark hinüber und sieht, dass es ihm genauso geht. »Ich glaube *nicht,* dass er deshalb gleich schwul wird«, stellt er fest, als die beiden verschwunden sind.

»Eher eine typisch englische Tunte«, antwortet Bridget. »Einer, der lieber Zeit mit seiner Freundin als im Pub mit seinen Kumpels verbringt.«

Mark lacht. Er hat Jagos Augen, stellt sie fest: dunkel und freundlich. Sie kann sich gar nicht mehr erinnern, wann ein Mann sie zum letzten Mal freundlich angesehen hat. Gleichgültigkeit, Gewalt, leichte Verachtung, aber keine Freundlichkeit. Es ist Jahre her. Über ein Jahrzehnt. Es hat vor Kieran Männer gegeben: Männer, die sie so angeschaut haben. Aber sie wollte »mehr«. Dieses nebulöse »Mehr«, das einen auffrisst und blind macht für die Realität. Selbst am Anfang sah er sie mit Besitzerblick, nicht etwa beschützend an – ach, hätte sie das damals nur richtig gedeutet. Herrgott, wie konnte ich nur so blind sein! Habe ich wirklich zu jenen dummen Frauen gezählt, die glauben, dass ein Mann, bloß weil er aufregend ist, irgendwie auch etwas wert sein muss? Hollywood hat einiges auf dem Kerbholz.

Er streckt die Hand aus. Einen Augenblick glaubt sie, er möchte ihre schütteln, aber seine Handfläche ist nach oben gerichtet.

»Macht es Ihnen etwas aus? Ich komme mir ein wenig wie ein Seehundbaby vor, wenn Sie das in der Hand halten.«

Sie blickt auf die Waffe in ihrer Hand und lacht wieder verlegen. »Erzählen Sie niemandem, dass Sie mich so gesehen haben, ja?«, fragt sie und reicht ihm das Nudelholz. »Darüber würde ich nie hinwegkommen.«

»Abgemacht. Solange Sie Stillschweigen über die Vorliebe meines Sohnes für Puppen wahren. Geht es Ihnen gut? Sie haben irgendwie bestürzt ausgesehen, als wir hereingekommen sind.«

»Ach. Na ja … Nein, es ist nichts …«, hebt sie an und bricht in Tränen aus.

»Oh«, sagt Mark. Dann fügt er hinzu: »Ach, Bridget, es tut mir leid. Ich wollte Sie nicht …«

»Nein«, antwortet sie und hört, wie weinerlich ihre Stimme klingt, »es ist nicht … oh, Gott, entschuldigen Sie.«

Wir sind dermaßen britisch, denkt sie. Wir sehen Tränen, und wir können an nichts anderes denken, als uns zu entschuldigen.

»Ist schon gut«, sagt er und legt ihr die freie Hand auf die Schulter. Überschreitet die Grenze nicht, versucht nicht, sie in den Arm zu nehmen oder sinnlose Versprechungen zu machen. Weiß, dass er nur ein Bekannter, nicht etwa ein Freund ist, und verhält sich dementsprechend. Was sie nur noch stärker zum Weinen bringt. Es ist so lange her. So lange her, seit jemand mich in die Arme nahm und mir sagte, dass alles gut wird. Mein Gott, ich vermisse meinen Dad. Meine Mum und meinen Dad. Das waren gute Menschen. Wenn sie da waren, habe ich mich nie allein gefühlt. Ich vermute, das war der Grund, warum ich so einfach auf Kierans Welt hereingefallen bin, ohne Fragen zu stellen: Ich hatte zum ersten Mal seit ihrem Tod das Gefühl, irgendwo dazuzugehören. Mir war nur nicht klar, dass dieses »Dazugehören« seiner Meinung nach mit einem »Zu« verbunden war. »Wenn ich irgendwas tun kann …«, sagt Mark. »Es tut mir leid.«

285

»Ich habe bloß …«, beginnt sie, gerät ins Stottern, weil sie nicht weiß, was sie eigentlich sagen soll.

»Soll ich Ihnen eine Tasse Tee machen?«

»Ja, das …«

»Dann kommen Sie.«

Er führt sie in die Küche und drückt sie auf den Stuhl am Tisch. Wirft einen Blick auf die zerstörte SIM-Karte, sagt aber nichts dazu. Während das Wasser heiß wird, nimmt er ihr gegenüber Platz und schaut ihr in die Augen.

»Sie müssen es mir nicht sagen«, erklärt er. »Jeder von uns lässt sich durch irgendwas erschrecken.«

»Nein, es ist bloß – es liegt nicht daran, dass ich Ihnen nicht vertraue, ich bin bloß …«

»Manchmal ist es schwierig. Das weiß ich. Wir sind alle mal niedergeschlagen. Sie, ich, Tina. Man ist verdammt einsam. Aber es kann helfen, wenn man darüber spricht. Und ich werde nicht … Sie wissen schon …«

»Ach, Mark«, sagt sie.

»Komm schon«, antwortet er, »sonst tue ich fünf Stück Zucker in deinen Tee und sag dir einfach, dass du wieder Mut fassen sollst.«

»Du darfst es niemandem erzählen«, sagt sie. »Ich möchte nicht, dass die Leute es wissen. Es geht nur mich etwas an. Ich habe – weißt du, ich habe den Eindruck, nicht sicher zu sein …«

Er sagt nichts. Macht wieder keine leeren Versprechungen. Wartet einfach ab.

»Ich habe einen Anruf erhalten«, fährt sie fort. »Ich kriege ständig welche. Er lässt mich einfach nicht in Ruhe.«

»Ach«, sagt er.

»Ich musste untertauchen«, erzählt sie. »Deshalb bin ich hier. Wo mich keiner kennt. Uns. Ich kann die … aber er …«

»Ach, Mensch«, sagt er. »Und ich habe dich für ein wenig … geheimnistuerisch gehalten.«

»Ich habe eine gerichtliche Verfügung gegen ihn erwirkt«,

286

erzählt sie, »aber er hat sich nicht daran gehalten. Er ist einfach – immer wiedergekommen.«

»Ist das Yasmins Vater?«

Sie schnieft, reibt sich mit dem Handgelenk über die Stirn und nickt.

»Und er hat nicht – er hat immer …«

»Ach, Mensch«, wiederholt er. Er will die Hand ausstrecken und ihre ergreifen, aber er weiß, dass das unangebracht wäre.

»Es – du musst es mir nicht erzählen«, wiederholt er.

»Ich war bloß – ich hatte so lange Zeit so viel Angst, und ich weiß, dass er uns hier nicht finden kann, aber ich höre seine Stimme und komme mir vor … *bitte, erzähl* es niemandem. Ich weiß, wie die Menschen sind.«

»Sie sind besser, als du glaubst«, antwortet er. »Wenn irgendwelche Urteile gefällt werden, dann betreffen sie ihn, nicht dich. Wir sind hier nicht in London. Wenn die Leute es wüssten, dann würden sie dich bestimmt in Schutz nehmen.«

Wieder schüttelt sie den Kopf.

»War es sehr schlimm?«, fragt er. Kommt sich sogleich schmutzig und hässlich vor, weil er das gefragt hat, als hege er irgendwelche bösen Absichten. Sie wirft ihm einen Blick zu, der seine eigene Einschätzung bestätigt.

»Nein«, antwortet sie, »es war ein Kinderspiel. Ich mache das nur aus Bosheit.«

Mark läuft rot an. Schaut betreten zur Seite.

»Nein, versteh doch – es tut mir leid«, sagt sie. »Das war eine Schutzmaßnahme. Ich bin es dermaßen gewöhnt – dermaßen gewöhnt, weißt du, zwischen Leuten zu unterscheiden, die mich verachtet haben und Leuten, die all die scheußlichen Details hören wollten. Ich musste es denen in ihrer alten Schule erzählen, damit er nicht kommen und sie abholen konnte, und das war, als würde ich einer Klatschzeitung ein Interview geben. Die wollten jedes Detail hören, und hinter ihrem Mitleid konnte man die Schadenfreude erkennen,

287

die Erleichterung, ›zum Glück betrifft es nicht mich‹. Und mein Mitbewohner von einem Stockwerk tiefer, der hat einfach immer zur Seite geschaut, wenn wir ihm im Treppenhaus begegnet sind, als hätten wir Lepra oder so etwas. Es spielt keine Rolle, was die Presse verbreitet, wie sehr sie versuchen, die Leute aufzuklären; die Leute haben noch immer diese Einstellung, weißt du. Dass es nicht nur eine Frage des Schicksals ist, dass sich manche Ehemänner als Monster und andere als Waschlappen entpuppen. Sie haben alle die Artikel gelesen, dass Missbrauch über Generationen weitergeht, und interpretieren das so, dass manche Leute diesen geradezu anziehen. Dass du deshalb bei ihm bleibst, weil es dir doch irgendwie *gefällt*.«

Sie erinnert sich an seine Fäuste. Das schmatzende Geräusch, als er ihr aufs Auge schlug, der kurze Schmerz, der sie durchfuhr, als ihr Kopf nach hinten kippte. Das fahle, schockierte Gesicht von Yasmin, als sie auf ihr gebrochenes Handgelenk starrte. Die Blicke im Krankenhaus: Sie behauptet, dass es ihr Ehemann war, aber sie hätte es ja auch selbst gemacht haben können. Es sind nicht immer nur die Männer, wissen Sie. Frauen sind auch keine Engel …

Ich krieg dich, Bridget. Du kannst dich nicht ewig verstecken.

»Er hat mich gefesselt«, sagt sie. »Er hat mich festgebunden und mich dort zurückgelassen. Er hatte Handschellen, und mit denen hat er mich ans Bett gefesselt, und wenn ich versucht habe, ihn davon abzuhalten, dann ist es nur noch schlimmer geworden. Und er musste zur Arbeit gehen, und Yasmin war in ihrem Kinderbettchen, und sie hat geweint, und ich konnte nichts tun. Ich konnte einfach nur daliegen und sie den ganzen Tag weinen hören und warten, dass er nach Hause kommt, und abwarten, was er vorhatte …«

Es ist kein befreiendes Herzausschütten. Sie fühlt sich nicht besser, während sie es ihm erzählt. Wenn man Probleme offenbart, werden häufig alte Wunden wieder aufgerissen.

288

Sie schaut zu ihm auf, und sein Gesichtsausdruck ist undefinierbar. Dann schluckt er und senkt den Blick.

»Tut mir leid«, sagt er. »Ich hatte ja keine Ahnung.«

»Die hat ja keiner«, antwortet sie. »Die Typen, mit denen er zusammenarbeitet, die halten ihn alle für einen netten Kerl. Einen Spaßvogel. Ich wusste, was sie von mir hielten, als sie mich gesehen haben. Die langweilige Frau, die ihren Mann zermürbt. Die dachten, das sei ein Spaß. Mit ihm in Nachtklubs zu gehen, ihm beim Aufreißen zuzuschauen, während ich zu Hause gewartet habe. Und dieser Typ – dieser Typ von der Etage unter mir. Der hat mich für den letzten Abschaum gehalten. Ich erinnere mich, wie er sich einmal, an einem Sonntag, auf der Treppe umgedreht und mich bloß angezischt hat. So etwas wie: ›Können Sie nicht dafür sorgen, dass dieses Baby nicht mehr schreit? Nehmen Sie denn nie Rücksicht auf Ihre Nachbarn?‹ Und ich konnte nicht – Menschenskind, ich hatte ein Veilchen, und er tat so, als hätte er es gar nicht gesehen ... und ich möchte nicht mehr dorthin zurück. Ich kann nicht.«

»Bridget, du solltest zumindest in der Schule Bescheid geben. Die sollten es wissen. Nur für den Fall ... Du weißt schon ...«

Sie blickt wieder auf. Schaut ihm in die Augen. »Lass das, Mark«, sagt sie. »Das ist meine Entscheidung. Tut mir leid. Ich hätte dich da nicht hineinziehen sollen.«

»Ja, aber das hast du. Ich bin ...Bridget. Versteh doch, ich werde dir nicht sagen, was du zu tun hast, aber wenn du glaubst, es besteht auch nur die geringste Gefahr, dass er dich ausfindig macht ... nimm zumindest meine Nummer. Falls du Angst hast. Ruf mich an, oder Tina. Einen von uns. Uns macht es nichts aus. Wir kommen. Wahrscheinlich sind wir schneller da als die Polizei.

Ich bewundere dich«, fährt er fort, und sie ist erstaunt. »Jetzt weiß ich, dass ich dich wirklich bewundere. Du bist eine mutige Frau, und ich habe den Eindruck, auch wenn ich weiß, dass das ein leeres Versprechen ist, dass es dir von jetzt an gut gehen wird. Aber Bridget, es gibt einen feinen Unterschied zwischen mutig und dumm.«

»Ja«, antwortet sie. »Ja, ich weiß.«

»Versprich es mir«, fordert er.

»Ja. Können wir nicht das Thema wechseln?«

»Okay«, antwortet Mark. »Ist in Ordnung. Solange du das weißt.«

»Ich weiß«, sagt Bridget. Und zu ihrem Erstaunen stellt sie fest, dass sie selbst daran glaubt. Sie steht auf und holt zwei Teebecher. Mark Carlyon sitzt am Tisch und schaut zu, wie sie im Raum hin und her geht. Jetzt verstehe ich, denkt er. Warum sie Männern so ungern in die Augen schaut. Wie es kommt, dass sie so wenige Informationen preisgibt. Sie hat Mumm. Ich wünschte, es gäbe etwas, was ich tun könnte, um ihr zu helfen.

»Jetzt berichte mal«, sagt er, während sie zum Kühlschrank geht und die Milch herausholt, »über die Elektrik. Zumindest die kann ich für dich ja wieder in Ordnung bringen.«

39

Schrecklich stöhnt der kleine Bär:
»Holt mal schnell den Doktor her!«

Sie springt hoch und landet mit einem Plumps auf dem Boden. Das macht sie schon seit zwei Minuten, so lange hat sie gebraucht, um den Korridor entlangzuhüpfen, und sie freut sich an der Gleichmäßigkeit des Reims.

»O mein Bauch! Was soll ich machen?«
Aber alle Tiere lachen.

Hüpf. Plumps.

»Petz, du hast zu viel gegessen,
hast dich wieder überfressen,
stopfst dir voll den dicken Wanst,
bis du nicht mehr japsen kannst.«

Hüpf. Plumps.

Schrecklich stöhnt der kleine Bär:
»Holt mal schnell den Doktor her!«

Hüpf. Plumps. Sie ist am Fuß der Treppe zum Dachboden angekommen. Bleibt stehen, weil sie von oben eine Stimme hört.
»DICKER WANST!«, brüllt sie.
Die Stimme hält inne, als lausche die Betreffende, dann fährt sie fort. Es ist Tessa, die mit ihrer sonoren Stimme singt.

Sie singt »Greensleeves«, aber Lily, die ja keine gute Erziehung genossen hat, kennt dieses englische Volkslied natürlich nicht.

Sie steigt die Treppe hinauf.

Tessa befindet sich ganz hinten auf dem Dachboden, hinter dem Schlafraum, in dem die drei evakuierten Mädchen zu schlafen pflegten und in dem Lily noch immer schläft, hinter einer Tür, die, seit sie hier angekommen ist, stets verschlossen war. Selbstverständlich kommt Tessa an den Schlüssel ran. Die wollen ja nur langfingrige Eindringlinge fernhalten, nicht etwa irgendein schauriges Geheimnis wahren.

Lily ist neugierig. Sie wollte schon immer wissen, was sich hinter dieser Tür verbirgt: hat schon immer vermutet, dass dieser Raum irgendwelche Schätze beherbergt.

Sie schleicht zur Tür. Das Erste, was sie bemerkt, ist Staub. Staub und Staubdecken. Der Raum ist vollgestellt. Mehr als voll gestellt: gerammelt voll. Die müssen ja einen großen Teil der Sachen aus dem Schlafsaal in aller Eile hier herübergeschafft haben, weil an der Art und Weise, wie die Dinge herumliegen, keinerlei Ordnung zu erkennen ist. Das ist eine wahre Rumpelkammer: chaotisch und vollgestopft, aber faszinierend. Lily betritt den Raum. Sie kann Tessa nirgends entdecken. Erschrickt, als sie eine Gestalt erblickt, die von einer Staubdecke halb verdeckt ist, dann kichert sie beinahe los, als ihr klar wird, dass sie das selbst ist, die da von einem großen Spiegel reflektiert wird.

»Probier das mal an«, sagt Tessa am anderen Ende des Raums.

Lily erstarrt. Mit wem ist sie denn hier? Sie hat heute Morgen beziehungsweise seit Tessas Ankunft keinen Besuch kommen sehen. Tessa war wie an einem verregneten Wochenende gelangweilt durchs Haus geschlichen: Sie hat jetzt, da die anderen abgereist sind und um Lily immer ein großer Bogen gemacht wird, niemanden, mit dem sie in den Ferien spielen kann.

»Dummkopf«, sagt Tessa. »Es geht doch darum, sich zu verkleiden, oder etwa nicht? Es spielt keine Rolle, ob etwas kaputtgeht. Die bewahrt doch niemand für die Nachwelt auf.«

Lily schlängelt sich durch den schmalen, geschwungenen Gang zwischen den sich hoch auftürmenden Bergen aufeinandergestapelter Kartons. Gelangt zu einer freien Fläche und sieht Tessa auf dem unversiegelten Holzfußboden zwischen drei großen Blechtruhen knien. Unmengen von Stoff und Federn und Strass hängen heraus. Lily schnappt nach Luft. Noch nie hat sie so etwas gesehen. Kleider aus der Zeit ihrer Großeltern, Kleider aus einer Welt, die durch den Ersten Weltkrieg für immer dahin war. Samt, Brokat, Spitze und Seide. Armlange Handschuhe aus elfenbeinfarbenem Satin. Hüte in der Größe von Fahrradreifen, mit Marabufedern und weißen Gartenlilien aus Seide verziert. Abendkleider aus Satin, Damast und Crêpe de Chine. Bestickte Säume und Puffärmel und perlenbesetzte Träger. Tessa streckt einer der drei Puppen, die sie nebeneinander aufgereiht an die Wand gesetzt hat, eine Tiara hin, auf die Kupferblätter aufgeklebt sind. Sie trägt ein edwardianisches Ballkleid mit Wespentaille, das aber ohne die Unterkleider, die die Figur erst formen, seltsam unförmig aussieht, und das gequiltete Bustier hängt gerade und platt über ihrem Blümchenhemd herunter. Das Kleid ist ihr gute dreißig Zentimeter zu lang und fällt ihr wie eine riesige Windel um die Füße.

»Nein?«, sagt sie. »Na ja, wenn du sie nicht willst, dann macht es dir sicher nichts aus, wenn ich sie aufsetze, oder?«

Sie nimmt die Tiara und setzt sie sich auf ihre blonden Locken. Schiebt sich eine Haarsträhne hinters Ohr und präsentiert sich ihren gleichgültigen Zuschauerinnen aus Porzellan.

Schön, denkt Lily. Man stelle sich mal vor, so viel Geld zu haben, dass man diese Sachen einfach in Truhen verstaut. Dass man denkt, Kinder können damit spielen, anstatt dass man sie selbst anzieht. Was hätte meine Mum mit diesen Sachen alles anfangen können! Sie hätte fantastisch ausgesehen. Zu gut für die Docks von Portsmouth. Hätte sie Kleider wie diese gehabt, dann hätte sie in die schicken Hotels gehen und sich unter die feinen Leute mischen können. Müsste nicht nehmen, was sie an ölverschmierten Kerlen kriegt, die für eine Nacht Landurlaub haben.

Sie wünscht sich, Tessa würde aufblicken, sie willkommen heißen und sie die bestickten Capes, das pinkfarbene Bettjäckchen und das elegante silberne Kleid aus den 20er Jahren, an dessen Saum Tausende funkelnder Perlen hängen, anprobieren lassen. Sie weiß, dass das nicht passieren wird.

Sie tritt vor und sagt: »Was machst du denn da?«

Tessa fährt zusammen und dreht sich in ihre Richtung. Wirkt einen Augenblick schuldbewusst, als wäre sie bei etwas Verbotenem ertappt worden. Mustert sie von Kopf bis Fuß. Und dann geschieht genau das, was vorherzusehen war. Tessa reckt das Kinn, verdreht die Augen und wendet ihr den Rücken zu.

»Was sind das denn für Sachen?«

Tessa antwortet nicht. Lily kommt näher und bleibt direkt neben ihr stehen. »Ich hab gefragt, was das für Sachen sind?«

Tessas Blick schnellt zu ihr hinauf, dann wieder zur Seite. Sie greift nach der Puppe, die ihr am nächsten sitzt, und nimmt sie auf den Schoß. Zieht aus der Truhe zu ihrer Linken ein Babytaufkleidchen: cremefarbene Spitzenrüschen mit einem passenden Häubchen, das mit einem Band daran befestigt ist. Fängt an, den Kopf der Puppe durch den Halsausschnitt zu schieben. Die Puppe ist viel zu klein für ein Kleid, das für ein drei Monate altes Baby gedacht ist. Schnell verschwindet sie in einem Meer von Chantilly-Spitze und Bändern.

»Du spielst doch nicht etwa immer noch mit Puppen?«, fragt Lily. »In deinem Alter?«

Lily ist sich jetzt mit ihren neun Jahren ihrer eigenen Reife unangenehm bewusst. Sie kichert gemein. Wenn Tessa weiter so unverschämt ist, dann wird sie bestimmt nicht versuchen, nett zu ihr zu sein.

»Ich hab nicht mehr mit einer Puppe gespielt, seit ich fünf war«, informiert sie den ihr zugewandten steifen Rücken.

»Da«, sagt Tessa verunsichert. »Du siehst wunderschön aus.«

Lily versucht es auf andere Weise. Sie möchte so gerne mitspielen dürfen, ihre Hände zwischen die Stoffe schieben, sich diese warmen, edelsteinbunten Farben ans Gesicht halten.

»Du siehst wie ein Weihnachtsbaum aus«, sagt sie. Nicht unfreundlich. Die Weihnachtsbäume in ihrem Buch zählen zu den allerschönsten Erfindungen überhaupt.

Wieder keine Antwort. Als ob ich ein Geist wäre, denkt Lily.

Sie beugt sich vor, um sich den Inhalt der ihr am nächsten stehenden Truhe anzuschauen, jener, die die Kleider enthält. Streckt die Hand nach einem Stück leuchtend rotem Brokat aus, der ihre Aufmerksamkeit erregt hat, und spürt, dass eine Hand auf ihren Handrücken schlägt. Zuckt schockiert zusammen und schreit: »Au! Wieso machst du das?«

»Ich hätte schwören können«, sagt Tessa zu den Puppen, »dass ich einen Hund habe bellen hören.«

Die Puppen starren sie ungerührt an.

»Oder vielleicht sind das auch Ratten«, fährt Tessa fort. »In jedem Fall stinkt hier irgendwas.«

»Hallo?«, sagt Lily. »Ich stehe direkt vor dir!«

»Manche Menschen«, erzählt Tessa ihren Puppen spitz, »wissen einfach nicht, wann sie unerwünscht sind. Ist euch das schon einmal aufgefallen?«

Ach, ich verstehe, denkt Lily. Ich bin für sie wieder einmal Luft. Sehr schlau. Sehr erwachsen. Das muss sie wohl in ihrer supertollen Schule gelernt haben. So etwas bringen sie da den jungen Ladys bei, weil es jungen Damen nicht gestattet ist, jemandem einfach eine Ohrfeige zu geben, und das war es dann. Dumme Kuh. Trotzdem, was kann man von ihr denn erwarten? Sie ist schließlich die Tochter ihrer Mutter. Ich dachte, sie wäre besser als der Rest ihrer Familie, aber

295

das ist sie natürlich nicht. Nur weniger direkt, geht bloß feiger vor. »Ich sage euch was«, fährt Tessa fort, »es wird hier drin allmählich richtig stickig. Ich weiß, was ihr von diesem Gestank haltet. Sollen wir in mein Zimmer gehen? Da ist es *angenehmer*. Dort sind wir *ungestört*.«

»Gern«, antwortet Lily. Ich mache diesen Quatsch nicht mit und werde schon dafür sorgen, dass sie mich akzeptiert.

»Nein«, schnauzt Tessa. »Ich habe nicht dich gefragt!«

»Genau«, sagt Lily. »Du kannst mich also doch hören.«

»Verschwinde!«, fordert Tessa. »Mummy sagt, dass ich mich nicht mit dir abgeben soll.«

»Warum?«, fragt Lily.

»Du hast einen schlechten Einfluss«, antwortet Tessa. »Mummy sagt, man kann sich bei dir nicht darauf verlassen, dass du dich auch benimmst.«

»Tessa!«, schreit Lily. Sie spürt einen starken Schmerz irgendwo in der Nähe ihres Herzens. Sie hat sich so darauf gefreut, dass Tessa wiederkommt. Noch ein anderes Kind im Haus zu haben, eines in ihrem Alter, nicht nur diese böse Mutter, die schweigend, aber mit gespitzten Lippen, ständig hinter ihr her ist. Im Sommer hatte Tessa immer mit ihr geredet, wenn keiner in der Nähe war. Sie waren beinahe Freundinnen gewesen. Sie hatten an einem Nachmittag sogar zusammen im Bach einen Damm gebaut. Sie hatte gehofft, dass sie Freundinnen sein würden.

Ich bin allein. Ich bin ganz allein. Warum tun sie mir das bloß an?

»Lass mich in Ruhe!«, sagt Tessa.

»Warum? Du musst doch nicht tun, was sie dir sagen!«

Plötzlich schaut Tessa zu ihr auf, wie sie neben der Schneiderpuppe steht und die Hände ringt. »Aber das mache ich«, sagt sie. »Es tut mir leid, Lily, aber ich kann nicht. Mummy sagt, dass du eine Lügnerin und Unruhestifterin bist, und sie sagt, dass sie mich mit den Hausschuhen schlägt, wenn sie mich dabei erwischt, dass ich mit dir rede. Ich kann nicht.«

Lily steigen Tränen in die Augen. Das ist so ungerecht. So gemein.

»Deine Mutter ist eine dumme Kuh«, sagt sie.

Tessa rappelt sich auf die Füße. »Nein!«, schreit sie. »*Wag* es bloß nicht, meine Mutter zu beschimpfen! Sie hat dich aufgenommen, als niemand dich nehmen wollte, und du solltest wirklich dankbar sein! Verschwinde, Lily. Ich will nicht mit dir reden!«

Lily wird wütend und schubst sie. Tessa stolpert, verfängt sich in ihrem Kleidersaum und wäre beinahe in die nächste Truhe gekippt.

»Da hast du's!« Sie stürzt sich auf den Hausgast, stößt Lily so plötzlich und kräftig zurück, dass diese darauf nicht vorbereitet ist, gegen die Schneiderpuppe knallt und daneben auf dem Boden landet.

»Lass das!«, schreit Tessa. »Hau einfach ab! Ich will mit dir nichts zu tun haben! Geh einfach weg!«

Sie schnappt sich den knielangen Rock und die Baumwollbluse, die sie achtlos auf den Boden geworfen hatte, und stolziert in Richtung Treppe, das Kleid bis zu den Knien hochgezogen.

»Du siehst wie eine Idiotin aus!«, ruft Lily der hochmütigen Gestalt hinterher. Dumme Schnepfe. Als ob sie mit einer eingebildeten Schleimerin befreundet sein wollte! Sie reibt sich den Brustkorb, weil sie mit den Rippen gegen das scharf geschwungene Bein einer alten Chaiselongue geprallt ist, und kämpft gegen die aufsteigenden Tränen an. »Verpiss dich doch! Als ob mich das kümmern würde!«

Tessa antwortet nicht. Geht den Flur entlang und die Treppe hinunter.

»Ist mir doch egal«, sagt Lily laut in den leeren Raum hinein, »das ist mir scheißegal.«

Sie bleibt eine Weile liegen, schaut zu den Dachbalken hinauf. Ist mir egal. Ich werde nicht für immer hierbleiben. Eines Tages schaffe ich es, von hier fortzukommen.

Als sie sich aufsetzt, fällt ihr Blick auf die Kleider in den Truhen. Ich könnte ja die Chance nutzen, dass sie offen sind. Die Farben sind eine wahre Pracht, und wie sich die Stoffe erst anfühlen! Manche sind von Motten zerfressen und durch die Jahrzehnte verschmutzt, aber Lily hat noch nie so viele Reichtümer auf einem Haufen gesehen. Sie kriecht über den Boden und lässt sich zwischen den Schätzen nieder. Sie betastet die Stoffe, streicht über eine weiche, abgelegte Federboa, hält einen Cleopatra-Perlenkopfschmuck aus den 1920er Jahren hoch, der zu dem Perlenkleid passt, und bewegt ihn hin und her, sodass er in dem schwachen Licht wie ein Kronleuchter funkelt. Das erfüllt sie mit einem seltsamen, unbestimmbaren Verlangen.

Sie zieht ihr verblasstes Gingham-Kleid aus und lässt es auf den Boden fallen, wählt eine lange, schräg geschnittene Robe in champagnerfarbenem glattem Satin aus und zieht sie sich über den Kopf. Es ist nicht nötig, die Zeit mit Häkchen und Reißverschlüssen zu verplempern: Lily ist so schmal, dass das Kleid, obwohl die ehemalige Besitzerin in den Armen ihres Partners, während sie bei einem längst vergessenen Ball über das Tanzparkett schwebten, gertenschlank gewesen sein muss, an ihrem mageren Körper herunterhängt und die Knochen ihres Brustkorbs hervortreten. In der Truhe rechts entdeckt sie ein Paar vom vielen Tragen ganz abgewetzte Satinslipper mit Marabufedern, schlüpft hinein und hinkt, die Plastikfolie in der Hand, zum Spiegel hinüber. Dreht sich hin und her, um sich in diesem Staat zu bewundern.

»Macht nichts, wenn ich das tue«, sagt sie. Zieht den Ausschnitt herunter, um ihr nicht vorhandenes Dekolleté zu entblößen, so wie sie es bei ihrer Mutter immer gesehen hatte, wenn sie sich abends zum Ausgehen bereit machte.

Als Tessa den Korridor entlangtapst, läuft sie Hugh über den Weg. Plötzlich ist es ihr peinlich, in diesem abgelegten Staat gesehen zu werden. Seit Hugh nach Eton gegangen ist, fühlt sie sich mit ihm nicht mehr wohl, wird ihr klar. Es ist, als wäre ihr Bruder fortgegangen und an seiner Stelle irgendein herablassender fremder Eindringling wiedergekommen. Sie hat nicht einmal gewusst, dass er schon da ist.

»Hallo!«, sagt er. »Was hast du denn da an?«

Sie schaut an sich hinunter. »Ach, bloß etwas aus der Kostümtruhe«, antwortet sie.

»Kostümtruhe?«

»Du weißt doch. Auf dem Dachboden.«

»Kostümierung? Mutter wird Hackfleisch aus dir machen, wenn sie dich in dieser Aufmachung sieht.«

»Ich bin gerade auf dem Weg in mein Zimmer, um mich umzuziehen.«

»Na, dann ist es ja gut. Und, wie geht es in der Schule?«

»Gut«, antwortet sie. »Du weißt schon. Scheußlich.«

»Bei mir ist es das Gleiche«, sagt er. »Und, welche von den dummen Proleten sind denn noch da? Oder haben wir das Haus endlich wieder ganz für uns?«

»Es ist wieder einmal typisch«, antwortet Tessa. »Die Einzige, die noch da ist, ist die Schlimmste.«

»Was? Die lausige Lily?«

Sie nickt.

»Ha!«, sagt er. »Das Straßenkind ist also immer noch hier? Mach dir nichts draus, Tess. Wo ist sie denn?«

Tessa nickt in Richtung der Treppe zum Dachboden. »Da oben«, antwortet sie.

»Echt?«

»Ja«, sagt Tessa. »Deshalb bin ich heruntergekommen. Sie hat angefangen, mich herumzuschubsen.«

»Na, darum werde ich mich kümmern«, erwidert er.

Tessa erstarrt, schaut ihn an.

»Was ist?«

»Lass es«, sagt Tessa.

»Halt den Mund, Tessa«, befiehlt Hugh. »Das geht dich gar nichts an.«

299

40

»Komm schon«, sagt er. »Gehen wir ins Pub. Tina ist dort, und ich wette, du könntest einen Tapetenwechsel vertragen.«

Er wäscht sich die Hände an der Spüle. Seine Hände und seine schlanken, muskulösen Unterarme. Sie scheinen mit schwarzer Schmiere bedeckt zu sein, was sie erstaunt, da sie nicht wusste, dass man als Elektriker bei der Arbeit schwarz verschmierte Hände bekommt ...

»Hmm ...«

»Sie kann bei uns übernachten. Unsere Mutter passt heute Abend auf die Kinder auf, und ich glaube nicht, dass es ihr etwas ausmacht, wenn noch eines mehr da ist.«

Ihr fällt kein weiterer Einwand ein, obwohl sie die Einladung seltsamerweise beunruhigend findet. Sie war nicht mehr aus – jene Art von Ausgehen, die keine andere Rechtfertigung hat, als sich zu amüsieren – seit ... seit ... sie kann sich gar nicht mehr daran erinnern. Seit Yasmin auf der Welt ist, vermutet sie. Kurz nach ihrer Geburt fing Kieran an, allein auszugehen, und hat nie angeboten, sie mitzunehmen. Und wie es bei vielen Leuten, die selbst fremdgehen, der Fall ist, war er bei dem Gedanken, dass sie ohne ihn ausgehen könnte, äußerst argwöhnisch und eifersüchtig. Nachdem ihr durch eine Tür, die wütend zugeknallt wurde, ein paar Finger gebrochen wurden, nur weil sie sich mit ein paar Freundinnen treffen wollte, fragte sie nur noch zögerlich um Erlaubnis, und es dauerte nicht lange, da wandten sich ihre alten Freundinnen, entmutigt von ihren unverbindlichen Antworten, ab und suchten sich eine geselligere Kameradin.

Was soll ich anziehen? Weiß ich überhaupt noch, wie man eine Unterhaltung führt? Wenn es nicht um Yasmin, die Arbeit oder die Frage geht, warum ich einen Überziehungskredit brauche?

»In Ordnung.«

»Begeisterung. Genau, das gefällt mir.«

Sie lacht. »Tut mir leid. Ja. Kannst du mir zehn Minuten geben? So kann ich ja nicht ausgehen.«

»Du siehst großartig aus. Du brauchst nur noch ein Paar Gummistiefel, dann merkt keiner, dass du nicht schon dein ganzes Leben zu den Einheimischen hier zählst. Ich sag dir was. Soll ich Yasmin nicht gleich mit zu mir nehmen? Ich hätte nichts dagegen, mich auch ein bisschen frisch zu machen. Dann treffen wir uns in einer Dreiviertelstunde im Pub.«

»Wenn du dir sicher bist …«

»Ich bin mir über gar nichts mehr sicher, seit Jeffrey Archer im Knast gelandet ist. Aber es könnte nett werden. Wenn man es nicht ausprobiert, findet man es nie heraus.«

»Ach. Ja dann, okay.«

Kaum ist sie in ihrem Zimmer, da wird sie von panischer Angst vor jeglicher Art von Geselligkeit ergriffen. Sie ertappt sich dabei, dass sie etwas macht, was sie nicht mehr getan hat, seit sie Anfang zwanzig war: Sie hat den ganzen Inhalt ihrer Schubladen auf den Boden geleert und kramt verzweifelt alles durch. Ich hab nichts anzuziehen. Ehrlich, ich hab nichts. Die einzigen Sachen, die halbwegs festlich sind, stammen aus der Zeit vor Yasmins Geburt, als sie noch Kleidergröße 42 hatte, einen flachen Bauch und Brüste, die noch an der richtigen Stelle saßen, und diese kitschigen Glitzersachen hier werden sich bestimmt nicht auf die üppige Größe 44 dehnen lassen, die die Mutterschaft und das Unglück ihr gemeinsam aufgezwungen haben. In ein paar der Tops könnte sie sich wohl hineinzwängen, aber sie wären so eng, dass sie in einem Pub auf dem Lande wie eine Schlampe wirken würde.

Verzweifelt hebt sie die Teile hoch, schaut sie an, legt sie zurück. Alles, was aus der Kieran-Zeit stammt, ist weit, dunkelfarbig, jene Art von Kleidung, mit der man so wenig Raum wie möglich einnimmt, jene Art von Kleidern, mit denen man sich in Ecken verkriecht und versucht, keine Aufmerksamkeit zu erregen. Mein Gott, was hatte ich früher für Kleider: die bauchfreien Tops und Miniröcke, die paillettenbesetzten Sachen und die tiefen Ausschnitte. Die Schuhe, die für jede Frau untragbar waren, es sei denn, sie fuhr überall mit dem Taxi hin. Damals habe ich wirklich geglaubt, ich würde gut aussehen. Nein, ich habe gut ausgesehen. Ich sah aus wie eine zuversichtliche, erfolgreiche Londonerin; wie die junge Frau, die ein Ziel vor Augen hatte. Ja, damals sah ich aus wie der Mensch, der ich auch war.

Ich vermute, ich sehe noch immer aus wie der Mensch, der ich bin. Die Kleider aus der Zeit, nachdem ich Kieran kennengelernt habe, sind nichts anderes als praktisch: Jeans und Oberteile, die sich leicht waschen lassen und auf denen Flecken nicht auffallen. Kleider, die in der Kleiderkammer der Wohlfahrt gekauft wurden, damit Geld für Yasmin übrig blieb: Kleider, die zu erkennen geben, dass ich nicht erwarte, angeschaut zu werden und auch nicht angeschaut werden möchte.

Wieso ist mir das bisher nicht aufgefallen? Wie kommt es, dass ich nicht bemerkt habe, was ich da mache, als ich die Kleiderständer beim Roten Kreuz durchgesehen und mir die malvenfarbigen Sachen für dicke Frauen und jene im Ignorier-mich-Blau ausgewählt habe? Wann habe ich eigentlich aufgegeben? Wann habe ich beschlossen, dass es am besten sei, wenn niemand mich ansieht? Die ganze Zeit habe ich neben Carol gewohnt, mit ihren superbilligen, aber immer modischen Kleidern und stets gestylten Haaren, und habe trotzdem den Kontrast nicht bemerkt, wenn wir an einem spiegelnden Schaufenster vorbeigegangen sind. Ich habe den Kontrast zu ihr natürlich schon festgestellt, aber ich habe nie den Kontrast zu meinem früheren Aussehen registriert. Wie blind hat er mich gemacht? Wie blind habe ich mich selbst gemacht?

Na ja, ich kann Jeans anziehen. Viele Alternativen habe ich sowieso nicht. Entweder Jeans oder eine der drei schwarzen Stretchhosen mit dem dehnbaren Bund, die Sporthosen so ähnlich wie nur möglich kommen, ohne allerdings einen weißen Streifen an der Seite zu haben. Sie wählt die neueste Hose, die mit den wenigsten Flecken und dem tiefsten Bund. Hoffentlich sehen der abgewetzte Stoff an den Knien und der Riss am Oberschenkel gewollt aus und werden als Modestatement aufgefasst statt als Zeichen der Armut. In einer Ecke der Schublade entdeckt sie eine dunkelrote hüftlange Tunika aus bestickter Viskose, die Carol ihr einmal zum Geburtstag geschenkt hat und an der noch immer die Etiketten hängen. Der V-Ausschnitt ist sehr tief und lässt einiges vom Dekolleté sehen, was der Grund ist, warum sie damals nicht wagte, sie anzuziehen. Jetzt schaut sie sie an und stellt fest, dass Carol gut gewählt hat. Das ist ein ideales Kleidungsstück, um das Selbstwertgefühl zu heben; es kaschiert alle möglichen Problemzonen und besitzt den entscheidenden Vorteil, dass es nicht zu aufgetakelt aussieht.

Sie dankt Carol, wo immer sie auch gerade sein mag, und zieht sich die Tunika über. Es bleibt ihr keine Zeit, sie zu bügeln. Sie wird sie zerknittert tragen, dann wird keiner denken, sie hätte sie sich extra gekauft.

Draußen ist es richtig kalt geworden. Die Hecken sind bereits mit Raureif überzogen, und die Bäume wirken wie Marmorstatuen, als sie zum Dorf hinunterfährt. Das Pub sieht gemütlich und einladend aus, orangefarbenes Licht fällt durch die winzigen Fenster. Sie kuschelt sich tiefer in ihren alten Ledermantel, hastet in ihren flachen Wildlederstiefeln über den Parkplatz. Der linke hat ein Loch in der Sohle; beim Gehen spürt sie den gefrorenen Asphalt.

Sie sitzen in der Ecke, eng nebeneinander auf Hockern um einen winzigen Tisch mit Kupferoberfläche. Sie hatte mit einem dieser amerikanischen Werwolfmomente gerechnet, als der berauschende Mief von Bier, Zigarettenrauch und Shepherd's Pie sie umfing (komisch, denkt sie, dass Yasmin diesen speziellen Geruch nie kennenlernen wird), aber zu ihrem Erstaunen setzt die Unterhaltung bei ihrem Eintreten kaum aus. Im Gegenteil, ein paar Leute begrüßen sie sogar, als wäre sie hier seit Jahren Stammgast.

Mark hat sich einen dunkelgrünen Pullover und darunter ein weißes T-Shirt angezogen. Tina trägt einen knöchellangen Zigeunerrock: mindestens zwei Jahre alt, aber gut gegen die Kälte. Ein Paar sitzt bei ihnen, das sie vage von der Schule wiedererkennt. Alle lächeln, als sie sie sehen, und vergrößern ihren Kreis, und der Mann, dessen Namen sie nicht weiß, zieht einen Hocker, den sie für sie reserviert haben, heran und deutet darauf. Mark springt auf. »Was kann ich dir holen?«

»Ach – mach dir keine Umstände. Ich …«

»Ich gehe sowieso«, sagt er, »und hole eine Runde. Was hättest du gern?«

Sie weiß es nicht. Sie ist dermaßen aus der Übung, dass sie vergessen hat, was Frauen in Pubs gewöhnlich trinken. In London war sie immer in Weinbars: Unmengen von Chardonnay, der zu stark nach Eiche schmeckte und am nächsten Morgen Verdauungsprobleme verursachte. Aber in London gab es Taxen, und nach den Gerüchen zu urteilen, die aus dem Raum jenseits der Bar dringen, schließt sie, dass in dieser Ecke Cornwalls die Qualitätsrevolution der Pubs noch nicht Einzug gehalten hat.

»Nur ein Ginger Ale, bitte.« Sie zeigt ihnen ihren Autoschlüssel. »Ich muss noch fahren.«

»Ach, komm schon«, sagt Tina. »du brauchst bloß eine halbe Meile auf einer leeren Straße zu fahren. Du kannst dir schon einen Drink gönnen.«

»Ich …« Wo kommt bloß diese Zögerlichkeit her? Ich

klinge wie eine jener alten Jungfern, die man in Filmen aus den 1940er Jahren sieht und die sich ständig für ihr Dasein entschuldigen. »In Ordnung. Ich nehme eine Halbe.«

»Eine Halbe wovon?«

»Keine Ahnung ...«

»Das Bitter ist gut.«

Sie nickt. »Okay, Bitter.« Dann entsinnt sie sich ihrer Manieren und fügt ein Dankeschön hinzu.

»Es ist kalt, nicht wahr?«, sagt die Frau.

Bridget nimmt Platz und fängt an, sich den Schal vom Hals zu wickeln. »Ja.«

»Wie ist es denn auf Rospetroc bei diesem Wetter?«

»Ach, in der Wohnung ist es gut. Nett und gemütlich. Und auch im Rest des Hauses hat er eine gute Heizung installiert, allerdings schalte ich sie, wenn keine Gäste da sind, nur so ein, dass die Wasserrohre nicht gefrieren.«

»Haben Sie im Moment viele?«

»Seit dem Weihnachtsansturm nicht mehr. In ein paar Wochen kommt ein Paar für die Flitterwochen, falls Mark bis dahin fertig ist.«

»Ach, das wird er bestimmt«, sagt Tina. »Er repariert es ja nur provisorisch. Allerdings wird die ganze Elektrik, so wie ich es verstehe, irgendwann mal komplett erneuert werden müssen.«

»Zweifellos«, antwortet sie. »Solange er es hinkriegt, dass es bis zum Frühjahr funktioniert, bin ich ihm ewig dankbar.«

»Carla ist ganz fasziniert von dem Haus«, stellt die Frau fest.

»Ach ja«, erwidert Bridget. »Sie sind also Carlas Mutter? Tut mir leid. Ich kann mir schrecklich schlecht merken, wer wer ist.«

»Ja«, antwortet sie und streckt ihr die Hand entgegen. »Penelope Tremayne. Penny. Und das ist Tony.«

»Hallo.« Sie schüttelt ihm die Hand.

»Hallo.«

305

»Tonys Mutter hat früher dort gearbeitet«, erzählt Tina. »Hat dort sauber gemacht.«

»Ach, wirklich?«

Tony nickt. »War eine verrückte alte Kuh, die Mrs Blakemore. Völlig durchgeknallt war die. Mum hat es nicht lange dort ausgehalten, aber das hat ja keiner. Sie kam mit dem alten Mädchen nicht zurecht. Paranoid reicht als Beschreibung gar nicht aus.«

»Hmmm. Daraus schließe ich, dass sie nicht gerade die beste Arbeitgeberin war.«

»Nein. Unglaublich knauserig und außerdem noch richtig gemein. Darüber hinaus meistens betrunken. Hat die Leute immer beschuldigt, irgendetwas mitgehen zu lassen. Und hat sich ständig umgeblickt, als würde jemand hinter ihr stehen. Mum gehört nicht zu den Abergläubischen, aber selbst sie hat gesagt, dass sie dort Zustände bekommen hat.«

»Das würde mir genauso ergehen«, stellt Tina fest. »Gab es da nicht Gerüchte über sie? Oder war das nur Kindergeschwätz?«

Tony zuckt mit den Achseln. »Ein bisschen von beidem, vermute ich. Erinnerst du dich nicht? Wir haben immer behauptet, dass da ein Kind irgendwo im Garten begraben sei. Allerdings dachte ich, das sei Hugh, nicht sie. Wie auch immer.«

»Oh, ja«, sagt Tina. »Jetzt erinnere ich mich. Ich hatte das fast vergessen. Im Krieg soll es da doch gespenstische Vorfälle gegeben haben oder so, nicht wahr?«

»Es hatte etwas mit irgendwelchen Evakuierten zu tun«, erzählt er. »Ich glaube, eine von denen ist verschwunden, war das nicht so?«

»Lily«, stellt Mark fest, der gerade mit fünf Gläsern, die er in den Händen balanciert, zurückkommt. »Lily Rickett.«

Bridget läuft es eiskalt über den Rücken. Sie kennt diesen Namen. Das muss ein Zufall sein.

»Wieso erinnerst du dich daran?«, fragt Tina.

»Bin eben genial. Und ich erinnere mich, dass ich damals gedacht habe, der Name passt irgendwie zu ihr. Das war doch eines dieser Kinder aus Portsmouth.«

»Ach«, sagt Penny, und alle werfen sich einen verständnisvollen Blick zu. Bridget hat den Witz mit der Abkürzung bereits mitbekommen, die auf Krankenblättern hier in Cornwall immer wieder auftaucht. NFP: Normal Für Portsmouth.

»Ihr glaubt aber nicht, dass sie wirklich im Garten vergraben ist, oder?«, fragt sie.

»Nein«, antwortet Tina. »Natürlich nicht. Du meine Güte, ich weiß, dass damals Krieg war und so, aber glaubst du nicht, dass die Behörden es irgendwann bemerkt hätten, wenn eine ihrer Evakuierten einfach verschwunden wäre? Nein. Sie wird wohl abgeholt worden und irgendwo anders hingezogen sein, oder sie ist nach Hause gefahren und hat dort ihr Leben unauffällig weitergeführt, wie das halt meistens so ist. Allerdings hat es im Dorf keinen genügend gekümmert, um mit ihr, nachdem sie von der Schule geflogen ist, in Kontakt zu bleiben, der dann hätte wissen können, was tatsächlich passiert ist. Nein, das ist nur eines dieser Dorfgerüchte. Zum Teil aus Bosheit, zum Teil, um das Leben ein bisschen interessanter zu machen. Erinnerst du dich an diese Hippie-Künstler im ehemaligen Pfarrhaus, als wir klein waren, Marco? Wie hießen die noch mal?«

»Die Linleys?«

»Hmm.« Sie dreht sich wieder um und spricht Bridget an. »Alle waren der verrückten Meinung, das seien Satanisten. Erinnert ihr euch? Wir haben einander Geschichten erzählt, dass sie bei Vollmond auf dem Friedhof schwarze Messen feiern, bei denen sie Babys verspeisen, lauter solche Sachen. Die Armen sind am Ende wegen des Getuschels, sobald sie in den Laden herunterkamen, nach St. Ives weitergezogen. Ich bin mir sicher, dass die völlig harmlos waren. Haben nur einfach nicht hierher gepasst, weißt du? So war das, wirklich. Die alte Blakemore hat den Verstand verloren und sich in eine

Einsiedlerin verwandelt, und alle haben Hugh gehasst, deshalb mussten sie etwas erfinden, an dem sie es festmachen konnten. Es war ja nicht so, dass alle Nachforschungen angestellt oder es der Polizei gemeldet hätten oder dergleichen. Es war einfach etwas, was alle hinter ihrem Rücken über sie erzählt haben. Allerdings kann man nicht behaupten, sie wären nicht froh gewesen, sie los zu sein.«

»Gott, ja«, sagt Mark. »Erinnerst du dich an die Schule? Die haben damals ihren Namen noch immer als Abkürzung für ein wirklich richtig schlimmes Kind benutzt. Das alle mit seinen Läusen ansteckt und so weiter.«

»Ach, das ist nicht fair«, sagt Tina. »Damals hatten doch alle Läuse, und keiner fand das irgendwie seltsam. Und ein Mal hat sie einen Preis bekommen. Er ist noch immer da, im Schulordner. Jetzt erinnere ich mich an den Namen.«

»Na ja, wie auch immer. Selbst wenn sie sich eine Weile ordentlich benommen hat, das hat sicher nicht lange angehalten. Sie ist von der Schule geflogen, weil sie die Vorhänge im Hauptklassenzimmer in Brand gesteckt hat. Man kann immer noch die Stelle am Fenster sehen, wo es sich verzogen hat. Ich kann mich nicht wirklich erinnern, was danach passiert ist. Das ist so typisch Dorf, nicht wahr? Dazu kommt es, wenn die Leute so geheimniskrämerisch sind. Sie ist nach einer Weile verschwunden, und natürlich haben alle Kinder angefangen, davon zu reden, sie sei ermordet worden. Aber das wurde sie natürlich nicht. Sie wird wohl nach Portsmouth zurückgekehrt und bei einem Luftangriff oder so ums Leben gekommen sein.«

»Gott, ja, und sie haben immer noch davon geredet, als wir Kinder waren. Erinnert ihr euch? Deshalb sind wir immer schreiend davongelaufen, wenn die Blakemores ins Dorf gekommen sind. Wir waren schon ein Haufen kleiner Biester, nicht wahr? Wahrscheinlich hat das Kind seine Mum dazu gebracht, dass sie es abgeholt hat, oder?«

»Wie auch immer«, antwortet Mark.

»Ich bevorzuge die Mordtheorie«, stellt Penny fest. »Nichts sorgt so für den Zusammenhalt in einem Dorf wie ein gutes schauriges Gerücht. Was glaubt ihr, haben sie gemacht? Sie erschossen? Sie erwürgt und ihre Leiche im See versenkt?«

»Na, besten Dank«, meldet sich Bridget zu Wort. »Mir gefällt diese Theorie ebenfalls. Da fühle ich mich dort doch gleich so viel wohler!«

Alle lachen und wechseln das Thema.

»Und, was hat Sie eigentlich von London hierher geführt?«, erkundigt sich Penny.

Bridget wirft Mark einen Blick zu, aber seine Miene bleibt ausdruckslos. Tinas ebenfalls. Sie kann nicht erkennen, ob er es ihr erzählt hat. »Eigentlich Yasmin. Mir ist mit einem Mal klar geworden, dass London ein schrecklicher Ort ist, um ein Kind aufzuziehen, wenn man nicht reich ist.«

»Sie hatten also keine Verbindungen zu dieser Gegend hier?«

»Nein«, antwortet sie. »Leider«, fügt sie hinzu.

»Ich würde sagen, das ist gut so. Zu viele Leute sind hier miteinander verwandt. Die Hälfte der Familien ist irgendwie miteinander verschwägert. Und, was denken Sie? Glauben Sie, dass Sie eine Weile hierbleiben?«

Bridget nippt an ihrem Bier. Es ist warm und schal: echt traditionell. »Wissen Sie was?«, antwortet sie. »Ich glaube, das ist durchaus möglich.«

41

Carol läuft mit ihren Einkäufen von der Bushaltestelle nach Hause. Jetzt, da sie ein festes Einkommen und jede Menge Hotelübernachtungen in Aussicht hat, fühlt sie sich berechtigt, ein wenig Geld zu verprassen: teure Nachtcremes, um ihre Haut vor der trockenen Luft in den Flugzeugkabinen zu schützen, zwei Paar wirklich gute, ordentliche Pumps, mit Fußbett, die groß genug sind, dass es nichts ausmacht, wenn ihre Füße bei Langstreckenflügen anschwellen. Ein fantastisches Make-up und Haarspray, der extra langen Halt verspricht. Bügelfreie Sommersachen für die Florida-Schicht, jetzt in der Endphase des Schlussverkaufs besonders billig. Warme Pelzstiefel für die New-York-Strecke, obwohl sie weiß, dass sie diese bei Barney's wahrscheinlich billiger bekommen hätte.

Sie hat das seltsame Gefühl, als sei Weihnachten, obwohl das Fest längst vorüber ist. Ihr drängt sich der Eindruck auf, ihr Leben, das nun so lange stillstand, würde nun endlich wieder weitergehen. Sie hat den Auffrischungskurs absolviert, hat gelernt, einen Terroristen zu erkennen, sich erinnert, wie man bei einem Rentner, der in Ohnmacht gefallen ist, Mund-zu-Mund-Beatmung macht, und morgen wird sie ihre Wohnungstür abschließen und das Rumpeln der Räder ihres Reisetrolleys auf dem Pflaster hören. Dieses Geräusch hatte sie schon ganz vergessen: All die damit verbundenen Verheißungen.

Der Verkehr auf der Streatham High Road ist dermaßen dicht, dass sie ihr Handy fast nicht hört, das in der Tiefe ihrer Tasche läutet. Ich muss daran denken, mir jetzt, da ich es mir leisten kann, eine Roaming Karte zu besorgen, überlegt sie, während sie im Sicherheitsfach herumkramt. Vielleicht nächsten Monat. Sobald mein erster Gehaltsscheck eingegangen ist.

Das Handy bimmelt noch immer, als sie es endlich zu fassen kriegt, und der Klingelton dröhnt laut in die abendliche Luft. »Hallo?«

»Hallo, ich bin's.«

»He, wie lustig. Deine Nummer ist auf meinem Display gar nicht erschienen.«

»Nein. Das ist der Grund, warum ich anrufe. Ich habe endlich ein neues Telefon.«

»Tatsächlich? Klasse! Gut gemacht.«

»Möchtest du die Nummer haben?«

»Ich bin gerade unterwegs«, antwortet sie, »und ich habe die Hände voll. Kannst du mir eine SMS schicken?«

»Klar. Du könntest sie aber natürlich auch der Anrufliste entnehmen.«

»Du weißt, wie ich mich mit Technologie anstelle«, sagt Carol.

»Okay.«

»Und, wie geht es so? Hattest du weitere Stromausfälle?«

»Gut. Bestens. Und nein, ich habe gerade einen Typen vom Dorf da, der das Ganze repariert.«

»Einen Typen aus dem Dorf, he? Single?«, fragt Carol.

»Ach, du. Hast immer nur das Eine im Kopf. Er ist ein Freund, okay?«

»Selbstverständlich.«

»Nein, ach, was soll's? Wir haben eine wilde Affäre miteinander, und er möchte Babys von mir haben, okay?«

»Das klingt schon besser«, lacht Carol.

»Und, wie läuft es bei dir? Alles in Ordnung?«

Sie biegt in ihre Straße ein, ihre ehemals gemeinsame Straße. Sie achtet nicht auf ihre Umgebung, da sie von dieser unsichtbaren Seifenblase umgeben ist, die jeden einhüllt, der in ein Handy spricht. Sie ist sich vage bewusst, dass jemand hinter ihr um die Ecke gebogen ist, denkt jedoch nicht weiter darüber nach. Schließlich ist gerade Feierabendzeit. Millionen Menschen biegen in diesem Augenblick irgendwo in London in eine Straße ein.

»Alles bestens«, antwortet sie. »Ich war gerade einkaufen, für meine Reiseausstattung. Ich habe fast eine Million ausgegeben.«

»Cool! Und wann fängst du an?«

»Morgen. Ist das nicht aufregend? Ich fliege kurz nach Mittag nach Vancouver.«

»Fantastisch! Ach, Carol, ich freue mich so für dich! Wann kommst du wieder zurück?«

»Ich bin fast den ganzen Monat ständig auf Achse«, antwortet Carol. »Bis auf den komischen halben Tag Wartezeit beim Antritt einer neuen Schicht. Die haben ein unglaublich kompliziertes rotierendes Schichtsystem. Vor allem, wenn man neu ist und auf Probe arbeitet. Ich muss begeistert aussehen.«

»Also wie? Du fliegst einen Monat ständig nach Kanada hin und her?«

»Nein«, antwortet Carol. »Weltweit. Vier Aufenthalte in der Karibik, plus Los Angeles und Florida. Ich bin wieder im Jetset angekommen, das kann ich dir sagen, und ich werde keine Minute vergeuden.«

»Los Angeles? Das wirst du niemals überleben. Wie steht es mit den Zigaretten?«

»Ich bin dabei, das Rauchen aufzugeben«, erklärt Carol in dem entschiedenen Tonfall, den nur jene zustande bringen, die voller Optimismus sind, dass sie es tatsächlich schaffen. »Ich rauche nur, weil ich gelangweilt und traurig bin. Und ich werde jetzt nicht mehr gelangweilt und traurig sein.«

In der Branksome Avenue ist es dunkel und ruhig, geradezu still. In den großen Häusern, die etwas vom Gehsteig zurückgesetzt stehen, sind hinter den Vorhängen nur wenige Lichter zu sehen. Daran ist sie natürlich gewöhnt, aber sie wäre froh, nach all diesen Jahren hier fortziehen zu können. Sich ein nettes kleines Reihenhaus mit einem Schlafzimmer in einem freundlichen, modernen Wohngebiet zu suchen und ein nettes kleines Auto zu kaufen, mit dem sie bis vor die Haustür fahren könnte.

»Ich bin ziemlich zufrieden mit mir«, antwortet sie. »Ich werde diejenige sein, die da am Pool liegt, mit dem Cocktail in der Hand!«

»Ach, Carol. Du wirst uns arme Schlucker aber doch nicht vergessen, sobald du dich wieder ins Highlife gestürzt hast, oder?«

»Natürlich werde ich das, Darling. Das ist das letzte Mal, dass du etwas von mir hörst.«

»Haha.«

»Wie geht es meinem kleinen Engel? Benimmt sie sich?«

»Sie ist klasse. Wir werden am Sonntag eine Party geben. Eine Menge Kinder aus ihrer Schule kommen vorbei, um Kuchen zu essen und Verstecken zu spielen.«

»Oh, mein Gott, sie hat ja Geburtstag!«, ruft Carol aus. »Das habe ich ganz vergessen! Wie blöd von mir! Es tut mir so leid, Darling. Ich verspreche, ich werde ihr etwas aus den Staaten mitbringen und gleich, wenn ich angekommen bin, losschicken.«

»Ist nicht nötig. Sie wird dieses Jahr jede Menge Geschenke kriegen. Dafür habe ich gesorgt.«

»Ja, na schön«, antwortet Carol. »Ich bin ihre Tante, nicht wahr? Sie ist praktisch mein Patenkind. Ich möchte nicht, dass sie mich vergisst. Sieben Jahre alt wird sie, nicht wahr? Wer hätte das gedacht?«

»Na ja, wenn du willst ... sie wird sich bestimmt freuen.«

»Natürlich wird sie das. Du darfst den Materialismus eines Kindes nie unterschätzen.«

»Oh, tut mir leid«, sagt Bridget. »Mark ruft mich. Ich muss los.«

»Mark heißt er also?«, zieht Carol sie auf.

313

»Halt die Klappe«, antwortet Bridget, aber sie klingt erfreut. Fröhlich. Weit glücklicher, als Carol sich erinnern kann, sie im Laufe der Jahre, die sie sich jetzt kennen, je gehört zu haben. »Wir sprechen uns bald wieder. Ruf mich an und lass mich wissen, wie es gelaufen ist, ja? Ich möchte es gern wissen.«

»Mach ich. Warte aber nicht neben dem Telefon. Ich werde mein Handy frühestens nächsten Monat auf Roaming umgestellt haben. Muss noch eine Weile jeden Penny zwei Mal umdrehen. Die Schulden abtragen, bevor ich neue anhäufe. Und ich werde praktisch überhaupt nicht zu zivilen Uhrzeiten zu Hause sein. Aber ich werde versuchen, dich anzurufen. Und du kannst mir immer eine Nachricht hinterlassen, dann rufe ich dich zurück, sobald ich kann. Und du schickst mir eine SMS mit deiner Nummer, nicht wahr?«

»Umgehend. Tschüs.«

»Tschüüüüs!«, ruft Carol. Klappt das Handy mit einem Klick zu. Steckt es wieder in ihre Handtasche. Biegt an der Hecke ein und geht die Stufen zur Haustür hinauf. Ihre Schlüssel sind in ihrer Handtasche wie immer ganz nach unten gerutscht. Sie bleibt stehen, kramt herum, während sie in ihrem tiefen Alt die Melodie von Happy Days summt. Ertastet den Schlüsselbund und zieht ihn heraus, während gerade das Handy fiept, um ihr anzuzeigen, dass sie eine SMS erhalten hat.

Bemerkt ein paar Augenblicke lang nicht, dass jemand hinter ihr steht.

Zuckt zusammen, fährt herum und fuchtelt mit dem Schlüsselbund.

»Hallo, Carol«, sagt er. »Warst du beim Einkaufen?«

Carol starrt ihn an, ist sprachlos.

»Willst du mir nicht eine Tasse Tee anbieten?«, fragt er.

42

Mrs Peachment muss sich am Ende auf die Truhe setzen, um sie zuzubekommen, und strengt sich beim Festzurren der Lederriemen so an, dass sie ganz rot wird im Gesicht. Sie ist erstaunt, dass sie es geschafft hat, ihr ganzes Leben in einen einzigen Schrankkoffer zu destillieren; es war wochenlange Arbeit gewesen, Kleider und Andenken auszusortieren, Fotos zu studieren, die sie vielleicht nie mehr wiedersehen wird, alles so platt wie nur möglich zu bügeln, damit es möglichst wenig Platz einnimmt. Es gibt so vieles, was sie zurücklassen muss. Ziergegenstände und Schallplatten für das Grammofon, Vorhänge und Bettüberwürfe, von denen sie dachte, sie würde sich nie im Leben von ihnen trennen. Wenn sie sie wiedersieht – falls sie sie je wiedersieht –, werden sie durch die Zeit und den starken Sonnenschein Cornwalls ausgebleicht und nicht mehr die vertrauten Objekte sein. Sie werden in der Zwischenzeit ein völlig anderes Leben geführt haben.

Ich bin hin und her gerissen. Dieser Krieg raubt einem die Vitalität: Die Ungewissheit, das ständige Gefühl, dass das Leben so, wie man es kennt, allmählich vorüber ist. In Kanada wird das Leben schöner, weniger beängstigend sein, auch wenn die Sorge um Malcolm und die Jungs nie vergehen wird. Aber ach, die Blicke meiner Nachbarn. Ich bin ein Feigling, eine Ratte, die das sinkende Schiff verlässt. Das werden sie mir wohl nie verzeihen. Deshalb verdufte ich mitten in der Nacht, verkrümele mich einfach und lasse nur eine Handvoll Briefe zurück. Aber ich habe zumindest einen legitimen Vorwand. Himmelherrgott, keiner kann behaupten, dass ich nicht gehen und mich nicht um meine armen kleinen Nichten kümmern sollte. Ich habe meine Schwester schließlich nicht aufgefordert, im Atlantik schwimmen zu gehen, oder?

Soll ich es wagen? Soll ich diese Gelegenheit wirklich beim Schopf packen, das Risiko einer Fahrt über den kalten Atlantik mit seinen drohenden Gefahren auf mich nehmen, um in das Land, wo Milch und Honig fließt, zu gelangen, während meine Nachbarn ein Leben der Plackerei und der Not führen?

Ich werde ihnen Lebensmittelpakete schicken. Ständig. Schinken und Kekse und Ahornsirup. Ich glaube kaum, dass andere das tun würden, wenn sie Verwandte hätten, die sie unterstützen müssen, geschweige denn Kinder in Not. Ich habe meinen Teil getan. Meinen Beitrag für die Kriegsanstrengungen geleistet. Habe Sammelaktionen aller Art und Verdunkelungspatrouillen organisiert, die Leute trotz häufig äußerst hartnäckigen Widerstands beschwatzt und bedrängt, damit sie ihre Häuser für Fremde öffnen. Jetzt ist ein anderer an der Reihe. Ich bin erschöpft.

Sie zerrt noch ein letztes Mal an dem Gurt. Eine Tasse Tee, denkt sie. Eine schöne Tasse Earl Grey. Ich habe noch ein wenig übrig. Den Rest werde ich für Patsy dalassen, wenn sie kommt, um das Haus zu übernehmen. Sie wird sich darüber freuen.

Das Telefon, dessen Läuten durch das Haus schrillt, reißt sie aus ihren Gedanken. »Menschenskind«, sagt sie laut, obwohl niemand sie hören kann, und hastet vom Treppenabsatz, auf dem sie gepackt hat, in die Eingangshalle hinunter, wo der Apparat auf einer viktorianischen Konsole steht, die sie von einer Tante geerbt hat.

»Meneglos 34.«

»Holen Sie sie ab! Holen Sie sie umgehend ab!«

Die Stimme, die einer Frau, ist aufgrund ihrer Lautstärke verzerrt. Sie braucht einen Moment, bis ihr klar wird, was die laute Anruferin da sagt.

»Hallo? Entschuldigen Sie?«

»Ich möchte, dass sie verschwindet! Jetzt sofort! Hören Sie mich? Kommen Sie einfach und holen Sie sie ab!«

»Wer ist denn am Apparat?«

Es folgt ein kurzes Schweigen, als wäre ihre Gesprächspartnerin verdutzt, dass sie nicht erkannt wurde. »Felicity Blakemore, Sie Dummkopf! Was haben Sie denn gedacht?«

»Schönen Nachmittag, Mrs Blakemore«, sagt Margaret Peachment gelassen. Noch sechzehn Stunden, dann wird sie sich nie mehr mit dieser Frau und ihrem herablassenden Umgang mit ihren Nachbarn befassen müssen. Und weitere vierundzwanzig Stunden, dann wird sie von Liverpool ablegen, ihr Schrankkoffer wird verstaut sein, und ein ganz neues Leben wird vor ihr liegen. »Haben Sie irgendein Problem?«

»Ich möchte, dass Sie umgehend hierher kommen und dieses dreckige Gör abholen! Ich möchte sie keinen Augenblick länger in meinem Haus haben!«

»Von wem sprechen Sie, Mrs Blakemore?«

Sie weiß das ganz genau. Auf Rospetroc ist nur noch eine einzige Evakuierte übrig. Sie bedauert es zutiefst, dass sie sich nicht die Zeit genommen hat, ein halbes Dutzend neuer Flüchtlinge dort unterzubringen, bevor sie morgen die Zügel an die Koordinatorin in St. Austell übergibt. Das wäre eine schöne Rache gewesen.

»Sie wissen genau, von wem ich rede!«

»Hm ...«, sagt sie, klingt bewusst vage und zerstreut, und genießt die Wut, die durch die Leitung zu spüren ist. »Ich habe so viele Leute in meiner Obhut, Mrs Blakemore, nicht nur Sie, tut mir leid. Sie werden mir schon auf die Sprünge helfen müssen.«

Ein frustriertes Luftschnappen. Mrs Peachment gelingt es nicht, sich ein Schmunzeln zu verkneifen. Dreht an der Perlenkette im Ausschnitt ihrer Bluse.

»Lily – Rickett.«

»Lily ... Lily ... lassen Sie mich nachsehen ... Ach, ja, ich erinnere mich. Und, wie geht es Lily?«

317

Die Stimme schwillt zu einem Kreischen an. »SIE ... IST ... VON ... DER ... SCHULE ... VERWIESEN ...WORDEN! Ich kann sie hier keinen Augenblick länger ertragen! Seit Ende der Sommerferien war sie die reinste Nervensäge, nichts als Unverschämtheit und Missmutigkeit. Sie hat Hughie einen Kaminbock an den Kopf geworfen und ihm beinahe den Schädel eingeschlagen. Zwei Mal hat sie meine Tochter geohrfeigt. Ich bekomme nichts als Widerworte und Aufmüpfigkeit, so sehr, dass selbst einem Heiligen der Geduldsfaden reißen würde, und jetzt wird sie sogar der Schule verwiesen. Mrs Peachment, sie hat die Schule in Brand gesteckt. Ich kann sie keinen Augenblick länger hierbehalten. Ich werde ja nicht einmal mehr in meinem eigenen Bett ruhig schlafen können!«

»Die Schule in Brand gesteckt?«

»Ja! Heute Nachmittag!«

Ich bin doch erst vor einer Stunde an der Schule vorbeigekommen. Ich habe nirgends etwas von einem Feuer bemerkt. »Sind Sie sicher?«

»Sind Sie blöd? Natürlich bin ich mir sicher.«

»Nun, das ist kein Grund, einen solchen Tonfall anzuschlagen!«, erwidert sie.

»Ich habe jeden Grund, diesen Tonfall anzuschlagen! Sie werden das Chaos beseitigen, das Sie angerichtet haben, Mrs Peachment, sonst ... sonst ...«

»Sonst was?« Sie schafft es nicht, den Spott aus ihrer Stimme herauszuhalten.

»Ich werde ... die übergeordneten Behörden ... Ihre Vorgesetzten ... Sie Sind nicht so bedeutend, wie Sie glauben, Mrs Peachment.«

Jetzt ist sie an der Reihe, nach Luft zu schnappen. »Nun, ich habe nie ...«

»Ich weiß alles über Leute wie Sie«, fährt Felicity Blakemore fort. »Sie blasen sich wichtig auf. Nutzen diesen Krieg, um ihre erbärmlichen Machtfantasien auszuleben. Na schön, bei mir funktioniert das nicht. Hören Sie mich?«

318

In Mrs Peachments Kopf nimmt ein Gedanke Gestalt an. Keiner wagt es, so mit mir zu sprechen, denkt sie. Ich habe mir für dieses Dorf die Finger blutig gearbeitet, und sie kann nicht in diesem Tonfall mit mir reden. Der werde ich die Suppe gründlich versalzen! Von der Mutter des Kindes hat man nichts mehr gehört, seit sie – seit sie es am Bahnhof von Portsmouth abgegeben hat. Frauen wie diese verschwinden häufig bei der erstbesten Gelegenheit. Sie wird nicht so bald nach Hause zurückkehren.

»Na ja, das ist nicht so einfach, wie Sie allem Anschein nach meinen«, antwortet sie. »Ich kann ein Kind nicht so überstürzt abholen. Da muss erst eine andere Unterbringung gefunden, Papierkram erledigt werden … wir haben schließlich Krieg, wissen Sie.«

»Das ist mir egal. Ich habe die Nase voll. Ich habe sie jetzt sechs Monate ertragen und werde das keinen einzigen Tag länger tun.«

»Das tut mir leid«, sagt Mrs Peachment. Schadenfroh.

»Ich befehle es Ihnen, Mrs Peachment. Ich bitte Sie nicht. Ich befehle es Ihnen. Wenn Sie bis morgen um diese Zeit nicht gekommen sind und sie abgeholt haben, verfrachte ich sie ins Auto und lade sie vor Ihrer Tür ab. Haben Sie mich verstanden?«

»Ich kann Sie laut und deutlich hören, ja«, sagt sie.

»Haben Sie mich verstanden?«

»O ja«, antwortet Margaret Peachment. »Ich verstehe Sie sehr gut.«

Ein Klicken. Mrs Blakemore hat aufgelegt.

Margaret Peachment betupft ihre Schläfe mit einem kleinen Taschentuch, das sie mit dem Rest ihres Eau de Cologne benetzt hat. Sie steht für einen Augenblick in der Eingangshalle und fingert an den Fransen des kleinen Spitzenläufers herum, der die Konsole vor Kratzern schützt.

»Na ja, wir werden uns der Sache annehmen«, sagt sie laut.

319

Auf dem Küchentisch warten die Evakuiertenakten, mit einer Schnur ordentlich zusammengebunden, auf den Bezirksaufseher, der kommen und sie holen wird, sobald er ihren Brief erhalten hat. Er ist ein beschäftigter Mann, der tagsüber die Bank in St. Austell leitet und sich abends um einen riesigen Bezirk kümmert; wahrscheinlich wird er Wochen brauchen, bis er nach Meneglos herüberkommt, nachdem er ihre Nachricht erhalten hat. Mrs Peachment füllt den Wasserkessel und stellt ihn auf den Herd, um sich ihre schöne Tasse Tee zu machen. Sie holt die Schere aus der Schublade neben der Spüle und kehrt zum Tisch zurück.

»Ja«, sagt sie. »Wir werden uns der Sache annehmen.« Und schneidet die Schnur durch.

Sie braucht nicht lange, bis sie die Rickett-Papiere gefunden hat. Schließlich war sie schon immer stolz auf die Effizienz, mit der sie ihre Akten geführt hat. Und das kommt mir jetzt zustatten, denkt sie. Es fällt weit schwerer zu glauben, dass jemand einen Fehler gemacht hat, wenn alle Bescheid wissen, wie überaus korrekt dieser Mensch bisher stets war.

Sie hält Lily Ricketts Leben zwischen Daumen und Zeigefinger. Dreht es um, studiert es. Da steht nicht viel, denkt sie: Nur zwei Formulare und ein bereits verblasstes Foto. Irgendwo in einem Ministerium wird es Kopien dieser Unterlagen geben, zwischen Hunderttausenden anderer vergraben. Es wird mindestens Frühjahr sein, bis die ausfindig gemacht werden. Das wird Felicity Blakemore eine Lehre sein.

Eines der unerwünschten Kinder, keine echte Waise, aber so gut wie. Niemand wird kommen und sich nach ihr erkundigen, dessen kann ich mir ziemlich sicher sein.

Das Kind starrt sie mit seinem schmutzigen Gesicht und den Knopfaugen missmutig an. Nein, denkt sie. Dich wird niemand vermissen.

Der Wasserkessel beginnt zu pfeifen. Margaret Peachment geht zum Herd, um ihn von der Platte zu nehmen, und greift dabei nach der Streichholzschachtel.

43

»Bridget?«

»Ja?«

»Ich glaube, ich bin hier fertig.«

»Tatsächlich?«

»Ja. Na ja, zumindest so, dass nicht jedes Mal sämtliche Sicherungen herausspringen, wenn du den Mixer anschaltest.«

»Wirklich?«

»Nein«, antwortet Mark, »ich ziehe dich bloß auf.«

Sie kommt oben an der Treppe an. »Ich liebe dich und möchte Kinder von dir haben«, scherzt sie. »Können wir es ausprobieren?«

»Gern. Wie hast du dir das vorgestellt?«

»Hm ... wie wäre es, wenn ich gleichzeitig den Wasserkocher einschalte und den Föhn laufen lasse?«

Mark breitet die Arme aus. »Hol die Sachen. Ist das alles, womit du mich testen kannst?«

»Auch der Backofen?«

»Ein Kinderspiel.«

»Gut. Dann schalte ich den Backofen, den Wasserkocher und den Föhn ein und drehe den Heizstrahler hoch.«

»Abgemacht«, sagt er.

Er kommt hoch in die Wohnung und steht im Flur, während sie geschäftig die Geräte einschaltet. Ich werde ihn vermissen, denkt sie. Nicht nur seine Gesellschaft hier im Haus, sondern ihn selbst. Er ist ein netter Kerl: fühlt sich irgendwie richtig an, wie er da mit den hochgekrempelten Ärmeln und den Händen in die Hüften gestemmt dasteht. Als würde er in dieses Haus gehören.

Sie kommt in den Flur zurück, steht neben dem Lichtschalter und schaut ihn an. Er ist ein gut aussehender Kerl. Das ist nicht zu leugnen. Nicht nur die Tatsache, dass er gut gebaut ist, sondern auch sein Wesen. Wenn er lächelt, möchte man ebenfalls lächeln. Man kann gar nicht anders. Er zählt eben einfach zu diesen Menschen.

Sie streckt ihm die Hand entgegen, um mit ihm abzuklatschen. »Du bist ein Genie«, sagt sie. »Ich werde dich dafür ewig lieben.«

Mark grinst. Er zwinkert mir zu. Mein Gott, er zwinkert wirklich.

»Na ja, zumindest kann deine Freundin dich besuchen kommen, ohne hier gleich Zustände zu kriegen.«

Bridget lacht. Vor allem, weil seine Ausdrucksweise viel besser zu Carol passt, als ihm klar ist. »Ich denke, sie wäre darüber ein bisschen enttäuscht.«

Er runzelt die Stirn, dann erscheint wieder das breite Lächeln auf seinem Gesicht. »Na ja, ruf sie an und erzähl ihr, dass ich das gesagt habe.«

»Das mache ich, sobald ich sie erwische. Ich glaube, zurzeit ist sie in den Staaten. Oder in Kanada. Oder sie sonnt sich zwischen zwei Flügen an einem Karibikstrand. Ihr Handy funktioniert sowieso nicht. Aber sie wird erfreut sein, das zu hören. Sie hat sich Sorgen gemacht. Um uns zwei. Hier, so ganz ohne Licht.«

»Ich auch«, sagt Mark. Hält inne. Sieht leicht verlegen aus, redet weiter. »Tja. Ich gehe dann mal lieber. Tina bringt Yasmin später vorbei, wenn das in Ordnung ist.«

»Das ist mehr als in Ordnung. Ich wünschte nur, ich könnte euch das mit irgendwas zurückzahlen, das ist alles. Ich stehe so hoch in eurer Schuld.«

»Quatsch«, sagt Mark und geht davon. Dreht sich um, eine Hand auf dem oberen Geländerpfosten, als sei ihm gerade etwas eingefallen, und sagt: »Ich sag dir was. Wenn du willst, kannst du mir einen Drink ausgeben.«

322

»Ich denke, ich schulde dir mehrere«, antwortet sie. »Ich denke, ich schulde dir mindestens eine Gallone Cidre. Wie wäre es morgen Abend? Treffen wir uns im Pub?«

Mark kratzt sich am Ohr, sieht betreten aus. Schafft es nicht, ihr in die Augen zu schauen.

»Na ja, eigentlich habe ich mich gefragt, ob wir nicht einfach unter uns bleiben können«, sagt er. »Du weißt schon, irgendwo weiter weg.«

Plötzlich wird ihr ganz warm. Ein Date. Er lädt mich zu einem Date ein.

Sie spürt, wie die Panik in ihr aufsteigt. Ich kann nicht. Ich kann nicht. Das geht viel zu schnell. Ich kann nicht – er ist – ich habe geschworen, dass ich keinem Mann mehr vertraue …

Für Mark ist es gar nicht nötig, dass sie etwas sagt, weil er weiß, wie ihre Antwort ausfällt. Er windet sich vor Verlegenheit und Enttäuschung, während sie vor ihm steht, mit sich kämpft und herumstammelt. Das ist schrecklich, denkt er. Ich hab es vermasselt, komplett vermasselt. Das hätte ich nicht tun sollen. Ich bin in diesen Dingen ja nicht gerade in Übung. Seit Linda habe ich keine Frau mehr eingeladen, und beim ersten Versuch habe ich es gleich vermasselt.

»Sag nichts«, sagt er, »ist schon okay. Das Pub ist in Ordnung. Dann gehen wir alle gemeinsam aus. Mit Tina und den anderen, irgendwann.«

Endlich findet sie ihre Stimme wieder. »Tut mir leid«, stammelt sie. »Tut mir wirklich leid. Es ist nur – ich weiß nicht, ob ich – ich bin es nicht gewöhnt, weißt du … Ich kann immer noch nicht.«

Sie verstummt und senkt den Blick.

»Ist schon okay«, sagt Mark. Er möchte raus hier, der Verlegenheit entkommen, die sich auf sie beide herabgesenkt hat. »Alles klar, ich lass dich in Ruhe.«

»Ich … versteh doch, Mark, es liegt nicht daran, dass …«

»Sei unbesorgt«, schwindelt er. »Ich bin nicht verletzt.«

»Es – ich – du weißt Bescheid ... und ich bin noch nicht bereit. Ich bin einfach noch nicht so weit.«

Mark zögert eine Sekunde, sieht aus, als könnte er sich nicht recht entscheiden. Geht zwei Stufen hinunter, kommt wieder hoch.

»Bridget«, sagt er, »wir sind alle verletzt worden. Auf die eine oder andere Weise. Keiner von uns hat unser Alter erreicht, ohne dass ihm etwas Negatives zugestoßen ist. Und mit denen, die das nicht erlebt haben, lohnt es sich wahrscheinlich gar nicht zu reden. Das ist alles. Mehr sage ich nicht dazu. Aber eines Tages müssen wir alle die Vergangenheit hinter uns lassen. Weil sie nämlich andernfalls unser Leben für immer beherrscht.«

44

Kieran bleibt einen Augenblick stehen, bevor er hinaufgeht und sein Spiegelbild in dem Flachdachfenster der Buchmacher unter seinem Büro betrachtet. Er hat vier Tage abgewartet, bis die Kratzer verblasst sind und seine Haut fast wieder normal aussieht. Als hätten sie von einer Katze, einem Brombeerstrauch oder etwas Ähnlichem stammen können. Es ist wichtig, dass ich absolut cool bleibe, denkt er. Jetzt bin ich so nah dran, und dieser Typ muss unbedingt auf meiner Seite sein.

Mensch, Bridget, das werde ich dir heimzahlen. Du wirst eine solche Abreibung kriegen!

Er streicht den ihm ständig in die Stirn fallenden Pony zur Seite und klappt wegen der Kälte den Kragen seines Jacketts hoch. Kieran ist losgegangen und hat sich extra ein paar Nice-Guy-Sachen gekauft; einen Aaran-Pullover, einen Baumwollmantel und einen Schal, der nach Kaschmir aussieht: Väterliche Sachen. Ich-will-nichts-anderes-als-mit-meinem-Kind-in-den-Zoo-Kleidungsstücke. Ich-bin-Heimwerker-Kleider. Er ist völlig in seine Rolle geschlüpft. So sehr, dass er fast einen Ständer kriegt. Zufrieden wirft er seine Kippe in den Rinnstein und drückt auf die Klingel. Wartet einen Augenblick, dann nennt er seinen Namen und tritt ein.

»Wie geht es Ihnen?«, fragt Steve Holden und steht hinter seinem Schreibtisch auf.

»Es geht so«, antwortet Kieran und schüttelt ihm die Hand. »Haben Sie irgendwelche Nachrichten?«

»Ja, genau«, sagt Steve, »die habe ich. War eigentlich kinderleicht.«

325

Kieran nimmt Platz, versucht hoffnungsvoll auszusehen, gefühlvoll, anständig.

»Oh, mein Gott«, sagt er. »Haben Sie sie gefunden? Yasmin …«

»Nun, ich glaube, wir sind jetzt jedenfalls auf dem besten Weg. Es war gut, dass es Ihnen gelungen ist, an diese Handynummer zu kommen. War echt anständig von Ihrer Freundin. Man weiß ja nie, oder?«

Hat letztlich nicht viel gebraucht, denkt Kieran. Ich würde es aber nicht als anständig bezeichnen. Sie hat sich ordentlich zur Wehr gesetzt, aber sie hat natürlich wie eine Frau gekämpft. Lautlos. Jedenfalls wird sie sich bestimmt nicht mehr einmischen.

»Und …?

»Ja. Nun, ich kann Ihnen meine Quellen natürlich nicht preisgeben, aber wir wollen es mal so sagen, dass ich Freunde habe, die im Einzelhandel tätig sind. Das ist das Entscheidende, wissen Sie. Dann erhält man leichter Zugang zu manchen Computerdaten.«

Blabla, denkt Kieran. Rück schon raus damit.

Er setzt einen Gesichtsausdruck auf, der höfliche Neugier und eine Spur Bewunderung verrät. Ich vermute, die muss ich ihm entgegenbringen. Menschen, die solche Jobs machen, gehören meist zu den Arschlöchern, die im Pub gern mit ihren Heldentaten prahlen.

»Ihre Telefonaufzeichnungen, verstehen Sie, die Rechnungen und die Anzeige, von wo man anruft, das sind streng vertrauliche Daten. Die Telefongesellschaften unterliegen, wie die Banken, allen möglichen Datenschutzbestimmungen. Und ob Sie es glauben oder nicht, die überprüfen ihre Angestellten noch immer und werfen ein Auge darauf, was sie so treiben. Nun, man kann an diese Daten rankommen … wenn man Polizist ist. Wenn man schriftliche Anträge stellt und die Genehmigung erhält. Aber als Normalbürger braucht man Passwörter und muss Sicherheitsfragen beantworten, selbst

326

wenn man bei der Telefongesellschaft arbeitet. Selbst wenn man mit der Kundenbetreuung befasst ist.«

»Oookay«, sagt Kieran und versucht, nicht allzu ungeduldig zu klingen, versucht so zu tun, als sei ihm das alles völlig neu. Hexerei. Genau, das ist es, denkt er. Zumindest glaubt dieser Typ, dass es das ist.

»Aber es ist etwas ganz anderes, wenn man im Handyhandel arbeitet«, erklärt Steve. »Da geht es um Umsätze, verstehen Sie, und Verkäufer sind die heutigen Jahrmarktstypen. Die kommen und gehen. Da gibt es eine hohe Personalfluktuation, und es bleibt keine Zeit, sich zu penibel mit Referenzen zu befassen. Und die haben ein nationales Computersystem. Wenn man als Handyverkäufer in Bradford arbeitet, dann kann man herausfinden, wer was wann im ganzen Land verkauft hat. Sobald Sie in Romford ein Handy verkaufen, erhöht das die Verkaufsziele der Filiale in Bury St. Edmunds. Sie verstehen, was ich damit sagen will?«

»Ich denke schon«, antwortet Kieran.

»Und Ihre Frau hat zum Glück eine SIM-Karte gekauft, die unter dieser Nummer in dem Computersystem geführt wird.«

»Ach ja?«, sagt Kieran. Rutscht auf seinem Stuhl ein Stück vor. Verschränkt die Hände über den Knien.

»Ich möchte Ihnen nicht allzu große Hoffnungen machen«, sagt Steve. »Sie könnte ja jemanden geschickt haben, der die Karte für sie besorgt hat. Vielleicht hat sie auch extra einen Ausflug unternommen. Allerdings glaube ich, dass sie ihre Spuren wahrscheinlich nicht so sorgfältig verwischt. Ist ja schließlich ein Barkauf. Keine Unterlagen, sobald die Karte das Geschäft verlässt. Klar ist nur, in welchem Geschäft sie gekauft wurde.«

»Und wo war das?«, fragt Kieran.

»Wadebridge«, antwortet Steve. »In Cornwall.«

45

Das Auffälligste an diesen beiden ist ihre offensichtliche sexuelle Übereinstimmung. Man kann sich beim besten Willen nicht vorstellen, dass einer von ihnen je den Wunsch haben könnte, sich mit etwas so Schmutzigem wie Sex zu besudeln. Nicht etwa, dass es sich um unattraktive Menschen handeln würde, zumindest nicht äußerlich: Sie sind jedenfalls ganz normal gebaut, offensichtlich sauber, und sie haben sich um ihr körperliches Wohlbefinden gekümmert. Dies möglicherweise sogar übertrieben. Sie gehören zu jenem Schlag von Menschen, die niemals in ihrem Leben irgendwelche Risiken eingegangen sind, nie spontan die Pflicht vergessen haben, um etwas Vergnügliches zu tun, die stets um sieben Uhr in der Früh aufgestanden sind, ungeachtet der Arbeitszeiten, selbst am Wochenende, um den Tag nicht zu verplempern. Sie sehen wie ein Lehrerpaar auf Urlaub aus.

Freudlos, denkt sie. Das ist das passende Wort. Sie führen ihr Leben effizient, und das Problem der Effizienz besteht darin, dass dabei nicht viel Raum für Spaß bleibt. Sie haben effiziente Kleidung, effiziente Haarschnitte, einen effizienten, charakterlosen Vauxhall in der Einfahrt geparkt und effizientes, gepflegtes Gepäck neben sich stehen. Und sie schauen Yasmin an, als sei sie ein Eindringling, der ihr Ablagesystem durcheinandergebracht hat.

»Mr Gordhavo«, sagt die Frau, »hat nichts von Kindern erwähnt.«

»Ich bin keine Kinder«, stellt Yasmin fest. »Ich bin ein Kind.«

Beide blinzeln genau im gleichen Augenblick hinter ihren randlosen Brillen.

»Yasmin, Schatz, geh rauf zum Spielen«, sagt Bridget und betet darum, dass ihre Tochter wenigstens in diesem Moment vernünftig ist und gehorcht.

»Warum?«, fragt Yasmin.

Mrs Benson schiebt ihre Hand in die ihres Ehemanns und spitzt die Lippen.

Bridget kehrt ihnen nur für einen Augenblick den Rücken zu und verzieht das Gesicht zur wildesten Grimasse, zu der sie fähig ist. Yasmin schaut natürlich gar nicht hin.

»Das sind unsere Flitterwochen«, erklärt Mr Benson. »Wir hätten hier nicht für unsere Flitterwochen gebucht, wenn wir gewusst hätten, dass Kinder im Haus herumrennen.«

Ich kann mir nicht vorstellen, dass ihr zu jenen Leuten zählt, die ihre Zeit gern damit verbringen wollen, an den Kronleuchtern zu schaukeln, denkt sie, falls wir überhaupt welche hätten. »Sie wird nicht im Haus herumrennen«, stellt Bridget fest und versucht, beruhigend zu klingen. »Tagsüber ist sie in der Schule, und wir wohnen in einer abgetrennten Wohnung mit separatem Eingang, den wir benutzen, wenn Gäste im Haus sind.«

Mrs Benson späht herum, als schaue sie, wo die Wohnung denn versteckt sein könnte.

»Man erreicht sie durch den Hauswirtschaftsraum im hinteren Teil des Hauses«, erklärt Bridget. »Ich werde die Tür zum Obergeschoss abschließen.«

»Wir sind davon ausgegangen, dass wir hier völlig für uns sind«, stellt Mrs Benson fest.

Bridget spürt einen Anflug von Verärgerung. Diese verdammten Gäste. Nie sind sie zufrieden. Immer gibt es etwas zu bemängeln, obwohl das Haus auf der Website absolut wahrheitsgetreu dargestellt ist, falls sie sich je die Mühe machen würden, richtig nachzulesen. »In der Broschüre steht«, sagt sie, »dass eine Haushälterin auf dem Anwesen wohnt.«

»Es steht aber nicht darin, dass Sie Familie haben.«

»Nur ein Kind«, erklärt Bridget. »Das jetzt augenblicklich nach oben geht.«

Dieses Mal versteht Yasmin ihren Tonfall richtig und verzieht sich.

»Und was ist mit dem anderen?«, fragt Mrs Benson.

»Mit welchem anderen?«

»Da war noch eines, als wir angekommen sind. Im Garten. Hinten bei dem Teich.«

Das andere was?

»Das gehört vermutlich auch Ihnen?«

Bridget begreift nicht, wovon sie redet.

»Das Mädchen. Im Garten.«

Ein Mädchen? Im Garten?

Heute Morgen hat sie, als sie hinausging, um die vom Frost steifen Bettlaken von der Wäscheleine zu holen, weil sie es gestern für eine gute Idee hielt, sie dort aufzuhängen, bemerkt, dass der Teich zugefroren war. Mein Gott, ich hoffe, keines der Kinder ist aus dem Dorf hier heraufgekommen. Es ist schwierig genug, Yasmin von diesem Teich fernzuhalten, ohne sich Sorgen um irgendeinen Nachwuchs der Kirklands machen zu müssen, der ins Eis einbrechen und ertrinken könnte, aufgedunsen wird und grün verfärbt wieder auftaucht.

»Ach, ich habe keine Ahnung. Ich vermute, das muss eines der Kinder aus dem Dorf gewesen sein.«

»Und halten sich hier viele Kinder aus dem Dorf auf?«, fragt er.

»Nein. Nein, gar nicht. Ich habe keine Ahnung, wo sie hergekommen sein kann. Die Kinder aus der Gegend wissen genau, dass sie ohne Einladung nicht hier heraufkommen dürfen.«

»Weil es in der Broschüre nämlich heißt, dass es hier abgeschieden und friedlich ist.«

»Das ist es. Ich kann es Ihnen versichern. Tut mir leid, dass Sie nicht mit meiner Tochter gerechnet haben, aber ich verspreche Ihnen, dass sie kein Problem darstellen wird. Sie kennt die Regeln, seien Sie unbesorgt. Und ich werde sicherstellen, dass das Kind, das Sie da im Garten gesehen haben, wer immer das auch war, Bescheid bekommt, dass es nicht einfach hier auftauchen kann, ohne das zuvor mit mir abzusprechen.«

Bridget kreuzt hinter ihrem Rücken die Finger. Diese Woche wird sie alle Hände voll zu tun haben.

»Sie wissen ja, wie Kinder sind«, scherzt sie vorbeugend.

Bei genauerer Überlegung wisst ihr beide das wahrscheinlich nicht, denkt sie. An euch kann man sich keinen Marmeladefleck vorstellen. Und falls ihr Patenkinder haben solltet, dann schickt ihr denen an Weihnachten wahrscheinlich pädagogisch wertvolle Bücher.

»Ich werde versuchen, sie anderweitig unterzubringen«, sagt sie. »Sie hat Freundinnen im Dorf. Ich bin mir sicher, dass sie nach der Schule zum Spielen zu denen gehen kann.«

Sie antworten nicht. Ich rede hier offenbar gegen eine Wand. Ich muss daran denken, dass die Gäste kein Interesse an Details aus meinem Leben haben. Sie interessieren sich für mich nur als Anhängsel des Hauses. Du bist ein Dienstmädchen, Bridget. Gewöhn dich dran.

»Ich habe im Salon Feuer gemacht«, sagt sie, »und ich dachte, vielleicht möchten Sie an einem Abend wie diesem gern etwas Warmes essen, deshalb habe ich Scones in den Backofen getan und Sahne und Marmelade bereitgestellt. Nur als Willkommensgruß, wissen Sie.«

Sie scheinen weder überrascht noch sonderlich erfreut zu sein. Es ist ein Fehler, sich zu kümmern. Ich bin im Begriff, hier viel dazuzulernen. Diese Leute bedenken nie, dass man nichts umsonst kriegt. Jetzt, wo ich das gemacht habe, wo ich mich besonders angestrengt und ihnen ein Extra geboten habe, werden sie in den nächsten Tagen Tee und Gebäck als Selbstverständlichkeit erwarten.

Mrs Benson macht die Haustür zu. Okay, immerhin haben

sie beschlossen, hierzubleiben. Das ist ja schon mal ein Anfang.

»Ich wette, Sie sind müde nach Ihrer Reise«, versucht sie es erneut. »Ich führe Sie herum, und dann lasse ich Sie in Ruhe, oder?«

Yasmin hat König der Löwen eingelegt, sitzt nur wenige Zentimeter vom Fernseher entfernt auf dem Boden und ignoriert sie. Nicht einmal, als sie ihr Kekse anbietet, reagiert sie.

Sie kniet neben ihr nieder und reibt ihr über den Rücken.

»Was ist los, Äffchen?«

»Nichts«, antwortet Yasmin mürrisch.

»Offenbar schon, sonst würdest du mit mir reden.«

»Nichts«, wiederholt Yasmin und schüttelt sie ab.

»Okay.« Bridget rappelt sich auf die Füße. »Na schön. Wenn du es mir erzählen willst, du weißt ja, wo ich bin, aber ich werde nicht den halben Nachmittag damit vergeuden, dich dazu zu überreden.«

Sie hebt ein Paar Socken auf und ist schon auf halbem Weg zur Tür, als Yasmin sagt: »Ich mag es nicht, wenn du so mit mir redest, das ist alles.«

Bridget bleibt stehen, schlägt die Socken in die Luft, damit die Zehenspitzen herauskommen.

»Manchmal«, entgegnet sie, »muss ich so mit dir reden. Manchmal ist es dringend. Manchmal musst du einfach machen, was ich dir sage, und zwar umgehend, und ich habe keine Zeit, dir das zu erklären und mit dir zu diskutieren. Es gibt hin und wieder Situationen, wo ich der Boss sein muss und du das hinzunehmen hast.«

»Ja«, antwortet Yasmin. »Ich verstehe. Du willst mich loswerden.«

»Ich – nein. Ich will dich nicht loswerden.«

»Lily sagt, dass du mich loswerden willst, sobald du erst einmal einen Freund hast. Sie hat gesagt, dass ich dir nicht trauen kann.«

332

Einen Freund? Himmel, die schnappen aber auch alles auf. Allem Anschein nach wissen sie meist nicht einmal, wie viel Uhr es ist, und dann kriegen sie plötzlich Sachen mit, die du selbst nicht einmal bemerkt hast.

»Ich – Yasmin, ich weiß nicht, wovon du redest. Ich werde dich nie im Stich lassen – niemals.«

»Sie hat gesagt, dass du das sagen würdest«, stellt Yasmin fest. Schaut sie böse an. »Sie sagt, dass ihr alle gleich seid und dass man keinem von euch trauen kann.«

Ach, herrje. Wer immer dieses Kind auch ist, es muss ernsthaft versaut sein und trifft Yasmin genau an ihren wunden Punkten. Ich weiß ja, dass sie Angst hat, ich könnte mich genauso aus dem Staub machen, wie es ihr Vater getan hat. Das weiß ich. Es wird eine Ewigkeit dauern, bis man sie vom Gegenteil wirklich wird überzeugen können.

»Wir werden uns darüber unterhalten«, sagt sie. »Das verspreche ich dir. Aber im Augenblick ist es wichtig, dass du begreifst, dass ich mich hin und wieder, wenn es um Erwachsenendinge geht, darauf verlassen kann, dass du gehst, ja, oder den Mund hältst. Es tut mir leid. Ich dachte, das hättest du verstanden.«

»Was verstanden?«

»Dass das Erdgeschoss nicht unsere Wohnung ist, Yasmin. Da arbeite ich. Wir müssen darauf achten, nicht in die Privatsphäre der Leute einzudringen.«

»Die dringen in unsere ein!«

»Ja, nun, die bezahlen eine Menge Geld dafür. Und es ist nicht unser Haus, wenn Gäste da sind. Und das Geld, das sie bezahlen, ist das, von dem wir leben. Du hast den Garten und die Felder und du kannst jederzeit hinuntergehen und Chloe oder Carla oder, wie heißt sie noch mal, Lily, besuchen.«

»Sei nicht aaalbern.«

»Was?«

»Nichts«, schnaubt Yasmin.

»Was ist bloß in dich gefahren?«

»Nichts. Draußen ist es eisigkalt, und mir ist langweilig, und jetzt sagst du, dass ich nicht einmal mehr spielen darf. Es tut mir leid, dass ich dir im Weg bin.«

»Yasmin! Ich habe nie etwas Derartiges gesagt!«

»Na ja, ich kann nicht einmal meine Freundinnen hierhaben, oder?«

»Nein! Nicht, wenn Gäste da sind! Schau! Wenn ich in einem Büro arbeiten würde, dann würdest du ja auch nicht erwarten, dass du einfach kommen und dort spielen kannst, oder?«

Yasmin verdreht die Augen. »Ich hab es satt, immer allein zu sein«, verkündet sie. »Immer ruhig sein zu müssen und niemandem zum Reden zu haben, außer Lily.«

Wovon sprichst du eigentlich? »Na ja, ich sag dir was«, erklärt Bridget, »ich bin nicht gerade wild darauf, bei dir zu sein, wenn du so missmutig bist.«

Yasmin bricht in Tränen aus. »Ich hasse dich auch!«, heult sie los. »Ich hab es gewusst! Ich hab gewusst, dass das irgendwann passiert!«

Bridget seufzt. Nichts kommt gegen die Unlogik eines Kindes an, das überzeugt ist, ihm werde Unrecht getan. Mein Gott, das ist ja alles schön und gut, wie in diesen Elternhandbüchern das Thema Selbstwertgefühl breitgetreten wird, aber sie machen es euch Kindern nicht halb so schwer wie uns Eltern. Sie verschränkt die Arme. »Ich habe nicht gesagt, dass ich dich hasse«, erklärt sie ihr. »Ich habe gesagt, dass es mir nicht gefällt, wie du dich benimmst.«

»Verpiss dich!«, schreit Yasmin.

Oh, mein Gott. Sie wirft einen Blick auf die Wohnungstür in der Ecke des Zimmers und hofft wider besseres Wissen, dass die Bensons hinuntergegangen sind, um sich vor den Kamin zu setzen. Die werden alles mithören, wenn sie noch im Zimmer mit dem Himmelbett sind. Hier ist nicht einfach nur ein Kind, sondern ein schreiendes Kind, das sich in einen solchen Wutanfall hineingesteigert hat, dass es schon ganz rot

334

angelaufen ist. Dem muss ich Einhalt gebieten. Ich muss sie fortschaffen.

Mit zwei großen Schritten durchquert sie das Zimmer, schlingt die Arme um ihre Tochter und hebt sie hoch. Allmählich wird sie dafür zu schwer. In sechs Monaten werde ich das nicht mehr tun können. Yasmin schreit wieder, tritt um sich und schlägt ihr ins Gesicht, als Bridget sie hochhievt und sich über die Schulter wirft.

»Au! Hör auf damit!«

»Verpiss dich! Ich hasse dich! Ich hasse dich!«

Sie gelangen in den Flur, sie schließt die Tür und setzt Yasmin ab. Dann geht sie in die Küche und lässt ihre Tochter brüllend auf dem Sisalteppich sitzen. Wer möchte schon alleinerziehend sein? Alles, ich muss alles selbst schultern. Die schlaflosen Nächte, das Genörgel und das Trösten. Ich muss sämtliche Entscheidungen treffen, den Widerstand aushalten, und das wird nicht besser werden, oder? So wird es noch zehn Jahre weitergehen – wahrscheinlich sogar länger –, und ich möchte bloß ein bisschen Ruhe und eine Chance haben, wieder ich selbst zu sein. Ich bin jetzt seit sieben Jahren Mutter, aber ich kann mich noch immer erinnern, wie ich war, als ich eine Bridget war, als man mich nicht für alles verantwortlich gemacht hat.

Sie vergräbt das Gesicht in den Händen und lauscht dem Geräusch des Schluchzens ihrer Tochter hinter der Tür.

46

Sie träumt, dass sie Sex haben. Einer dieser wirren, beunruhigenden Träume, die uns klarmachen, dass wir die Vergangenheit nie ganz ablegen können. Sie spürt seinen festen, warmen Körper an ihrem, die buttrige Weichheit seiner Haut, die raue und doch sanfte Berührung seiner Hände. Sie ist gleichermaßen angewidert und erregt: Schämt sich sogar im Schlaf, dass er noch immer eine solche Macht über sie besitzt.

»Du gehörst mir. Du wirst immer mir gehören«, flüstert Kieran, küsst die zarte Haut an ihrem Hals, und sie spürt, dass sie als Reaktion den Rücken krümmt und eine Woge der Lust ihren Körper durchflutet.

Oh, mein Gott, bitte hör auf. Bitte, nicht. Hör nicht auf.

Er ist noch immer da auf ihrer Haut, als die Tür aufgeht. Widert sie an und erregt sie gleichermaßen. Er hatte schon immer diese Macht über sie, sogar bis ganz zum Schluss, als die Gewalt anfing, auch auf ihr Sexleben überzugreifen. Durch die Lust konnte er sie schwach machen, als er sah, dass die Angst allmählich ihre Wirkung verlor. Sie schämt sich so. Ist von ihrer eigenen Schwäche angewidert.

Sie ist noch schlaftrunken, starrt verwirrt in die Dunkelheit und ist sich zunächst unsicher, ob sie wirklich durch das Geräusch der Tür aufgewacht ist. Yasmin hat das Licht im Flur nicht eingeschaltet, und sie kann nur spüren, dass sie da in der Tür steht und wartet.

Oh, Gott sei Dank. Sie hat mir verziehen.

Sie kämpft, findet ihre Stimme. »Hallo, Darling.«

Yasmin antwortet nicht.

Sie wartet ab. Nichts geschieht.

»Kannst du nicht schlafen?« Keine Antwort. »Yasmin?«
Bridget rutscht auf die kühle linke Seite des Betts hinüber.
»Möchtest du hereinkommen?«

Hört ihre Schritte auf dem Boden.

Yasmin steht neben dem Bett, über ihr, ist nicht zu sehen
und schweigt.

»Tut mir leid«, sagt Bridget. »Wenn es dich beruhigt, ich
konnte auch stundenlang nicht einschlafen. Wir sollten nicht
miteinander streiten, wir zwei.«

Keine Antwort.

Sie hebt die Decke an, hält sie hoch.

»Es ist eisigkalt«, sagt sie. »Mach schon. Komm rein. Ich
wärme dich.«

Die Entscheidung fällt wortlos. Sie hört das Knacken der
Bettfedern, spürt, wie die Matratze nachgibt. Hält die Arme
auf, um sie zu umschließen.

Yasmin ist kalt. Fühlt sich eisigkalt an; die Haare, das
Nachthemd, die Füße, die Haut. Als wäre sie in eisiges Was-
ser gefallen. Sie liegt steif neben ihr, reagiert nicht. Als sei das
Blut in ihren Adern zu Eis gefroren.

»Ach, Darling«, flüstert Bridget, »du warst ja stundenlang
aus dem Bett. Komm. Ich wärme dich auf.«

Sie schlingt die Arme um sie, drückt das Kinn auf ihren
Kopf und reibt ihr mit beiden Händen über den Rücken. Ihre
Haare fühlen sich seltsam an: stachelig, struppig; das sind
nicht die seidigen Strähnen, die sie kennt. Ihre Tochter sagt
nichts. Liegt steif in ihren Armen, das kalte Gesicht an ihren
Hals gedrückt. Ich kann sie heute Nacht nicht riechen, denkt
Bridget. Kann ihren Atem nicht spüren. Sie ist so steif, als
müsste ich ihre Gelenke brechen, wollte ich sie beugen.

»Es ist alles in Ordnung«, flüstert sie. »Ich passe auf dich
auf, Darling. Ich halte dich warm. Ich sorge dafür, dass du
sicher bist.«

Zähne. Zähne bohren sich direkt über ihrem Schlüsselbein
in ihren Hals.

Bridget schreit auf. Yasmin krallt ihre Finger in ihre Oberarme. Kratzt sie, klammert sich fest, tritt ihr gegen die Schienbeine.

»Yasmin! Hör auf! Au! Was machst du denn? Hör auf!«

Sie schiebt sie mit aller Kraft von sich, löst ihren Griff, stürzt aus dem Bett. Vor Wut und Schmerz sieht sie nur noch Rot. Sie tastet nach dem Lichtschalter. Was geht da vor? Was geht da eigentlich vor?

Das Licht blendet sie, lässt sie die Hände über die Augen legen. »Was machst du denn da?«, schreit sie. »Mein Gott, Yasmin …«

Das Bett ist leer. Bett und Zimmer sind leer. Es ist niemand da, nur ich. Die Tür ist geschlossen. Vom Flur ist kein Laut zu hören.

Es ist niemand da.

Aber das war kein Traum. Das habe ich nicht geträumt. Siehst du? Mein Herz klopft wie wild. Die Haare auf meinen Armen stehen mir zu Berge. Ich kann die Kälte noch immer spüren, die tiefe, schwarze Kälte, wo sie sich an mich gedrückt hat.

Bridget schlottert. Sie streckt die Hand aus und sieht, dass sie zittert. Fährt sich über den Hals. Ich kann es spüren. Ich kann die Stelle spüren, an der sie mich gebissen hat. Das ist kein Traum. Ich kann es spüren.

Sie nimmt die Finger vom Hals und sieht, dass sie blutverschmiert sind.

47

Irgendetwas ist mit Mrs Blakemore geschehen. Es hat sich seit dem Sommer langsam abgezeichnet, aber jetzt ist sie ganz allein in diesem hallenden Haus, die Angestellten sind längst gegangen, die Familie hat es ihnen gleichgetan, und der Winter, der sich mit diesen starken Regenfällen ankündigt, scheint die Sache noch beschleunigt zu haben. Ihr Gesicht, das bei Lilys Ankunft so ordentlich gepudert war, ist inzwischen gar nicht mehr geschminkt, die Muskeln unter der Haut sind schlaff geworden, und ein halbes Dutzend dicker schwarzer Haare sprießt unbehelligt an ihrem Kinn und der Oberlippe. Sie macht sich mittlerweile nur noch selten die Mühe, sich richtig anzuziehen; schlurft in einem wollenen Herrenmorgenmantel und Slippern durchs Haus, hinterlässt Essensflecke und zieht eine Schwade Körpergeruch hinter sich her.

In diesen Tagen kommt niemand mehr zum Haus. Keine Lieferanten, keine Nachbarn, nicht einmal der Postbote, weil er scheinbar nichts zu bringen hat. Jetzt, da die Ferien vorüber sind und Lily von der Schule verwiesen wurde, ist es so, als wäre das Haus mitsamt seinen Bewohnern in Vergessenheit geraten, isoliert, als litten sie an einer ansteckenden Krankheit. Jetzt sind nur noch sie beide da: eine Frau, die Selbstgespräche führt, und ein Kind, das mit niemandem redet.

Lily hat es aufgegeben fortzulaufen. Sie hat es so viele Male vergeblich versucht, dass sie schließlich begreift, dass es kein Entrinnen gibt. Keine Mum, zu der sie zurückgehen könnte, und eigentlich auch kein Portsmouth, weil sie erst neun Jahre alt ist und noch immer nicht richtig lesen kann und nicht mehr weiß, wo Portsmouth von Bodmin aus gesehen liegt – genauso wenig würde sie den Weg nach London finden. Sie weiß lediglich, was sie gehört und was sie gesehen hat: Dass sich zwischen ihnen und der Außenwelt riesige Gebiete des Bodmin Moors und des Dart Moors erstrecken, dass die hiesige Winterkälte ihr sogar im Haus in die Knochen kriecht, ganz zu schweigen davon, wenn sie hinausgeht und sich dem heftigen Westwind aussetzt. Sie weiß, dass man Erwachsenen – selbst jenen, die so tun, als stünden sie auf deiner Seite, jenen, die lächeln und dir Pfefferminzbonbons schenken – nicht trauen kann, keinem, niemals, und dass eine ganze Welt von Erwachsenen zwischen ihr und ihrem Zuhause steht. Inzwischen begreift Lily, dass ihr vom Schicksal bestimmt ist, hierzubleiben, dass sie, was immer sie unternimmt, wohin auch immer sie flieht, am Ende, als wiederkehrender Albtraum, genau an der Stelle landen wird, von der sie aufgebrochen ist.

Hin und wieder laufen sie sich in den Fluren oder in der Küche über den Weg. Gelegentlich unternimmt Lily, mit den Lebensmittelkarten in der Hand, meilenlange Ausflüge hinunter ins Dorf, denn sonst müssten sie sich ausschließlich von Porridge und Gemüse aus dem Garten hinter dem Haus ernähren. Sie hat in den Geschäften alles Mögliche auf die Rechnung des Hauses setzen lassen, aber sie bezweifelt, dass sie noch lange werden anschreiben lassen können. Mrs Blakemore scheint es gar nicht zu bemerken. Sie geht nur selten ans Telefon. Zieht es vor, ihre Zeit damit zu verbringen, die vor dem Krieg gefüllten Alkoholbestände im Keller leer zu trinken und ausdruckslos aus dem Fenster auf die silberne Winterlandschaft zu starren. Lily weiß nicht, was passieren wird, wenn die Geschäfte ihnen am Ende nichts mehr geben werden. Sobald das Getreide aufgebraucht ist, werden sie sich wahrscheinlich ausschließlich von Gemüse ernähren müssen.

Lily bekommt nicht so leicht Angst, aber sie ist wegen

Mrs B. nervös. Sie weiß, dass sie hier unerwünscht ist, weiß, dass man sie, wenn das Ministerium ihre Papiere findet, auf der Stelle abholen würde. Sie wünscht sich inständig, dass sie sie finden mögen. Im Kinderheim wäre es besser als hier, denkt sie. Im Kinderheim würde zumindest jemand wissen, dass ich existiere. Wenn ich wüsste, wie, dann würde ich sie veranlassen, dass sie mich holen kommen.

Wie auch immer, ich muss weg von hier. Die alte Frau ist verrückt geworden. Es ist, als wäre jemand gekommen und hätte ihre Seele mitgenommen. Wenn wir in Portsmouth wären, wenn wir unter armen Leuten wären, dann hätten sie die inzwischen längst abgeholt, ihre Wohnung geräumt und sie sicher weggesperrt. Wären wir in Portsmouth, dann hätten sie mich sicher weggesperrt, nach dem, was ich in der Schule angestellt habe, anstatt mich rauszuschmeißen und ihre Hände in Unschuld zu waschen und zu sagen, das sei Blakemores Problem. Das war ja der springende Punkt. Das war der Gedanke dahinter. Wenn sie mich schon nicht *weglaufen* lassen wollten, dann wollte ich sie wenigstens dazu veranlassen, dass sie mich *wegholen*. Und stattdessen bin ich wieder hier, sitze mehr in der Falle denn je, gehe der Blakemore aus dem Weg und warte, dass ER für die Ferien nach Hause kommt. Sie wollen mich nicht hierhaben, aber sie lassen mich auch nicht gehen. Es ist, als hätte die ganze Welt das so geplant.

Ich sitze in Einzelhaft, denkt sie. Ich bin eine Kriegsgefangene.

Auf dem Weg in die große Küche – wo hin und wieder im Brotkasten ein Laib und in der Speisekammer ein Glas Kürbismarmelade zu finden sind – geht sie gerade durchs Wohnzimmer, als das Telefon zu läuten beginnt. Bei dem Geräusch fährt Lily zusammen und tritt den Rückzug in die Richtung an, aus der sie gekommen ist, für den Fall, dass ihre Gefängniswärterin auftaucht. Als sie an der Tür ankommt, stellt sie fest, dass sie sich hinsichtlich Blakemores Aufenthaltsort getäuscht hat: Dass sie tatsächlich aus dem Arbeitszimmer kommt. Sie verbringt inzwischen so viel Zeit in ihrem Schlafzimmer und schluchzt und flucht abwechselnd hinter der verschlossenen Tür, dass Lily ganz erstaunt ist, sie hier zu sehen. Ihr bleibt nur der Bruchteil einer Sekunde, um zu entscheiden, was zu tun ist: Entdeckt zu werden und einen weiteren Zornesausbruch zu riskieren oder sich zu verstecken.

Sie versteckt sich. Springt hinter einen der bodenlangen Vorhänge und hält die Luft an.

Das Telefon klingelt weiter. Sie hört, dass Mrs Blakemore an ihrem Versteck vorbeikommt, hört sie murmeln: »Schon gut. Schon gut. Immer mit der Ruhe.« Die Hausschlappen schlurfen über das Parkett. Sie klingen ölig, matschig, als wäre die Trägerin durch irgendetwas Nasses gegangen und habe sich nicht die Mühe gemacht, den Matsch abzuwischen.

Sie kommt in der Eingangshalle an. Lily hört das Klingeln, als sie den Hörer von der Gabel abhebt. »Rospetroc House«, verkündet sie langsam, in arrogantem Tonfall.

»Tessa!«, ruft sie aus.

»Wuuunderbaar, Darling!«, lallt sie. »Ich halte hier in dem alten Haus die Stellung! Und, wie geht es in der Schule?«

Sie hört kurz zu. Lily beobachtet, wie sie an einer fettigen Haarsträhne herumspielt, die aus der längst herausgewachsenen Bobfrisur herunterhängt. Mrs Blakemore hat es aufgegeben, ihre Haare zu bürsten. Vertraut stattdessen auf eine immer größer werdende Armee von Haarnadeln, mit welchen sie, wie Lily bemerkt, jeden Tag immer mehr Haarsträhnen feststeckt. So viel zu meinen Nissen, denkt Lily. Da muss es inzwischen vor Maden nur so wimmeln. »Gut, gut«, sagt sie, »und, mit welchem Zug kommst du? Wir holen dich natürlich ab. Ich kann es kaum erwarten, dich zu sehen. Hughie kann erst zu Silvester nach Hause kommen; sie müssen für den Kadettenkorps noch dableiben. Aber wir werden uns auch so amüsieren. Mr Varco hat mir eine Gans versprochen.«

342

Lily hört das Quäken der fernen Stimme, dann ein Luft-schnappen. Und Mrs Blakemore bricht wieder in Tränen aus. »Das kannst du nicht machen«, sagt sie. »Tessa, das kannst du nicht machen.«

Die Stimme quäkt eine ganze Weile.

»Aber ich ... Tessa, wie kannst du mir das nur antun? Du weißt, was er getan hat? Begreifst du denn nicht?«

»...«

»Illoyal sein«, unterbricht sie den Schwall an Erklärungen. »Du bist illoyal.«

Sie zupft an ihren Haarnadeln herum. Lehnt sich gegen die Wand, als hätten ihre Beine auf einmal keine Kraft mehr. »Ich habe alles getan«, jammert sie. »Alles. Ich habe hier gesessen – ich habe auf dich gewartet ... ich hätte ... Mein Gott. Und du verrätst mich. Du glaubst, er ...«

Ein seltsames Geräusch entweicht ihrer Kehle: animalisch, verzweifelt. Tessa schweigt schockiert und sprachlos am anderen Ende der Leitung.

Mrs Blakemore schiebt sich an der Wand entlang und schlägt mit dem Hörer Dellen in den Verputz. »Ja, ja, ja ...«, jammert sie. »Was mache ich nur? Was mache ich bloß?«

Lily erhascht einen Blick auf ihr Gesicht. Es ist wachs-bleich, abgespannt, die Augen weit aufgerissen. Sie weicht wieder hinter den Vorhang zurück, versteckt sich. Mir bleibt gar nichts anderes übrig, denkt sie. Auch wenn es Winter ist, auch wenn ich nicht weiß, wohin ich soll, ich muss von hier weg. In letzter Zeit war sie ziemlich harmlos, und dadurch habe ich ganz vergessen, wie sie wirklich ist. Aber es klingt so, als sei sie jetzt endgültig übergeschnappt.

Quäk, Quäk, Quäk.

Sie hört, wie Mrs Blakemore tief Luft holt. Und als sie weiterspricht, klingt ihre Stimme kalt: »Na ja«, sagt sie, »du hast deine Entscheidung also getroffen. Ich weiß nicht, was ich dir angetan habe, aber ...«

Quäk, Quäk, Quäk.

»Du warst schon immer der kleine Liebling deines Vaters«, sagt sie. »Nicht wahr? Ich denke, ich hätte dir nie vertrauen dürfen. Tja, ich hoffe, du hast eine schöne Zeit.«

Quäk. Quäk. Quäk.

»Aber es ist nicht nur für diese Ferien, stimmt's?«, fragt Mrs Blakemore. »Das ist etwas, was du nicht begreifst. Das ist in Ordnung. Du kannst für immer verschwinden. Das ist mir egal. Du und dein dreckiger Vater: Dann geh, geh zu ihm. Als ob mir das etwas ausmachen würde! Ich habe ja immerhin einen Sohn. Ich habe zumindest noch einen Sohn.«

Lily versteht das nächste Wort. »Mummy!«, schreit Tessa im fernen Wantage.

Die Stimme, die ihr antwortet, klingt inzwischen übergeschnappt und hasserfüllt. Lily späht erneut hinter dem Vorhang hervor und sieht, dass Mrs Blakemore mittlerweile wieder aufrecht dasteht und mit der Faust gegen die Wand schlägt.

»Nein! Dafür ist es zu spät! Zu spät! Du hast dir dein Bett ausgesucht. Ich hoffe, es gefällt dir, darin zu liegen. Du widerliches, undankbares kleines Ding! Er wird dich im Stich lassen! Tessa, er wird dich im Stich lassen! Das hat er schon einmal gemacht und wird es wieder tun, aber glaub bloß nicht, dass du dann hierher zurückkommen kannst. Glaub bloß nicht, dass ich dich hierhaben will. Schlag dir das aus dem Kopf! Du bist nicht mehr ...«

Sie verstummt. Hält den Hörer ein Stück von ihrem Ohr entfernt und betrachtet ihn mit erstaunter Miene. Drückt ihn sich wieder ans Ohr. »Tessa? Tessa?«

Tessa hat aufgelegt.

Schreiend durchquert Felicity Blakemore den Salon und bleibt vor der Hausbar stehen. Den Keller hat sie schon fast geleert, den Keller ihres Vaters, und es kommt kein Nachschub über den Ärmelkanal, aber da stehen noch immer Portwein und Armagnac aus dem letzten Jahrhundert, seit über fünfzig Jahren geschätzt, gedreht und für einen speziellen Anlass aufbewahrt, und diese Flaschen kommen ihr jetzt gelegen, während der Rest der Welt auf dem Trockenen sitzt. Sie schluchzt laut auf, die Lippen feucht und formlos, als sie nach der Flasche greift. Sie hat sich in eine Groteske, in ein Ungeheuer verwandelt.

Mit zittriger Hand schenkt sie sich einen großen Teil der noch zu einem Viertel gefüllten Flasche in einen geschliffenen Schwenker ein und führt ihn zum Mund. Leert ihn mit einem Zug. Schwankt, während sie schluckt, und drückt sich das Glas gegen die Brust.

»Nein, nein, nein, nein«, stöhnt sie. Dicke Tränen laufen ihr über das Gesicht, tropfen ihr vom Kinn. »Scheißkerl«, sagt sie. Und schleudert das Glas in den Kamin.

Lily ist hinter dem Vorhang erstarrt. Sie darf mich nicht entdecken, denkt sie. Wenn sie mich entdeckt, wird ihr klar, dass ich sie belauscht habe …

»Waaaah«, stößt Mrs Blakemore aus. Nimmt sich ein neues Glas, füllt es wieder und stolpert zum Sofa hinüber. Lässt sich darauf fallen, die Füße platt auf dem Boden, die Knie gespreizt, als wolle sie eine Kuh melken. »Verraten«, sagt sie laut zu den Wänden und der stummen Beobachterin. »Ich habe nichts getan. Was habe ich getan? Was habe ich bloß getan?«

Sie sackt nach vorn, hält sich den Magen. Wieder hallt ein Schluchzen durch das Zimmer. »Allein. Allein. Dreckige kleine Hure. Dreckige kleine Hure, die bring ich um. Ich wünschte, sie wäre tot.«

Lily spürt, dass ihr die Nackenhaare zu Berge stehen. Sie weiß nicht, ob Mrs Blakemore von Tessa oder von ihr spricht.

Ich muss weg von hier. Jetzt bleibt mir gar nichts anderes mehr übrig.

Sie wartet hinter dem Vorhang, bis Mrs Blakemore auf dem Sofa eingeschlafen ist, bis ihr Schnarchen durch das Haus dröhnt und ihre Schritte übertönt.

Ich hole meinen Koffer. Der ist sowieso schon gepackt. Ich brauche ja nicht viel.

Auf Zehenspitzen schleicht sie durch das Zimmer. Mrs Blakemore liegt auf dem Rücken, der Mund steht offen, ein Arm hängt auf der Seite des Sofas herunter, und die Fingerknöchel berühren den Teppich. Lily kann die dick hervorstehenden Krampfadern sehen, die sich die Beine hinaufziehen und unter dem Nachthemd verschwinden. Ein Slipper baumelt an den gekrümmten Zehen. Sie sabbert.

Was geht da vor?, fragt sie sich. Wie kann sich jemand nur so verwandeln? Ihre Mutter pflegte sich hin und wieder ebenfalls zu betrinken, aber nie so hemmungslos. Ihre Mutter hatte zumindest so viel Anstand, angezogen zu sein, wenn sie sich bis zur Bewusstlosigkeit besoff.

Dieses Mal laufe ich über die Felder. Ich halte mich von den Straßen fern, gehe quer durchs Moor. Keiner läuft im Winter durchs Moor. Keiner wird mich entdecken. Wenn ich weit genug komme, bevor es dunkel wird, werde ich es schaffen. Im Moor gibt es Schuppen und Unterstände für die Schafe. Darin kann ich übernachten. Ich nehme etwas Brot und Milch mit, und ich renne, bis ich über der Kuppe des Hügels bin. Ich werde immer nach Süden gehen – ich weiß, wo Süden ist –, bis ich ans Meer komme, dann muss ich nur nach links abbiegen und immer weiterlaufen.

Sie schleicht die Treppe zum Dachboden hinauf, sucht ihren Koffer. Er ist in noch schlechterem Zustand als bei ihrer Ankunft; er ist mehrmals herumgeworfen und geschleift worden, und ein paar Mal hat sie sich sogar darauf gesetzt. Die linke Ecke des Deckels ist ganz eingerissen. Er wird keine weitere Reise durchhalten. Er wird ihr hinderlich sein, keine Hilfe. Ich werde das, was ich brauche, anziehen, und den Rest in einem Tuch zu einem Bündel zusammenschnüren. Wie eine Ausreißerin. Wie eine richtige Ausreißerin.

Plötzlich ist sie ganz optimistisch. Genau, das habe ich bisher falsch gemacht. Ich hatte zu viel Gepäck dabei und habe damit Aufmerksamkeit erregt. Selbstverständlich fällt ein Kind mit einem Koffer auf: Jeder bemerkt es. Wenn ich ein paar Sachen in meine Taschen stecke und den Rest in einem Bündel mitnehme, werden sie mich nicht bemerken. Ich muss ja nicht viel zurücklassen. Ich bin bloß ein Kind, das daherläuft, und sie werden sich nicht die Mühe machen, mir Fragen zu stellen. Es gibt heutzutage Unmengen von Fremden hier auf dem Land. Die Einzigen, denen sie argwöhnisch gegenüberstehen, sind die, die ihrer Meinung nach möglicherweise deutsche Spione sein könnten.

Lily leert den Koffer und zieht ihre Oberbekleidung aus. Da draußen wird es kalt sein. Schließlich ist sie nicht dumm. Sie hat sich ihr ganzes Leben lang mit vielen Kleiderschichten gegen die Kälte geschützt. Sie findet ihre zweite Jacke, ihre Sporthose, die zwei Paar Strumpfhosen, mit denen das Sozialamt sie damals im Mai ausstaffiert hat, als es richtig warm war. Sie zieht sie an, die Shorts unter den Rock, den Pulli über die Bluse, die Jacke über den Pulli, wie ein nicht zusammenpassendes Twinset. Vielleicht sollte ich ein paar Perlen mitgehen lassen, denkt sie. Die könnte ich verkaufen, sobald ich in Portsmouth bin, damit wir für eine Weile etwas zum Essen haben. Sie schmunzelt bei der Vorstellung und schiebt den Gedanken beiseite. Sie wird mich nur schnappen wollen, wenn sie mich für eine Diebin hält. Lieber nicht. Sie zieht die Socken über die Strumpfhosen und quetscht ihre Füße in die Riemchensandalen.

Mum wird sich freuen, mich zu sehen, denkt sie. Deshalb ist sie nicht gekommen. Sie haben meine Papiere verschlampt, und sie weiß nicht, wo ich stecke. Wahrscheinlich sorgt sie sich halb zu Tode, weil sie nicht weiß, was mit mir passiert ist. Ich werde hingehen und an die Tür trommeln, und sie wird eine Minute brauchen, bis sie kommt, weil sie ja nicht wissen wird, wer es ist, und dann wird sie aufmachen, und wenn sie mich sieht, wird ihr Gesicht ganz verzerrt sein, und sie wird zu weinen anfangen, so, wie sie geweint hat, als sie mich zum Bahnhof brachte. Und sie wird sagen, wie groß ich doch geworden bin, und sie wird die Arme ausbreiten und gar nicht darauf achten, dass die Nachbarn vielleicht zuschauen, und mich gleich da auf der Straße, wo alle es sehen können, in die Arme schließen.

Sie zieht die Sandalen wieder aus und trägt sie die Treppe hinunter, damit ihre Schritte nicht zu hören sind. Schleicht den Korridor entlang und die Treppe zum Speisezimmer hinunter, damit sie nicht noch einmal an dem Monster auf dem Sofa vorbeimuss.

Hinter der Tür der Waschküche hängen abgelegte und vergessene Mäntel. Tweedmäntel für die Jagd und wollene zum Ausgehen in die Stadt; aufbewahrt für mögliche Besucher, die jedoch nie kommen. Sie weiß, dass da auch abgelegte Mäntel von Hugh dabei sein müssen; aus denen er herausgewachsen ist und die ihm zu klein geworden sind, aber groß genug für sie, wo sie jetzt so dick gepolstert ist, und die höchstwahrscheinlich niemand vermissen wird. Lily tastet die muffig riechende, raue Reihe der Mäntel ab. Entscheidet sich schließlich für einen Mantel aus Harris Tweed, der lang genug ist, dass er ihr über die Knie reicht, aber nicht so lang oder so neu, dass er offenkundig als gestohlen auffällt. An einem Haken entdeckt sie ein großes wollenes Kopftuch. Sie breitet es auf dem Boden aus, legt ihre bescheidene Habe – ihre Stifte und ihren Zeichenblock, ein einzelnes, verknittertes und unscharfes Foto ihrer Mutter und eine Handvoll Bonbons aus ihrer Ration – in die Mitte und knotet es jeweils an den Ecken locker zusammen.

Wahrscheinlich wird die ein paar Tage gar nicht merken, dass ich fort bin, versucht sie sich selbst zu beruhigen. Ich habe es immer mal wieder geschafft, ihr einen ganzen Tag aus dem Weg zu gehen. Ich bekomme einen guten Vorsprung, während sie ihren Rausch ausschläft.

Auf Zehenspitzen schleicht sie zur Speisekammer, klappt die Brotbüchse auf und findet einen halben Laib schweres

Vollkornbrot. Auf dem Regal liegt ein kleines Stück Cheddar Käse. Es ist mit Schimmel überzogen. Lily nimmt es herunter und kratzt den Schimmel mit dem Buttermesser ab. Wickelt das, was übrig bleibt, in ein weggeworfenes Stück Stoff und steckt es in die Manteltasche. Sie schneidet einen Teil des Brotlaibs ab. Den ganzen mitzunehmen, könnte Aufmerksamkeit erregen. Auf dem Boden sind Kartons vom Gemüsehändler mit Kochäpfeln aufgestapelt, die im Obstgarten hinter dem Teich geerntet und verstaut wurden, als Mrs Blakemore noch bei etwas klarerem Verstand war. Sie werden sauer sein, das weiß sie, und schwer zu verdauen, aber besser als gar nichts. Lily steckt vier in ihr Stoffbündel.

Es ist halb ein Uhr mittags, und der Himmel verändert sich bereits. Sie späht aus dem Fenster und schaut, ob die Wolken bedrohlich wirken. Vielleicht sollte ich ein Messer mitnehmen, überlegt sie. Ja, das sollte ich vielleicht. Ein Messer könnte nützlich sein. Ich weiß nicht, wozu, aber keiner büxt ohne ein Taschenmesser aus. Sie schleicht mit ihrem Bündel in die Küche hinüber. Hier ist es warm; der Küchenherd ist mit Reisig aus dem kleinen Wäldchen befeuert und hält das Herz des Hauses am Schlagen, auch wenn seine Seele längst auf und davon ist. Lily schlurft in ihren Socken über die Fliesen, zieht die oberste Schublade neben der Spüle auf und schaut hinein. Etwas Scharfes. Nichts aus Silber, obwohl ich das Silber später zu Geld machen könnte. Aber ich brauche etwas, was wirklich gut schneidet. Ich brauche etwas, was mir bei Gefahr von Nutzen ist.

»Hallo«, sagt eine Stimme hinter ihr.

Lily schnappt nach Luft und fährt herum. Mrs Blakemore steht in der Tür zum Speisezimmer, eine Hand am Türrahmen, um sich abzustützen, weil sie so sehr schwankt. Auf der linken Kopfseite sind ihre Haare zusammengedrückt, auf der anderen hängen sie locker herab. Sie mustert Lily von Kopf bis Fuß. Leckt sich über die Lippen, kneift sie zusammen.

»Du hast also ebenfalls vor, das Weite zu suchen?«

48

Mr Benson hat normalerweise eine blasse Gesichtshaut – das blutarme Aussehen eines Menschen, der nicht genügend Fleisch zu sich nimmt –, aber jetzt ist sie vor Wut dunkelrot angelaufen. Er steht mitten in dem Chaos, und seine Hand ist zur Faust geballt.

»Können Sie ...«, brüllt er, »können Sie Ihr verdammtes Kind nicht unter Kontrolle halten?«

Bridget verschlägt es für kurze Zeit die Sprache. »Das war sie nicht – ich kann mir nicht vorstellen – das kann sie nicht ...«, hebt sie schließlich an.

»Versuchen Sie es erst gar nicht!«, sagt er. »Ich möchte nichts davon hören.«

Das Zimmer ist in einem grässlichen Zustand. Einfach grauenvoll. Bilder des Zustands, in dem es sich befand, nachdem die Terrys abgereist waren, kommen ihr in den Sinn, aber das hier ist noch schlimmer. Es ist so – unerwartet.

Sie blickt auf Yasmin hinab, die sich an ihren Rockzipfel klammert, den Mund erstaunt aufgerissen. Sie kann das nicht gemacht haben, denkt sie. Sie war die ganze Zeit bei mir ...

Wieder steht der Schrank offen. Darin kann sie den Inhalt der Koffer der Bensons auf dem Boden zusammengeknüllt liegen sehen, einige Kleidungsstücke hängen aus der Tür heraus auf den Teppich, Kleider, Schuhe und Taschen, ein Laptop und eine Videokamera, alles bis zur Unkenntlichkeit mit Puder überzogen.

Auf dem Fenstersitz liegen die Bestandteile eines Blackberry verstreut, als hätte man es mit ziemlicher Wucht dort hingeknallt.

350

Eine Vase aus blauem Glas ist gegen die Wand geschleudert worden. Zwischen den Scherben liegt die Sammlung von Mrs Bensons schlichtem, unauffälligem Schmuck.

Wieder wurde der Baldachin von seinen Pfosten gerissen.

Die weiß getünchte Wand ist mit rotbraunem, blutfarbenem Lippenstift beschmiert. HAUT AB HAUT AB HAUT AB.

»Ich – wann ist das denn passiert?«

»Woher soll ich das denn wissen?«, schnauzt er. Er kaut Kaugummi; er beißt so fest zu, dass die Sehnen an seinen Schläfen hervortreten. »Als wir zurückgekommen sind, hat es so ausgesehen.«

»Ich war das nicht«, sagt Yasmin.

Wann habe ich das schon einmal gehört?

»Das war ich nicht«, sagt Yasmin.

»Na, wer soll es denn sonst gewesen sein?«

Ich habe die Wahl zwischen Pest und Cholera. Der denkbaren Wahrheit ins Auge zu blicken und einen Weg zu finden, das wiedergutzumachen, oder mich vor meine Tochter zu stellen, sie vor unberechtigten Anschuldigungen zu schützen und von diesen Leuten zu Recht gehasst zu werden, und vielleicht der Kündigung entgegenzusehen: Das sind meine Alternativen.

Benson richtet seinen Blick starr auf Bridget.

»Sie?«

»Sehen Sie nicht – das ist doch absurd!«

»Na ja«, sagt er.

Mrs Benson sitzt auf der Fensterbank. Sie trägt braune Wildlederstiefel und ein beigefarbenes Wollkleid.

Sieht so aus, als hätten Sie vorläufig nichts anderes anzuziehen, schießt es Bridget boshaft durch den Kopf. Bekommt sogleich Schuldgefühle, als sie die Verzweiflung auf dem Gesicht der Frau sieht. Selbst Leute ohne jeden Schick lieben ihre Kleider. Die Farblosen leiden genauso unter wilder Zerstörungswut wie die Bunten.

»Es ist nicht zu fassen«, sagt sie. »Warum haben Sie uns

das angetan? Das sind unsere Flitterwochen. Was in aller Welt haben wir getan, dass … dass wir so etwas verdienen?«

Sie hat allen Grund, wütend zu sein, selbst wenn die Anschuldigung unfair ist. Da müssen Dinge im Wert von Tausenden Pfund verstreut liegen. Das meiste davon ist ruiniert.

»Wir waren den ganzen Tag außer Haus«, stottert Bridget.

»Na, wer hätte das denn sonst machen können?«

Sie zählt: eins, zwei, drei. »Ich habe keine Ahnung. Tut mir leid, dass das passiert ist. Das ist natürlich äußerst unangenehm, aber ich war nicht hier und meine Tochter auch nicht.«

Sie spürt, dass jemand an ihrem Rock zupft. Schaut zu Yasmin hinab und zieht sie näher an sich. Hat sie das gemacht? Ist es möglich, dass sie das getan hat? Ich war den ganzen Tag jede Minute mit ihr zusammen. Da gab es nur die kurze Zeitspanne, als ich mit der Hausarbeit beschäftigt war. Sie hätte … Nein, hör auf damit, Bridget. Sie ist deine Tochter.

»Sie behaupten also, dass – dass wer das getan haben soll? Kobolde? Dass Diebe hier waren, die nichts gestohlen haben, die im Rest des Hauses nichts kaputt gemacht haben, die nur hier heraufgekommen sind, um dieses eine Zimmer zu verwüsten?«

»Ich weiß nicht.« Sie schaut sich um. Flüssige Foundation ist auf die Wände und den Bettüberwurf gespritzt und die leere, tropfende Flasche auf den Sessel geworfen worden. »Es tut mir leid, aber ich weiß es nicht. Ich werde alles in meiner Macht Stehende tun … jetzt umgehend. Das ist … ich weiß nicht, wie das passiert ist.«

»Tja, für mich ist das offenkundig«, sagt er.

Bridget ergreift Yasmins Hand und drückt sie. Sie liegt heiß und steif in ihrer. »Das verstehe ich. Aber ich kann Ihnen versichern, dass ich davon nichts weiß.«

Er wendet sich ab. Betrachtet die Zerstörung. Dreht sich wieder um. »Das wird Sie den Job kosten«, erklärt er. »Dafür werde ich sorgen.«

Sie spürt, wie ihr das Blut in die Wangen steigt.

352

49

»Das muss aufhören, Yasmin! Das muss unbedingt aufhören!«

Ihre Stimme ist lauter als beabsichtigt, sie verrät Wut und Panik. Yasmin hat sich in die Ecke ihres Zimmers verkrochen, sich wie ein kleines Tier, das seinen Tod vorausahnt, gegen die Wand gedrückt. Tränen laufen ihr über das Gesicht. Ich sollte den Wunsch verspüren, sie zu trösten, denkt Bridget, aber ich kann es nicht, ich bin so wütend.

»Wie kannst du mir das nur antun?«, schreit sie. »Begreifst du denn nicht, dass du das nicht nur mir, sondern uns antust? Wir werden obdachlos sein, Yasmin! Mitten im Winter nicht wissen, wo wir hinsollen, und ohne Job – wie konntest du das nur tun? Wie kannst du so ...«

Yasmin brüllt lauthals: »Ich war es nicht! Ich war das nicht!«

»Na ja, irgendjemand war es! Und ich war's nicht! Du musst damit aufhören, Yasmin! Du musst aufhören, so etwas zu machen, und du musst aufhören zu lügen! Was ist nur in dich gefahren? Früher hast du nie gelogen!«

»ICH LÜGE NICHT!«

Yasmins Stimme klingt mit einem Mal herzerweichend. »Warum glaubst du mir denn nicht? Du glaubst mir nie, Mummy! Ich lüge nicht! Ich habe nicht gelogen! Ich lüge nie!«

Bridget fällt nichts mehr ein. Sie weiß nicht, was sie tun soll. All die Jahre habe ich sie beschützt, mein Bestes versucht, um sie trotz allem gut zu erziehen, und jetzt ... wo kommt das bloß her? Warum ist sie so wütend? Hat es etwas mit Kieran zu tun? Ist es eine Art, sich Luft zu machen? Ist sie auf mich wütend und bestraft mich, weil ich mit ihr weggezogen bin?

»Na ja, vielleicht sollten wir später darüber reden«, sagt sie schließlich, »wenn du dich – wenn wir beide uns – beruhigt haben. Aber du musst nachdenken, Yasmin. Ich kann dir einfach nicht glauben, weißt du. Jemand muss es doch gemacht haben, und ich weiß, dass ich es nicht war.«

Yasmin schnieft, schaut sie mit großen, tränenfeuchten Augen an. »Das war Lily«, sagt sie. »Lily muss es gewesen sein. Sie hat gesagt, dass sie die Bensons nicht mag. Sie hat gesagt, dass sie die schon loswird.«

Bridget verspürt erneut einen Stich in der Magengrube. Sie ist verwirrt, dann wieder wütend.

»Yasmin!«, schreit sie. »Hör auf! Hör auf damit!«

»Womit?«, brüllt Yasmin.

»Dir Sachen auszudenken! Sachen zu erfinden, um deine Taten zu vertuschen. Ich bin nicht blöd!«

»Was?«

»Die Sache mit dieser Lily! Ich hab die Nase voll davon! Du kannst andere Leute nicht deiner Missetaten bezichtigen! Dafür bist du zu alt! Und vor allem nicht deine – weißt du was? Ich glaube, diese Lily gibt es gar nicht! Ich glaube, du hast sie nur erfunden!«

»Es gibt sie! Es gibt sie!«

»Nein. Es gibt sie nicht.«

Sie hat ein seltsames Gefühl, als würden sie beobachtet, und ihr stehen die Nackenhaare zu Berge.

»Es gibt sie! Sie steht da drüben!«

Yasmin gestikuliert wild in Richtung der Tür hinter ihr. Bridget erstarrt. Ich werde nicht hinschauen. Ich. Schau. Nicht. Hin. Sie macht mich noch wahnsinnig. Ich weiß nicht, wo sie das herhat, aber sie treibt mich noch in den Wahnsinn. Plötzlich hat sie den verrückten, unwiderstehlichen Drang, mit einem Satz durchs Zimmer zu stürzen und ihre Tochter wie wild auf den Kopf zu schlagen, ihr Ohrfeigen zu verpassen, sie zu schütteln, bis sie zur Vernunft kommt. Sie geht einen Schritt, reißt sich am Riemen und bleibt taumelnd stehen. Als sie ihre Stimme hört, stellt sie fest, dass sie schreit.

»Hör auf! Hör auf damit, verdammt! Ich höre mir das nicht länger an! Du kleines – hör auf, Yasmin! Es gibt keine Lily! Du bist eine kleine Lügnerin, und ich will kein Wort mehr davon hören!«

Oh, mein Gott. Bin ich das? Brülle ich so herum? Sie ist sieben Jahre alt. In was habe ich mich verwandelt? Was ist aus mir geworden?

Yasmin hat sich weiter in die Ecke verkrochen. Der Ausdruck auf ihrem Gesicht spricht Bände. Es ist ein Blick, den Bridget nie mehr zu sehen hoffte. Der Blick, den sie immer hatte, wenn Kieran da war. Der Blick, den sie für ihren Vater reserviert hatte. Und schlimmer noch: Sie sieht – sie sieht triumphierend aus, als wüsste sie, dass ich am Ende klein beigeben würde. Dass alles, was sie zuvor gesagt hat, sich als wahre Prophezeiung herausstellen würde.

Urplötzlich bricht Bridget in Tränen aus. Sie schlingt die Arme um sich, als habe sie Bauchschmerzen, und kämpft nicht einmal gegen die Tränen an.

Yasmin sagt nichts.

Ich bin so schwach. Ich dachte, ich würde die Kraft besitzen, ich dachte, ich hätte genug Mut für uns beide, aber den hab ich nicht ... Ich bin hilflos und schwach, und jetzt bin ich mit der schrecklichen Wahrheit konfrontiert: Dass ich kein Jota besser bin als er. Ich bin schwach, und ich bin böse, und meine Tochter hat Angst vor mir.

»Ich kann nicht ...«, stottert sie. »Ich ka... Yasmin, ich mache das jetzt nicht. Ich bin nicht in der Lage. Ich werde jetzt aus dem Zimmer gehen, und ich werde – es tut mir leid. Ich wollte dir keine Angst einjagen. Ich wollte nicht – es ist nur so – *schwierig.*«

Yasmin greift nach ihrem Teddybären und drückt ihn sich an die Brust. Große Augen, mürrischer kleiner Mund. Das kann ich ihr gegenüber nie mehr gutmachen. Nie mehr. Sie hat mir vertraut, und jetzt kennt sie die Wahrheit ...

Bridget geht aus dem Zimmer und schließt hinter sich die Tür. Lehnt sich gegen die Wand des Flurs und vergräbt das Gesicht in den Händen. Sie kommt sich vor, als sei sie selbst wieder sieben Jahre alt: sieben und verletzlich und allein und kann nicht begreifen, warum keiner kommt und alles wieder gutmacht. So sollte es nicht sein. Wirklich nicht. Was ist passiert? Was habe ich getan? Was habe ich nur getan?

Ihr wird klar, dass sie laut weint, dass das Geräusch durch die Tür dringt, dass Yasmin es hört, und dass es alles noch schlimmer macht. Sie stößt sich von der Wand ab und stolpert tränenblind über den Teppich in Richtung Wohnzimmer. Jemand muss mir helfen. Irgendjemand. Bitte.

Das Telefon liegt mit dem Display nach oben auf dem Beistelltisch. Bridget greift danach, klickt sich durch das Adressbuch und wählt. Am anderen Ende klingelt es erst gar nicht, der Anrufbeantworter springt direkt an. »Hallo, hier ist Carol. Ich kann im Augenblick nicht ans Telefon gehen, aber bitte hinterlassen Sie eine Nachricht.«

Der Klang ihrer Stimme bringt Bridget noch mehr zum Weinen. Nach dem Piepton schreit sie ins Telefon: »Wo bist du? Wo bist du denn? Du gehst überhaupt nicht mehr an den Apparat, und ich muss unbedingt mit dir reden! Ich weiß, dass du ständig auf dem Sprung bist, aber bitte! Du musst doch irgendwann mal zu Hause sein! Oh, Gott, Carol, es ist alles so schrecklich, und ich weiß nicht mehr weiter! Bitte! Bitte ruf mich an, wenn du das abhörst!«

Sie lässt sich auf das Sofa fallen, wiegt sich vor und zurück. Ich weiß nicht, was ich tun soll. Echt nicht. Ich muss mit jemandem reden, weil ich sonst noch verrückt werde. Wer ist da? Ich bin so allein. Ich weiß nicht mehr weiter. Ich habe niemanden, mit dem ich reden kann. Aber ich muss mit jemandem reden.

Und weil Carol nicht erreichbar ist, ruft sie Mark an.

50

Ich hasse sie. Hasse sie. Hasse sie.

Sie hören mir nicht zu. Keiner hört auf mich. Verdammte Schweine. Ich bin jetzt vierunddreißig Jahre alt und führe ein solches Leben, und das alles nur, weil …

Immer setzt sie ihren Kopf durch. Nur ihren Kopf. So ist es heutzutage; die Feministinnen haben alle mit ihren Thesen angesteckt, und jeder schlägt sich auf die Seite der Frau. Hören sich ihre Meinung an und tun so, als hätte ich keine eigene. Tun so, als handele es sich dabei um die sakrosankte Wahrheit. Und ich, ich muss fünfzehn Jahre arbeiten für … für nichts. Für die Junggesellenwohnung, die niemand sauber macht, und ein Kind, das losschreit, sobald es mich sieht. Ich hatte dort im ersten Monat keine Laken für mein Bett, weil sie selbst die mitgenommen hat, und wenn ich endlich mal Zeit habe, um einkaufen zu gehen, verdammt, dann drohen die mit dem Zeigefinger: Das können Sie nicht machen, Mr Fletcher, laut Gesetz können Sie das nicht machen.

Was treibt denn dieses Arschloch da? Die Überholspur ist für schnelle Autos, verdammt, nicht für Opas, die mit ihrem Hut auf der Ablage dahinkriechen wollen. Ich gebe ihm zehn Sekunden, dann drücke ich auf die Lichthupe und leuchte ihm ordentlich hinten rein. Bei diesem Tempo werde ich die ganze Nacht unterwegs sein, verdammt. 250 Meilen. Wie viel Benzin werde ich da verbrauchen? Gut, dass ich den Tempomat habe, nicht etwa, dass ich ihn je einschalten werde – so ist es recht, Schwachkopf. Wird auch langsam Zeit.

Es wird ja wohl noch erlaubt sein, ihr Bescheid zu stoßen, oder? Ich habe immer nur gewollt, dass sie Bescheid weiß.

Was sie mir angetan hat. Mit ihren Lügen. Die Wahrheit so zu verdrehen, dass ich wie der Mistkerl dastehe, während sie genauso viel falsch gemacht hat wie ich. Auf meine Meinung haben sie aber nie gehört, oder? Wie sie immer weitergemacht hat mit diesem ewigen Genörgel, mich zur Weißglut trieb, bis bei mir der Verstand ausgesetzt hat. Sie muss es wissen. Sie wird mir zuhören müssen. Sie kann nicht einfach mein Leben zerstören und nicht begreifen, dass das Konsequenzen nach sich zieht.

Basingstoke. Schwefelgelbe Lichter und ein riesengroßer Verkehrskreisel. Was für ein Scheißkaff mag Basingstoke wohl sein, dass hier der Verkehr nachlässt? Wenigstens kann ich in den fünften Gang schalten. Wenn mir nur dieses Arschloch da aus dem Weg gehen würde. Was haben diese Leute bloß? Du überholst einen, und schon hast du den Nächsten vor dir, der die Spur blockiert und dahinkriecht, als würde die Scheißstraße ihm ganz allein gehören.

Sie wird überrascht sein, mich zu sehen. Seit zwei Wochen geht sie nicht mehr ans Telefon. Wahrscheinlich denkt sie, ich hätte aufgegeben und mich irgendwo verkrochen, um zu sterben. Wie praktisch. Das käme ihr gerade recht.

Schlampe.

Schlampen, alle beide. Alle drei, wenn man Carol mitrechnet. Das braucht man jetzt natürlich nicht mehr. Hat sie das nicht kommen sehen? Die Großen, die die Kleine gegen mich aufstacheln. Mein eigenes Kind. Mein Eigentum, und das letzte Mal, als ich zu ihrer Schule gegangen bin, hat sie geschrien, als ob ich irgendein Monster wäre. Umgang nur unter Aufsicht des Jugendamts. Was für ein Witz! Geschieht ihr recht. Sie hat gekriegt, was sie verdient hat, die Kuh, die sich immer hat einmischen müssen. Ich frage mich, wie lange es wohl dauern wird, bis dieser Yuppie unten den Geruch wahrnimmt. Wahrscheinlich noch wochenlang nicht. Bestimmt noch ein paar Tage nicht. Sie hat keine Freunde. Keiner, der sich erkundigen wird, wohin sie so überstürzt gereist ist. Geschieht ihr recht. Geschieht ihnen allen recht. Absolute Gefühlskälte. Früher hat man Leute dafür sogar eingesperrt.

Ich hab mich dabei gut gefühlt. Die Art und Weise, wie sie die Augen aufgerissen hat, als ihr klar wurde, dass ich es ernst meine. Hat sich ein paar Fingernägel abgebrochen. Das hat ihr aber auch nicht geholfen.

Meine Hände tun mir weh. Ich muss das Lenkrad wohl richtig fest umklammert halten. Wie komisch. Bin ich etwa wütend? Glaubst du, dass ich wütend bin?

Die wird einen Schock kriegen. Die hält sich für dermaßen clever, aber so schlau ist sie nun auch wieder nicht.

Konnte von Anfang an nicht aus ihren Fehlern lernen.

Menschenskind. Es ist schon zehn Uhr. Noch vier Stunden bis Wadebridge. Um diese Zeit mitten in der Nacht werde ich keine Unterkunft mehr finden. Es ist wohl kaum eine pulsierende Metropole. Hätte besser nachdenken sollen, als ich gepackt habe. Ich hätte zumindest ein paar Decken und ein Kissen mitnehmen sollen. Es ist zu kalt, um die Nacht im Auto zu verbringen. Gottverdammt, Bridget. Warum hast du mir das bloß angetan?

Travelodge. Bald komme ich an Bristol vorbei. Komme auf die M5. In etwa einer Stunde oder so. Zumindest wirkt dieser Kaffee. Was treibt sie da eigentlich? Was in aller Welt gibt es schon in Cornwall? Ich wette, sie hat einen Kerl. Genau, das wird es sein. Sie hat mitten im Rennen die Pferde gewechselt, dachte, sie findet einen Besseren. Ich habe ja schon immer gewusst, dass sie so ist. Von Anfang an. Ich konnte meinen verdammten Blick nicht von ihr wenden – au! Scheiße, das tut weh. Siehst du jetzt, wozu du mich getrieben hast, Bridget? Geh aus dem Weg! Mach die Spur frei, verdammt! Ja, du! So ist's recht. Fahr rüber! Himmelherrgott! Herrgott noch mal, Bridget! Schau, was du mir angetan hast!

51

Er ruft sie früh am Morgen an, während sie sich ihre fünfte Tasse Tee zubereitet, noch immer im Morgenmantel, ganz benommen wegen der Tränen und weil sie kein Auge zugetan hat.

»Hallo, ich bin's, Mark. Ich wollte nur nachfragen, ob es dir gut geht.«

»Ach, Mark. Danke. Ich bin okay.«

»Hast du überhaupt geschlafen?«

Sie lacht leise auf.

»Ich weiß, wie das ist«, erklärt er. »Weiß Gott!«

»So sollte es nicht sein.«

»Nein. Na ja, wir wollten doch alle perfekte Eltern sein, nicht wahr?«

»Ich wünschte«, sagt sie, »ich könnte jetzt mit meiner Mutter reden. Ich war so jung, als sie gestorben ist, ich hatte gar nicht die Gelegenheit ... du weißt schon ... schätzen zu lernen ...«

»Hmm. Na ja«, antwortet er, »ich vermute, vieles wäre anders gekommen, wenn deine Eltern nicht gestorben wären.«

»Vielleicht auch nicht. Ich weiß es nicht. Man kann ewig mit diesem Was-wäre-wenn weitermachen, nicht wahr?«

»Ja«, sagt Mark, »das könnte man. Wie geht es Yasmin heute Morgen?«

»Ich war noch nicht bei ihr.«

»Sie ist also nicht von allein aufgestanden?«

Sie ertappt sich dabei, dass sie den Kopf schüttelt, muss sich daran erinnern, dass er nicht hier im Raum ist.

»Nein. Wie viel Uhr ist es denn?«

»Kurz nach acht.«

»Gott. Na ja, ich denke, ich sollte mich dem Problem lieber stellen, wenn ich sie noch rechtzeitig für die Schule fertig haben will.«

»Du hast noch nicht mit ihr geredet? Seit du mich angerufen hast?«

»Ich wollte. Aber sie hat schon geschlafen. Oder so getan, was so ziemlich auf das Gleiche hinausläuft, wenn man versucht, mit jemandem zu reden.«

Sie hört ein Seufzen. »Ach, Bridget.«

»Ja«, antwortet sie schnippisch, »auf einen Vortrag über gute Kindererziehung kann ich jetzt wahrlich verzichten.«

Genau das ist es, Bridget. Wie du dich verhältst. In der einen Minute rufst du ihn Rat suchend an, in der nächsten beißt du ihm den Kopf ab.

»Entschuldigung«, sagt sie. »Entschuldige. Ich weiß, dass ich eine Heuchlerin bin.«

Ein Kichern. »Wenn du das sagst.«

Schweigen.

»Hat mir die Mühe erspart«, fügt er hinzu. Sie ist nicht sicher, wie viel davon Vorwurf und wie viel Spaß ist, aber sein freundlicher kornischer Akzent mildert es ab, macht es erträglich.

»Schau«, sagt er, »das kriegt ihr schon wieder auf die Reihe, ihr zwei. Und dann geht ihr zum nächsten Streit über. Dafür sind Kinder da, und irgendwann wird es eine Zeit geben, da schauen wir wehmütig auf diese Ausbrüche mit ›ich hasse dich‹ zurück. Sobald sie die Verlockungen von Newquay entdeckt haben und ihr ganzes Taschengeld für Koks ausgeben und mit alkoholisierten Freunden im Auto mitfahren.«

»Sie wird noch eine Weile nicht genug Taschengeld kriegen, um sich Crack kaufen zu können.«

»Heutzutage ist Crack ziemlich billig.«

»Na, ich ebenfalls«, antwortet Bridget. »Ich kann so billig sein, wie es nur geht.«

»Genau die richtige Einstellung«, sagt Mark. »Ich sehe dich dann unten bei der Schule.«

»Ja. Ach, und Mark?

»Hmmm?«

»Danke. Du weißt schon. Für – alles.«

»Gern geschehen«, sagt er. »Du kannst mir ja irgendwann einen Drink spendieren.«

Handelt es sich da wieder um ein Rendezvous? Schwer zu sagen. Sie beschließt, es zu ignorieren. »Wir sehen uns später«, sagt sie.

Sie geht in ihr Zimmer zurück, um sich anzuziehen, bevor sie Yasmin weckt. Will nicht so aussehen, als käme sie gerade vom Drehort von *Misery*. Zieht sich Jeans und einen Pulli an und bürstet sich wie wild die Haare. Ihre Hände sind ganz rot von all den Putzmitteln, die sie gestern verwendet hat. Ich muss mir unbedingt Gummihandschuhe kaufen. Schließlich bin ich jetzt Haushälterin. Die sind für diesen Beruf ein absolut notwendiges Handwerkszeug.

Falls ich den Job überhaupt behalte.

Ich lasse jetzt aber den Kopf nicht hängen. Bestimmt nicht. Das kriege ich schon irgendwie geregelt. Ich werde ihnen die Kosten für die chemische Reinigung ihrer Sachen aus meinem eigenen Portemonnaie erstatten. Vielleicht war das ja nur eine Drohung. Vielleicht hat er es nicht ernst gemeint, das mit Mr Gordhavo.

Während sie so nachdenkt, geistesabwesend auf ihre roten Augen im Spiegel starrt, bemerkt sie ein Geräusch. Ein Klopfen. Das aus dem Wohnzimmer kommt. Oh, mein Gott. Was jetzt?

Sie geht hinüber. Das Klopfen kommt jetzt von der Tür zum Haupthaus. Bridget steht einen Augenblick da und starrt auf die Türklinke.

Es ist Lily.

Sei nicht albern, Bridget, verdammt.

Irgendetwas ist in diesem Haus. Du weißt es. Es ist da,

auch wenn du so tun möchtest, als gäbe es das nicht. Schau nach. Schau, was hinter der Tür ist.

Sie löst sich aus ihrer Starre und zieht den Riegel zurück.

Es sind die Bensons. Und sie haben ihre Mäntel und Straßenschuhe an; die Koffer stehen neben ihnen, ordentlich, von den gestrigen Rückständen gründlich befreit. Sie trägt wieder ihre Brille, hat die kleinen Gehörschutzstöpsel in den Ohren, den dezenten Verlobungsring am Finger.

»Hallo«, sagt sie verlegen. Was antwortet man jetzt bloß? Wie geht es Ihnen heute? Kann ich Ihnen helfen? Was möchten Sie? Bitte, bitte, sorgen Sie nicht dafür, dass mir gekündigt wird?

Allem Anschein nach sind beide Parteien verlegen. Die Bensons sagen eine Sekunde nichts, aber die Frau errötet ein wenig. Sie sieht erschöpft aus, denkt Bridget: So, wie ich mich fühle. Ich dachte, sie sei bei ihrer Ankunft blass gewesen, aber jetzt, mit den geröteten Wangen, sieht sie aus, als hätte jemand bei ihr den Kontrast heruntergedreht. Die Brille umrahmt Tränensäcke, die so auffällig sind, dass sie aussehen, als seien sie irgendwie aufgepumpt worden. Er sieht kaum besser aus. Er wirkt – vertrocknet.

»Hallo«, antwortet Mrs Benson schließlich. »Tut uns leid, Sie zu belästigen …«

»Ist schon in Ordnung«, sagt Bridget. »Ich war gerade im Begriff, Yasmin für die Schule zu wecken«, fügt sie hinzu, um darauf hinzuweisen, dass sie nicht viel Zeit hat.

»Wir sind nur gekommen … um zu sagen …«

»Na ja, die Sache ist die …«

»Wir haben überlegt … und wir haben beschlossen …«

»Letzte Nacht …«

»Die Sache ist die«, sagt er, »dass wir beschlossen haben, uns eine andere Unterkunft zu suchen.«

»Ach?«, Bridget ist bestürzt. »Es tut mir leid. Ich verspreche Ihnen, dass ich Ihr Zimmer bis Mittag wieder bewohnbar gemacht habe.«

»Das ist nicht nötig«, antwortet Mr Benson. »Wirklich. Es tut mir leid, es liegt nicht an dem Zimmer. Es liegt an dem – dem Haus. Im blauen Zimmer haben wir auch nicht besser geschlafen als …«

»Ich dachte nicht, dass Sie – ich möchte wirklich nicht, dass Sie … Können Sie nicht …?«

Er schüttelt den Kopf. Seine Frau ergreift seine Hand und starrt Bridget an.

»Keiner von uns beiden ist sonderlich abergläubisch«, hebt sie an. Wird rot und wendet den Blick ab.

»Aber wir …«, fährt er fort. »Ich weiß nicht, wie Sie es schaffen, hier zu leben, ganz ehrlich. Ich bewundere Sie.«

»Sehen Sie … es tut mir schrecklich leid. Ist es die Heizung? Ich weiß, wie es ist, wenn man nicht an ein altes Gemäuer wie dieses hier gewöhnt ist … ich kann die Heizung aufdrehen …«

Ihre Mienen sind nicht zu interpretieren, geheimnisvoll, ihr Tonfall freundlich. Es ist, als hätten sie Mitleid mit mir, denkt sie.

»Ich … verstehen Sie, die Vorhänge werden heute Nachmittag wieder in Ihrem alten Zimmer sein. Ich habe sie gestern Abend zum Trocknen neben den Herd gehängt, deshalb müssten sie …«

»Das ist es nicht«, sagt Mrs Benson. »Ehrlich. Aber wir wollen nicht bleiben.«

»Aber warum?« Ihr wird klar, dass das wie ein Klagelaut herausgekommen war.

»Meiner Frau«, sagt er, »gefällt es hier nicht. So einfach ist das.«

Die Röte auf den Wangen der Frau hat sich noch weiter ausgebreitet. Da steckt mehr dahinter, als sie verraten, aber es ist klar, dass sie nicht darüber sprechen wollen.

»Das tut mir leid«, sagt sie. »Wissen Sie, normalerweise bin ich nicht empfänglich für … kein Mensch würde mich als hysterisch bezeichnen. Aber … Verstehen Sie. Lassen Sie uns doch einfach so sagen, dass wir – dass wir uns eben überlegt haben, wie nett es wäre, ein paar Tage in St. Ives zu verbringen. Wir haben ein Zimmer im Tregenna Castle gebucht. Wir dachten, das ist mehr – dass dort halt mehr zu unternehmen ist, und wir haben schon immer mal dorthin fahren wollen ... wissen Sie ... die Tate ...«

»Ich habe Yasmin gründlich ausgeschimpft«, erklärt Bridget. »Sie wird es bestimmt – ich verspreche Ihnen, dass sie nicht mehr in Ihren Bereich kommt. Ganz bestimmt nicht.«

»Nein, wirklich«, sagt Mrs Benson, »es ist in Ordnung. Es hat nichts mit ihr zu tun. Es tut mir leid, dass wir sie beschuldigt ...« Wieder senkt sie den Blick, weigert sich, Bridget in die Augen zu sehen. »Sie ist scheinbar ein nettes kleines Mädchen. Es tut mir leid, dass sie verdächtigt wurde. Und machen Sie sich wegen Mr Gordhavo keine Sorgen. Wir werden Sie damit in keiner Weise in Verbindung bringen.«

»Ich ...«, sie sucht verzweifelt nach Worten, nach einer Möglichkeit, die beiden umzustimmen, obwohl ein Teil von ihr ungeheuer erleichtert ist, dass sie nichts mehr mit ihnen zu tun haben wird, dass ihr Job ihr allem Anschein nach vorläufig noch sicher ist. »Aber Ihre Flitterwochen ...«, sagt sie hilflos.

»Das ist wirklich kein Ort für Flitterwochen«, stellt Mr Benson fest. »Wir haben uns entschieden. Wir beide meinen, dass wir etwas brauchen, was ein wenig ...« Er blickt über die Schulter zurück, ihm scheint es die Sprache verschlagen zu haben. Dann wendet er sich mit einem demonstrativen Schulterzucken wieder um. »Wie auch immer«, beendet er seinen Satz.

»Ich kann Sie also wirklich nicht umstimmen?«

»Nein«, antwortet Mrs Benson entschieden. Scheint über ihre Bestimmtheit selbst erstaunt zu sein. »Nein, wirklich nicht. Wir wollen einfach abreisen. Vielen Dank.«

»Dann lassen Sie mich Ihnen wenigstens mit dem Gepäck helfen«, bietet sie an.

»Nein, das geht schon.« Er bückt sich und schnappt seinen Koffer, als sie gerade die Hand danach ausstreckt. »Wir wollen Sie nicht weiter belästigen. Wir reisen einfach …«

»Auf Wiedersehen«, sagt Mrs Benson.

»Hm, Auf Wiedersehen. Und es tut mir so leid. Dass es Ihnen hier nicht gefallen hat. Wirklich sehr leid.«

Sie haben ihr bereits den Rücken zugekehrt und schleppen ihre Koffer in Richtung Treppe. »Es ist nicht Ihre Schuld«, stellt Mr Benson fest. »Das wissen wir.«

Sie steht in der Tür, während sie davongehen, und schaut ihnen nach, wie sie an der Treppenbiegung verschwinden. Komische Leute, wirklich komisch. Die seltsamsten, die ihr bis jetzt begegnet sind. Sollte sie durch die Zimmer laufen und nachsehen, ob Wertgegenstände fehlen? Ihnen die Treppe hinunter folgen und sie bitten, zu bleiben?

Am Ende tut sie nichts dergleichen. Yasmin muss aufstehen, sie muss sich an die Arbeit machen. Später wird sie Tom Gordhavo anrufen und es ihm mitteilen, aber jetzt hat die Schule Vorrang und dass die Waschmaschine eingeschaltet wird und sie noch eine Tasse Tee trinkt, um die Auswirkungen ihrer schlaflosen Nacht zu vertreiben.

Während sie durch ihr Wohnzimmer geht, hört sie, dass jemand die Treppe heraufgerannt kommt, und Mrs Benson ruft: »Ms Sweeny? Hallo? Sind Sie da?«

Sie macht kehrt und sieht sie an der Wohnungstür stehen. Sie ist ganz außer Atem, aufgeregt. »Ich wollte – sehen Sie, ich wollte Ihnen das auf den Esstisch legen, aber dann ist mir klar geworden, dass ich kurz mit Ihnen reden möchte.«

Sie hat ein Bündel Geldscheine in der Hand. Zehner: ein dünnes Bündel, genug für die Lebensmitteleinkäufe für eine ganze Woche. »Bitte«, sagt sie, »nehmen Sie das. Kaufen Sie Yasmin etwas. Sagen Sie ihr, dass es mir sehr, sehr leid tut. Sagen Sie ihr, wir wissen jetzt, dass sie es nicht war.«

Bridget schaut mit gemischten Gefühlen auf das Geld hinab. Das ist Geld. Du brauchst Geld. Widerwillig zieht sie die Hand zurück. »Nein«, antwortet sie, »das kann ich nicht. Nicht, wo Sie hier doch einen so schlimmen Aufenthalt hatten.«

Die Frau packt sie am Handgelenk und hält es fest. »Ms Sweeny«, sagt sie, »ich muss Ihnen das sagen. Ich glaube nicht, dass das hier ein gutes Haus ist. Tut mir leid. Ich muss es Ihnen sagen. Ich gehöre eigentlich nicht zu diesem Menschenschlag. Wirklich nicht. Ich glaube nicht an so etwas. Habe ich noch nie. Aber mit diesem Haus stimmt etwas nicht. Da ist etwas, und es ist nichts Gutes. Ich glaube nicht, dass Sie hier sicher sind. Ich glaube nicht, dass es ein gutes Ende nehmen kann, wenn Sie hierbleiben.«

Mit der Morgendämmerung setzt Schneefall ein, dicht und lautlos, er dämpft den Wind, der sonst immer um die Dachvorsprünge heult, und weckt sie auf, weil es auf einmal so still ist. Sie ist seltsam erleichtert, ihn zu hören, ihn in der Dunkelheit an dem Mansardenfenster vorbeiwirbeln zu sehen. Es fühlt sich an, als habe sich irgendeine Spannung gelöst, weil der Winter jetzt endlich richtig da ist, nicht mehr nur auf der Lauer liegt. Sie kniet sich auf das Bett, in dem früher Vera geschlafen hat – sie ist, obwohl sie ja reichlich Auswahl hatte, in dem Bett geblieben, das ihr ursprünglich zugewiesen wurde, weil es das am weitesten von der Tür entfernte ist und am wenigsten Zugluft abbekommt –, wegen der Kälte in eine Unmenge von Decken gehüllt, und stützt die Ellenbogen auf die Fensterbank, um hinauszuschauen. Sie hat noch nie richtigen Schnee gesehen. Jedenfalls keine so dicke weiße Schicht, die inzwischen alles, was sie jetzt sieht, bedeckt. Im Süden des Landes schneit es nur selten, und der Schnee, der in Portsmouth gefallen ist, war nass und feucht und wurde, wenn er überhaupt mal liegen blieb, im Nu grau und matschig.

Das hier ist jedoch etwas anderes – etwas richtig Schönes. Sie wünscht sich, sie hätte ihre Farben, ihre Stifte, obwohl sie bezweifelt, dass sie genügend Talent hätte, um dieses seltsam driftende Wesen einzufangen, das auf die Erde zuwirbelt, vom Seitenwind getrieben, spiralförmig hinabrieselt, liegen bleibt, sich aufhäuft, den grauen Garten bedeckt und das Dämmerlicht zum Leuchten bringt. Lily kratzt das Fenster frei, auf dem die Feuchtigkeit ihres Atems beim Auftreffen sogleich gefriert; schnell zieht sie die Hand zurück und schiebt sie wieder unter die Decken. Sie kann es sich nicht leisten, auszukühlen; aus Erfahrung weiß sie, dass Wärme, wenn sie einmal verloren ist, nur entsetzlich langsam wiedergewonnen werden kann.

Das Bootshaus sieht wie das Hexenhäuschen von *Hänsel und Gretel* aus: Es glitzert und ist wie ein Weihnachtskuchen glasiert. Es sieht warm aus da draußen, denkt sie: wie Schwanenfedern. Könnte ich doch nur irgendwie hier raus, da hinunterlaufen, mich darin zusammenrollen. Könnte ich nur …

Sie hört den Schlüssel in der Tür am Fuß der Treppe. O Gott, sie kommt. Schnell rennt sie durchs Zimmer und schlüpft unter ihre Bettdecke. Das macht sie, um zu verbergen, was sie anhat, obwohl die Blakemore inzwischen so durchgeknallt ist, ehrlich, dass sie es wahrscheinlich nicht einmal bemerken würde, wenn Lily Perlen und eine Tiara trüge. Seit es richtig Winter geworden ist, hat sich in den Mansardenzimmern eine solche Kälte ausgebreitet, dass man das Gefühl hat, einem würden jeden Augenblick die Glieder brechen. Und seit die Blakemore sie aus dem Wandschrank im Zimmer mit dem Himmelbett herausgelassen – sie hat keine Ahnung, wie lange sie da drin war, weil sie nach einer Weile jedes Zeitgefühl verlor – und hier eingesperrt hat, mit dem Nachttopf in der Ecke und einem wöchentlichen Freigang, um ein Bad zu nehmen, hat Lily als grundlegende Überlebensstrategie viel Zeit im Bett verbracht. Zumindest ist die Blakemore noch nicht auf die Idee gekommen, die Bettdecken der anderen wegzunehmen, und sie kann diese über und unter sich aufeinanderstapeln. Sonst wäre ich schon längst erfroren, denkt sie. Nicht etwa, dass der das etwas ausmachen würde. Die würde es nicht einmal bemerken.

Ich würde das ganze Haus in Brand stecken, denkt sie, während sie sich unter die vielen Decken kuschelt und lauscht, wie die Blakemore näher kommt, wenn ich nur an ein paar Zündhölzer gelangen könnte. Dann wäre es wenigstens für ein Weilchen warm. Und wenn das Haus abgebrannt wäre, könnten sie mich nicht länger zwingen, hierzubleiben, oder?

Sie bewegt sich unter den Decken. Diese haben im Gegensatz zur Luft im Raum noch ein bisschen Wärme von vorhin gespeichert. Gestern hat sie tatsächlich das Eis im Wasserkrug durchstoßen müssen, bevor sie etwas trinken konnte. Sie hat einen elektrischen Strahler mit einer Heizspirale im anderen Speicherraum entdeckt, aber sie wagt es nicht, ihn herüberzuholen, weil sie fürchtet, dass er gefunden wird und damit das Geheimnis der unverschlossenen Tür gelüftet werden könnte. Stattdessen schleicht sie hinüber, wann immer die Luft rein zu sein scheint – sie ist die meiste Zeit rein –, und kauert sich auf die Chaiselongue davor, in eine alte Eiderdaunendecke eingemummelt, aus der verfilzte Klumpen Gänsefedern auf den staubigen Boden rieseln.

Es ist für sie lebenswichtig, dass diese Tür offen bleibt. Andernfalls würde sie ebenso schnell an Langeweile sterben wie an Kälte, wenn sie nur an die Dachschrägen starren und darauf warten könnte, dass sich etwas tut. Nach drei Wochen – sie hat die Tage gezählt, indem sie Striche in den Verputz der Wand hinter ihrem Bett geritzt hat – hat sie schon lange nichts Neues mehr, was sie sich anschauen könnte, und ist deshalb gezwungen, immer wieder die zerfledderten Alben durchzublättern, in denen längst verstorbene Vorfahren steif und verängstigt vor längst verstorbenen Fotografen posieren. Sie weiß, dass Weihnachten war und vorüber ist, aber sie ist sich nicht sicher, wann das genau war. Sie weiß auch nicht, ob das neue Jahr schon angefangen hat.

Sie schläft viel. Träumt von Portsmouth und ihrer verschwundenen Mutter. Denkt sich Geschichten aus, um die Angst zu vertreiben, was noch alles auf sie zukommen könnte.

Jetzt ist die Blakemore auf der Treppe. Sie bewegt sich inzwischen langsam wie ein verwundetes Tier: behindert durch abgelaufene Slipper und hundert Jahre alten Whisky. Ich sollte hoffen, dass sie nicht eines Tages noch stolpert und stürzt, denkt Lily, und sich gar das Genick bricht. Ich würde ja nie hier herauskommen. Weiß Gott, wann die mich verhungert finden würden, so wie bei den alten Leuten, von denen man hin und wieder hört. Lily rollt sich zusammen, zieht die Ärmel ihrer Strickjacke herunter, um sicherzustellen, dass sie das Seidenkleid darunter bedeckt. Seide ist erstaunlich warm. Wärmer jedenfalls als der knielange Rock und die Schulbluse, die sie anhatte, als sie hier eingesperrt wurde.

Mit einem schrammenden Geräusch geht die Tür auf.

Heute Morgen hat Mrs Blakemore Make-up aufgelegt. Das nützt auch nichts: Macht im Gegenteil alles nur noch schlimmer, weil das Puder und der Lippenstift auf ihrer Haut, die seit Wochen nicht gewaschen wurde, verlaufen. Trotz ihrer eigenen zweifelhaften Hygiene kann Lily sie durch den Raum riechen: abgestandener Schweiß, fettige Haare, irgendetwas leicht Käsiges. Erwachsene nehmen schneller Gerüche an als Kinder, das hat sie schon früher festgestellt. Es ist, als könnte junge Haut den Schmutz abweisen, als sei sie imprägniert.

Lily setzt sich im Bett auf, achtet darauf, dass ihre untere Hälfte bedeckt bleibt. Mrs Blakemore schlurft über die Bodendielen, stellt das Tablett auf die einzige Kommode neben dem Kaminvorsprung. Lily reckt den Hals und sieht, dass ihre heutige Ration aus einem Stück Brot besteht, dünn bestrichen mit Margarine, und etwas, was wie ein Teller übrig gebliebenen Kartoffelpürees, vermischt mit den dunklen Blättern irgendeines Wintergemüses aussieht. Mensch, sie hätte es wenigstens ein bisschen anbraten können: Ein echtes englisches Frühstück zubereiten können. Ein Apfel und ein Glas Milch stehen neben dem Teller und – ach, welch ein Luxus! – ein Becher, aus dem Dampf in die eisige Luft aufsteigt.

»Ich hab dir eine Tasse Tee gemacht«, sagt Mrs Blakemore. Setzt so etwas wie ein schauerliches Lächeln auf. Ihr dick aufgetragener leuchtend roter Lippenstift ist in die Falten ihrer Oberlippe verlaufen und hat ihre oberen Schneidezähne verschmiert. Sie sieht aus, als hätte sie kleine Tiere gegessen, roh.

Lily erinnert sich an ihre Manieren und stammelt ein Dankeschön. Die Gefängniswärterin ignoriert sie, ergreift das Tablett von gestern mit dem leer gekratzten Geschirr und macht sich daran, leise wieder dahin zurückzugehen, von wo sie gekommen ist. Sie wird erst morgen wieder aufkreuzen. Wieder vierundzwanzig einsame Stunden. Ich muss es noch einmal versuchen. Zumindest möchte ich das Geräusch einer anderen menschlichen Stimme noch ein paar Augenblicke hören. Manchmal habe ich nämlich den Eindruck, als hätte ich meine eigene Stimme verloren, als würden sich die Geräusche, die ich höre, wenn ich spreche, nur in meinem Kopf abspielen.

»Mrs Blakemore«, wagt sie zu sagen. »Bitte. Darf ich hier heraus?«

Mrs Blakemore bleibt stehen, hat ihr den Rücken zugekehrt und überlegt. »Ich glaube nicht, dass das eine besonders gute Idee wäre«, antwortet sie schließlich.

»Aber Mrs Blakemore«, sagt Lily, »draußen schneit es. Hier gibt es keine Heizung. Mir ist kalt. Mir ist so kalt.«

»Unsinn«, entgegnet Mrs Blakemore. »Du hast jede Menge Decken. Das ist das Problem mit euch jungen Leuten. Ihr denkt nie daran, euch warm genug anzuziehen. Wickel dich ein, Mädchen. Oder beweg dich ein bisschen. Dann wird dir schon warm werden.«

Lily blickt sich in dem Mansardenzimmer um: die kahlen Dielenbretter, die leeren Betten, die dicht nebeneinander unter der Dachschräge stehen. Sie könnte auf der Stelle laufen, denkt sie. Liegestützen machen, so wie man es bei der Armee tut. Aber sie hat nicht einmal Schuhe. Die Wärme wird so schnell aus ihren Füßen entweichen, wie sie sie wieder aufwärmen kann. »Bitte, Mrs Blakemore«, wiederholt sie. »Bitte. Ich habe meine Lektion gelernt. Ich mache keine Schwierigkeiten mehr.«

Sie dreht sich zu ihr um, hat wieder dieses schaurige Grinsen im Gesicht. »Na, wo habe ich das wohl schon einmal gehört?«

Die ist durchgeknallt. Völlig meschugge. Es ist ja nicht so, als wüsste ich das nicht längst, aber sie wird mich hier nicht mehr rauslassen. Ich werde für immer hier eingesperrt bleiben, bis ich groß genug bin, mich zu befreien, falls ich je die Kraft dazu aufbringe.

»Bitte«, sagt sie wieder. »Ich kann nicht … ich kann nicht ewig hierbleiben. Es … ich habe hier nichts zu tun. Mir ist so kalt. Ich bin einsam.«

Wieder dieses Grinsen. »Na ja, wir sind alle einsam, meine Liebe«, sagt sie. »Ich bin selbst einsam, weiß Gott. Noch. Aber bald wird Hughie nach Hause kommen. Dann haben wir Gesellschaft. Ich würde sogar behaupten wollen, dass er Zeit finden wird, auch dir ein bisschen Gesellschaft zu leisten.«

52

Bis er ankommt, hat sich schon eine Gruppe von Eltern vor dem Schultor versammelt: Das uralte Ritual, ein bisschen zu früh zu erscheinen, um noch ein wenig zu tratschen, bevor die Kinder herauskommen. Sie stampfen auf dem Pflaster auf, klopfen die Hände zusammen, kuscheln sich tiefer in ihre Anoraks und Mäntel und ziehen sich die Schals bis zum Mund hoch. Im Laufe des Tages hat der Wind gedreht, bläst jetzt direkt aus Sibirien, und die Luft schmerzt beim Einatmen in den Lungen: Er ist froh über seine Autoheizung, noch erfreuter über die Farbe vor seinen Scheiben, als er sie heranfahren und aus dem Auto steigen sieht, wie sie übertrieben fröstelt, während sie die Straße überquert und dabei in ihre Handschuhe schlüpft.

»Immerhin ist das Wetter schön«, stellt Penny Tremayne fest. Sie trägt einen kurzen Mantel aus kirschrotem Leder und dazu eine gestreifte Pudelmütze. Sehr städtisch, aber das ist ihr gestattet, schließlich ist sie Künstlerin.

Bridget wirft einen Blick zum Himmel hinauf. Es ist erst fünf vor vier, aber es fühlt sich an, als würde es schon bald Nacht. Dunkle Wolken hängen über ihnen, träge und schwer; das schwindende Licht des Nachmittags hat keine Chance, durch eine solch dicke Wolkendecke zu dringen.

»Heute Abend wird es bestimmt schneien«, stellt Justine Strang fest.

»Sieht ganz danach aus«, antwortet Bridget.

»Wir hatten seit einer Ewigkeit keinen Schnee mehr, der nicht gleich wieder weggetaut ist«, erzählt Penny. »Ich hoffe, dass er dieses Mal liegen bleibt. Wenn es um Schnee geht, bin ich wie ein Kind, ehrlich.«

»Ich auch.« Justine klopft sich mit ihren Lederhandschuhen gegen die Oberarme. »Ich kann es gar nicht erwarten, in den Schnee hinauszugehen. Dave behauptet immer, dass ich in diesem Punkt mehr Kind bin als unsere Kinder.«

»Yasmin hat noch gar nie richtigen Schnee gesehen«, erzählt Bridget. »Wir hatten einmal viel Schnee, als sie drei war, aber bis ich mit ihr im Brockwell Park angelangt bin, war er schon ganz matschig. Er ist insgesamt nur etwa drei Stunden liegen geblieben.«

»Ach, das arme kleine Ding«, sagt Justine. »Ich dachte, die Kinder wären hier unten in den Subtropen schon arm dran, aber ich vermute mal, dass es in den Großstädten noch schlechter ist. Dann sollten Sie jedenfalls das Beste draus machen.«

»Sie wird froh sein, den Tag schulfrei zu kriegen«, stellt Penny fest. »Wenn wir einen richtigen Schneesturm haben, ist es unmöglich, dass Sie mit diesem Auto den Hügel hinaufkommen.«

Chris Kirkland, in einem Tweedmantel mit falschem Pelzkragen, reibt sich die Hände, während sie von ihrem Geschäft herübereilt. »Ich habe gehört, dass Schnee im Anzug ist. Meine Schwester sagt, dass unten in Truro schon fünf Zentimeter liegen.«

»Erstaunlich«, stellt Penny fest. »Da stimmt die Wettervorhersage also ausnahmsweise einmal. Es hieß, dass es ein harter Winter wird, und das scheint sich zu bewahrheiten.«

»Na ja, ich vermute, selbst wenn man einfach nur wild drauflosrät, landet man nach dem Gesetz der Wahrscheinlichkeit alle Jubeljahre mal einen Treffer«, sagt Justine. »Haben Sie sich genügend Lebensmittelvorräte angelegt, Bridget? Konserven und dergleichen?«

»Du liebe Zeit«, antwortet Bridget. »Wir sind doch nicht am Nordpol.«

»Na ja, aber Sie könnten sich wundern, wie abgeschnitten Sie da unten sein können. Es kann wirklich unmöglich sein, eine halbe Meile durch den Schnee zurückzulegen, und Ihr Gefrierschrank wird Ihnen auch nicht gerade viel nützen, wenn der Strom ausfällt. Die sind da unten ein paar Mal eingeschneit gewesen, und ein paar Wochen lang hat keiner sie zu Gesicht bekommen.«

»Ja, meine Liebe«, sagt Chris. »Und wann war das? Im Krieg und im Winter 63, nicht wahr?«

»Ja, gut. Aber es ist passiert, oder etwa nicht?«

Sie stampft mit den Füßen auf. »Ich wünschte, ich hätte daran gedacht, mir Socken anzuziehen. Man vergisst so was, nicht wahr? Das habe ich nie begriffen. Die Sache mit der Erderwärmung. Erst behaupten sie, dass wir bald in einer Wüste leben, und eine Minute später heißt es, dass die nächste Eiszeit bevorsteht.«

»Die müssen alle Möglichkeiten in Erwägung ziehen«, stellt Penny fest, »um die Regierung auf Zack zu halten. Die können ja nicht zulassen, dass etwas so Ungelegenes wie ein Wetterereignis ihnen die schöne Theorie vermasselt. Und außerdem. Die können ja keine Unmenge unnützer Umweltschützer herumlaufen lassen. Man weiß ja nie, was denen als Nächstes einfällt. Aber im Ernst, Bridget. Auf Ihrem Hügel kommt es zu starken Schneeverwehungen. Es brauchen nur ein paar Zentimeter zu fallen, und Sie haben auf Ihrem Zufahrtsweg einen Meter liegen. Und da Ihre Stromleitungen noch immer über Land führen, könnte es leicht passieren, dass Sie keinen Strom mehr haben. Es ist am besten, darauf vorbereitet zu sein. Es kann gut sein, dass Sie da ein paar Tage abgeschnitten sind, bevor die mit dem Schneepflug bei Ihnen vorbeikommen. Vor allem, wenn man bedenkt, wie viele Schneepflüge es in Cornwall gibt. Ich habe einen kleinen Campingofen, wenn Sie den haben wollen. Der funktioniert mit Gas. Er wird Sie nicht warm halten, aber Sie wären zumindest in der Lage, sich eine Tasse Tee zu machen.«

Bridget lacht. »Nett von Ihnen. Danke. Das ist unglaublich nett, aber mal ehrlich: Wir haben offene Kamine. Ich kann Yasmin auf einem davon rösten, wenn die Lage zu verzweifelt wird.«

»Nur, wenn Sie genügend Johannisbeergelee haben, das Sie dazu essen können«, sagt Chris. »Wir haben noch welches im Laden.«

»Ich werde mir für alle Fälle welches besorgen.«

»Das würde ich an Ihrer Stelle auch tun. Die Zeit kann einem lang werden, wenn man da eingeschlossen ist, allein, mit keiner anderen Gesellschaft als dem Gei... dem Wind.«

»Ich sage Ihnen was«, scherzt Bridget, »wenn wir bis zum Wochenende nicht auftauchen, dann schicken Sie bitte eine Suchmannschaft los.«

Sie denkt: Warum habe ich, wenn ich so etwas sage, nur das Gefühl, als würde ich das Schicksal herausfordern? Diese Bensons waren eindeutig verrückt. Ganz eindeutig. Die haben die Sache einfach nicht objektiv betrachtet. Bridget, du darfst nicht hinnehmen, dass solche Leute dir etwas einreden. Rospetroc ist jetzt dein Zuhause, und du darfst nicht zulassen, dass solche Irren dich verscheuchen.

»Das mache ich«, antwortet Chris. »Drüben in Lanivet gibt es einen Mann, der ausgerechnet Huskies züchtet. Ich bin mir sicher, dass es ihm nichts ausmachen wird, uns welche zu leihen.«

»Wie viel Uhr ist es?«, fragt Penny. »Meine Füße fallen mir gleich ab.«

»Kurz nach vier«, antwortet eine Stimme.

Alle drehen sich um und lächeln. »Hallo, Mark«, sagt Chris. »Ich habe gar nicht gewusst, dass du Abholdienst hast. Wo ist denn Tina?«

»Beim Zahnarzt«, antwortet Mark, schaut zu Bridget hinüber, hält ihrem Blick stand. Sie spürt, dass sie rot anläuft und wünscht sich, er möge zur Seite sehen. Wünscht sich, er möge es nicht tun. »Wie geht es Yasmin, Bridget?«, fragt er. »Hat sie ihren Anfall überstanden?«

»Ja«, sagt sie. Er hat die Augen noch immer nicht von ihr

gewendet. Sie senkt den Blick, kann die Intensität seiner forschenden Augen nicht länger ertragen. »Danke. Heute Morgen haben wir auf dem Weg hierher miteinander geredet. Ich denke, sie hat mir verziehen.«

»Gut«, antwortet Mark. »Das freut mich.«

Sie blickt wieder zu ihm auf. Er schaut gerade zum Schulhof hinüber, die Hände tief in den Taschen vergraben, und seine Miene wirkt enttäuscht. Nein, denkt sie, nein, Mark, es ist nicht etwa, dass ... es ist nur, hier vor all den Leuten ... ich kann nicht ...

»Du warst mir eine echte Hilfe«, sagt sie freundlich. »Danke. Ich weiß nicht, was ich getan hätte.«

»Hat Yasmin Theater gemacht?«, fragt Chris. Sie schaut neugierig von einem zum anderen.

Bridget reißt sich am Riemen. »Ja«, antwortet sie. »Ich musste Mark anrufen, weil ich ein bisschen Zuspruch gebraucht habe.«

»Das kann er gut«, stellt Chris zutreffend fest.

»Ja«, pflichtet ihr Bridget bei. »Ja, das kann er.« Und blickt ihr direkt in die Augen.

Chris wendet sich ab, und ein schwaches Lächeln umspielt ihre Mundwinkel. Jetzt weiß es gleich das ganze Dorf, denkt Bridget. Oh, mein Gott.

»Das war nicht der Rede wert«, sagt Mark. »Jederzeit wieder.«

»Es muss manchmal schwer sein«, stellt Penny mitfühlend fest. »Jeder braucht doch hin und wieder mal jemanden, an den er sich wenden kann.«

Sie spürt, dass sie wieder errötet. Richtet den Blick auf das Schultor. »Vielleicht sollten wir eine Gruppe alleinerziehender Eltern gründen«, scherzt sie.

Alle lachen.

Kieran, der das aus sicherer Entfernung aus dem Auto heraus beobachtet, rutscht auf dem Sitz hin und her. Er verschränkt die Finger und lässt die Knöchel knacken.

377

53

Sie wacht auf und stellt fest, dass ihre Mutter ihr über das Gesicht streicht. Sanft, mit ihren Fingerrücken. Und ihr ins Haar flüstert: »Wach auf, Schätzchen. Guten Morgen. Guten Morgen, mein Schatz.«

Yasmin streckt sich, kneift die Augen zu, dann schlägt sie sie auf. Schlingt den Arm um den Hals ihrer Mutter, lässt sich halten und liebkosen. Das Morgenritual: Sie weiß es nicht, aber sie wird sich ihr ganzes Leben lang daran erinnern; an jene Tage, als das Aufwachen etwas Schönes, etwas Angenehmes war. Schau. Wir haben die Nacht überlebt.

»Rate mal?«

»Was?«

»Keine Schule heute«, sagt Bridget. »Steh auf und schau. Du wirst es nicht glauben.«

Yasmin setzt sich auf. Ihr Zimmer ist dunkel, aber das Licht, das an den Vorhängen vorbei hereinfällt, ist blendend weiß. Ihre Mum hat sich hereingeschlichen, während sie schlief, und hat den Heizlüfter angestellt, sodass es hier jetzt wohlig warm ist. Sie hat ihr bereits eine Jeans, dicke Socken und einen Pulli auf das Bett gelegt, und sie sieht heute – anders aus. Irgendwie aufgeregt; als strahle sie von innen heraus.

»Was ist los?«, fragt Yasmin. »Was ist passiert?«

»Zieh dich an, dann zeig ich es dir.«

Sie hat Yasmins kleinen runden Hut in der Hand und ihre dunkelroten Handschuhe mit den Pompons. »Beeil dich«, sagt sie. »Wir wollen doch keine Minute verpassen.«

»Hat es geschneit?«, fragt sie.

»Ja, du Dummerchen! Das hat es!«

Yasmin springt aus dem Bett und rennt zum Fenster.

Über Nacht ist die Welt weiß geworden. So weit das Auge reicht, nichts als blendendes Weiß allüberall. Da liegt Schnee auf den Fenstersimsen, Schnee, der die Zweige der Ulme herunterdrückt. Die Büsche sehen wie Trolle aus, die sich unter Eiderdaunendecken ducken, und die Grenze zwischen Farmland und Moor wird lediglich durch die schwarzen Windungen des Bachs markiert.

Drüben beim Wald, neben dem Bootshaus, wagt sich ein Hirsch aus der Deckung. Schön, elegant, rotbraun. Selbst aus dieser Entfernung kann sie seine großen braunen Augen sehen. Er bleibt am Ufer des Sees stehen, hebt den Kopf und blickt darüber hinweg. Macht, leicht wie eine Ballerina, zehn Schritte durch den unberührten Schnee. Dann verschwindet er im Dickicht.

Sie ist ganz außer sich: Spürt, wie es ihr vor Aufregung den Rücken hinauf und hinunter kribbelt. Stößt tatsächlich einen Schrei aus und wendet sich, während sie sich mit den Händen in die Haare fährt, ihrer Mutter zu. Und zum allerersten Mal sieht sie, wie ihre Mutter als Kind ausgesehen haben muss; strahlende Augen, weit geöffnete Lippen, sodass alle ihre Zähne zu sehen sind.

»Worauf wartest du noch?«, fragt sie.

Es ist wie Weihnachten, denkt sie. Eher wie Weihnachten als es an Weihnachten war. Meine Mum ist mehr in Weihnachtsstimmung, als sie es am Fest selbst war: Sie ist ganz rot im Gesicht und strahlt.

Der Schnee ist mit einer Harschschicht überzogen, wie mit Zuckerguss. Sie bricht unter ihrem Gummistiefel, und ihr Fuß sinkt überraschend tief ein, bis der Schnee bis ganz oben an den Rand ihrer Stiefel reicht.

»Das ist erstaunlich«, sagt ihre Mum. »Ich weiß, dass man das im Fernsehen sieht, aber man glaubt nicht, dass so etwas wirklich über Nacht passieren kann. Was meinst du, mein Schatz?«

379

Yasmin geht in die Hocke, nimmt eine Handvoll Schnee und wirft ihn ihr ins Gesicht. Bridget schreit auf. Vor Erstaunen und Freude. »Du kleine – du Wilde!«

Sie streift über den Rhododendron, der neben der Tür zur Spülküche steht, und schleudert einen Armvoll glitzernder Schneekristalle durch die Luft. Sie treffen Yasmin an der Seite ihres Gesichts: schockierend und aufregend kalt. Eisig und nass. Und jetzt rennen sie los, waten durch den Schnee, und ihre Rufe erfüllen den sonnigen Morgen, während sie die unberührte Schneedecke auf dem Rasen zertrampeln. Yasmin strahlt über das ganze Gesicht. Ihre Wangen brennen, und ihre Finger sind taub. Wunderbar, es ist einfach wunderbar.

Bridget kommt schnell außer Puste. Sie lässt sich rücklings in den Schnee fallen. Ruft: »Schau, Baby!«, und bewegt die Arme auf und ab, spreizt die Beine und schließt sie wieder. »Ein Engel!«

Sieht für mich nicht wie ein Engel aus, denkt Yasmin. Nur wie ein Durcheinander. Aber ihre Mum sieht so glücklich aus, so mit sich zufrieden, dass sie mitmacht, in die Hände klatscht und ihr gratuliert. Manchmal muss man dafür sorgen, dass die Erwachsenen glücklich sind. Man muss sie ermuntern. Ihnen das Gefühl vermitteln, dass sie es richtig machen.

Bridget setzt sich auf. »Komm schon. Probier es auch.«

»Okay«, sagt Yasmin, weil es so aussieht, als würde das trotz der Tatsache, dass das Endprodukt Blödsinn ist, richtig Spaß machen.

Sie legt sich hin. Spürt, dass die Kälte sie wie etwas Lebendiges umfängt, sie dunkel und gierig einhüllt. Das gefällt ihr nicht. Es fühlt sich an, als hätte sich eine Wolke vor die Sonne geschoben.

Plötzlich setzt sie sich fröstelnd auf und schaut zum wolkenlosen Himmel hinauf. Lily, denkt sie. Ich weiß, wie es sich angefühlt hat. Ihre Zähne klappern, und ihr ganzer Körper scheint nur noch zittern zu können.

»Was ist denn los, Baby? Ist dir kalt?«

Ihre Mutter beugt sich mit vor Sorge weit aufgerissenen Augen zu ihr hinab.

Yasmin nickt, schluckt.

»Ach, ist schon gut«, sagt Bridget. Sie schlingt die Arme um sie und reibt ihr fest über den Rücken. »Ist schon gut. Wir hätten dich wärmer anziehen sollen. Wie dumm. Wie dumm von mir. Komm schon. Komm, wir gehen wieder rein. Ich mache dir eine heiße Schokolade. Wie wäre das? Eine heiße Schokolade?«

Wieder nickt sie, und das Zittern lässt allmählich nach. Jetzt, in den Armen ihrer Mutter, fühlt sie sich wieder sicher. Die Sonne kommt wieder hervor. Am Arm ihrer Mutter vorbei sieht sie Lily beim Bootshaus stehen, die Hände neben den knochigen Hüften hängend, die Haare zu einem Pferdeschwanz zusammengebunden, sie beobachtend. Jetzt verstehe ich, sagt sie im Stillen zu ihr. Jetzt weiß ich, wie es war.

»Du Ärmste«, flüstert Bridget und drückt ihr einen Kuss auf die Stirn. »Mein armer Schatz. Ich hab dich lieb, das weißt du.«

Yasmin blickt auf. Ihr Gesicht strahlt. Wie seltsam, denkt Bridget. Noch vor einer Sekunde war sie leichenblass, und jetzt …

»Ich hab dich auch lieb, Mum«, sagt Yasmin.

Lily lächelt. Dreht sich in Richtung Teich um. Wirft einen Blick über die Schulter zurück. Sie beide sind jetzt wieder auf den Beinen und humpeln Hand in Hand auf das Haus zu. »Wir kriegen dich schon wieder warm«, sagt Bridget, »und ich werde ein langärmliges Unterhemd für dich suchen, dann können wir zum Feld hinaufgehen. Du bist doch noch nie Schlitten gefahren, oder?«

Yasmin schaut zu ihr auf und schüttelt den Kopf. »Nein.«

»Das wird dir gefallen. Wird dir Spaß machen. Mein Dad ist mit mir immer in den Dulwich Park gegangen, als ich so alt war wie du. In der Spülküche sind ein paar Teetabletts. Die nehmen wir nachher mit. Es wird dir bestimmt gefallen.«

54

»Weiß deine Mutter, dass du hier bist?«

Sie hat ihn nicht kommen hören. Er ist auf Zehenspitzen zum Dachboden hinaufgeschlichen, und die Geräusche seiner vorsichtigen Bewegungen sind nicht bis zu ihr durchgedrungen, weil sie geschlafen hat. Sie ist so benommen vor Kälte, Langeweile und Hilflosigkeit, dass sie nach den Nächten im Schlafsaal, in denen sie kein Auge zutut, fast den ganzen Tag über schläft.

Lily hat alle drei Truhen ausgepackt, ihren Inhalt auf dem Dachboden verteilt, damit der Raum gegen die Zugluft abgedichtet ist und die Wärme des elektrischen Heizstrahlers auf den kleinen Bereich rund um die Chaiselongue konzentriert bleibt. Wie sie so in ihrem cremefarbenen Ballkleid aus Chiffon in der Wärme ausgestreckt daliegt, umgeben von ihren Lieblingssachen, sieht sie aus wie die Fee in einer herrenlosen Schmuckschatulle. Sie starrt ihn an, braucht einen Augenblick, bis sie registriert, dass er tatsächlich dasteht. Und dann zieht sie ihr Kleid herunter, versucht, sich zu bedecken.

»Was machst du da?«, fragt er.

»Nichts«, antwortet sie. »Ich habe geschlafen.«

»Du Diebin«, sagt er. »Mummy hat gesagt, dass sie dich einsperren musste, aber ich wette, sie hat nicht gewusst, dass du hier hereinkommst und auch noch Sachen klaust.«

»Ich klaue nicht«, entgegnet Lily.

»Und was hast du da an?«

Er gibt sich prahlerisch. Sie kennt das schon. Das macht er immer, wenn er sich mächtig fühlt.

»Nichts.«

»Das sieht für mich nicht nach nichts aus.«

382

Er tritt in den warmen Bereich vor. »Wollen wir doch mal sehen.«

»Nein«, antwortet sie. Und zieht das Kleid enger um sich.

»Du Diebin«, sagt er. »Wolltest dich verkleiden, oder was? Dachtest, du ziehst Großmamas Kleid an und verwandelst dich in eine Prinzessin?«

Oh, mein Gott. Bitte halte ihn mir vom Hals. Ich kann das nicht ertragen.

»Ich kann meine eigenen Kleider nicht mehr anziehen. Ich hab sie wochenlang angehabt. Die sind schmutzig.«

»Ich hätte ja gedacht, dass du daran gewöhnt bist«, stellt Hugh fest.

»Deine Mutter«, versucht sie an seine Vernunft zu appellieren, »deine Mutter hat – irgendetwas stimmt mit ihr nicht, Hugh. Du musst das doch auch bemerkt haben. Sie hat mich hier eingesperrt. Das ist nicht richtig.«

Jetzt steht er neben ihr. Er ist beinahe fünfzehn, stämmig gebaut, und sie wird es niemals mit ihm aufnehmen können.

»Ich muss dich irgendwie vom Stehlen abhalten«, erklärt er.

»Bitte, Hugh.«

»Na ja, wir …«, er tritt noch einen Schritt näher und beugt sich über sie, »… wir ziehen dir das zuerst einmal aus.«

Oh, mein Gott.

Und sie rollt sich zu einer Kugel zusammen, spannt die Muskeln an und schützt ihren Kopf mit den Händen. Das kann nicht sein. Das darf nicht passieren. Ich bin neun Jahre alt. Das kannst du mir nicht antun. Bitte, bitte, lass das, bitte …

Er berührt mich mit seinen großen Händen. Er hat sie zwischen meine Arme und meine Knie geschoben, und ich kann ihn nicht davon abhalten, weil er zu stark ist. Er streckt mich aus wie eine Kellerassel, zieht mich auf. Ich trete um mich. Trete ihn. Trete ihm ins Gesicht, damit er von mir ablässt …

»Autsch«, sagt Hugh. »Du kleines …«

383

Und jetzt ist er direkt auf ihr und nagelt sie fest. Kniet neben ihren Hüften und verdreht ihr die Arme. Lass das. Mein Gott. Hilf mir. Was habe ich getan? Was habe ich bloß getan? Er ist – o mein Gott, er ist abstoßend. Er ist widerlich. Ich muss – ich kann nicht – bitte, hilf mir. Jetzt hat er seine Knie zwischen meine Schenkel gezwängt, und er zieht das Kleid hoch. Das kann er doch nicht tun. Das kann er nicht machen. Er …

Sie schafft es, eine Hand freizubekommen. Schlägt ihm ins Gesicht. Er schlägt zurück. Packt sie an der Taille, hievt sie hoch und lässt sie auf den Boden fallen. Lily versucht, davonzukriechen, versucht, ihm zu entkommen, spürt, wie seine Hand das Kleid hinten packt und sie wieder zu sich zieht. Menschen wie uns können die alles antun, diese Leute. Ich lass mir das nicht – Gott, gib, dass er von mir ablässt!

»Komm schon, komm schon«, sagt er eindringlich mit belegter Stimme. »Du dreckige kleine …«

Ihre Hand, mit der sie in dem Versuch, irgendwo Halt zu finden, unter der Couch herumtastet, trifft auf etwas Hartes. Ergreift es. Sie weiß nicht, was das ist, nur dass es in ihre Hand passt und schwer ist und dass sie es mitnehmen kann, als er sie nach hinten zieht. Und jetzt liegt sie wieder auf dem Rücken, und sein Gesicht – sein Gesicht ist rot, und seine Pupillen sind wie Nadelstiche, und er ist in Gedanken ganz woanders, ganz mit sich selbst beschäftigt, und er überlegt gar nicht, sieht in ihr kein menschliches Wesen, ist nur wild entschlossen …

Lily schlägt zu. Spürt das Krachen, als ihre Waffe ihn am Kopf trifft. Sieht, als sie sie zurückzieht, dass es sich um einen angeschlagenen und zerkratzten Briefbeschwerer aus Glas handelt. Hört ein seltsames Geräusch aus seinem Mund kommen, eine Art Klagelaut wie der eines Tieres, ein zusammenhangloses Geräusch, ein Murmeln. Seine Hände lösen den Griff und fassen an seinen Kopf. Und er sackt zusammen. Nach vorn, auf sie und nagelt sie am Boden fest.

55

Ein schöner Tag. Ein herrlicher Tag. Wir sind wieder auf dem richtigen Weg, Yasmin und ich. Wir mögen uns wieder, verstehen einander. Jetzt vertraut sie mir: Sie weiß, dass ich auf ihrer Seite stehe, weiß, dass wir zusammen Spaß haben können. Zusammen lustig sind.

Bridget steht in der Tür von Yasmins Zimmer und lauscht, wie sie atmet. Mein Kind: mein wunderbares Kind. Tage wie dieser, Tage, an denen sie zusammen sind und sie dazulernt, und Yasmin dazulernt, und an denen sie spüren kann, dass sie einander verstehen, wenn sie erschöpft von der Kälte und dem Herumtoben nach Hause kommen – das sind die Tage, an denen sie weiß, dass alles gut wird, an denen sie weiß, dass es ihnen trotz allem, trotz ihrer prekären Lage, trotz der Vergangenheit, trotz der unsicheren Zukunft irgendwie gut gehen wird. Es wird alles in Ordnung sein, weil sie einander haben und weil das alles ist, was sie brauchen.

Zehn Uhr, und sie ist schon im Begriff einzuschlafen. Aus dem Badezimmer dringt Dampf, der nach Lavendel duftet. Sie denkt, dass sie Carol später vielleicht anrufen könnte, sobald sie gebadet und sich entspannt hat, um ihr Bescheid zu geben, dass hier alles wieder in Ordnung ist. Es ist acht Tage her, seit sie das letzte Mal miteinander telefonierten, und sie kann ja nicht ewig keinen Empfang haben. Jedenfalls wird sie ihr eine Nachricht aufs Band sprechen und den verzweifelten Anruf von gestern Abend erklären. Die arme Carol. Es ist nicht fair, sie damit zu belasten, wo sie doch gerade dabei ist, ihr eigenes Leben endlich wieder in den Griff zu bekommen.

Bridget zieht die Tür zu Yasmins Zimmer fast zu, lässt sie aber einen Spalt offen stehen, damit ein wenig Licht in die

Dunkelheit fällt, geht durch den Flur und knotet dabei den Gürtel ihres Bademantels auf. In der Wohnung ist es wohlig warm. Sie hat die Heizung voll aufgedreht, weil sie davon ausgeht, dass Tom Gordhavo niemals wird feststellen können, wie hoch sich die Kosten belaufen, die Heizungsrohre im Rest des Hauses davor zu bewahren, dass sie zufrieren.

Im Gegensatz zu ihrem sonst so hastigen Umkleiden, lässt sie jetzt den Bademantel auf den Boden des Badezimmers fallen und betrachtet sich im Spiegel, während sie sich die Haare hochsteckt. Es ist lange her, dass ich das gemacht habe, denkt sie, seit kurz nach Yasmins Geburt nicht mehr, als der Schock über die Veränderungen an meinem Körper und Kierans Ekel mich dazu veranlasst haben, an jeder spiegelnden Oberfläche vorbeizuhuschen, als würde sie mir meine Seele rauben. Es ist gar nicht so schlimm, wie ich dachte. Vielleicht habe ich mich daran gewöhnt, vielleicht ist es im Laufe der Jahre nur wieder besser geworden. Mein Bauch ist nichts Besonderes, aber mein Busen ist okay – rund und weich und anziehend, wie Brüste eben sein sollten –, und durch die Arbeit hier habe ich ein bisschen abgenommen, durch das Heben und Tragen und Putzen habe ich mehr Muskeln als je zuvor. Auch meine Haut ist besser geworden. Fern der Londoner Luftverschmutzung, der ständigen Belastung durch die Sorgen ist sie klarer, weniger faltig und weicher; die dunklen Ringe unter meinen Augen verschwinden allmählich. Sie lächelt sich an, sieht, wie sich an ihren Mundwinkeln Grübchen bilden.

Das Badewasser ist beinahe zu heiß. Bridget taucht Zentimeter um Zentimeter ein, lehnt sich schließlich in der Wanne zurück und seufzt. Atmet tief ein und lässt heißes, öliges Wasser über ihre Arme und Hände rinnen.

Die Lichter gehen aus.

Oh, mein Gott, verdammt. Ich dachte, Mark hätte gesagt, dass er das repariert hat. *Verdammt.* Ausgerechnet jetzt, wo ich es mir gemütlich gemacht habe.

Sie stößt einen tiefen Seufzer aus, setzt sich auf und spürt den Sog des Wassers, als sie sich hochstemmt. Für ihre Augen, die sich noch nicht an die Dunkelheit gewöhnt haben, ist der Raum pechschwarz. Sie tastet sich mit den Zehen vorsichtig über das Linoleum, bis sie ihren Bademantel findet, der in der Ecke neben dem Waschbecken liegt. Nach dem heißen Bad fühlt sich die Luft auf ihrer Haut kalt an, und sie weiß, dass es im Haupthaus noch um einiges kälter sein wird.

»Verdammt«, flucht sie wieder. Sie spürt den Frotteestoff auf ihrer Gänsehaut und zieht den Gürtel fest um sich. Geht in die Küche und holt die Kerze.

Die Treppe ist ihr nicht mehr fremd. Inzwischen kennen ihre nackten Füße die unebenen Stufen, und die Schatten um sie herum stellen für sie keine unbekannte, lauernde Bedrohung mehr dar. Sie möchte einfach zurück in ihr Bad. Möchte es wieder warm und gemütlich haben. Sie ist verärgert, nicht etwa ängstlich.

Das Erdgeschoss, wo sie die Vorhänge offen gelassen hat, ist in kaltes Mondlicht getaucht. Sie steckt den Kopf in den Sicherungskasten und stellt fest, dass keine einzige herausgesprungen ist.

»Oh, mein Gott, verdammt«, sagt sie wieder. Es liegt an den Überlandleitungen. Das musste ja mal passieren.

»Mist, Mist, Mist«, sagt sie. Und ist sich nicht einmal bewusst, dass sie laut vor sich hin spricht. Na schön. Ich muss zu diesem verdammten Schuppen rausgehen und Holz für morgen früh holen. Das mache ich morgen. Jetzt gehe ich einfach ins Bett. Verdammt, warum habe ich den Campingofen nicht angenommen? Es wird eine Ewigkeit dauern, bis ich den Holzofen in der Hauptküche angefeuert habe, und bis dahin werden wir nichts Warmes zu essen kriegen. Hoffentlich ist noch genug heißes Wasser da, damit ich mir eine schöne Wärmflasche füllen kann. Und wenn es ganz schlimm kommt, können wir es uns ja die nächsten Tage im Salon vor den Kamin gemütlich machen.

Sie geht ins Speisezimmer hinüber, um ihren Vorrat an Kerzen zu holen. Große, dicke, schöne, zum Teil angebrannte Kirchenkerzen, die die Aykroyds zurückgelassen haben. Es hat sie eine Menge Arbeit gekostet, die Wachstropfen vom Esstisch zu entfernen, aber jetzt ist sie froh, die Kerzen zu haben.

Bridget geht zielstrebig durchs Haus, schaut weder nach links noch nach rechts. Mit diesen Zimmern ist sie weniger vertraut, und die Schatten sind hier dunkler und länger. Sie spürt, dass ihr auf den Armen die Haare wieder zu Berge stehen. Schimpft sich selbst, eine abergläubische Haushälterin zu sein. Diese verfluchten Bensons. Ich hatte mich schon fast an dieses Haus gewöhnt, bis die dahergekommen sind. Es ist niemand da, Bridget. Du weißt, dass niemand hier ist.

Die Kerzen befinden sich an der Stelle, an der sie sie vermutet hatte, nämlich in dem Fenstersitz, in dem sich Yasmin vor so vielen Wochen versteckt hatte. Sie leuchtet mit ihrer Kerze in die riesige Truhe, um sich, bevor sie hineingreift, zu vergewissern, dass da keine Spinnen sind. Nimmt drei Kerzen heraus – so viele, wie sie in einem Arm tragen kann – und macht sich auf den Weg zurück zum Speisezimmer.

Als sie an der Haustür vorbeikommt, fällt ihr etwas auf. Draußen. Ein kleiner Lichtfleck.

Bridget bleibt stehen. Seltsam.

Das Licht bewegt sich. Huscht im Vorgarten über den Schnee, fährt hoch und schweift über die Fenster. Von der Stelle, an der sie in der Eingangshalle steht, kann sie sehen, dass der Lichtstrahl auf die Wand des Speisezimmers fällt.

Der Strahl einer Taschenlampe. Das ist eine Taschenlampe.

Da draußen ist jemand.

Die Haustür ist nicht verschlossen. Die hintere Tür genauso wenig. Sie ist nachlässig geworden. Hat aufgehört, sich Sorgen zu machen.

Und jetzt weiß sie, wer das ist. Wer würde sonst schon im Schnee um ihr Haus schleichen. Im Dunkeln.

Kieran ist hier.

56

Ich muss ruhig bleiben. Ich muss unbedingt ruhig bleiben. Zuerst muss ich die Tür abschließen. Ihn aussperren. Ihn davon abhalten, hereinzukommen.

Sie bläst die Kerze aus. Wahrscheinlich hat er deren Schein bereits an den Fenstern vorbeihuschen sehen, aber sie darf ihn nicht wissen lassen, wo sie jetzt ist.

Er ist hier. Wie hat er mich nur ausfindig gemacht? Ich weiß nicht ...

Bridget bückt sich, legt ihre Last ganz leise auf die Steinfliesen. Schweiß – kalter Schweiß – steht ihr auf der Stirn. Sie beißt sich auf die Lippe.

Was mache ich bloß?

Oh, mein Gott, Carol. Er hat Carol etwas angetan. Das ist der Grund, warum sie nie ans Telefon geht: Er hat es irgendwie in seinen Besitz gebracht, und das bedeutet, dass er ... ach, Carol. Meine liebste, meine beste Freundin. Hoffentlich geht es dir gut. Wo immer du auch bist. Bitte, es darf doch nicht sein, dass er dir etwas ...

Jede Zelle ihres Körpers rät ihr, vor ihm zurückzuweichen, nicht in seine Richtung zu gehen. Sie sieht, dass das Licht näher kommt. Er kommt. Er kommt zur Tür.

Lass das.

Sie muss sich zwingen, weiterzuatmen. Spürt, wie sie die Luft stoßweise einzieht und langsam, ganz langsam wieder ausatmet, als könnte er das auf der anderen Seite der Tür draußen hören. Bridget geht auf die Knie. Kriecht voran. Streckt ihre steifen Finger aus und greift nach dem Riegel. Dreht ihn und schiebt ihn langsam, ganz langsam in den Haken.

Das Knirschen von Stiefeln auf Stein. Er ist auf der Eingangs-veranda. Stampft sich den Schnee von den Schuhen.

Sie streckt den Arm aus, duckt sich unter dem kleinen Tür-fenster, während sie nach dem Schlüssel greift. Er steckt be-reits im Schloss, wo er immer ist, damit er nicht verloren ge-hen kann. Kieran wird mich hören. Er wird mich hören. Er wird wissen, dass ich da bin. Das muss er wissen.

Er räuspert sich. Hat keine Eile. Er hat die ganze Nacht Zeit.

Bridget dreht den Schlüssel herum. Das Kratzen und Kla-cken des uralten Schlosses.

Er verstummt. Er hat mich gehört.

Der Türknauf beginnt sich zu drehen. Sie kann Kieran at-men hören.

Er muss auch mich hören können.

Sie drückt sich gegen die hölzerne Haustür und versucht, sich im Dunkeln zu verstecken. Ich kann nicht weg hier. Wenn ich versuche davonzulaufen, sieht er mich durchs Fenster. Er wird wissen, dass ich da bin. Er wird wissen, dass ich Bescheid weiß.

O mein Gott, hilf mir.

Die Tür in ihrem Rücken bewegt sich. Ein ganz klein we-nig. Dann greifen die Schlösser, halten, geben nicht weiter nach.

O mein Gott, hilf mir.

»Verdammte Scheiße«, murmelt er. Er ist es. Er ist es. Sie hört, dass er ein paar Schritte rückwärts geht, über die Stein-platten schlurft. Wieder hebt sie die inzwischen vor Kälte starre Hand und nimmt den Schlüssel ganz vorsichtig zwischen die Finger. Zieht ihn Stück für Stück aus dem Schloss.

Über ihr zerspringt Glas. Die winzige Scheibe, die jedoch groß genug ist, dass eine Hand, ein Arm hineinlangen kann.

Sie rennt los. Hört ihn wieder fluchen, als ihm klar wird, dass sie in Reichweite seiner Hand war, hört, wie die Tür in

390

ihrem Rahmen wackelt, als habe sich ein Körper dagegen geworfen.

Und jetzt rennt sie los, so schnell sie kann. Durch das Speisezimmer. An den Fenstern vorbei, die zu hoch sind, um hinauszusehen, am Tisch vorbei, dem großen Schrank, vorbei an der Tür zum Arbeitszimmer in die Küche, wo die Geräte, da sie keinen Strom haben, still und unheimlich dastehen.

O mein Gott, hilf mir.

Sie kann ihn jetzt hören, wie er hinter ihr her durch den Schnee stapft, wie er dadurch, dass er immer wieder einsinkt, behindert wird, aber trotzdem vorankommt. Bitte, bitte, bitte ...

Sie schnappt den Schlüssel der Spülküche vom Haken, rennt zur Tür, dreht den Schlüssel im Schloss, wirft die Riegel vor. O mein Gott. Das wird ihn nicht lange draußen halten. Er wird schon einen Weg finden. Er wird einen Weg finden und schließlich die Treppe heraufkommen und ...

Yasmin. Ach, Schätzchen. Ich habe solche Angst.

Während sie die Treppe hinaufrennt, schreit sie in sich hinein. Lässt den Schrei aus ihren Lungen, als sie oben ankommt. Kämpft sich den Flur entlang, reißt die Tür zum Zimmer ihrer Tochter auf. »Schätzchen! Yasmin! O Gott, schnell!«

Sie tastet sich zum Bett vor, stolpert über einen herumliegenden Schuh und verliert beinahe das Gleichgewicht. Komm schon, komm schon, komm, los. Yasmin ruft in die Dunkelheit: »Wer ist da? Wer ist da?«

Sie reißt sich zusammen, zwingt sich, ruhig zu bleiben. Ich darf meine Panik nicht auf sie übertragen. Darf mich von ihrer Angst nicht anstecken lassen.

»Pst«, sagt sie. »Ich bin's.«

»Was ist los?«

»Schätzchen«, sagt sie, »wir müssen ...«

»Er ist da«, stellt Yasmin fest.

Sie überlegt kurz, ob sie sie anlügen soll. »Ja«, antwortet sie schließlich. »Wir müssen … schnell. Komm schon. Gib mir die Hand. Wir …«

Er wird uns entdecken. Wo immer wir uns auch verkriechen, er wird uns finden.

Ich rufe die Polizei. Wir verbarrikadieren uns hier irgendwo und warten, bis sie kommt. Meine Tasche. Die ist im Schlafzimmer.

Yasmin schweigt, während sie den Korridor entlanghasten. Sie kann spüren, wie er atmet. Spüren, wie er überlegt. Er wird ums Haus herumschleichen. Den Riss suchen, die Schwachstellen finden. Das Gemäuer ist so alt. Die Fensterrahmen werden nur durch ihren Lack zusammengehalten, jedenfalls einige. Er wird einen solchen entdecken. O Gott, habe ich die andere Tür überprüft? Die am anderen Ende des Hauses? Nachdem die Bensons abgereist waren?

Ein kalter Schauer läuft ihr über den Rücken. Sie fühlt sich schwach. Ist nicht sicher, ob ihre Beine sie tragen werden.

Jetzt sind sie im Schlafzimmer, und sie zerrt an der Kommode, zieht sie über den Teppich. »Such das Handy«, sagt sie. »Es ist in meiner Handtasche. Wähl 110.« Die Kommode ist schwer; massives Teakholz, das durch ihre Kleider und Habseligkeiten noch schwerer ist. Hätte ich keine solche Angst, denkt sie, könnte ich die nicht von der Stelle bewegen. Ich bin wie jene Leute, die im Notfall Autos anheben, um ihre Kinder darunter hervorzuziehen. Adrenalin. Das verleiht ungeahnte Kräfte.

Aber auch Wut löst einen Adrenalinstoß aus. Er wird genauso stark sein.

Hör auf. Hör auf. Schieb einfach.

Sie zerrt das Möbelstück quer vor die Tür. Schiebt es direkt ans Holz.

»Das piepst bloß«, stellt Yasmin fest, deren Gesicht vom Display gespenstisch grün beleuchtet ist.

392

Sie lehnt sich gegen die Kommode und streckt die Hand in die Dunkelheit aus. »Gib es her.«

Da sind keine Balken. Keine Balken. Dieser verdammte Empfang. Ich hätte ja wissen müssen, dass der Schnee ihn noch zusätzlich verschlechtert. Verzweifelt starrt sie auf das Handy. Schleudert es durch das Zimmer.

Ach, Carol, was ist dir nur zugestoßen? Er hat dir etwas angetan, das weiß ich. Sonst hättest du eine Möglichkeit gefunden, mir eine Nachricht zu schicken, ich weiß, dass du …

»Ruf sie vom Festnetzanschluss an, Mummy«, sagt Yasmin ganz gelassen.

Ich kann doch nicht wieder da hinuntergehen. Das kann ich nicht.

»Ich kann nicht«, sagt sie. »Der Apparat liegt unten in der Eingangshalle. Und wir haben sowieso keinen Strom. Das Telefon wird nicht funktionieren.«

»Und was machen wir jetzt?«

Bridget vergräbt das Gesicht in den Händen. »Ich weiß nicht, Baby. Ich weiß nicht.«

57

Jetzt hat ihn das Jagdfieber gepackt. Er war so nah dran, sie zu erwischen, und doch so fern. Er hat ihre glatten Haare an den Fingerspitzen gespürt, als sie ihm entwischte, und jetzt kocht er vor Wut. Er streift ums Haus, nimmt wie ein jagender Wolf Witterung auf.

Überall gibt es Spuren von ihnen. Ihr Auto in der Einfahrt: Eine fünfzehn Zentimeter hohe Schneedecke auf dem Dach und auf der Windschutzscheibe, eine Barbie, halb nackt, auf dem Rücksitz. Durch ein Fenster in einem Raum mit einer riesigen Waschmaschine, in dem Bettlaken wie Dschungelmoos von den an der Decke gespannten Leinen hängen, sieht er den alten Wildledermantel seiner Frau und Yasmins Anorak, und ein paar kleine, nie gesehene Gummistiefel stehen neben der Tür. Zwei Paar Wollhandschuhe sind achtlos auf eine Arbeitsplatte gelegt worden. Er spürt, dass ihn ein Anflug von Besitzeranspruch erfasst, weil die Nähe die Sinne verstärkt. *Sie gehört mir. Sie gehört mir. Jedenfalls bald.*

Er versucht, die Tür zu öffnen. Sie gibt nicht nach. Das ist okay. Ich werde schon einen Weg finden. Es gibt bestimmt eine Möglichkeit, die sie nicht bedacht hat.

Auf dieser Seite des Hauses ist der Schnee auf einer großen Fläche zertrampelt und zertreten. Ein kleiner schiefer Schneemann, gut einen halben Meter hoch, mit Zweigen als Arme, starrt ihn mit Augen aus schwarzer Kohle blind an. Kieran hat sie vor seinem inneren Auge, wie sie herumtollen – alles andere um sich herum vergessen, und wie pulvriger weißer Schnee um ihre Füße aufstaubt. Sie lachen. Sorglos. Gedankenlos.

Kieran beißt sich auf die Lippe. Kneift die Augen zusammen. Ja. Wie können sie ihn so einfach vergessen? Denen werde ich was husten, die werden sich an mich erinnern.

Er trottet weiter, drückt im Vorbeigehen gegen jedes Fenster. Die sitzen nicht fest in ihren Rahmen, jedenfalls einige nicht. Allerdings diejenigen hoch oben.

Sie hat mich unmöglich kommen sehen, aber jetzt weiß sie, dass ich hier bin.

Er entdeckt noch eine weitere Tür, ganz am Ende, in einer Ecke, wo eine Trockensteinmauer zu einem Bereich führt, auf dem nur so wenig Schnee liegt, dass er davon ausgeht, dass es sich um Zement handelt. Es ist eine schmale, niedrige, einfache Holztür, und ihre Klinke ist so klein, dass sie besser an einen Schrank passen würde. Sie ist schwächer als die anderen, und ihre Fähigkeit, die Leute vom Eindringen abzuhalten, beruht in erster Linie auf der Hoffnung, dass sie gar nicht erst entdeckt wird.

Er probiert es aufs Geratewohl. Der Griff dreht sich frei in seiner Fassung: Er ist nur mit ein paar Schrauben befestigt. Er ist nur da, damit man daran ziehen kann, nicht etwa, um die Tür geschlossen zu halten.

Er blickt auf. Schmunzelt. Ein Sicherheitsschloss. Ein solch großes Herrenhaus wie dieses da, und die Besitzer verlassen sich auf ein läppisches Sicherheitsschloss.

Er hebt das Bein. Tritt gegen die Tür. Sie wackelt in ihrem Rahmen, hält aber.

»Scheiße«, sagt Kieran und beobachtet, wie sein Atem in der eisigen Luft als Dampfwolke aufsteigt. Verdammt, ist das kalt heute Abend. Die Luft kommt bestimmt aus Sibirien. So viel zur verdammten globalen …

Dieses Mal gibt sie ein Stück nach. Nicht das Schloss, das hält. Nicht das Holz. Kieran lacht auf. Sie haben eine neue Tür eingesetzt, aber in den alten Rahmen. In verrottetes, verwittertes Holz, und die Angeln lösen sich schon nach ein paar Tritten.

Ich bin drin, denkt er. Jetzt bin ich drin. Ich komme.

395

Er tritt ein paar Schritte zurück, reibt sich die Hände, bläst hinein, um sie aufzuwärmen.

Aus dem Augenwinkel sieht er, dass sich ganz in der Nähe etwas bewegt.

Kierans Kopf fährt herum. Da steht ein Kind im Schnee.

»Ha!«

Sie hat sie herausgeschickt. Sie hat es gemacht wie in *Shining*, hat das Kind herausgeschickt, um sich zu retten. Hat sie einfach im Nachthemd ins Freie geschickt, verdammt.

Sie geht entschlossen voran, den Kopf gesenkt, so dass ihr Gesicht im Mondschein nicht zu erkennen ist. Zielstrebig entfernt sie sich von ihm, seltsamerweise ungehindert durch den Schnee unter ihren Füßen.

Sie ist gewachsen, denkt er. Und was ist bloß mit ihren Haaren passiert? Hat sie sie gefärbt oder was? Hat sie wirklich geglaubt, ich würde mich durch schlecht gefärbte Haare täuschen lassen?

»Yasmin!«, ruft er.

Das Kind bleibt nicht stehen. Blickt nicht auf. Ändert seine Richtung nicht. Es geht auf das kleine zweistöckige Gebäude da unten am Rand der ebenen Fläche zu. Entfernt sich weiter von ihm.

»Yasmin, ich bin's, Daddy«, ruft er. »Hab keine Angst.«

Falls sie Angst hat, lässt sie sich das zumindest nicht anmerken.

Warum schaust du mich nicht an?

Er setzt sich in Bewegung, geht hinter ihr her. Was für ein Nachthemd ist denn das? Es sieht aus, als hinge es bis auf den Boden. Hat Bridget angefangen, ihr ihre eigenen Sachen anzuziehen?

Sie hat dürre kleine Arme. Die sehen in diesem Licht fast bläulich aus. Sie hat abgenommen, ganz ordentlich abgenommen.

»Schatz«, ruft er, »ich bin's. Komm schon. Komm zu Daddy.«

Sein Stiefel sinkt irgendwo ein, und er kippt nach vorn, kann das Gleichgewicht nicht halten. Landet mit dem Gesicht nach unten, hat den Mund voll Schnee. »Scheiße«, schimpft er wieder. Blickt auf und sieht, dass sie bereits bei dem Schuppen angekommen ist, in dessen Schatten steht und ihn beobachtet, und dass sich zwischen ihm und ihr eine unberührte Schneefläche erstreckt.

»Yasmin, das ist nicht lustig!«, ruft er. Hier braucht er keine Nachbarn zu fürchten. Es ist keiner da, der sich einmischen könnte. »Ich finde das nicht lustig, hörst du? Komm her, Yasmin! Jetzt komm schon! Ich befehle es dir!«

Sie dreht sich um, geht hinein.

Und jetzt ist er wütend. Rappelt sich auf die Füße und rennt und stolpert in die Richtung, die seine Tochter eingeschlagen hat. Na schön! Wenn du es so willst. Ich werde dich einfach packen, verflucht. Dich packen und mitnehmen, und du wirst schon sehen, was passiert, wenn du dich zur Wehr setzt, du kleine Schlampe. Du bist meine Tochter, verdammt. Du wirst tun, was ich dir sage, ob es dir gefällt oder nicht.

Der Schnee wird immer tiefer, je näher er dem Gebäude kommt; die Verwehungen sind hier sechzig bis neunzig Zentimeter hoch. Er ist zu wütend, um stehen zu bleiben, um zu bemerken und sich zu wundern, warum es denn gar keine Spuren gibt und überhaupt nicht zu sehen ist, dass sie hier entlanggegangen ist: Er stapft einfach mit den Armen fuchtelnd weiter auf die Tür zu. Die ist natürlich geschlossen. Sie denkt wohl, sie kann mich einfach aussperren. Denkt, sie braucht die Tür bloß abzuschließen, und das würde mich abhalten.

Er richtet sich auf, findet sein Gleichgewicht, tritt gegen die Tür. Wieder verwittertes Holz. Die Schrauben, die das Vorhängeschloss von außen halten, lösen sich aus dem Pfosten. Die Tür schlägt dumpf zurück, prallt ab und bleibt schließlich liegen.

Kieran schaltet die Taschenlampe an, tritt ein.

Es ist ein Bootshaus. In dem es nach Fäulnis und Schimmel riecht, wie das bei feuchten Räumen eben üblich ist. Er schwenkt mit der Taschenlampe über raue Holzwände, über Anlegepfosten und kaputte Holzstufen, die in schmutzigschwarzes Wasser hinab ins Nichts führen. Es ist nicht gefroren, wie er bemerkt. Man hätte annehmen können, dass es gefroren wäre.

Da ist ein Boot, schon lange durchlöchert und gesunken, das jetzt mit dem Kiel nach oben auf dem Dock liegt, und ein Stück Tau ist um den Pfosten gewickelt, aber ansonsten ist das Gebäude leer. Es ist gründlich leer geräumt worden: keine Farbtöpfe, keine alten Polster, keine aufgestellten Ruder oder verschimmelten Sonnenschirme, die man hier sonst erwarten würde. Das Bootshaus ist nicht einfach nur verlassen worden: Es wurde richtig ausgeräumt. In einem Gewirr von Spinnennetzen über seinem Kopf hängen schwarze Staubknäuel.

Aus der Dunkelheit des oberen Stockwerks ist ein Kichern zu vernehmen.

Klar. So hast du dir das Spiel gedacht.

Er duckt sich unter dem Türsturz und tritt vorsichtig auf das Betondock. Drückt sich am Rand entlang bis zu der unbehandelten Holztreppe, die von der hinteren Ecke nach oben führt. Er steht am Fuß der Treppe, ruft hinauf.

»Yasmin! Du kannst genauso gut runterkommen. Ich weiß, dass du da oben bist.«

Schweigen.

Er stützt sich mit der Hand an der Wand ab und reckt den Kopf, um sie zu sehen.

»Wart nur ab, was passiert, wenn ich raufkommen und dich holen muss«, droht er.

Wieder lacht sie. Es ist kein nettes Lachen. Es ist spöttisch, verächtlich. Er spürt erneut die Hitze in seinen Adern. Nimmt die Taschenlampe und steigt die Treppe hinauf. Ich kriege dich, und dann werde ich …

Sie hockt in der Ecke. Er sieht sie sofort, weil auch dieser Raum wie der darunter völlig leer geräumt ist. Sie sitzt mit dem Rücken zur Wand, die Knie unter ihrem weiten weißen Kleid bis zur Brust hochgezogen. Ihr Kopf ist geneigt, einzelne längere Haarbüschel hängen ihr auf die Knie. Ihre Füße, die unter dem Saum ihres Kleids hervorlugen, sind nackt.

»Komm schon«, sagt er. Versucht, ruhig und überzeugend zu klingen. Macht sich daran, auf sie zuzugehen. Hier ist der Geruch von Moder und Fäulnis noch stärker, weil die Luft nirgends abziehen kann. Die Holzdielen fühlen sich unter seinen Stiefeln schwammig an, sie geben unter seinem Gewicht ein wenig nach. »Dir muss doch eiskalt sein.«

Das Kind richtet sich plötzlich aggressiv auf. Ihr Gesicht ist gelb, die Zähne schwarz, einige sind nur noch Zahnstümpfe, ihre Augen funkeln wütend und hasserfüllt. Das ist nicht Yasmin. Das ist kein normales Kind. Das ist etwas anderes. Etwas längst Verlorenes, schwarz und wütend.

»Ich gehe nicht zurück«, sagt sie und lächelt, aber das Lächeln hat nichts Fröhliches.

Er ist entsetzt. Weicht erschrocken zurück. Spürt, dass der Boden unter ihm nachgibt und einbricht. Er hält sich einen Augenblick über dem Loch, greift verzweifelt ins Nichts, dann fällt er krachend in das Wasser darunter.

58

Der Schock des Aufpralls ist wie der Tod der tausend Messer. Die Oberfläche ist doch mit einer dünnen Eisschicht überzogen, und das Wasser darunter ist so kalt, dass er spürt, wie sein Herzschlag kurz aussetzt. Und dann sinkt er, taucht immer tiefer, und sein Fuß trifft auf etwas, knickt um, und er spürt, dass sein Knöchel bricht. Er schreit unter Wasser auf, ihm geht die Luft aus, er will einatmen, droht zu ersticken, dann strampelt er, um sich an die Oberfläche zu kämpfen, ihm ist heiß und kalt, und alles verschwimmt ihm rot vor den Augen.

Er taucht auf. Japst nach Luft, hustet, streckt die Arme aus, um sein Körpergewicht zu verteilen. Sein Knöchel fühlt sich an, als wäre er in einem Schraubstock zerquetscht worden, und er hat unterhalb des Knies keine Kraft im Bein. Meine Stiefel, denkt er. Meine Stiefel werden mich in die Tiefe ziehen. O Gott, es ist so kalt, dermaßen kalt. Ich muss hier raus, muss raus, mein Gott, diese Kälte bringt mich noch um.

Seine Haut brennt. Sie fühlt sich an, als ätze Säure sie weg, als steche ihn jemand mit glühenden Nadeln. Er nimmt einen langen, tiefen Atemzug, macht ein paar Schwimmzüge in Richtung der Treppe, und sein verletzter Fuß schmerzt bei jeder Bewegung wie der Teufel. Das Dock befindet sich gut anderthalb Meter über ihm. Seit das Haus erbaut wurde, muss der Wasserspiegel im Laufe der Jahre gesunken sein.

Seine Hand trifft auf Holz, und noch bevor er es ausprobiert, weiß er aufgrund der schwammigen Beschaffenheit, aufgrund der Art und Weise, wie es unter seinem Griff nachgibt, dass es sein Gewicht niemals tragen wird.

Er versucht es trotzdem. Zieht sich ein, zwei Handlängen die Schräge hoch, bevor das Holz zwischen seinen Fingern und der Handfläche zerbröselt, und er wieder ins Wasser zurückfällt. Er versucht es erneut. Dieses Mal bricht ein größeres Stück ab, und er wird waagrecht nach hinten geschleudert, sodass sein Kopf mit Wucht gegen die Wand prallt.

Das ist mein Mantel, denkt er. Mein Mantel und meine Stiefel. Die machen mich schwerer. Ich muss sie loswerden.

Er stützt sich gegen die Wand, während er sich aus seinem Mantel kämpft. Hebt sein gesundes Bein und zieht mit tauben Fingern an den Schnürsenkeln. Ich schaffe es nicht. Ich schaffe es nicht. Bekomme sie nicht richtig zu fassen.

»Hallo?«, ruft er.

Keine Antwort.

»Hallo? Kannst du mich hören?«

Keine Reaktion.

Kieran schwimmt zurück, um sich an dem verfaulten Stützpfeiler der Treppe festzuhalten. Klammert sich daran wie ein Kind an eine Wärmflasche. Die Kälte setzt ihm jetzt immer stärker zu, er zittert inzwischen am ganzen Körper.

»Hallo?«, ruft er wieder. »Ich bin hier unten in Schwierigkeiten. Du musst mir helfen.«

In der Düsterheit beugt sich eine kleine Gestalt – die sich undeutlich, fahl gegen die Dunkelheit abhebt – über das Loch in der Decke. Sie sagt nichts.

»Schau«, fährt er fort, hält inne, um Atem zu schöpfen, hustet und spuckt ins Wasser. »Es tut mir leid, wenn ich dir Angst gemacht habe. Aber du musst mir helfen. Ich komme hier nicht raus. Die Treppe und die Wände sind verfault, und ich glaube, ich habe mir den Knöchel gebrochen. Mir wird es wirklich ganz schnell schlecht gehen, wenn du mir nicht hilfst.«

Sie rührt sich nicht. Er ertastet die Taschenlampe in seiner Tasche – Gott sei Dank sind die heutzutage wasserdicht –, schaltet sie ein und richtet den Strahl auf ihr Gesicht. Sie grinst. Durchdringende schwarze Augen und hervorstehende Wangenknochen. Ich weiß nicht, was sie da anhat, aber es sieht aus, als wäre das aus Satin oder Ähnlichem genäht. Es ist ihr zu groß. Das passt alles nicht zusammen.

»Ich bitte dich bloß – du brauchst nicht hier herunterzukommen. Ich bitte dich bloß, dass du gehst und Hilfe holst.«

Lily legt den Kopf zur Seite. Runzelt die Stirn, als sei sie verwirrt.

»G-g-g-geh und h-h-h-hol jemanden«, stottert er, »aus dem Haus. Sag ihnen, dass da jemand im Bootshaus ist. Sag ihnen, dass sie ein Seil mitbringen sollen. Sag ihnen, dass sie die Polizei rufen sollen. Bitte. Ich brauche deine Hilfe.«

Wieder zeigt sie das Lächeln. Lily hockt sich auf die Fersen, schüttelt ihre zerzausten Haare.

»Ich … ich sterbe«, sagt er, »wenn du mir nicht hilfst.«

Sie stößt ein lautes Lachen aus. Öffnet den Mund so weit, dass er sehen kann, wo ihr die Backenzähne fehlen.

»Mir ist kalt«, sagt Lily. Und verschwindet.

Er will losschreien. Das spielt sich nur in meinem Kopf ab. Ich halluziniere bereits.

»Hallo?«, ruft er.

Schweigen. Nur das Rauschen des Windes in den Dachvorsprüngen.

Er spürt, wie sein Herzschlag langsamer wird. Wo ist sie nur? Sie kann doch nicht einfach …

Von oben ist nichts zu hören. Keine Schritte, keine Bewegungen. Er lauscht angestrengt, lenkt den Strahl der Taschenlampe durch das Loch in der Decke.

Nichts.

Es gibt keinen Ausweg.

Doch, es gibt einen, sagt ihm sein immer langsamer arbeitender Verstand. Die Türen: diejenigen, die zum See führen. Sie reichen nie bis ganz auf den Grund, weil sie sonst viel zu schwer zu öffnen wären. Ich kann darunter hindurchschwimmen. Ich kann darunter durchtauchen und hinausschwimmen und ... Ich weiß nicht, was ich danach tun werde, aber ich muss hier raus.

Er bahnt sich langsam und unter Schmerzen den Weg an dem Dock entlang. Ich kann kaum schwimmen. Dieses Bein gehorcht mir nicht richtig. Wenn ich draußen bin, werde ich auf allen vieren kriechen müssen. Über diesen schneebedeckten Rasen kriechen müssen. Die Tür da wird nicht lange halten, wenn ich dagegen trete, und nachgeben. So werde ich ins Haus kommen. Sie wird zulassen müssen, dass ich dort bleibe. Unbedingt. Von mir aus kann sie die Bullen rufen. Das ist mir egal. Sie kann mich nicht hier im Freien lassen.

Die Tür fühlt sich unter seiner Hand rau an. Er hält sich an der Kreuzverstrebung fest und versucht, ruhig durchzuatmen. »Hallo?«, ruft er noch einmal, ohne Hoffnung zu haben. Nimmt einen tiefen Atemzug der eisigen Luft und taucht unter.

Das Wasser ist schwarz und zähflüssig. Kieran zieht sich tiefer, immer tiefer, eine Hand unter der anderen, tastet er nach dem unteren Rand. Ihm kommt es sehr tief vor. So tief kann die Tür doch gar nicht reichen. Eine Hand nach der anderen die Kreuzverstrebung hinab: das gleiche schwammige, bleierne Gefühl wie bei den Treppenstufen. Er schlägt gegen die Barriere, spürt, dass seine Hand sie durchstößt. Verfault. Sie ist verfault wie der ganze Rest.

Er lässt los. Driftet nach oben. Taucht auf und schnappt erleichtert nach Luft.

Mein Gott, mir ist so kalt. Dieses Wasser saugt die Wärme aus mir heraus. Jetzt spüre ich sie tief in meinem Inneren, diese Schwärze. Tentakeln, die aus meinem Bauch herausragen und mich verzehren. Ich werde nicht mehr lange bei Bewusstsein bleiben. Ich muss jetzt los.

Er atmet sehr tief ein, ein Mal, zwei Mal und taucht beim dritten Mal unter. Taucht hinab. Immer tiefer. Ich kann nicht wieder hochkommen. Das ist meine letzte Chance.

403

Er hält sich an der Kreuzverstrebung fest, tritt mit seinem unversehrten Fuß gegen die Tür. Ja. Ich spüre es. Sie gibt nach. Sie ...

Ein Knacken, vom Wasser gedämpft. Ja. Sie ist kaputt. Ich hab's geschafft. Ich kann ... vielleicht sollte ich nach oben schwimmen. Noch einmal Luft holen.

Nein. Weiter. Weiter. Du kannst auf der anderen Seite Luft holen.

Er lässt sich wieder hinab, schiebt sich bis zur Öffnung vor. Macht mit den Armen zwei Schwimmzüge.

Irgendetwas hält ihn fest. Eine Gürtelschlaufe, ein Nagel. Er kommt überhaupt nicht vorwärts.

Nein. Neinneinneinnein ...

Panik. Rot, Schwarz, alles verschlingend.

Lass mich los. Lass mich los. Ich werde mich entschuldigen. Ich nehme alles zurück.

Er schlägt im Wasser um sich, versucht sich umzudrehen, dem Feind ins Gesicht zu blicken. O mein Gott, o mein Gott. Ich darf nicht schreien. Darf meine Luft nicht vergeuden.

Er spürt, wie die Sekunden verrinnen. Spürt, wie die Luft in seinen Lungen brennt, sich die Luftröhre zusammenzieht. Schlägt wie wild um sich. Lässt die Taschenlampe fallen, als er hinter sich tastet.

Das Holz gibt nach. Der Nagel löst sich. Er ist frei.

Vorwärts. Jetzt. Vorwärts.

Kieran schiebt sich mit den Händen an, stößt sich mit seinem guten Fuß von der Tür ab. Macht einen Schwimmzug.

Gelangt zum Eis. Auf dem See. Dick und hart, aber das war ja abzusehen, weil die Luft im Freien immer kälter ist als in einem geschlossenen Raum.

59

Yasmin befreit sich aus dem Knäuel, zu dem ihre Mutter sie zusammengerollt hat, weil sie sie beide wegen der Kälte in eine Daunendecke und einen Bettüberwurf eingewickelt hat. Kaltes Licht, das am Rand der Vorhänge hereinfällt, lockt sie ans Fenster. Sie hat jetzt keine Angst mehr. In der Nacht hat sich irgendetwas verändert, sie spürt es, und sie hat keine Angst mehr. Irgendwann in der Nacht hat sich ihre Mum der Erschöpfung geschlagen gegeben. Jetzt schläft sie wie eine Tote, ihr Mund ist leicht geöffnet, der Kopf liegt auf ihrer Schulter.

Sie duckt sich unter dem Vorhang durch, steigt hoch und kniet sich auf den Fenstersitz, fährt mit den Fingern über die Eisblumen, die sich an der Fensterscheibe gebildet haben. Die Wolken haben sich verzogen, und das morgendliche Sonnenlicht bricht den Schnee in Milliarden goldener Splitter. Sie kann die schwachen, vom frisch gefallenen Schnee aufgefüllten Spuren sehen, wo er über den Weg zur Haustür gegangen ist, wo er sich von Fenster zu Fenster am Haus entlang vorgearbeitet hat. Der Garten ist ansonsten unberührt, jungfräulich, so wie gestern, als sie aufgestanden ist.

Ein Ast der Ulme zittert, schüttelt mit einem Ruck träge seine Last ab.

Sie kann sie spüren. Die Stille. Was immer es auch war, was immer ihnen gestern Abend eine solche Angst eingejagt hat, es ist vorüber.

Sie braucht einen Moment und muss wegen der Helligkeit des Schnees die Augen zusammenkneifen, bis sie bemerkt, dass Lily beim Gartentor steht. Sie hat ihr Abendkleid an. Sie lächelt und winkt.

Leise, ganz leise, öffnet Yasmin den Fensterflügel, beugt sich hinaus, und die Luft fühlt sich an, als sei das der Anbeginn der Welt.

»Pst«, flüstert sie. »Meine Mum schläft noch.«

Lily huscht durch den Garten, bleibt unter dem Fenster stehen.

»Ich bin gekommen, um Auf Wiedersehen zu sagen«, erklärt sie.

Yasmin verspürt einen kleinen Stich, das erste winzige Anzeichen des Verlusts.

»Wo gehst du denn hin?«

»Nach Portsmouth«, antwortet Lily. »Ich muss meine Mum suchen. Sie wird mich vermissen.«

»Geh nicht!«, sagt Yasmin.

»Es ist Zeit«, antwortet Lily. »Jetzt darf ich gehen. Mach dir keine Sorgen. Alles wird gut.«

»Aber mit wem soll ich mich unterhalten?«, fragt Yasmin.

Lily wirft den Kopf in den Nacken und lacht. »Tja, jedenfalls nicht mit mir, das ist mal verdammt klar.«

»Aber …«, entgegnet Yasmin.

Lily schüttelt den Kopf.

»Ich gehe jetzt«, sagt sie. »Ich kann gehen, verstehst du?«

»Ach«, antwortet Yasmin. Ihr fehlen in dieser Situation die Worte. Sie weiß nicht, was sie sagen soll.

»Mach dir keine Sorgen«, sagt Lily. »Jetzt wird alles gut. Er kann dir nicht mehr wehtun. Das ist vorbei.«

»Und wie willst du deine Mum finden?«, fragt Yasmin. »Portsmouth ist eine große Stadt.«

Lily zuckt mit den Achseln. »Keine Ahnung. Das werde ich vermutlich herausfinden, wenn ich dort bin.«

»Kommst du wieder zurück? Wenn du sie nicht findest?«

»Du machst wohl Witze«, sagt Lily. »Ich komme nie, nie mehr hierher zurück.«

Yasmin spürt, dass ihr Tränen in die Augen steigen.

»Aber was ist mit mir?«

»Lass es gut sein«, antwortet Lily. »Du hast ja deine Mum. Ich habe hier jetzt nichts mehr zu tun. Ich muss gehen und herausfinden, was ich noch habe.«

Sie dreht sich um und huscht zum Gartentor zurück. Geht hindurch und den Hügel hinauf. Der Schnee scheint sie überhaupt nicht zu behindern. Sie schwebt darüber hinweg, als ob es dickes weißes Eis wäre. Yasmin stützt den Ellenbogen auf den Fenstersims, legt das Kinn auf die Hand und schaut ihr nach. Als Lily etwa dreißig Meter zurückgelegt hat, bleibt sie stehen, dreht sich um und blickt sie wieder an.

»Mädchen!«, ruft sie. »Mach nichts, was ich nicht auch machen würde!«

Als sie am Gipfel des Hügels ankommt und hinter der Bergkuppe in das blauweiße Nichts verschwindet, schließt Yasmin das Fenster. Sie steigt vom Fenstersitz herunter und tapst über den Teppich. Zupft an der Schulter ihrer Mutter.

»Wach auf, Mummy«, sagt sie. »Wach auf.«

Bridget, die immer noch tief schläft, schreckt auf, streckt sich und nimmt sogleich wieder die defensive Kauerhaltung von gestern Abend ein.

»Es ist gut, Mummy«, erklärt Yasmin. »Es ist alles in Ordnung.«

Sie schläft noch halb, kann die Augen nicht richtig fokussieren; schaut sich mit einem Blick um, der halb verwirrt, halb erstarrt wirkt.

Yasmin geht auf die Knie und schlingt die Arme um ihren Hals. Hält sie, tröstet sie, bläst ihr den warmen Kinderatem ins Haar. »Es ist gut«, murmelt sie. »Jetzt sind wir sicher.«

Sie spürt, dass eine Hand angehoben wird und ihr über den Hinterkopf streicht. Bridget hebt den anderen Arm und wirft einen Blick auf ihre Uhr. Es ist kurz nach acht. Sie sind jetzt seit zehn Stunden hier drin, haben gewartet, und irgendwann muss die Erschöpfung sie übermannt haben, dazu geführt haben, dass sie in den frühen Morgenstunden in einen traumreichen Schlaf fiel, als stünde sie unter Morphium.

407

Ich habe es wieder und wieder durchlebt. Er ist durch die Tür gekommen, durchs Fenster, durch die Wand hereingekommen. Größer, dunkler, stärker als zuvor, das Gesicht zwar verdeckt, die Absicht aber eindeutig. Er war hier im Zimmer bei mir, bei uns – und trotzdem haben wir die Nacht überlebt.

Ihr Mund ist trocken, ihr Hals schmerzt. Ihr Rücken, die Knie und die Hüften tun ihr vor Anspannung und Verkrampfung weh. Und dennoch, sie ist noch am Leben.

»Es ist in Ordnung, Mummy«, wiederholt Yasmin. »Komm schon.«

Sie streckt die Hand aus.

»Ich habe geträumt …«, sagt Bridget, »ich habe geträumt, dass er gekommen ist.«

»Ich weiß«, antwortet Yasmin. »Aber er kommt nicht. Es ist in Ordnung. Lily hat dem ein Ende gemacht.« Sie weiß das mit einer solchen Gewissheit, die sie selbst nicht begreift. Weiß einfach, dass sie es weiß, und dass ihr Vater sie nie mehr bedrohen wird.

Bridget schaut sie mit gerunzelter Stirn an. Sie sieht seltsamerweise älter aus – nicht älter, nur erwachsener, weiser, heiter, als habe sie in der Dunkelheit wichtige Geheimnisse erfahren. »Es ist in Ordnung, Mummy. Es ist vorbei. Er wird nicht wiederkommen.«

Bridget befreit sich von den Decken und kriecht über den Teppich. Duckt sich unter dem Vorhang durch und schaut durch das Fenster auf die friedliche Schneelandschaft, die aufgehende Sonne. Irgendetwas ist passiert, denkt sie. Irgendetwas hat sich verändert. Habe ich es nur geträumt? Habe ich mir lediglich eingebildet, dass er da war?

»Die Lichter sind wieder an«, verkündet Yasmin.

Sie wirft einen Blick ins Zimmer und sieht, dass die Nachttischlampe, die sie gestern Abend angelassen hat, als sie ins Bad ging, im Morgenlicht schwach leuchtet.

Das Handy ist, als sie es von sich schleuderte, an der

Wandverkleidung zu ihren Füßen gelandet. Das hintere Gehäuse ist abgefallen, und die Batterie liegt auf dem Teppich. Wahrscheinlich habe ich es kaputt gemacht, denkt Bridget. Hoffentlich habe ich es nicht kaputt gemacht. Sie bückt sich und hebt die Teile auf. Macht sich daran, sie wieder zusammenzusetzen.

»Komm schon«, sagt Yasmin. »Lass uns frühstücken.«

»Nein«, antwortet Bridget. »Nein, ich muss zuerst sehen, ob das Telefon funktioniert. Ich rufe die Polizei. Die sollen kommen. Und nachschauen.«

Sie drückt auf den Knopf, wartet, um zu sehen, ob es reagiert.

»Ich hab es dir gesagt, Mummy«, beharrt Yasmin. »Es ist in Ordnung. Ich weiß, dass alles in Ordnung ist.«

Aber es ist nicht in Ordnung, oder? Selbst wenn er verschwunden ist, selbst wenn er nie mehr wiederkommt, er hat Carol etwas angetan, und nichts wird je wieder sein, wie es einmal war.

Yasmin setzt sich auf das Bett, die Hände zwischen den Knien, und wartet geduldig. Bridget blickt sie ein paar Sekunden an, wird sich der Gelassenheit bewusst, der Selbstbeherrschung, des wunderbaren Strahlens ihres Lächelns. Sie schaut wieder auf das Handydisplay. Fünf Balken. An der Stelle, wo gestern Abend kein einziger Balken zu sehen war, sind jetzt fünf. Sie tippt 110 und drückt auf »Verbinden«.

Yasmin schiebt sich zurück, bis sie mit dem Rücken an der Wand lehnt. Greift nach einem Kissen und schlingt die Arme darum.

»Sie ist weg«, sagt sie.

Bridget, die darauf wartet, dass die Verbindung zur Notrufzentrale hergestellt, dass ihr die Auswahl, verschiedene Tasten zu drücken, genannt wird, ist abgelenkt und hört nur mit halbem Ohr hin. »Wer ist weg, Baby?«

»Lily«, sagt Yasmin. Legt sich hin und starrt ins Zimmer. »Lily ist weg.«

Nachwort

Er ist so schwer, dass er die Luft aus ihr herauspresst, als er auf ihr landet, sie mit seinem leblosen Gewicht festnagelt, ihre nackten Schultern auf die rauen Bodendielen drückt. Sie kämpft, schnappt nach Luft: In Panik verdreht sie die weit aufgerissenen Augen, als ihr klar wird, dass sie in der Falle sitzt.

Er schnarcht. Die feuchte Luft, die er durch die Nase ausstößt, trifft sie am Halsansatz. Feucht, klebrig, widerlich.

Ich muss hier raus, denkt sie. Hier raus, bevor er aufwacht. Er wird es mir heimzahlen, sobald ihm klar wird, was ich getan habe. Diese Hände – ich werde sie mir jetzt, da er wütend sein wird, niemals vom Leib halten können.

Sie spürt, wie er der Länge nach auf ihr liegt, durch die Bewusstlosigkeit noch schwerer ist. Ihm läuft die Nase, und ein Sabberfaden tropft ihm aus dem Mund und in ihre Haare.

Sie spürt, dass sich in ihrem Kopf Tiergeräusche bilden. Kann sie nicht herauslassen. Es ist unmöglich. Sie werden ihn aufwecken, ihn ins Bewusstsein holen, und er wird weitermachen. Weiter …

Lily bäumt sich auf. Er schwankt wie eine Vogelscheuche auf ihr, der Kopf rutscht zur Seite, die Augen sind die eines Irren. Seine Zunge gleitet zwischen seinen wulstigen Lippen hervor, und er stößt ein Röcheln aus.

Die Panik verleiht ihr ungeahnte Kräfte. Ich muss – muss … ich muss, muss, muss …

Und sie schiebt sich unter ihm hervor, indem sie sich am Boden festkrallt, sie rappelt sich auf die Knie, auf die Füße, stolpert über ihren Kleidersaum, landet bei der Tür, dreht sich um, um nachzusehen.

Hugh beginnt sich zu rühren. Eine Hand, dicke, kurze Wurstfinger, streichen über den Boden, bleiben auf Schulterhöhe liegen.

Er ist im Begriff aufzuwachen.

Der Instinkt treibt sie an, treibt sie hinaus. Der Gedanke an diese Hände, wie es sich anfühlt, wenn sie die geheimnisvollen Stellen ihres Körpers betasten und begrapschen. Sie weiß sehr wenig, hat den Eindruck, als befinde sie sich in einem Tunnel, aber sie weiß definitiv, dass sie hier rausmuss. Weg von ihm. Dass sie fortmuss. Von diesen Händen. Diesem Atem. Er hat es auf mich abgesehen …

Gott sei Dank, Gott sei Dank. Er hat die Tür nicht hinter sich abgeschlossen.

Dunkel. Es ist dunkel. Er ist hinter mir her. In der Dunkelheit hinter mir her.

Und seine Mutter ebenfalls. Irgendwo. In diesem Haus, in irgendwelchen dunklen Ecken.

Lily rafft ihr Kleid hoch und rennt los.

Das Zuschlagen der Haustür reißt Felicity Blakemore auf dem Sofa aus ihrem Traum. Während sie hier gedöst hat, ist es Abend geworden, und ihre Körpertemperatur ist gesunken, da sie zwei Stunden, ohne zugedeckt zu sein, dagelegen und sich nicht gerührt hat. Sie hat Schwierigkeiten, sich daran zu erinnern, in welches Zimmer sie nach dem Mittagessen gegangen ist, und kann bei dem Zwielicht, das durch das Fenster einfällt, nur vage ausmachen, dass sie sich in der Bibliothek befindet. Sie streckt den Arm aus, um die Lampe auf dem Couchtisch anzuschalten, dann fällt ihr das Verdunkelungsgebot wieder ein, und sie tastet sich zum Fenster vor.

Es hat wieder angefangen zu schneien. Riesige, fedrige Flocken wirbeln an der Fensterscheibe vorbei, bleiben auf dem Liguster liegen. Man kann kaum weiter als einen Meter sehen; Wolken verdecken den Mond, und der Schnee fällt dick und schnell.

Ich brauche einen Brandy, denkt sie. Um mich aufzuwärmen. Sie zieht die Jalousie und den Vorhang zu und taumelt in der Dunkelheit zurück.

Heute Abend fühlt sich das Haus – verletzlich an. Als beobachte jemand sie von draußen. Warte darauf, hereinzugelangen. Komisch, denkt sie, während sie den letzten der Dekanter aus der Hausbar im Speisezimmer leert. Normalerweise fühle ich mich so viel sicherer, wenn Hughie zu Hause ist. Ich vermute, das liegt daran, dass er gerade erst zurückgekommen ist. Wir werden uns bestimmt wieder aneinander gewöhnen. Er hat sich ja unweigerlich ein bisschen verändert. Das ist die Auswirkung der Schule. Ein paar schöne Tage, auch wenn wir nur zu zweit sind, dann wird er wieder ganz mein Junge sein.

Nur wir beide. Das Bild des Kuckucks oben auf dem Dachboden schießt ihr durch den Kopf. Na ja, vielleicht, denkt sie. Hughie scheint sie ja irgendwie unter Kontrolle zu haben. Hatte er schon immer. Sie scheint ihm auf eine Weise zu gehorchen, wie sie es bei anderen Leuten nicht einmal in Erwägung ziehen würde.

Mit dem Glas in der Hand beginnt sie das abendliche Ritual des Hausabschließens. Es gibt keinen Grund, jetzt noch ins Freie zu gehen. Bei diesem Schneefall werden wir auch keinen unangemeldeten Besuch bekommen. Nicht etwa, dass sonst welcher kommt. Dieser verdammte Krieg. Vor dem Krieg waren wir alle glücklich. Werden wir je wieder glücklich sein? Wo steckt Hughie eigentlich? Ich wundere mich, dass er noch nicht heruntergekommen ist und nach seinem Tee verlangt hat. Da sind noch ein paar Scones in der Speisekammer. Die kann er haben, wenn er aufkreuzt. Diese Kriegsrationen sind so eintönig. Die Langeweile wird uns noch umbringen, lange, bevor die Hunnen es tun. Zum Abendessen gibt es wieder Gemüse und Kartoffeln. Immerhin habe ich uns, zur Feier seiner Rückkehr, ein Stück Schinken beschaffen können.

Felicity geht von Zimmer zu Zimmer, zieht die Verdunkelungsjalousien zu und die Vorhänge vor und schaltet jeweils eine Lampe ein, sobald die Nacht ausgesperrt ist. Sie blickt kein einziges Mal aus dem Fenster. Bleibt nur von Zeit zu Zeit stehen, um an ihrem Drink zu nippen.

Es ist so verdammt kalt. Keiner kümmert sich mehr um das Anwesen, und der Brennholzvorrat ist praktisch aufgebraucht. Nach dem Sommer muss doch jede Menge Holz in den Wäldern liegen. Während Hughie da ist, können wir ein paar Tage zusammen damit zubringen, es zu sammeln und klein zu sägen. Das würde Spaß machen. Nur wir zwei. Wie in alten Zeiten.

Sie trinkt und lächelt über die Szene, die sie sich ausmalt, und dreht den Schlüssel im Schloss der zweiten Küchentür.

Sechs Tage, denkt sie. Ich habe ihn nur sechs Tage hier, bevor er wieder nach Eton zurückfährt. Ich muss das Beste daraus machen. Ich bin mir sicher, dass ich ein paar Hühnchen von der verpachteten Farm besorgen kann. Außerdem kann er Patricks Jagdrevier übernehmen. Er ist jetzt alt genug dazu, und er wird das genießen. Patrick wird dafür ja keine Verwendung mehr haben. Heute decken wir den Tisch im Speisezimmer. Ich mache die letzten Flaschen von Daddys Claret auf, und er kann mit mir, wie ein Erwachsener, ein Gläschen trinken.

In der Spülküche ist es eisigkalt. Sie hastet hindurch und vergisst die Verdunkelungsjalousie, als sie zur Tür eilt, um sie abzuschließen. Licht schweift über den Schnee, der die Helligkeit verstärkt, und beleuchtet dessen verschwommene Oberfläche.

Verdammt, denkt sie. Verdammt noch mal. Hoffentlich war das kein Bomber, der über uns hinweggeflogen ist. Die werden doch nicht gerade heute Abend fliegen. Ich würde heute Nacht keinen Hund ins Freie jagen.

Auf dem Dachboden wird es kalt sein, denkt sie. Vielleicht sollte ich sie nicht länger dort oben lassen. Hughie kann sie

413

sowieso unter Kontrolle halten, und sie werden sich gegenseitig Gesellschaft leisten. Genau, er hat gesagt, dass er zu ihr hinaufwollte, jetzt fällt es mir wieder ein. Offensichtlich hat er eine Schwäche für sie. Er muss schon seit Stunden da oben sein.

Ja, denkt sie. Wahrscheinlich hat sie ihre Lektion gelernt. Und außerdem würde nicht einmal sie bei diesem Wetter einen Ausreißversuch unternehmen.

Sie bleibt in der Eingangshalle stehen und leert ihr Glas.

Ja, denkt sie. Sie hat ihre Zeit abgesessen. Ich lasse sie noch eine Nacht dort oben, dann darf sie heraus.

Felicity Blakemore bückt sich und schiebt den großen Riegel der Eingangstür vor. Er geht schwer, als wäre er schon sehr lange nicht mehr bewegt worden.

Danksagungen

Kein Buch ist das Produkt nur eines einzigen Menschen, selbst wenn manche derjenigen, die daran beteiligt waren, sich dessen gar nicht bewusst sind.

Zunächst tausend Dank dem Royal Literary Fund, ohne dessen Unterstützung – und dessen Aufmunterung, als meine Zuversicht ins Wanken geriet – dieses Buch nicht entstanden wäre.

Ebenso meinem lieben Bruder Will.

Vor allem danke ich Jane Conway-Gordon.

Vor allem danke ich Krystyna Green und Imogen Olsen.

Vor allem danke ich der fantastischen Chris Manby, der stets von anderen Autoren gedankt wird, und das mit gutem Grund.

Lob und Ehre für die Idee. Und für so vieles mehr.

Dank dem Lektorat dafür, dass meine F5-Taste inzwischen ganz abgegriffen ist, aber vor allem der South London Sisterhood (und ihren Filialen in Nordlondon, Herefordshire und Male).

Cathy, Mum und Dad dafür, dass ihr … ihr wisst schon …

Merri und Mink für die Ausflüge in den Battersea Park, für Cidre und Spaghetti, wann immer ich Aufmunterung brauchte.

Und Dank all den üblichen Verdächtigen (ihr wisst schon, wen ich meine) dafür, dass ihr sicherstellt, dass ich, obwohl ich Schriftstellerin bin, nicht nur imaginäre Freunde habe.

Das Werk einschließlich aller seiner Teile ist urheberrechtlich geschützt. Jede Verwertung außerhalb des Urhebergesetzes ist ohne Zustimmung des Verlages unzulässig und strafbar. Dies gilt insbesondere für Vervielfältigungen, Übersetzungen, Mikroverfilmungen und die Einspeicherung und Verarbeitung in elektronischen Systemen.

Weltbild Buchverlag –Originalausgaben–
Deutsche Erstausgabe
Copyright © 2008 Verlagsgruppe Weltbild GmbH,
Steinerne Furt, 86167 Augsburg

© 2003 by Serena Mackesy
Alle Rechte vorbehalten

Projektleitung: Dr. Ulrike Strerath-Bolz
Übersetzung: Theresia Übelhör
Umschlaggestaltung: zeichenpool, München
Umschlagabbildung: © Elixirpix (Haus); Getty Images (David De Lossy)
Satz: avak Publikationsdesign, München
Gesetzt aus der Sabon 10,5/12,5 pt
Druck und Bindung: CPI Moravia Books s.r.o., Pohorelice
Gedruckt auf chlorfrei gebleichtem Papier

Printed in the EU

ISBN 978-3-89897-955-9

2012   2011   2010   2009
Die letzte Jahreszahl gibt die aktuelle Ausgabe an.